U0116364

让我们跟全世界最聪明的人一起思考，打造与众不同的黄金思维。

左右脑开发训练题典

李昕　主编

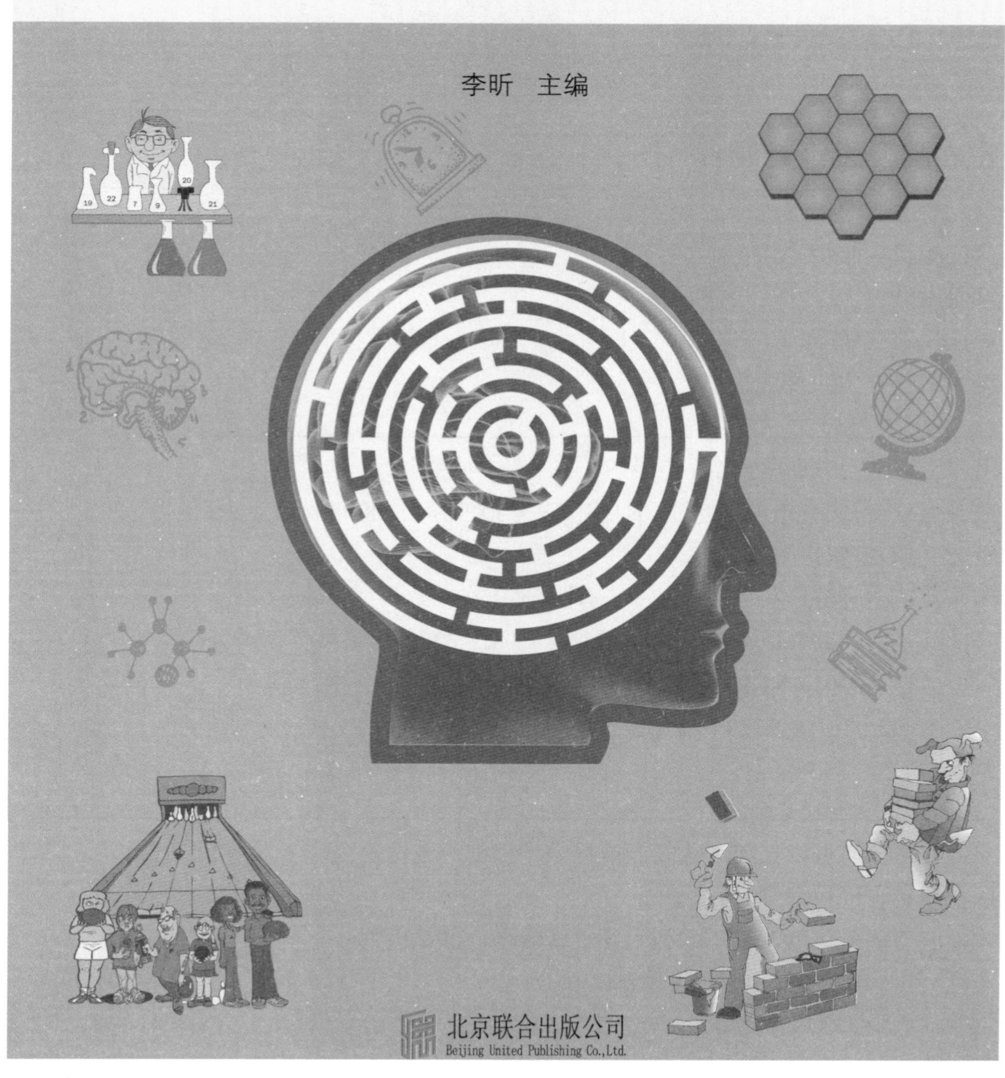

北京联合出版公司
Beijing United Publishing Co.,Ltd.

图书在版编目（CIP）数据

左右脑开发训练题典 / 李昕主编 . -- 北京：北京联合出版公司，2014.10
（2021.12 重印）
ISBN 978-7-5502-3703-2

Ⅰ . ①左… Ⅱ . ①李… Ⅲ . ①智力游戏－通俗读物Ⅳ . ① G898.2

中国版本图书馆 CIP 数据核字（2014）第 227200 号

左右脑开发训练题典

主　　编：李　昕
责任编辑：徐秀琴
封面设计：彼　岸
责任校对：黄海娜
美术编辑：潘　松

出　　版：北京联合出版公司
地　　址：北京市西城区德外大街 83 号楼 9 层　100088
经　　销：新华书店
印　　刷：德富泰（唐山）印务有限公司
开　　本：720mm × 1020mm　1/16　印张：27.5　字数：700 千字
版　　次：2014 年 10 月第 1 版　2021 年 12 月第 12 次印刷
书　　号：ISBN 978-7-5502-3703-2
定　　价：75.00 元

本书若有质量问题，请与本公司图书销售中心联系调换。
电话：（010）88893001　82062656

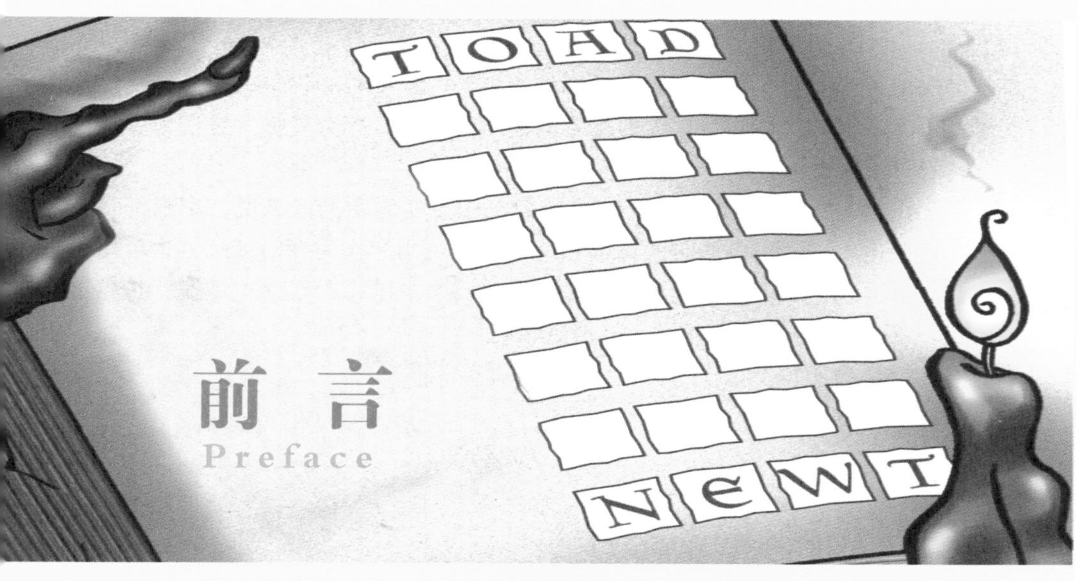

前言
Preface

著名科学家霍金曾经说过：有一个聪明的大脑，你就会比别人更接近成功。大脑不仅控制了人的思想，还控制着人的感觉、情绪以及身体的各种反应，最终主宰着人一生的发展。

人类的大脑有着无穷的潜力。遗憾的是，对于大脑的这种巨大潜能，我们并没有充分开发。科学家调查结果表明，到目前为止人类的大脑普遍才开发了5%，即使像爱因斯坦这些科学精英的大脑的开发程度也只达到13%左右。实践证明，合理开发左右脑，适时地进行头脑思维训练，能迅速提升人的心智，使人们具有更强的理解力和创造力，让每个人的潜能得到淋漓尽致的发挥。

为了帮助人们更全面科学地开发自身的大脑潜力，立足于左右脑分工的理论，结合认知能力与认识特点，我们特意编写了《左右脑开发训练题典》一书。本书荟萃了古今中外众多思维训练题，包括算术类、几何类、组合类、数独类、推理类、创造类、观察类、想象类、文字类等各种的思维游戏，每一个游戏都让读者在娱乐中带动思维高速运转，强化左脑和右脑的交互运用，从而提高观察力、判断力、推理力、创造力、分析力、计算力、想象力、逻辑力、语言力等多种思维能力；书中还列举了发散思维、求异思维、转换思维、逆向思维、迂回思维等六大类型。此外，在每篇的最后都配有详尽的解析和参考答案，以利于你更好地掌握内容。

书中近900道训练题难易有度，有看似复杂却非常简单的推理问题，有让人迷惑不解的图形难题，有运用算数技巧与常识解决的谜题，以及由词语、数字组成的字谜等。无论大人、孩子，或是学生、上班族、管理者，甚至高智商的天才们，都能在此找到适合自己的题目。在解决问题的过程中，你需要大胆的设想、判断和推测，需要尽量发挥想象力，突破固有的思维模式，充分运用创造性思维，多角度、多层次地审视问题，将所有线索纳入你的思考。这些精彩纷呈的训练题将让你在享受乐趣的同时，彻底带动你的思维高速运转起来，充分发掘大脑潜力，让你越玩越聪明，越玩越优秀。

无论你是9岁，还是99岁，对于任何一个想变聪明的人来说，本书都是不二的选择。你可以利用点滴时间阅读和练习，既可用它作为专门训练，也可用把它当作业余消闲。相信阅读完本书，你的思维将会更缜密，观察更敏锐，想象更丰富，心思更细腻，做事更理性，心情更愉快。

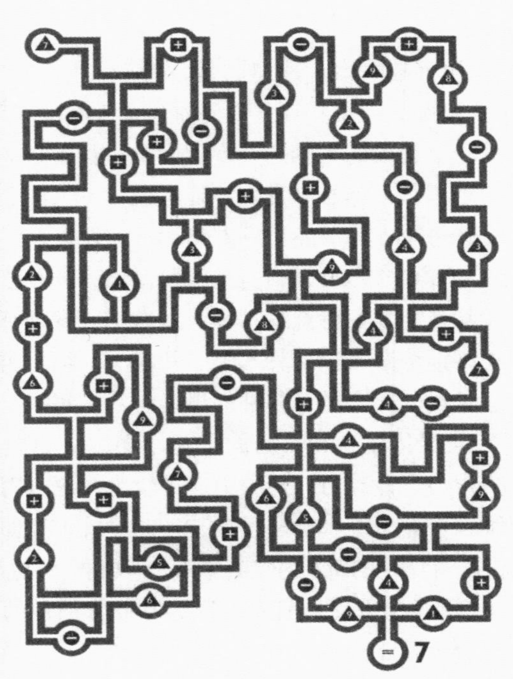

目录 Contents

·左脑 训练篇·

第1章 语言力 …………… 2

001 拼汉字 …………………………… 2
002 诗词填数 ………………………… 2
003 纵横交错 ………………………… 2
004 三国演义 ………………………… 2
005 疑惑的小书童 …………………… 3
006 成语十字格 ……………………… 3
007 一台彩电 ………………………… 3
008 一笔变新字 ……………………… 3
009 几家欢喜几家愁 ………………… 3
010 成语接龙 ………………………… 3
011 象棋成语 ………………………… 4
012 组合猜字 ………………………… 4
013 串门 ……………………………… 4
014 乌龟信 …………………………… 4
015 长联句读 ………………………… 5
016 成语与算式 ……………………… 5
017 一封怪信 ………………………… 5
018 秀才贵姓 ………………………… 5
019 成语加减 ………………………… 5
020 “山东”唐诗 …………………… 5
021 诗词影片名 ……………………… 6
022 断肠谜 …………………………… 6
023 趣味课程表 ……………………… 6
024 屏开雀选 ………………………… 6
025 环形情诗 ………………………… 6
026 组字透诗意 ……………………… 7
027 几读连环诗 ……………………… 7
028 孪生成语 ………………………… 7
029 文静的姑娘 ……………………… 7
030 水果汉字 ………………………… 7
031 字画藏唐诗 ……………………… 8
032 数字藏成语 ……………………… 8
033 心连心 …………………………… 8
034 人名变成语 ……………………… 8
035 “5”字中的成语 ………………… 8
036 回文成语 ………………………… 8
037 省市组唐诗 ……………………… 8
038 剪读唐诗 ………………………… 9
039 钟表成语 ………………………… 9
040 迷宫成语 ………………………… 9
041 成语之最 ………………………… 9
042 巧拼省名 ………………………… 10
043 藏头成语 ………………………… 10
044 棋盘成语 ………………………… 10
045 尴尬礼物 ………………………… 10

046 虎字成语 …… 11
047 给我 C！给我 D！ …… 11
048 标签分类 …… 11
049 O 地带 …… 11
050 单词演变（1） …… 12
051 单词演变（2） …… 12
052 夏威夷之旅 …… 12
053 指挥系统 …… 12
054 捉苍蝇 …… 13
055 乐器 …… 13
056 隐藏的美食 …… 13
057 奇怪的球 …… 13
058 填空 …… 14
059 板子游戏 …… 14
060 哈哈大笑 …… 14
061 跟 ABC 一样简单 …… 14
062 大交易 …… 15
063 头脑风暴 …… 15
064 澳大利亚趣闻 …… 16
065 单词对对碰 …… 16
066 积沙成堆 …… 17
067 单词配对 …… 17
068 城际纵横 …… 17
069 雪世界 …… 17
070 风车转转 …… 18
071 滚雪球 …… 18
072 蔬菜趣谈 …… 18
073 开锁游戏 …… 19
074 安静一点！ …… 19
075 月圆之夜 …… 19

第 2 章　计算力 …… 20

001 九宫图 …… 20
002 数字填空（1） …… 20
003 数字填空（2） …… 20
004 四阶魔方 …… 20
005 杜勒幻方 …… 20
006 排列法 …… 21
007 完成等式 …… 21
008 数字迷题 …… 21
009 保龄球 …… 21
010 按顺序排列的西瓜 …… 21
011 下落的砖 …… 21
012 贝克魔方 …… 21
013 六阶魔方 …… 22
014 八阶魔方 …… 22
015 三阶反魔方 …… 22
016 符号与数字 …… 23
017 多米诺骨牌墙 …… 23
018 博彩游戏 …… 23
019 五星数字谜题 …… 23
020 送货 …… 24
021 魔轮（1） …… 24
022 魔轮（2） …… 24
023 完成等式 …… 24
024 合力 …… 25
025 魔数蜂巢（1） …… 25
026 魔数蜂巢（2） …… 25
027 五角星魔方 …… 25
028 六角星魔方 …… 25
029 七角星魔方 …… 25
030 六角魔方 …… 26
031 完成链形图 …… 26
032 代数 …… 26
033 路径 …… 26
034 完成谜题 …… 26
035 墨迹 …… 27
036 房顶上的数 …… 27
037 迷宫算式 …… 27
038 数字完形（1） …… 27
039 数字完形（2） …… 28
040 小狗非多 …… 28
041 剩余面积 …… 28
042 数字难题 …… 28
043 数字圆盘 …… 28
044 四边形面积 …… 28

045 总值 …… 29
046 求面积 …… 29
047 正方形边长（1） …… 29
048 正方形边长（2） …… 29
049 金字塔上的问号 …… 29
050 面积比值 …… 29
051 年龄 …… 30
052 大小面积 …… 30
053 超级立方体 …… 30
054 结果是 203 …… 30
055 重新排列 …… 30
056 砝码 …… 31
057 两位数密码 …… 31
058 组合木板 …… 31
059 平衡 …… 31
060 AC 的长度 …… 31
061 六边形与圆 …… 31
062 距离 …… 32
063 旗杆的长度 …… 32
064 阴影面积 …… 32
065 切割立方体 …… 32
066 蜂群 …… 33
067 射箭 …… 33
068 裙子降价 …… 33
069 费尔图克难题 …… 33
070 链子 …… 33
071 动物 …… 34
072 自行车 …… 34
073 网球 …… 34
074 苍蝇 …… 34
075 小甜饼 …… 34
076 香烟 …… 34
077 长角的蜥蜴 …… 35
078 数字 …… 35
079 车厢 …… 35
080 开商店 …… 35
081 卖车 …… 35
082 铁圈枪 …… 35
083 加法 …… 36
084 魔力商店 …… 36
085 替换数字 …… 36
086 吹泡泡 …… 36

第 3 章 判断力 …… 37

001 不同的图形（1） …… 37
002 不同的图形（2） …… 37
003 构成图案 …… 37
004 缺失的字母 …… 37
005 星星 …… 38
006 拿掉谁 …… 38
007 对应 …… 38
008 关系判断 …… 38
009 图形复位 …… 39
010 多边形与线段 …… 39
011 共线 …… 39
012 三角形中的点 …… 39
013 星形盾徽 …… 40
014 拆弹专家 …… 40
015 圆心 …… 40
016 “蜈蚣” …… 40
017 六边形的图案 …… 41
018 圆圈上的弧线 …… 41
019 麦比乌斯圈（1） …… 41
020 麦比乌斯圈（2） …… 41
021 错误的等式 …… 41
022 拼图板 …… 42
023 六边形游戏 …… 42
024 不合规律 …… 43
025 正确的图形（1） …… 43
026 正确的图形（2） …… 43
027 绳子和管道 …… 43
028 贪吃蛇 …… 43
029 最大周长 …… 44
030 金鱼 …… 44
031 判断角度 …… 44
032 幽灵 …… 45

033 垂直 ………………………… 45
034 封闭的环形线路 ………………………… 45
035 麦克马洪的彩色三角形 ………………………… 45
036 永远找不到 ………………………… 46
037 奶牛喝什么 ………………………… 46
038 彩色词 ………………………… 46
039 哪个人最矮 ………………………… 46
040 几根绳子 ………………………… 47
041 哪个更快乐 ………………………… 47
042 狗拉绳子 ………………………… 47
043 正方形格子 ………………………… 47
044 不同方向的结 ………………………… 47
045 数字球 ………………………… 47
046 通往目的地 ………………………… 48
047 动物围栏（1） ………………………… 48
048 动物围栏（2） ………………………… 48
049 不一样的图标 ………………………… 48
050 只有一种颜色 ………………………… 48
051 哈密尔敦循环 ………………………… 49
052 与众不同 ………………………… 49
053 一笔画图（1） ………………………… 49
054 一笔画图（2） ………………………… 49
055 组成三角形 ………………………… 50
056 最先出现的裂缝 ………………………… 50
057 图形金字塔 ………………………… 50
058 库沙克瓦片 ………………………… 51
059 敢于比较 ………………………… 51
060 对称轴问题 ………………………… 51
061 词以类聚 ………………………… 51
062 哪个不是 ………………………… 52
063 数字错误 ………………………… 52
064 冷酷无情的事实 ………………………… 53
065 运动空间 ………………………… 53
066 地理标志（1） ………………………… 54
067 地理标志（2） ………………………… 54
068 地理标志（3） ………………………… 54
069 地理标志（4） ………………………… 54
070 地理标志（5） ………………………… 55
071 地理标志（6） ………………………… 55
072 地理标志（7） ………………………… 56
073 找错误（1） ………………………… 56
074 找错误（2） ………………………… 56
075 找错误（3） ………………………… 57
076 找错误（4） ………………………… 57

第 4 章　推理力 ………… 58

001 数列对应 ………………………… 58
002 分蛋糕 ………………………… 58
003 沿铰链转动的双层魔方 ………………………… 58
004 杂技演员 ………………………… 58
005 猫鼠游戏 ………………………… 59
006 发现规律 ………………………… 59
007 箭头的方向 ………………………… 59
008 正确的选项 ………………………… 59
009 数独 ………………………… 60
010 字母九宫格（1） ………………………… 60
011 字母九宫格（2） ………………………… 60
012 字母九宫格（3） ………………………… 60
013 折叠 ………………………… 61
014 扑克牌（1） ………………………… 61
015 扑克牌（2） ………………………… 61
016 逻辑图框 ………………………… 61
017 逻辑数值 ………………………… 61
018 组合瓷砖 ………………………… 62
019 帕斯卡定理 ………………………… 62
020 画符号 ………………………… 62
021 链条平衡 ………………………… 62
022 柜子里的秘密 ………………………… 62
023 连续八边形 ………………………… 63
024 洪水警告 ………………………… 63
025 字母游戏 ………………………… 63
026 下一幅 ………………………… 63
027 对号入座 ………………………… 63
028 取代 ………………………… 63
029 归位 ………………………… 64
030 彼此对应 ………………………… 64

031 填充空格 …………………………… 64
032 选择箭头 …………………………… 64
033 树形序列 …………………………… 65
034 下一个 ……………………………… 65
035 铅笔游戏 …………………………… 65
036 外环上的数 ………………………… 65
037 恰当的数字（1） ………………… 65
038 恰当的数字（2） ………………… 66
039 密码 ………………………………… 66
040 逻辑数字 …………………………… 66
041 恰当的符号 ………………………… 67
042 解开难题 …………………………… 67
043 最后的正方形 ……………………… 67
044 数字盘 ……………………………… 67
045 图形推理 …………………………… 67
046 缺少的数字 ………………………… 67
047 环形图 ……………………………… 68
048 图形推数 …………………………… 68
049 滑轮方向 …………………………… 68
050 填补空白 …………………………… 68
051 填入数字 …………………………… 68
052 雨伞 ………………………………… 68
053 轮形图 ……………………………… 69
054 城镇 ………………………………… 69
055 空缺图形 …………………………… 69
056 数字与脸型 ………………………… 69
057 青蛙序列 …………………………… 69
058 数字难题 …………………………… 70
059 数字与图形（1） ………………… 70
060 数字与图形（2） ………………… 70
061 泡泡问题 …………………………… 70
062 表情组合 …………………………… 70
063 缺失的符号（1） ………………… 70
064 缺失的符号（2） ………………… 71
065 曲线加法 …………………………… 71
066 数学公式 …………………………… 71
067 对应的数字盘 ……………………… 71
068 下一个图形 ………………………… 72
069 填补圆中问号 ……………………… 72
070 按键（1） ………………………… 72
071 按键（2） ………………………… 72
072 数值 ………………………………… 72
073 错误的方块 ………………………… 73
074 时间图形 …………………………… 73
075 序列格 ……………………………… 73
076 延续数列 …………………………… 73
077 符合规律 …………………………… 74
078 逻辑表格 …………………………… 74
079 数字箭头 …………………………… 74
080 规律移动（1） …………………… 74
081 规律移动（2） …………………… 74
082 神奇的规律 ………………………… 75
083 插入数字块 ………………………… 75
084 激光束 ……………………………… 75
085 字母六角星 ………………………… 75
086 十字补白 …………………………… 76
087 半圆图标 …………………………… 76
088 红绿灯 ……………………………… 76
089 滚动的色子 ………………………… 76
090 放置标志 …………………………… 76
091 实验 ………………………………… 77
092 拖拉机 ……………………………… 77
093 立方体展开 ………………………… 77
094 壁纸 ………………………………… 77

第 5 章　分析力 ………… 78

001 更大的正方形 ……………………… 78
002 符号继续 …………………………… 78
003 对应 ………………………………… 78
004 另类图形 …………………………… 78
005 完成序列图 ………………………… 78
006 男孩女孩 …………………………… 78
007 色子家族 …………………………… 79
008 数字狭条 …………………………… 79
009 移动的数字 ………………………… 79
010 合适的长方形 ……………………… 79

011 数字板游戏 ………………………… 80
012 液体天平 ………………………… 80
013 精确的底片 ………………………… 80
014 阿基米德的镜子 ………………………… 80
015 篱笆周长 ………………………… 81
016 排列规律 ………………………… 81
017 落水的铅球 ………………………… 81
018 升旗与降旗 ………………………… 81
019 不一样的时间 ………………………… 82
020 火柴光 ………………………… 82
021 猜图 ………………………… 82
022 填图补白 ………………………… 82
023 地板 ………………………… 82
024 蛋卷冰淇淋 ………………………… 83
025 传音管 ………………………… 83
026 图形转换 ………………………… 83
027 对角线问题 ………………………… 84
028 保持平衡 ………………………… 84
029 圣诞节风铃 ………………………… 84
030 半径与面积 ………………………… 84
031 双色珠子串 ………………………… 85
032 发射炮弹 ………………………… 85
033 最近距离 ………………………… 85
034 左撇子，右撇子 ………………………… 85
035 桌球 ………………………… 86
036 面积关系 ………………………… 86
037 海市蜃楼之碗 ………………………… 86
038 F 在哪里 ………………………… 86
039 过桥 ………………………… 86
040 透镜 ………………………… 87
041 聚焦太阳光 ………………………… 87
042 光的反射 ………………………… 87
043 成角度的镜子 ………………………… 87
044 乘客的方向 ………………………… 88
045 恰当的字母 ………………………… 88
046 齿轮 ………………………… 88
047 路线 ………………………… 88
048 最短接线长度 ………………………… 89
049 监视器 ………………………… 89
050 欧几里得平面 ………………………… 89
051 转移 ………………………… 89
052 配平 ………………………… 90
053 角度 ………………………… 90
054 指针相遇 ………………………… 90
055 约会地点 ………………………… 90
056 从 A 到 B ………………………… 90
057 图形配平 ………………………… 90
058 小丑表演 ………………………… 91
059 倒酒 ………………………… 91
060 平分红酒 ………………………… 91
061 接通电路 ………………………… 91
062 得与失 ………………………… 92
063 8 个金币 ………………………… 92
064 阿拉伯数字问题 ………………………… 92
065 太阳光 ………………………… 92
066 伐里农平行四边形 ………………………… 93
067 化学实验 ………………………… 93
068 几何级数 ………………………… 93
069 局内人 ………………………… 94
070 弄巧成拙 ………………………… 94
071 如此作画 ………………………… 94
072 疯狂照片 ………………………… 94
073 扑克牌 ………………………… 95
074 微型相机 ………………………… 95
075 洗澡奇遇 ………………………… 95
076 冰山一角 ………………………… 95
077 字母写真 ………………………… 96
078 假日礼物 ………………………… 96
079 有去无回 ………………………… 96
080 化妆实验 ………………………… 96
081 金鱼故事 ………………………… 97
082 沙滩城堡 ………………………… 97
083 骑士传说 ………………………… 98
084 各国风情 ………………………… 98
085 一唱一和 ………………………… 98
答案 ………………………… 99

·右脑 训练篇·

第 1 章　观察力 ………… 144

001 中心方块 ………… 144
002 灰色条纹 ………… 144
003 “十”字 ………… 144
004 倾斜的棋盘 ………… 144
005 双菱形 ………… 144
006 圆圈 ………… 145
007 赫尔曼栅格 ………… 145
008 改进的栅格 ………… 145
009 彩色闪烁栅格 ………… 145
010 闪烁的点 ………… 146
011 闪烁的栅格 ………… 146
012 神奇的圆圈 ………… 146
013 闪烁发光 ………… 146
014 蓝点 ………… 147
015 小圆圈 ………… 147
016 线条 ………… 147
017 螺旋 ………… 147
018 线条组成的圆 ………… 148
019 图像 ………… 148
020 小方块 ………… 148
021 线 ………… 148
022 红线 ………… 149
023 面孔 ………… 149
024 单词 ………… 149
025 鱼 ………… 149
026 萨拉与内德 ………… 150
027 猫和老鼠 ………… 150
028 圣乔治大战恶龙 ………… 150
029 坟墓前的拿破仑 ………… 150
030 紫罗兰 ………… 151
031 虚幻 ………… 151
032 彩色线条 ………… 151
033 高帽 ………… 151
034 红色方块 ………… 151
035 颜色扩散 ………… 152
036 边缘线 ………… 152
037 魔方 ………… 153
038 红色 ………… 153
039 心形图 ………… 153
040 神奇的红色 ………… 154
041 绿色条纹 ………… 154
042 红色方格 ………… 154
043 单词接力 ………… 154
044 三维立方体 ………… 155
045 球 ………… 155
046 “雪花” ………… 156
047 三维图 ………… 156
048 玫瑰 ………… 157
049 墙纸 ………… 157
050 同心圆 ………… 157
051 “8” ………… 157
052 圈 ………… 158
053 波 ………… 158
054 线条的分离 ………… 158
055 漩涡 ………… 158
056 方块 ………… 159
057 轮子 ………… 159
058 涡轮 ………… 159
059 壁画 ………… 159
060 贺加斯的透视 ………… 159
061 三角形 ………… 160
062 小物包大物 ………… 160
063 扭曲的三角 ………… 160
064 阶梯 ………… 160
065 奇怪的窗户 ………… 160
066 佛兰芒之冬 ………… 161
067 门 ………… 161

068 棋盘 …… 161
069 不可思议的平台 …… 161
070 奇妙的旅程 …… 162
071 压痕 …… 162
072 麋鹿 …… 162
073 球和阴影 …… 162
074 神奇的花瓶 …… 162
075 猫 …… 163
076 房子 …… 163
077 圆柱体 …… 163
078 人脸图形 …… 164
079 老太太还是少妇 …… 164

第 2 章　想象力 …… 165

001 分割空间 …… 165
002 转角镜（1） …… 165
003 转角镜（2） …… 165
004 六边形游戏 …… 165
005 完美六边形 …… 166
006 不可能的剖面 …… 166
007 补全多边形 …… 166
008 立方体魔方 …… 166
009 细胞自动机 …… 167
010 重力降落 …… 167
011 肥皂环 …… 167
012 迷路的企鹅 …… 168
013 有向图形 …… 168
014 皮带传送 …… 168
015 镜像射线（1） …… 169
016 镜像射线（2） …… 169
017 八色金属片 …… 169
018 骑士通吃 …… 169
019 彩色多米诺（1） …… 170
020 彩色多米诺（2） …… 170
021 彩色多米诺环 …… 170
022 彩色积木 …… 170
023 埃及绳 …… 171
024 将洞移到中心 …… 171
025 不相交的骑士巡游路线 …… 171
026 相交的骑士巡游 …… 172
027 折叠纸片 …… 172
028 蛋糕片 …… 172
029 轮子 …… 172
030 将死国王 …… 173
031 楼号 …… 173
032 象的巡游 …… 173
033 拼接六边形 …… 173
034 象的互吃 …… 174
035 7 张纸条 …… 174
036 色块拼单词 …… 174
037 分出 8 个三角形 …… 174
038 车的巡游 …… 175
039 有链条的正方形 …… 175
040 单人跳棋 …… 175
041 彩条谜题 …… 176
042 五角星内角 …… 176
043 吉他弦 …… 176
044 拼接瓷砖 …… 176
045 保尔・加力的正方形 …… 177
046 剪纸 …… 177
047 组合正方形 …… 177
048 改变陶土块 …… 177
049 建筑用砖 …… 177
050 三角形三重唱 …… 178
051 列岛游 …… 178
052 裹尸布明星 …… 178
053 停车场 …… 178

第 3 章　创造力 …… 179

001 清理仓库 …… 179
002 割据 …… 179
003 3 个小正方形网格 …… 179
004 十字架 …… 179
005 七巧板 …… 180
006 七巧板数字 …… 180
007 多边形七巧板 …… 180

008 象形七巧板图形 …………………… 180
009 三角形七巧板 ……………………… 181
010 心形七巧板 ………………………… 181
011 圆形七巧板 ………………………… 181
012 镜面七巧板 ………………………… 181
013 大小梯形 …………………………… 182
014 组合六角星 ………………………… 182
015 闭合多边形 ………………………… 182
016 分割正方形 ………………………… 182
017 给 3 个盒子称重 …………………… 182
018 图案上色 …………………………… 183
019 4 点连出正方形 …………………… 183
020 分割 L 形 ………………………… 183
021 把正方形四等分 …………………… 183
022 覆盖正方形 ………………………… 184
023 去电影院 …………………………… 184
024 守卫 ………………………………… 184
025 填涂图案 …………………………… 184
026 建造桥梁 …………………………… 185
027 增加正方形 ………………………… 185
028 直线分符号 ………………………… 185
029 六彩星星 …………………………… 185
030 重组五角星 ………………………… 185
031 棋盘与多米诺骨牌 ………………… 186
032 重组等边三角形 …………………… 186
033 重组 4 个五角星 ………………… 186
034 重组七边形 ………………………… 186
035 星形难题 …………………………… 186
036 网格覆盖 …………………………… 187
037 连续的多格骨牌方块 ……………… 187
038 连接色块 …………………………… 187
039 重拼正五边形 ……………………… 187
040 重组正方形 ………………………… 188
041 埋伏地点 …………………………… 188
042 小钉板 ……………………………… 188
043 三角形钉板 ………………………… 189
044 正六边形钉板 ……………………… 189
045 连接四边形 ………………………… 189
046 4 等分钉板 ………………………… 189
047 分割 ………………………………… 189
048 连接数字 …………………………… 190
049 毕达哥拉斯正方形 ………………… 190
050 麦克马洪的彩色方块 ……………… 190
051 分割矩阵 …………………………… 190
052 摆放棋子 …………………………… 191
053 组成十二边形 ……………………… 191
054 走出迷宫的捷径 …………………… 191
055 瓢虫 ………………………………… 191
056 游戏板 ……………………………… 192
057 不可比的长方形 …………………… 192
058 连接圆点 …………………………… 192

第 4 章　记忆力 ………… 193

001 数字筛选 …………………………… 193
002 总长度为 10 ………………………… 193
003 奎茨奈颜色棒游戏 ………………… 194
004 数字 1 到 9 ………………………… 194
005 旋转的物体 ………………………… 194
006 轨道错觉 …………………………… 195
007 第 100 个三角形数 ………………… 195
008 三维形数 …………………………… 195
009 小猪存钱罐 ………………………… 196
010 三角形数 …………………………… 196
011 无理数 ……………………………… 196
012 加减 ………………………………… 197
013 8 个“8” …………………………… 197
014 总和为 15 …………………………… 197
015 和与差 ……………………………… 198
016 数列 ………………………………… 198
017 自创数 ……………………………… 199
018 凯普瑞卡变幻 ……………………… 199
019 扑克牌 ……………………………… 200
020 计算器故障 ………………………… 200
021 回文 ………………………………… 201
022 4 个“4” …………………………… 201
023 4 个数 ……………………………… 202

024 数列 …………………………………… 202
025 足球 …………………………………… 202
026 数学式子 ……………………………… 202
027 11 的一半……………………………… 203
028 加一条线 ……………………………… 203
029 想一个数 ……………………………… 203
030 类似的数列 …………………………… 203
031 冰雹数 ………………………………… 204
032 数的持续度 …………………………… 204
033 六边形 ………………………………… 205
034 瓢虫花园 ……………………………… 206
035 数字卡片 ……………………………… 207
036 赛跑的名次 …………………………… 207
037 3 个队员的队 ………………………… 208
038 连续整数（1） ……………………… 209
039 连续整数（2） ……………………… 209
040 等式平衡 ……………………………… 209
041 重物平衡（1） ……………………… 210
042 重物平衡（2） ……………………… 210
043 总数游戏（1） ……………………… 211
044 总数游戏（2） ……………………… 211
045 卢卡数列 ……………………………… 212
046 4 个盒子里的重物 …………………… 213
047 突变 …………………………………… 213
048 缺少的立方体 ………………………… 213
049 立方体结构 …………………………… 214
050 立方体朝向 …………………………… 214
051 十二面体的朝向（1） ……………… 214
052 十二面体的朝向（2） ……………… 214
053 立方体上色（1） …………………… 215
054 立方体上色（2） …………………… 216
055 对角线的长度（1） ………………… 217
056 对角线的长度（2） ………………… 217
057 代数学 ………………………………… 217
答案………………………… 218

· 全方位大脑训练篇 ·

第 1 章　发散思维　　250

001 爱之花 ………………………………… 250
002 玛莲 · 德烈治 ………………………… 250
003 狐狸 …………………………………… 250
004 天使 …………………………………… 250
005 神秘的嘴唇 …………………………… 251
006 10 个人………………………………… 251
007 堂 · 吉诃德 …………………………… 251
008 狗的小岛 ……………………………… 252
009 钢琴 …………………………………… 252
010 神奇的立方体 ………………………… 253
011 板条箱 ………………………………… 253
012 二重奏 ………………………………… 253
013 硬币 …………………………………… 254
014 蔬菜园丁 ……………………………… 254
015 法国人头 ……………………………… 254
016 恋爱和结婚 …………………………… 254
017 警察 …………………………………… 255
018 小女孩和老人 ………………………… 255
019 小丑 …………………………………… 255
020 树的群落 ……………………………… 255
021 风筝大赛 ……………………………… 256
022 雪花生意 ……………………………… 256
023 古怪餐厅 ……………………………… 256
024 即时重播 ……………………………… 257
025 恍然大悟 ……………………………… 257
026 粉碎的镜像 …………………………… 257
027 从这里下坡 …………………………… 258
028 包装小组 ……………………………… 258

029 滑板高手 …… 259
030 假日海滩 …… 259
031 保龄球馆 …… 259
032 雪落进来了 …… 260
033 饰品 …… 260
034 蝙蝠 …… 260
035 赝品 …… 261
036 倒影 …… 261
037 羽毛相同的鸟 …… 262
038 汉堡 …… 262
039 藏着的老鼠 …… 262
040 镜像 …… 263
041 缺少的部件 …… 263
042 飞船 …… 263
043 眼花缭乱 …… 264
044 一样的图形 …… 264
045 宠物店 …… 264
046 闹鬼的房子 …… 265
047 花园矮人 …… 265
048 圣诞老人 …… 265
049 探险家 …… 266
050 姜饼屋 …… 266
051 特技演员 …… 266
052 宇航员 …… 266
053 嘘……有人！ …… 267
054 找面具 …… 267
055 找不同 …… 267
056 图案速配 …… 268
057 各不相同（1） …… 270
058 各不相同（2） …… 270
059 各不相同（3） …… 270
060 各不相同（4） …… 270

第 2 章　求异思维 ……… 271

001 重拼正方形（1） …… 271
002 重拼正方形（2） …… 271
003 长方形拼正方形（1） …… 271
004 长方形拼正方形（2） …… 271
005 穿过雪花 …… 272
006 臭虫迷宫 …… 272
007 跟随岩浆 …… 272
008 跳蚤路线 …… 272
009 运动的药剂 …… 273
010 长跑 …… 273
011 临阵脱逃 …… 273
012 蛛丝马迹 …… 274
013 四处徘徊 …… 274
014 交叠的围巾 …… 274
015 蝴蝶迷宫 …… 274
016 幸运之旅 …… 275
017 考古宝地 …… 275
018 蜜蜂路线 …… 275
019 死角 …… 275
020 间隙航行 …… 276
021 青蛙迷宫 …… 276
022 相反的迷宫 …… 276
023 楼层平面图 …… 276
024 粉刷匠 …… 277
025 图腾柱 …… 277
026 雪迷宫 …… 277
027 镜像图（1） …… 277
028 镜像图（2） …… 278
029 镜像图（3） …… 278
030 轮廓契合（1） …… 278
031 轮廓契合（2） …… 278
032 轮廓契合（3） …… 279
033 字母的逻辑 …… 279

第 3 章　转换思维 ……… 280

001 光路 …… 280
002 上色正方形 …… 280
003 火柴游戏（1） …… 280
004 火柴游戏（2） …… 280
005 火柴游戏（3） …… 281
006 火柴游戏（4） …… 281
007 火柴游戏（5） …… 281

008 火柴游戏（6） ………… 281
009 火柴游戏（7） ………… 281
010 第 12 根木棍 ………… 281
011 八角形迷宫 ………… 282
012 珠子和项链 ………… 282
013 圆桌骑士 ………… 282
014 成对的珠子 ………… 282
015 动物转盘 ………… 283
016 分割牧场 ………… 283
017 正方形游戏 ………… 283
018 分割棋盘 ………… 283
019 四阶拉丁方 ………… 284
020 铅笔组图 ………… 284
021 奇怪的电梯 ………… 284
022 拼出五角星 ………… 284
023 分巧克力 ………… 284
024 给绳子上色 ………… 284
025 三角花园 ………… 285
026 给重物分组 ………… 285
027 分割图表 ………… 285
028 有闭合曲线的十二边形 ………… 285
029 排列组合（1） ………… 286
030 排列组合（2） ………… 286
031 排列组合（3） ………… 286
032 自己的空间 ………… 286
033 花朵上的瓢虫 ………… 287
034 节约长方形 ………… 287
035 等分网格 ………… 287
036 重新覆盖 ………… 287
037 LOVE 立方体 ………… 288
038 滑动链接谜题（1） ………… 288
039 滑动链接谜题（2） ………… 288
040 有始有终 ………… 288

第 4 章　逆向思维 ………… 289

001 西部牛仔 ………… 289
002 夏日午后 ………… 289
003 拔河 ………… 290
004 失败的降落 ………… 290
005 职业女性 ………… 291
006 女英雄希拉 ………… 291
007 候车队 ………… 292
008 历久弥香 ………… 292
009 站岗的士兵 ………… 293
010 新生命 ………… 293
011 枪手作家 ………… 294
012 马球比赛 ………… 294
013 退休的警察们 ………… 295
014 下火车后 ………… 295
015 上车和下车的乘客 ………… 296
016 欢度国庆 ………… 296
017 默默无闻的富翁 ………… 297
018 过道上的顾客 ………… 297
019 军队成员 ………… 298
020 签名售书 ………… 298
021 黑猩猩 ………… 298
022 帕劳旅馆之外 ………… 299
023 追溯祖先 ………… 299
024 自力更生 ………… 300
025 四人车组 ………… 300
026 野鸭子 ………… 301
027 机车发动机 ………… 301
028 庄严的参观 ………… 302
029 吉祥物与禁忌 ………… 302
030 得克萨斯州突击队 ………… 303
031 破纪录者 ………… 303
032 请集中注意力 ………… 304
033 一夜暴富 ………… 304
034 在购物中心工作 ………… 305
035 送午餐 ………… 305
036 沿下游方向 ………… 306
037 杰克和吉尔 ………… 306
038 跨栏比赛 ………… 307
039 赫尔墨斯计划 ………… 307
040 曼诺托 1 号 ………… 308
041 势单力薄的警察们 ………… 308

042 美丽的卖花姑娘 ········· 309
043 结婚趣事 ········· 309
044 英格兰的旗舰 ········· 310
045 谁的房子 ········· 310
046 录像带 ········· 311
047 在沙坑里 ········· 311
048 神像 ········· 312
049 退货 ········· 312
050 加薪要求 ········· 312
051 中断的演出 ········· 313
052 叠纸牌 ········· 313
053 票 ········· 314
054 美好的祈愿 ········· 314
055 国家公园 ········· 315
056 租车 ········· 315
057 侦探小说 ········· 316
058 早起的鸟儿 ········· 316
059 照片定输赢 ········· 317
060 溜冰 ········· 317
061 小镇 ········· 318
062 过街女士 ········· 318
063 环行线路 ········· 319
064 勋章 ········· 319
065 四人骑自行车 ········· 320
066 射球明星 ········· 320
067 修理店的汽车 ········· 321
068 阳光中的海岛 ········· 321
069 遍地开花 ········· 321

第 5 章　迂回思维 ········· 322

001 谁扮演“安妮” ········· 322
002 古卷轴 ········· 322
003 回到地球 ········· 322
004 蜂窝 ········· 323
005 足球评论员 ········· 323
006 住在房间里的人 ········· 324
007 春天到了 ········· 324
008 思道布的警报 ········· 325
009 寄出的信件 ········· 325
010 柜台交易 ········· 325
011 农民的商店 ········· 326
012 马蹄匠的工作 ········· 326
013 皮划艇比赛 ········· 327
014 赛马 ········· 327
015 成名角色 ········· 328
016 扮演马恩的 4 个演员 ········· 328
017 蒙特港的游艇 ········· 329
018 年轻人出行 ········· 329
019 继承人 ········· 330
020 新工作 ········· 330
021 兜风意外 ········· 331
022 航海 ········· 331
023 单身男女 ········· 332
024 新英格兰贵族 ········· 332
025 交叉目的 ········· 333
026 演艺人员 ········· 333
027 可爱的熊 ········· 333
028 下一个出场者 ········· 334
029 囚室 ········· 334
030 剧院座位 ········· 335
031 上班迟到了 ········· 335
032 直至深夜 ········· 336
033 房间之谜 ········· 336
034 吹笛手游行 ········· 337
035 维多利亚歌剧 ········· 337
036 得分列表 ········· 338
037 戴黑帽子的家伙 ········· 338
038 戒指女人 ········· 339
039 品尝威士忌 ········· 339
040 酒吧老板的新闻 ········· 340
041 小猪储蓄罐 ········· 341
042 桥牌花色 ········· 341
043 巅峰地区 ········· 342
044 假日阵营 ········· 342
045 回到家乡 ········· 343
046 牛奶送错了 ········· 343

047 巴士停靠站 …………………………… 343
048 外微人家 ……………………………… 344
049 前方修路 ……………………………… 344
050 女运动员 ……………………………… 345
051 职业迁徙 ……………………………… 345
052 小屋的盒子 …………………………… 346
053 别尔的行程 …………………………… 346
054 换装 …………………………………… 347
055 瓦尼斯城堡 …………………………… 347
056 牛群 …………………………………… 348
057 收藏古书 ……………………………… 348
058 莫斯科“摩尔” ……………………… 349
059 品牌代言人 …………………………… 349
060 说谎的女孩 …………………………… 350
061 周游的骑士 …………………………… 350
062 去往墨西哥的 7 个枪手 ……………… 351
063 信箱 …………………………………… 351
064 邮票的面值 …………………………… 352
065 与朋友相遇 …………………………… 352
066 巫婆和猫 ……………………………… 352
067 替换顺序 ……………………………… 353
068 便宜货 ………………………………… 353
069 等公车 ………………………………… 354
070 生日礼物 ……………………………… 354
071 时尚改装 ……………………………… 355
答案…………………………… 356

· 左脑 训练篇 ·

第 1 章　语言力

001 拼汉字

想象一下，5根横排的火柴和3根竖排的火柴能拼几个汉字？

002 诗词填数

准确地填出下面诗词选句中的第一个字，你会发现它们是一组很有趣的数词。

1.______年好景君须记（苏轼）
2.______月巴陵日日风（陈与义）
3.______月残花落更开（王令）
4.______月清和雨乍晴（司马光）
5.______月榴花照眼明（朱熹）
6.______月天兵征腐恶（毛泽东）
7.______百里驱十五日（毛泽东）
8.______千里路云和月（岳飞）
9.______雏鸣凤乱啾啾（李颀）
10.______万里风鹏正举（李清照）
11.______亩庭中半是苔（刘禹锡）
12.______里莺啼绿映红（杜牧）
13.______紫千红总是春（朱熹）

003 纵横交错

横向

1.国际足联的一个奖项，2004年被小罗纳尔多夺得。2.我国一个大型电信运营商。3.清末农民起义军建立的政权。4.比喻事情极容易做。5.《碧血剑》中的一个人物。6.形容极多。7.教学上对物理、化学、数学、生物等学科的总称。8.法国作家福楼拜的代表作。9.由政府执行或托管的保险计划，用来向失业者、老人或残疾人提供经济援助。10.我国一个著名的软件公司。11.由社会承办的赡养老人的机构。12.用于称他人的女儿,有尊贵之意。

纵向

一、“WTO”的中文意思。二、严格执行法律，一点不动摇。三、在其中引发并控制裂变材料链式反应的装置。四、对观看球赛有狂热爱好的人。五、古时对男子的尊称。六、皮皮的一篇以婚恋为题材的长篇小说。七、一个生物群落及其系统之中，各种对立因素相互制约而达到相对稳定。八、我国哲学、社会科学研究的最高学术机构和综合研究中心。九、联合国的永久性保护和平机构。十、雅典奥运会女子万米冠军。十一、投资者协助具有专门科技知识而缺乏资金的人创业，并承担失败风险的资金。

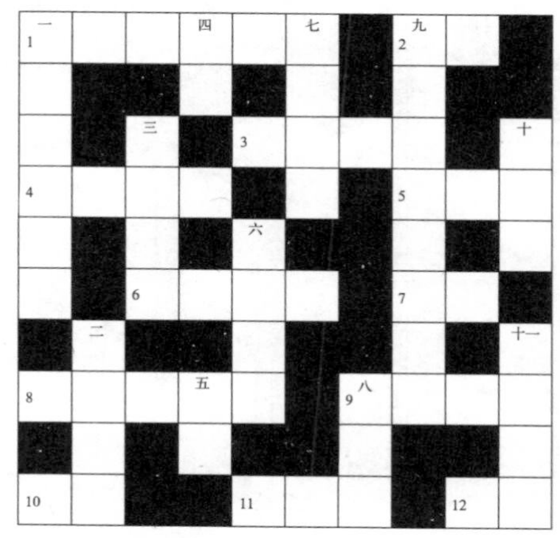

004 三国演义

有个秀才正翻看《三国演义》时，厨师进来对他说：“老爷，不瞒你说，《三国演义》是我天天必读之书。就拿今天来说吧，我炒菜缺了四样作料，全在这书里面，所以我来看看！”秀才听了半信半疑，他只知道《三国演义》里写的是曹操、刘备和孙权，还没听说过写有做菜用的作料呢。厨师说：“有，老爷你听着——刘备求计问孔明，徐庶无事进曹营，赵云难勒白龙马，孙权上阵乱点兵。”秀才想了想便猜了出来。那么，你能猜出厨师缺哪4样作料吗？

005 疑惑的小书童

明朝有一个著名的文学家，叫冯梦龙。有一年夏天，冯梦龙起床后，发现后院的桃花盛开了，正在这时，有一位姓李的朋友来拜会。冯梦龙便开玩笑说：“桃李杏春风一家，既然您来了，我们就到后院去，一面喝酒，一面赏看您本家吧！”他们来到后院，冯梦龙忽然想起忘了一样东西，就对书童说：“你快去拿一件东西，送到后院来！”书童问：“是什么东西呢？”冯梦龙随口就造了一个谜：“有面无口，有脚无手，又好吃肉，又好吃酒。”书童愣在那儿，猜不出应该去拿什么。你能帮帮这个书童吗？

006 成语十字格

请在下图的空格里填上适当的字，使其横竖读起来都是成语。

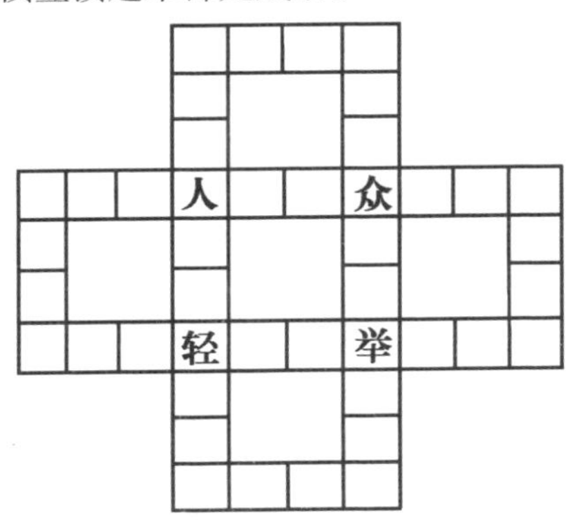

007 一台彩电

桌子上放着一台彩电。A说：“以这台彩电为道具，谁能连做两个简单的动作，打两个成语？”大家都在静静地思索。忽然，B走上前来，将彩电开关打开，屏幕上出现了画面，有了声音。没过几秒钟，B又把电视开关关了。B的这两个动作并没有引起人们的注意。谁料，A竟说B猜中了谜底。你知道这是哪两个成语吗？

008 一笔变新字

汉字结构有趣又奇怪，一笔之差就有不同含义。你能将下面图形中的字填上一笔变成另一个字吗？

009 几家欢喜几家愁

项羽和刘邦当年争夺天下的时候水火不容，三国时期的刘备和关羽是结义兄弟，如果刘邦听了大笑，刘备听了大哭，这是为什么？请用一个字来回答。

010 成语接龙

下面的成语，前一个成语的最后一个字，是它后面那个成语的第一个字，这在修辞上叫“顶真”。请在它们之间的空白处填上一个字，使每组成语连接起来。

今是昨（ ）同小（ ）望不可（ ）以其人之道，还治其人之（ ）体力（ ）若无（ ）在人（ ）所欲（ ）富不（ ）至义（ ）心竭（ ）不胜（ ）重道（ ）走高（ ）沙走（ ）破天（ ）天动（ ）利人（ ）睦相（ ）心积虑

醉生梦（ ）去活（ ）去自（ ）花似（ ）树临（ ）调雨（ ）手牵（ ）肠小（ ）听途（ ）长道（ ）兵相（ ）二连（ ）言两（ ）重心（ ）驱直（ ）不敷（ ）其不（ ）气风（ ）扬光（ ）材小（ ）兵如（ ）采飞（ ）眉吐（ ）象万（ ）军万（ ）到成（ ）败垂（ ）千上（ ）古长（ ）红皂（ ）日作（ ）寐以（ ）同存（ ）想天（ ）天辟地

011 象棋成语

下图是一个象棋棋盘，请你在每格空白棋子上填入一个适当的字，使横竖相邻的4个棋子能够组成一个成语。

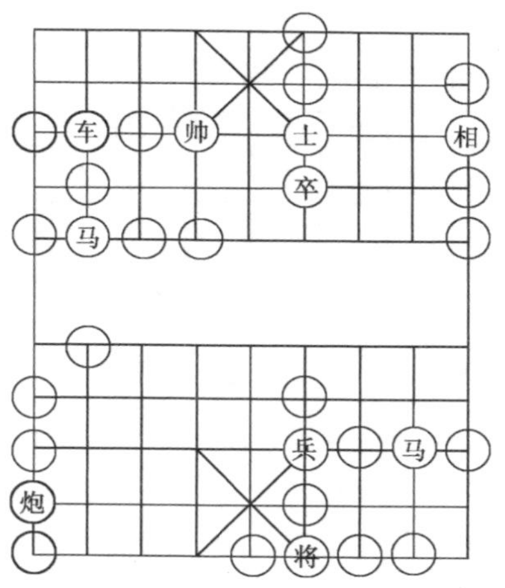

012 组合猜字

如图数字方格，每个数字都代表一个文字，两格相加，又可以合成一个字，你能依照下面的暗示猜出此文字来吗？

① 1加2等于日落的意思。

② 2加3等于日出的意思。

③ 3加4等于欺侮的意思。

④ 4加5等于瞄准出击的意思。

⑤ 2加6等于光亮的意思。

⑥ 6加7等于丰满的意思。

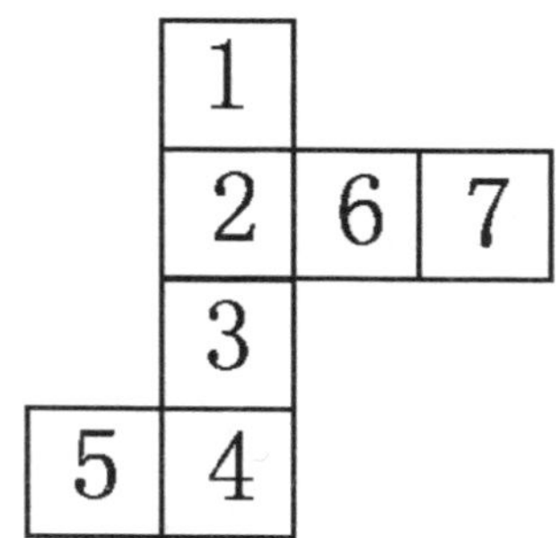

013 串门

一天，王秀才到朋友家去串门。一进门，他双拳一抱，随即念了一首字谜诗："寺字门前一头牛，二人抬个哑木头，未曾进门先开口，闺宫女子紧盖头。"朋友稍一思忖，就领会了其中的意思，便也以诗相答："言对青山不是青，二人土上在谈心，三人骑头无角牛，草木丛中站一人。"王秀才一听，朋友所说的与自己说的完全吻合。双方哈哈大笑起来。请你猜一猜，这两首字谜诗的谜底是什么？

014 乌龟信

一位目不识丁的农妇惦记在外做工的丈夫，于是托人捎去一封信。她的丈夫拆开一看，一页全都画着排列整齐的乌龟，最后却是一只竖着的大乌龟。丈夫立刻明白了，收拾起铺盖卷儿，回家去了。

你能从信中看出它的意思来吗？

015 长联句读

请你给下面一副长联加上标点：

五百里滇池奔来眼底披襟岸帻喜茫茫空阔无边看东骧神骏西翥灵仪北走蜿蜒南翔缟素高人韵士何妨选胜登临趁蟹屿螺洲梳裹就风鬟雾鬓更苹天苇地点缀些翠羽丹霞莫辜负四围香稻万顷晴沙九夏芙蓉三春杨柳

数千年往事注到心头把酒凌虚叹滚滚英雄谁在想汉习楼船唐标铁柱宋挥玉斧元跨革囊伟烈丰功费尽移山心力尽珠帘画栋卷不及暮雨朝云便断碣残碑都付于苍烟落照只赢得几许疏种半江渔火两行秋雁一枕清霜

016 成语与算式

下图两盏数字灯，用适当的数字巧填空。使它直行为成语，横行为数学等式。

017 一封怪信

某人被公派驻外地，半年后他突然接到农村不识字的妻子寄来的一封信。打开一看，上面并没有字，只有一连串象形文字似的图画。丈夫接到此信，知道妻子一定有事要告诉他，但又不解其意，急得像热锅上的蚂蚁一样。最后他只得把信带在身上，一有空就仔细研究，终于找到了答案。比如A表示他（圈）和他的已怀孕的妻子（同心圆圈），那么下面的5个图又表示什么呢？

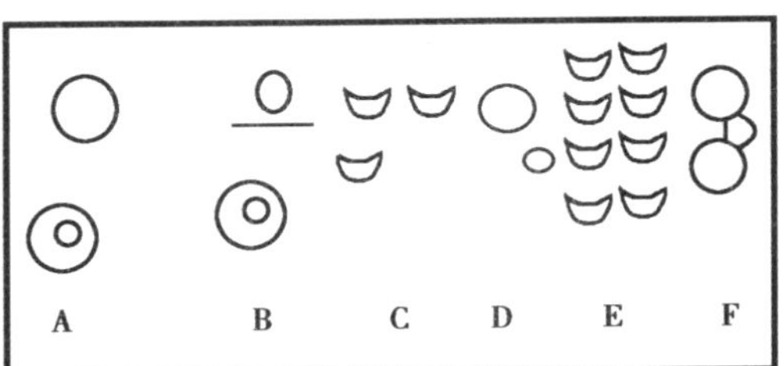

018 秀才贵姓

从前，一大户人家的老太太过六十大寿，八方宾朋济济一堂。一位秀才进京赶考，路过这里，想求一口饭吃。老太太热情地款待了他。席间，老太太问秀才："贵人尊姓大名？"秀才回答："今天不是老太太的生日宴吗？巧得很，我的姓氏与生日宴很有缘。如果把生日宴三个字作为谜面，打一字，谜底即是。"你知道这位秀才姓什么吗？

019 成语加减

将下面的成语运用加减法使其完整。

1.成语加法

(　)龙戏珠+(　)鸣惊人=(　)令五申

(　)敲碎打+(　)来二去=(　)事无成

(　)生有幸+(　)呼百应=(　)海升平

(　)步之才+(　)举成名=(　)面威风

2.成语减法

(　)全十美-(　)发千钧=(　)霄云外

(　)方呼应-(　)网打尽=(　)零八落

(　)亲不认-(　)无所知=(　)花八门

(　)管齐下-(　)孔之见=(　)落千丈

020 "山东"唐诗

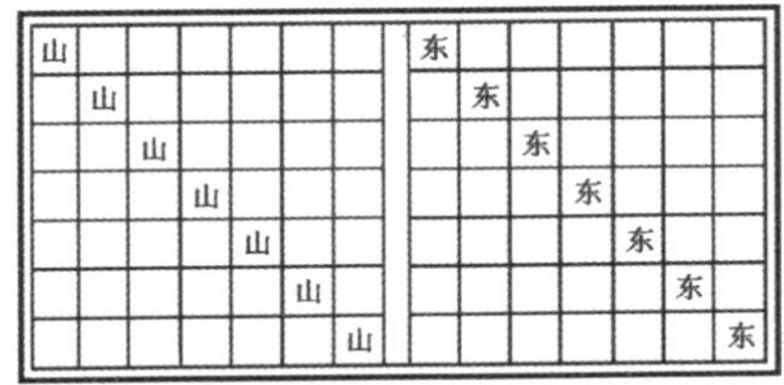

021 诗词影片名

有些电影片名是从古诗词中择取的。请你为下面诗词填出电影片名。

(1)何当共剪西窗烛，却话______时。

——李商隐《夜雨寄北》

(2)山重水复疑无路，_____又一村。

——陆游《游山西村》

(3)无可奈何花落去，似曾相识____。

——晏殊《浣溪沙》

(4)三十功名尘与土，_______。

——岳飞《满江红》

(5)问君能有几多愁?恰似______。

——李煜《虞美人》

(6)____其修远兮，吾将上下而求索。

——屈原《离骚》

(7)_______，处处闻啼鸟。

——孟浩然《春晓》

(8)当时明月在，曾照______。

——晏几道《临江仙》

(9)_____路，孤舟几月程。

——贾岛《送耿处士》

(10)岂有豪情似旧时，_____两由之。

——鲁迅《悼杨铨》

022 断肠谜

相传朱淑贞曾以断肠之情巧制《断肠谜》一则，字里行间充满着一片怨恨决绝之情，此谜制得确是巧妙：“下楼来金钱卜落，问苍天人在何方；恨王孙一直去了，詈冤家言去难留；悔当初吾错失口，有上交无下交；皂白何须问，分开不用刀；从今莫把仇人靠，千里相思一撇消。”

谜面由10个句子组合，每句各打一字，你知道是什么吗?

023 趣味课程表

下图是张课程表，请在空格填上字，使其成为成语，但不能重复。

1				生	物			
2				化	学			
3				美				术
4				外	语			
5				科	学			
6				哲	学			
7				数	学			
8				物	理			

9				心	理			
10				天	文			
11				音	乐			
12				地	理			
13				生	物			
14				农		科		
15				政	治			
16				体			育	
17				经	济			
18				法			律	
19				语	文			
20	历				史			

024 屏开雀选

在图中的空白圆圈内填入一个适当的汉字，使其与左右的字都能组成一个新的字。

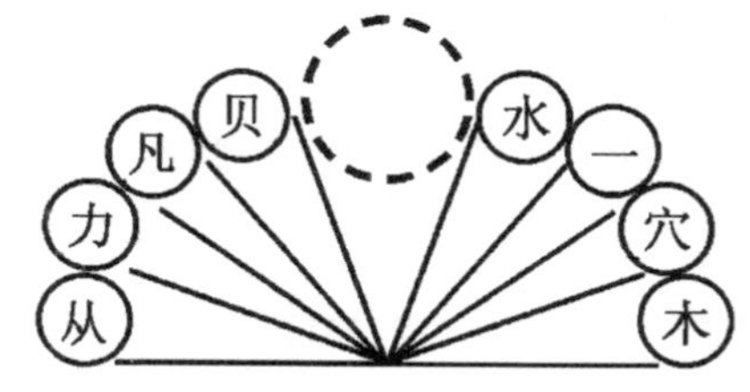

025 环形情诗

电视剧《鹊桥仙》中，苏小妹给新郎秦少游出了3道考题，全部答出方能入洞房。其中有一道题要求将环形的14个字断分成4句七言诗，每句首尾几个字可重叠。你能把苏小妹的诗准确地读出来吗？

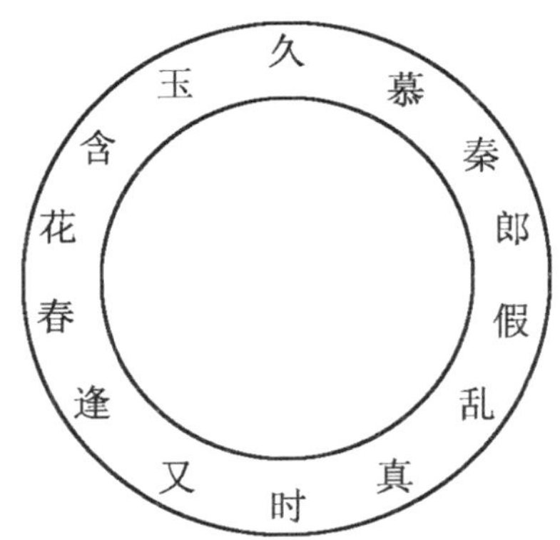

026 组字透诗意

下面有禾、青、九、十等4个字，请你在中间的空白格内填上一个字，使它分别与这4个字拼成另外4个字，而且使拼成的字又符合下边诗句的寓意。

禾稳扬花菊开月，青天无云不飞雪。

九九艳阳东升起，十足干劲迎晨曦。

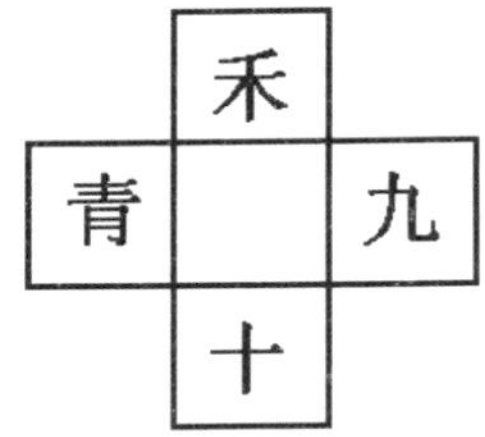

027 几读连环诗

下面是一首连环诗，请你发挥你的想象力，说说能读出几种读法来吗？

028 孪生成语

把下图中的方框填满，组成像双胞胎一样的成语。

□波□□，□波□□

□夫□□，□夫□□

□年□□，□年□□

□可□□，□可□□

□事□□，□事□□

□为□□，□为□□

□不□□，□不□□

□则□□，□则□□

□高□□，□高□□

□者□□，□者□□

029 文静的姑娘

一位精明的老板为了招揽生意，将一件一寸高的玉雕仕女摆在陈列台上，旁边附有说明：“本店愿以谜会友。用这一寸人作谜面，打一字，猜中者，此玉雕仕女便是赠品。”这一招真灵，店内天天顾客盈门。只是一连几天没有谁能猜中。这一天，老板正拿着“一寸人”向顾客夸耀时，一位文静的姑娘从老板手中抢过玉雕，转身便走。保安人员正要前去阻拦，老板说话了：“她猜中了。”

你知道这个谜底是个什么字吗？

030 水果汉字

以下5个盘子中，放着香蕉、梨和苹果。这3种水果分别代表一个汉字。请问代

表什么汉字时，每个盘子中的水果都能组成一个新字？

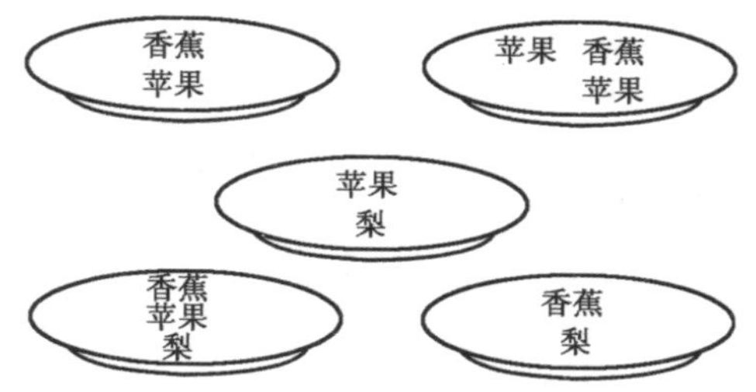

031 字画藏唐诗

下面每一幅图片都是由一句唐诗组成的，分别写出来。

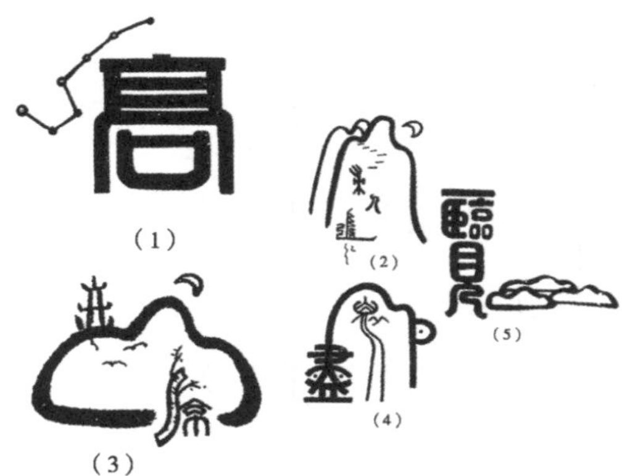

032 数字藏成语

3.5；2+3；333和555；9寸+1寸=1尺；1256789；12345609。上述数字或数式均暗示了一个成语，你知道是什么吗？

033 心连心

请在圈中填上适当的字，使它们组成相关的6条成语（3个圈内已有3个“心”字，要求“心”字在成语中的位置：第一个到第四个至少有一个）。

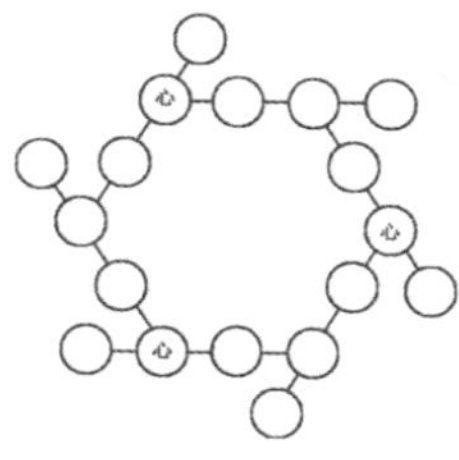

034 人名变成语

下列表格中有14个人名，要求在人名前后的空格里填上适当的字，使之成为成语。

①				关	羽				⑧				马	忠			
②				张	飞				⑨				张	松			
③				马	超				⑩				乐	进			
④				黄	忠				⑪				李	通			
⑤				赵	云				⑫				黄	盖			
⑥				孔	明				⑬				孙	权			
⑦				马	良				⑭				丁	奉			

035 “5”字中的成语

请你把不、开、百、以、花、为、然、争、齐、道、岸、家、锣、放、貌、鸣16个字，填在下面的“5”字形格子里，使横竖读起来都是成语。

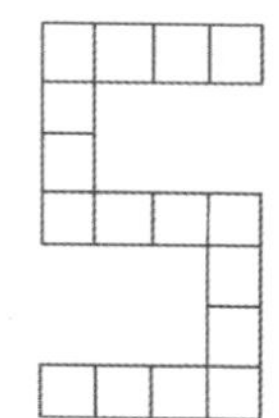

036 回文成语

在图中填上适当的字，使每则回文组成8条成语，要求前句中的最后一字是下句中的第一个字。

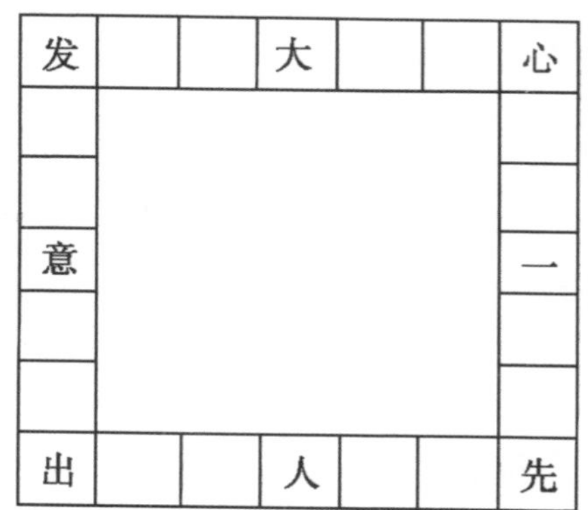

037 省市组唐诗

图中包含有4市16省的名称，将空格填充完整，使之成为通顺的唐诗，并将唐诗作者之名答出。

				河	湖				
				北	北				
			河			湖			
			南			南			
		广					浙		
		东					江		
	江							台	
	西							湾	
山									南
西									京
山									北
东									京
	云							天	
	南							津	
		辽					四		
		宁					川		
			新			上			
			疆			海			
				贵	江				
				州	苏				

038 剪读唐诗

将图形中唐朝贯休的《春野作五首》剪为4块形状、面积相同的部分，拼组成诗，该怎么做？

		绿	浅		
	挟	谁	青	闲	
少	弹	家	平	步	流
年	啄	打	自	征	水
	木	红	逐	车	
		衣	拟		

039 钟表成语

图中每个钟面上指针所指示的时间都能构成一个成语。请你猜一猜，这是3个什么成语？

（1）

（2）

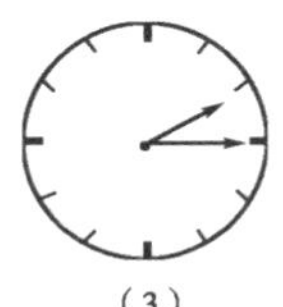
（3）

040 迷宫成语

下图是一座成语迷宫，其中有10条成语首尾相接。请从成语的首字开始，用一条不重复的线把它们串起来。

天	经	天	冲	飞	一	鸣	惊
人	地	义	走	沙	鬼	神	人
不	义	达	石	破	天	共	灾
容	辞	不	道	乐	惊	怒	苦
久	治	长	安	贫	天	心	良
安	国	天	久	地	动	用	天
居	乐	手	勤	工	以	致	涯
事	业	精	于	俭	学	海	无

041 成语之最

根据图片中的文字提示，快速写出这一系列的“最”相对应的成语。

- 最长的一天
- 最难做的饭
- 最宽的视野
- 最高的人
- 最大的容量
- 最大的变化
- 最大的手术
- 最尖的针
- 最重的话
- 最大的差别
- 最快的速度
- 最怪的动物
- 最宝贵的话

042 巧拼省名

用23根火柴摆成下面的图案。请你移动其中的4根，将其变成两个汉字，并使它们连起来是中国的一个省名。动动脑筋，怎样移才能成功呢?

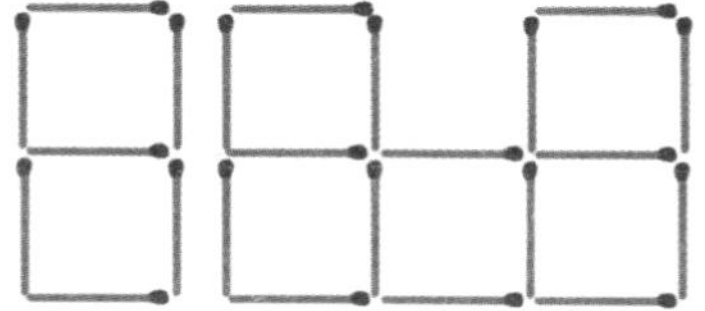

043 藏头成语

在下面的空格里填上适当的字，使每一竖行组成一个四字成语。填上的字就是谜面，请你猜一地名。

经	衣	碑	落	衣	积	月	感	言	源
地	无	立	归	使	月	如	交	巧	节
义	缝	传	根	者	累	梭	集	语	流

044 棋盘成语

看棋盘，猜两条成语。

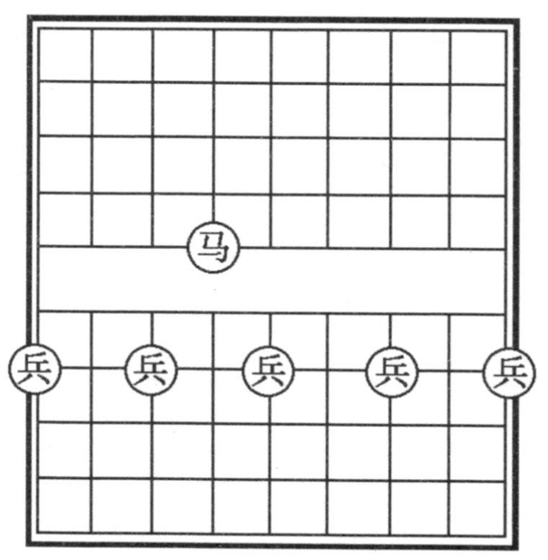

045 尴尬礼物

图中这些人都拿到了一份礼物，但这些礼物的单词里，都少了一个字母。比如说，某个人希望能给他的汽车得到一个轮胎（TIRE），却只得到了领带（TIE），因为他的礼物少了一个R。要完全解开这一道题，首先请你把礼物和图片对应起来；然后，把失踪的字母找出来，并把这8个字母重新排序，你将得到一个单词来形容这些不合时宜的礼物。

046 虎字成语

请你填一填。

			虎
		虎	
	虎		
虎			
虎			
	虎		
		虎	
			虎

虎			
	虎		
		虎	
			虎
			虎
		虎	
	虎		
虎			

047 给我C！给我D！

这道纵横字谜里的所有单词都以C开头，以D结尾，但是其他的字母却不见了。根据提示把它们填入相应的空格中。

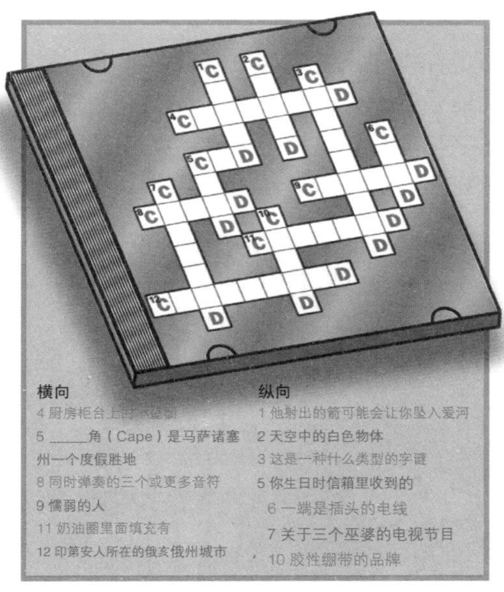

横向
4 厨房柜台上的
5 ______角（Cape）是马萨诸塞州一个度假胜地
8 同时弹奏的三个或更多音符
9 懦弱的人
11 奶油圈里面填充有
12 印第安人所在的俄亥俄州城市
纵向
1 他射出的箭可能会让你坠入爱河
2 天空中的白色物体
3 这是一种什么类型的字谜
5 你生日时信箱里收到的
6 一端是插头的电线
7 关于三个巫婆的电视节目
10 胶性绷带的品牌

048 标签分类

今年谁将得到什么礼物？要搞清楚，在每个礼物标签的两行空格上填入相同顺序的相同字母。第一行告诉你礼物是给谁的，第二行告诉你礼物的名称，它们都在树下放着（并非每件物品都会被用到）。作为开始，有一个标签已经为你填好了。

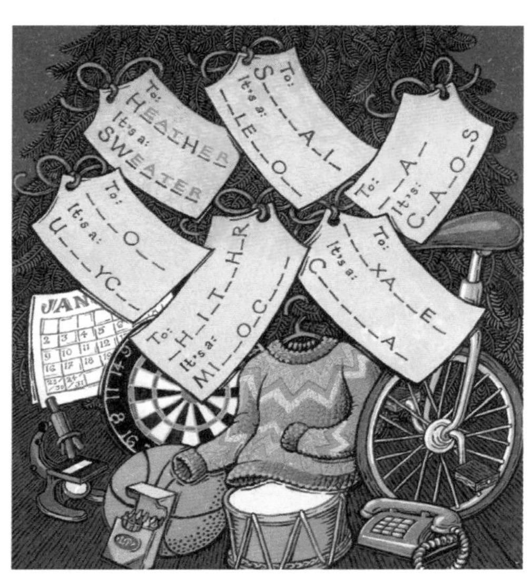

049 O地带

在这个O形散射状的图形中你将找到横向、纵向和斜向的30个单词，它们都只有O作为唯一的元音字母。你把它们全部找出来以后，从左到右，从上到下阅读剩下的字母，你会发现额外的信息。现在开始吧！

050 单词演变（1）

你能把“camp”这个词最终变成“fire”吗？根据提示每次改动一个字母。如果卡住，可以从底下开始往上做。

051 单词演变（2）

你能把“toad”这个词最终变成“newt”吗？根据提示每次改动一个字母。如果卡住，可以从底下开始往上做。

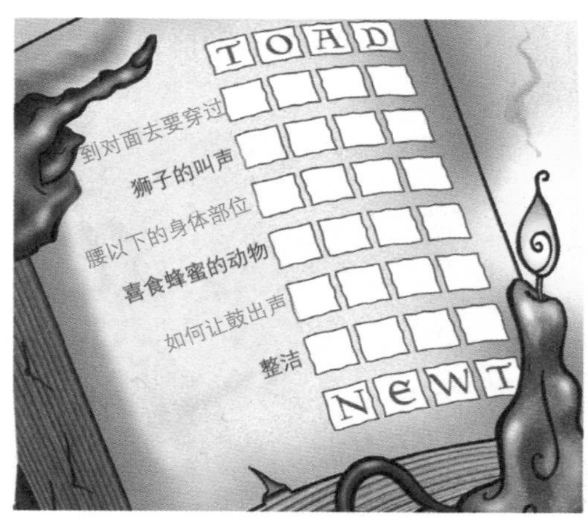

052 夏威夷之旅

在这个网格中你将找到横向、纵向和斜向的20个单词，它们都跟夏威夷有关。你把它们全部找出来以后，从左到右，从上到下阅读剩下的字母，你会发现一个很酷的事实。祝你好运！

P I N E A P P L E U K I
H U H L L E O E U L U E
U A O C G N I L I A S T
L H N T A A U A M L U O
A E O C O C O N U T R U
P A L M T R E E L C Y R
M O U E E A A N H S L I
V E L A L G N I F R U S
P L U I N U D G F L H T
G R A S S S K I R T A S
E A I V N H A U E W O A
I S D N A L S I I L A N
ALOHA
COCONUT
GRASS SKIRT
HONOLULU
HULA
ISLANDS
LAVA
LEI
LUAU
MAUI
OAHU
ORCHIDS
PAM TREE
PINEAPPLE
SAILING
SUGARCANE
SURFING
TOURISTS
UKULELE
VOLCANO

053 指挥系统

把字母从一个空格转移到下一个空格，你将最终得到10个总统的名字。彩色的线告诉你把哪些字母移下来，但是剩下的字母你得自己填上。这道题目中每种颜色在不同的地方表示不同的字母。比如，

尽管在ADAMS里面的M由一根蓝色的线连接至下一个名字中的M，但是蓝色在其他地方可能会表示其他字母。

054 捉苍蝇

哪里来的嗡嗡声？在这道题目中，字母组合 F-L-Y 在列出来的单词中出现了 18 次，它们总是用一只苍蝇的图案代替。比如，“flypaper”这个词在纵横格中的表示形式就是“🪰PAPER”。这些单词按照左右、上下或者斜向的顺序隐藏在纵横格中。你把它们全部找出来以后，从左到右、从上到下阅读剩下的字母，你会得到一条额外的信息。

055 乐器

这个故事里隐藏有18种乐器的名称。有的直接就在一个词里面（“harp竖琴”就藏在“sharply”里面），有的则是穿越了两个甚至更多单词（“sitar锡塔琴”藏在“sit around”里面）。找到10个就很好了，找出15个是非常好，如果你18个全部找出来，那你就是真正的乐器专家了。

056 隐藏的美食

你能在这个字母格里找出列出来的 25 种美食吗？不，你不可能找出来。这是因为事实上只有 20 个隐藏在里面。这些单词可以是从上到下、从下到上、从左到右、从右到左以及斜向排列。当你把全部 20 个找出来以后，剩下的字母从左到右从上到下阅读会组成一个谜，剩下 5 个在字母格里没有找到的单词的首字母，将组成这个谜的谜底。

057 奇怪的球

你得有准备才能完成这道题目，因为图中的每一个物体都代表一个以“ball”

结尾的单词或者短语。比如，一罐漆代表单词 PAINTBALL。你能找出多少呢？

058 填空

这个纵横字谜里的每个提示分别是左边图里的英文名称。把这些名称按照相对应的字母填入纵横格中。完成以后，从左边到右、从上到下地阅读用黄色突出显示的字母，可以拼出一个额外的短语。

059 板子游戏

这些冲浪板上面所画图案的英文名称都能放在“board”前面组成一个新单词，比如画有超市收银员（supermarket checker）的冲浪板就能拼出“CHECKBOARD”。你能拼出多少个这样的词？

060 哈哈大笑

这里列出来的34个单词可以放入上面的纵横格里。所有单词里都有HA，这些HA都已经填入纵横格了，但是其他字母都没填上。根据这些单词的长度，以及它们相互交叉的位置，你能把它们全部放入正确的位置吗？

3 LETTERS
HAY
4.LETTERS
CHAT
HAIR
HALO
HARE
HARM
HAPP
5 LETTERS
CHALK
HABIT
HAPPY
HATCH
SHACK
SHAPK
SHAPP
SHAVE
WHALE
6 LETTERS
HAWALL
MARTHA
SAHARA
7 LETTERS
CHAMBER
CHAPTER
HARPOON
HAYWIRE
PHANTOM
SHALLOW
8 LETTERS
CHARCOAL
9 LETTERS
HAMBURGER
HANDSHAKE
MANHATTAN
TOOTHACHE
10 LETTERS
CELLOPHANE
CHAMELLEONS
LEPRECHAUN
11 LETTERS
SHAKESPEARE

061 跟ABC一样简单

这些场景全都能用分别以ABC开头的三个单词所组成的一个短语来描述，比如Aardvarks Burning Candles（食蚁兽点蜡烛）。你能把这6幅场景都描述出来吗？

062 大交易

你要是会打牌的话，你就会发现列出来的这24张牌，分别隐藏在上面的纵横格中，可以从左至右、从右至左、从上至下、从下至上以及斜向阅读。你把它们全部找出来以后，按照从左到右从上到下的顺序阅读剩下的字母，你会发现一个强大的事实。

063 头脑风暴

请把单词填到空格当中，每空一个字母。第一个单词是RAIN（雨），其余的单词排在它后面绕成蜗牛壳的形状。每个单词开始的位置和左侧提示前的数字一致。不过，后一个单词可能会和前一个单词之间有交集。比如说：第二个单词从2号方格开始，它的前三个字母就是AIN。根据前一个单词，你可以猜出后一个单词。

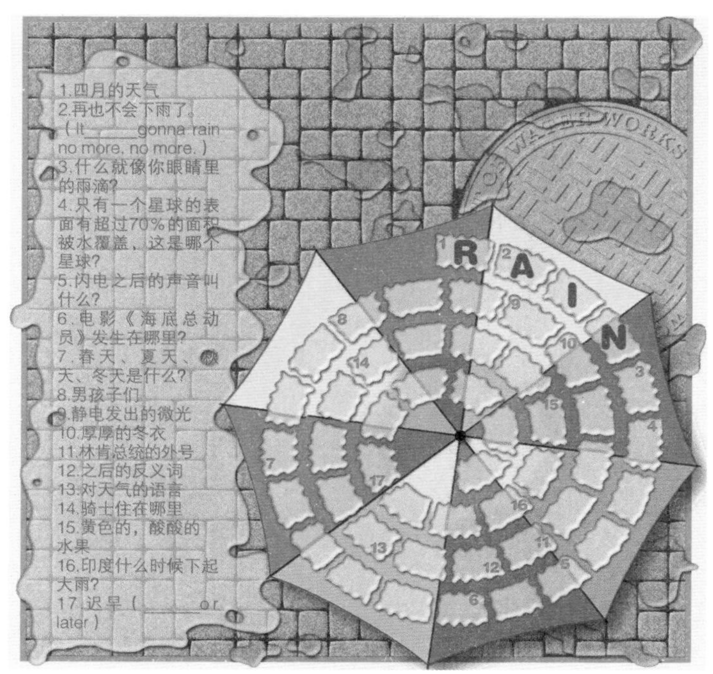

064 澳大利亚趣闻

你好啊，欢迎来到澳大利亚！图中隐藏着22个和澳大利亚有关的单词（已经在下面的方框中列出）。请你从上、下、左、右或沿着对角线的方向分别把它们找出来。完成任务之后，再把剩下的字母从左到右、从上到下拼起来，你会发现一件有趣的事情！

065 单词对对碰

在每一行的空格中填入某个物品对应的单词。每一行都给出了一个字母，这样你就容易下手一些。等填完了所有的空格，你会发现还有三件物品没有用到。只要把阴影部分的字母连起来，你就会发现与剩下的物品相对应的单词。

066 积沙成堆

你能把单词“sand（沙子）”一步一步地变成“dune（沙丘）”吗？根据提示，在每一行填入一个单词。所填入的单词，和前一个单词只有一个字母不同。如果你卡壳了，那就试着从下往上做。

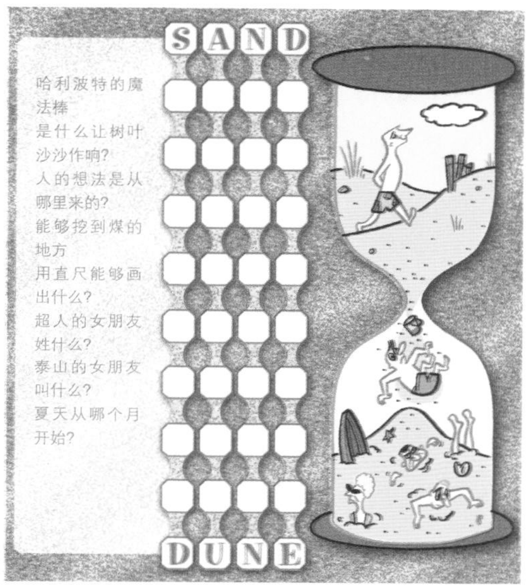

SAND
哈利波特的魔法棒
是什么让树叶沙沙作响？
人的想法是从哪里来的？
能够挖到煤的地方
用直尺能够画出什么？
超人的女朋友姓什么？
泰山的女朋友叫什么？
夏天从哪个月开始？
DUNE

067 单词配对

仔细观察下面的图片。在字母堆里面藏着12对单词。每对单词只有首字母不同。比如说，_ONKEY和_ONKEY就藏在其中，分别是DONKEY和MONKEY（注意其中没有表示人名的单词）。请你沿着上、下、左、右和对角线的方向分别把它们找出来。完成任务之后，再把剩下的字母从左到右、从上到下拼起来，你会发现一件有趣的事情！

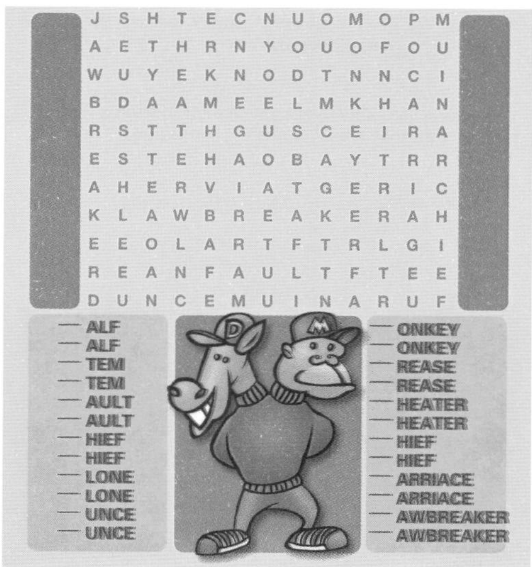

068 城际纵横

请把字母从一个位置移到另一个位置，这样你会拼出10个美国城市名称。彩色的图线提示你某个字母移动的路径，但没有给出提示的字母，这就得靠你自己了！注意图线的颜色在不同的地方可能代表不同的字母。比如，紫色的图线连接着TOLEDO（托莱多）和另外一座城市名称中相同的字母D，但在其他的位置，紫色可能代表其他的字母。

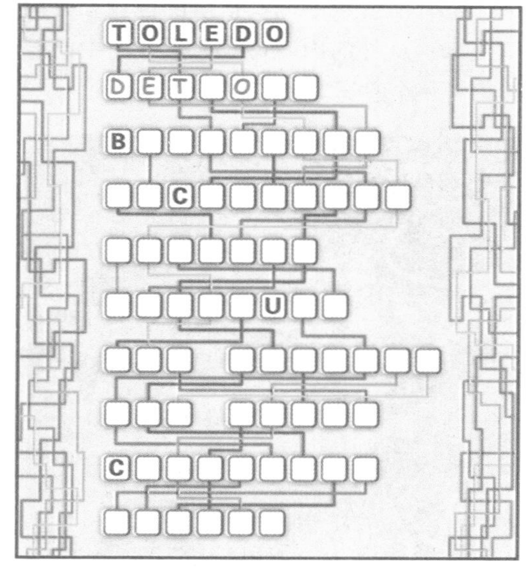

069 雪世界

这些雪花是由字母组成的，而这些字母又可以拼成和雪有关的单词——它们要么可以和snow组合成词，要么可以组合成短语。比如说，1号雪花包含着字母E、S、O、S和H，答案就是shoes（鞋子）——它可以和snow组成单词snowshoes（雪鞋）。你能找到每个雪花里出现的那个单词吗？

070 风车转转

下面的每一幅图片都可以用一个含有4个字母的单词来命名。想一想是哪个单词，把它沿着数字标签指定的位置和方向填出来：从外向内，弯成弧形。图中已经给出了一个答案。

071 滚雪球

你能够把snow（雪）一步一步地变成ball（球）吗？根据提示，每次填入一个单词。相邻的两个单词只有一个字母不同。如果你卡壳了，那就试着从下往上做。

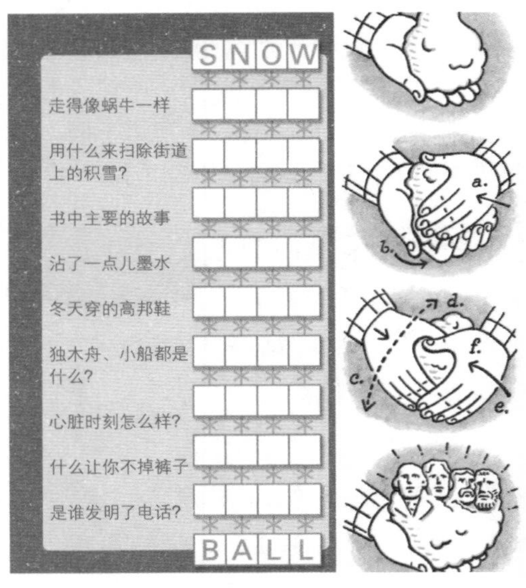

072 蔬菜趣谈

在每个空格处填入一个下图所示蔬菜的名称，你将会写出一语双关的句子。比如，第一个句子的答案beans（豆）和beings构成了双关。你能完成这些句子吗？

1. Dogs must think human______are pretty strange,since they throw their delicious bones in the garbage.
2. My parents talk so much when I watch TV that I have to______the volume to ful blast.
3. I thought Mom would be upset that I came home late,but she really didn' t seem to______all.
4. Whenever I get a present,I can' t wait to rip off the wrapping______and see what' s inside。
5. We wanted to eat dessert first,but our mom wouldn' t______.
6. It seems like whenever I get close to finishing a jigsaw puzzle,I find that there' s one______missing.
7. We took a few roses from our neighbor' s garden for Grandm' s birthday because it was too late to______shop.
8. At the end of her mushy letter,Jennifer______and seven X' s.

073 开锁游戏

请你把图中右下角的21个单词依次填入到空格中去，就像做一个填字游戏那样。不过，你得看好，当单词中出现了L-O-C-K的时候，图中就用一把锁来代替；当单词中出现了K-E-Y的时候，图中就用一把钥匙来代替。根据单词的长度和lock、key出现的位置，你能不能把这个字谜填出来（空格、连字符不占位置）？

KEY RING
KEY WEST
LOW-KEY
MALARKEY
MICKEY MOUSE
MONKEY WRENCH
OARLOCKS
OKEY-DOKEY
PADLOCK
SHERLOCK HOLMES
SMOKEY BEAR
STUMBLING BLOCK
WARLOCK
ALARM CLOCK
BLACK EYED PEAS
BLOCKADE
CLOCKWISE
CRIKEY!
DONKEYS
GOLDILOCKS
HEMLOCK

074 安静一点！

听到了吗？下图中的一堆字母里包含着20个吵吵闹闹的单词。请你沿着上、下、左、右和对角线的方向分别把它们找出来。完成任务之后，再把剩下的字母从左到右、从上到下拼起来，你会发现一件有趣的事情！

075 月圆之夜

你能够把单词full一步步地变成moon吗？根据图中的提示，在空格里填入单词。相邻的单词之间，只有一个字母不同。如果你卡壳了，试着从下往上做。

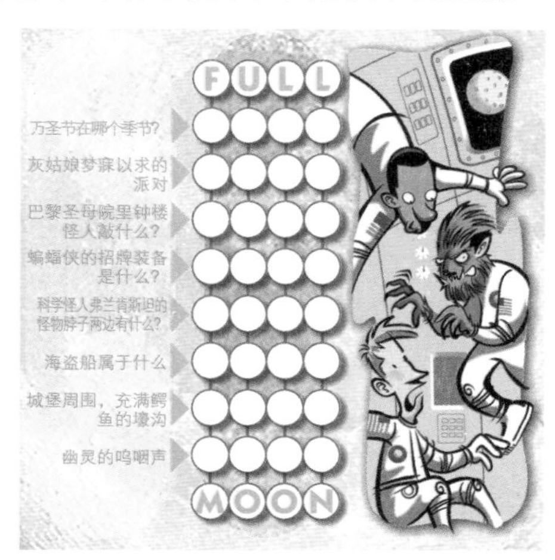

第2章　计算力

001 九宫图

将编号从1~9的棋子按一定的方式填入下图中的9个小格中，使得每一行、每一列以及每条对角线上的和都分别相等。

002 数字填空（1）

仔细算一算，空着的小正方形中应该填上哪些数字？

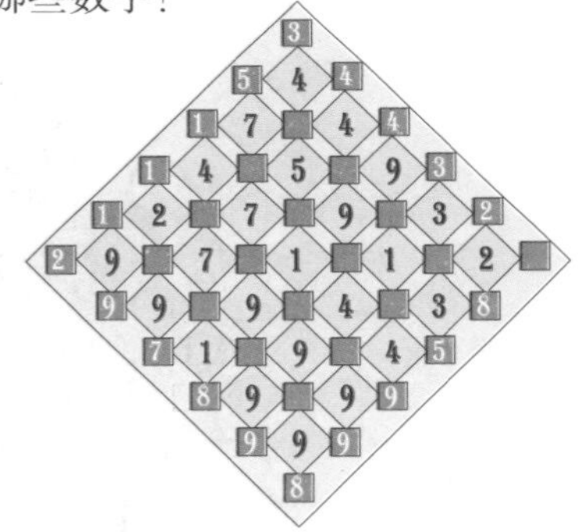

003 数字填空（2）

图中标注问号的地方应该填上一个什么数字？

2	4	2
16	12	48
8	12	?

004 四阶魔方

四阶魔方：将这些编号从1~16的棋子填入游戏纸板的16个方格内，使得每一行、列以及2条对角线上的和相等，且和(即魔数)为34。

005 杜勒幻方

杜勒著名的蚀刻画《忧郁》（图1所示）包含了1个四阶的魔方，关于这个魔方还有一系列的书。它只是许多四阶魔方中的1个，但是因为它比魔方定义所要求的更加“魔幻”，所以它经常被叫作恶魔魔方。这幅蚀刻画创作的年份——1514，显示在魔方底行中心的2个方块中。

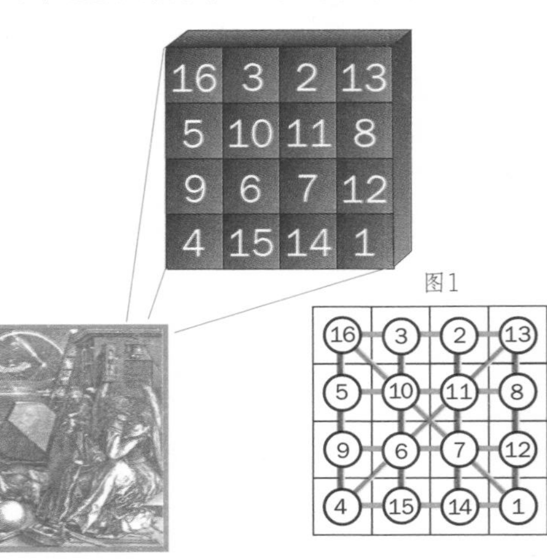

图1

除了魔方基本定义中的几组数字模式（每行、每列以及每条对角线上的和相等）之外，你还能在这个恶魔魔方当中找出几组不同的模式，使其魔数为34？

006 排列法

已知图形是1个被对角线分成2个三角形的正方形，这2个三角形分别为黑色和白色，而且这个正方形可以通过旋转得到4种不同的图案，如下图所示。现在把3个这样的正方形排成1行，请问一共有多少排列方法？

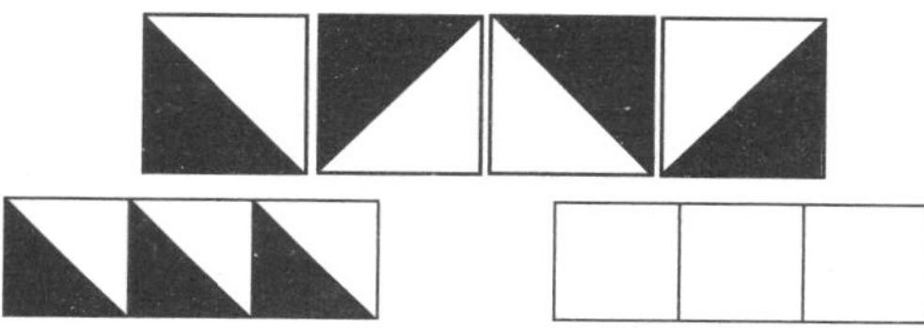

007 完成等式

将数字1~9放进数字路线中，使各等式成立。

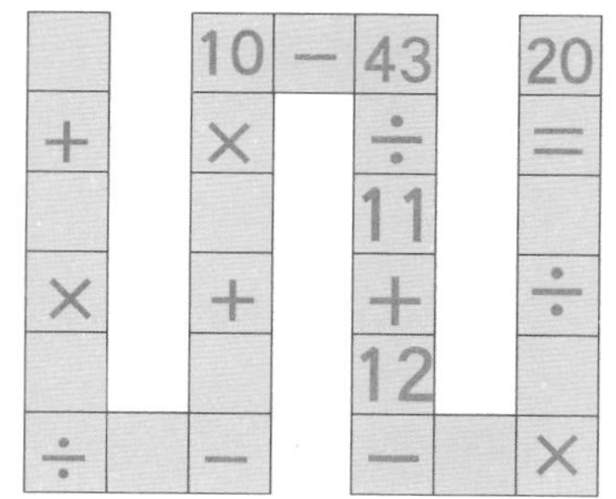

008 数字谜题

仔细算一算，哪些数字可以完成这道谜题？

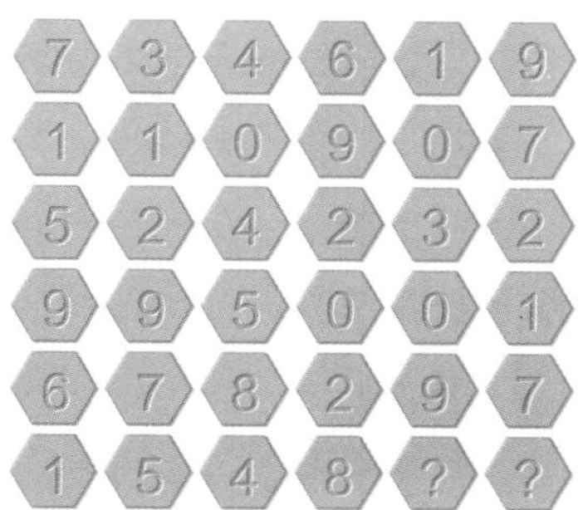

009 保龄球

保龄球队一共有6个队员，队长需要从这6个人中选出4个人来打比赛，并且还要决定他们4个人的出场顺序。

请问有多少种排列方法？

010 按顺序排列的西瓜

7个大西瓜的重量（以整千克计算）是依次递增的，平均重量是7千克。最重的西瓜有多少千克？

011 下落的砖

要掉在砌砖工头上的砖有多重？假设它的重量是1千克再加上半块砖的重量。

012 贝克魔方

你能将数字1~13填入下面图中的灰色圆圈中，使得每组围绕彩色方块的6个圆圈之和相等吗？

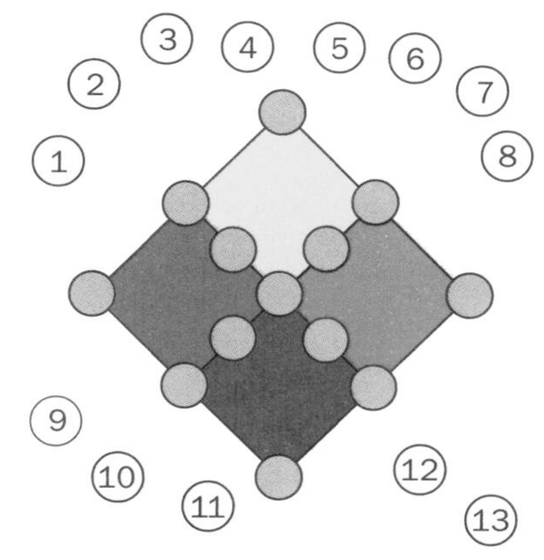

013 六阶魔方

用数字1~36填入缺失数字的方格中，使得每行、每列及每条对角线上的6个数之和分别都等于111。

28		3		35	
	18		24		1
7		12		22	
	13		19		29
5		15		25	
	33		6		9

014 八阶魔方

本杰明·富兰克林的八阶魔方诞生于1750年，包含了从1~64的所有数字，并以每行、每列的和为260的方式进行排列。

你能填出缺失的数字吗？

52		4		20		36	
14	3	62	51	46	35	30	19
53		5		21		37	
11	6	59	54	43	38	27	22
55		7		23		39	
9	8	57	56	41	40	25	24
50		2		18		34	
16	1	64	49	48	33	32	17

015 三阶反魔方

在三阶反魔方中，每行、每列以及每条对角线上的和全都不一样。

三阶反魔方可能存在吗？

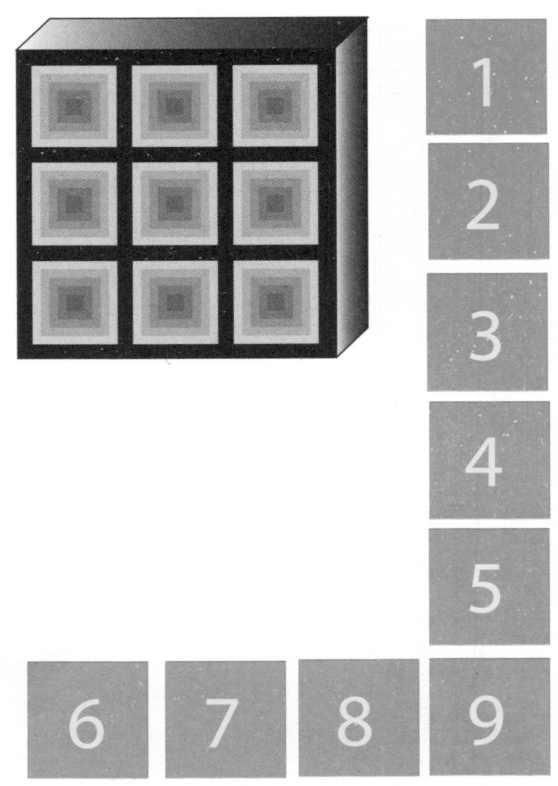

016 符号与数字

如果叶子的值是6，你能计算出其他符号的值吗？

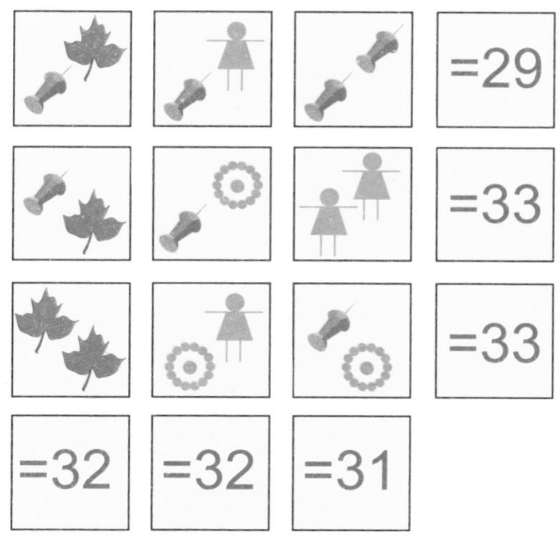

017 多米诺骨牌墙

有人在砌一堵墙。你能替他完成这项工作，把剩下的7张多米诺骨牌插入相应的位置吗？但是要记住，每行中要包括6组不同的点数，而且这些点数相加的和要与每行右侧的数值相等；每列也要包括3组不同的点数，且这些点数相加的和也要与底部的数值相等。

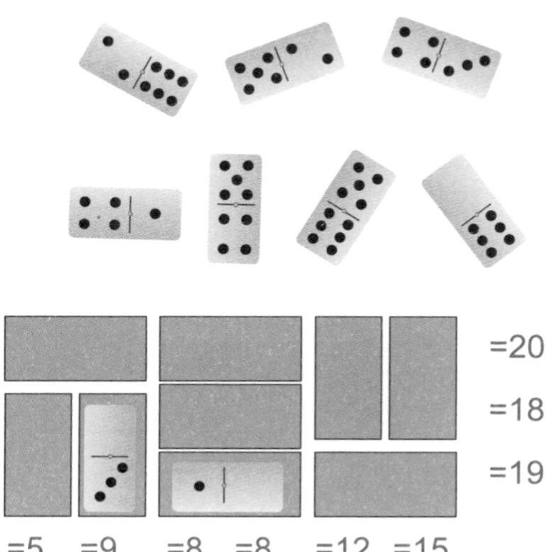

018 博彩游戏

在一种博彩游戏中，买彩票者需要在1~54这些数字中间选出6个数字，这6个数字的顺序不重要。

请问有多少种选择？

019 五星数字谜题

在这道谜题中，你必须运用从1~12的数字，每个圆圈中只能放入1个数字，而且所有的数字都要用上。将数字全部安放正确，使得各行4个数字的总和都等于26。

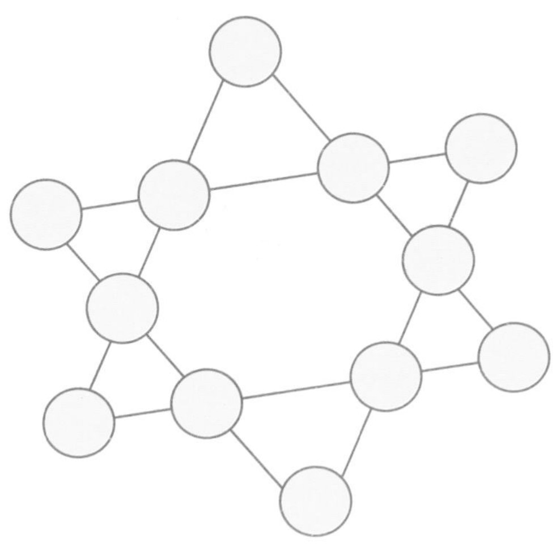

020 送货

传送带和滚轴上的货物需要运到20个单位距离的地方。如果每个滚轴的周长为0.8个单位长度，那么它们需要转多少圈才能将货物运到指定的地点？

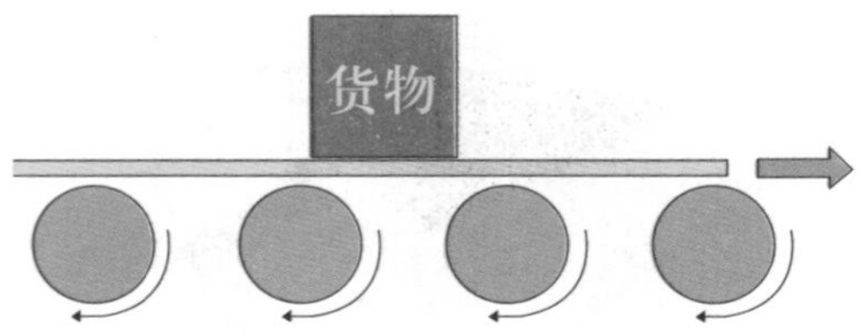

021 魔轮（1）

这里有一个经典魔方的新变体。

谜题的目标是将两个魔轮以同心圆的方式咬合，使得任何一条直径上的数字和都相等。

复制这两个魔轮，并将内魔轮放在外魔轮上面；然后上下翻动带数字的半圆纸片，直到找到正确答案为止。

你也可以尝试用心算的方法解决。

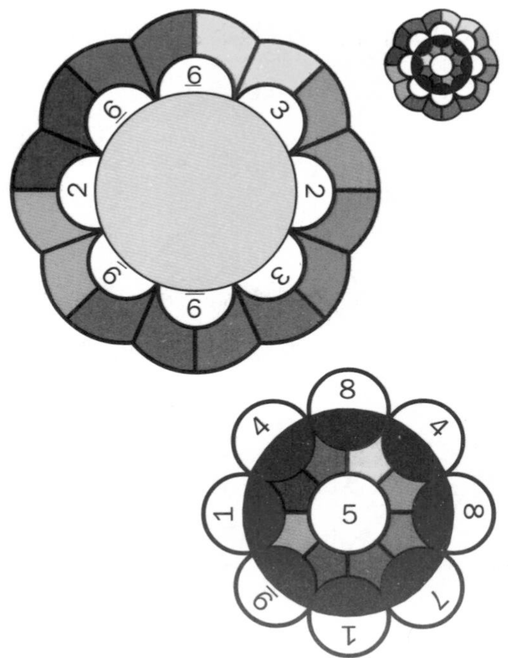

022 魔轮（2）

这个魔方所适用的规则跟21题一样，但现在你要操控3个魔轮。你可以旋转魔轮，颜色不一定要匹配。祝你好运！

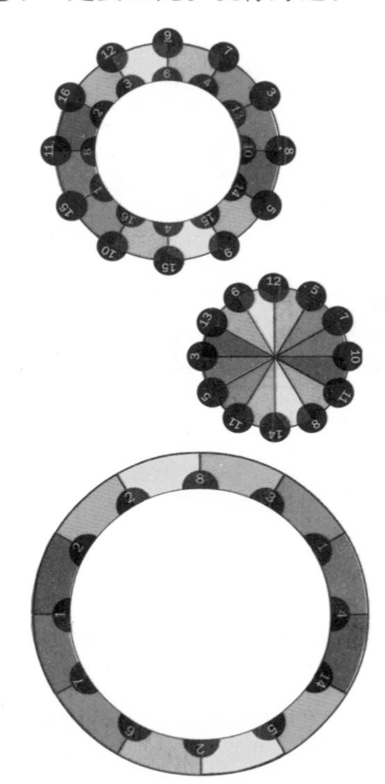

023 完成等式

在空格中填入正确的数字，使所有上下、左右方向的运算等式均成立。

	+		=	6
−		×		+
	+	4	=	
=		=		=
3	+		=	

024 合力

这4个力是作用在同一个点上的（蓝点）。力的大小以千克为单位。

你可以算出它们合力的大小吗？

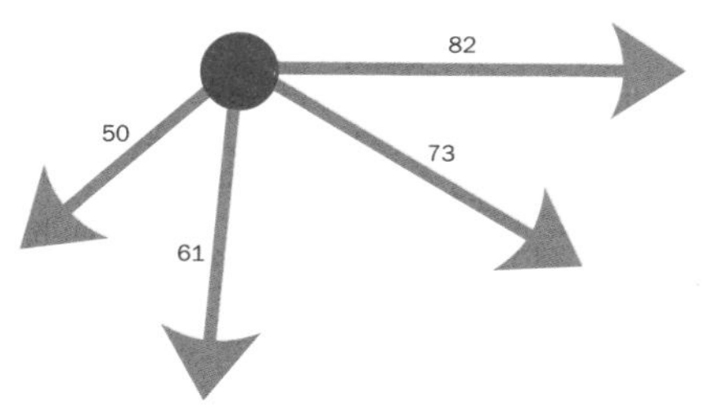

025 魔数蜂巢（1）

将数字1~8填入下图的圆圈内，使游戏板上任何一处相邻的数字都不是连续的。你能做到吗？

026 魔数蜂巢（2）

将数字1~9填入下图的圆圈里，使得与某一个六边形相邻的所有六边形上的数字之和为该六边形上的数字的一个倍数。你能做到吗？

027 五角星魔方

你能将数字1~12（除去7和11）填入五角星上的10个圆圈上，并使任何一条直线上的数字之和等于24吗？

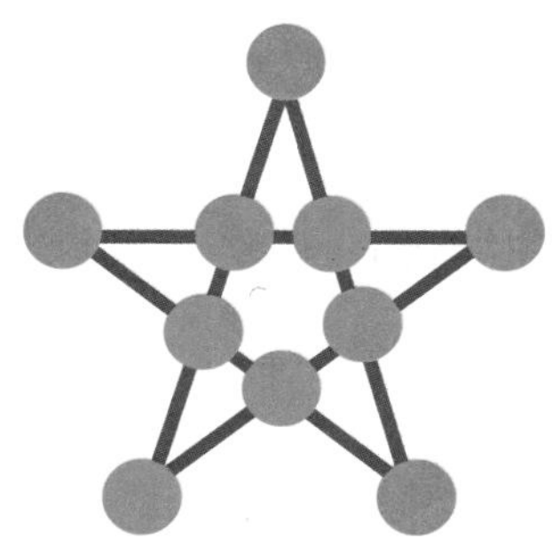

028 六角星魔方

你能将数字1~12填入六角星的圆圈中，使得任何一条直线上的数字之和为26吗？

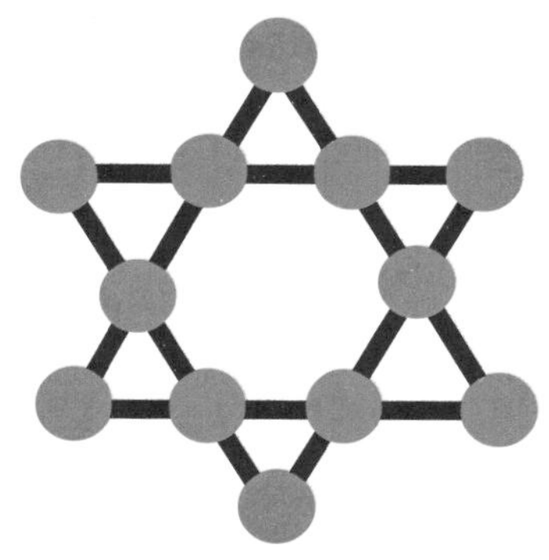

029 七角星魔方

你能将数字1~14填入右图的七角星圆圈内，使得每条直线上数字之和为30吗？

030 六角魔方

你能否将数字1~12填入多边形的12个三角形中，使得多边形中的6行（由5个三角形组成的三角形组）中，每行（每组）的和均为33？

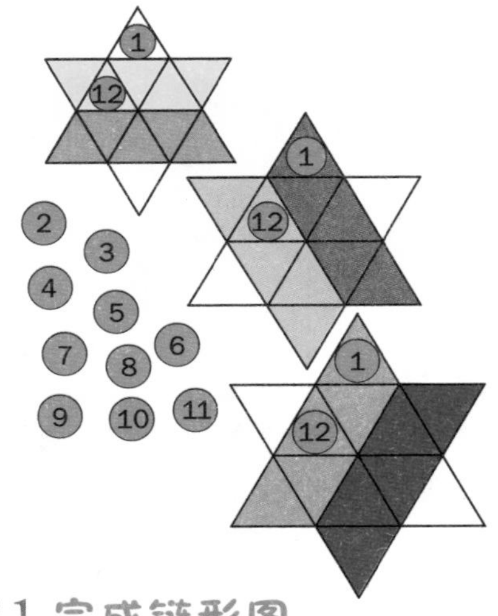

031 完成链形图

算一算，下面这个链形图中缺少什么数字？

032 代数

要完成这道题，问号的位置应该换成什么数字？

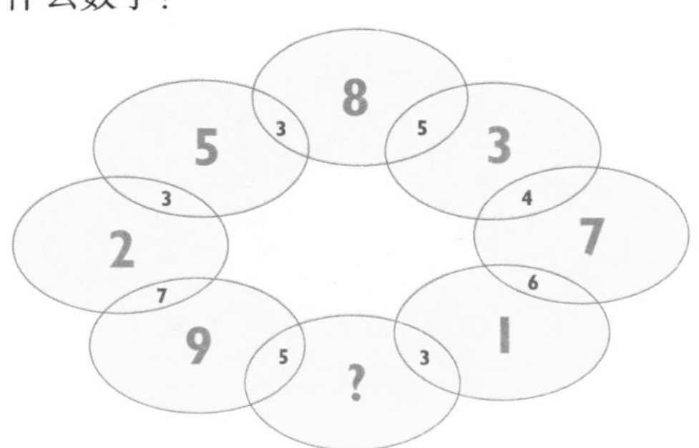

033 路径

从顶部的数字2出发，得出一个算式，使算式最后的得数仍然是2，不可以连续经过同一排的两个数字或运算符号，也不可以两次经过同一条路线。

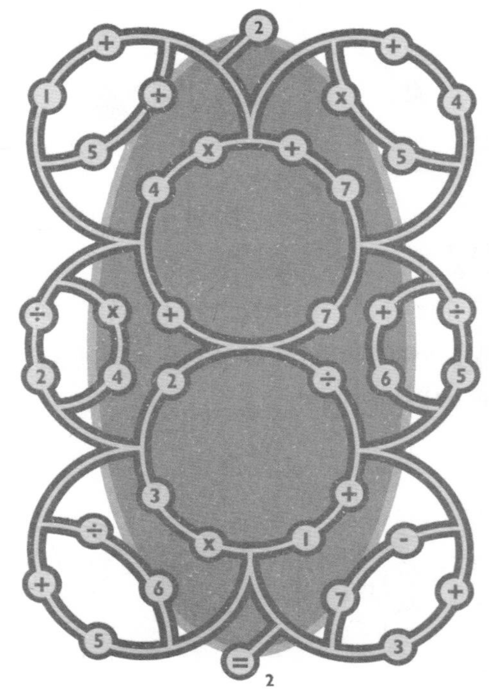

034 完成谜题

算一算，在问号处填上什么数字可以完成这道题？

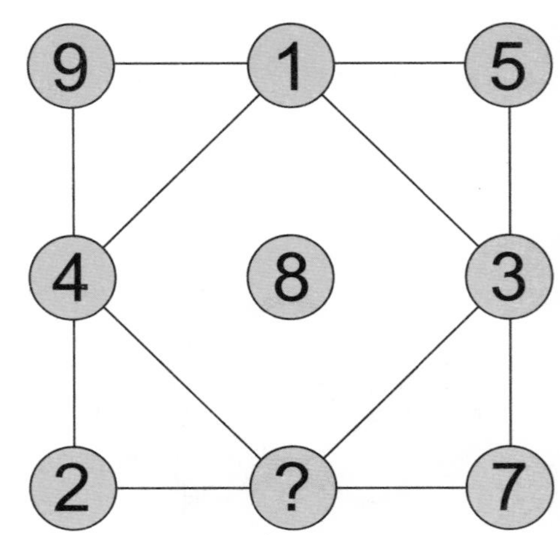

035 墨迹

哎呀!墨迹遮盖了一些数字。此题中，从1~9每个数字各使用了一次。你能重新写出这个加法算式吗?

036 房顶上的数

你能找出房顶处所缺的数值为多少吗？门窗上的那些数字只能使用1次，并且不能颠倒。

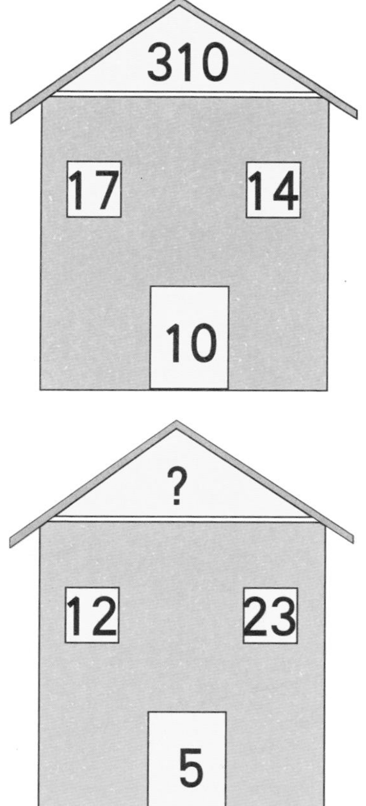

037 迷宫算式

从左上方的数字7出发，穿过迷宫并得出一个算式，使算式最后的得数仍然是7。不可以连续经过同一排的2个数字或运算符号，也不可以两次经过同一条路线。

038 数字完形（1）

你能算出缺失的数字吗?

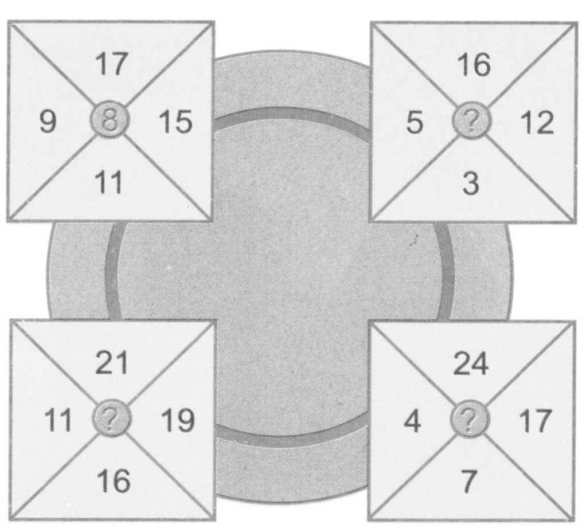

039 数字完形（2）

你能算出问号处应是什么数字吗？

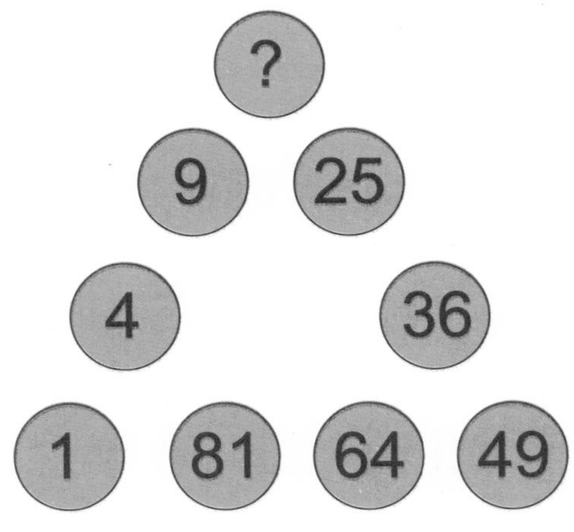

040 小狗菲多

小狗菲多被人用一条长绳拴在了树上。拴它的绳子可以到达距离树10米远的地方。

它的骨头离它所在的地方有22米。当它饿了，就可以轻松地吃到骨头。

它是怎么做到的？

041 剩余面积

如图所示，4个绿色的小正六边形和红色的大正六边形部分重叠。

问：除去重叠的部分，4个绿色六边形和红色六边形哪个剩余面积更大？红色正六边形的边长是绿色正六边形边长的2倍。

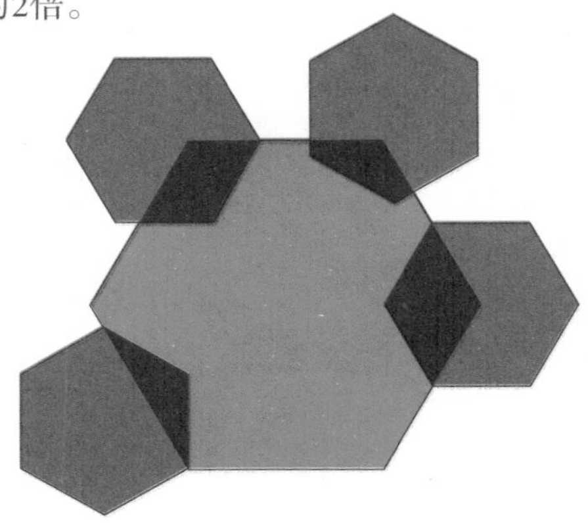

042 数字难题

要完成这道题，问号处应该填上什么数字？

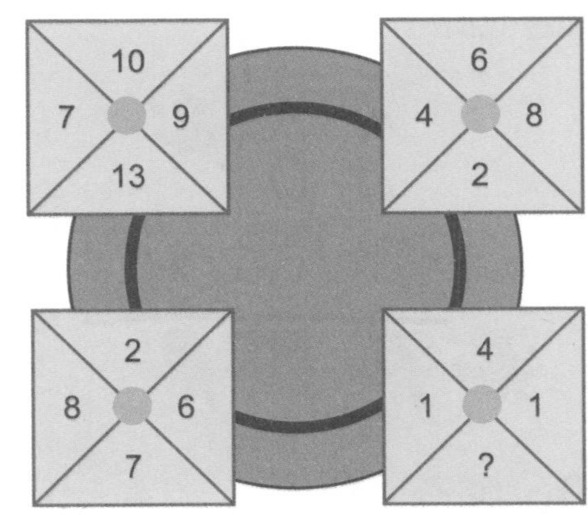

043 数字圆盘

第3个圆中缺少什么数字，你能算出来吗？

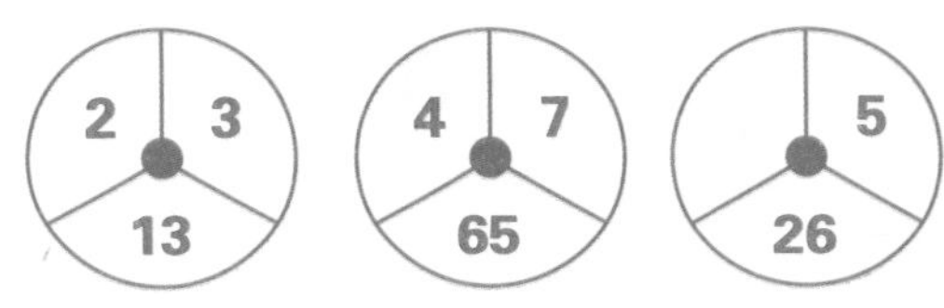

044 四边形面积

如图所示，用1根橡皮筋在下边的小钉板上围出1个红色的四边形，假设图中每一个小正方形的边长为1个单位，你能算出这个红色的四边形的面积吗？

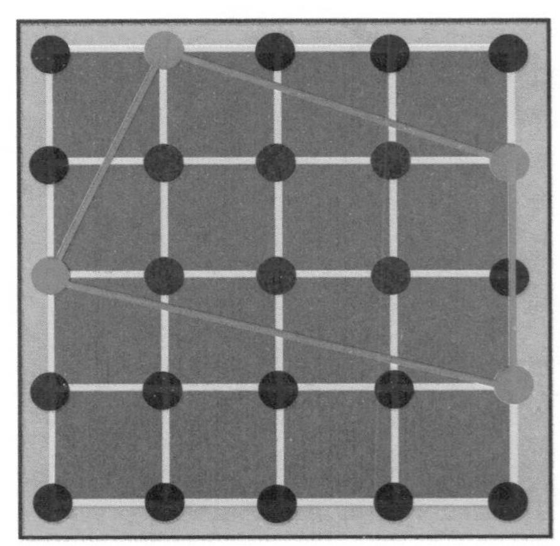

045 总值

浅绿、绿色和紫色圆圈各代表不同的数值。最后那排的总值为多少？

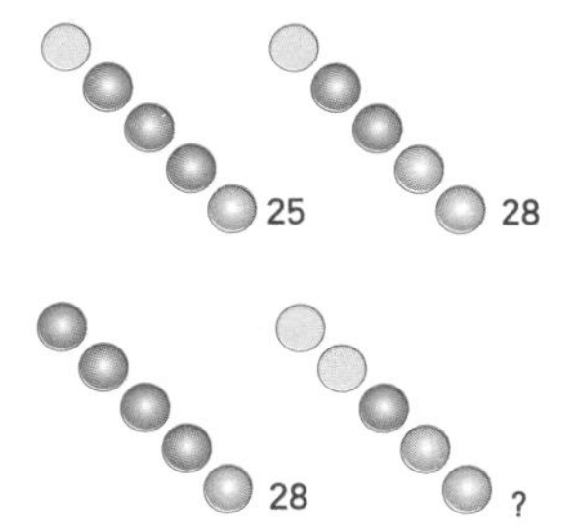

046 求面积

如图所示，假设每个小正方形的边长为1个单位，你能够算出下边4个图形的面积吗？

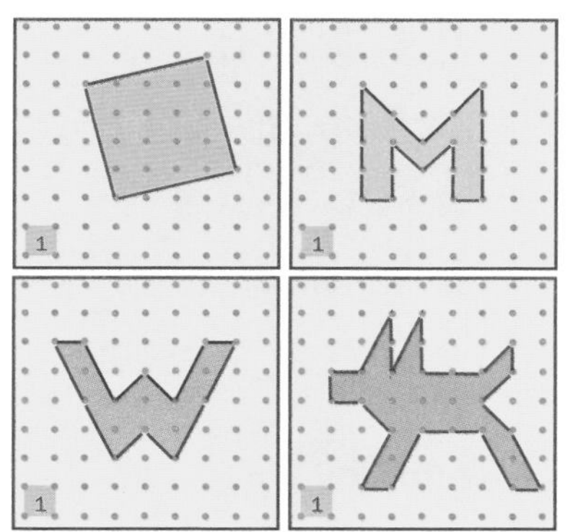

047 正方形边长（1）

可以放入7个等边三角形（边长为1个单位长度）的最小正方形的边长是多少？

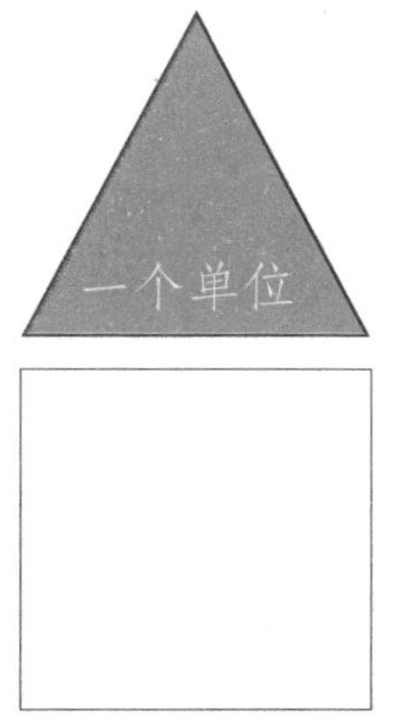

048 正方形边长（2）

可以放入8个等边三角形（边长为1个单位长度）的最小正方形的边长是多少？

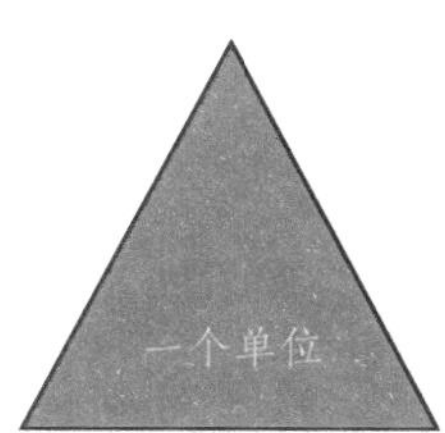

049 金字塔上的问号

金字塔每一格中的数字都是下面两格中的数字之和。用哪一个数字来替换问号呢？

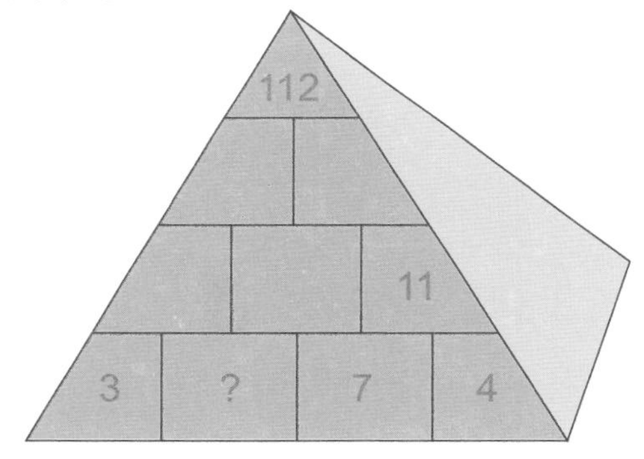

050 面积比值

已知图中的两块黄色区域面积相等，请问其他两块区域的面积比值是多少？

A 1/3　　B 1/2

C 1　　D 3/2

051 年龄

据说，曾有一位希腊人，孩童时期占据了他生命中1/4的时间，青年时期占据了1/5，在生命中1/3的时间里他是成人，而在生命的最后13年里，他成了一位老绅士。那么他在去世时年纪有多大呢？

052 大小·面积

在边长为1的正方形的内接三角形中，面积最小的是多少？面积最大的呢？

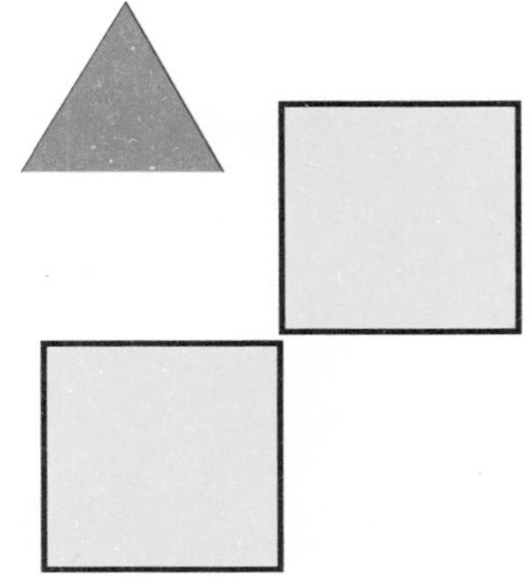

053 超级立方体

将数字0~15填入“超级立方体”中，使如图所示的每个立方体上的8个数字相加之和等于60。超级立方体是四维的立方体，这里用相近的二维平面图来表示。

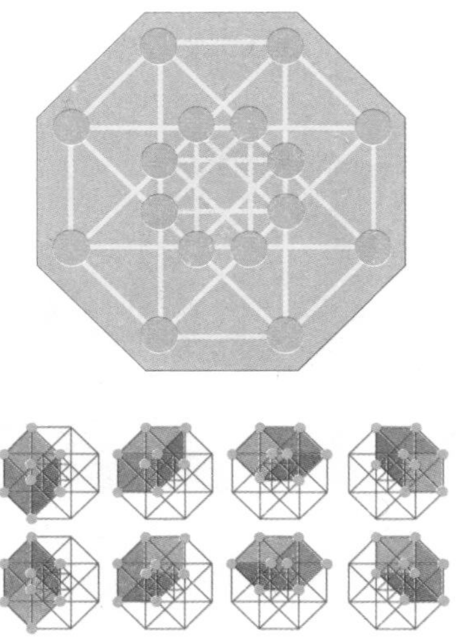

054 结果是203

在如图所示的三角形中放入1个数，使得每横排、纵列及对角线上的数值之和为203。

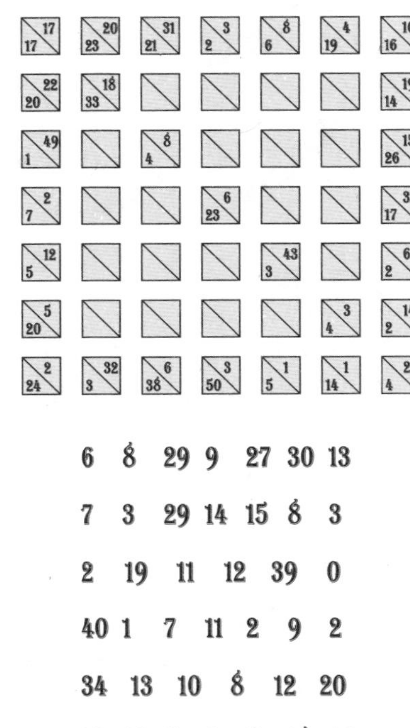

055 重新排列

观察这3组由标有数字的方块组成的图形。你能否通过把每组中的1个（且只能是1个）数字方块与别组进行交换将整个图形重新排列，从而使得每组数字的总和都与其他各组中数字的总和相同呢？

056 砝码

如图所示的天平系统是平衡的。那么，黄色砝码的重量是多少（忽略杠杆作用）？

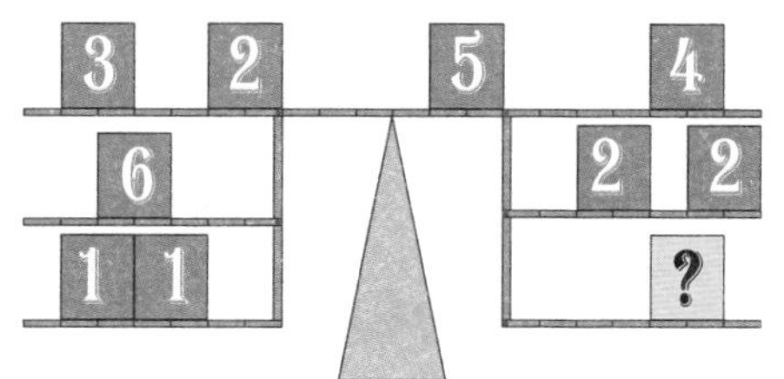

057 两位数密码

图中每个地面上的特工都需要1个数字密码才能与指挥中心联系。请问图中所缺的两位数密码是多少？

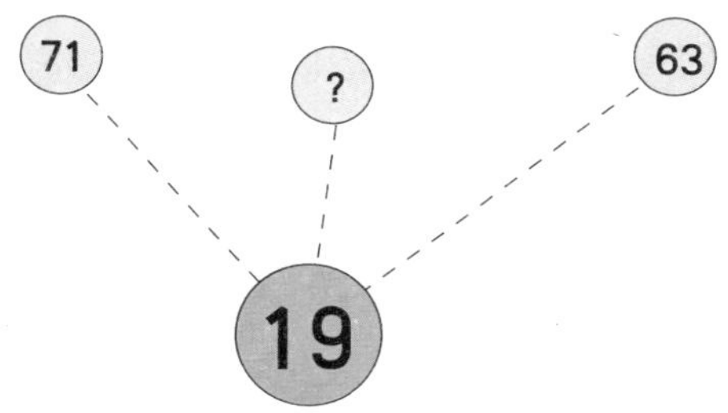

058 组合木板

现在有许多不同长度（毫米）的厚木板，如图所示，我们的目的是选择一些木板并把它们组合成一根连续长度尽可能接近某一个特定长度的木板——在这道题目里为3154毫米，如果可能，不要砍断任何木板。你能得到的最好结果是多少？

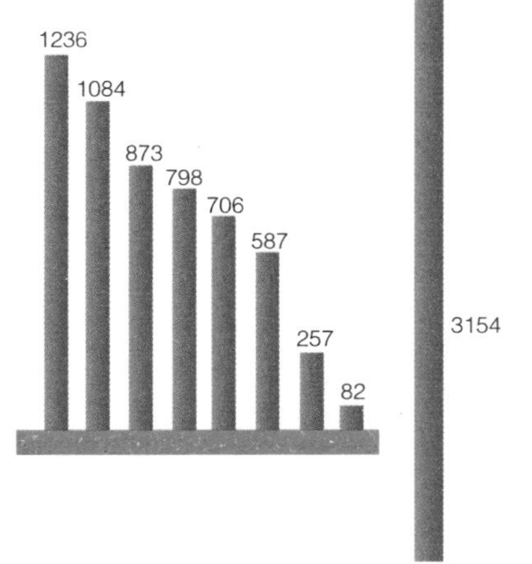

059 平衡

右边这个盒子里应放入多重的物品才能保持平衡？注意：衡量所划分的部分是相等的，每个盒子的重量是从盒子下方的中点开始计算的。

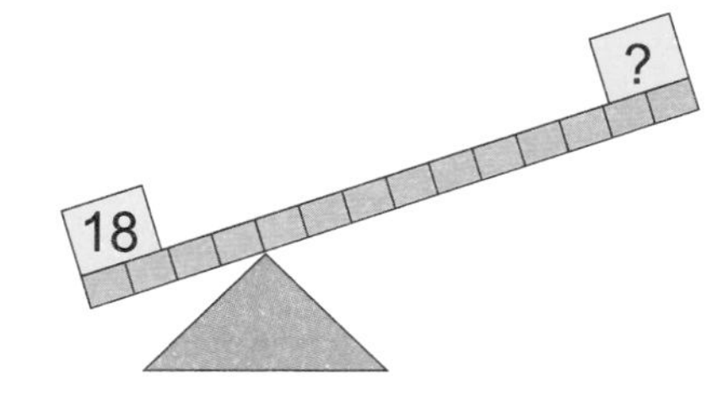

060 AC的长度

图中，圆圈的中心点是O，角AOC是90°；AB与OD平行。线段OC长5厘米，线段CD长1厘米。你要做的是计算线段AC的长度。

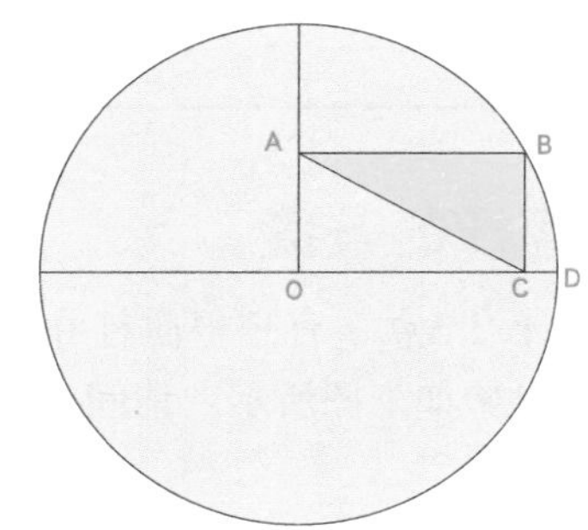

061 六边形与圆

每个六边形底部3个球对应的数之和减去六边形顶端的3个球所对应的数之和，等于六边形中间相对应的这个数。请填出空白处对应的数字。

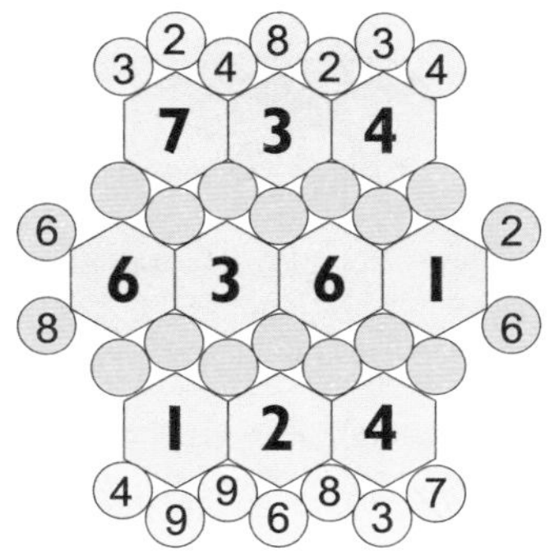

062 距离

有一位女士，她的花园小道有2米宽，道路一边都有篱笆。小道呈回形，直至花园中心。有一天，这位女士步行丈量小道到花园中心的长度，并忽略篱笆的宽度，假设她一直走在小道的中间，请问她走了多远的路？

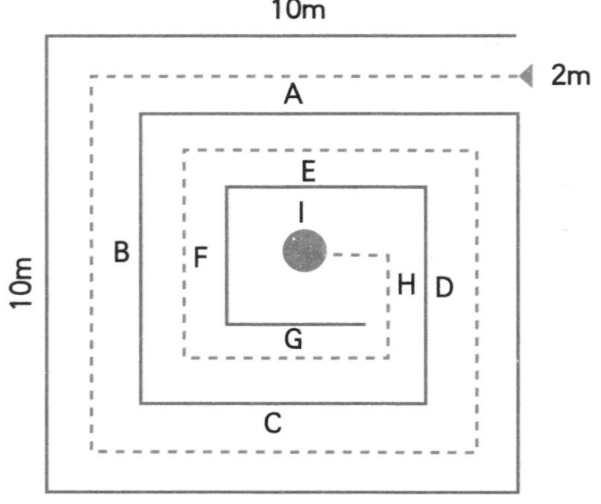

063 旗杆的长度

某天下午3点，有一根旗杆和测量杆在地上的投影如下图所示。请问旗杆的长度为多少？

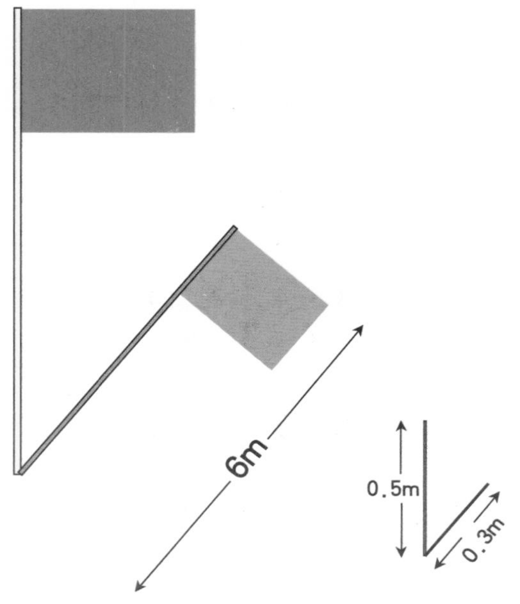

064 阴影面积

从绕地球轨道运行的人造卫星上可以看到任何种类的事物。例如，间谍卫星上配备有功能强大的镜头，足以“读取”到地球上汽车牌照上的数字。而其他类型的人造卫星则可以“看透”地球表面。所获取的这些影像能为人类的研究工作带来帮助——其中有些影像被用于那些已在滚滚黄沙中埋葬千年的失落文明的探索工作。

在这个问题中，我们将利用人造卫星来俯瞰一块土地进行调查。这块土地基本上呈正方形，边长为20米。假设将每一条边的中点都作为标记，把整块土地分割成9块大小、形状各不相同的土地。你能算出中间正方形阴影部分的面积是多少吗？注意：不要得意得太早，先告诉你，答案可不等于100平方米哦！

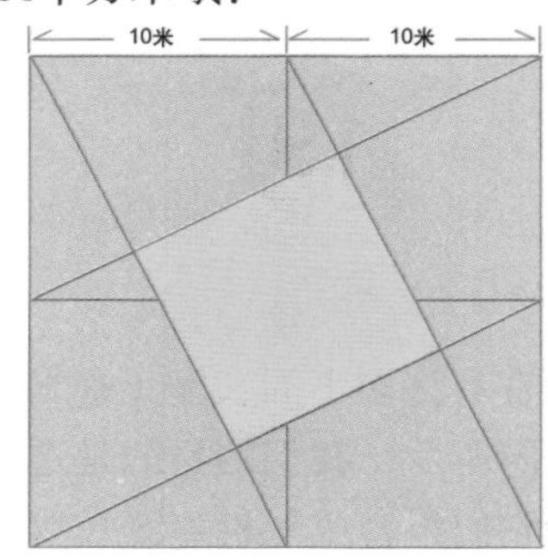

065 切割立方体

任何立方体的表面积都等于立方体6个面单面面积相加的总和。例如，下边这块立方体干酪每一面的边长都是2厘米。因此，每一面的表面积就等于2厘米×2厘米，即4平方厘米。由于总共有6个面，因此这个立方体的表面积就是24平方厘米。

现在，挑战来了。要求你将这个立方体切成若干块，使得切割后的形体的表面积之和等于原来这个2×2立方体表面积的2倍，需要几刀就切几刀。

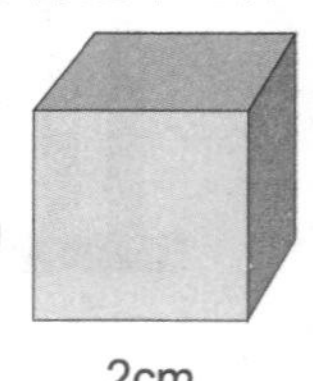

066 蜂群

蜂群总数的一半的平方根飞去了一丛茉莉花中，8/9的蜂群也紧跟着飞去了;只有2只蜜蜂留下来。

你能说出整个蜂群里一共有多少只蜜蜂吗?

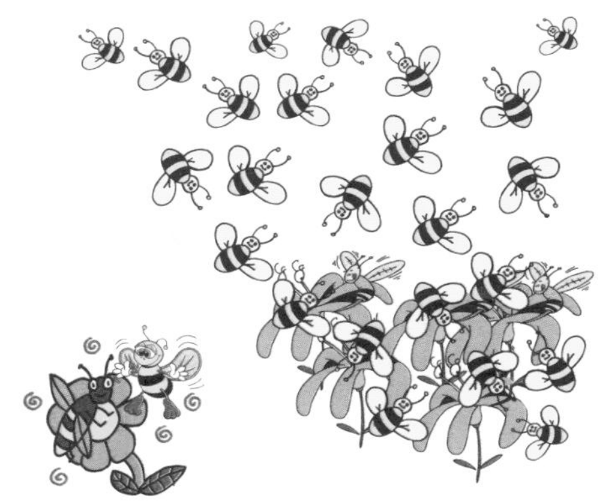

067 射箭

10支箭射向了下面的靶子，1支箭彻底地脱了靶，其他的箭都射中了靶子。如果总分为100分，那么各支箭都分别射在了箭靶的哪一环呢?

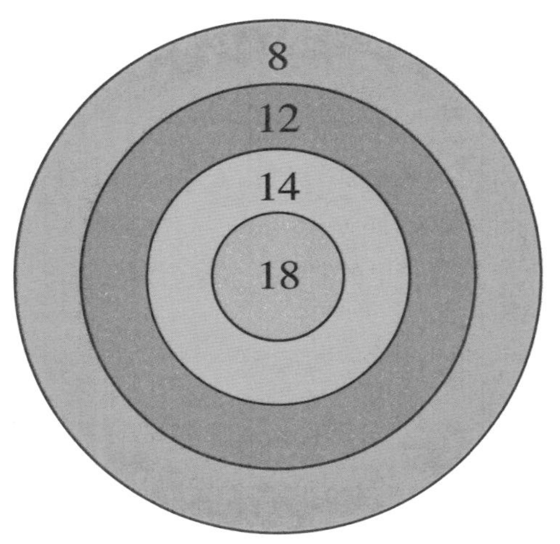

068 裙子降价

如果一件裙子降价20%出售，现在的销售价格要增加多少个百分点才是原来的价格?

069 费尔图克难题

费尔图克曾就一道古老的射箭难题向罗宾汉挑战。他把6支箭射在靶子上，这样他的总分就刚好达到100分。看样子，费尔图克好像知道答案而且可以摘得奖牌了。

提示：有4支箭射在了相同的靶环上。

070 链子

一个人有6条链子，他想把它们连成一条有29个节的链子。他去问铁匠这个需要花费多少钱。铁匠告诉他打开一个环要花1元，而要把它焊接在一起则要花5角。请问，铁匠做这条链子最少要花多少钱?

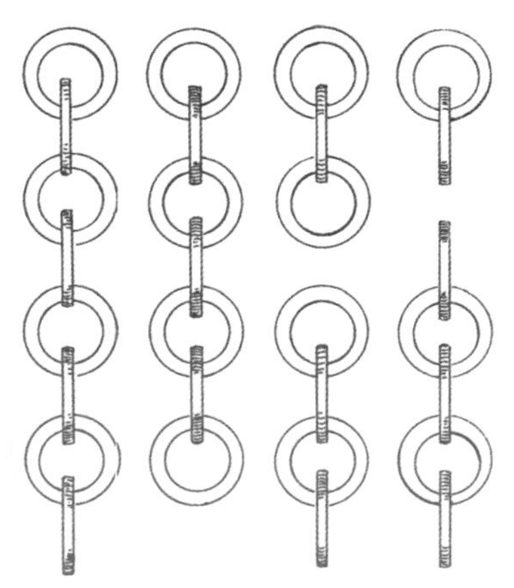

071 动物

这是一个有关管理员的游戏，它来自非洲的肯尼亚。有个管理员决定计算一下公园里的狮子和鸵鸟的数量。出于某种原因，他是通过计算这些动物的头和腿的数目来统计动物数量的。最后，他算出一共有35个头和78条腿。那么，你知道公园里分别有多少狮子和鸵鸟吗？

072 自行车

这个故事发生在自行车刚刚出现的时候。一天，有 2 名年轻的骑车人，贝蒂和纳丁·帕克斯特准备骑车到20千米外的乡村看望姑妈。当走过4千米的时候，贝蒂的自行车出了问题，她不得不把车子用链子拴在树上。由于很着急，她们决定继续尽快向前走。她们有两种选择：要么 2 人都步行；要么 1 个人步行，1 个人骑车。她们都能以每小时4千米的速度步行或者以每小时8千米的速度骑车前进。她们决定制定一个计划，即在把步行保持在最短的距离的情况下，利用最短的时间同时到达姑妈家。那么，他们是如何安排步行和骑车的呢？

073 网球

很多年以前，人们在闲暇时刻乡村俱乐部举行了一场盛大的泰迪·罗斯福混双网球锦标赛。一共有128对选手报名参加这项赛事。管理员撒迪厄斯·拉肯卡特熬了半宿才把赛程拟订出来。那么，你知道在冠军产生之前会进行多少场混双比赛吗？

074 苍蝇

那只久经沙场的苍蝇已经在很多思维游戏当中出现过，这次它又来为难我们的读者了。它发现一块儿大理石的底座，并想从上面飞过。它准备从下页图中所示的这个立方体左下角的A点出发，然后到达立方体对面的右上角B点。这个立方体的每条边都长60厘米。那么，你能为这只苍蝇找出一条最短的路线吗？

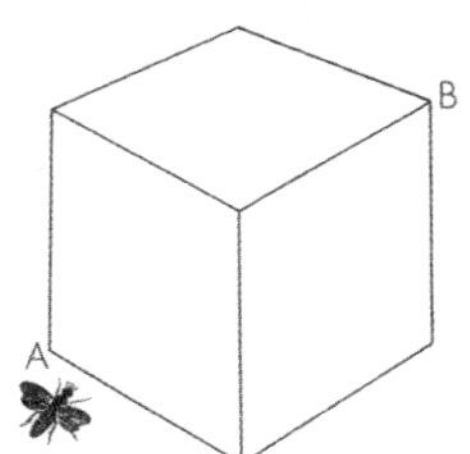

075 小甜饼

小阿里阿德涅现在很烦。今天早些时候，她收到妈妈亲手做的一包新鲜小甜饼。正当她打开礼物时，她的 4 个朋友就到了，她们提醒阿里阿德涅以前她们带的小甜饼也曾和她分享过，现在也该她反过来回赠她们了。

她不情愿地把其中的一半和半个甜饼分给了她的朋友劳拉；然后把剩下的一半甜饼和半个甜饼分给了梅尔瓦；接着，她又把剩下的一半甜饼和半个甜饼分给了罗伦；最后，她把盒子里剩下的一半甜饼和半个甜饼分给了玛戈特。这样，可怜的阿里阿德涅就把盒子里的甜饼都分了出去，她真是伤心极了。

那么，你能否计算出盒子里原来有多少小甜饼吗？顺便说一下，阿里阿德涅绝对没有把盒子里的甜饼切成或者掰成两半。

076 香烟

尼古丁·奈德看起来十分落魄，甚至连买一盒好烟的钱都没有。他只能在著名的快速卷烟机的帮助下自己卷烟抽。至于烟草，他是从抽过的烟头里积攒下来的。他可以把3个烟头卷成一支烟。他攒了10个烟头，可是他却想卷5支烟。也许这个听起来好像是不可能的，但是奈德却卷成了。那么，你知道他是怎么做的吗？

077 长角的蜥蜴

伯沙撒是我们镇上的自然博物馆从某个地方得到一只长角的蜥蜴，它十分神奇。工作人员特意把它放在爬行动物观赏大厅新建的一个圆形有顶的窝里。刚放下，伯沙撒就马上开始考察它的新领地了。从门口开始，它向北爬行了4米到达圆的边缘；然后，它急忙转身向东爬行了3米，这时它又到达了围栏边。那么，你能否根据这些信息计算出它这个窝的直径吗？

078 数字

让我们来看看你是否有资格在润滑油补给站获得这份免费赠品。你所要做的就是将下图中数学表达式里的字母用数字代替，相同的数字必须代替相同的字母。竞赛的时限是 1 个小时。祝你好运！

解决了这个题，你就可以在汽车销售站免费获得润滑油！

			F	D	C
A	B	/ G	H	C	B
		A	B		
		F	F	C	
		F	E	E	
			F	C	B
			F	C	B

079 车厢

小时候,爸爸给我买了一列玩具火车作为我的生日礼物。除了火车配备的车厢之外，他又花了20元买了另外20个车厢。乘客车厢每个4元，货物车厢每个0.5元，煤炭车厢每个0.25元。那么，你能否计算出这几种类型的车厢各有几个？

080 开商店

哈丽和桃瑞斯正在做开商店的游戏。哈丽花了3.1元从桃瑞斯那里买了3罐草莓酱和4罐桃酱。那么，你能否根据上面说的情况计算出每罐草莓酱和每罐桃酱的价钱吗？

“桃瑞斯！我把这罐桃酱拿回来了，我想换成草莓酱。”
“好的，哈丽，给你草莓酱。”

081 卖车

啊，达芙妮，今天我终于把那辆破车卖掉了。原来我标价1100元，可没有人感兴趣，于是我把价钱降到880元，还是没有人感兴趣，我又把价钱下调到704元。最后，出于绝望，我再一次降价。今天一早，奥维尔·威尼萨普把它买走了。那么，你能猜出他花了多少钱吗？

082 铁圈枪

铁圈枪游戏以前曾经是最棒的娱乐方式之一，同时，这个游戏也花不了多少钱。这里是奈德·索尔索特赢得的又一场比赛，对手是她的妹妹和威姆威尔勒家的男孩子们。奈德将25个铁圈打进靶槽里，且每个靶槽均有得分，一共得到500分。共有4个靶槽，每个槽内的分值分别为10、20、50、100。那么，你能否算出奈德在每个靶槽内打进的铁圈数吗？

083 加法

熊爸爸好像被它在佩尔特维利报上看到的一个思维游戏难住了。趁它还没有被烦透，我们来看看这个思维游戏吧:

下面所示的一行数字相加之后正好等于45。那么，你能否在将其中一个加号改为乘号，使这行数字相加的值变成100呢？

“嗯……1＋2＋3＋4＋5＋6＋7＋8＋9＝45”

084 魔力商店

我们现在所处的位置就是新牛津街上的布兰德魔宫，这个宫殿在维多利亚时期是个大型商场，这里也是著名的思维游戏大师霍夫曼教授经常到访的地方。我们和他约定下午1点在这里见面。那么，我们进去吧。

“你好，霍夫曼教授。我们来得很准时。您今天有没有新的思维游戏跟我们分享呢？”

“那是当然的！先坐下，那么，就试试这个 3 份遗产的思维游戏吧。一位绅士临死前留下遗嘱，要将自己的遗产分给自己的3个仆人。会客室的那个仆人跟随主人的时间是女佣人的3倍，而厨师跟随主人的时间又是会客室那个仆人的两倍。遗产是按照跟随主人的时间来分配的。总共分出了7000元。那么，每个人各分得了多少遗产呢？”

085 替换数字

当一位魔术师在装书的箱子里翻找时遇到了一个很麻烦的思维游戏，他想我们的读者或许会对这个思维游戏感兴趣。他手里拿的木板就是这个思维游戏。要解决这个思维游戏，你必须把全部圆点用1~9这几个数字代替，这样，其实就形成了一道数学题。上面没有数字0，同时，每个数字都只能使用一次。请你试一试，看能否在半个小时之内推算出这道题的答案。

086 吹泡泡

爷爷以前经常说他年轻时最快乐的一件事就是参加吹泡泡派对。派对上，每个人都发一个管，谁吹的泡泡最大或者谁一次吹出来的泡泡最多谁就可以获得奖品。当我问爷爷一次最多吹出来多少个泡泡时，他是这么回答的：

“我要把这个数字放在一个思维游戏里，年轻人！”

“如果在那个数字的基础上加上那个数，然后再加上那个数的一半，接着再加上7，我就吹出来32个泡泡。”

那么，你能否根据他所说的提示计算出他究竟一次吹出来多少个泡泡吗？

第3章　判断力

001 不同的图形（1）

哪个图形和其他选项不一样？

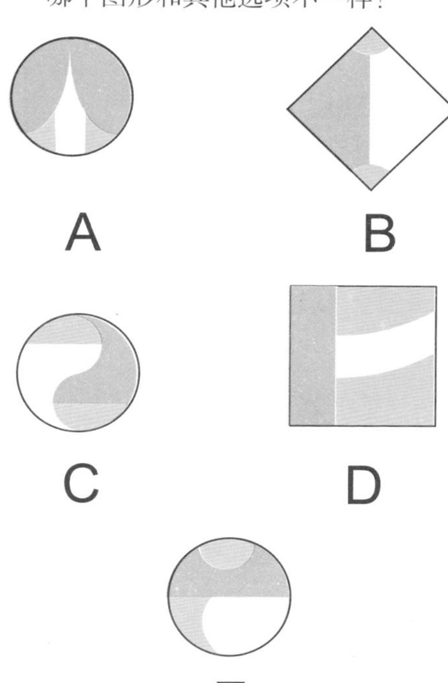

002 不同的图形（2）

仔细看一看，哪个图与其他的不同？

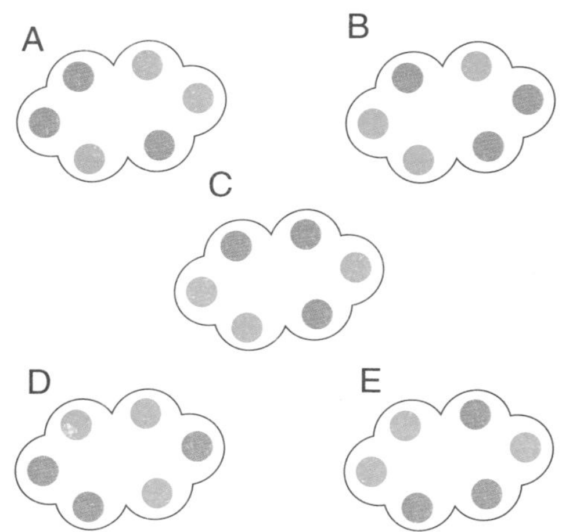

003 构成图案

请问最少需要几种图形才能构成下面2种图案？

004 缺失的字母

猜一猜，哪个字母可以完成这道谜题？

005 星星

上面哪一颗星星应该放在问号处？

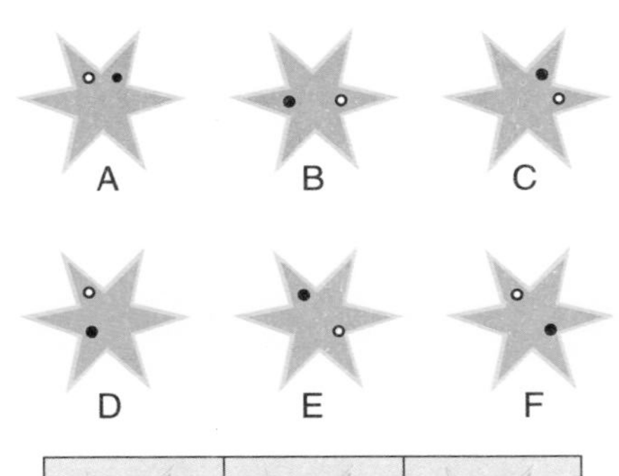

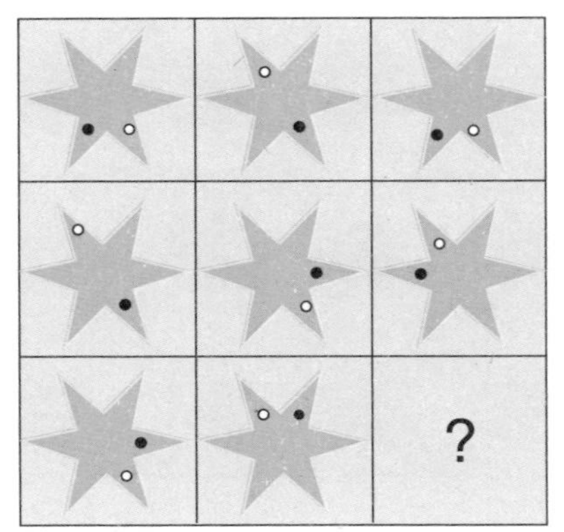

006 拿掉谁

想一想，应该拿掉哪一个数字下面这组数列才能成立？

1.2.3.6.7.8.14.15.30

007 对应

哪个选项和图中D1相对应？

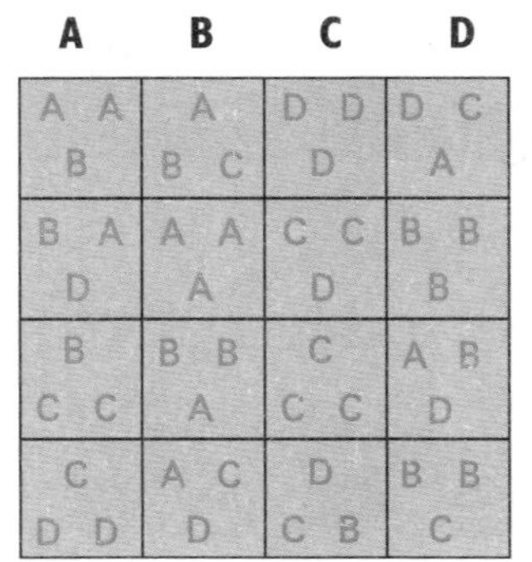

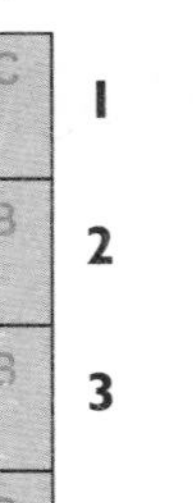

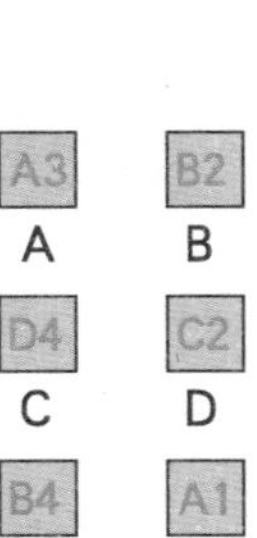

008 关系判断

你能解答这个难题吗？A和B的关系相当于C和哪一个图形的关系？

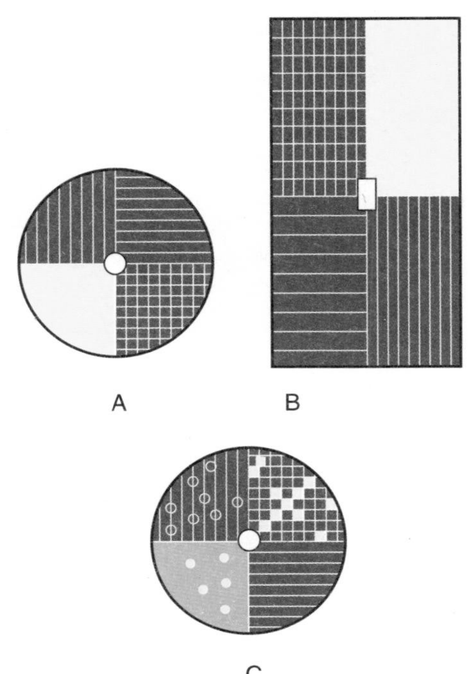

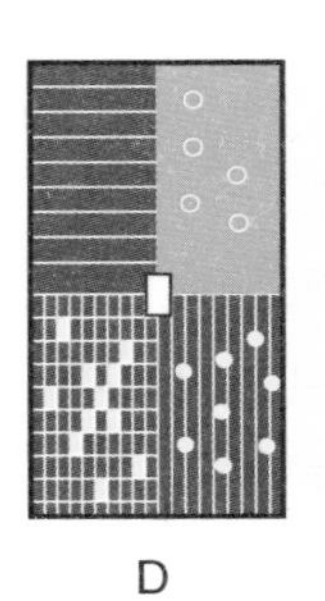

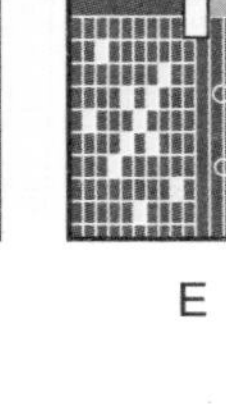

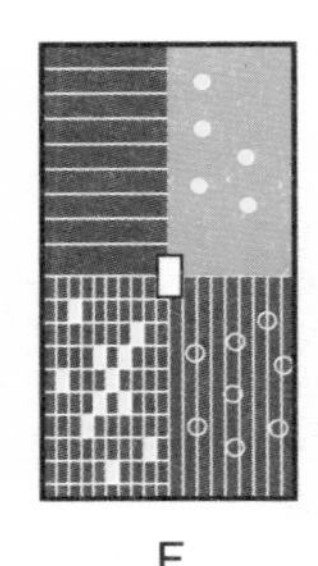

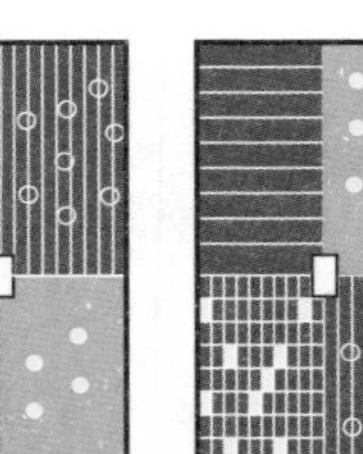

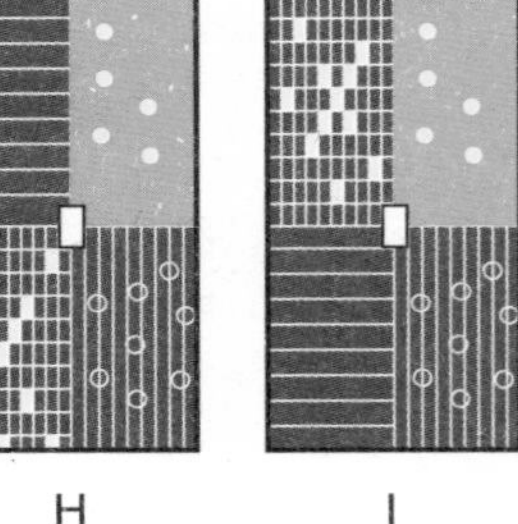

009 图形复位

哪一个图形可以放入问号处？

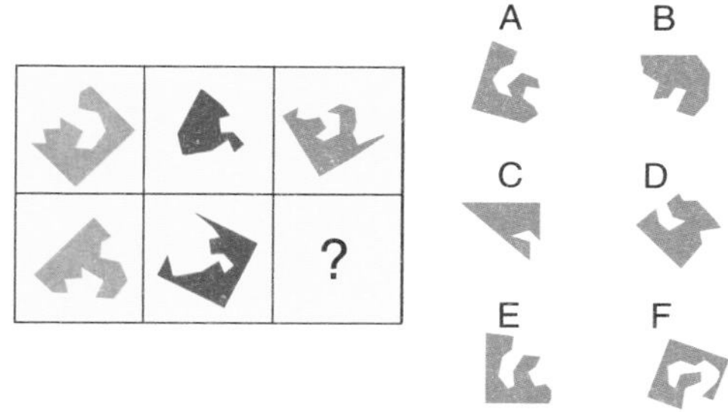

010 多边形与线段

某个多边形如果满足下面的条件我们就叫它正多边形：

1.各条边相等；

2.各个角相等。

圆一般我们也将其看作有无数条边的正多边形。

最后1条边的终点跟第1条边的起点不重合的多边形我们称之为不闭合多边形；

最后1条边的终点跟第1条边的起点重合的多边形我们称之为闭合多边形；

任两条边都不相交的多边形我们称之为简单多边形，简单多边形把平面分成两个部分，多边形里面的部分和外面的部分；

多边形的边存在相交情况的多边形我们称之为复杂多边形，复杂多边形把平面分为两个以上的部分；

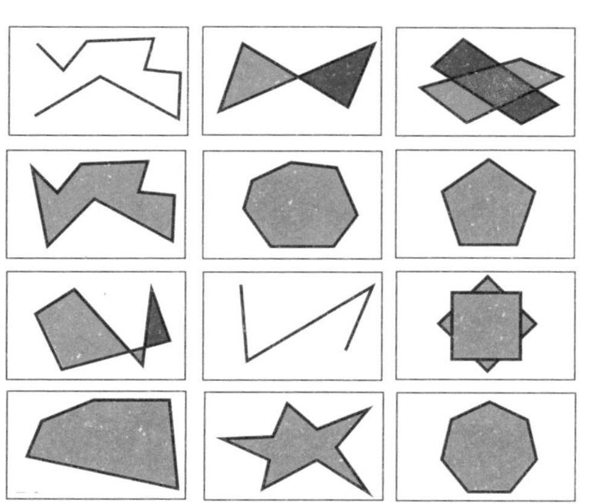

复合多边形是由几个简单多边形叠加所形成的多边形；

多边形内任意两点的连线所成的线段都在多边形里面，这样的多边形我们称之为凸多边形；反之则为凹多边形。

请问：上面12幅图中哪些是正多边形，哪些是不闭合多边形、闭合多边形、简单多边形、复杂多边形、复合多边形、凸多边形和凹多边形？

011 共线

哪根线与白线共线？

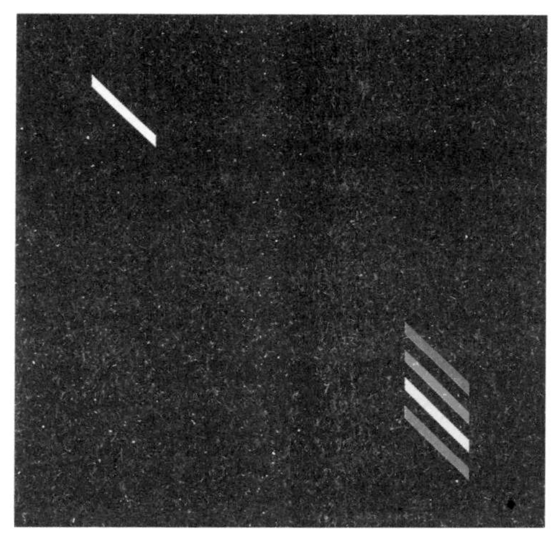

012 三角形中的点

三角形中的红点在三角形垂线的中点吗？

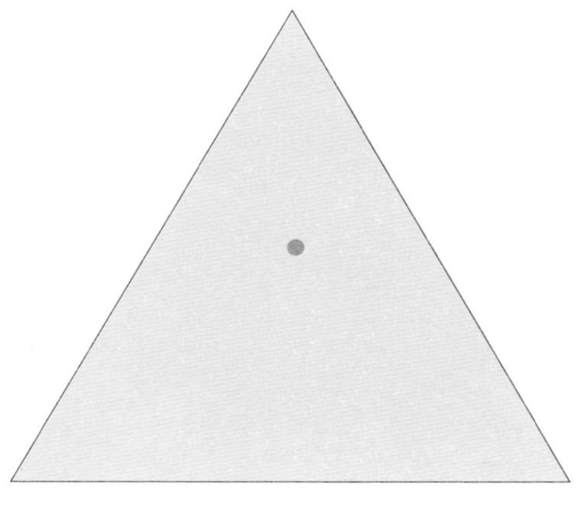

013 星形盾徽

在日本，这种星形物称为“门”，经常用于诸如家族盾徽之类的物品上。乍一看，你可能会说要8张正方形纸张才能做成这种“门”，但是也许有点多。到底需要几张正方形纸呢？

014 拆弹专家

时钟在滴答作响，你必须在它爆炸之前拆除炸弹的引信，可以把它的线剪成两部分，即从底部的蓝线到顶部的绿线，穿过中间错综复杂的红色线网，剪尽可能少的次数。你可以剪断这些线，但是不要剪到中间的连接结点（黄色的圆点）。快点，炸弹马上要爆炸了！

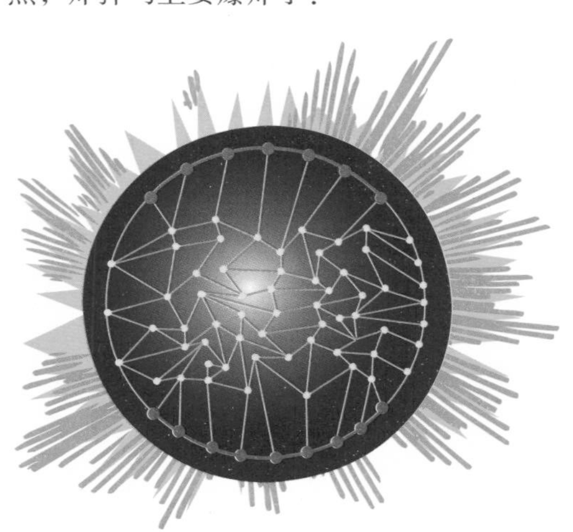

015 圆心

下图中，6个红色的圆点中哪一个是大圆的圆心？

016 “蜈蚣”

如下图，这条“蜈蚣”中间所有横线都等长吗？

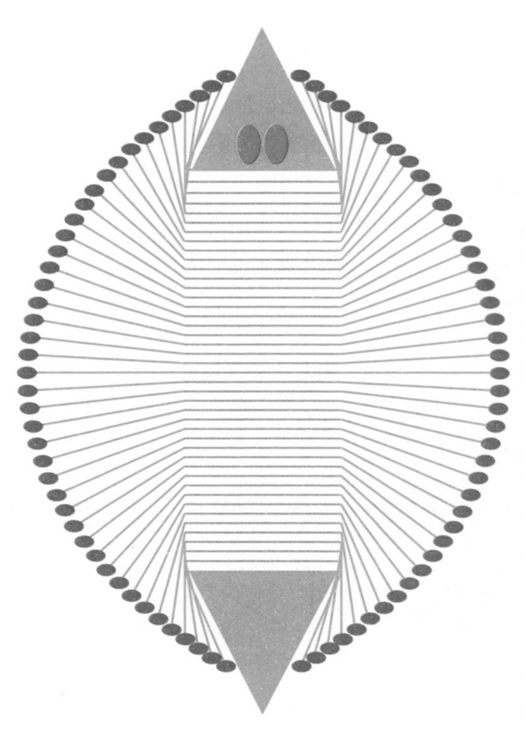

017 六边形的图案

如图所示，在圆上取6个相互之间等距离的点，这6个点用不同的连线方式可以画出不同的星形。

请问：你能找出下图众多星星中与众不同的那一个吗？

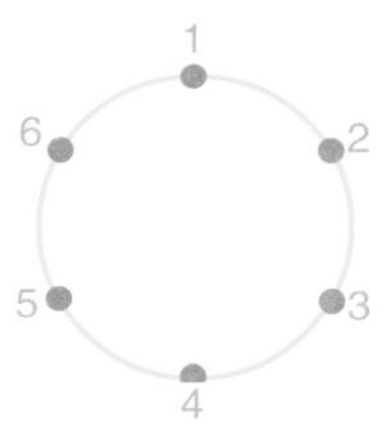

018 圆圈上的弧线

一个完整的圆圈被一张黑色的卡片遮住了一部分，只用眼睛看，你能不能告诉我们哪一条弧线是这个圆圈上的弧线？

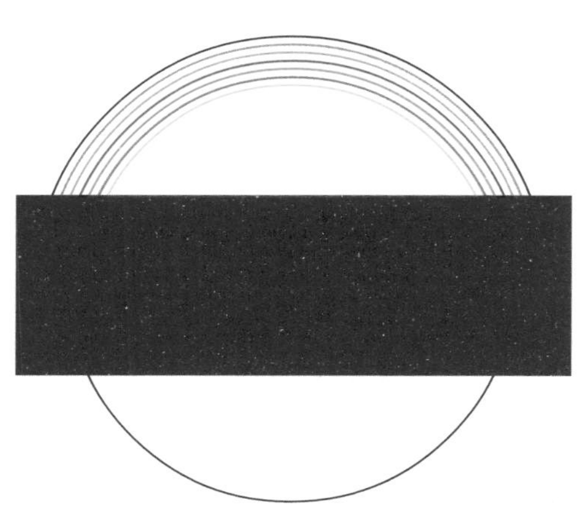

019 麦比乌斯圈（1）

如下图，红色的线是平分麦比乌斯圈的线，沿着这条线剪开，会得到什么结果？

一张纸条首尾相粘形成1个纸圈

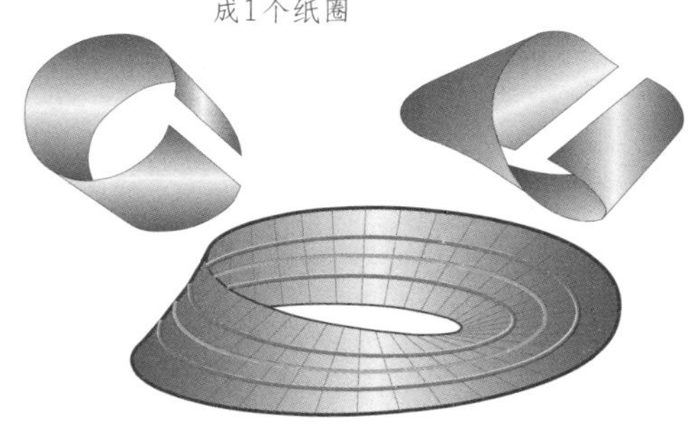

将纸条的一端旋转180°之后再首尾相粘，就形成了1个麦比乌斯圈

020 麦比乌斯圈（2）

下图中这两条绿色的线将麦比乌斯圈分成3等份，沿着这两条线剪开，会得到什么结果？

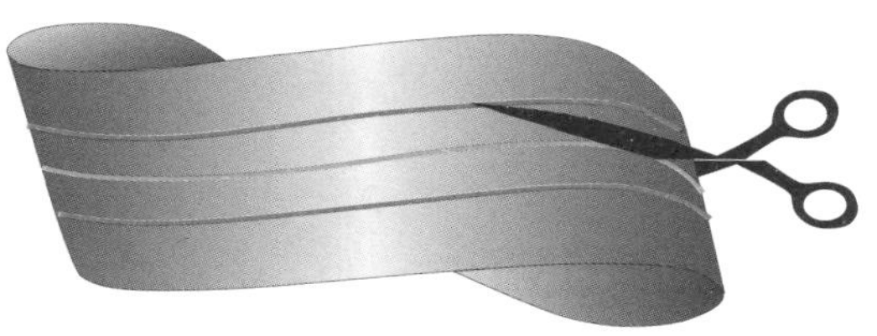

021 错误的等式

这6个等式中，哪一个是不正确的？

A	2943	=	9
B	2376	=	9
C	7381	=	6
D	4911	=	6
E	7194	=	3
F	5601	=	3

022 拼图板

在下面的图案中，有唯一的一对图案可以拼成这个白色图案的红色版本，是哪两个图案呢?

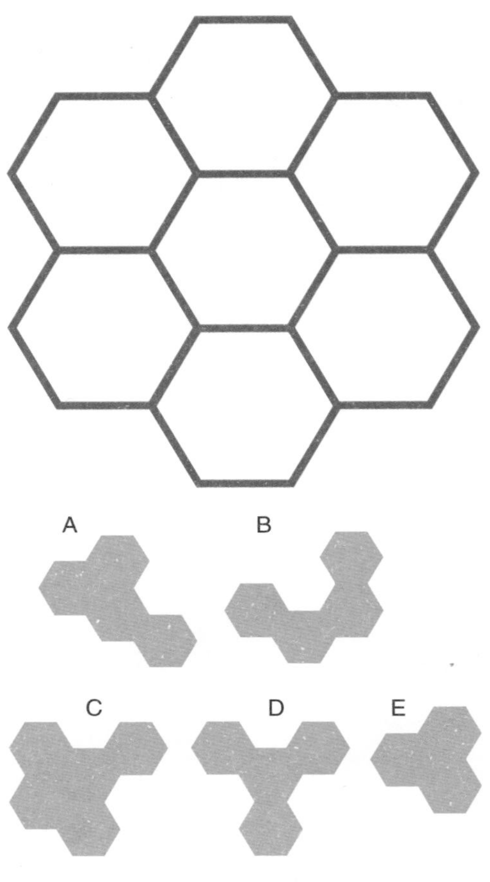

023 六边形游戏

六边形游戏是最有趣的拓扑学游戏之一，一般来说，这个游戏的棋盘是由11×11的六边形所组成的（其他规格的棋盘也可以）。

一个玩家用红色的棋子，另一个玩家用绿色的棋子——如果是在一张纸上玩这个游戏，玩家可以用铅笔在格子上分别标注O或X。

玩家轮流在空白的格子处放上棋子（或者标注O或X）。

最终玩家必须用自己颜色的棋子把棋盘两边的颜色连起来，先做到者胜出。4个顶点的棋盘格子既可以属于红方也可以属于绿方。

这个游戏不可能出现平局，每一盘都一定会出现胜负。

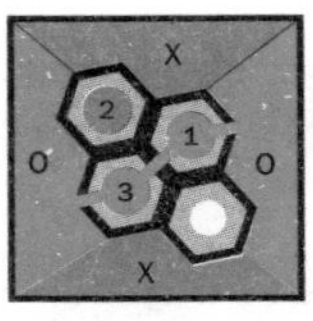

在2×2的棋盘上，先下的玩家很容易赢

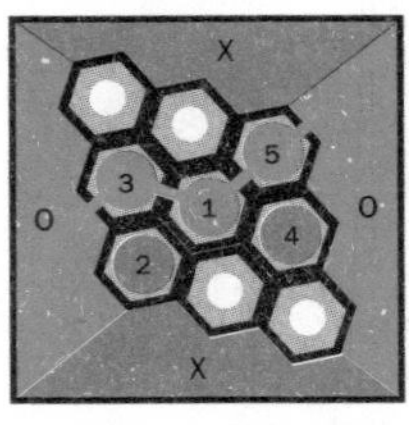

在3×3的棋盘上，先下的玩家如果第1步走在棋盘的中心就很容易赢

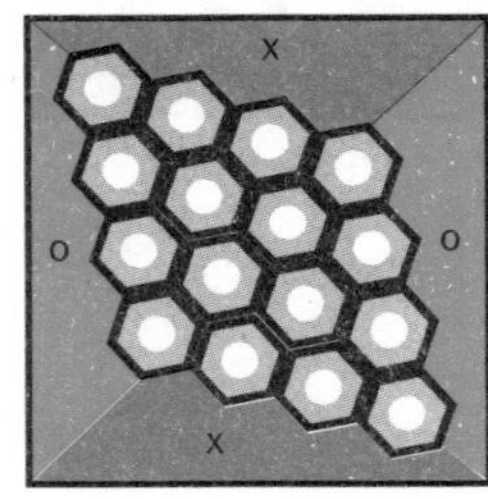

问：在4×4的棋盘上,先下的玩家至少需要几步才能赢?

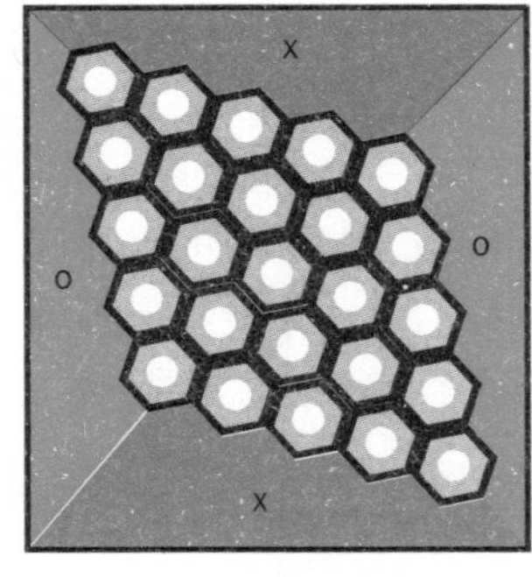

问：在5×5的棋盘上，先下的玩家怎样才能赢?

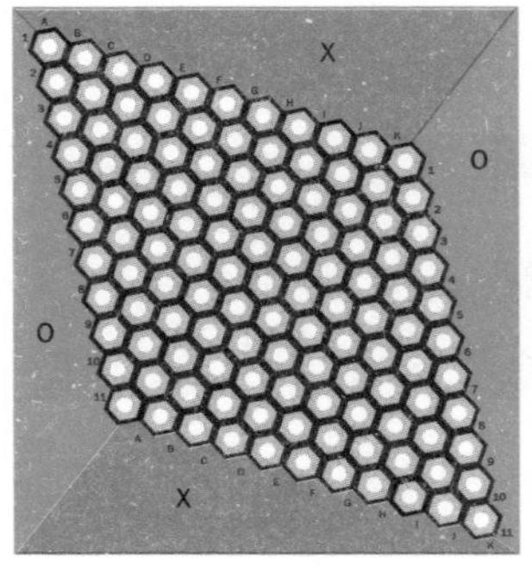

二人游戏的标准棋盘

024 不合规律

以下哪一幅图不符合排列规律？

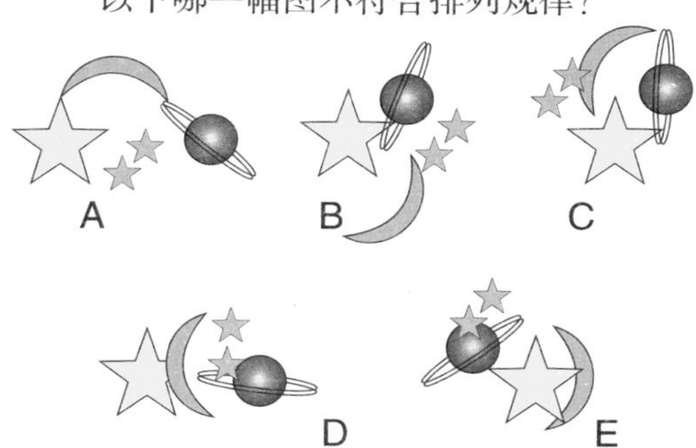

025 正确的图形（1）

A，B，C，D，E，F选项中，哪一个适合放在问号处？

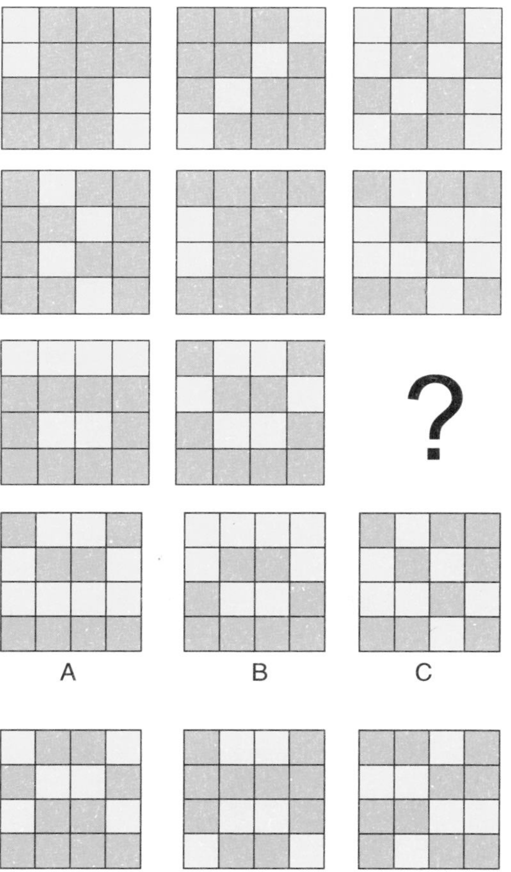

026 正确的图形（2）

问号处的图形应是A，B，C，D，E中的哪一个？

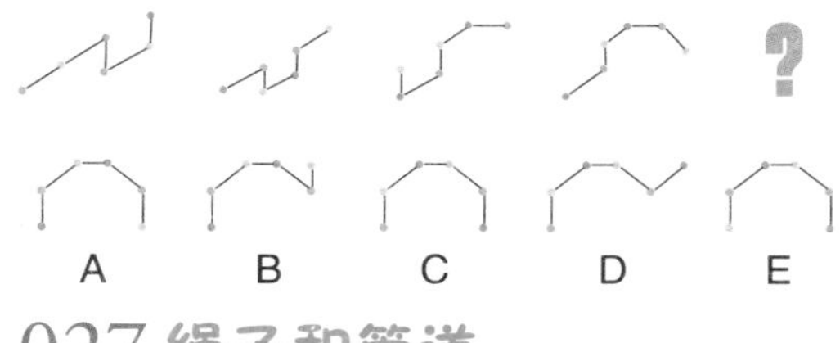

027 绳子和管道

一条管道坐落于一段奇特的绳圈的中央。假设从开放的两端拉动这条绳子，那么这条绳子究竟是会和管道彻底分离，还是会和管道连在一起呢？

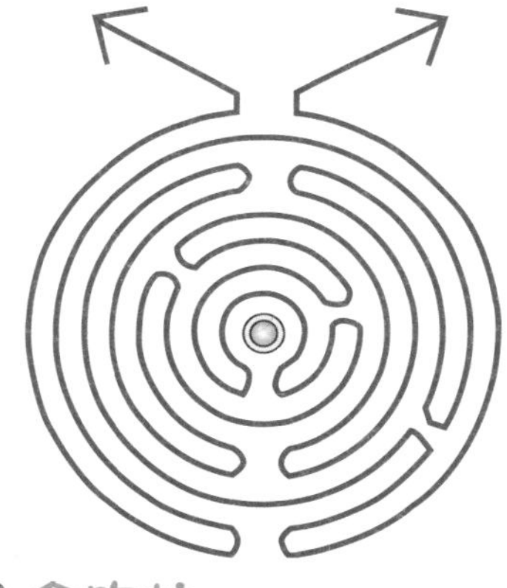

028 贪吃蛇

这些饥饿的蛇正在互相吞食着对方。由于它们采用了这种怪异的进餐方式，它们所组成的圆环正在逐渐缩小。如果它们仍旧继续吞食对方的话，最后这个由蛇构成的圆环会出现什么情况呢？

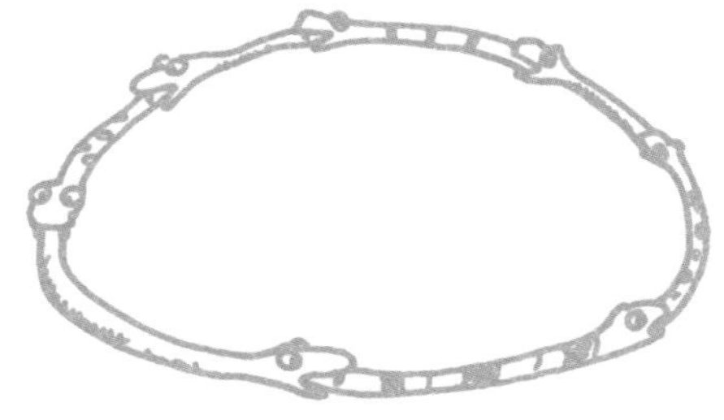

029 最大周长

从A，B，C，D中找出周长最长的那个图形。

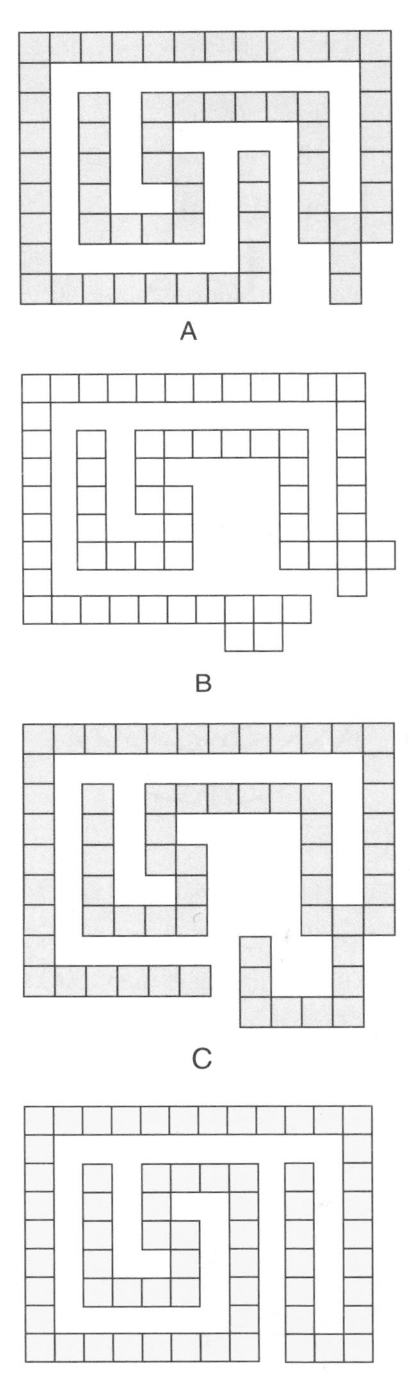

030 金鱼

你从鱼缸的上面向下看，所看到的金鱼位置和金鱼在鱼缸里的实际位置是一致的吗？

031 判断角度

图A：不用尺子测量来判断，这些角中，哪个角是最大的？哪个是最小的？

图B：所有的角都一样大吗？

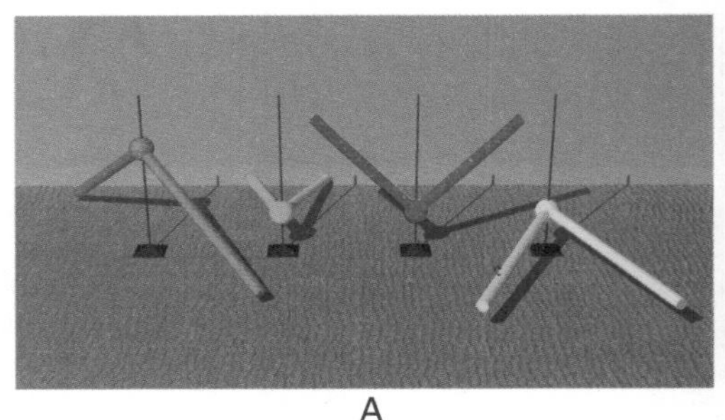

A

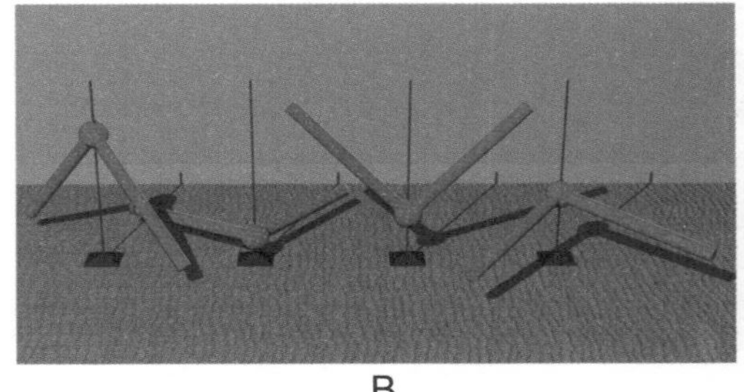

B

032 幽灵

后面那个幽灵和前面的那个幽灵相比哪个大？

033 垂直

细看立方体侧面的那3条线，哪条线是与竖线垂直的，哪条线是斜着的？

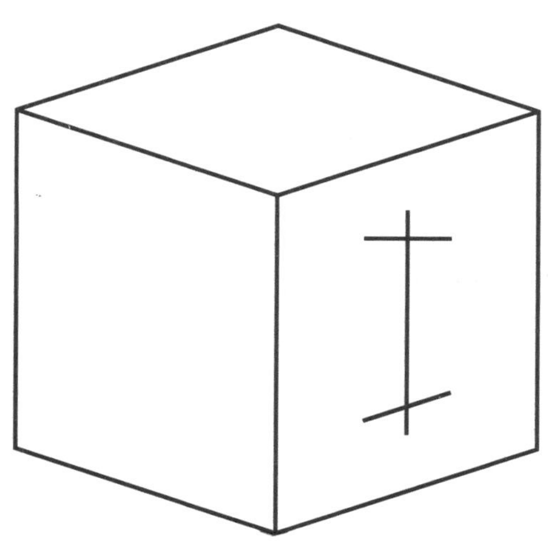

034 封闭的环形线路

这8个方块的每条边都包含6种颜色。你能分辨出方块经过旋转后（不改变它们的位置），哪种颜色能形成封闭的环形线路吗？

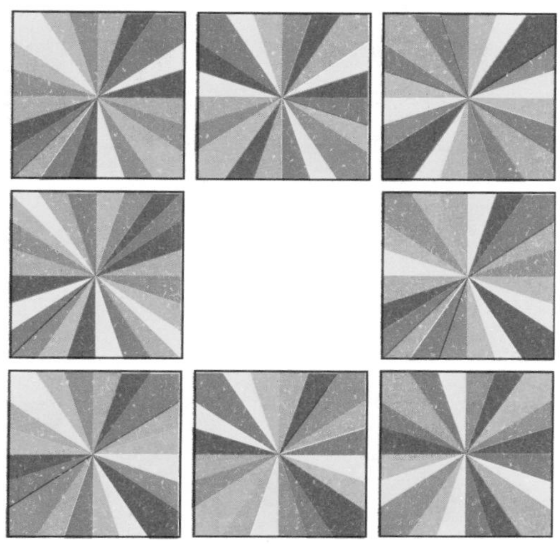

035 麦克马洪的彩色三角形

用4种颜色给等边三角形的3个边缘上色，你可能得到24个不同颜色的三角形吗？

注意：旋转后得到的三角形不被算作是不同的；镜面反射则算。

036 永远找不到

底部5张编号的卡片哪一张永远不可能在大正方形中找到？

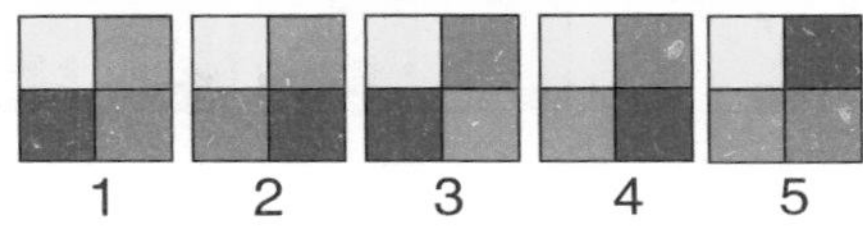

037 奶牛喝什么

你可以和你的朋友试试。方法如下：让你的朋友不断大声重复地说“白色”，至少10次。然后你突然问：“奶牛喝什么？”看看他回答的是什么。

038 彩色词

看到下面的彩色词了吧！不要读出这些词，而是说出它们的颜色，越快越好。开始吧！

红色	绿色
蓝色	橘红色
黑色	蓝色
黄色	灰色
红色	粉红色

039 哪个人最矮

这是1890年法国一则关于茶叶的广告。图中哪个人最矮？在测量之前，请大胆猜一猜。

040 几根绳子

请问下图这个结构里面一共用了多少根绳子？

041 哪个更快乐

哪张脸看起来快乐一些？

042 狗拉绳子

如果这两只狗向着相反的方向拉这根绳子，绳子将会被拉直。

问拉直后的绳子上面有没有结，如果有的话，有几个？

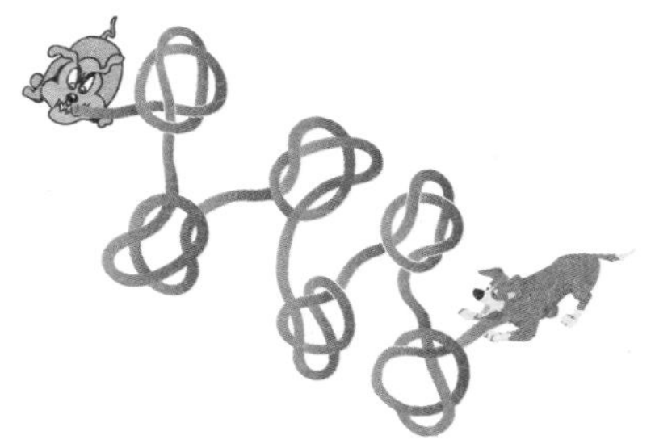

043 正方形格子

下图中红色的部分约占整个正方形总面积的百分之几？

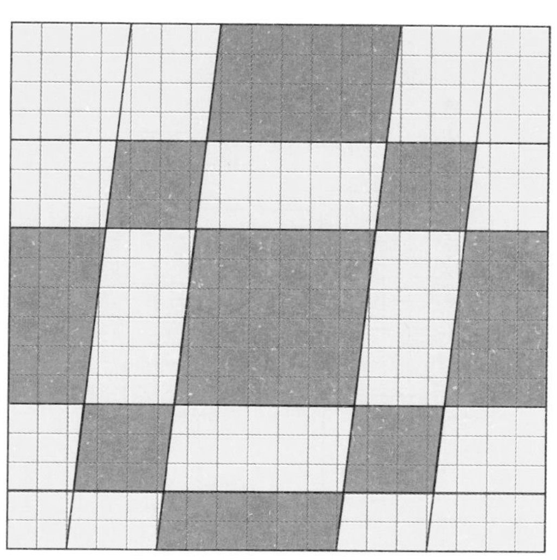

044 不同方向的结

如图，一条绳子的两个不同方向上分别有两个结。

请问这两个结能够相互抵消吗？还有，你能否将这两个结互换位置？

045 数字球

你能找出与众不同的那个数字球吗？

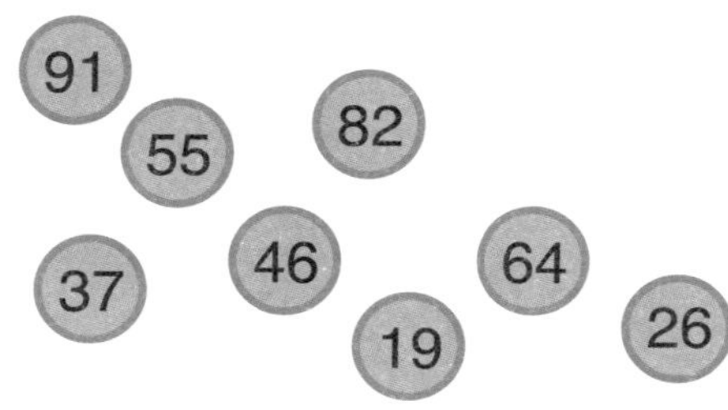

046 通往目的地

不要使用指示物，只用眼睛看，标有数字的路线中，哪一条能够到达标有字母的目的地？

047 动物围栏（1）

这3个围栏的面积相同，请问制作哪个围栏所用的材料最少？

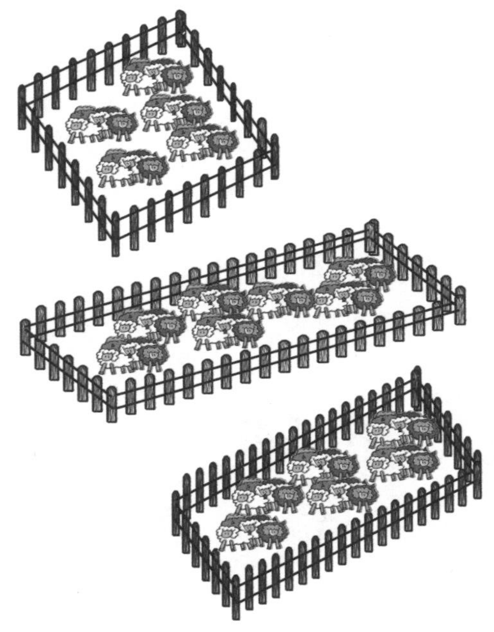

048 动物围栏（2）

2个矩形围栏全等，并且有1条边重合，这种情况下怎样才能使制造围栏所用的材料最少呢？

如图所示，3种围栏中哪种所用材料最少？3幅图都是按照相同的比例尺画的，并且面积都相等。

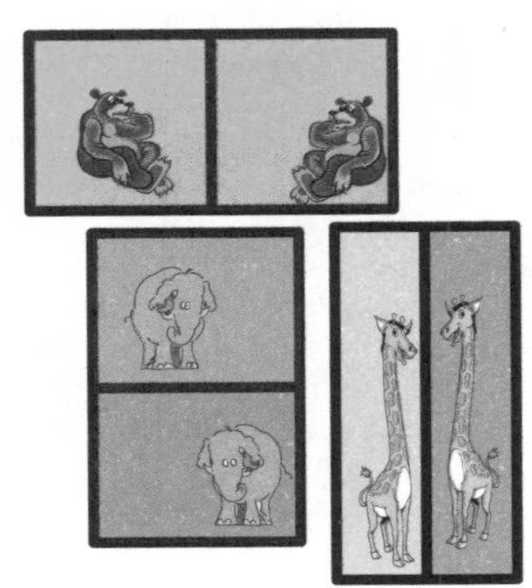

049 不一样的图标

你能找出其中不同的那个图标吗？

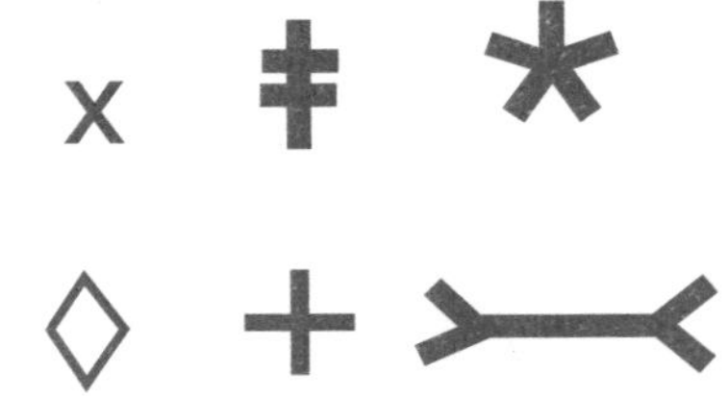

050 只有一种颜色

仅凭直觉回答通过旋转这5个方框，能否使每条射线上仅有1种颜色？

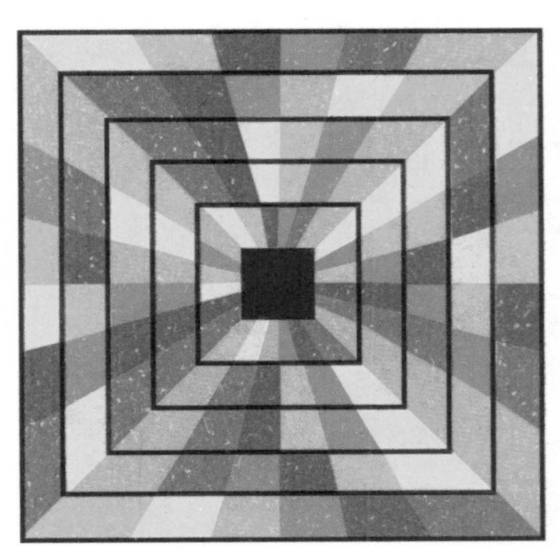

051 哈密尔敦循环

在完全有向的图里每2个顶点之间都有连线，且每条线段都有1个箭头。

对于完全有向的图有个著名的定理，即完全有向图各线段的箭头不论怎么加，总有1条路线——从某个顶点出发，沿着箭头方向通过每个顶点，且每个顶点只经过1次。这样的路线被称为哈密尔敦路线。而如果这条路线能够正好回到起点，那么这条路线就被称为哈密尔敦循环。

根据完全有向定理，哈密尔敦路线在任意完全有向图上都是一定存在的，而哈密尔敦循环则不一定。

下面是1个有7个顶点的完全有向图。你能够在它里面找到1个哈密尔顿循环吗？也就是说，从起点开始，到达其他每个顶点分别1次，然后再回到起点？

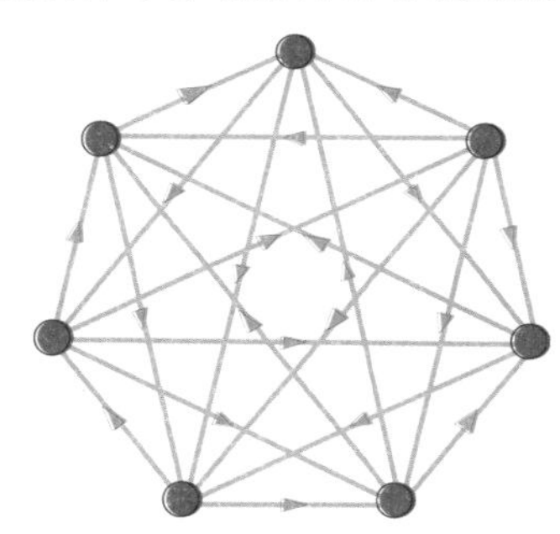

052 与众不同

哪幅图不同于其他4幅？

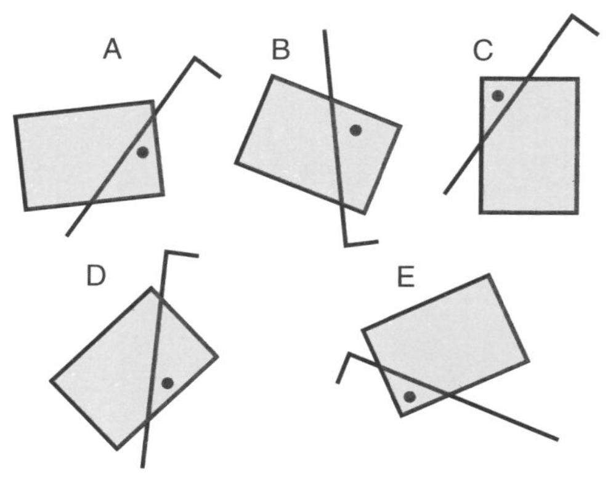

053 一笔画图（1）

如果有的话，在下边的图形中，哪个不需要横穿或者重复其他线条，一笔就能在纸上画出来。

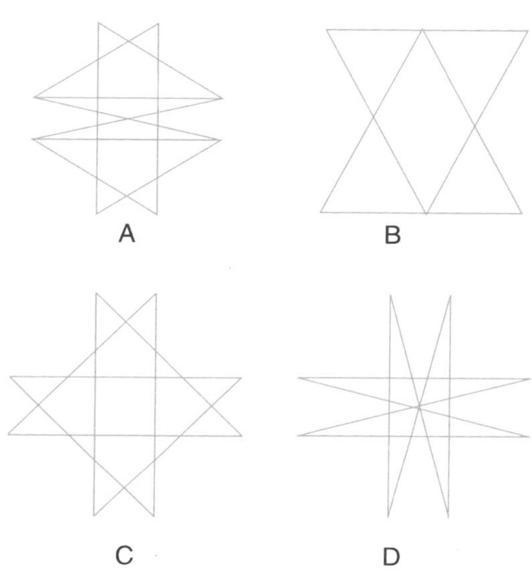

054 一笔画图（2）

你能仅仅利用一根连续的线就把下边的图形整个描画下来吗？将你的铅笔放置于图形的任意一点，然后描画出整个图形，铅笔不得离开纸面。

注意：这条线既不能自行交叉也不能重复路线中的任何部分。

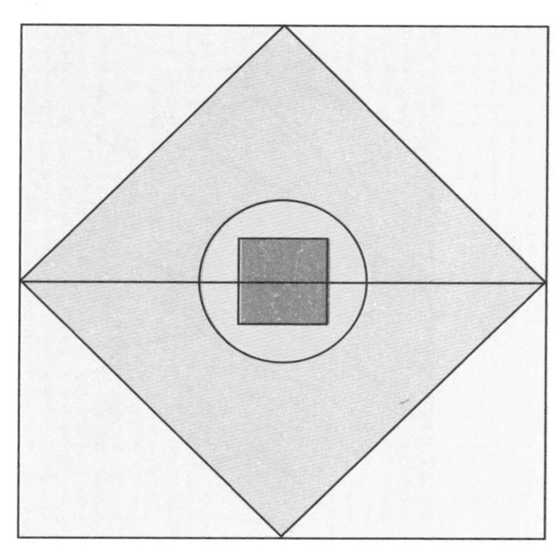

055 组成三角形

哪个图形能组成等边三角形呢？在一张纸上复制3个该图形，将它们组合成1个等边三角形。

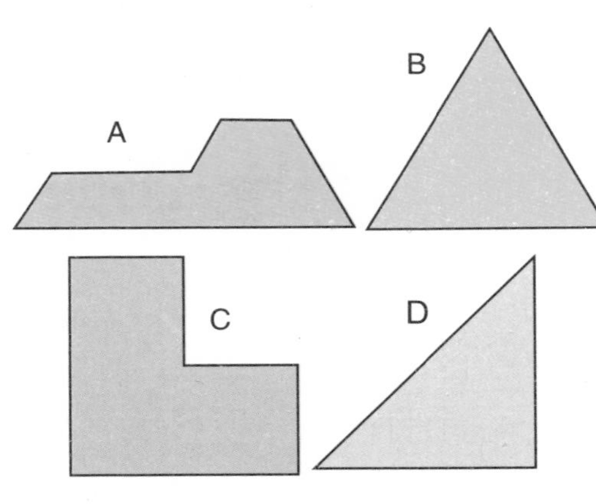

057 图形金字塔

问号处应是A，B，C，D，E中的哪一个呢？

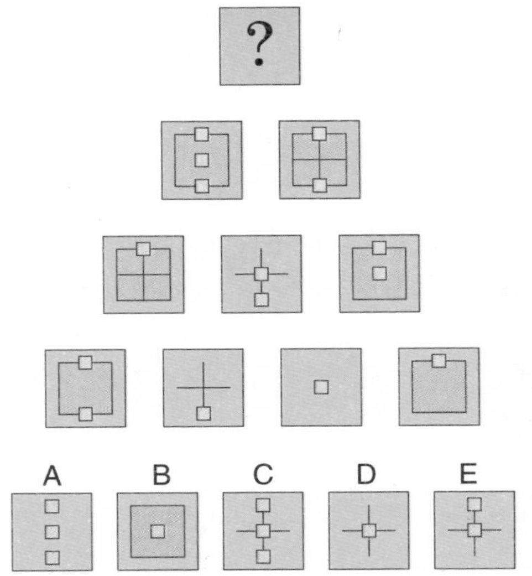

056 最先出现的裂缝

下图显示的是一块泥地，泥地上有很多裂缝，你能够说出这众多裂缝中哪一条是最先出现的吗？

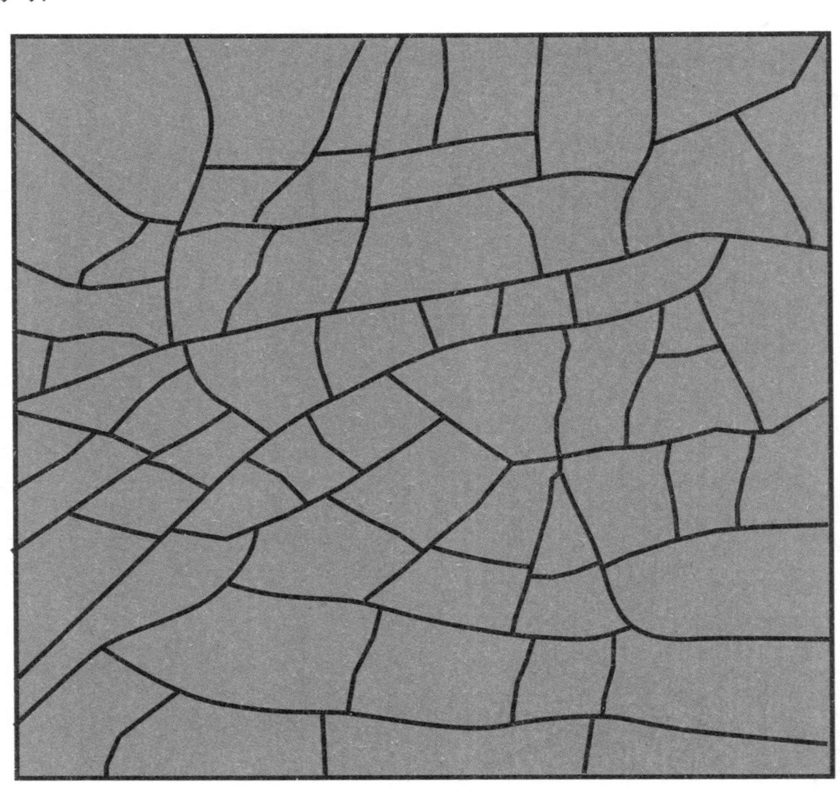

058 库沙克瓦片

如图1所示，在1个大正方形内画了4个等边三角形，分别为红色、绿色、黄色和蓝色。这4个等边三角形的顶点相连形成了1个小正方形（用黑色标注了出来。把这个小正方形的中心和三角形各边相交的点连接起来，就形成了1个正十二边形，如图2所示。这个小正方形被称为库沙克瓦片，它被用来证明库沙克定理，即1个半径为1的圆的内接正十二边形的面积为3。

只通过看来判断，右边图中的正十二边形与该库沙克瓦片之间的面积有什么关系？

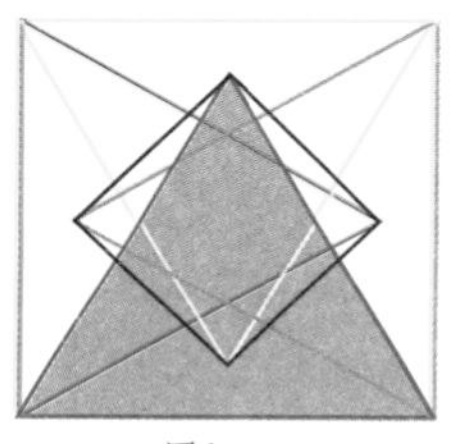
图1

图2

059 敢于比较

你是否能答出每道问题里的哪一件物品更……试试看吧！

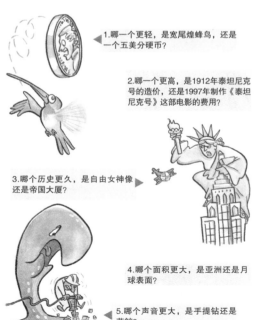

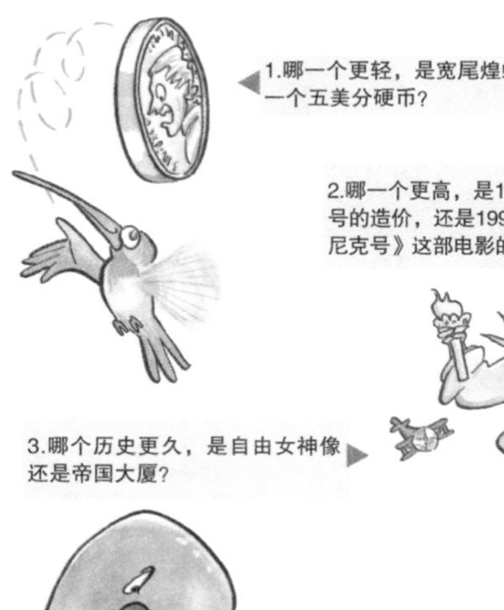

1.哪一个更轻，是宽尾煌蜂鸟，还是一个五美分硬币？
2.哪一个更高，是1912年泰坦尼克号的造价，还是1997年制作《泰坦尼克号》这部电影的费用？
3.哪个历史更久，是自由女神像还是帝国大厦？
4.哪个面积更大，是亚洲还是月球表面？
5.哪个声音更大，是手提钻还是蓝鲸？

060 对称轴问题

这5个图案中哪几个图案的对称轴不是8条？

061 词以类聚

下面表格中的物品可以分成四类，每一类的4件物品都有一些共同点。划为一类的4个空格之间，起码共用一条边。它们都有一些共同点，比如说，滚刷、雨伞、网球拍、箱包的共同点是都有手柄。你能把它们划分出来吗？

062 哪个不是

在这个谜题中，运用你的知识和直觉，来判断每组中不属于该组的一项。你能猜出来是哪一个吗?

1
这些动物中哪种没有毒?
□蝎子
□眼镜蛇
□狼蛛
2
这些物品哪一种不是18世纪发明的?
□轮滑鞋
□开罐头器
□钢琴
3
这些动物哪一种不是来自澳大利亚?
□鸵鸟
□鸭嘴兽
□美冠鹦鹉
4
这些物品哪一种不是以发明者命名的?
□鱼雷
□极可意水流按摩浴缸
□齐柏林飞艇
5
这些活动哪一种不是宇航员在月球上进行的?
□使用溜溜球
□掷标枪
□打高尔夫球
6
这些恐龙哪一种不是生活在侏罗纪?
□剑龙
□翼龙
□暴龙
7
这些食物哪一种不是源自美国?
□热狗
□蛋筒冰淇淋
□椒盐卷饼
8
这些联邦州中哪一个没有职业体协运动队（2006年）?
□俄勒冈州
□内华达州
□北卡罗莱纳州

063 数字错误

图中那些令人惊叹的说法都有一个问题：每次遇到的数字事实上都是错误的。阅读每一个说法，判断数字是太高还是太低。

1.史上发现最长的蛇是一条长22英尺的巨蟒。这个数字是太高还是太低?

2.苏斯博士只用104个不同的单词来写《火腿加绿蛋》这本书。这个数字是太高还是太低?

3.如果木星是中空的，你可以放进去310个地球。这个数字是太高还是太低?

ALOHA

4.沃尔特·迪士尼有生之年赢得的奥斯卡奖项比任何人都要多，总共35个。这个数字是太高还是太低?

5.夏威夷语言里只有20个字母。这个数字是太高还是太低?

6.1993年，有个人创造了一项世界纪录，在一根钢丝绳上待了36天。这个数字是太高还是太低?

7.篮球运动员威尔特·张伯伦保持了一项比分纪录，在NBA单场比赛中得分62分。这个数字是太高还是太低?

064 冷酷无情的事实

在这道题中，运用你关于寒冷天气的知识，辨别每组里面不属于该组的一个。你能找出来是哪个吗？

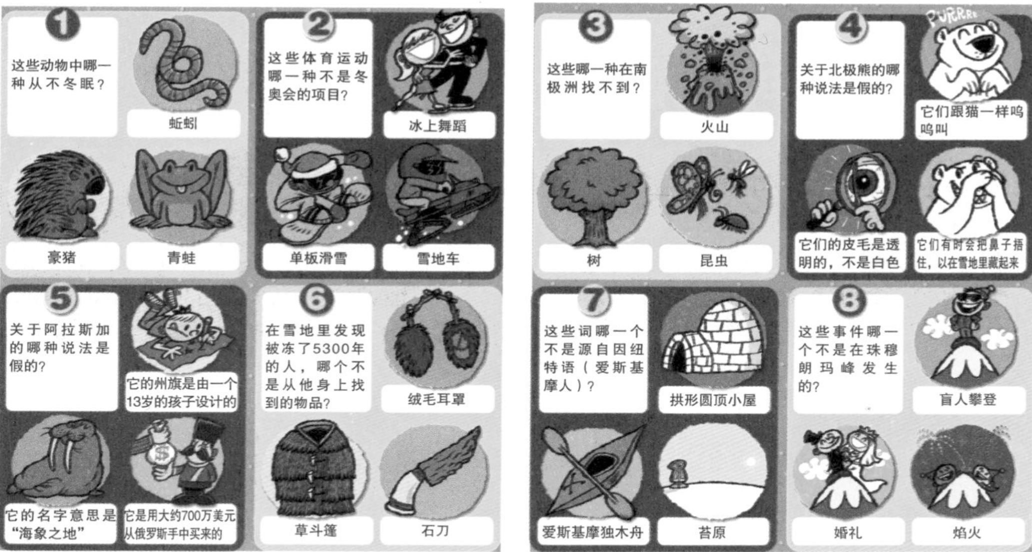

065 运动空间

下图中的每一个孩子都在做运动，但是，他们的运动器材并没有画出来。请仔细观察他们的姿势，你能说出这些分别是什么运动吗？你可以选择参考右下角列出的词，当然，如果想要增加挑战性，也可以不看这些词，自己想出来。

066 地理标志（1）

这幅图中隐藏了一个非常著名的地理标志，你知道是什么吗？

067 地理标志（2）

这幅图中隐藏了一个非常著名的地理标志，你知道是什么吗？

068 地理标志（3）

这幅图中隐藏了一个非常著名的地理标志，你知道是什么吗？

069 地理标志（4）

这幅图中隐藏了一个非常著名的地理标志，你知道是什么吗？

070 地理标志（5）

这幅图中隐藏了一个非常著名的地理标志，你知道是什么吗？

071 地理标志（6）

这幅图中隐藏了一个非常著名的地理标志，你知道是什么吗？

072 地理标志（7）

这幅图中隐藏了一个非常著名的地理标志，你知道是什么吗？

073 找错误（1）

下边这幅图的画家犯了一系列视觉的、概念的和逻辑的错误。你能把这些错误全部找出来吗？

074 找错误（2）

下边这幅图的画家犯了一系列视觉的、概念的和逻辑的错误。你能把这些错误全部找出来吗？

075 找错误（3）

下面这幅图的画家犯了一系列视觉的、概念的和逻辑的错误。你能把这些错误全部找出来吗？

076 找错误（4）

下面这幅图的画家犯了一系列视觉的、概念的和逻辑错误。你能把这些错误全部找出来吗？

第4章　推理力

001 数列对应

如果数列1对应数列2，那么数列3对应的是哪一个？

1：1 7 9 8 2 0 6

2：9 6 0 2 1 7 8

3：9 8 2 6 0 1 7

A 1 8 7 0 9 6 2

B 0 2 1 8 7 9 6

C 7 2 1 6 0 9 8

D 6 8 7 1 9 2 0

002 分蛋糕

要求把这个顶上和四周都有糖霜装饰的蛋糕分成 5 块体积相等，并且有等量糖霜的小蛋糕。

如果蛋糕上没有糖霜或装饰，这个问题就可以用简单的 4 条平行线解决，但是现在问题有点麻烦，因为那样做将会使 2 块蛋糕上有较多的糖霜。

003 沿铰链转动的双层魔方

沿着铰链翻动标有数字的方片会覆盖某些数字并翻出其他数字：每个方片背面的数字是和正面一样的，而在每个方片下面(即第 2 层魔方)的数字则是该方片原始数字的 2 倍。

如果要得到一个使得所有水平方向的行、垂直方向的列以及 2 条对角线上的和分别都等于总魔数的魔方，需要翻动多少方片和哪些方片？

004 杂技演员

36个杂技演员（其中21个穿蓝色衣服，15个穿红色衣服）组成了如图所示的金字塔形。这一表演需要极大的平衡力、极高的注意力，以及之前仔细精准的计划。按照一种迷信的说法，这个金字塔的组成必须包含以下几个条件：

1.最下面的一排必须是4个穿蓝色衣服的演员和4个穿红色衣服的演员。

2. 穿蓝色衣服的演员必须要站在 1 个穿蓝色衣服的演员和 1 个穿红色衣服的演员上。

3. 穿红色衣服的演员必须要站在 2 个穿红色衣服的演员或者 2 个穿蓝色衣服的演员上。

你能将他们正确地排列吗？

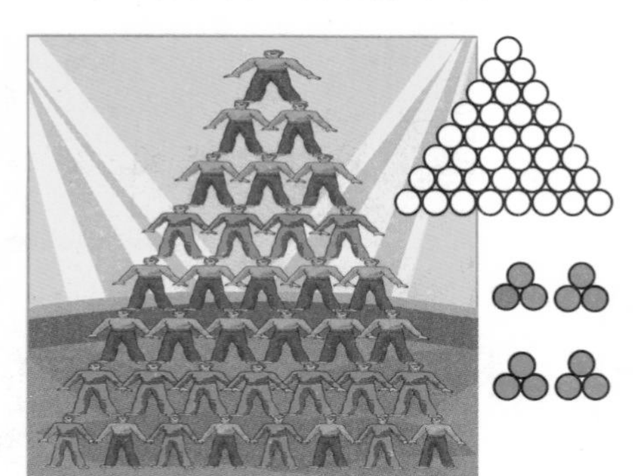

005 猫鼠游戏

下边的游戏界面上放了3只猫和2只老鼠，每只猫都看不见老鼠，同样老鼠也都看不见猫（猫和老鼠都只能看见横向、纵向和斜向直线上的物体）。

现在要求再放 1 只猫和2只老鼠在该游戏界面上，并且使上面的条件仍然成立，你可以做到吗？不能改变游戏界面上原有的猫和老鼠的位置。

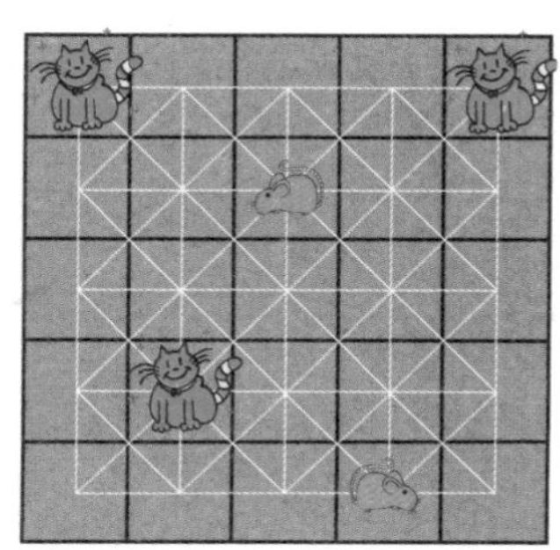

006 发现规律

下列图形是按照一定规律排列的，按照这一规律，接下来应该填入方框中的是A，B，C，D中的哪一项？

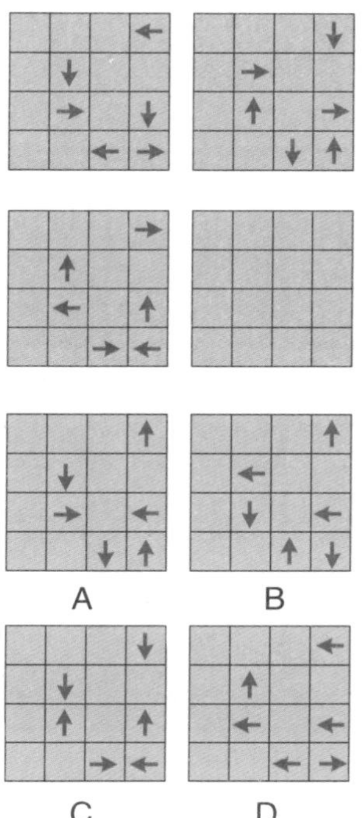

007 箭头的方向

从格栅的左上角开始，每个箭头都是按照一定的逻辑顺序排列的。那么，空格处的箭头应朝哪个方向，同时，这个排列顺序是什么？

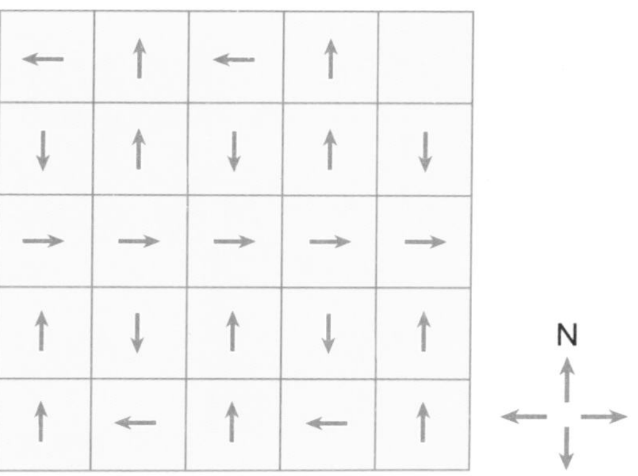

008 正确的选项

根据已给出的数列，请推测问号处应填A，B，C，D，E，F哪一项？

A

8	8	2
2	9	2
4	7	1

B

2	8	2
1	8	1
4	7	2

C

2	8	2
1	8	1
4	7	1

2	9	3	7	3	2	1	1	8			
			5	4	3	8	4	2	4	2	0
8	3	5	6	6	3	0	2	4			
			7	2	9	2	4	1	8	1	4
6	4	7	4	4	2	8	2	4			
			7	2				1	6	1	4
6	2	9	2	6		?		2			
			3	9				2	8	2	7
3	4	5	4	8	2	0	1	2			
			2	8	6	3	2	1	8	1	6
2	9	4	6	6	2	4	1	8			
			7	6	8	6	6	4	8	4	2
5	5	9	3	2	2	7	2	5			

D

2	8	2
2	9	2
4	7	1

E

2	8	2
1	9	1
4	5	1

F

3	8	3
1	8	1
4	7	1

009 数独

这是流行于日本的一种游戏——数独。它的规则比较简单：从1~9这些数字中选择1个，放入每个空格中，使每一横排、纵列和3×3的格子中都包含了1~9这些数字。

	8				1			
6							2	7
	3	4			6			
					8			1
	2	6	5		9	4	3	
3			2					
			9			3	5	
4	9							6
			1				8	

010 字母九宫格（1）

在下面的每个格子里填上字母S, P, A, R, K, L, I, N和G，使得每一横行、每一竖行，以及每个3×3的小方框中这9个字母分别出现一次。

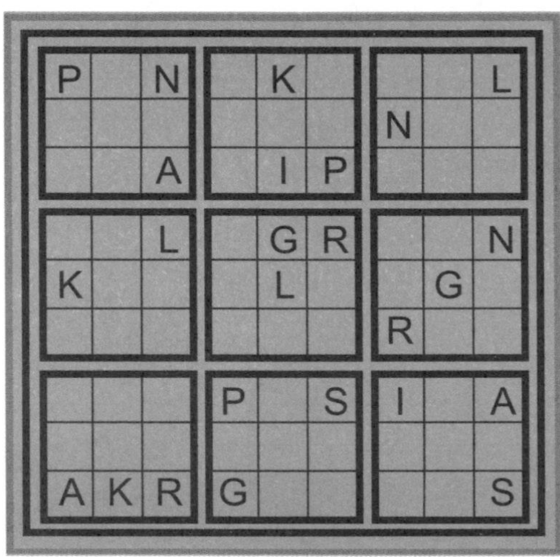

011 字母九宫格（2）

在下面的每个格子里填上字母S，P，A，R，K，L，I，N和G，使得每一横行、每一竖行，以及每个3×3的小方框中这9个字母分别出现一次。

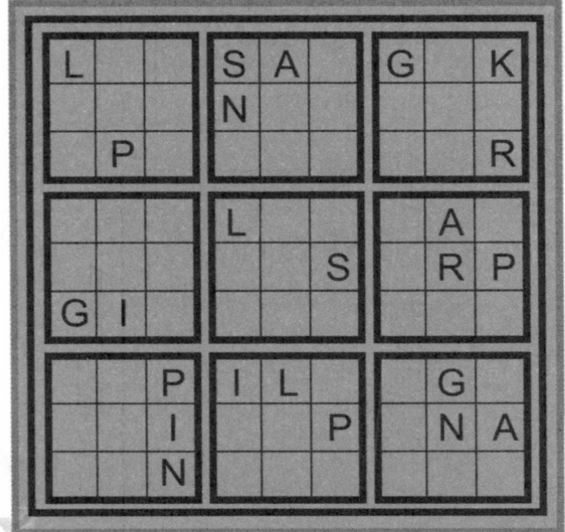

012 字母九宫格（3）

在下面的每个格子里填上字母S，P，A，R，K，L，I，N和G，使得每一横行、每一竖行，以及每个3×3的小方框中这9个字母分别出现一次。

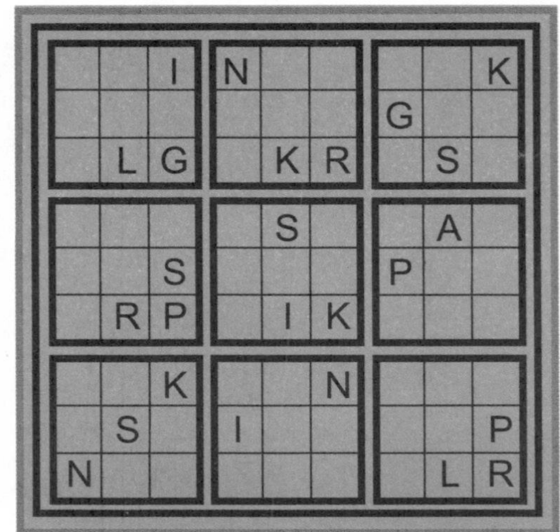

013 折叠

A可以折叠出B，C，D，E，F，G选项中的哪一个？

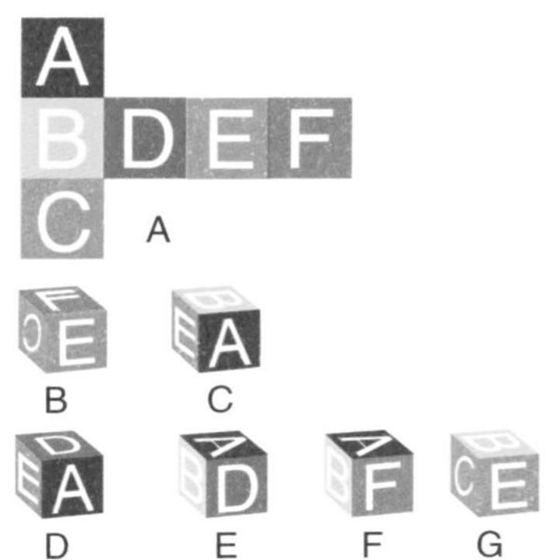

014 扑克牌（1）

猜一猜，哪张扑克牌可以替换问号完成这道题？

015 扑克牌（2）

想一想，哪张扑克牌替代问号后可以完成这道难题？

016 逻辑图框

以下图框是按照一定的逻辑排列的，你能找出问号部分应该使用的数字吗？

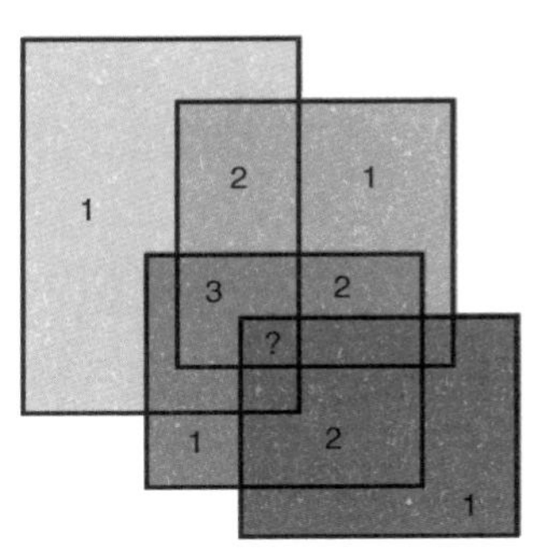

017 逻辑数值

问号处的逻辑数值是多少？

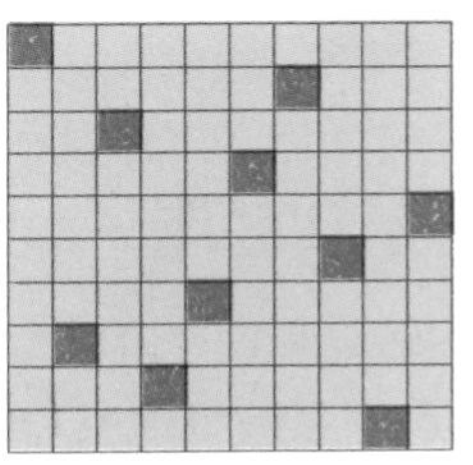

0324924831

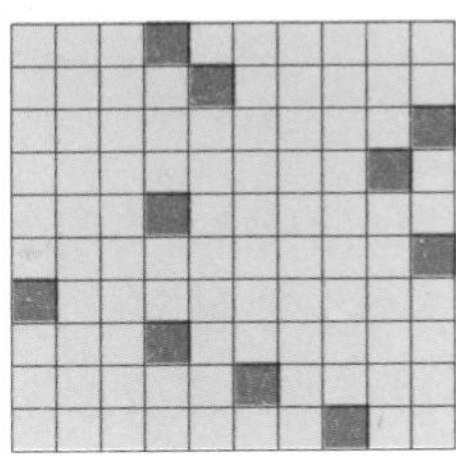

3591300652

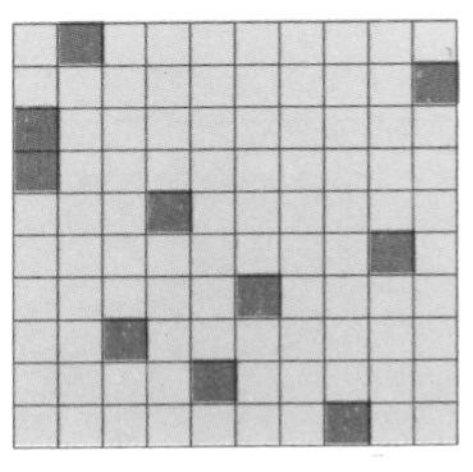

?

018 组合瓷砖

如果按照正确顺序排列，以下瓷砖可以组成1个方形，横向第1排的数字等同于纵向第1列的数字，依次类推。你能成功地组合吗？

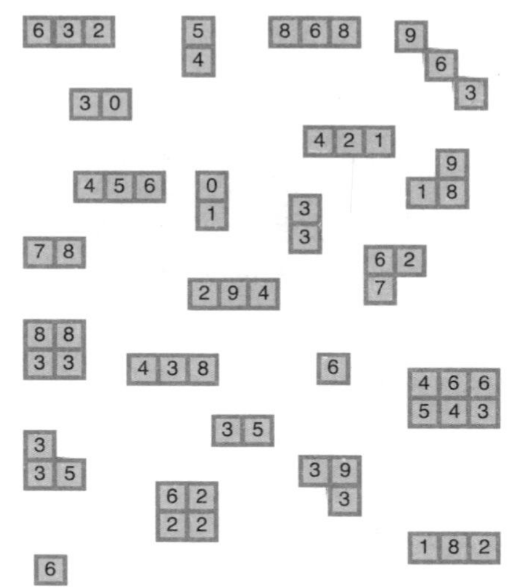

019 帕斯卡定理

下图是液压机的一个模型，从中我们可以清楚地看到它的机械利益(一台机器产生的输出力和应用的投入力之间的比率)。这个液压机有两个汽缸，每个汽缸有一个活塞。

这个模型中：

小活塞的面积是3平方厘米；大活塞的面积是21平方厘米;机械利益为21 ÷ 3＝7。

请问小活塞上面需要加上多少力，才能将大活塞向上举起1个单位的距离？

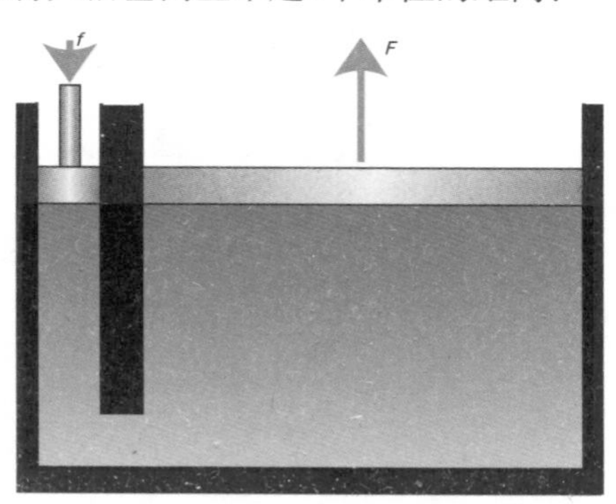

020 画符号

请在空格中画出正确的符号。

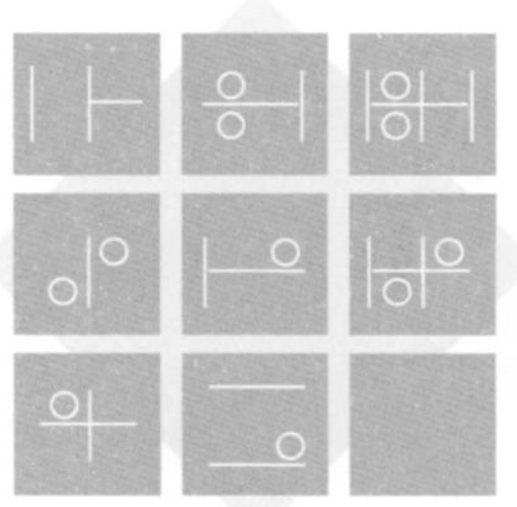

021 链条平衡

如图所示，天平右端的盘里装了一条链子，这条链子绕过一个滑轮被固定在天平左端的盘子上。

如果现在把天平左端翘起的空盘往下压，会出现什么情况？

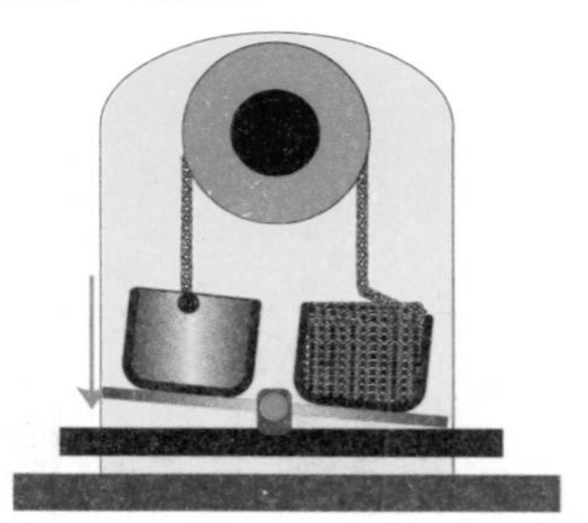

022 柜子里的秘密

我的电脑桌旁边的一面墙上有一些小的木柜子，平时可以放一些小东西，我就把自己的收藏分别放在这些柜子里。放的时候我按照了英文字母的排列顺序，如下图所示，这个顺序能够提示我记住密码。

你能猜出我的密码是什么吗？

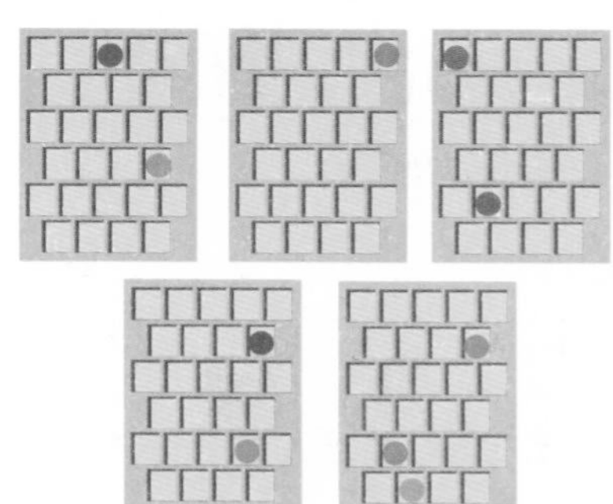

023 连续八边形

哪一个八边形可以继续这个序列？

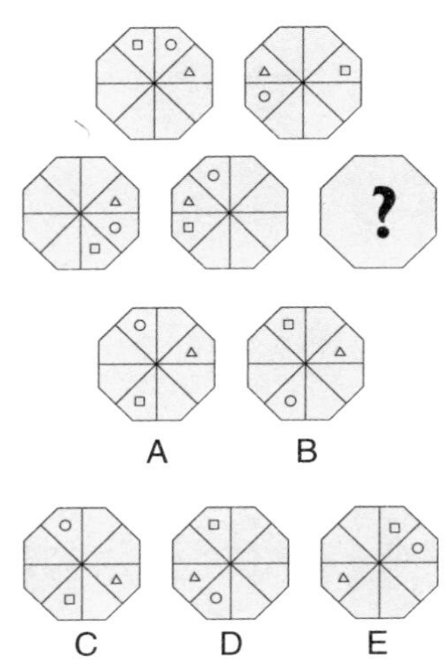

024 洪水警告

根据安装在漂浮物上的这组齿轮，你能推断出洪水警告正确吗？

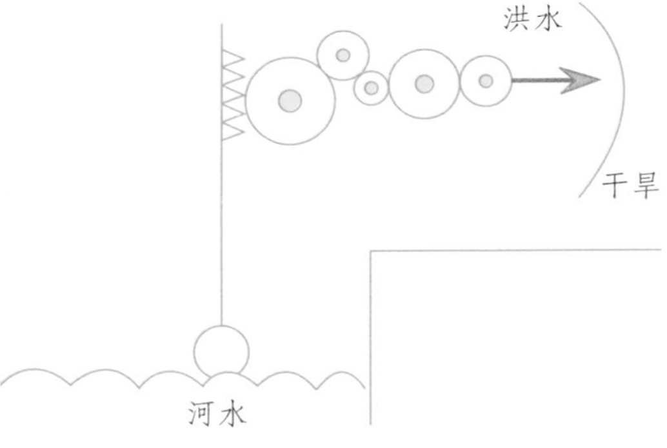

025 字母游戏

下图中标注问号的地方应该填上什么字母？

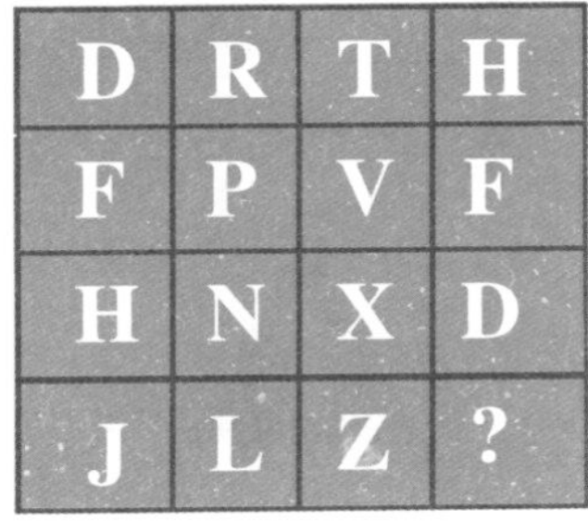

D	R	T	H
F	P	V	F
H	N	X	D
J	L	Z	?

026 下一幅

如图所示，各个图形是按一定顺序排列的，按照这一顺序，接下来的一幅图应该是A，B，C，D，E中的哪一个？

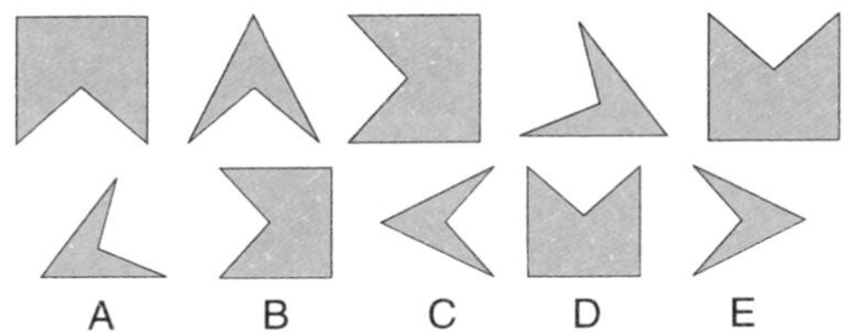

027 对号入座

仔细观察一下，问号的地方应该填入哪个图形？

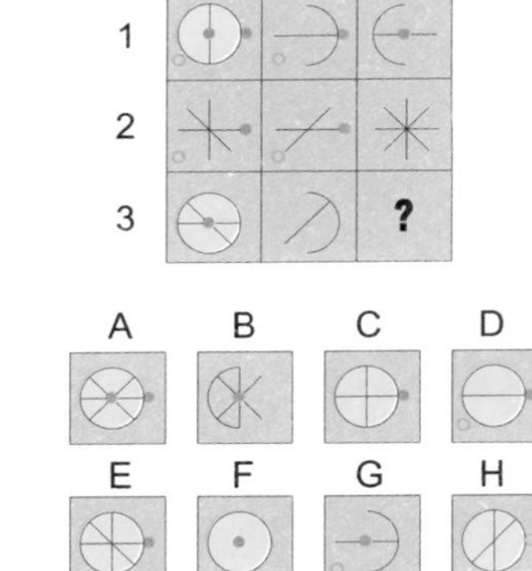

028 取代

选项中的哪个正方形可以取代空着的正方形？

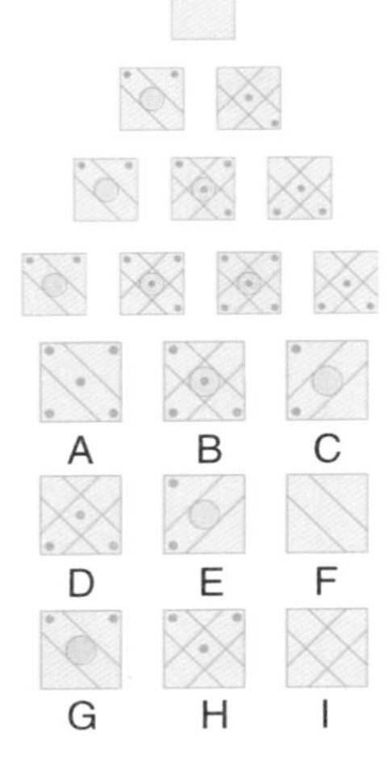

029 归位

6个选项中哪一个可以完成这个问题？

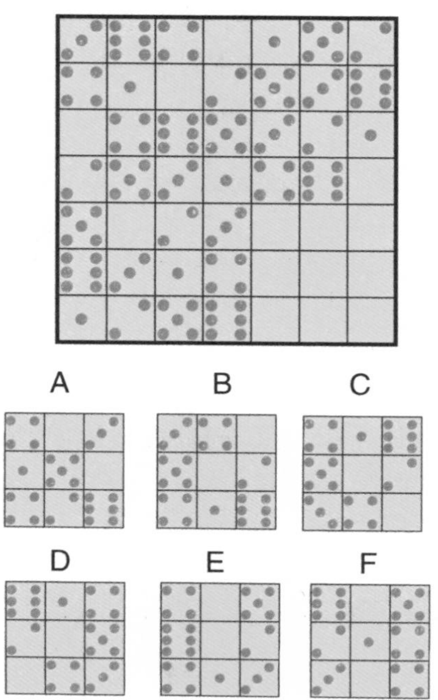

030 彼此对应

如果图形 1 对应图形2，那么图形3对应哪一个图形？

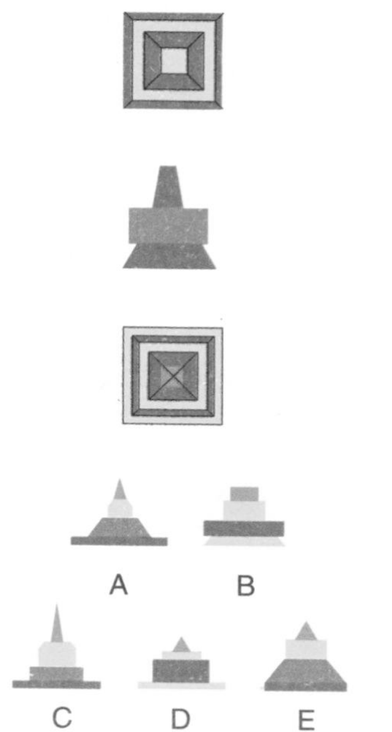

031 填充空格

请在空格中画出适当的图形。

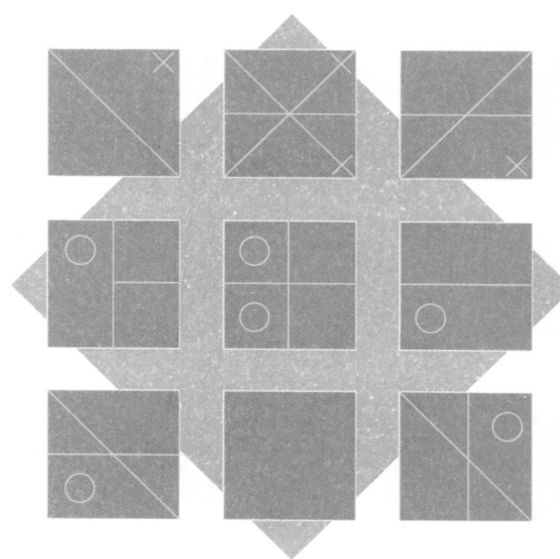

032 选择箭头

图中空白处应该填入哪个箭头？

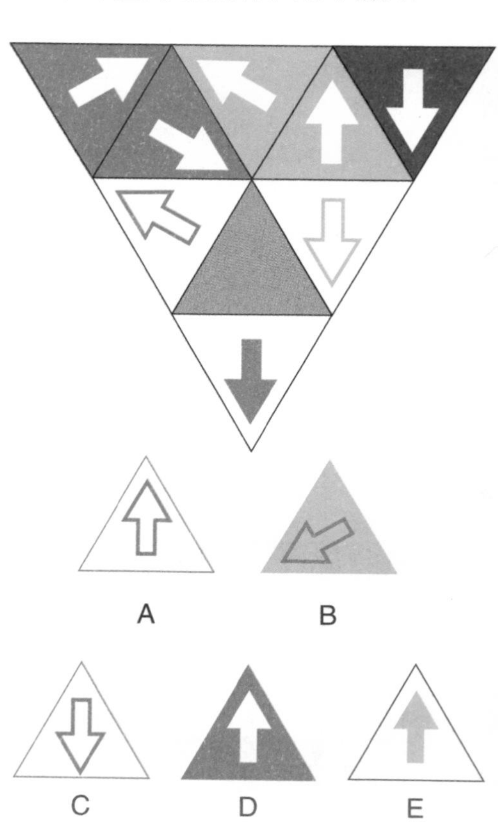

033 树形序列

你能完成这个序列吗？

034 下一个

如何让这个序列进行下去？

035 铅笔游戏

你能找出这个排列方式中所利用的逻辑关系吗？如果你能够找得出，利用同样的逻辑关系确定出问号处应该是哪个字母。

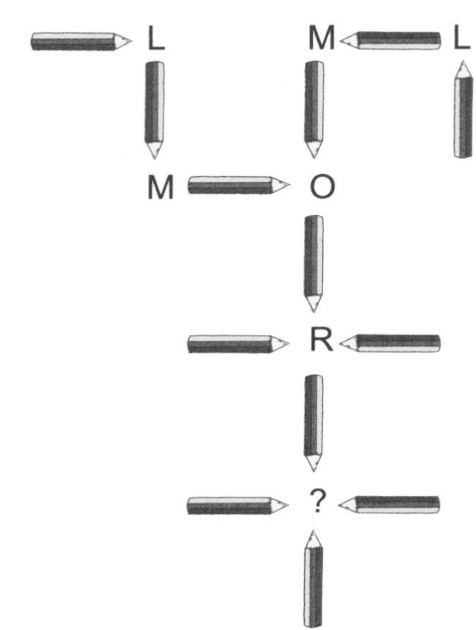

036 外环上的数

找出逻辑关系并填充缺少的数字。

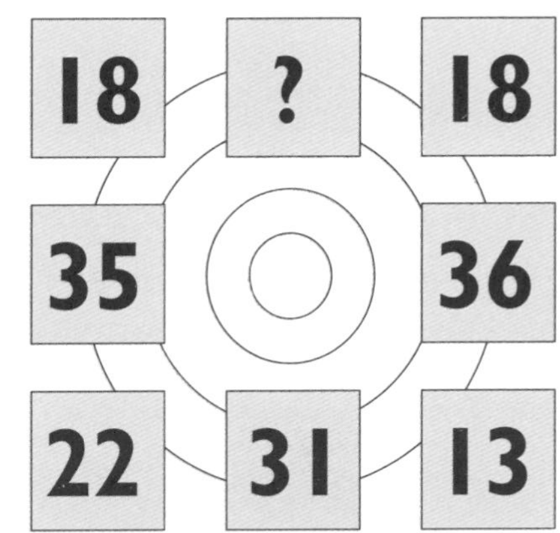

037 恰当的数字（1）

猜猜看，问号处应该填上什么数字？

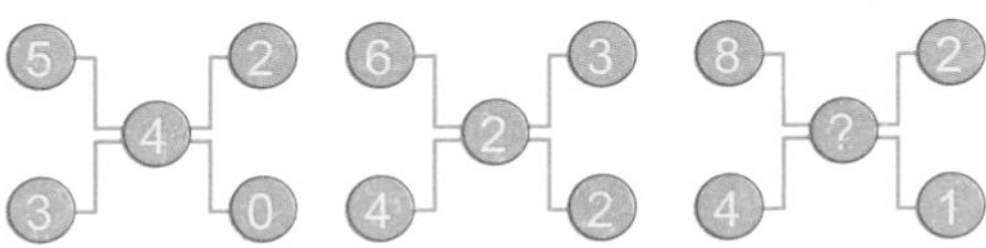

038 恰当的数字（2）

在下图中标注问号的地方填上恰当的数字。

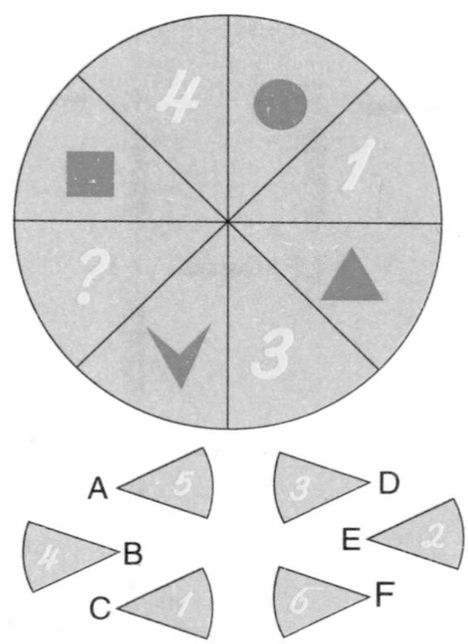

039 密码

一位男士在银行新开了一个账户，他需要为这个账户设定一组密码。按照银行的规定，密码一共有5位，前3位由字母组成，后2位由数字组成：

问：按照下面的条件，密码的设定分别有多少种可能性？

1.可以使用所有的字母和所有的数字。

2.字母和数字都不能重复。

3.密码的开头字母必须是T，其他条件同条件2。

040 逻辑数字

你知道问号处应填上什么数字吗。

1.
4 → 13
7 → 22
1 → 4
9 → ?

2.
6 → 2
13 → 16
17 → 24
8 → ?

3.
8 → 23
3 → 13
11 → 29
2 → ?

4.
6 → 10
5 → 8
17 → 32
12 → ?

5.
18 → 15
20 → 16
8 → 9
14 → ?

6.
31 → 12
15 → 4
13 → 3
41 → ?

7.
10 → 12
19 → 30
23 → 38
14 → ?

8.
9 → 85
6 → 40
13 → 173
4 → ?

9.
361 → 22
121 → 14
81 → 12
25 → ?

10.
21 → 436
15 → 220
8 → 59
3 → ?

11.
5 → 65
2 → 50
14 → 110
8 → ?

12.
15 → 16
34 → 92
13 → 8
20 → ?

13.
5 → 38
12 → 80
23 → 146
9 → ?

14.
7 → 15
16 → 51
4 → 3
21 → ?

15.
36 → 12
56 → 17
12 → 6
40 → ?

16.
145 → 26
60 → 9
225 → 42
110 → ?

17.
25 → 72
31 → 108
16 → 18
19 → ?

18.
8 → 99
11 → 126
26 → 261
15 → ?

19.
8 → 100
13 → 225
31 → 1089
17 → ?

20.
29 → 5
260 → 16
13 → 3
40 → ?

041 恰当的符号

在下图中标注问号的地方填上恰当的选项。

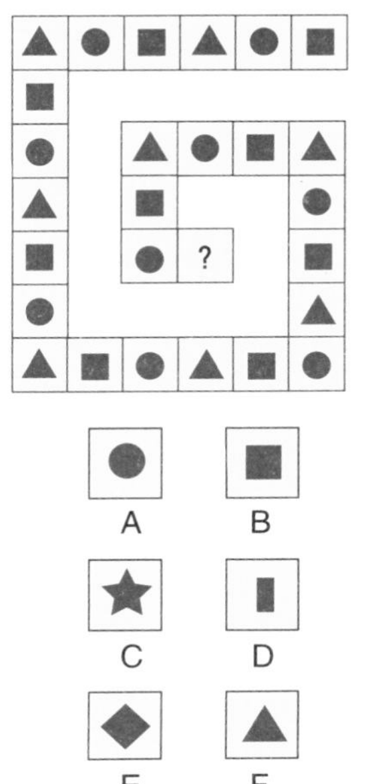

042 解开难题

你能解开这道题吗？

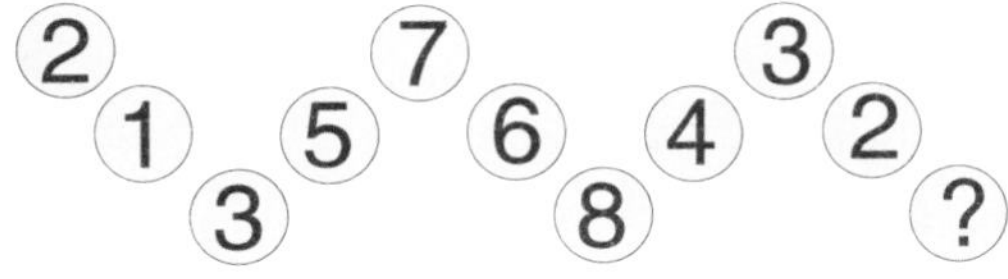

043 最后的正方形

下面5个正方形中的数字，都是按一定规律放进去的，你能找出这一规律并说出最后一个正方形中问号处应填的数字吗？

044 数字盘

你能找出最后那个数字盘中问号部分应当填入的数字吗？

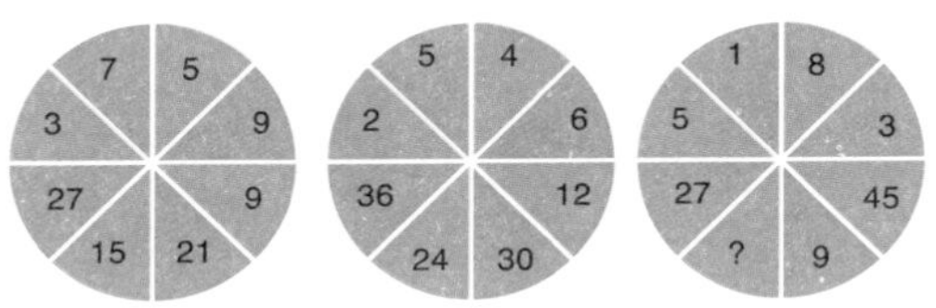

045 图形推理

你能找出最后那个三角形中问号部分应当填入的图形吗？

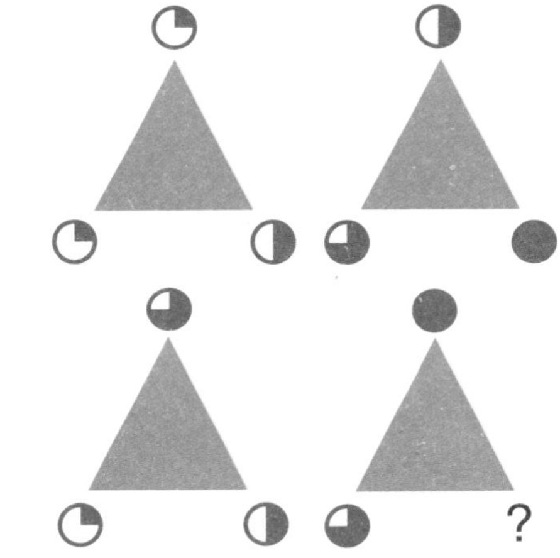

046 缺少的数字

让我们看看这道题，最后那个正方形中缺少什么呢？

047 环形图

你能想出填上什么数字后可以完成这个环形图吗？

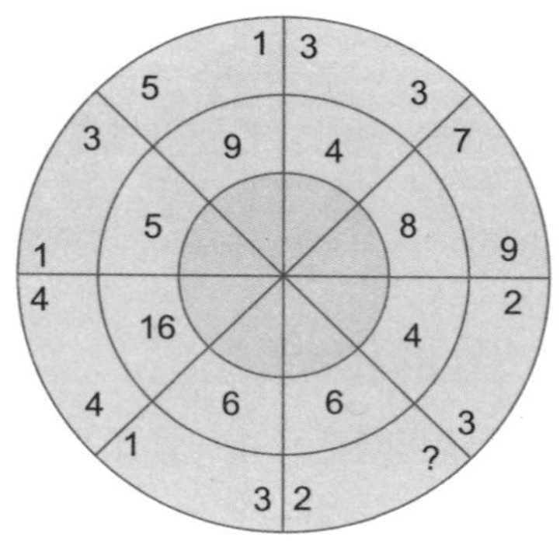

048 图形推数

问号处所缺的数字是多少？

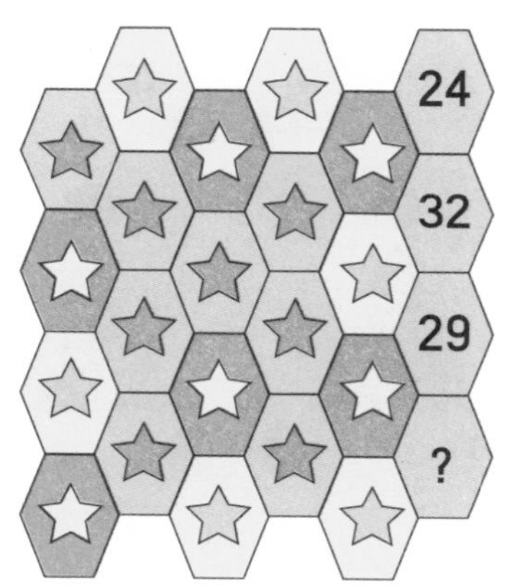

049 滑轮方向

如果齿轮A按照顺时针方向旋转，那么滑轮E将按什么方向旋转呢？

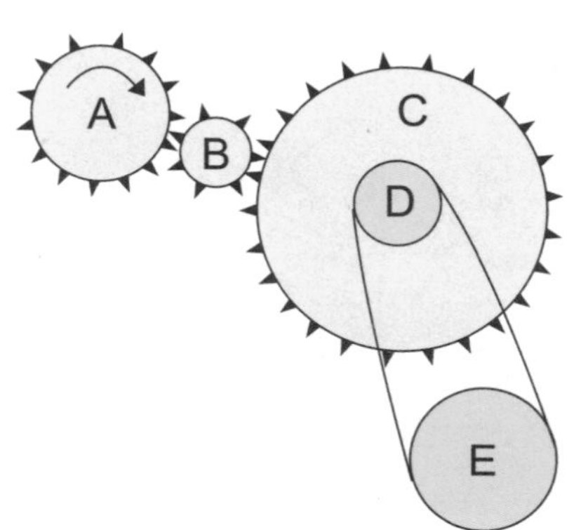

050 填补空白

找找看，哪个图适合填到空白部分？

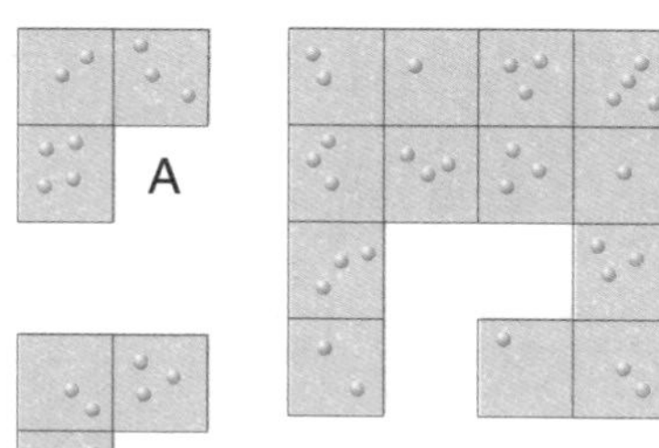

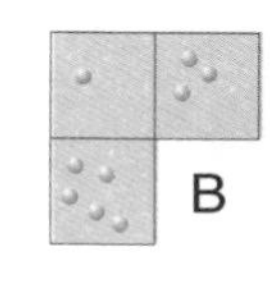

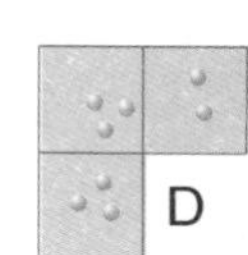

051 填入数字

问号所在位置应该填入什么数字？

39276 : 47195

23514 : 14623

76395 : 95476

29467 : ?

052 雨伞

中心空白处应该放入哪一把雨伞？

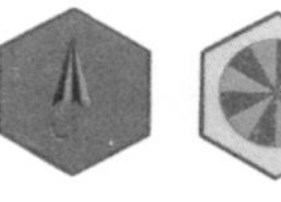
A

B

C

D

E

053 轮形图

你能推算出完成这个轮形图需要什么数字吗？

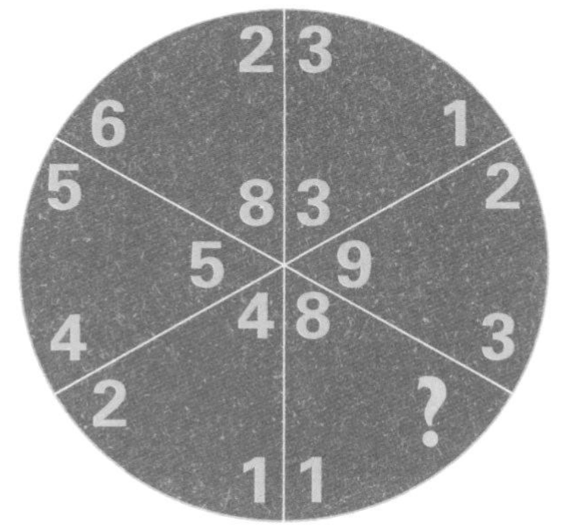

054 城镇

在如图所示的地图中，A，B，C，D，E，F分别代表6个城镇。C在A的南边、E的东南边，B在F的西南边、E的西北边。

1.图中标注1处的是哪个城镇？

2.哪个城镇位于最西边？

3.哪个城镇位于A的西南边？

4.哪个城镇位于D的北边？

5.图中标注6处的是哪个城镇？

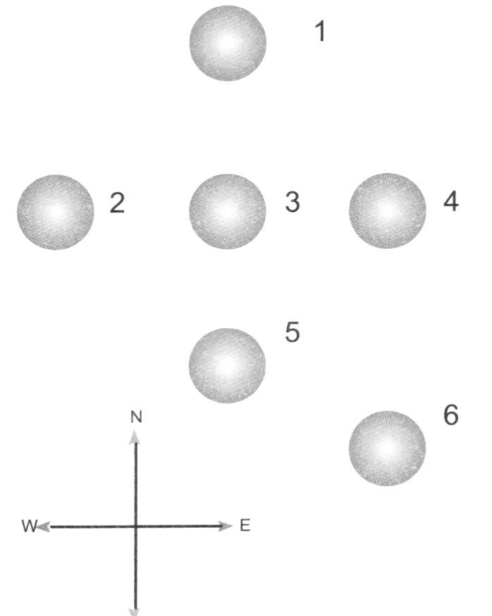

055 空缺图形

这一组图是按照一定的逻辑规律排列的，那么空缺的图形是什么呢？

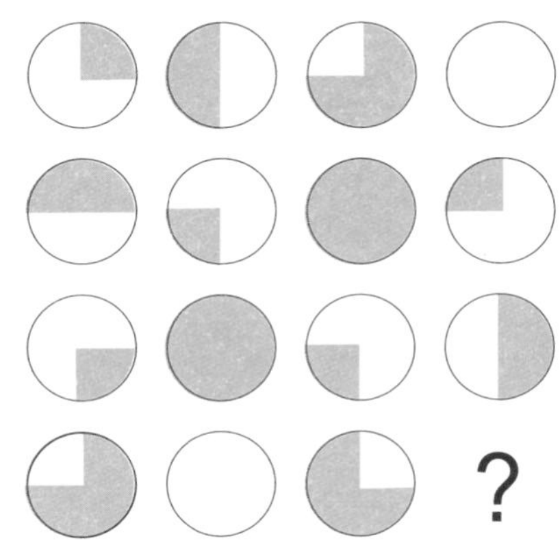

056 数字与脸型

你能推算出问号部分应当填入什么数字吗？

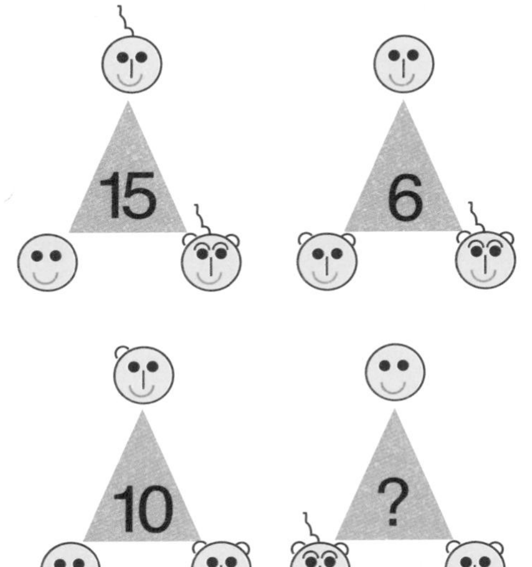

057 青蛙序列

想一想，最后填上什么数字可以承接这组序列？

058 数字难题

什么数字替代问号以后可以完成这道难题？

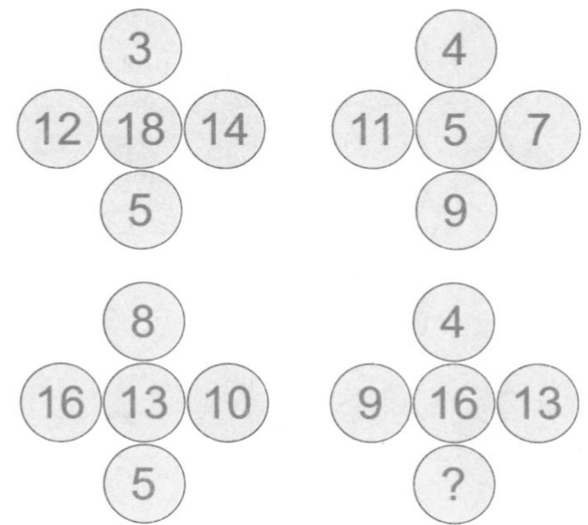

059 数字与图形（1）

数字和图是根据一定的规律组合的。你能算出问号部分应当填入什么数字吗？

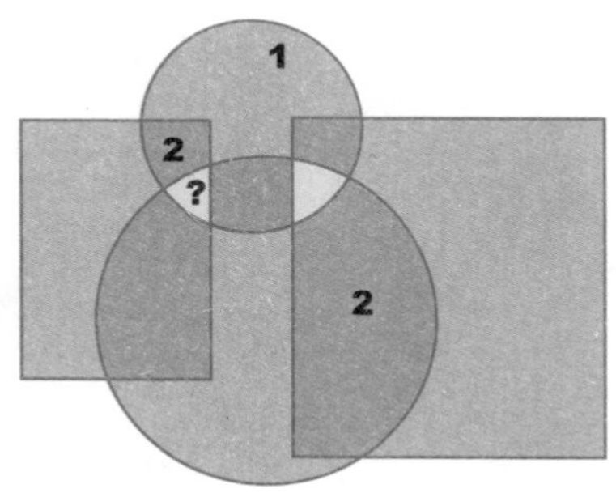

060 数字与图形（2）

你能找出数字与图形之间的组合规律吗？然后指出问号部分应当填入的数字。

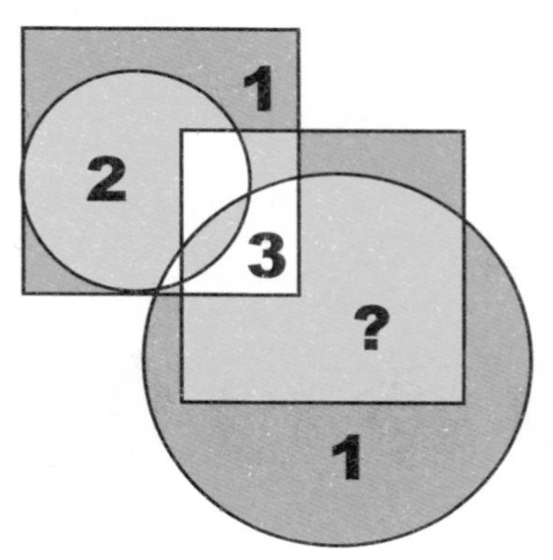

061 泡泡问题

你能解决这个泡泡的问题吗？如果图形1对应图形2，那么图形3对应哪个选项？

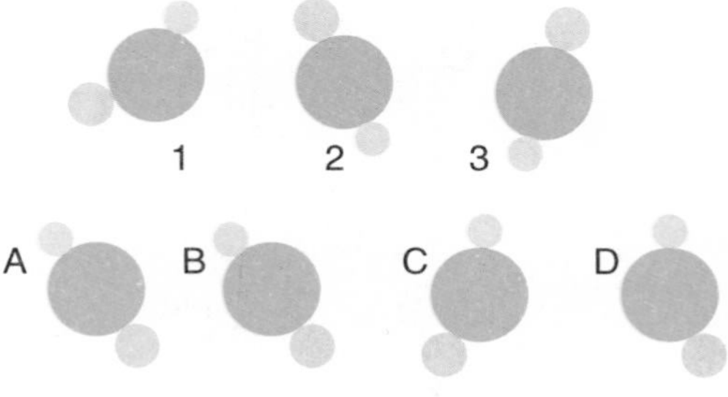

062 表情组合

以下格子中的表情是按照一定的规律排列的。你能找出其规律，并指出缺失部分应当填入的表情组合吗？

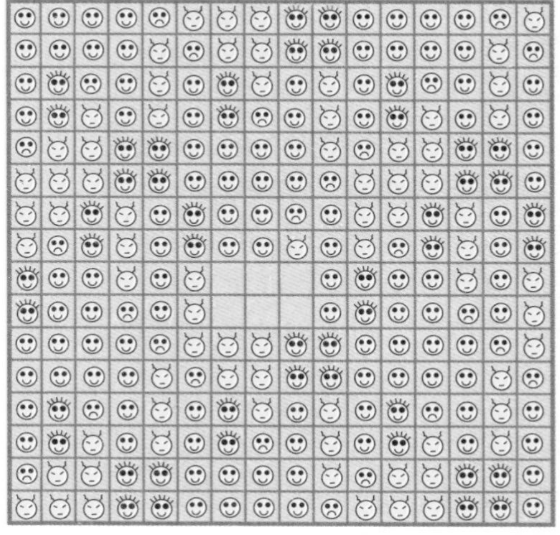

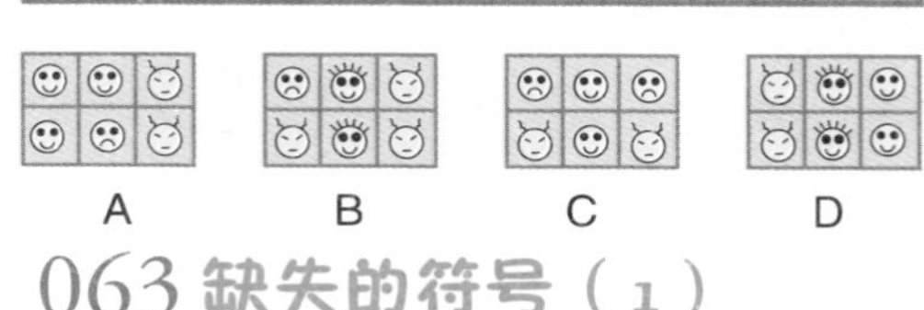

063 缺失的符号（1）

图中空白部分应该填入哪个选项？

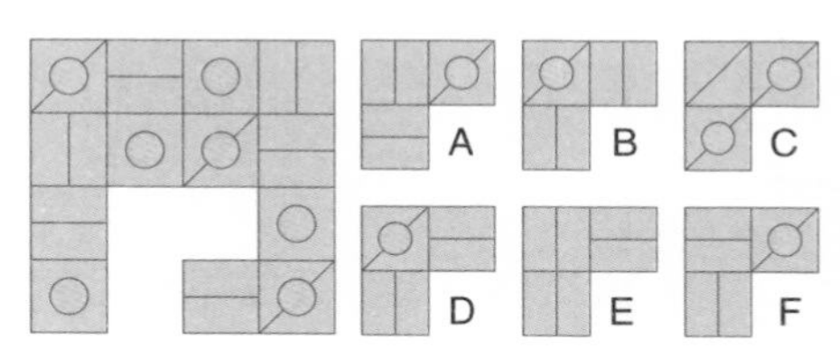

064 缺失的符号（2）

以下格子中的图是按照一定的规律排列的。你能找出其规律，并将缺失部分补充完整吗？

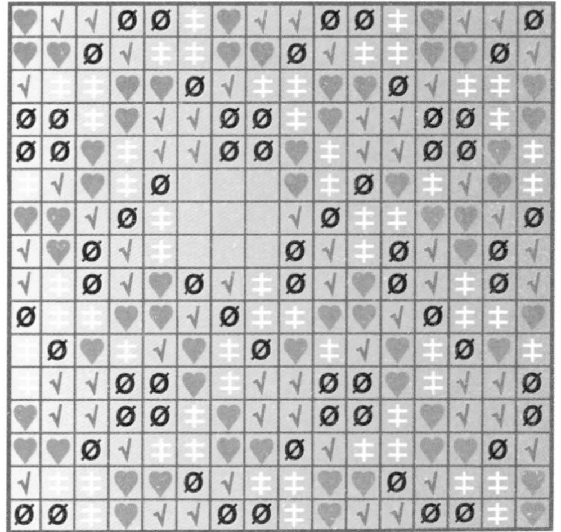

065 曲线加法

将一定的数值绘成曲线，形成了曲线1和曲线2，如果把曲线1和曲线2所代表的数值加在一起，那么4个选项中哪一个将会是图表组合之后所形成的样子呢？

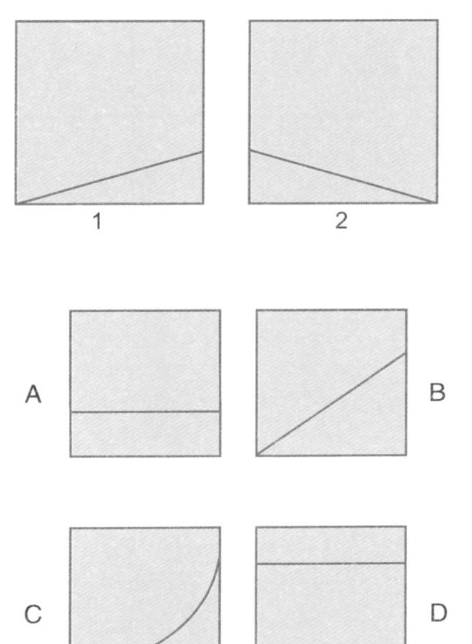

066 数学公式

4个三角形之间是通过1个简单的数学公式联系在一起的。你能找出其中不同的1个吗？

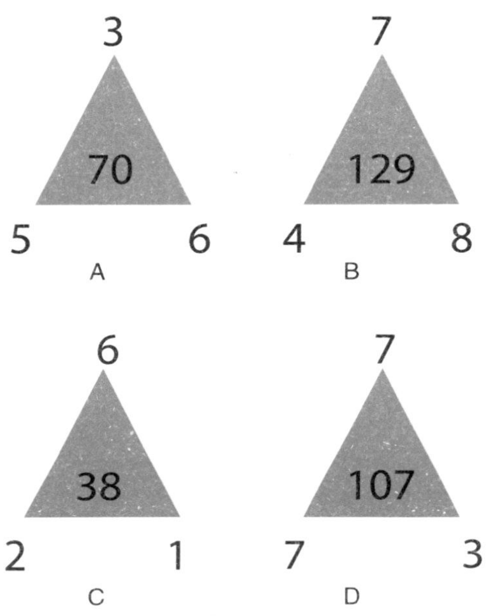

067 对应的数字盘

如果A对应于B，那么C对应于D、E、F、G中哪一个数字盘？

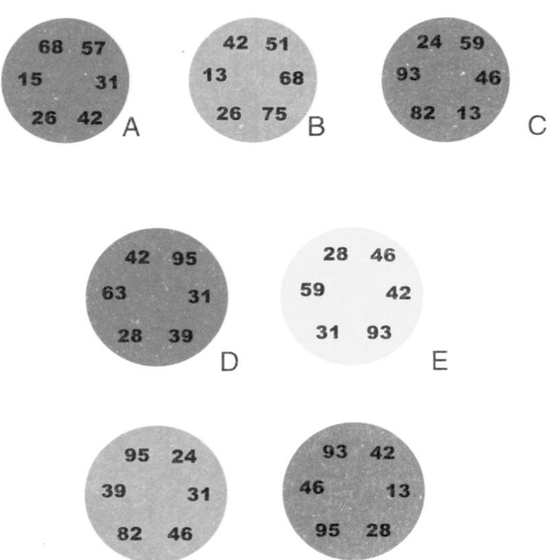

068 下一个图形

下一个图形是什么呢？

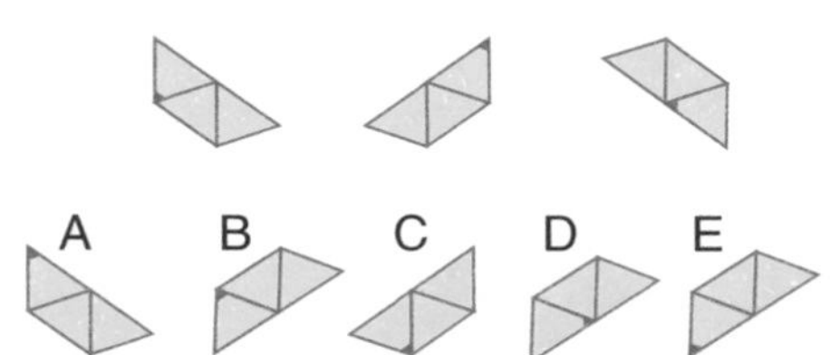

069 填补圆中问号

想一想，A，B，C，D哪一项可以用来填补圆中的问号部分？

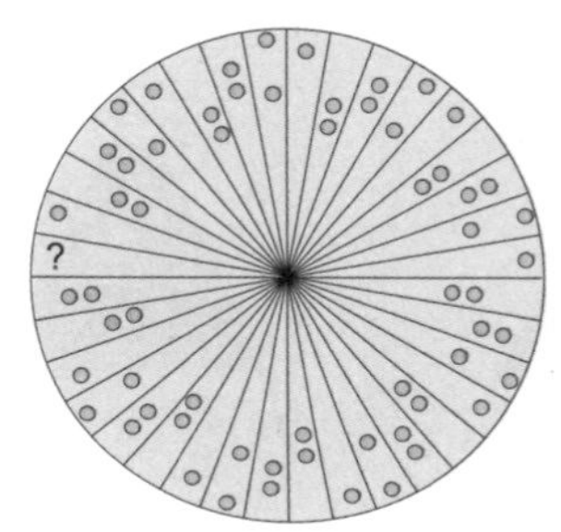

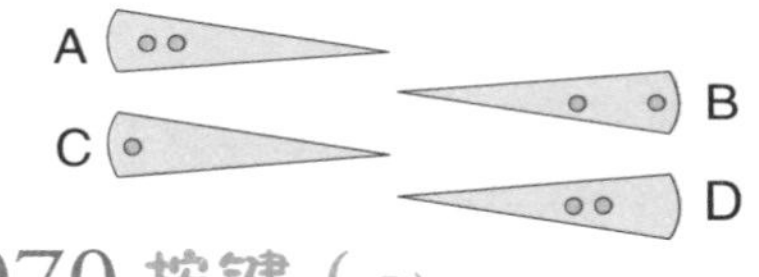

070 按键（1）

要解除这个爆炸装置，你必须按正确的顺序按键，一直按到“按键”这个钮。

每个键你只能按1次，标着“U”字母的代表向上，“D”代表向下，“L”表示向左，“R”表示向右。键上所标明的数字是你需要迈的步数。

请问你第1个按的应该是哪个键？

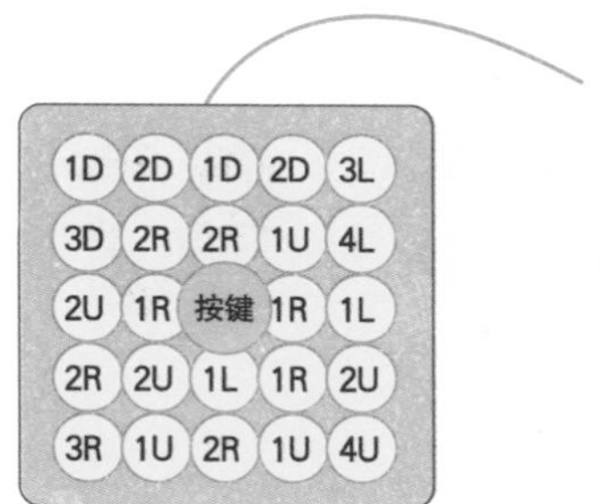

071 按键（2）

要解除这个爆炸装置，你得按照正确的顺序依次按键，直到按下“按键”这个键。键上注有U的表示向上，D表示向下，L表示向左，R表示向右。而每次该走几步键上也都作了指示。注意每个键只能按1次。请问首先应该按哪个键？

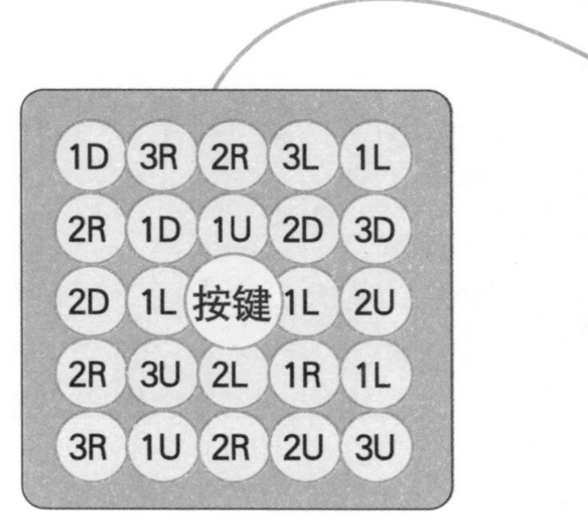

072 数值

如果图形A代表数值6，那么图形B代表哪个数值？

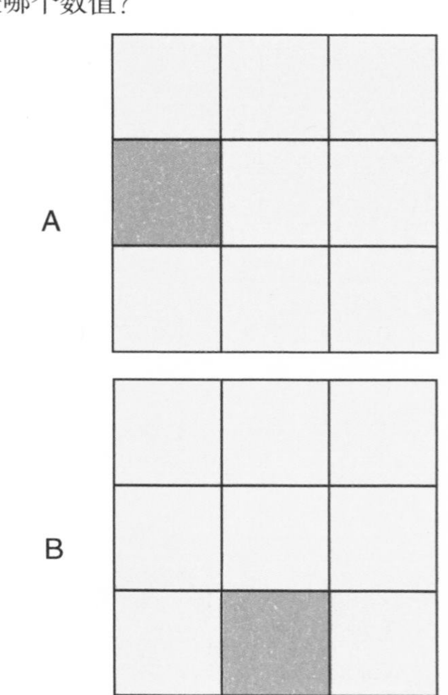

073 错误的方块

格子里有9个方块，标号从A1到C3，每个方块都在其上边和左边有与之相同字母和数字标号的方块相对应，方块里的图形由这两个方块叠加而成。例如，B2是2和B中所有线条和图形的叠加。9个方块中哪一个是错的呢？

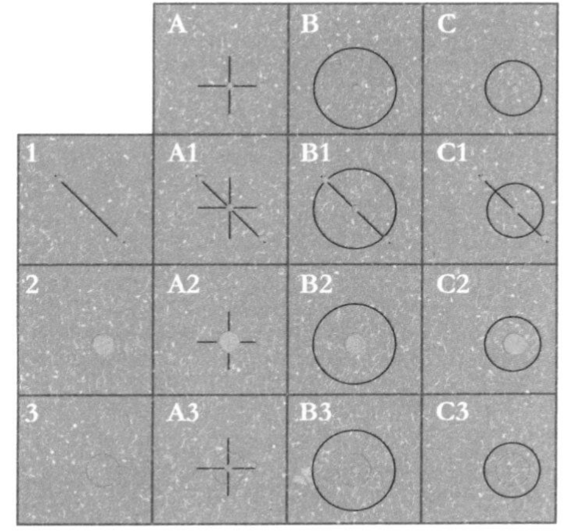

074 时间图形

这是个时间题，图中少了哪个图形？

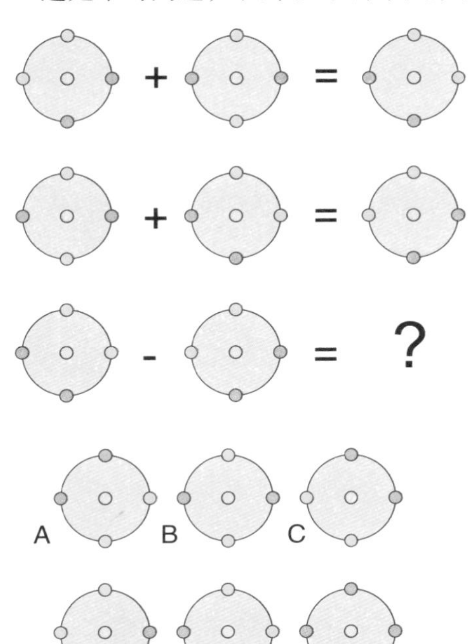

075 序列格

序列格是由一些顺序相互关联的内容所组成的。这里就有两个范例。

在第1个正方形中，所遵循的顺序是将格子里的数字依次一分为二。而第2个正方形中列举的是1个字母序列，这些字母之间都隔着1个本应存在于二者之间的字母（但该字母并未出现）。请问第3个正方形中问号处所缺失的是什么？

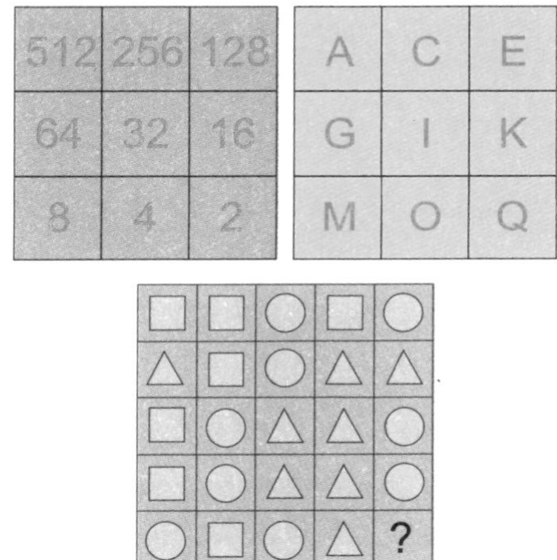

076 延续数列

观察这几列数字，哪个选项可以继续这个序列？

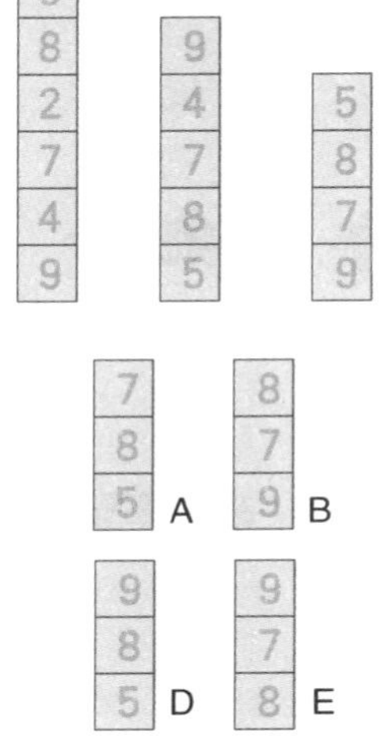

077 符合规律

A，B，C，D中哪项符合第1行接下来的排列规律？

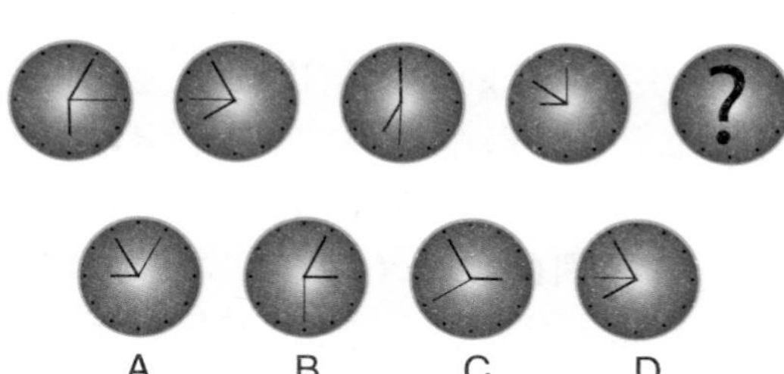

078 逻辑表格

运用第1个表格的逻辑，完成第2个不完整的表格。

	A	B	C	D	E	F
a	7	9	6	5	3	3
b	4	6	3	7	0	3
c	9	2	4	1	1	4
d	5	8	2	7	2	6

7	7	5	6	1	9
4	9	6	6	0	0
3	5	1	9	0	6
8	9	4	6	?	?

079 数字箭头

问号处的数字应是多少？

168	60	24
114	42	18
141	51	21
60	24	12
78	30	?

080 规律移动（1）

下图四周圆圈里的每个线条和图形都按以下规则移动到中间的圆圈里——如果某个线条或图形在周围的圆圈里出现了1次：移动；2次：可能移动；3次：移动；4次：不移动。A，B，C，D或E，哪个圆圈应该放在问号处？

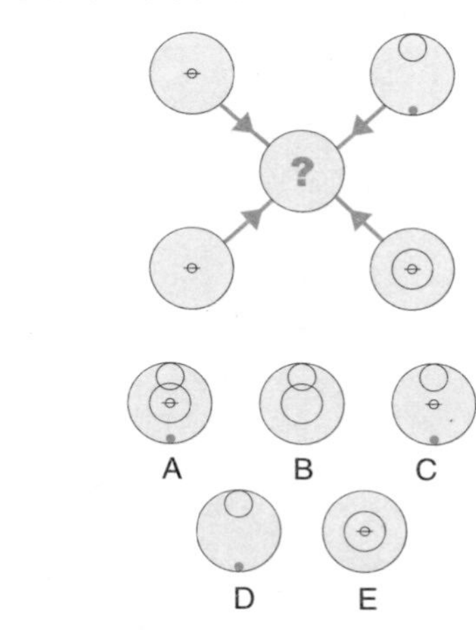

081 规律移动（2）

下图四周圆圈里的每个线条和图形都按以下规则移动到中间的圆圈里——如果某个线条或图形在周围的圆圈里出现了1次：移动；2次：可能移动；3次：移动；4次：不移动。A，B，C，D或E，你认为哪个选项应该放在问号处？

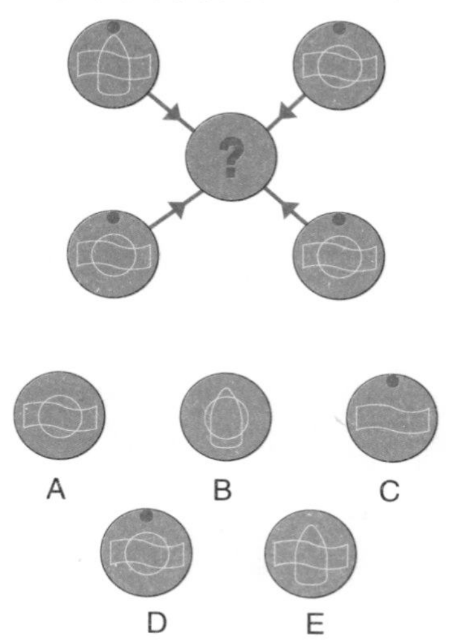

082 神奇的规律

以下数字盘中存在着一个神奇的规律。你能找出该规律，并且指出问号部分应当填入什么数字吗？

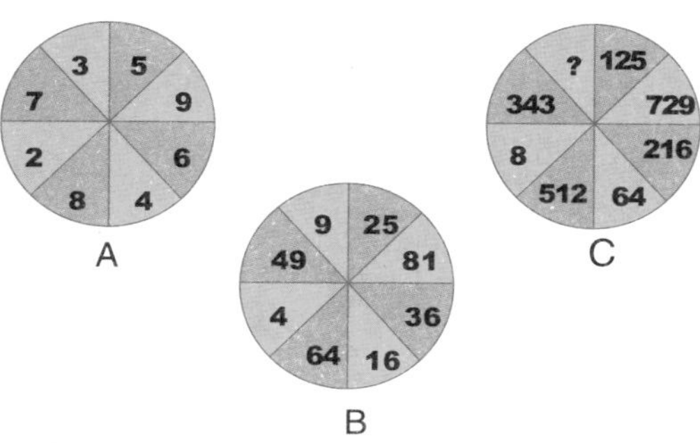

083 插入数字块

插入某组数字组合使得下表中所有横排、竖排和对角线的数字之和都为49。请问该插入的是哪个选项？

12	21	30	-17	-8	1	10
20	29	-11	-9	0	9	11
28	-12				17	19
-13	-4				18	27
-5	-3				26	-14
3	5	14	23	25	-15	-6
4	13	22	31	-16	-7	2

10	-1	8
-2	7	16
6	15	24

A

-10	-1	8
2	7	16
6	15	24

B

-10	8	-1
-2	7	16
6	15	24

C

-10	-1	8
-2	7	16
6	15	24

D

084 激光束

在全息摄影环境中，一束激光从左上方发出，并在右下方被吸收。它穿越过8个“暗箱”。

在每个暗箱中激光都被两面成45°角的棱镜反射，如图中两个被剖开的箱子所示。

激光的路线用红色标记。

通过对激光束可见部分的观察以及你的推演能力，你能重新构建出激光束在暗箱中的连续路径吗？

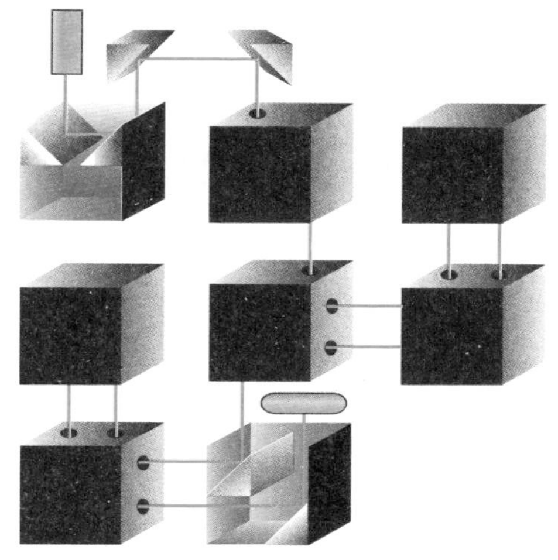

085 字母六角星

下面图中的问号部分应该填入什么字母？

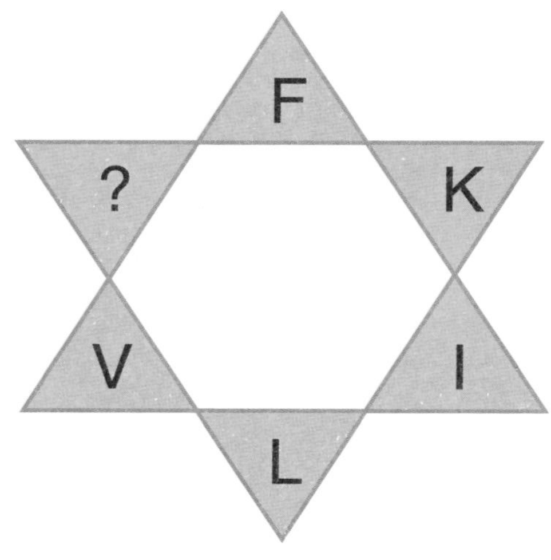

086 十字补白

A，B，C，D，E选项中哪个可以放在空白处?

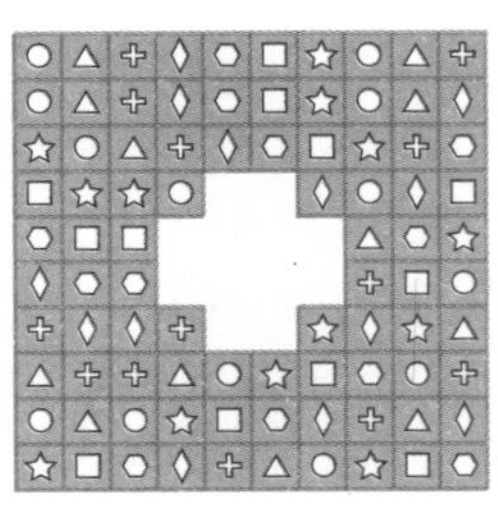

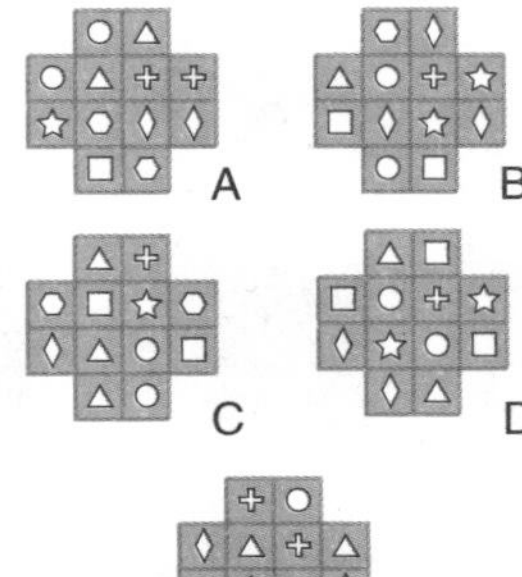

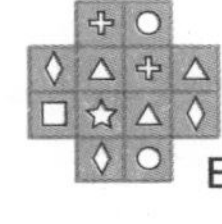

087 半圆图标

格子中的图标是按照一定的规律排列的。当你发现其中的规律时，你就能够将空白部分正确地补充完整了。

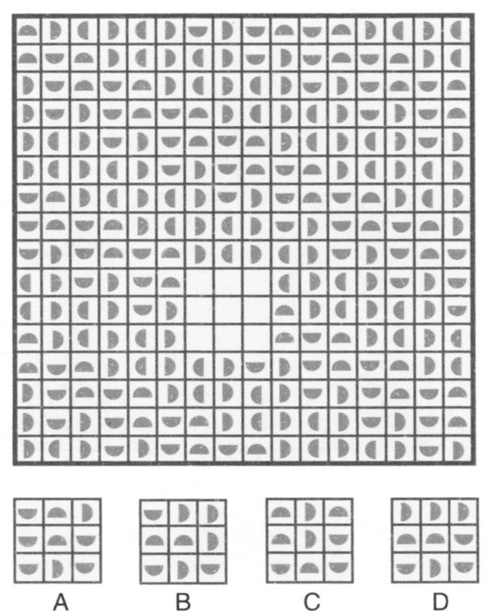

088 红绿灯

哪一个选项可以接在题目所示图形的后面?

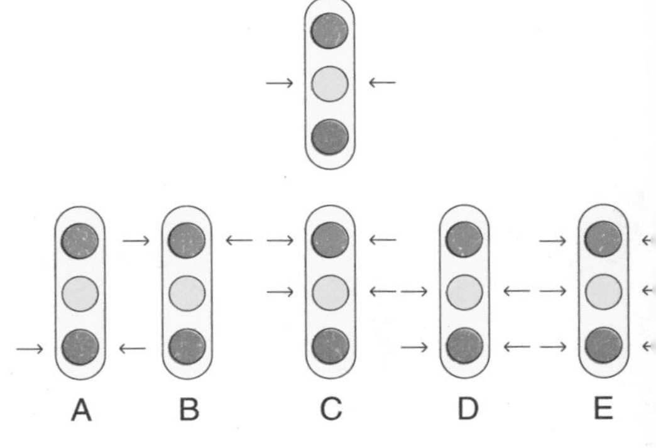

089 滚动的色子

让色子滚动一面，到方框2里面，依此类推，每次滚动一面，依次滚到方框3，4，5，6中。想一想，在方框6里面色子顶上点的数是几?

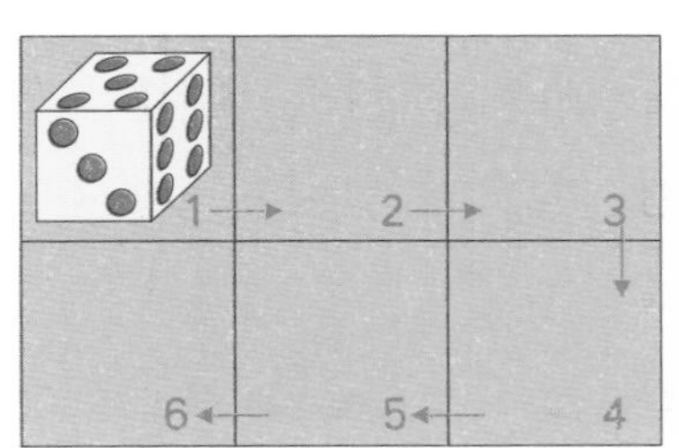

090 放置标志

每个标志代表1个不同的数字。你能通过重新放置代表数字的每个标志同样组成这个和吗?

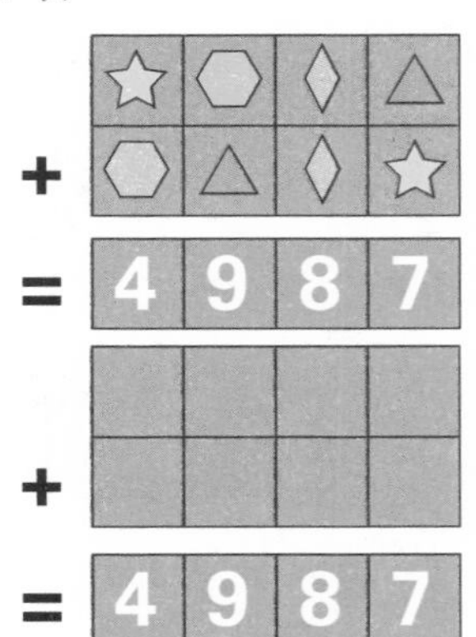

091 实验

如图所示，把一根点燃的蜡烛放在一个装有水的容器里，再在蜡烛上面罩上一个玻璃瓶。

你能预测一下，这个实验最终会出现什么结果吗？

092 拖拉机

下图中的时间和拖拉机下面的数字存在一定的规律，你能找到这一规律并求出问号代表的数字吗？

A. 4小时20分

?

. 3小时15分

80

C. 6小时14分

60

. 7小时13分

42

E. 4小时12分

78

093 立方体展开

B，C，D，E，F中哪张图纸能够折叠成A图所示的立方体？

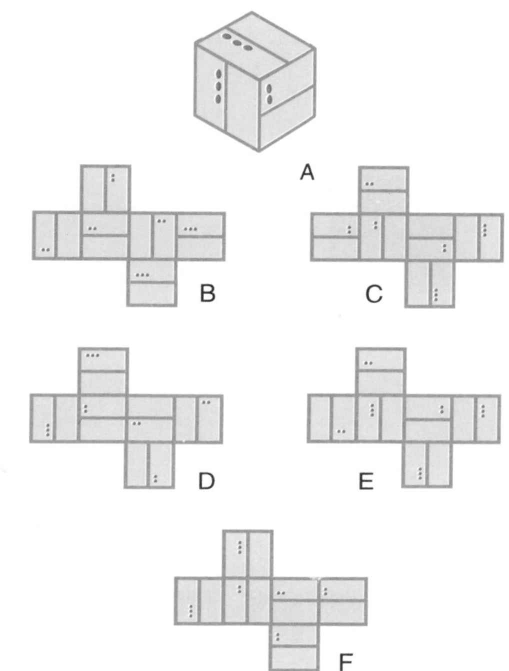

094 壁纸

已经给出墙壁纸的形状，在可供选择的墙壁纸中，哪两幅适合挂在它的两边？

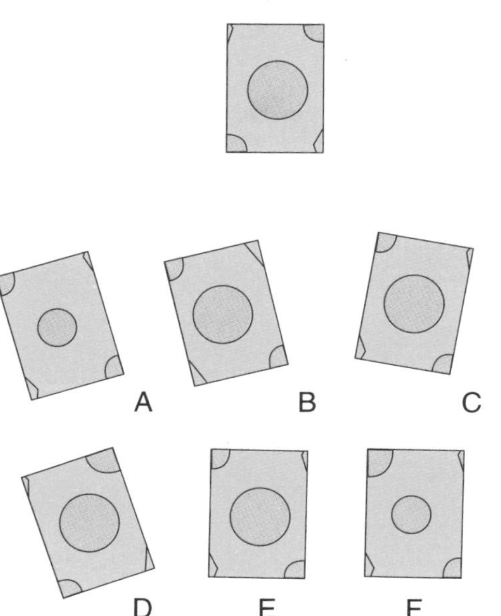

第5章　分析力

001 更大的正方形

你能不能将这3个正方形分割成最少的图形碎片重新组成1个更大的正方形？

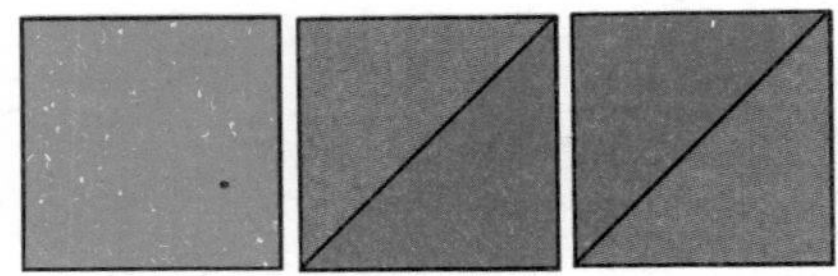

002 符号继续

选项中哪一个符号可以将这个序列继续下去？

003 对应

如果 [图] 对应 [图]，那么 [图] 对应：

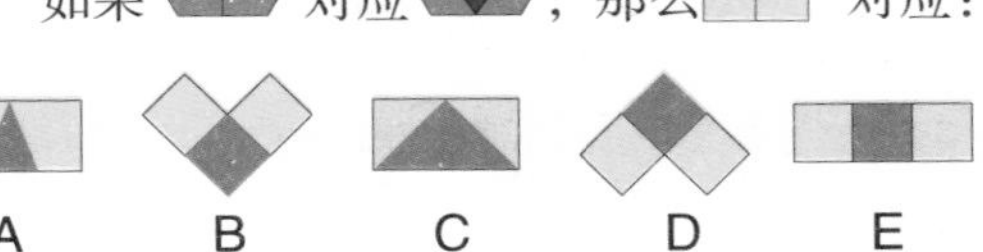

004 另类图形

下面哪幅图和其他各幅都不同？

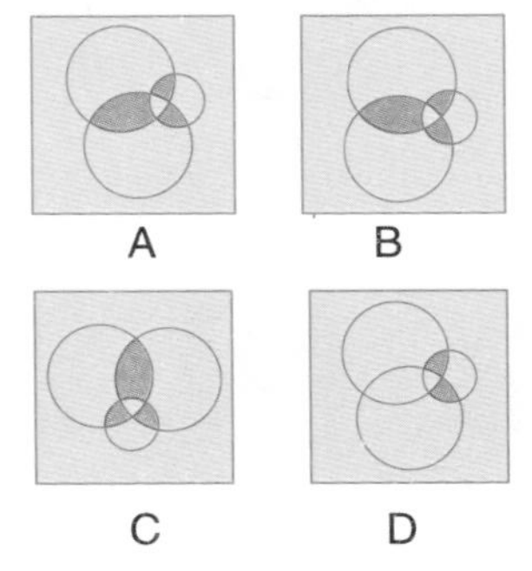

005 完成序列图

想一想，选项中哪个图形可以完成这组序列图？

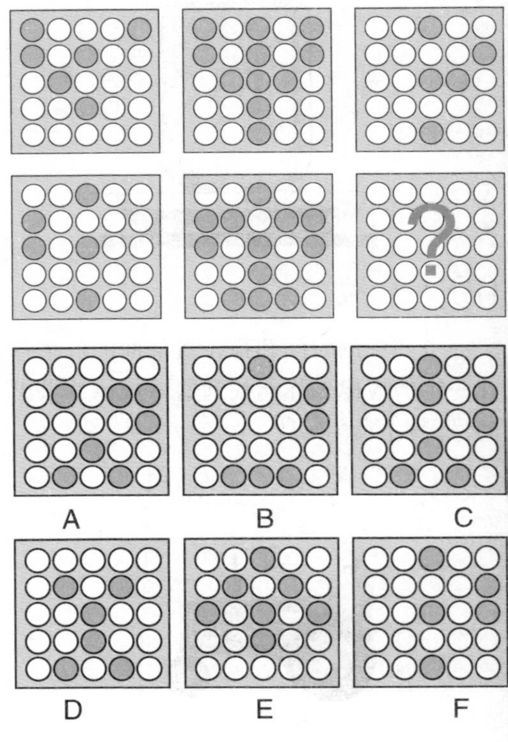

006 男孩女孩

5个人排成1行，5个人中有男孩也有女孩，但是男孩和女孩各自的人数不确定，问有多少种排列方法可以使每个女孩旁边至少有1个女孩？

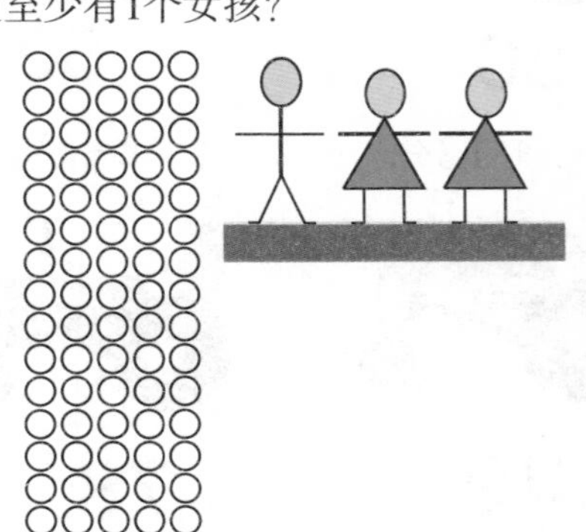

007 色子家族

色子家族正在举行宴会，并且把它们祖先的照片挂在了墙上。来参加宴会的色子中，有位是这个家族的客人，你能把他找出来吗？

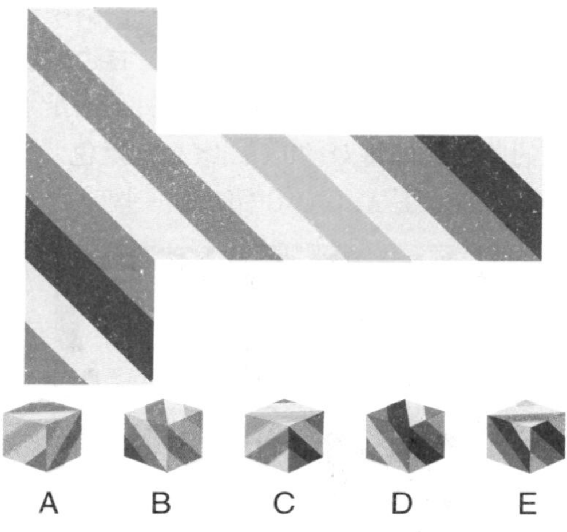

008 数字狭条

你能不能把这个图案分成85条由4个不同数字组成的狭条，使得每个狭条上的魔数都等于34？

用数字1~16组成和为34的四数组合共有86种。下边的网格图中只出现了85条。你能把缺失的那条找出来吗？

1	4	14	15	1	3	5	12	14	14	4	7	11	12	3	13	2
12	13	4	5	6	10	16	3	5	7	2	16	9	7	6	8	10
11	8	1	14	12	16	5	2	11	9	1	7	12	14	10	3	7
10	9	13	2	15	5	6	16	7	4	2	9	11	12	15	10	15
13	6	3	15	8	9	2	3	2	6	3	3	7	8	16	4	1
7	11	7	4	16	8	6	8	5	7	6	13	16	1	4	7	6
8	9	9	2	5	12	15	9	13	10	11	12	1	3	8	10	11
6	8	15	16	6	10	2	14	14	11	14	1	10	9	14	13	16
2	8	11	13	4	11	7	1	15	4	2	1	3	2	6	11	15
6	7	9	12	9	15	3	14	2	6	7	5	9	5	7	9	13
3	7	11	13	10	1	16	10	7	9	11	13	10	1	3	14	16
3	7	10	14	11	2	8	10	14	15	14	15	12	5	8	9	12
3	4	14	2	5	6	10	13	4	3	4	7	2	6	12	14	5
8	13	6	7	2	3	13	16	5	6	11	8	13	9	11	1	8
11	9	10	12	3	5	11	15	11	12	6	9	14	6	13	1	10
12	8	4	13	1	2	15	16	14	13	13	10	5	6	9	14	11
4	16	12	2	12	4	8	1	14	3	13	4	5	5	6	8	15
3	4	11	16	5	12	1	16	4	15	12	3	7	2	4	13	15
12	11	1	10	1	8	10	9	10	5	4	15	8	5	7	10	12
16	3	9	6	16	10	15	8	6	11	5	12	14	4	5	9	16

a	b	c	d

a + b + c + d = 34

009 移动的数字

从左上角的圆圈开始顺时针移动，求出标注问号的圆圈里应该填上的数字。

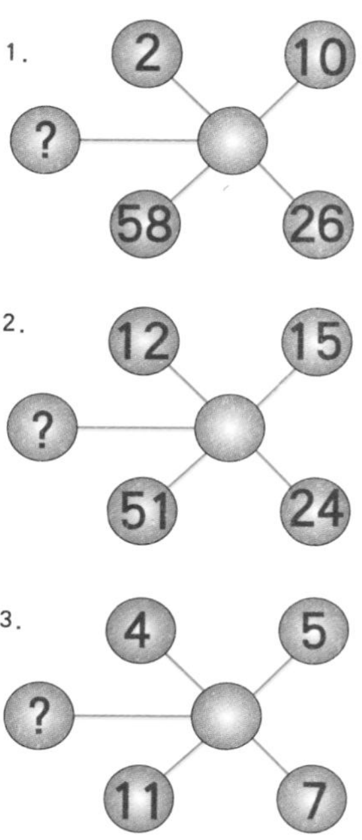

010 合适的长方形

问号所在位置应该填入选项中的哪个长方形？

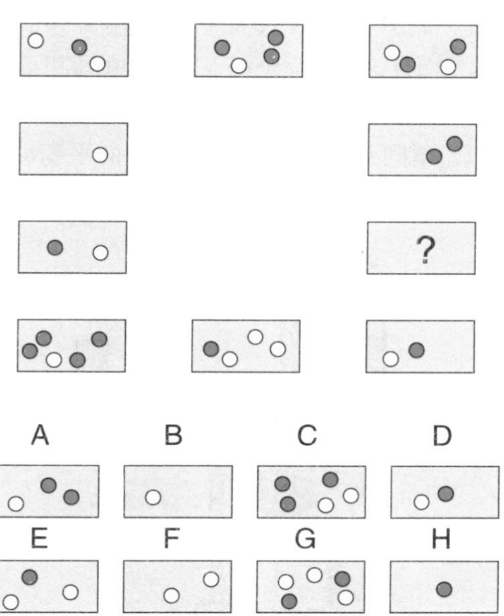

011 数字板游戏

如图所示，把数字1~4、1~9、1~16、1~25分别放进4个游戏板中，使每个圆中的数字都大于其右侧与正下方相邻的数字，你能做到吗？

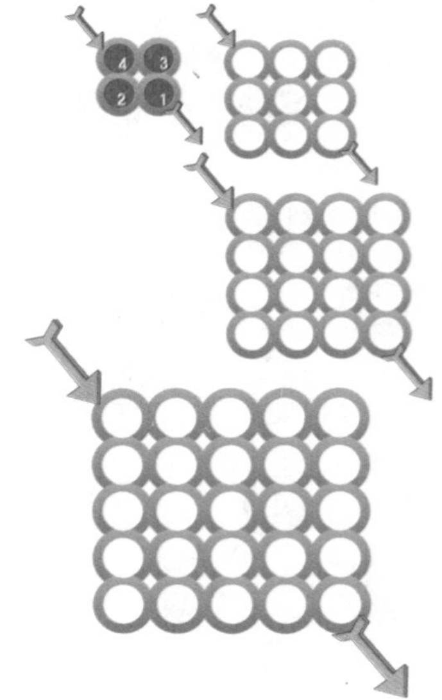

012 液体天平

上图：天平是平衡的。天平左端是一个装满水的容器，而右端是一个重物。

下图：重物从天平的右端被移到左端，而且该重物完全浸入容器中的水里面。

很明显现在左端要比右端重。

请问：为了继续保持天平的平衡，现在天平的右端应该放上多重的物体？

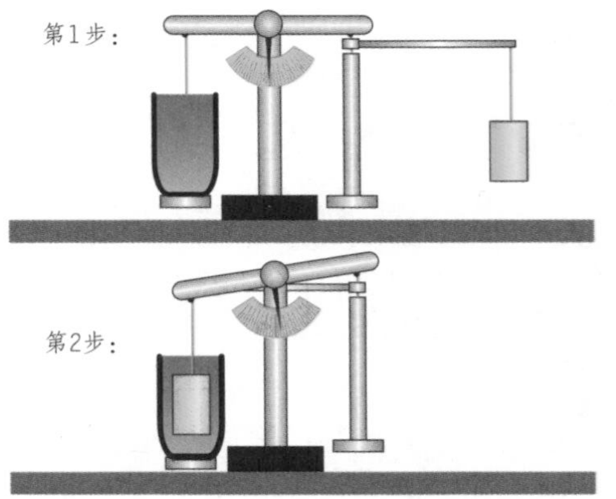

013 精确的底片

如下图所示，左边红色方框里有3对图案，其中的每对图案中，右边的图案是左边图案的底片，也就是说每对的2个图案应该是相互反色的。

现在把蓝色方框里A，B，C图案中的某个覆盖在红色方框每对图案中右边的图案上，就能够使红色方框里的图案满足上面的条件，即每对的2个图案相互反色。

问应该是A，B，C中的哪一个？

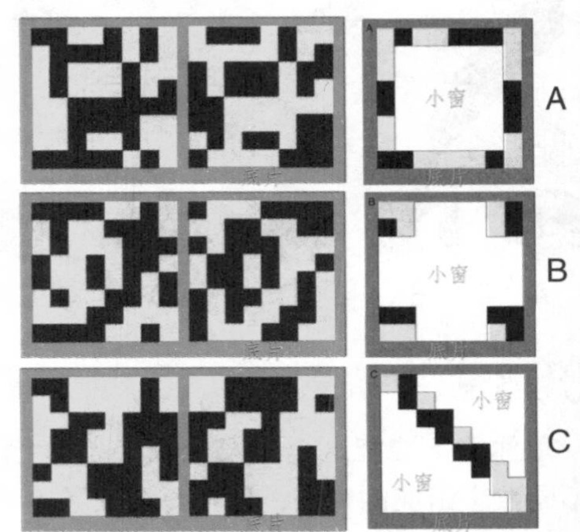

014 阿基米德的镜子

伟大的希腊数学家阿基米德富于想象力地将镜子用于许多创造发明中。根据古代著作，他最杰出的功绩就是在公元前214年罗马舰队围攻西西里岛城市叙拉古时，他用镜子将太阳光集中反射到罗马船只上并使其着火。

我们可能永远都无法得知阿基米德是否成功地用镜子保卫叙拉古免受侵略。但是，他有可能办到这件事吗？

015 篱笆周长

老园丁林肯去世的时候，留给每个孙子19个玫瑰花丛。这些孙子，Agnes（A）、Billy（B）、Catriona（C）和Derek（D）彼此憎恨，因此准备如图所示在各自的玫瑰丛外围上篱笆。那么，谁的篱笆周长将是最长的呢？

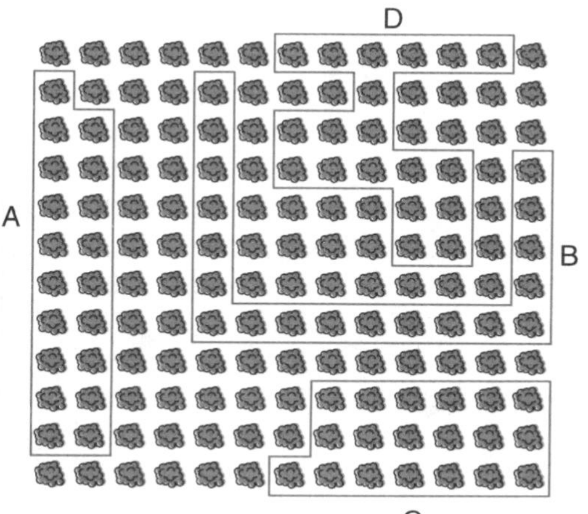

016 排列规律

A，B，C，D中哪一项符合这些图形的排列规律？

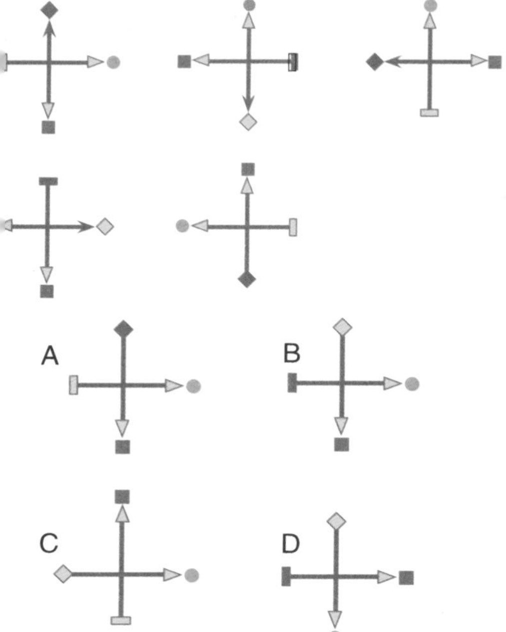

017 落水的铅球

如图所示，水池的边上有一个铅球，这个铅球有可能直接掉到水池里，也有可能掉到水池中的汽船里。

问掉到水池里和掉到汽船里哪一种情况下水池的水面会上升得更高一些？

018 升旗与降旗

如果最下面的齿轮按逆时针方向旋转，那么最上方的旗子是会上升还是会下降呢？

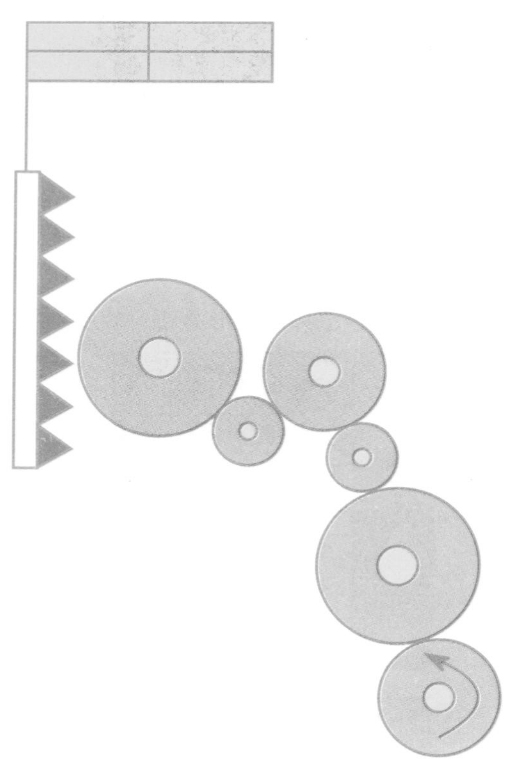

019 不一样的时间

找出和其他不同的一项?

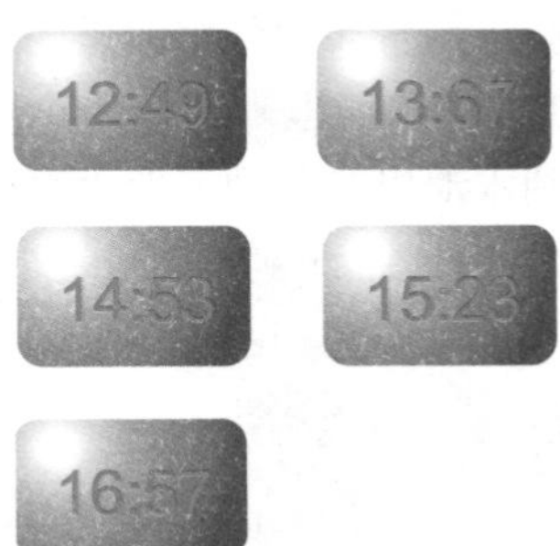

020 火柴光

想象这3个房间的墙上(包括地板和房顶)都铺满了镜子。房间里一片漆黑。

某个人在最上面的房间里划了一根火柴。那么，右边房间里抽烟斗的人能看到火柴燃烧的映像吗?

021 猜图

猜猜看，缺掉的图形是哪一块呢?

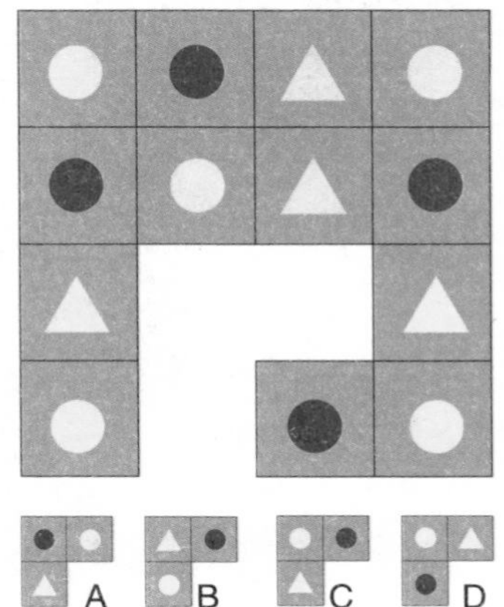

022 填图补白

哪一个选项可以放在空白处?

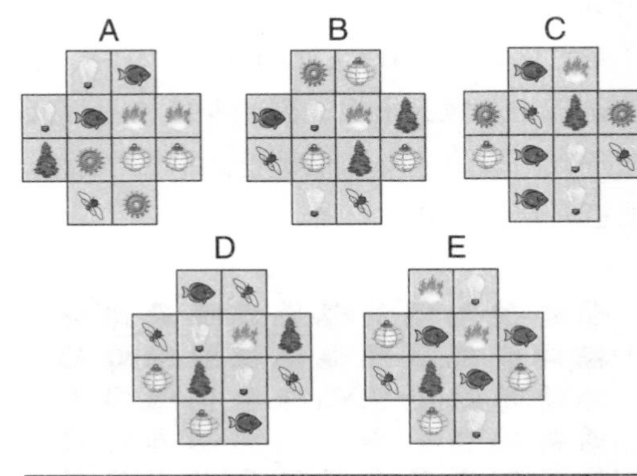

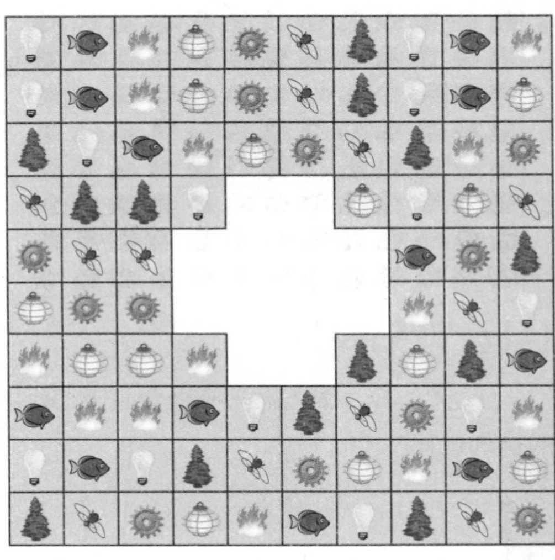

023 地板

下图中缺少的那块地板应该是哪种样子?

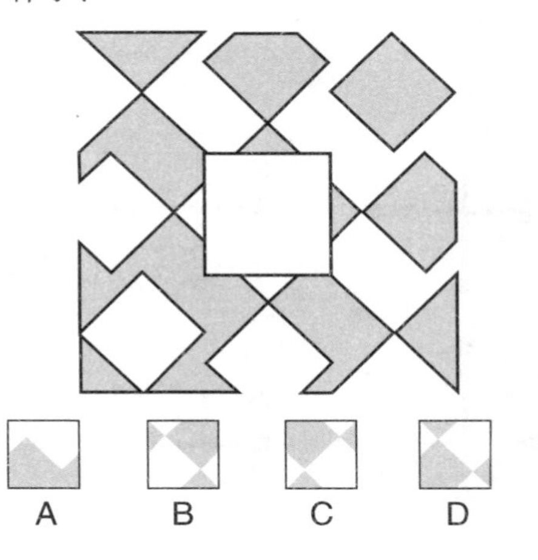

024 蛋卷冰淇淋

现在有1个3层的蛋卷冰淇淋，这3层的口味分别是草莓、香草和柠檬。请问你拿到这个冰淇淋从上到下的口味排列正好是你最喜欢的顺序的概率是多少？

025 传音管

图中的两个小孩之间离得很远，而且他们中间还隔着一堵厚厚的墙。他们试着通过两根长长的管子来通话，如图所示。请问在哪种情况下他们能够通过管子听到对方讲话？

026 图形转换

这两个图形是拓扑等价的吗？

也就是说，假想这两个图形是用橡皮做成的，你可以任意地弯曲或拉伸，但是不能够将曲面撕裂或割破，那么可以将左边的图形变成右边的图形吗？这个问题看起来似乎不可能，但是事实上是可以做到的。

那么应该怎样变呢？

027 对角线问题

在10×14长方形中，对角线穿过了几个小正方形？

你可以概括这个问题，并且总结出对于任何长方形都成立的规则吗？

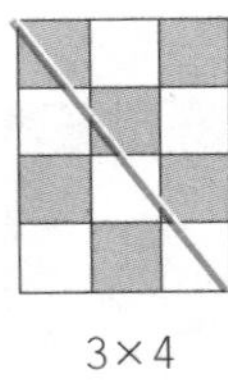

3×4

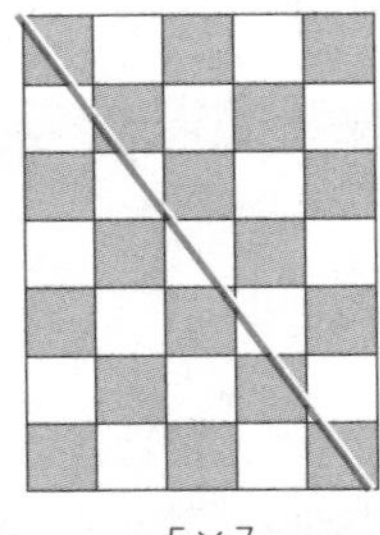

5×7

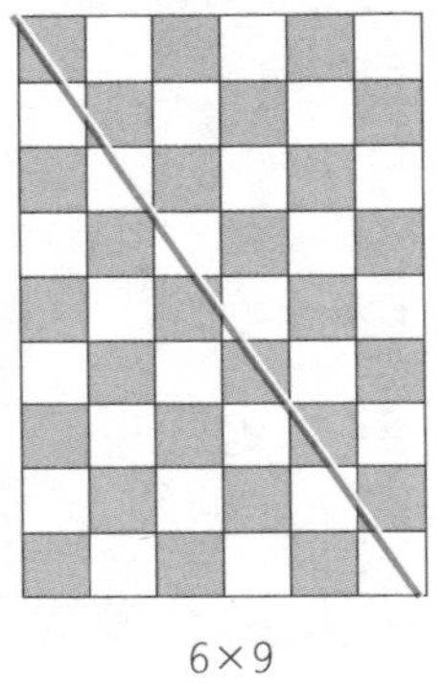

6×9

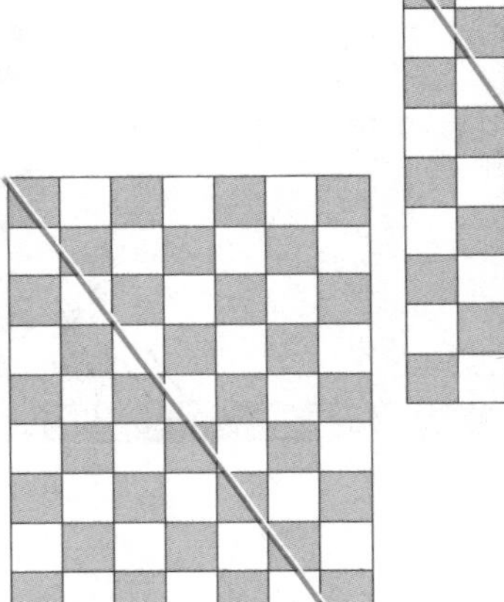

7×10

10×14

028 保持平衡

根据规律，找出可以使第3个天平保持平衡的图形。

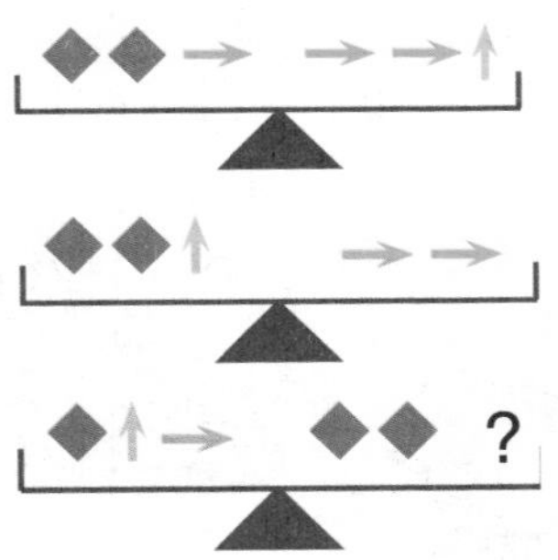

029 圣诞节风铃

这个风铃重144克（假设绳子和棒子的重量为0）。

你能计算出每个装饰物的重量吗？

030 半径与面积

如图所示，在大圆里按照一定的规律划分不同的小圆。

问：橘色的圆与黄色的圆的面积之间有什么关系？同样，其他颜色的圆与它外面的圆的面积之间有什么关系？

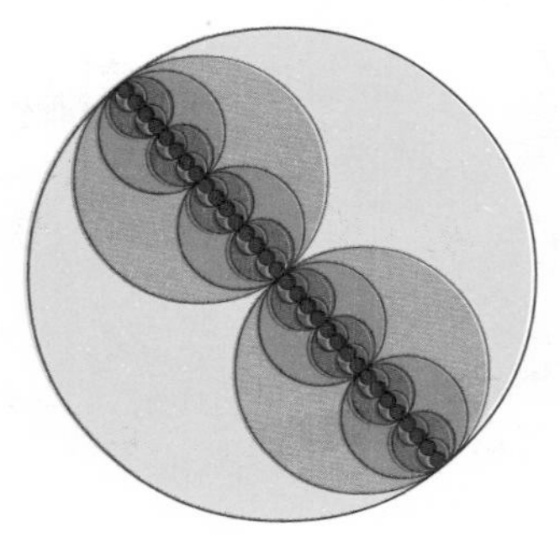

031 双色珠子串

有红色和蓝色2种颜色的珠子，每种珠子各10颗。将这些珠子排成一串，这一串的第1颗珠子是红色的。

现在我们把这一串中连续的几颗珠子称为1个“连珠”。连珠的长度取决于它所包含的珠子的颗数。

含2颗珠子的连珠我们称为“二连珠”。问可能有多少种二连珠？

含3颗珠子的连珠我们称为“三连珠”。问可能出现多少种三连珠？

含4颗珠子的连珠我们称为“四连珠”；含5颗珠子的就是“五连珠”，依此类推。也就是说，含n颗珠子的连珠我们称为“n连珠”。

如果要求一串珠子全部由二连珠组成，且整串珠子中不能出现2个一模一样的二连珠，问这串珠子最长为多少？

如果要求一串珠子全部由三连珠组成，且整串珠子中不能出现2个一模一样的三连珠，问这串珠子最长为多少？

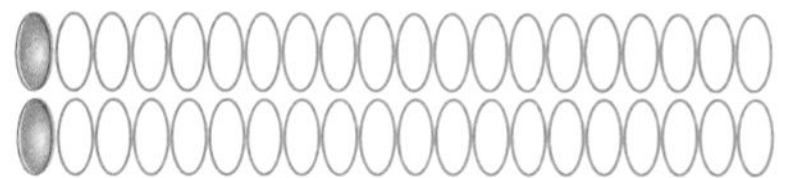

032 发射炮弹

如果这3门大炮在同一时间开火。最上方的大炮沿着地平线在同一高度平行发射，左下方的大炮与地平线成45°角发射，右下方的大炮与地平线成90°角发射。

哪一个炮弹最先接触到地面？剩下的将以什么顺序降落？

033 最近距离

我有10个朋友住在同一条街上，如图所示。现在我想在这条街上找出某个地点，使这一点到10个朋友家的距离最近。请问这个点应该在哪里呢？

034 左撇子，右撇子

一个班级里的学生有左撇子、右撇子，还有既不是左撇子也不是右撇子的学生。在这道题目里，我们把那些既不是左撇子也不是右撇子的学生看作既是左撇子又是右撇子。

班上1/7的左撇子同时也是右撇子，而1/9的右撇子同时也是左撇子。

问班上是不是有一半以上的人都是右撇子？

035 桌球

台球击中了球台边的缓冲橡皮垫，即图中箭头所标示的点位。如果这枚台球仍有动力继续滚动，那么最后它将落入哪个球袋呢？

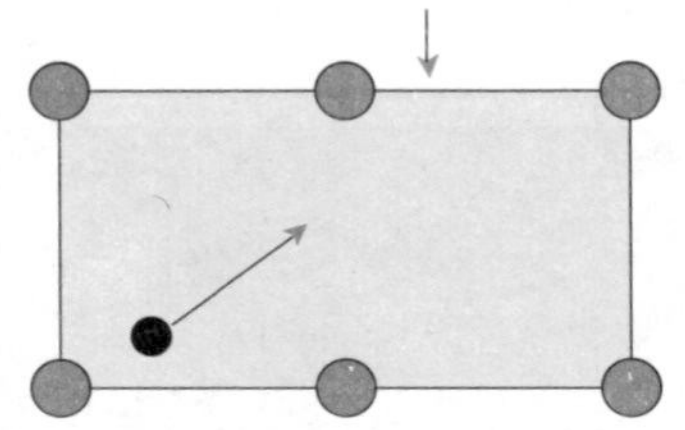

036 面积关系

如图所示，大圆半径是小圆半径的2倍，请问红色、蓝色和绿色部分的面积之间有什么关系？

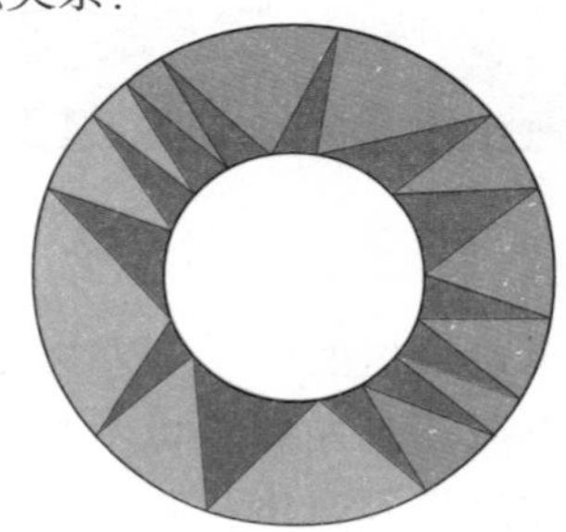

037 海市蜃楼之碗

你可能见过用两面凹面镜组成的“海市蜃楼之碗”。

放在“碗”的底部的1枚硬币或者其他小物体会被反射，并且如图所示被观察到在顶部漂浮。

这个令人难忘的视错觉是由反射产生的，那么有几次反射呢？

038 F在哪里

在这幅图中，每个数字代表一个字母。如果A只能和B相连，C和D相连，C只能与A、E相连，那么F应该放在哪里？

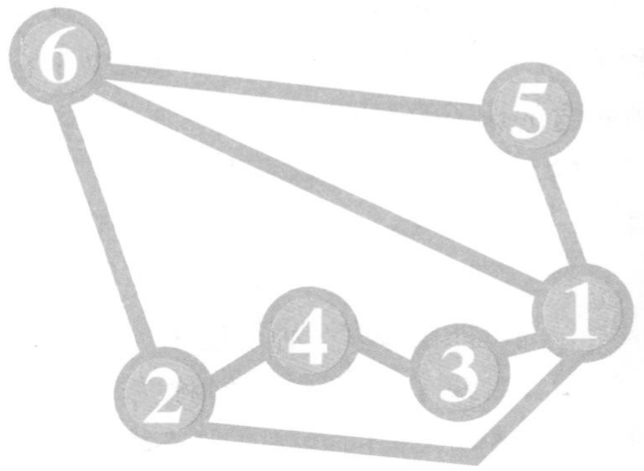

039 过桥

一座桥将在17分钟内崩坍。4个徒步旅行者必须在黑夜里穿过这座桥。他们只有一把手电筒，一次最多两人可以穿越此桥，但是必须把手电筒带回来。

每个旅行者走路速度不同，第1位只要1分钟，第2位2分钟，第3位5分钟，第4位要花10分钟。任何一对旅行者穿越此桥，必须以最慢的那位速度来计算举例来说，第1位旅行者与第3位同时过桥则需要5分钟。

你能找到解决方案吗？

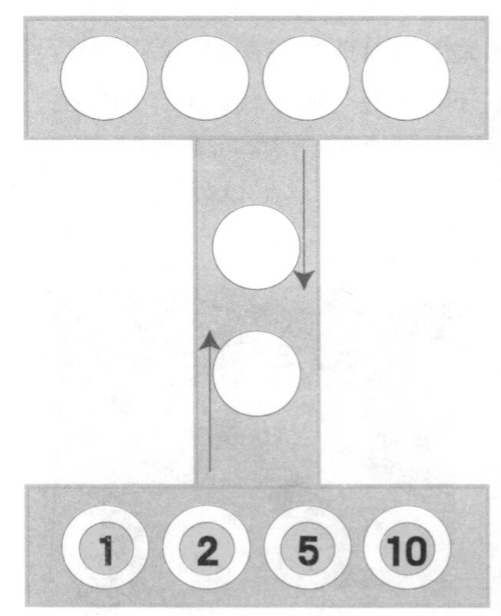

040 透镜

凸透镜和会聚透镜都被称为正透镜，因为它们都能把平行的光线会聚于焦点。那么如果让平行的光线通过两个厚度不同的正透镜，如图所示，结果与只通过1个正透镜是相同的吗？如果不同，结果又应该是怎样的呢？

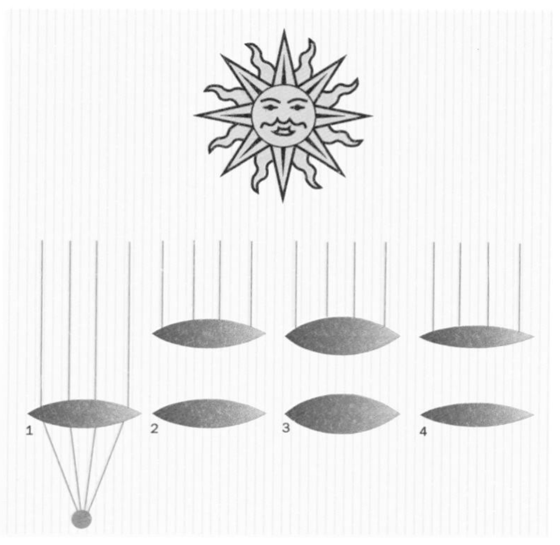

041 聚焦太阳光

如下图所示，平行的太阳光分别通过4个不同的透镜射到一张白纸上。

请问哪个透镜下的白纸会着火？哪个透镜下面的火着得更厉害？

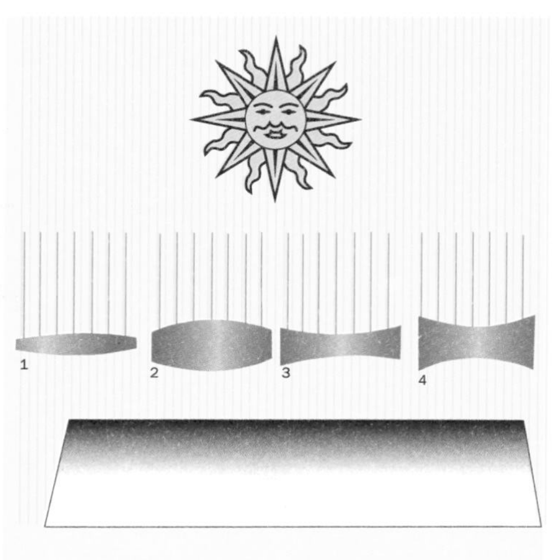

042 光的反射

我们来研究光的反射现象。如果把2种不同的透镜正面相贴地放在一起，那么可能反射光线的表面一共有4个，如图所示。

如果光线没有经过反射，它会直接穿过去。

如果光线经过1次反射，可能有2种不同的情况。

如果光线经过2次反射，可能有3种不同的情况。

不同的反射次数所出现的情况的种数分别为：1，2，3，5，8，13，21，…这是一个斐波纳契数列，即数列中后一个数字等于前两个数字之和。

那么你能够画出光线经过5次反射的13种情况吗？

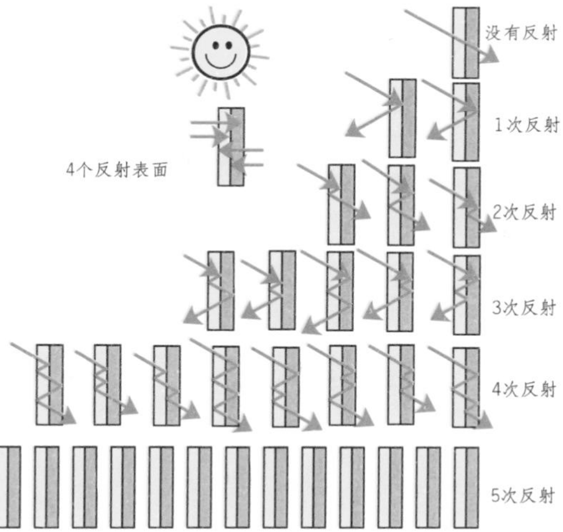

043 成角度的镜子

假设有两面以铰链衔接的平面镜，以成对的彩线所成的角度摆放。

这个铰链衔接的镜子有几个值得注意的效果。

首先，惯常的左右互换现象消失了。

其次，你只需要一个很小的东西就能制造出一个万花筒。

最后，通过改变两面镜子之间的角度，

你能使被反射的物象加倍并且增多。

你能从不同角度找到多少个燃烧的蜡烛的像（包括原物像）？

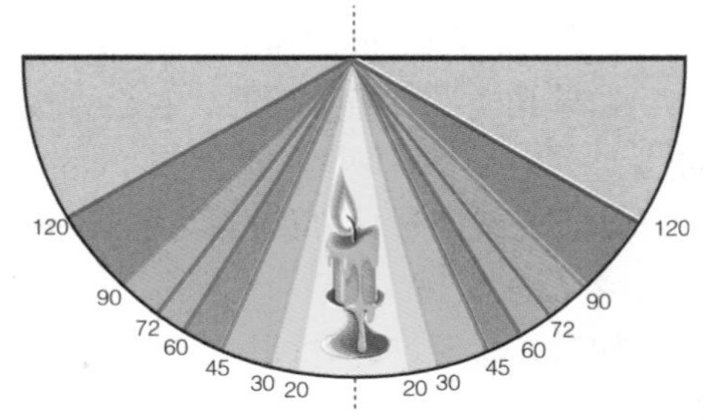

044 乘客的方向

火车正沿着AB方向前行。一位乘客在火车车厢的一侧沿着AC方向往前走。以地面为参照物，这位乘客正沿着哪个方向往前走呢：1，2，3还是4？

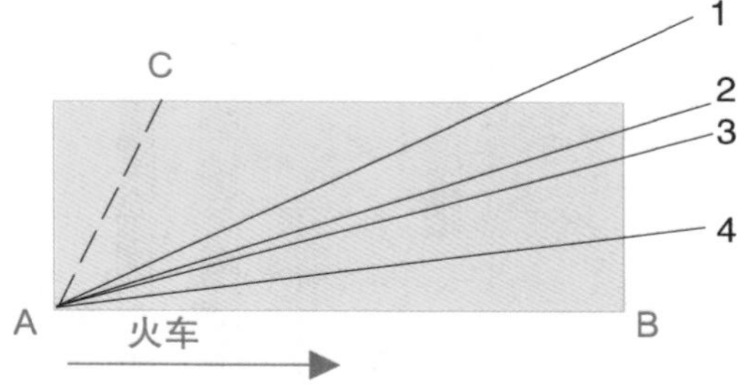

045 恰当的字母

猜一猜，哪个字母替代问号以后可以完成这道题？

13	INC	2
6	QRG	7
4	DOM	8
7	SUI	7
8	AD?	2

046 齿轮

假设A齿轮和D齿轮都各有60个齿，B齿轮有30个齿，而C齿轮有10个齿。如果B齿轮每分钟进行20次完整的转动，那么哪一个齿轮的旋转会快一些呢，是A齿轮还是D齿轮？

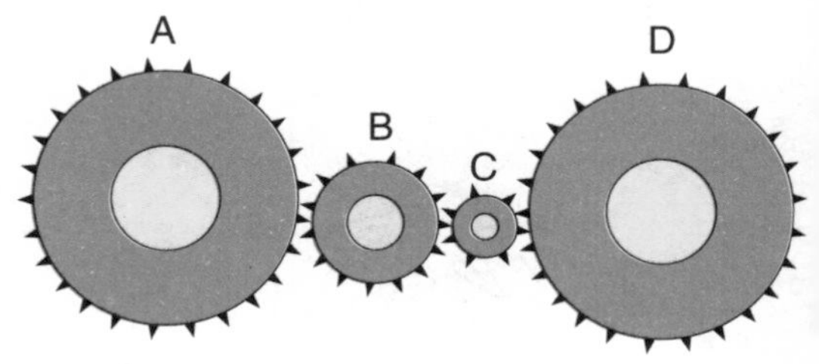

047 路线

从最顶端的数字开始，找出一条向下到达底部数字的路线，每次只能移一步。

1.你能找出一条路线，使路线上所有数字之和为130吗？

2.你能找出两条分开的路线，使路线上的数字之和为131吗？

3.路线上可能的最大值是多少，你走的是哪条/些路线？

4.路线上可能的最小值是多少，你走的是哪条/些路线？

5.有多少种方式可以使值为136，你走的是哪条/些路线？

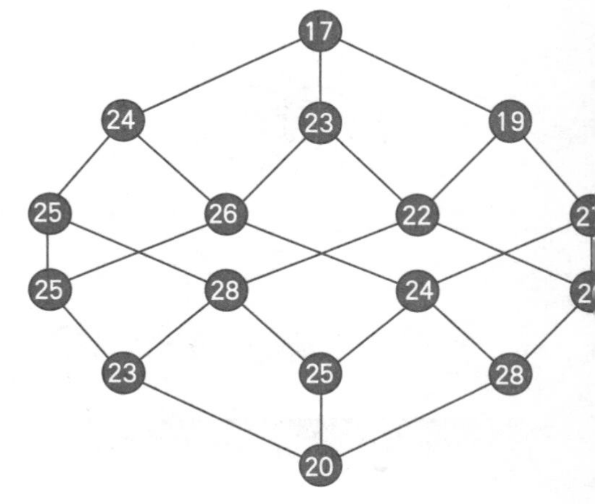

048 最短接线长度

每个小方格的边长为1厘米，两个相邻小方格中心点的距离等于3厘米。每当电线改变方向时，必须在小方格的角上绕一圈，而这道工序需要耗费2厘米的电线。不准沿对角线进行连接。假设B点与最近的小方格中心点连接时要耗用2厘米电线，你能不能算出始于B点，通过所有64个小方格的中心点，最后接到A点的电线的最短接线长度。

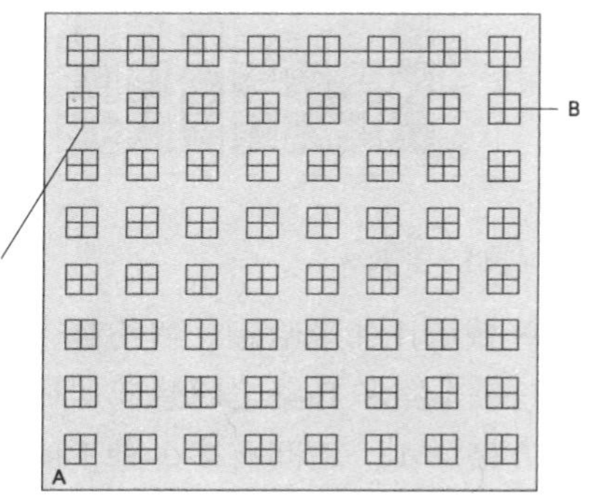

049 监视器

这个形状奇怪的美术馆里一共有24堵墙，在美术馆里的任何一个角落都可以安放监视器。在下图中，一共安放了11台监视器。

但是，监视器的安装和维护都非常昂贵，因此美术馆希望安放最少的监视器，同时它们的监视范围必须覆盖到美术馆的每一个角落。问最少需要安放几台？

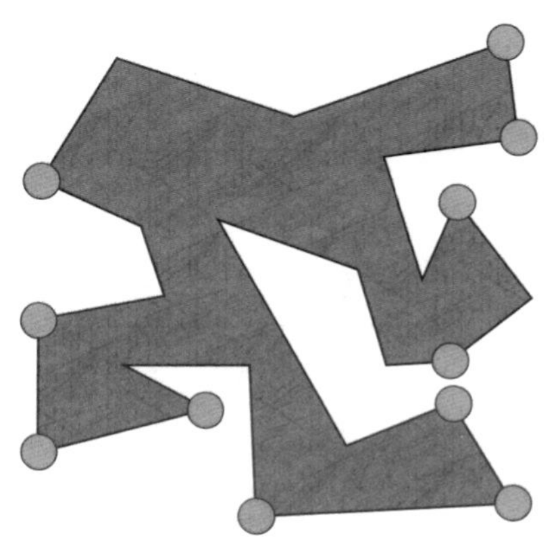

050 欧几里得平面

请问你能不能用折纸的方式来证明欧几里德平面里的三角形内角和等于180°？

有没有这样的平面，在该平面上的三角形的内角和大于或是小于180°？

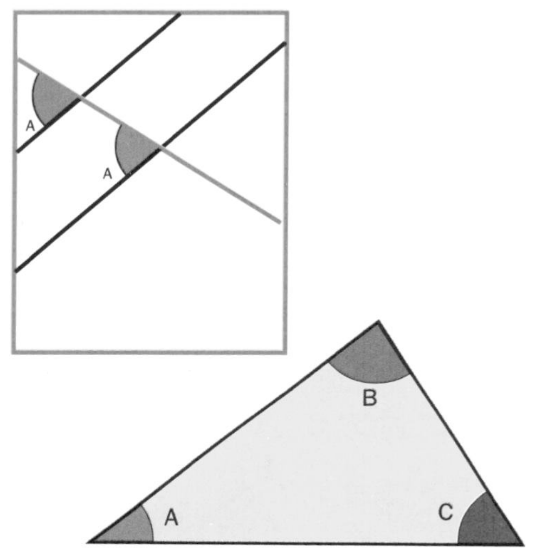

051 转移

图中外围圆圈里出现的每个图形和符号，都将按照下面的规则转移到中间的圆圈里面——如果某种图形或是符号在外围的圆圈里出现1次：转移；出现2次：可能转移；出现3次：转移；出现4次：不转移。A，B，C，D和E中哪一个应该放入问号处呢？

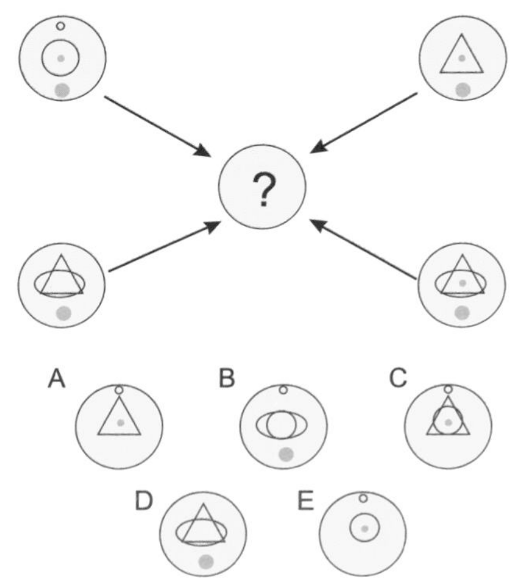

052 配平

要使天平C平衡，右边需要放什么图形？应该放几个呢？

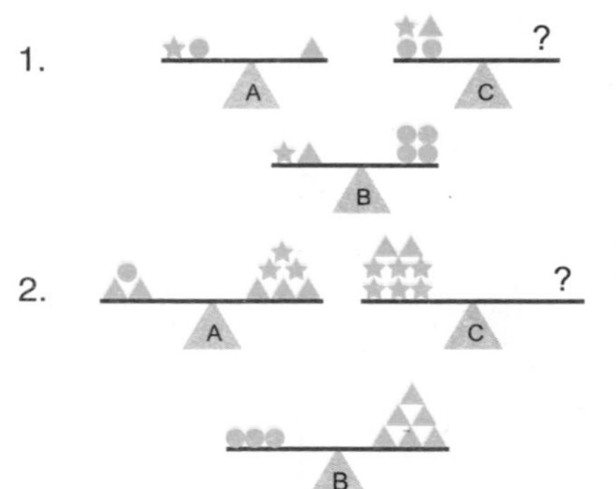

053 角度

这个立方体有两面已经画出了对角线。请问对角线AB和AC之间的角的度数。

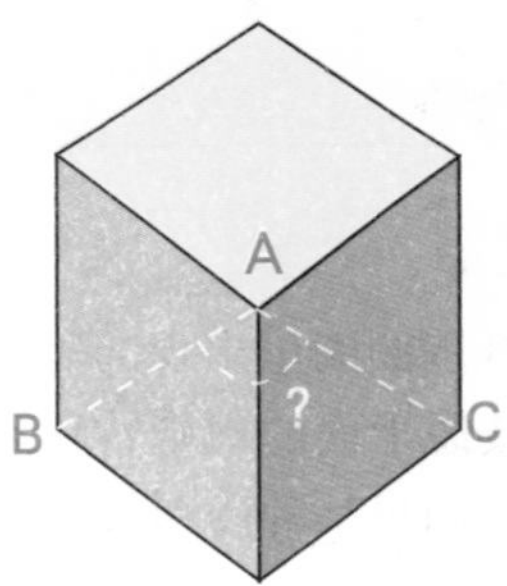

054 指针相遇

这个钟是为某个行星设计的，它每16个小时自转1次。每个小时为64分钟，每分钟为64秒。现在钟上所显示的时间为差15分钟到8点。请问指针下次最快相遇的时间是什么时候？

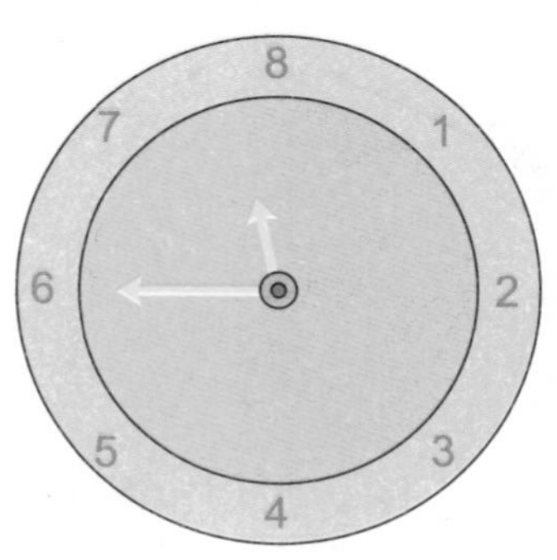

055 约会地点

有7个好朋友住在7个不同的地方（以圆点为标志）。他们准备聚在一起喝咖啡，为了最大限度地减少各自的行走路程，他们应该在哪个地方见面呢？

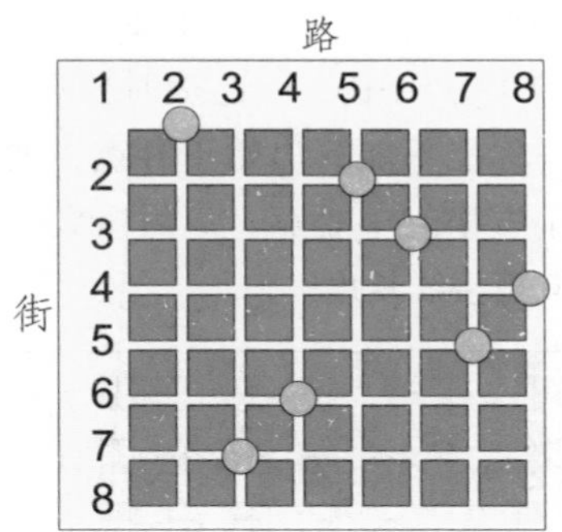

056 从A到B

某些城市比如曼哈顿、纽约都会在两条主路——A路和B路之间建起居民区，如左图方格所示。请问有多少种不同的路线可以到达B处？

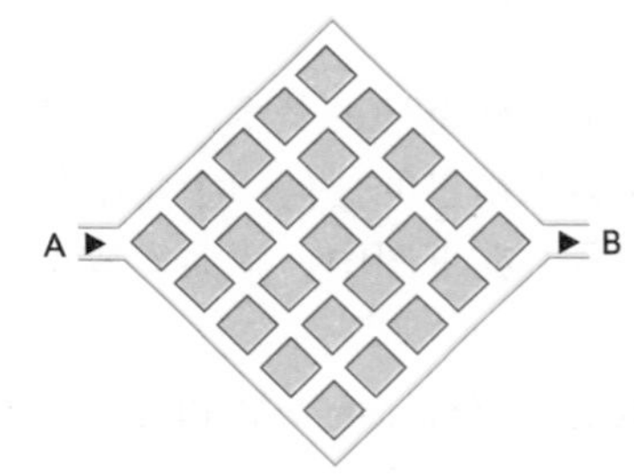

057 图形配平

你认为在最后那个天平上应当再加入什么图形才能使其保持平衡？

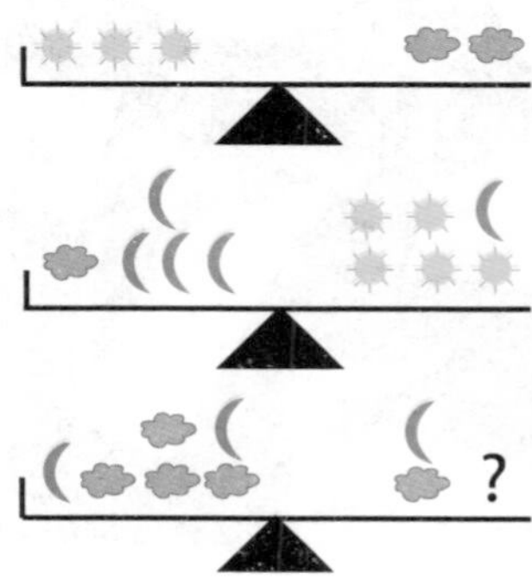

058 小丑表演

右下角的小丑正在拉绳子。对于挂在绳子上的7个杂技演员来说，会发生什么事？他们当中哪些会上升，哪些会下降？

059 倒酒

最开始的时候，9升罐是满的，5升罐、4升罐和2升罐都是空的。

游戏目的是将红酒平均分成3份（这将使最小的罐留空）。

因为这些罐都没有标明计量刻度，倒酒只能以如下方式进行：使1个罐完全留空或者完全注满。如果我们将红酒从1个罐倒入2个较小的罐中，或者从2个罐倒入第3个罐，这两种方式的每种都算作2次倒酒。

达到目的的最少倒酒次数是多少？

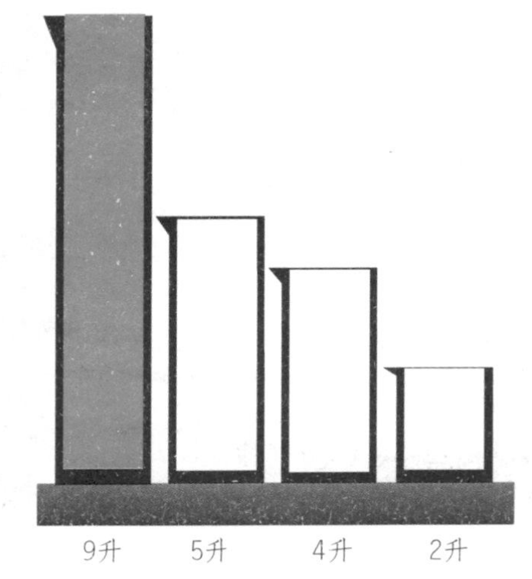

060 平分红酒

最开始的时候，9升罐是满的，7升罐、4升罐和2升罐都是空的。

游戏目的是将红酒平均分成3份（这将使最小的罐留空）。

因为这些罐都没有标明计量刻度，倒酒只能以如下方式进行：使1个罐完全留空或者完全注满。如果我们将红酒从1个罐倒入2个较小的罐中，或者从2个罐倒入第3个罐，这两种方式的每一种都算作2次倒酒。

达到目的的最少倒酒次数是多少？

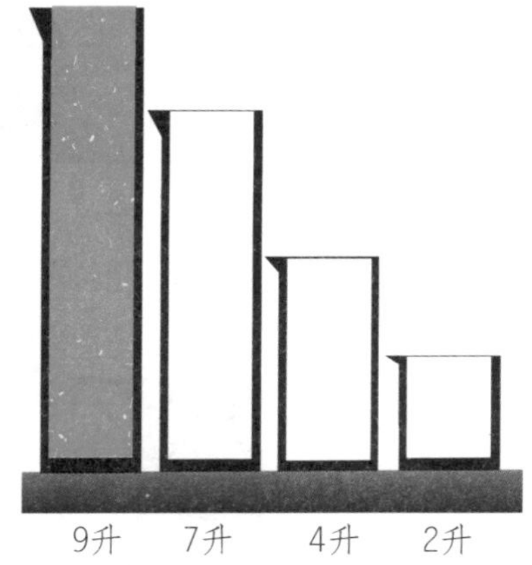

061 接通电路

哪个部件能将这个电路连通？

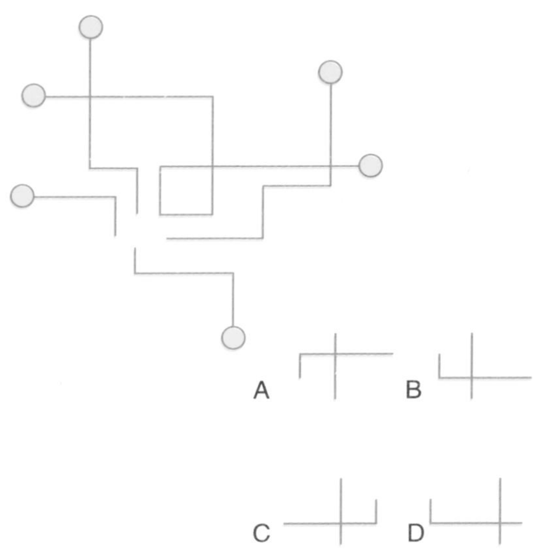

062 得与失

这是出现于1900年的一道看似矛盾的几何题。

1个8 × 8正方形被分成4部分，这4部分可以拼成1个5 × 13的长方形，只是看起来好像多了1个单位面积，如图1。

这4部分也可以覆盖图2，但看起来好像少了1个单位面积。

你能解释这个矛盾的事实吗？

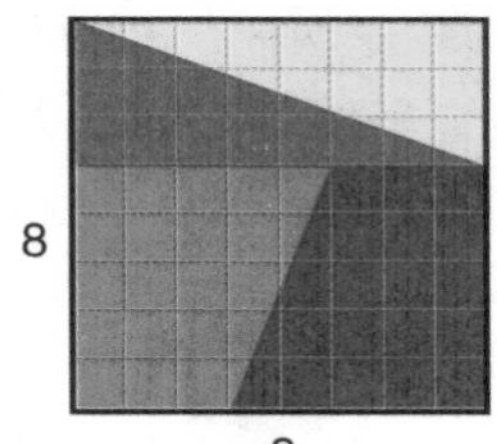

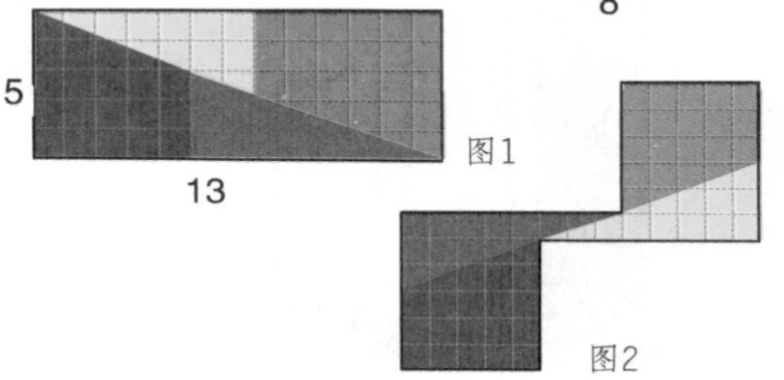

图1

图2

063 8个金币

一共有8个金币，其中1个是假币。其余的7个重量都相等，只有假币比其他的都要轻。

请问用天平最少几步能够把假币找出来？称重量的时候只能使用这8个金币，不能使用其他砝码。

064 阿拉伯数字问题

你知道下图中的问号部分应该填入什么字母吗？

065 太阳光

下图中的太阳光是聚焦的吗？

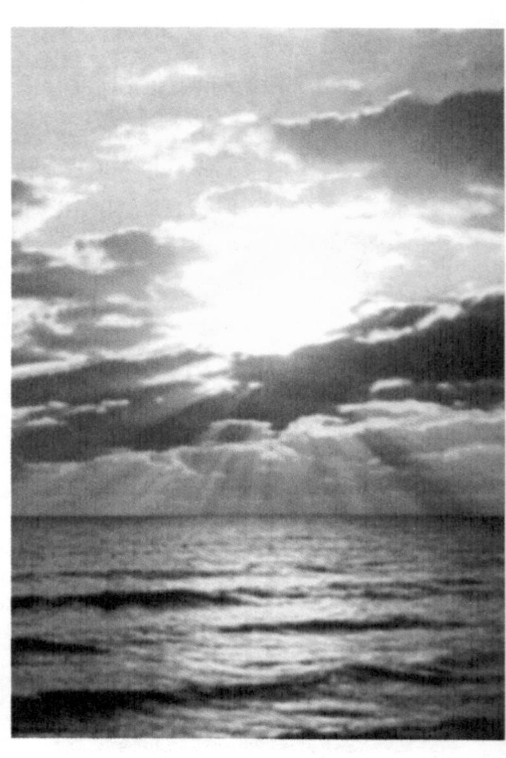

066 伐里农平行四边形

下图是3个任意四边形。

把图1中的四边形的四条边的中点连结起来，形成1个平行四边形。

且这个平行四边形的边分别与原四边形的2条对角线平行。

问这个平行四边形与原四边形的面积之间存在什么关系？平行四边形的周长与原四边形的对角线长度又有什么关系？

其他的任意四边形四边的中点相连也会得到1个平行四边形吗？你可以在所给的另外 2 个任意四边形上试试。

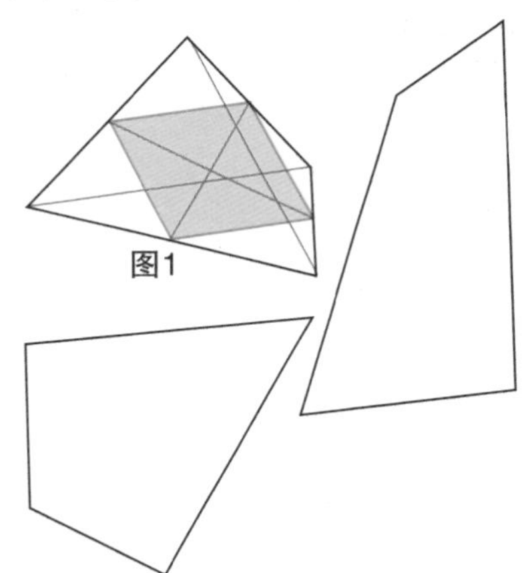

067 化学实验

下面6个烧瓶的容积分别为7，9，19，20，21和22个单位容积。现在化学家要把蓝色和红色的两种液体分别倒满其中5个烧瓶，留下1个空的烧瓶，同时使这些烧瓶中蓝色液体的总量是红色液体的总量的2倍（两种液体不能混合）。

请问：按照上面的条件，哪几个烧瓶应该倒满红色的液体，哪几个应该倒满蓝色的液体，哪一个烧瓶应该是空的？

068 几何级数

下图是下面这个几何级数前10项的直观图：

1+ 1/2 +1/4+ 1/8 +1/16 + 1/32 +1/64 +1/128 +

1/256 +1/512+··· +1/2的n次方+···

请问随着n的无限增大，这个级数和的极限是多大？

1
1/2
1/4
1/8
1/16
1/32
1/64
1/128
1/256
1/512

069 局内人

如果你很小，玩捉迷藏时你就能找到一些很棒的地方来藏身。下图中是6个你很熟悉的地方，正常人从来没能从这里面往外看过。你能分辨出每幅图分别是哪里吗？

070 弄巧成拙

这一组漫画讲一个非常幽默的故事。不过图片的顺序被打乱了，你能把它们排好吗？

071 如此作画

这一组漫画讲了一个非常幽默的故事，不过图片的顺序被打乱了。你能把它们排好吗？

072 疯狂照片

妈妈用一个照片处理软件对一张家庭照片做了一系列的手脚。请你仔细观察下面每一张图片，找出妈妈每一步都做了什么。然后，按照图片处理的过程，把照片重新排序。

073 扑克牌

一副扑克牌里面所有的梅花都掉出来堆在了一起。仔细观察你所能看到的每一张牌，想想他们分别是哪一张，中间朝下的那张是哪一张呢？

074 微型相机

这一组漫画讲一个非常幽默的故事，不过图片的顺序被打乱了，你能把它们排好吗？

075 洗澡奇遇

这一组漫画讲一个非常幽默的故事。不过图片的顺序被打乱了，你能把它们排好吗？

076 冰山一角

有人偷偷地撕开了这些礼物的包装。你能不能从这些露出来的部分，判断出这些礼物是什么呢？

077 字母写真

下面的每一幅图片都是英文字母某一角度的特写。请仔细观察这些图片，推测一下它们究竟是哪些字母（所有的图片都是正面朝上的）？请你把所有找到的字母都划掉，有三个字母将不会用到，你能把这三个字母拼成一个常见的单词吗？

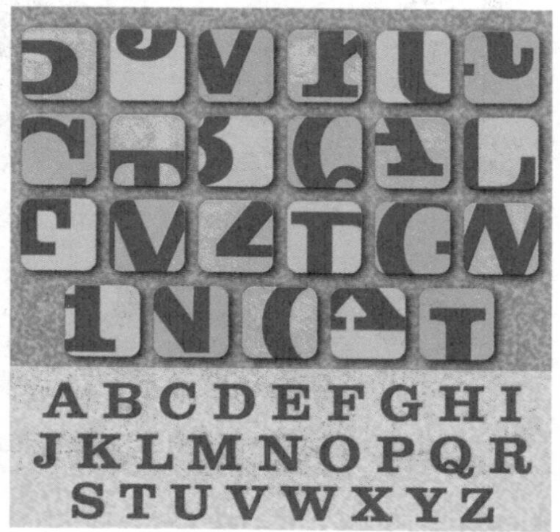

078 假日礼物

这一组漫画讲一个非常幽默的故事，不过图片的顺序被打乱了，你能把它们排好吗？

079 有去无回

这一组漫画讲一个非常幽默的故事，不过图片的顺序被打乱了，你能把它们排好吗？

080 化妆实验

下面的12张图片，展示了一个女孩万圣节化妆的全过程，但是图片的顺序被打乱了。请你仔细观察每一幅图片，按正确顺序排列。

081 金鱼故事

请你仔细观察下面的6幅图片。这一组漫画讲了一个非常幽默的故事，不过图片的顺序被打乱了，你能把它们排好吗？

082 沙滩城堡

去沙滩玩，最快乐的事情莫过于堆一个沙滩城堡了！不过，这8张关于沙漠城堡的图片被打乱了顺序，请仔细观察每一张图片的内容，然后按照适当的顺序把它们排列出来。

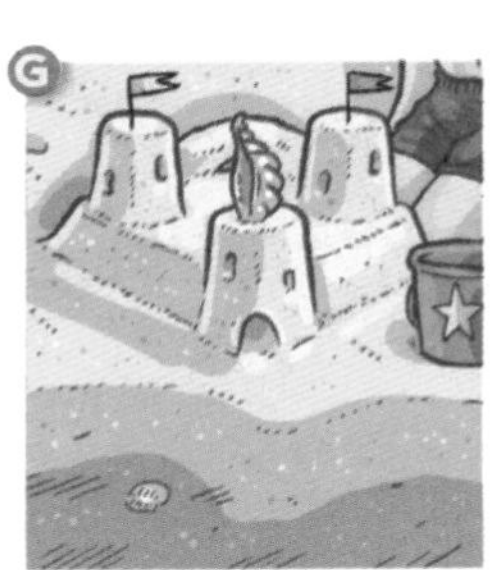

083 骑士传说

欢迎踏上中世纪的单词寻宝之旅。在这个图形中，隐藏着关于骑士传说的24个单词。请你沿着上、下、左、右和对角线的方向仔细搜寻。在完成任务之后，把剩下的单词从左到右、从上到下拼起来。你将会发现一件很有趣的事情。

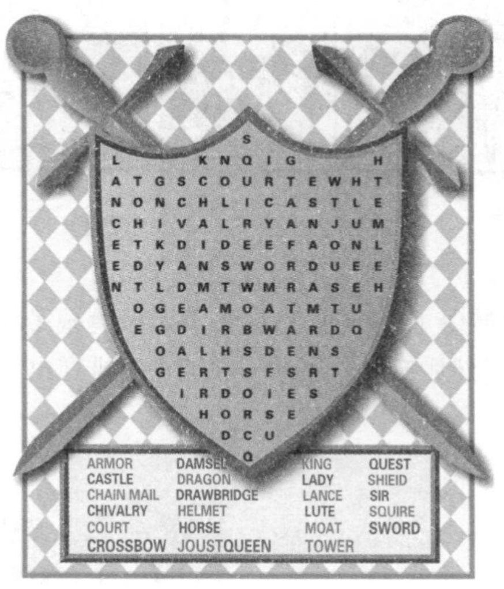

084 各国风情

你知道这些纪念品来自哪个国家吗？想一想，填在上面的标签上。第一行写国家的名称，第二行是纪念品的名称。第一个标签已经填好了。

085 一唱一和

你能把单词SOLO（独唱）一步一步地变成DUET（二重唱）吗？根据提示，把单词填入空格中。相邻的单词只有一个字母不同。如果你卡壳了，试着从下往上做。

答案

语言力

001 拼汉字

4个。如图：

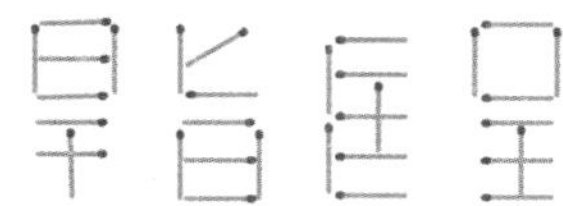

002 诗词填数

一、二、三、四、五、六、七、八、九、十、百、千、万。

003 纵横交错

横向：
1. 世界足球先生
2. 联通
3. 太平天国
4. 易如反掌
5. 安小慧
6. 堆积如山
7. 理科
8. 包法利夫人
9. 社会保险
10. 金山
11. 养老院
12. 千金

纵向：
一、世界贸易组织
二、执法如山
三、核反应堆
四、球迷
五、夫子
六、比如女人
七、生态平衡
八、社科院
九、联合国安全理事会
十、邢慧娜
十一、风险基金

004 三国演义

缺算（蒜）、少言（盐）、无缰（姜）、短将（酱）。

005 疑惑的小书童

原来冯梦龙要的是酒桌。

006 成语十字格

如图：

			自	高	自	大			
			欺			庭			
			欺			广			
先	声	夺	人	多	势	众	口	铄	金
发			微			擎			刚
制			言			易			怒
人	微	权	轻	而	易	举	世	瞩	目
			重			国			
			缓			上			
			急	转	直	下			

007 一台彩电

有声有色、不露声色

008 一笔变新字

1. 刁—习 2. 凡—风 3. 尤—龙 4. 勿—匆 5. 立—产 6. 车—轧 7. 开—卉 8. 叶—吐 9. 史—吏 10. 主—庄 11. 禾—杀 12. 灭—灰 13. 头—买 14. 玉—压 15. 去—丢 16. 舌—乱 17. 亚 — 严 18. 西 — 酉 19. 利 — 刹 20. 烂—烊

009 几家欢喜几家愁

翠

010 成语接龙

今是昨（非）同小（可）望不可（即）

以其人之道，还治其人之（身）体力（行）若无（事）在人（为）所欲（为）富不（仁）至义（尽）心竭（力）不胜（任）重道（远）走高（飞）沙走（石）破天（惊）天动（地）利人（和）睦相（处）心积虑

醉生梦（死）去活（来）去自（如）花似（玉）树临（风）调雨（顺）手牵（羊）肠小（道）听途（说）长道（短）兵相（接）二连（三）言两（语）重心（长）驱直（入）不敷（出）其不（意）气风（发）扬光（大）材小（用）兵如（神）采飞（扬）眉吐（气）象万（千）军万（马）到成（功）败垂（成）千上（万）古长（青）红皂（白）日作（梦）寐以（求）同存（异）想天（开）天辟地

011 象棋成语

丢车保帅、车水马龙、一马当先、身先士卒、自相矛盾、如法炮制、调兵遣将、行将就木、兵荒马乱。

012 组合猜字

如图：

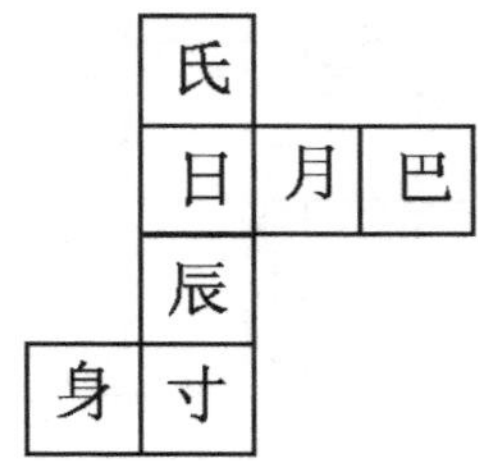

013 串门

王秀才字谜诗的谜底是："特来问安。"
朋友答字谜诗的谜底是："请坐奉茶。"

014 乌龟信

这是谐音"龟"（归）字。归、归……速归（竖龟）。

015 长联句读

五百里滇池，奔来眼底，披襟岸帻，喜茫茫，空阔无边！看：东骧神骏，西翥灵仪，北走蜿蜒，南翔缟素，高人韵士，何妨选胜登临，趁蟹屿螺洲，梳裹就风鬟雾鬓，更苹天苇地，点缀些翠羽丹霞，莫辜负四围香稻，万顷晴沙，九夏芙蓉，三春杨柳。

数千年往事，注到心头，把酒凌虚，叹滚滚，英雄谁在！想：汉习楼船，唐标铁柱，宋挥玉斧，元跨革囊，伟烈丰功，费尽移山心力，尽珠帘画栋，卷不及暮雨朝云，便断碣残碑，都付于苍烟落照，只赢得几许疏钟，半江渔火，两行秋雁，一枕清霜。

016 成语与算式

略。

017 一封怪信

B. 表示他们分离了。C. 三个月亮表示他们分离 4 个月了。D. 表示孩子已出生了。E.8 个月亮表示希望丈夫 8 个月后回来。F. 表示全家团聚。

018 秀才贵姓

安（谜面的意思是：生了一个"日"是宴字。宴字去掉"日"是"安"）。

019 成语加减

1.（2）龙戏珠 +（1）鸣惊人 =（3）令五申（0）敲碎打 +（1）来二去 =（1）事无成（3）生有幸 +（1）呼百应 =（4）海升平（7）步之才 +（1）举成名 =（8）面威风

2.（10）全十美 -（1）发千钧 =（9）霄云外（8）方呼应 -（1）网打尽 =（7）零八落（6）亲不认 -（1）无所知 =（5）花八门（2）管齐下 -（1）孔之见 =（1）落千丈

020 "山东"唐诗

山光物态弄春晖 张旭《山行留客》

荆山已去华山来 韩愈《次潼关先寄张十二阁老使君》

峨眉山下水如油 薛涛《乡思》

两岸青山相对出 李白《望天门山》

若非群玉山头见 李白《清平调词三首》

姑苏城外寒山寺 张继《枫桥夜泊》

轻舟已过万重山 李白《早发白帝城》

东风不与周郎便 杜牧《赤壁》

滚东滚西一万家 杜甫《夔州歌》

碧水东流至此回 李白《望天门山》

澶漫山东一百州 杜甫《承闻河北诸道节度入朝欢喜口号》

平明日出东南地 李益《度破讷沙二首》

坑灰未冷山东乱 章碣《焚书坑》

射雕今欲过山东 吴融《金桥感事》

021 诗词影片名

（1）巴山夜雨；（2）柳暗花明；（3）燕归来；（4）八千里路云和月；（5）一江春水向东流；（6）路漫漫；（7）春眠不觉晓；（8）彩云归；（9）万水千山；（10）花开花落。

022 断肠谜

一二三四五六七八九十。

023 趣味课程表

1. 痛不欲生、物尽其用 2. 出神入化、学而不厌 3. 十全十美、不学无术 4. 九霄云外、语无伦次 5. 照本宣科、学以致用 6. 既明且哲、学富五车 7. 胸中有数、学贯中西 8. 风云人物、理屈词穷 9. 万众一心、理直气壮 10. 烽火连天、文章盖世 11. 弦外之音、乐不思蜀 12. 顶天立地、理所当然 13. 妙趣横生、物美价廉 14. 贫下中农、开科取士 15. 精兵简政、治病救人 16. 不识大体、封山育林 17. 一本正经、济济一堂 18. 奉公守法、严于律己 19. 甜言蜜语、文经武略 20. 历历在目、史无前例

024 屏开雀选

如图：

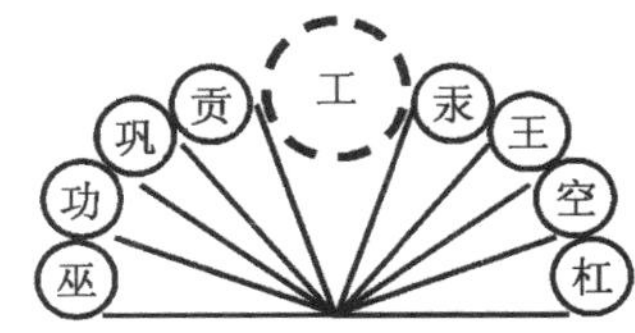

025 环形情诗

久慕秦郎假乱真，假乱真时又逢春；时又逢春花含玉，春花含玉久慕秦。

026 组字透诗意

填日字，拼成“香、晴、旭、早”四字。

027 几读连环诗

一共有 5 种读法：

（1）秋月曲如钩，
如钩上画楼。
画楼帘半卷，
半卷一痕秋。

（2）月曲如钩，
钩上画楼。
楼帘半卷，
卷一痕秋。

（3）月，
曲如钩，
上画楼。
上画楼，
帘半卷。
帘半卷，
一痕秋。

（4）秋，
月曲如钩上画楼。
帘半卷，一痕秋。

（5）秋痕一卷半帘楼，
卷半帘楼画上钩。
楼画上钩如曲月——秋。

028 孪生成语

如图：

一波未平，一波又起
一夫当关，万夫莫开
十年树木，百年树人
只可意会，不可言传
成事不足，败事有余
宁为玉碎，不为瓦全
机不可失，时不再来
有则改之，无则加勉
道高一尺，魔高一丈
言者无罪，闻者足戒

029 文静的姑娘

夺。

030 水果汉字

香蕉（立）、苹果（日）、梨（十）

031 字画藏唐诗

（1）北斗七星高；（2）山月随人归；（3）月出惊山鸟；（4）白日依山尽；（5）一览众山小。

032 数字藏成语

3.5（不三不四）；2+3（接二连三）；333 和 555（三五成群）；9 寸 +1 寸 =1 尺（得寸进尺）；1256789（丢三拉四）；12345609（七零八落）。

033 心连心

如图：

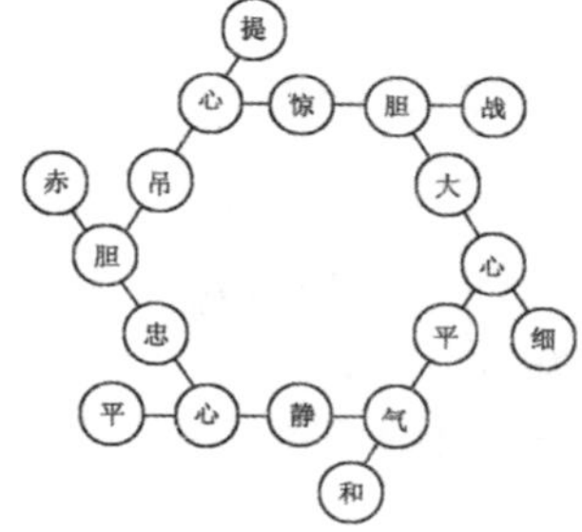

034 人名变成语

1. 生死攸关、羽扇纶巾
2. 剑拔弩张、飞黄腾达
3. 千军万马、超凡脱俗
4. 飞苍走黄、忠言逆耳
5. 完璧归赵、云开见日
6. 千疮百孔、明察暗访
7. 招兵买马、良师益友
8. 单枪匹马、忠心赤胆
9. 改弦更张、松柏之茂
10. 及时行乐、进贤任能
11. 投桃报李、通风报信
12. 信口雌黄、盖世无双
13. 不肖子孙、权倾天下
14. 目不识丁、奉公守法

035 “5”字中的成语

如图：

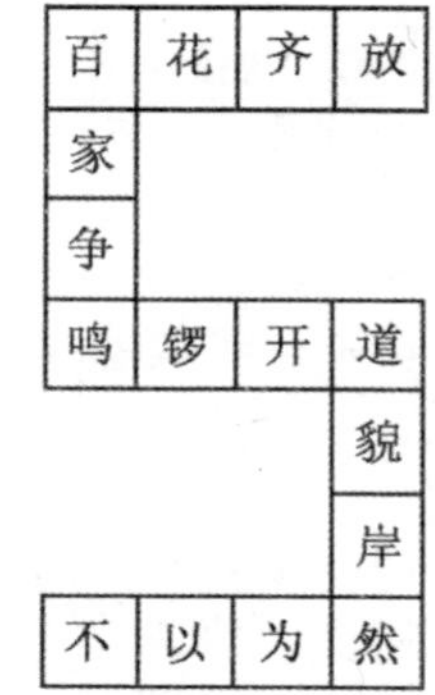

036 回文成语

大快人心、心口如一、一马当先、先声夺人、人才辈出、出其不意、意气风发、发扬光大

037 省市组唐诗

置水写银河 崔国辅《七夕》

戎马关山北 杜甫《登岳阳楼》

未是渡河时 陈子良《七夕看新妇隔巷停车》

君问终南山 王维《答裴迪辋口过雨忆终南山》

脉脉广川流 上官仪《入朝洛堤步月》

渭水东流去 岑参《西过渭州见渭水思秦川》

三江潮水急 崔颢《长干曲四首》

村西日已斜 孟浩然《寻菊花潭主人》

山中一夜雨 王维《送梓州李使君》

西园引上才 李白药《赋得魏都》

山中无历日 太上隐者《答人》

东西任老身 司空曙《逢江客向南中故人因以诗寄》

影灭彩云断 李白《凤凰曲》

江南季春天 严维《状江南》

身征辽海边 贾岛《寄远》

寒歌宁戚牛 李白《秋浦歌十七首》

园林过新节 韦应物《寒食后北楼作》

先人辟疆园 皇甫冉《题卢十一所居》

自古黄金贵 陆龟蒙《黄金二首》

不敢向松州 薛涛《罚赴边有怀上韦令

公二首》

湖里鸳鸯鸟 崔国辅《湖南曲》

北风吹白云 苏颋《汾上惊秋》

五湖风浪涌 崔颢《长干曲》

湖南送君去 崔国辅《湖南曲》

不畏浙江风 姚合《送薛二十三郎中赴婺州》

牢落江湖意 白居易《庾楼新岁》

还见南台月 贾岛《上谷送客游江湖》

茅屋深湾里 杜荀鹤《钓叟》

鱼戏莲叶南 陆龟蒙《江南曲》

犹能扼帝京 皮日休《古函关》

夜战桑乾北 许浑《塞下》

关门限二京 李隆基《潼关口号》

渺渺望天涯 钱起《江行》

家住孟津河 王维《杂诗三首》

皆言四海同 李峤《中秋月二首》

宿雨川原霁 司空图《即事九首》

水上秋日鲜 王建《汽水曲》

四海无闲田 李绅《悯农》

江水千万层 孟郊《寒江吟》

苏武节旌尽 杨衡《边思》

038 剪读唐诗

如图：

闲步浅青平绿，流水征车自逐。谁家挟弹少年，拟打红衣啄木。

039 钟表成语

（1）一时半刻；（2）七上八下；（3）三长二短。

040 迷宫成语

如图：

041 成语之最

如图：

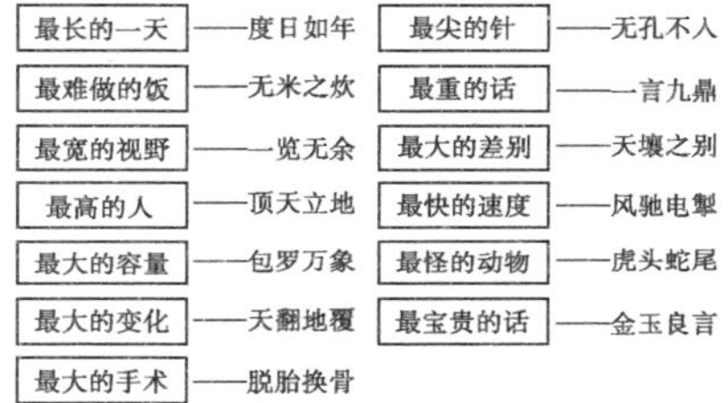

042 巧拼省名

如图：

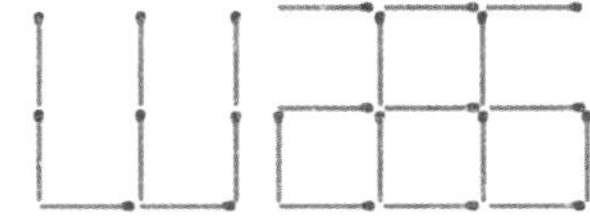

043 藏头成语

天天树叶绿，日日百花开。地名：长春。

044 棋盘成语

一马当先、按兵不动。

045 尴尬礼物

下文中的答案为：期待的礼物、收到的礼物、丢掉的字母。

1.Bridge（桥牌），bride（新娘），G

2.Tuba（低音大喇叭），tub（浴缸），A

3.Blackboard（黑板），backboard（篮板），L

4.Bowl（碗），owl（猫头鹰），B

5.Stairs（楼梯），stars（行星），I

6.Crown（王冠），crow（乌鸦），N
7.Flock（羊群），lock（锁），F
8.Raft（木筏），rat（耗子），F
所有落下的字母可以重新排序拼成：BAFFLING（令人困惑）。

046 虎字成语

生龙活虎　虎头蛇尾
龙潭虎穴　为虎作伥
骑虎难下　狼吞虎咽
虎视眈眈　降龙伏虎
虎背熊腰　三人成虎
养虎遗患　龙行虎步
龙吟虎啸　调虎离山
九牛二虎　虎口余生

047 给我C！给我D！

如图所示

048 标签分类

上面一行：Heather 海瑟 /sweater 毛衣，Stephanie 斯蒂芬妮 /telephone 电话，Ryan 莱恩 /crayons 彩色蜡笔。

下面一行：Nicole 尼可 /unicycle 独轮车，Christopher 克里斯托夫 /microscope 显微镜，Alexander 亚历山大 /calendar 日历。

049 O地带

剩下的字母所连成的话：Top-notch job from top to bottom. Now go goof off（从头到尾都做得很棒，现在偷偷懒吧）。

如图所示

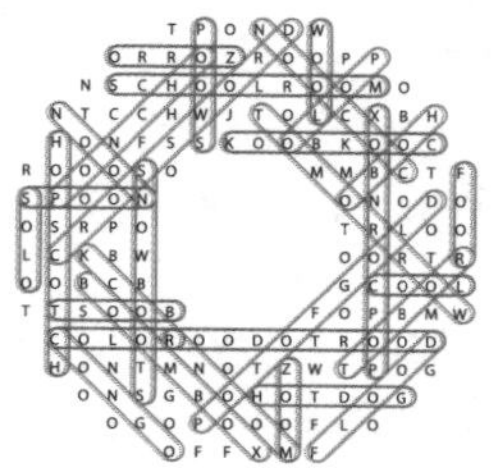

050 单词演变（1）

CAMP，DAMP 潮湿，DUMP 垃圾场，LUMP 结块，LIMP 蹒跚，LIME 酸橙，DIME 十美分硬币，DIVE 跳水，FIVE 五，FIRE。

051 单词演变（2）

TOAD，ROAD 马路，ROAR 咆哮声，REAR 尾部，BEAR 熊，BEAT 击打，NEAT 干净，NEWT。

052 夏威夷之旅

剩下的字母所连成的话：Ukulele actually means "leaping flea" in Hawaiian(在夏威夷语里，尤在里里琴实际上是"跳跃的跳蚤"的意思）。

如图所示

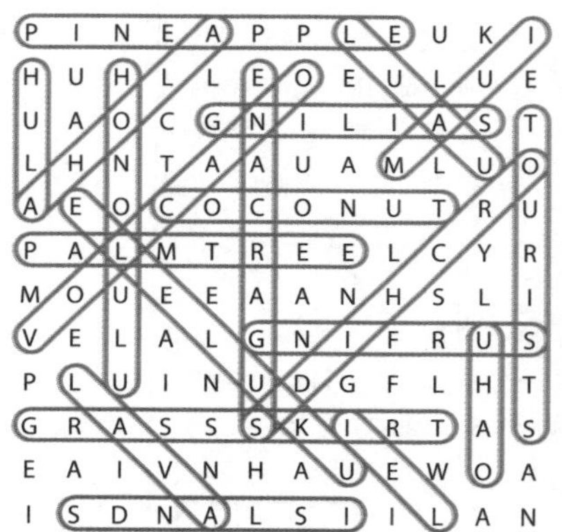

053 指挥系统

Adam 亚当
Madison 麦迪逊
Jackson 杰克逊
McKinley 麦金莱
Lincoln 林肯
Nixon 尼克松
Clinton 克林顿
Washington 华盛顿
Grant 格兰特
Reagon 里根

054 捉苍蝇

剩下的字母所连成的话：You finished

this with flying colors.（你用彩色完成了这道题）

055 乐器

答案在红色字体中。

Peter and Tippi had sharply different tastes in music.Peter liked to sit around in the tub and listen to jazz,while Tippi really responded to rock concerts.

One night,Tippi told Peter that she was planning on going to see her favorite band,even though she'd heard rumors that the concert was sold out.Her plan was to pack a zoom lens and a camera and blend in with all the paparazzi there.

"You think they're so disorganized, they let in every shutterbug left and right?" Peter asked.

Tippi said, "When I turn the charm on I can get past anyone."

"But tonight's ravioli night," Peter whined. "Would you really cancel long-standing plans?"

"Absolutely!" she replied,and left.

Before long,Tippi returned and threw the biggest tantrum Peter had ever seen. The police had given Tippi an order to go home for violating the law.Peter smiled as he said, "Will you feel better if I fetch you some cold ravioli?"

056 隐藏的美食

谜题：在万圣节游戏中谁总是透明的冬天？

谜题的答案是：GHOST（鬼）。

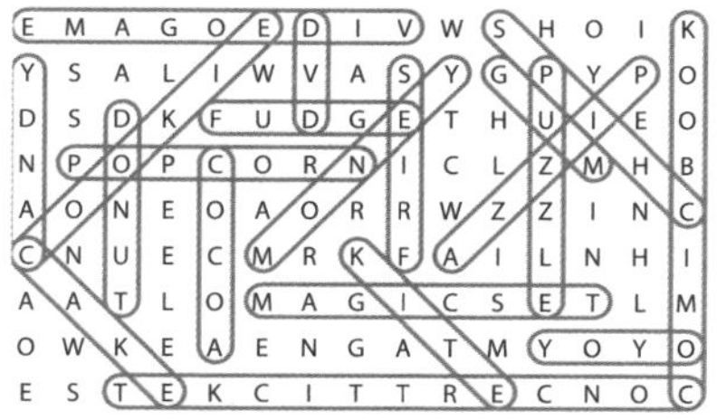

057 奇怪的球

1. Gumball 口香糖
2. Handball 手球
3. Basketball 篮球
4. Crystal ball 水晶球
5. Football 足球
6. Hair ball 毛球
7. Meatball 肉团
8. Pinball 弹球
9. Mothball 卫生球

058 填空

黄色突出显示的字母拼出：

PICTURE PERFECT（完美图片）。

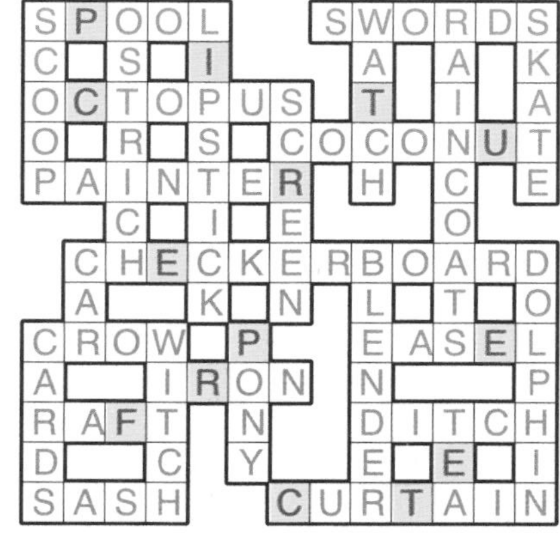

059 板子游戏

1. Keyboard 键盘
2. Clipboard 剪贴板
3. Backboard 篮板
4. Cardboard 硬纸板
5. Blackboard 黑板
6. Snowboard 滑雪板
7. Billboard 广告牌

060 哈哈大笑

如图所示

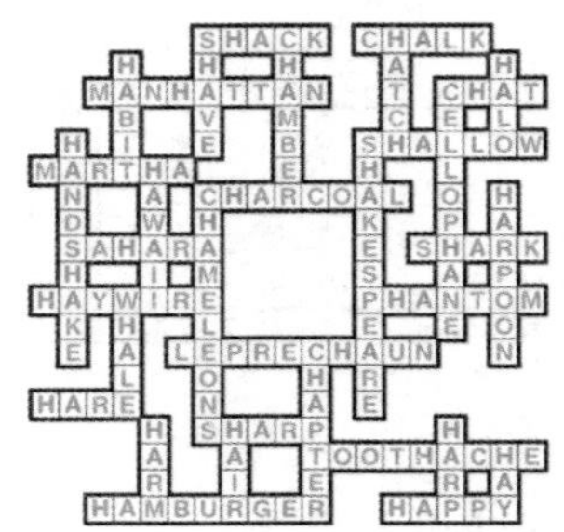

061 跟ABC一样简单

1. Apes Breaking Crayons（猿猴折断蜡笔）。

2. Ants Building Castle（蚂蚁筑城堡）。

3. Alice Buying Cherries（爱丽丝买浆果）。

4. Angels Baking Cookies（天使烤蛋糕）。

5. Adam Balancing Cows（亚当平衡牛）。

6. Astronauts Brushing Cats（宇航员给猫刷毛）。

062 大交易

剩下的字母所连成的话：Acorns and bells are German card suits（橡子和钟在德国扑克中是一对）。

063 头脑风暴

1. Rain（下雨）
2. Ain't（不是）
3. Aear（眼泪）
4. Earth（地球）
5. Thunder（雷鸣）
6. Undersea（海底）
7. Season（季节）
8. Sons（儿子）
9. Spark（火星）
10. Parka（派克大衣）
11. Abe（林肯总统的外号）
12. Before（在……之前）
13. Forecast（预报）
14. Castle（城堡）
15. Lemon（柠檬）
16. Monsoon（印度的雨季）
17. Sooner（不久）

064 澳大利亚趣闻

剩下字母连成的话：Seven times as many sheep as people live in Australia（澳大利亚的绵羊数量是人口的7倍）。

如图所示

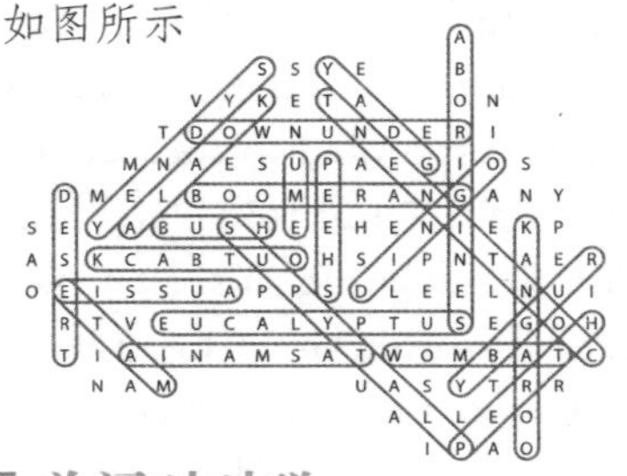

065 单词对对碰

阴影部分信息：You can say that again（我同意你的意见）。

剩余的图片是：yo-yo（溜溜球），dodo（渡渡鸟），and pompom（大型机关炮）。如图所示

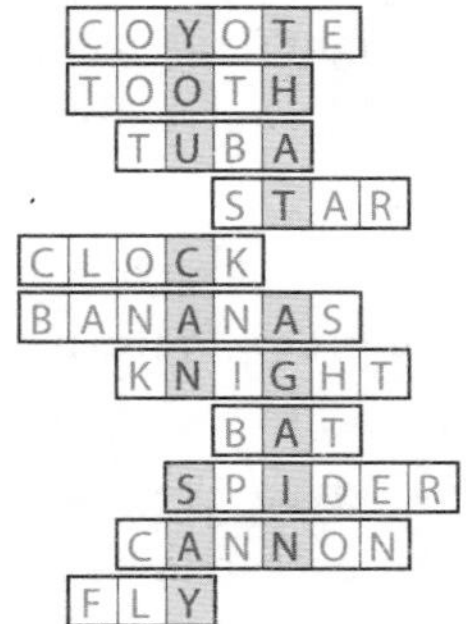

066 积沙成堆

SAND（沙子）

WAND（魔杖）

WIND（风）

MIND（头脑）

MINE（煤矿）
LINE（直线）
LANE（莱恩）
JANE（简）
JUNE（六月）
DUNE（沙丘）

067 单词配对

这些单词是：
CALF（小牛）
DONKEY（毛驴）
HALF（一半）
MONKEY（猴子）
ITEM（条款）
CREASE（起皱）
STEM（茎）
GREASE（油脂）
FAULT（错误）
CHEATER（骗子）
VAULT（储藏室）
THEATER（戏院）
CHIEF（主要的）
CRANIUM（头盖骨）
THIEF（小偷）
URANIUM（铀）
ALONE（单独的）
CARRIAGE（马车）
CLONE（克隆）
MARRIAGE（结婚）
DUNCE（蠢材）
JAWBREAKER（难发音的字）
OUNCE（盎司）
LAWBREAKER（违法者）

剩下的字母连成的话：Hope you found this to be a great treat（希望你能发现这是充满乐趣的事）。

如图所示

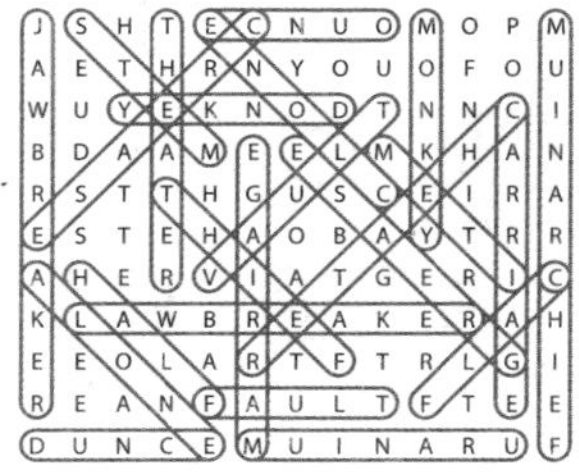

068 城际纵横

Toledo（托莱多）
Detroit（底特律）
Baltimore（巴尔的摩）
Sacramento（萨克拉门托）
Houston（休斯顿）
Honolulu（檀香山）
Los Angeles（洛杉矶）
Las Vegas（拉斯维加斯）
Cleveland（克利夫兰市）
Denver（丹佛）

069 雪世界

Shoes（snowshoes：雪鞋）
Cone（snow cone：刨冰卷）
Drift（snow drift：雪堆）
White（Snow White：白雪公主）
Board（snowboard：滑雪板）
Ball（snowball：雪球）
Storm（snow storm：暴风雪）

070 风车转转

如图所示

071 滚雪球

SNOW（雪）
SLOW（缓慢）
PLOW（犁）
PLOT（情节）
BLOT（弄脏）
BOOT（靴子）
BOAT（船只）
BEAT（跳动）
BELT（皮带）
BELL（贝尔）
BALL（球）

072 蔬菜趣谈

1.Beans（豆子）

-beings（生物）

2.Turnip（萝卜）

-turn up（调大）

3.Carrot（胡萝卜）

-care at（在意）

4.Pepper（胡椒）

-paper（纸张）

5.Lettuce（生菜）

-let us（让我们）

6.Peas（豌豆）

-piece（块）

7.Cauliflower(花椰菜)-call a flower(预定鲜花）

8.Photoes（土豆）-put eight O's（写了八个字母 O）

073 开锁游戏

如图所示

074 安静一点!

剩余字母连成的话：The blue whale is much louder than a plane（蓝鲸的声音比飞机的都要大）。

如图所示

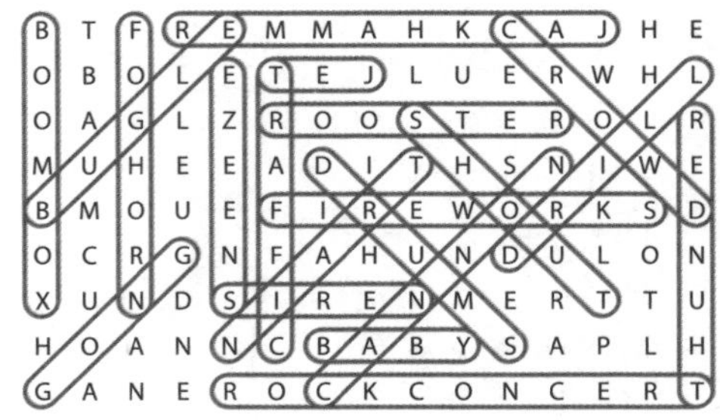

075 月圆之夜

FULL（满的）

FALL（秋天）

BALL（舞会）

BELL（钟）

BELT（皮带）

BOLT（闪电）

BOAT（船只）

MOAT（护城河）

MOAN（呻吟声）

MOON（月亮）

□ 计算力

001 九宫图

九宫图中的 9 个数字相加之和为 45。

因为方块中的 3 行（或列）都分别包括数字 1~9 当中的 1 个，将这 9 个数字相加之和除以 3 便得到“魔数”——15。

总的来说，任何 n 阶魔方的“魔数”都可以很容易用这个公式求出：

和为 15 的三数组合有 8 种可能性：

9+5+1　　9+4+2　　8+6+1

8+5+2　　8+4+3　　7+6+2

7+5+3　　6+5+4

方块中心的数字必须出现在这些可能组合中的 4 组。5 是唯一在 4 组三数组合中都出现的。因此它必然是中心数字。

002 数字填空（1）

只出现于2个三数组合中。因此它必须处在边上的中心，这样我们就得到完整的一行：9+5+1。

3和7也是只出现在2个三数组合中。剩余的4个数字只能有一种填法——这就证明了魔方的独特性（当然，旋转和镜像的情况不算）。

将小正方形上下2个数字相乘，再将正方形左右2个数字相乘，然后用较大的值减去较小的值，其结果就是该正方形内的值。

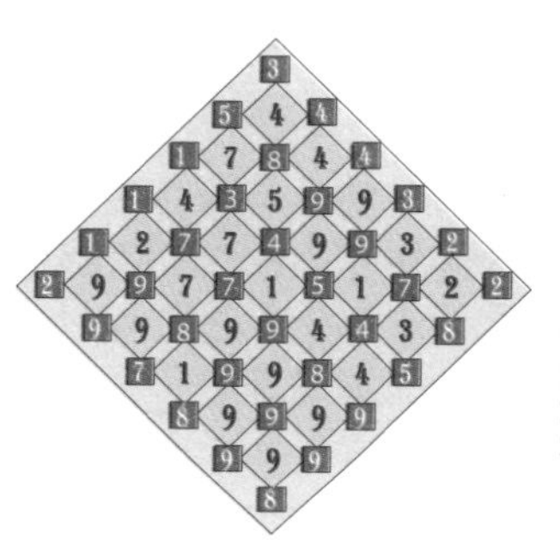

答案如右图所示：

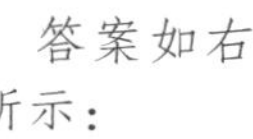

003 数字填空（2）

24。每一横行中：左边的数字 × 中间的数字 ÷4= 右边的数字。（2×4）÷4=2；（16×12）÷4=48；（8×12）÷4=24。

004 四阶魔方

有880种解法。我们在此举一例。

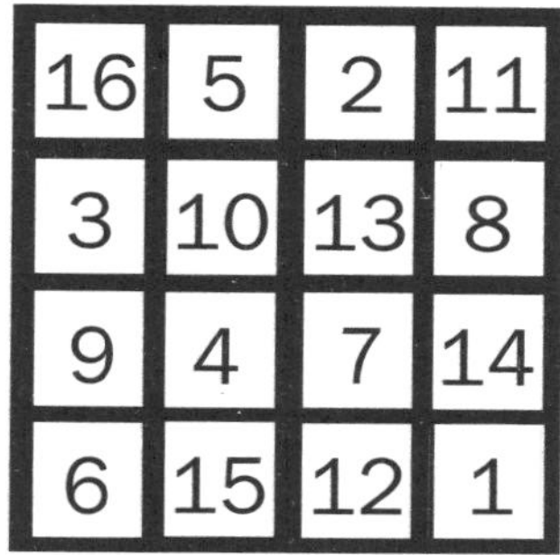

16	5	2	11
3	10	13	8
9	4	7	14
6	15	12	1

005 杜勒幻方

下面的示意图阐明了挑选出魔数为34的几组可能性。以第1行的5幅图表为例：

①每行和每列之和为34；②每个2×2的方块中数字之和为34；③每个风筝形图案上的4个数字和为34；④3×3的正方形4个角之和为34；⑤4个不同的长方形的4个角之和为34。

看看你能否推出其他示意图的原理。

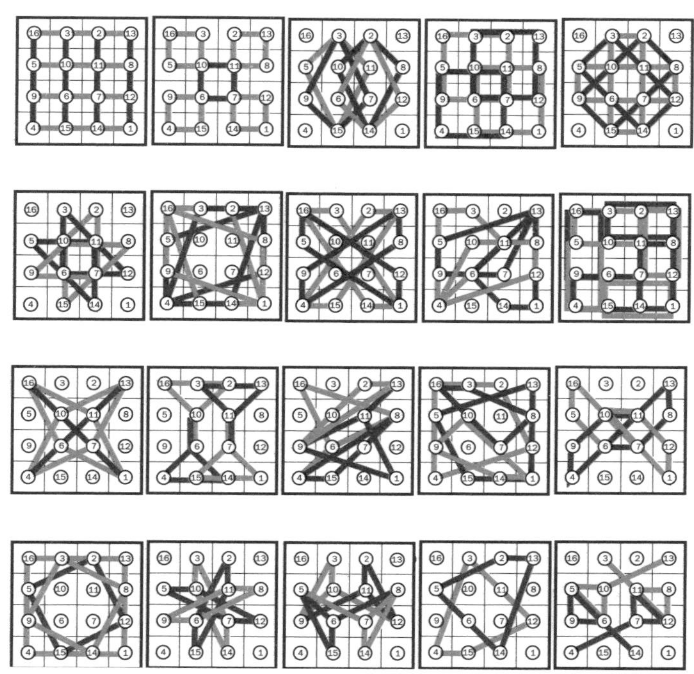

006 排列法

一共有 64 种排列方法，如图所示。

007 完成等式

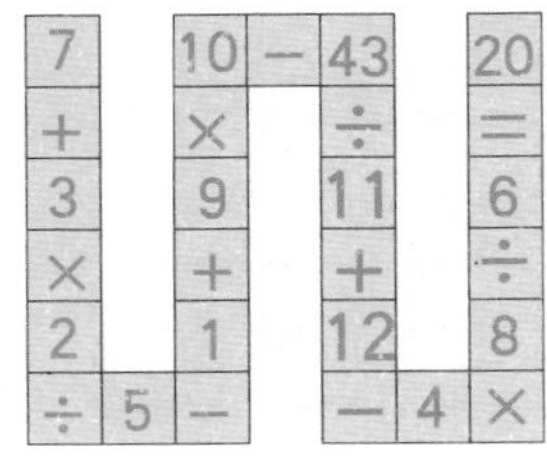

008 数字迷题

8，1。如果你把每行数字都当作是 3 个独立的两位数，中间的这个两位数等于左右两边两位数的平均值。

009 保龄球

可能的排列顺序应该是 6×5×4×3=360 种。

010 按顺序排列的西瓜

? ? ? 7 ? ? ?

1 3 5 7 9 11 13

最重的西瓜是 13 千克。

011 下落的砖

这个问题把你难住了吗？许多人认为答案是 1.5 千克，实际上应该是 2 千克。

012 贝克魔方

013 六阶魔方

28	4	3	31	35	10
36	18	21	24	11	1
7	23	12	17	22	30
8	13	26	19	16	29
5	20	15	14	25	32
27	33	34	6	2	9

014 八阶魔方

就像杜勒的恶魔魔方一样，八阶魔方具有许多“神秘”的特性，而且超出魔方定义的一般要求。

比如说每行、每列的一半相加之和等于魔数的一半，等等。

52	61	4	13	20	29	36	45
14	3	62	51	46	35	30	19
53	60	5	12	21	28	37	44
11	6	59	54	43	38	27	22
55	58	7	10	23	26	39	42
9	8	57	56	41	40	25	24
50	63	2	15	18	31	34	47
16	1	64	49	48	33	32	17

015 三阶反魔方

三阶反魔方存在，而且可以有其他答案。

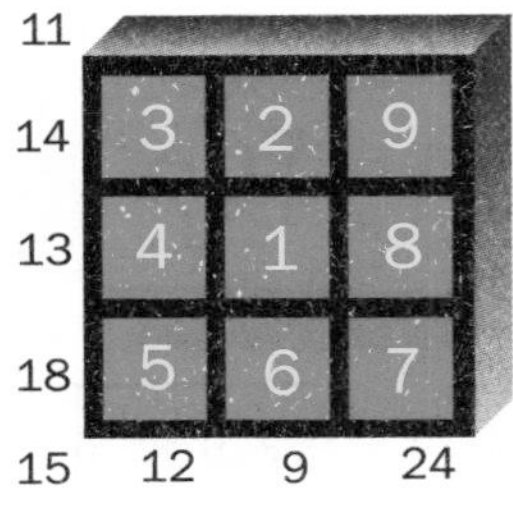

016 符号与数字

017 多米诺骨牌墙

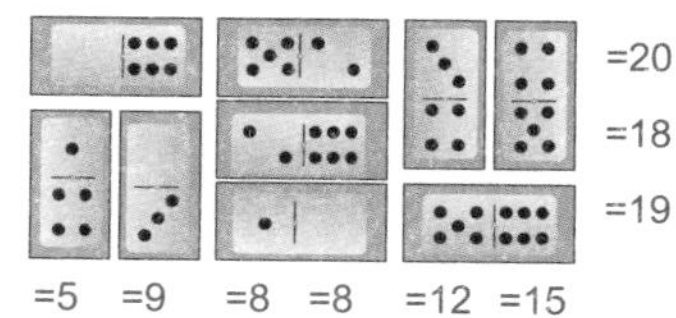

018 博彩游戏

$$C_n^k=\frac{n!}{k!(n-k)!}=\frac{54!}{6!(54-6)!}=\frac{54\times53\times52\times\cdots\times3\times2\times1}{(6\times5\times4\times3\times2\times1)\times(48\times47\times46\times\cdots3\times2\times1)}=25827165$$

019 五星数字谜题

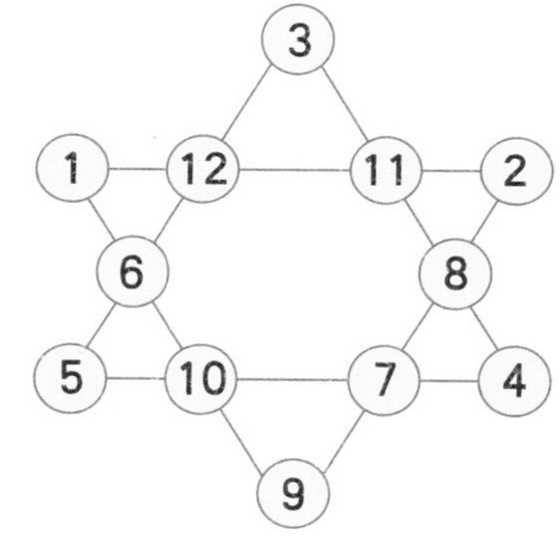

020 送货

总共要转 12 圈半。滚轴每走 1 个单位的距离，传送带就前进两个单位的距离，而滚轴走 1 个单位的距离要转 5/4 圈。

021 魔轮（1）

022 魔轮（2）

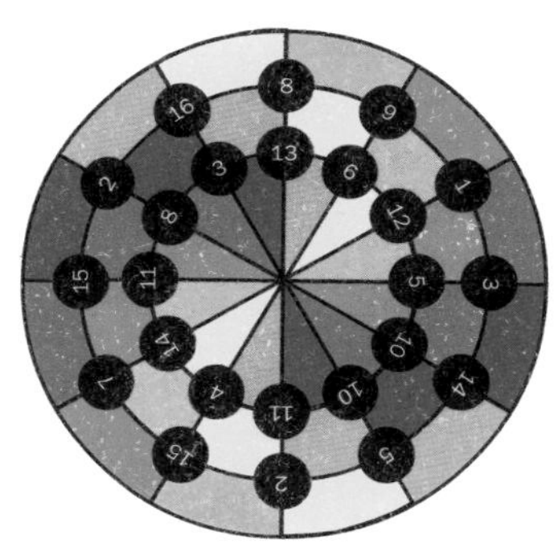

023 完成等式

4	+	2	=	6
−		×		+
1	+	4	=	5
=		=		=
3	+	8	=	11

024 合力

可以把每 2 个力相加，按顺序算出它们的合力，直到得到最后的作用力，或者把它们按照下面所示加起来。

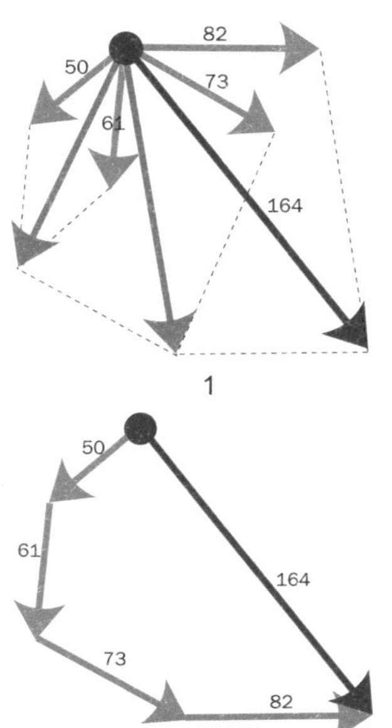

025 魔数蜂巢（1）

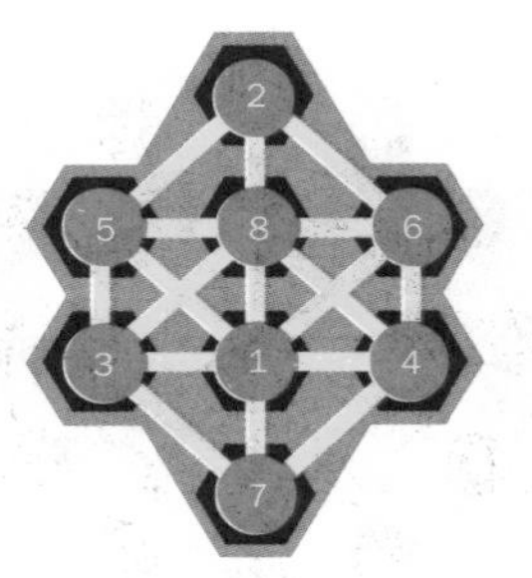

026 魔数蜂巢（2）

027 五角星魔方

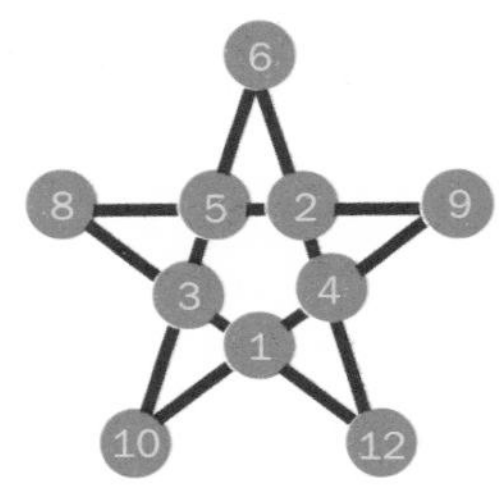

028 六角星魔方

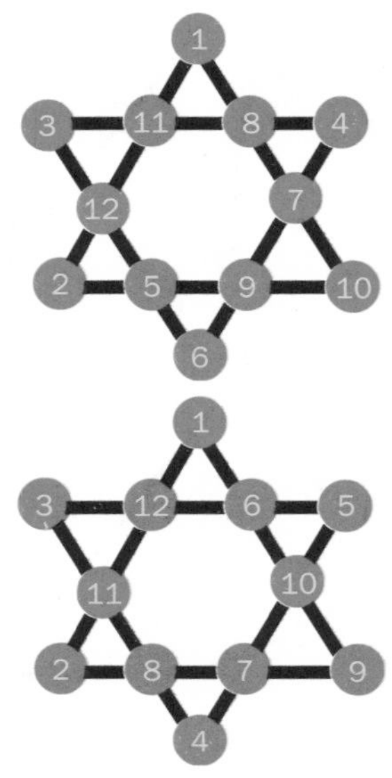

029 七角星魔方

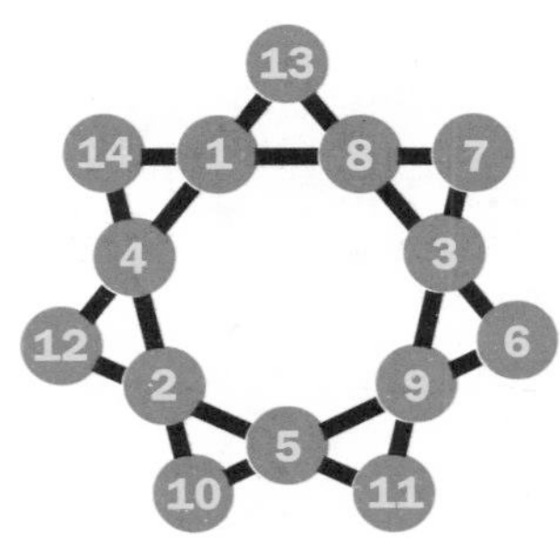

030 六角魔方

这个问题可不简单。一共有 12！（12 阶乘 = 1×2×3×…×11×12 = 479001600）种方法将数字 1~12 填入六角形上的三角形中。这里给出其中一种解法：

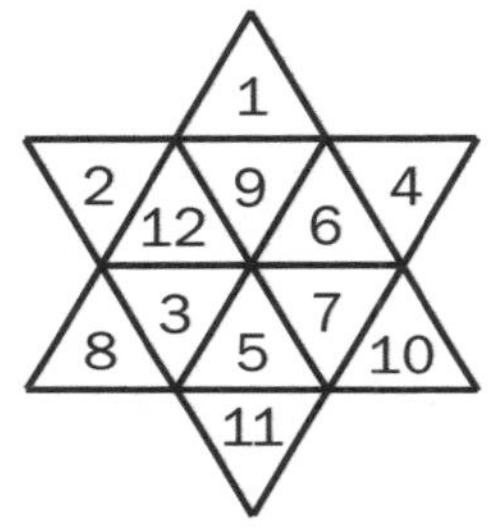

031 完成链形图

71。把前 2 个数字加起来，就得到第 3 个数字，在链形图中依次进行。

032 代数

4。把相邻 2 个椭圆中间的 2 个数字相减，所得结果放在 2 个椭圆交叉的位置上。

033 路径

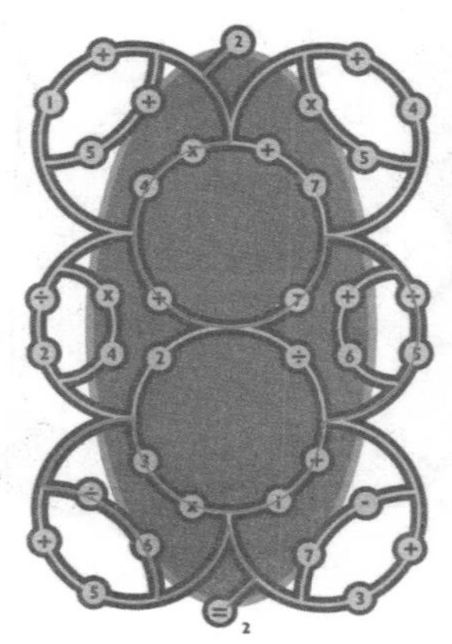

034 完成谜题

6。无论是纵向计算还是横向计算，这些数字相加都等于 15。

035 墨迹

$$\begin{array}{r} 289 \\ +\ 764 \\ \hline 1053 \end{array}$$

036 房顶上的数

175。计算的规则是：（左窗户处的数值＋右窗户处的数值）× 门上的数值。

037 迷宫算式

038 数字完形（1）

A=4，B=14，C=20。

中间的数字是上下数字的总和与左右数字总和的差的 2 倍。

039 数字完形（2）

16。从三角形左下角进行计算，围绕这个三角形按顺时针方向行进，这些数字分别是 1，2，3，4，5，6，7，8，9 的平方数。

040 小狗菲多

菲多被拴在一棵直径超过 2 米的粗壮的树上，所以菲多可以绕着树转一个直径为 22 米的圆，如图所示。

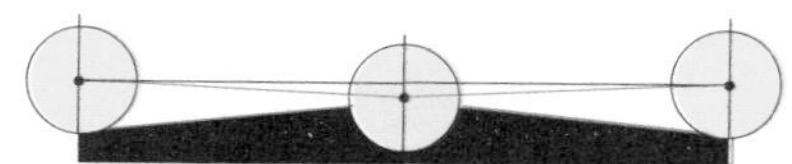

041 剩余面积

4 个绿色正六边形的面积等于红色正六边形的面积，而它们重叠部分的面积是相等的，因此减去了重叠部分之后的面积还是相等的。

042 数字难题

4。把每个正方形中对应位置的数字相加，左边部分数字的和等于 20，上面的和等于 22，右边部分的和等于 24，下面部分的和等于 26。

043 数字圆盘

1。在每个圆中，先把上面两格中的数字平方，所得结果相加，就是最下面的数字。

044 四边形面积

7.5 个单位面积。

可以把这个红色四边形的面积分成 3 个直角三角形和中间的 3 个小正方形。中间的 3 个小正方形的面积是 3 个单位面积，而 3 个直角三角形的面积分别是 1.5，1，2 个单位面积，因此红色四边形的总面积是 3+1.5+1+2=7.5 个单位面积。

045 总值

25。绿色圆圈的值是 5，浅绿色圆圈的值是 2，紫色圆圈的值是 8。

046 求面积

4 个图形的面积分别是 17，9，10，16 个单位面积。

当我们要计算一个小钉板上的闭合多边形的面积时，我们所要做的就是数出这个多边形内（不包括多边形的边线）的钉

子数(N),和多边形的边线上的钉子数(B),多边形的面积就等于：N+B/2-1。

你可以用本题中的例子来验证一下这个公式。

047 正方形边长（1）

可以放入7个等边三角形的最小正方形的边长为2个单位。

048 正方形边长（2）

可以放入8个等边三角形的最小正方形的边长为2.098个单位。

049 金字塔上的问号

设丢失的数字为X，然后一层层填满空格，那么顶部的数字就为3X+28。我们知道这个数字等于112，因而3X=112-28=84，所以X=28。

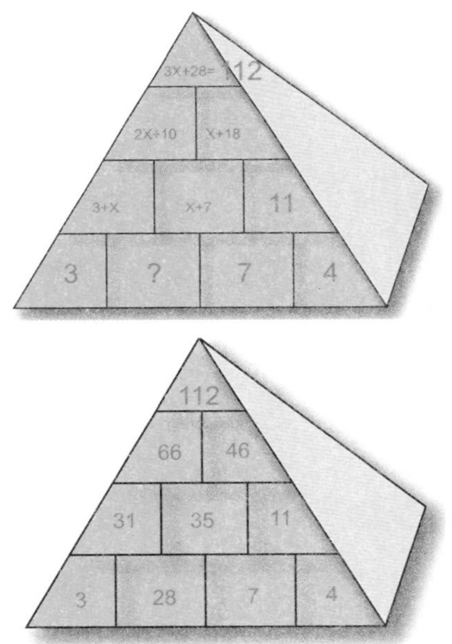

050 面积比值

D。中间的白色三角形有1个角是直角，根据毕达哥拉斯定理，2个直角边的平方之和等于斜边的平方，所以黄色和绿色区域的面积之和等于蓝色区域的面积（包括黄色的圆）。如果去掉和黄色三角形面积相等的圆，蓝色区域的面积就等于绿色区域的面积。

051 年龄

60岁。如果将他的整个寿命设为"x"年，那么：

他的孩童时期 =1/4x

他的青年时期 =1/5x

他的成人期 =1/3x

他的老年时期 =13

1/4x+1/5x+1/3x+13=x

x=60

052 大小面积

最小的内接正三角形边长为1，面积约为0.4330;

最大的内接正三角形边长为1.035, 面积约为0.4641。

内接正三角形的面积计算公式是：

$$\frac{\sqrt{3}}{4}S^2$$

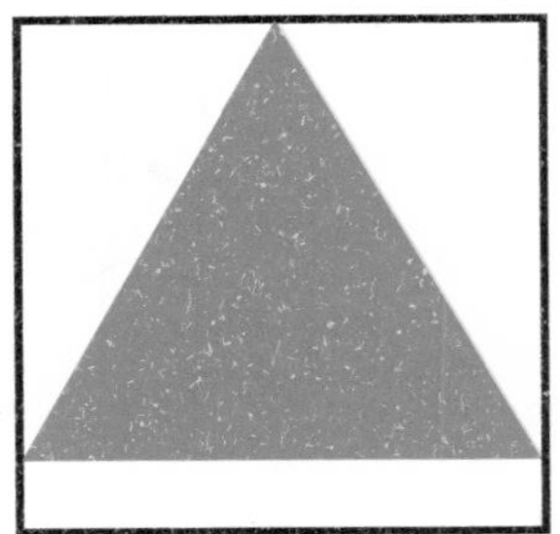

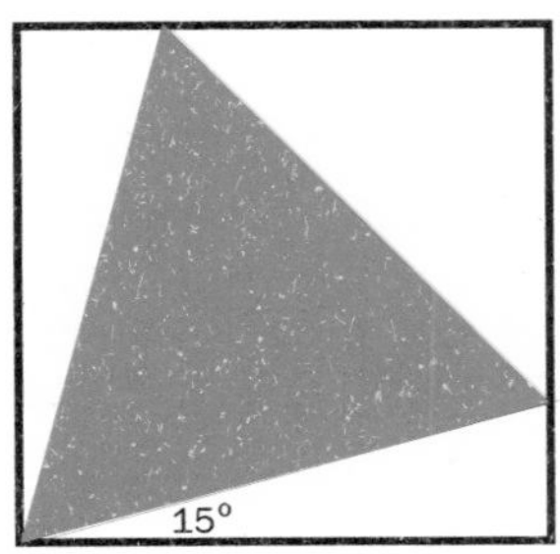

053 超级立方体

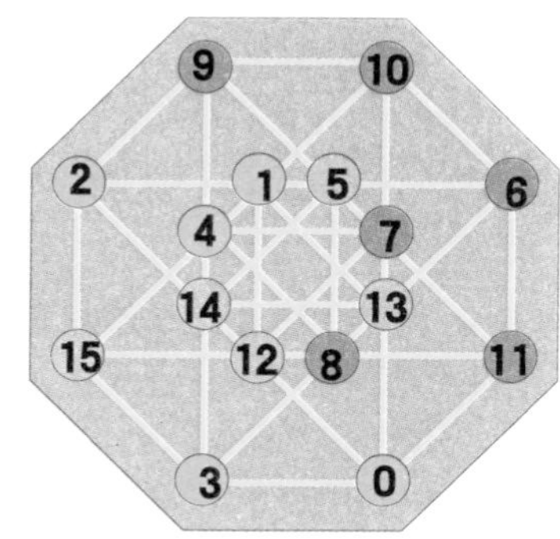

054 结果是203

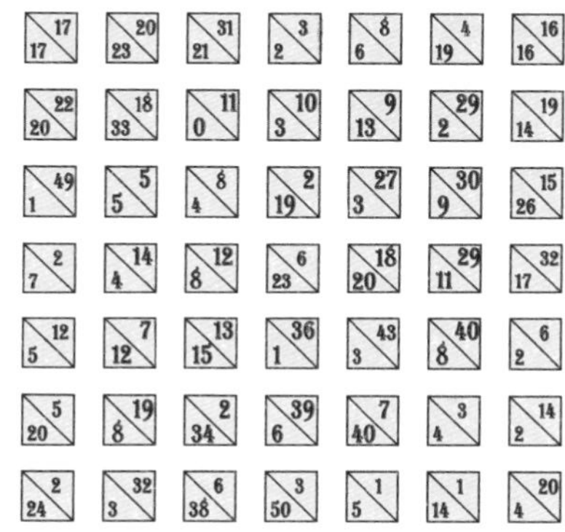

055 重新排列

056 砝码

黄色砝码的重量是2个单位。由于它位于第8个单位的位置上，所以，它的重量需要2个单位（总重量为8×2＝16），才能维持系统的平衡。

左右两边的平衡关系如下：

（3×8＋2×4）＋(6×7)＋（1×6＋1×8）＝（5×2＋4×8）＋（2×6＋2×9）＋（2×8）

057 两位数密码

11或20。将3个圆圈内各数位上的数字相加的结果再相加，总数是19。

058 组合木板

1236＋873＋706＋257＋82＝3154，加起来可以精确地达到所要求的长度。

059 平衡

所需数值是6。右边盒子在秤上显示的重量是9个单位，而左边则是3个单位。所以，6×9（54）与18×3（54）可以使秤的两边保持平衡。

060 AC的长度

线段OD是圆的半径，它的长度是6厘米。ABCO是个长方形，它与圆的中心以及圆边都相交。因此，线段OB，即圆的半径的长度为6厘米。因为长方形的两个对角线的长度都相等，所以，线段AC与线段OB的长度相等，即6厘米。

061 六边形与圆

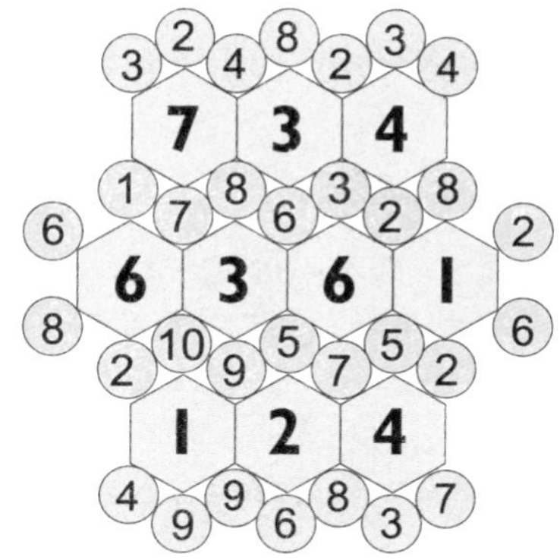

062 距离

49米。她在各段路上行走的路程依次如下：

A＝9米；B＝8米；C＝8米；D＝6米；E＝6米；F＝4米；G＝4米；H＝2米；I＝2米。

一共49米。

063 旗杆的长度

旗杆的长度为 10 米。

旗杆与它影子的比例等于测量杆与它影子的比例。

064 阴影面积

80 平方米。如果你对这个经过切割的方格进行观察，你会发现在这些复合形状中包括了并行的几对图形，它们可以组合成 4 个正方形。整块土地的总面积是 20 米 ×20 米，即 400 平方米。这 5 个相同的正方形中任意 1 个的面积都是土地总面积的 1/5，即 80 平方米。

065 切割立方体

切 3 刀，将立方体的干酪分割为相等的 8 个小立方体。这 8 块立方体的小干酪中每一块的边长都是 1 厘米，因此其表面积也就是 6 平方厘米，那么 8 个立方体小干酪块的总表面积就是 48 平方厘米。

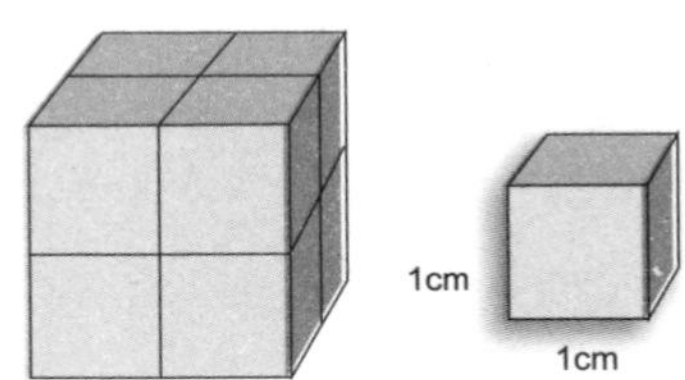

066 蜂群

$$\sqrt{\frac{x}{2}}+\frac{8}{9}x+2=x$$

这里 x= 蜂群中的蜜蜂数

整理式子为：(x-72)(2x-9)=0

很明显 x 不等于 4.5（假设 2x-9=0 得出的结果），所以 x 一定是 72, 那么整个蜂群一共有 72 只蜜蜂。

067 射箭

两支箭射中了 8 分区域（得 16 分），7 支箭射中了 12 分区域(得 84 分)。总得分: 16+84=100。

068 裙子降价

25％。

069 费尔图克难题

6 支箭的分数刚好达到 100 分，那么他射中的靶环依次为：16、16、17、17、17、17。

070 链子

把那条带 4 个环的链子拿出来，将上面的 4 个环都打开，这样会花费 4 元。接着，利用这 4 个环把剩余的 5 条链子连在一起；然后，把这 4 个环焊接在一起，这会花费 2 元。所以，一条 29 个节的链子一共会花费 6 元。

071 动物

公园里有 4 只狮子、31 只鸵鸟。以下是解题的方法：因为他算出有 35 个头，所以，最少有 70 条腿。但是，他算出一共有 78 条腿，也就是比最少的数多了 8 条腿，因此，多出的 8 条腿必定是狮子的。8 除以 2 便是四条腿的动物的数量。这样，狮子的数量是 4。

072 自行车

贝蒂骑 1 个小时的自行车后把自行车放在路边，并继续步行 2 个小时，行走 8 千米后到达她的姑妈家；纳丁步行 2 个小时后到达放自行车的地方，然后骑 1 个小时的自行车，这样她就能和贝蒂同时在最短的时间到达姑妈家。

073 网球

因为每场比赛都会淘汰一对选手，既然一共有 128 对选手，那么在冠军队伍产生之前会进行 127 场淘汰赛。

074 苍蝇

大多人都认为苍蝇飞行的最短的路线是从 A 点先到 D 点，然后沿着边飞到 B 点。运用勾股定理，线段 AD 的长度约为 84.85 厘米（勾股定理是指直角三角形的斜边长度等于另外两条直角边的平方和的平方根）。再加上线段 DB 的长度（即 60 厘米），这样，我们得到的总长度为 144.85 厘米。如果，我们从立方体的顶部一条边的中点

C画出线路AC，它的长度约为67厘米，同时，线段CB的长度也是67厘米。这样，我们得到的总长度为134厘米，很明显这要比第一条路线要短得多。

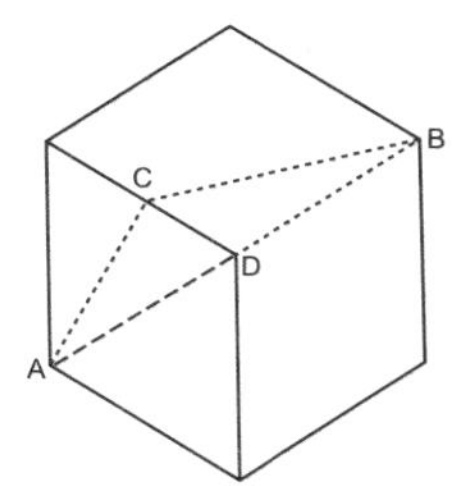

075 小甜饼

可怜的阿里阿德涅一共有15块儿甜饼。劳拉得到7.5+0.5，即8块儿甜饼，还剩下7块儿；梅尔瓦得到3.5 + 0.5，即4块儿甜饼，还剩下3块儿；罗伦得到1.5 + 0.5，即2块儿甜饼，还剩下1块儿；玛戈特得到0.5 + 0.5，即1块儿甜饼，而阿里阿德涅则一块儿也没有。

076 香烟

奈德可以把10个烟头中的9个卷成3支烟。这时，他只剩下一个烟头。当他满足自己的烟瘾之后，他又有3个新烟头，这样，他就可以卷第四支烟了。把这支烟吸完后，再加上原来第十个烟头，奈德就剩下两个烟头。他转到和自己相邻的桌子，并且问座位上的人是否可以从他们的烟灰缸里借一个烟头，这样，他就可以卷成第五支烟了。当他抽完这最后一支烟之后，他把这个剩下的烟头还给了刚才借他烟头的人。

077 长角的蜥蜴

这只蜥蜴爬行时正好是一个直角三角形。如果一个直角三 角形的三个点都与一个圆的边相接触，那么，这个直角三角形的长边，即斜边就等于这个圆的直径。所以，圆（窝）的直径就是5米（直角三角形的斜边的平方等于两条直角边的平方和，即42 + 32 = 25，25的平方根等于5）。

078 数字

答案如下：

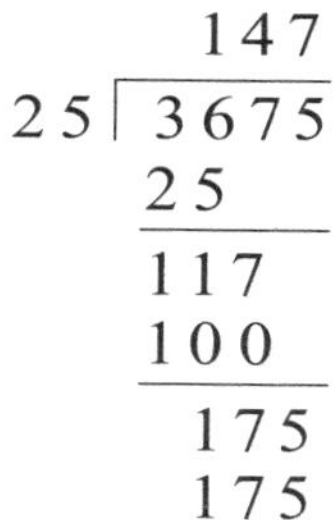

```
      147
25 ) 3675
     25
     117
     100
      175
      175
```

解题步骤：（1）因为第一个值与除数相同，所以，商的第一个值就是1；（2）根据第二次减运算，可用得知字母E肯定是0，因为字母FC原搬不动的放在了下面；（3）字母FEE所代表的数字就是100，而这正是字母AB与第二个值的乘积，除数不可以是0，所以当一个两位数和一个一位数相乘能够得出100的只有25，因此，商的第二个值就是4；（4）在第一次减运算中，字母GH与25的差是11，所以，字母GH肯定是36；（5）这最后一个字母C就是7、8或者9。如果你每一个都试一试，那么，你很快就可以发现只有7最合适。

079 车厢

乘客车厢每个4元，买了3个（共12元）；货物车厢每个0.5元，买了15个（共7.5元）；煤炭车厢每个0.25元，买了2个（共0.5元）。这些费用加起来就是12 + 7.5 + 0.5 = 20。

080 开商店

其中的一个答案为：草莓酱每罐0.5元，而桃酱每罐0.4元。在原先的交易中，3罐草莓酱花费1.5元，而4罐桃酱则花费1.6元，这样，一共花费了3.1元。

081 卖车

达芙妮的主人每次都在前一次的基础上降价20%，所以，最后的售价是563.20元。

082 铁圈枪

奈德的得分如下：10分靶槽内有14个铁圈，共得分140；20分靶槽内有8个

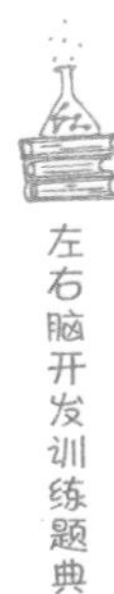

铁圈，共得分 160；50 分靶槽内有 2 个铁圈，共得分 100；100 分靶槽内有 1 个铁圈，得分 100。这样，140 + 160 + 100 + 100 = 500。

083 加法

答案如下：

1 + 2 + 3 + 4 + 5 + 6 + 7 + 8×9 = 100

084 魔力商店

因为每个人所能分得的财产与各自服务的时间长短相一致。女佣人分得了 1 份遗产，会客室那个仆人分得了 3 份遗产，厨师则分得了 6 份遗产，这样，总共有 10 份。每一份遗产为 7000 元的 1/10，即 700 元，也就是那个女佣人所得的遗产。同时，会客室那个仆人得到 2100 元，而厨师得到 4200 元。

085 替换数字

答案如下：

$$\begin{array}{r} 17 \\ \times\ 4 \\ \hline 68 \\ +25 \\ \hline 93 \end{array}$$

086 吹泡泡

证明如下：

10 + 10 + 5 + 7 = 32。

答案就是 10 个泡泡。

判断力

001 不同的图形（1）

E。所有图形都可以分为 4 个部分。在前 4 个图形中，都是 1 个部分可以接触到其他 3 个部分，另外 2 个部分只可以接触其他 2 个部分。而在第 5 个图形中，有 1 个部分可以接触到另外 3 个部分，2 个部分可以接触到另外 2 个部分，最后 1 个部分只能接触到其中 1 个部分。

002 不同的图形（2）

C。图形排列顺序相同，排列方向与其他的图相反。

003 构成图案

尽管看上去似乎至少需要 2 种图形，而事实上只要 1 种就够了。比如在第 1 幅图中，你把黄色部分看作背景，那么其余的部分就全部是由上图所示的紫色图形构成的。

004 缺失的字母

U。从左边开始，沿着这条曲线向右进行，这些字母按照字母表顺序排列，每次前移 1 位、2 位、3 位，然后是 4 位，以此顺序重复进行。

005 星星

E。从左上角的方框开始，按照逆时针方向以螺旋形向中心移动。白色圆圈在两个相对应的尖角之间交替，同时，黑色圆圈按逆时针方向每次移动 1 步。

006 拿掉谁

8。这组数列的偶数位遵循这样的公式，把前面的数字乘以 2，然后再加 1，就等于后面的数字，以此类推。

007 对应

E

008 关系判断

F

009 图形复位

A。下面每个方框中的图形与其上面的图形加在一起可以形成 1 个正方形。

010 多边形与线段

正多边形：6，12。

不闭合多边形：1，8。

闭合多边形：2，3，4，5，6，7，9，10，11，12。

简单多边形：4，5，6，10，11，12。

复杂多边形：2，3，7，9。

复合多边形：3，9。

凸多边形：5，6，10，12。

凹多边形：1，2，3，4，7，8，9，11。

011 共线

黄线与白线共线。

012 三角形中的点

看起来红点位于三角形垂线的上半部分，其实它恰好位于三角形垂线的正中间。这是倒 T 字错觉的一种变化。在倒 T 字错觉中，竖直线看起来比等长的水平线长。

013 星形盾徽

只需 2 张。

014 拆弹专家

祝贺你！你既然还活着来核对答案，说明你一定是按照图示那样剪了 8 次。

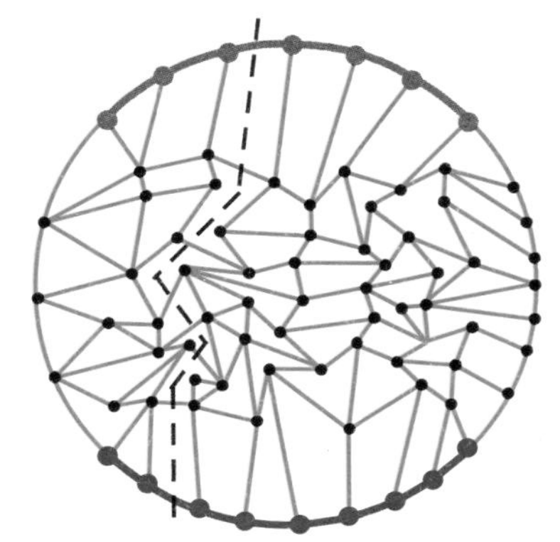

015 圆心

从左数第 4 个点是该大圆的圆心。

016 “蜈蚣”

所有这些横线都是等长的。

017 六边形的图案

只有这个图形是单独的，其他星形都是成对出现的。

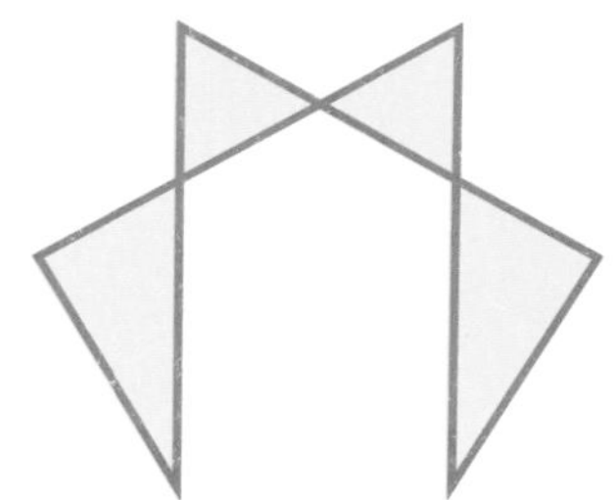

018 圆圈上的弧线

红色的圆弧。

019 麦比乌斯圈（1）

得到的图形长度是原来麦比乌斯圈的 2 倍，且包含 2 个螺旋。

这个图形有 2 条边界线相互缠绕，但是并不相连。

020 麦比乌斯圈（2）

得到的图形是两个绕在一起的环：其中一个是跟原来的麦比乌斯圈等长的另一个麦比乌斯圈；另外一个是长度为原来的 2 倍，且包含两个螺旋的环。

021 错误的等式

C。将数字相加，直到得到 1 个个位数字。比如，A=9（2+9+4+3=18，1+8=9）。

022 拼图板

B 和 E。

023 六边形游戏

如图所示，在 4×4 的棋盘上如果先下的一方按照 1D、2C、3B、4A 的顺序走步，那么只需 7 步他就赢了。

在 5×5 的棋盘上先下的人如果想赢，第 1 步应该把棋子下在棋盘的中心。

在大一些的棋盘上，情况变得越来越复杂；在 11×11 的棋盘上，棋子的走法就更多了。

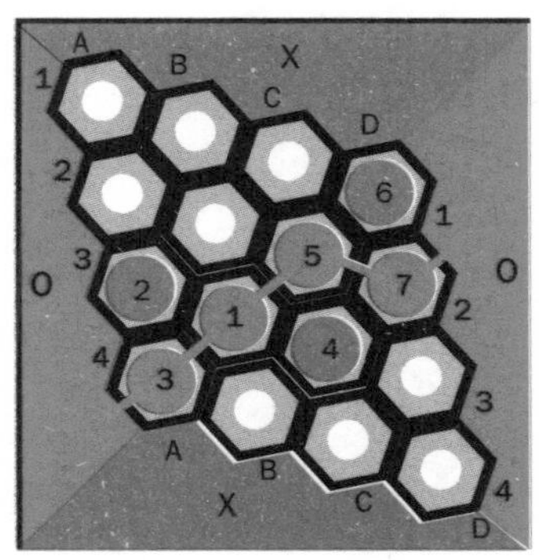

024 不合规律

D。黄色星星上的一角被遮住了。

025 正确的图形（1）

B。在每行中，把左边和中间两个图形相叠加，就得到右边表格中的图形。

026 正确的图形（2）

A。颜色依次向前移动 1，2，3，4（第 4 步和第 1 步一样）。颜色的移动只和它先前的位置有关，和“小虫子”的运动无关。每一次都有一小段从左边末端消失，右边顶端出现新的一小段，新出现的这一小段每次都在原先基础上沿顺时针方向转动 45°。

027 绳子和管道

绳子将与管道脱离。

028 贪吃蛇

这些蛇会逐渐相互填满对方的肚子，而且不会再继续吞食任何东西。因此这个圆环也就会停止缩小。

029 最大周长

D。哪个图形中彼此接触的面最少，那它的周长就最长。

030 金鱼

从鱼身反射出的光线，由水进入空气时，在水面发生了折射，而折射角大于入射角，折射光线进入人眼，人眼逆着折射光线的方向看去，觉得这些光线好像是从它们的反向延长线的交点鱼像发出来，鱼像是鱼的虚像，鱼像的位置比实际的鱼的位置要高。

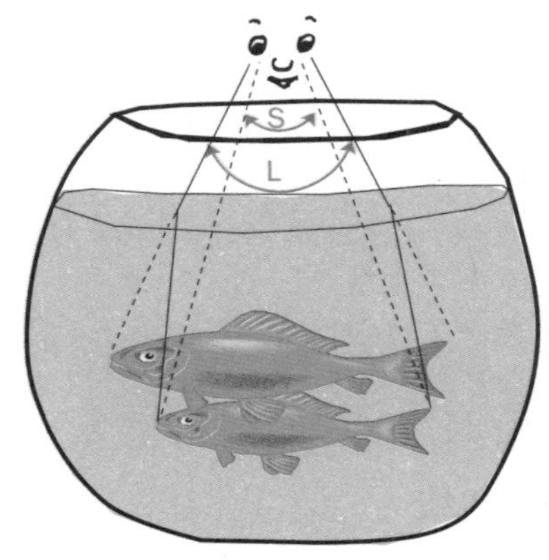

031 判断角度

在图 A 中，红色的角最大，而绿色的角最小。

在图 B 中，各角都是一样大的。

032 幽灵

是一样大的。

033 垂直

下面的线与竖线垂直，上面的线是斜着的。

034 封闭的环形线路

如图所示，黄色能形成一条封闭的环形线路。

035 麦克马洪的彩色三角形

036 永远找不到

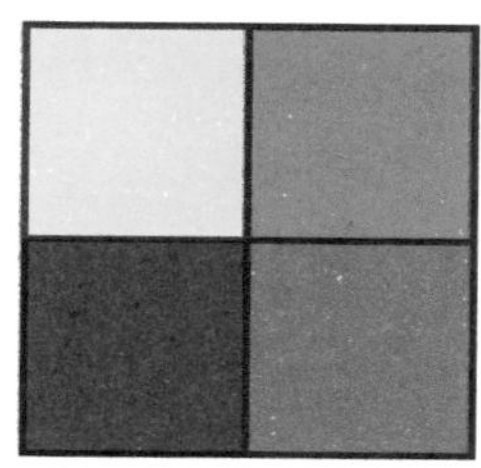

1

037 奶牛喝什么

人们总是习惯将"奶牛"、"白色"、"喝"与"牛奶"而不是"水"联系在一起。通过让人不断重复白色，你强化了这种联系。

038 彩色词

当词和它的颜色不一致的时候，许多人的速度会慢下来。当你试图说出一种颜色时，你通常也会看一下词。这两种不同的信息来源冲突了，从而延长了你的反应时间。

039 哪个人最矮

3 个人一样高。

040 几根绳子

只用了一根绳子。

041 哪个更快乐

许多人认为右边的脸看起来快乐一些，实际上两张脸是镜像图。

042 狗拉绳子

如图所示，绳子拉开之后有两个结。

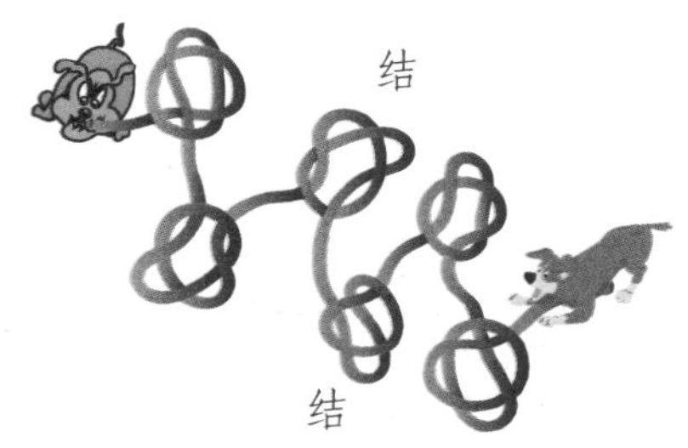

043 正方形格子

我们可以看到图中竖向的线都是平行的。根据等底等高的平行四边形和长方形的面积相等，因而很容易得到红色部分的面积为总面积的 4/9，即约为 44%。

044 不同方向的结

这两个结不能互相抵消，但是可以挪动位置，使两个结位置互换。

045 数字球

26。其他各球中，个位上数字与十位上数字相加结果都等于 10。

046 通往目的地

3-C。线路 1 到达 2 的位置，线路 2 到达 1 的位置。

047 动物围栏（1）

在面积相等的 3 个围栏中正方形围栏所用的材料最少。

048 动物围栏（2）

关着大象的围栏所用的材料最少。

也就是说，2 个相连的全等图形面积相等时，周长最短的并不是正方形，而是长比宽长 1/3 的长方形。

举个例子，2 个边长为 6 厘米的相连的正方形，面积为 72 平方厘米，而围栏长为 42 厘米。

而 2 个长和宽分别为 6.83 和 5.27 的长方形，面积与上面的正方形是一样的，但是总围栏长只有 41.57 厘米。

049 不一样的图标

四边形。因为它是个闭合的图形。

050 只有一种颜色

这是不可能做到的。最接近的解如图所示。

051 哈密尔敦循环

这是其中一种情况，也有可能有其他的解。

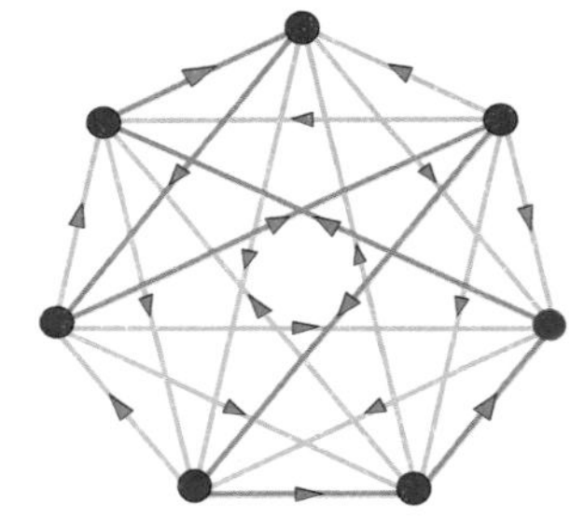

052 与众不同

B。在该项中，没有形成一个三角形。

053 一笔画图（1）

B。

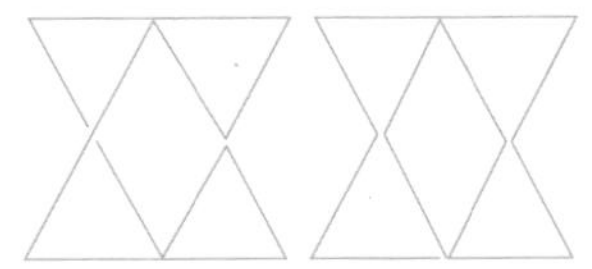

054 一笔画图（2）

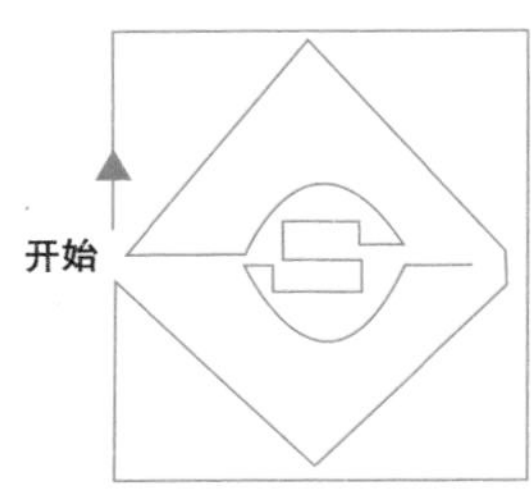

055 组成三角形

A。

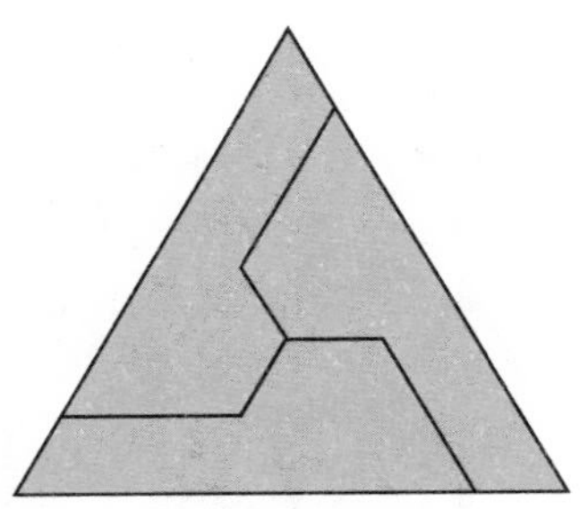

056 最先出现的裂缝

最先出现的那条裂缝是图中间横向的一条，从正方形左边的中间向右延伸到右边离右上角 1/3 的地方。

通常要判断两个裂缝中哪个更早出现并不难：更早出现的裂缝会完全穿过这两个裂缝的交点。

057 图形金字塔

D。每个正方形里的图形是由它下面的 2 个正方形里的图形叠加而成的。而当这 2 个正方形里有相同的符号或线段时，这一符号或线段将被去掉。

058 库沙克瓦片

如图所示，这个瓦片被分为 16 个相等的正三角形和 32 个相等的等边钝角三角形，这些钝角三角形的 3 个角分别为 15°，15°，150°。

瓦片以内正十二边形以外有 4 个正三角形和 8 个钝角三角形，占三角形总面积的 1/4。因此该正十二边形的面积是这个瓦片面积的 3/4。由于库沙克瓦片是 1 个半径为 1 的圆的内接正方形，因此它的面积为 4，所以该正十二边形的面积为 3。

059 敢于比较

1. 宽尾煌蜂鸟，平均重 3.4 克。五美分硬币重 5 克。

2. 电影的制作费用，近 2 亿 5 千万美元。船的造价是 750 万美元。

3. 自由女神像，1886 年完成。帝国大厦是在 1931 年完成的。

4. 亚洲，1740 万平方英里。月球是 1460 万平方英里。

5. 蓝鲸，最高达 188 分贝，在 500 英里以外都能听到。手提钻的声音最高只有 100 分贝。（一般情况下只有 30 分贝）

060 对称轴问题

如图所示，有两个图案的对称轴不是 8 条。

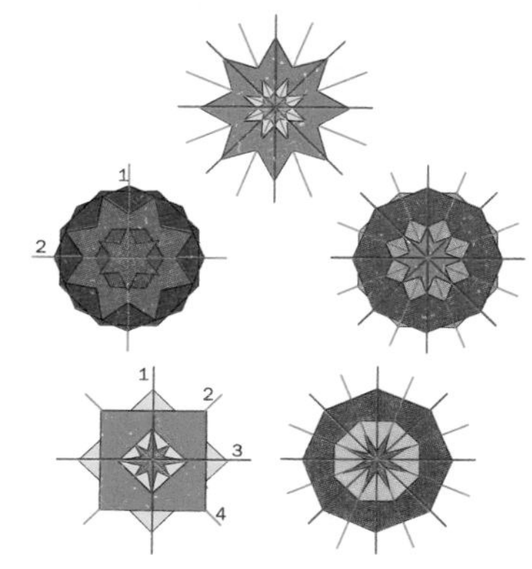

061 词以类聚

分为以下几类

旋转的事物：地球、滑冰选手、陀螺、光盘。

能够挤压的事物：橡皮鸭，牙膏皮、手风琴、海绵。

带有针的事物：指南针、缝纫机、松树、医生。

单词以 X 结尾的事物：狐狸（fox）、狮身人面像（sphinix）、邮件箱（mailbox）、传真（fax）。

062 哪个不是

1. 狼蛛——尽管被狼蛛咬伤很痛，但是它并不含有毒。

2. 开罐头器——开罐头器是 1870 年，罐头发明以后 50 年左右发明的。轮滑鞋和钢琴都是 1710 年发明的。

3. 鸵鸟——鸵鸟原产自非洲。

4. 鱼雷——鱼雷不是以人名命名的。其他物品分别是以发明人罗伊·极可意和齐柏林伯爵命名。

5. 使用溜溜球——1971 年，阿波罗 14 号的两名宇航员曾经用打高尔夫球和掷标枪来测试月球的重力，但是没有人试过溜溜球。

6. 暴龙——暴龙生活在白垩纪，紧接着侏罗纪。剑龙和翼龙在这两个时期都有。

7. 椒盐卷饼——椒盐卷饼在欧洲已经有 1000 多年的历史了。而蛋筒冰淇淋和热狗都起源于 19 世纪晚期密苏里州的圣路易斯。

8. 内华达州——内华达州没有职业体协运动队（截至 2006 年）。俄勒冈州篮球有波特兰开拓者队，北卡罗莱纳州篮球有夏洛特山猫队，橄榄球有卡罗莱纳黑豹队，冰球有卡罗莱纳飓风队。

063 数字错误

1. 太低：32 英尺 9.5 英寸
2. 太高：50 个词
3. 太低：1321 个地球
4. 太高：26 个奥斯卡奖项
5. 太高：12 个字母
6. 太低：205 天
7. 太低：100 分

064 冷酷无情的事实

1. 豪猪——豪猪在糟糕的天气里可能会待在它的洞穴里，但是它不冬眠。

2. 雪地车——冰上舞蹈于 1976 年被引入冬奥会，单板滑雪 1998 年引入。

3. 树——南极洲有一定数量的火山和一些小昆虫，但是没有比地衣或苔藓更大的植物。

4. 它们跟猫一样呜呜叫——北极熊咆哮，不会呜呜叫。

5. 它的名字意思是“海象之地”——“阿拉斯加”为阿留申语翻译而来，接近“大陆”的意思。

6. 绒毛耳罩——这个被他的发现者称为奥兹的人，是 1991 年在阿尔卑斯山被发现的。

7. 苔原——是俄罗斯词。

8. 焰火——迄今为止，只有一个盲人攀上了珠穆朗玛峰，有一对新人在那里举行了婚礼。

065 运动空间

1. 篮球
2. 击剑
3. 高尔夫球
4. 美式撞球
5. 举重
6. 保龄球
7. 网球
8. 排球
9. 足球
10. 棒球
11. 箭术
12. 花样滑冰

066 地理标志（1）

这幅图中隐藏的是西班牙的米拉大厦。

067 地理标志（2）

这幅图中隐藏的是中国的万里长城。

068 地理标志（3）

这幅图中隐藏的是美国纽约的自由女神像。

069 地理标志（4）

这幅图中隐藏的是英国的巨石阵。

070 地理标志（5）

这幅图中隐藏的是埃及的斯芬克司狮身人面像。

071 地理标志（6）

这幅图中隐藏的是印度的泰姬陵。

072 地理标志（7）

这幅图中隐藏的是意大利的比萨斜塔。

073 找错误（1）

074 找错误（2）

075 找错误（3）

076 找错误（4）

推理力

001 数列对应

B。

002 分蛋糕

你所要做的是把周长分成相等的 5 份（或“n”份，这个“n”是你所要得到的蛋糕块数）。

然后从中心按照一般切法把蛋糕切开。

诺曼·尼尔森和佛瑞斯特·菲舍在 1973 年提供了证明，证明如下。

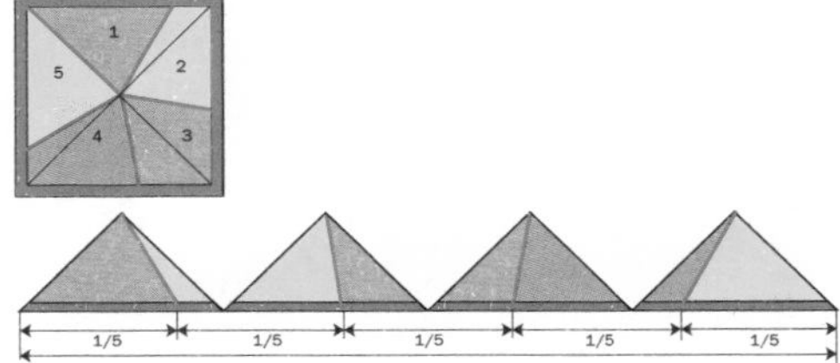

003 沿铰链转动的双层魔方

4 个方片需要按以下顺序沿着铰链翻动：

①方片 7 向上；

②方片 9 向下；

③方片 8 向下；

④方片 5 向左；

然后我们就得到了著名的魔数为 34 的杜勒幻方。

004 杂技演员

如图所示，有 2 种排列方法。

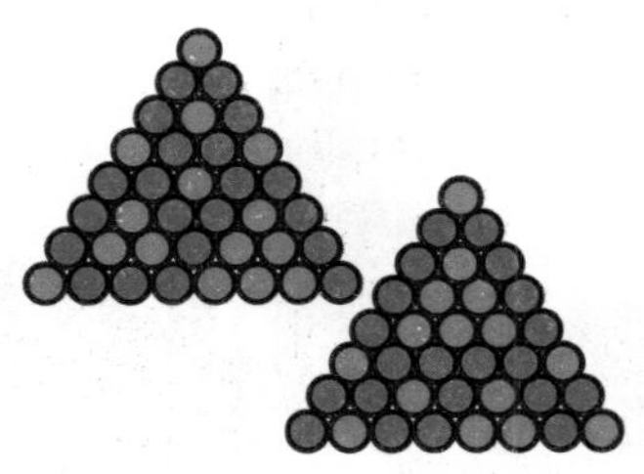

005 猫鼠游戏

不可能做到。

006 发现规律

B。每个小方框里的箭头每次逆时针旋转 90°。

007 箭头的方向

空格中的箭头应该朝西。排列的顺序是：西、南、东、北、北。在第 1 列，此顺序由上而下排列；第 2 列，由下而上排列；第 3 列，再次由上而下排列，往后依此类推。

008 正确的选项

C。数字排列的规则是：每行第 1 个和第 2 个数字之积构成该行最后 2 个数字；第 3 个和第 4 个数字之积构成该行第 6 个和第 7 个数字；第 6 个和第 7 个数字构成的两位数与第 8 个和第 9 个数字构成的两位数的差等于该行第 5 个数字。

009 数独

2	8	9	7	5	1	6	4	3
6	5	1	4	9	3	8	2	7
7	3	4	8	2	6	1	9	5
9	4	5	6	3	8	2	7	1
1	2	6	5	7	9	4	3	8
3	7	8	2	1	4	5	6	9
8	1	7	9	6	2	3	5	4
4	9	2	3	8	5	7	1	6
5	6	3	1	4	7	9	8	2

010 字母九宫格（1）

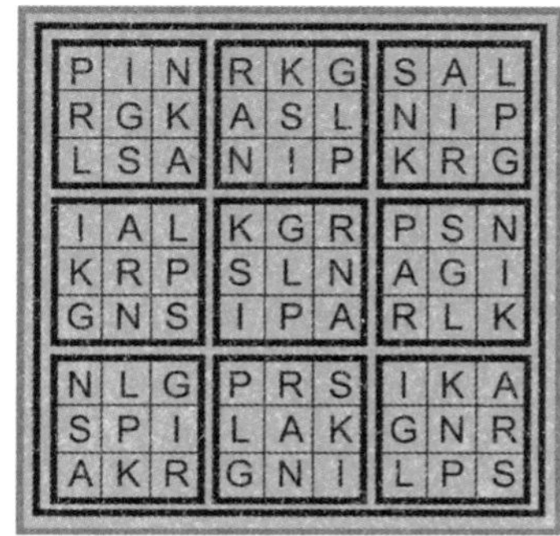

011 字母九宫格（2）

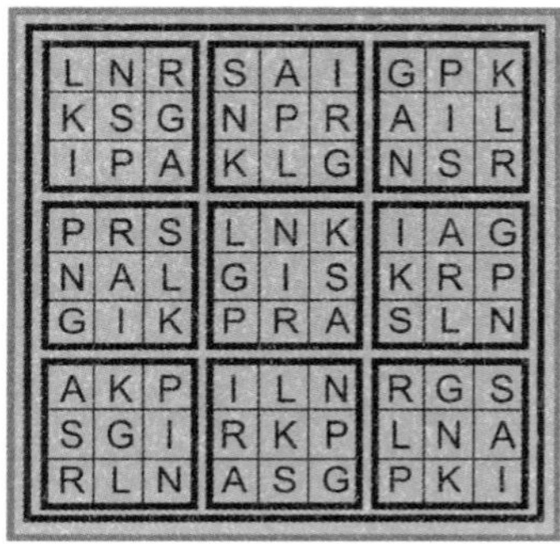

012 字母九宫格（3）

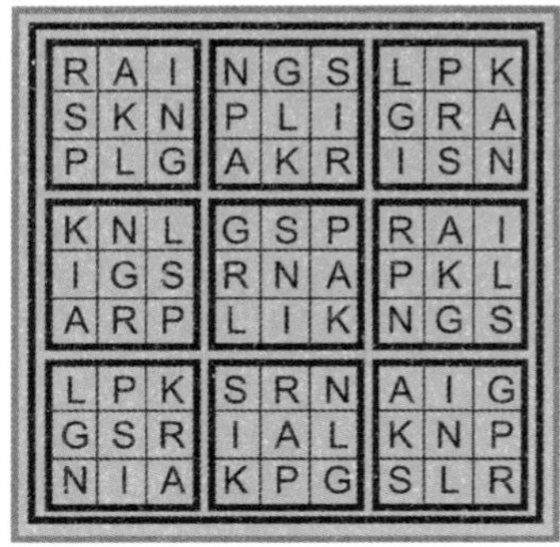

013 折叠

E。

014 扑克牌（1）

黑桃3。把图形垂直分成两半，在每半部分中，以蛇形和梯子形进行，以左上角的牌为起点向右移动，然后下移1行向左移动，最后移到右边。左半部分牌的数值以3和4为单位交替增加，右半部分牌的数值以4和5为单位交替增加。下面让我们再来计算花色吧，仍然以蛇形和梯子形进行，从整个图形的左上角开始向下移动，然后右移1格从下向上进行，依此类推。这些牌的花色按这样的顺序排列，从红桃开始，然后是梅花、方片和黑桃。

015 扑克牌（2）

梅花9。把红色扑克牌看成是正数，把黑色扑克牌看成是负数。在图中每列扑克牌中，最下面一张牌等于上面两张牌数值的和。每列牌的花色交替重复。

016 逻辑图框

4。不同数字代表叠加在一起的四边形的个数。

017 逻辑数值

1009315742。表格第1行红色方格前面的黄色方格个数对应数列的第1个数，第2行红色方格后面的黄色方格个数对应数列的第2个数；第3行要计算红色方格前面黄色方格的数量；第4行则要计算红色方格后面黄色方格的数量，往后依此类推。

018 组合瓷砖

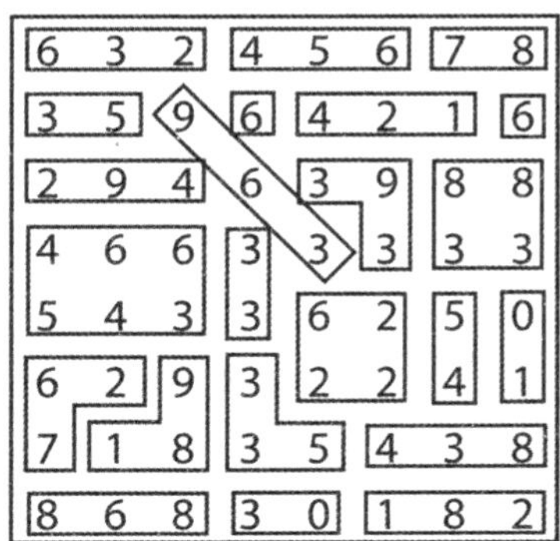

019 帕斯卡定理

我们必须记住的是水压所产生的巨大力量是以距离为代价的。

因此，大活塞每活动1个单位距离，那么小活塞应该要活动7个单位距离。

加在小汽缸上的压力应该是7个单位，那么这个压力能够举起的重量应该是49，也就是7倍。

020 画符号

从左向右横向进行，把前2个图形叠加在一起，就可以得到第3个图形。

021 链条平衡

链条会开始向空盘的这一端滑动，直到左端的“臂”要比右端更长。

022 柜子里的秘密

密码是CREATIVITY。

023 连续八边形

B。正方形按照顺时针方向每步移动2个部分，圆圈按照逆时针方向每步移动3个部分，同时，三角形在2个相对应的部分交替移动。

024 洪水警告

不正确，随着水平面上升，指示标指向“干旱”。

025 字母游戏

字母B。字母按照字母表的顺序排列，但中间跳过了1个字母。顺序是从左上角方框开始往下，然后从第2列的底部往上，再从第3列的顶部往下，最后从第4列的底部往上。

026 下一幅

A。大图形每次顺时针旋转90°，小图形每次顺时针旋转120°。

027 对号入座

B。第1排和第2排叠加得到第3排，相同的图形叠加不显示。

028 取代

F。每一个模块包含的都是它下面两个图形中共同出现过的图案。

029 归位

D。每个多米诺骨牌数字（包括空白）在每行、每列中出现1次。

030 彼此对应

C。

031 填充空格

横向进行，把左右两边的图形添加在一起，就可以得到中间的图形。缺失部分如图所示。

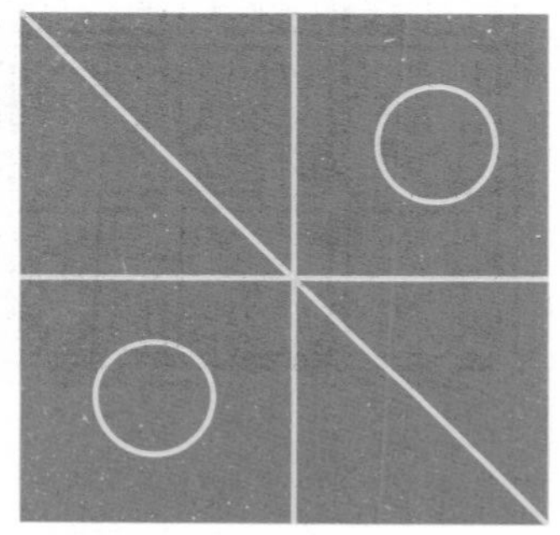

032 选择箭头

A。横行决定箭头的特征：空白，有边缘。

左斜线方向决定了箭头的指示方向。右斜线方向决定了箭头的颜色。

033 树形序列

48。这6个数字都可以用于飞镖记分。60（20的3倍），57（19的3倍），54（18的3倍），51（17的3倍），50（靶心）及48（16的3倍）。

034 下一个

1535。这是一个24小时钟表显示的时间，每步向前走75分钟。

035 铅笔游戏

V。这种排列是根据字母表中字母的顺序而排定的。“拐弯之处”的字母是由指向字母的铅笔数引出的。

看一下字母L（哪个都可以）。字母L前进到了字母M。但是，字母M却并没有前进到字母N，这是因为有两支指向0的铅笔，于是字母M就跳了2步，前进到字母O。运用同样的原理，字母O前进了3步到了字母R，字母R则前进了4步到了字母V。

036 外环上的数

40。将每行、每列拐角的正方格里的数字加在一起，并将答案放在按顺时针方向旋转的下一个中间的正方格里。

037 恰当的数字（1）

4。在每个图形中，左边2个数字的和除以右边2个数字的和，就得到中间的数字。

038 恰当的数字（2）

B。顺时针读，数字等于前一个图形的边数。

039 密码

1. 每个字母有26种可能，每个数字有10种可能，那么密码的可能性有：

P=26×6×26×10×10
=263×102=1757600种

2.P=26×25×24×10
×9=1 404 000种

3.P=1×25×24
×10×9=54000种

040 逻辑数字

1. 28　(×3)+1
2. 6　(-5)×2
3. 11　(×2)+7
4. 22　(×2)-2
5. 13　(÷2)+6
6. 17　(-7)÷2
7. 20　(-4)×2
8. 20　原数的平方 +4
9. 8　将原数开方 +3
10. 4　原数的平方 -5
11. 80　(+8)×5
12. 36　(-11)×4
13. 62　(×6)+8
14. 71　(×4)-13
15. 13　(÷4)+3
16. 19　(÷5)-3
17. 36　(-13)×6
18. 162　(+3)×9
19. 361　+2，再平方
20. 6　-4，再开方

041 恰当的符号

F。

042 解开难题

4。将第1条斜线上的3个数字每个都加5，得到的结果为第2条斜线上对应的数字，再将第2条斜线上的数字每个都减4，即得到第3条斜线上的数字。

043 最后的正方形

2。在每个正方形中，外面三个角上的数字之和除以中间角上的数字，所得结果都是6。

044 数字盘

72。将数字盘上半部分中的数字乘以一个特定的数，得到的积放入对应的下半部分的位置。第1个数字盘中乘以的特定数字为3，第2个为6，第3个为9。

045 图形推理

1个全满的圆。观察三角形顶角，从前1个到后1个，刚好增加1/4份。同样道理，比较各个三角形的下角，从前1个到后1个，也是刚好增加1/4份，全满后又重新开始。

046 缺少的数字

1。把每排数字当成1个三位数，从上到下分别是17，18，19的平方数。

047 环形图

7。内环每个部分的数字都等于对面位置上外面的2个数字之和。

048 图形推数

27。黄色六边形 / 绿色星星代表的数字是3；红色六边形 / 黄色星星代表的数字是5；绿色六边形 / 红色星星代表的数字是8。

049 滑轮方向

按顺时针方向旋转。

050 填补空白

B。这样每个横排和竖排上都有10个点。

051 填入数字

17358。所有奇数加1；所有偶数减1。

052 雨伞

D。

这个方向决定背景颜色：

这个方向决定雨伞颜色：

这个方向决定形状：

053 轮形图

7。把每个部分外边的2个数字相加，再把得到的结果写在对面的中心位置上。

054 城镇

1. F
2. B
3. E
4. F
5. C

055 空缺图形

在每行中，从左边的圆圈开始，沿着顺时针方向增加1/4，即得到下一个图形，圆圈的颜色互相颠倒。

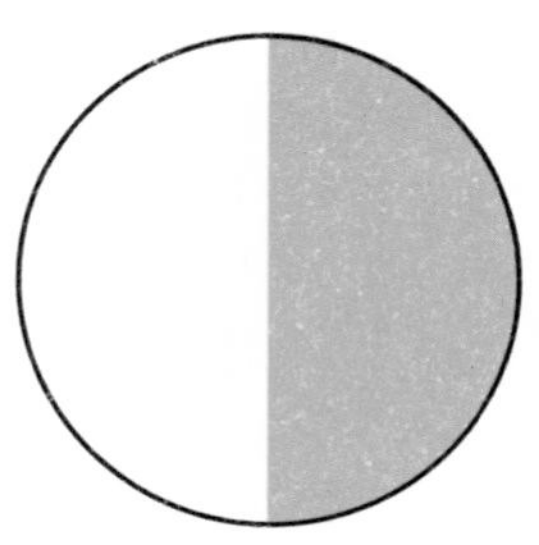

056 数字与脸型

2。表情代表的是数字，根据其内部含有的或者周边增加的元素而计（不包括头本身）。将顶部代表的数字与右下角代表的数字相乘，除以左下角代表的数字，便得到中间的数字。

057 青蛙序列

66。从左向右计算，把前一个数字乘以2，再减去2，就得到下一个数字。

058 数字难题

2。在每个图形中，中间的数字等于左右两边的数字之和减去上下2个数字之和。

059 数字与图形（1）

3。这里有4个面，其中的数字显示的是所叠加在一起的面的数量。

060 数字与图形（2）

2。其中的数字等于叠加在一起的面的数量。

061 泡泡问题

D。蓝色圆顺时针移动90°，绿黄色的圆顺时针移动135°。

062 表情组合

B。从第1列左上角开始，按照“ШП”字形行进，规律为：4个笑脸，1个悲脸，3个平嘴，2个带头发的脸。

063 缺失的符号（1）

B。每一行和每一列中都包含这4个符号。

064 缺失的符号（2）

从第 1 列左上角开始，按照“⨅⨆”字形行进，规律为：2 个心，1 个钩，2 个圈叉，1 个不等号，1 个心，2 个钩，1 个圈叉，2 个不等号。缺失部分如图所示。

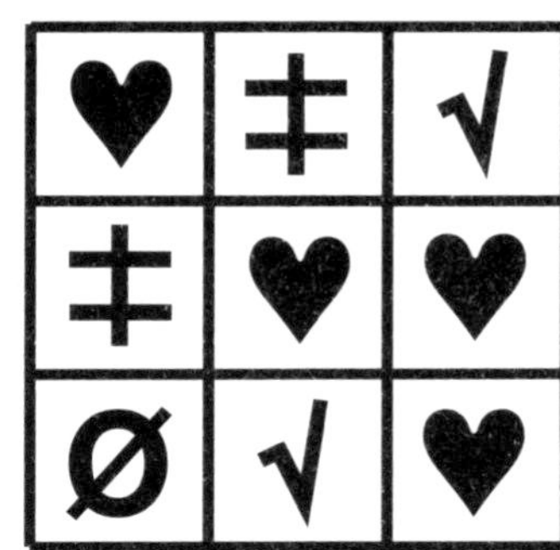

065 曲线加法

A。

066 数学公式

C。三角形中间的数字为顶上各数平方数的和。

067 对应的数字盘

F。奇数的个位和十位数字交换位置，其他不变。

068 下一个图形

D。没有点的三角形保持在原来的位置，有点的三角形顺时针旋转，落到不动的 2 个三角形最近的 1 条边上。

069 填补圆中间号

B。圆点的位置每隔 4 个部分重复 1 次。

070 按键（1）

第 5 行第 3 列的 2R。

071 按键（2）

第 2 行第 2 列的 1D。

072 数值

8。各个方格都是按照从 1~9 的顺序排列的，从左上角的方格开始依次按照由左至右、由右至左、再由左至右的方向排列。

073 错误的方块

A1。

074 时间图形

B。黄色的点表示时钟的表针。问号处的时间应该是 3:00-9:00 ＝ 6:00。

075 序列格

问号处将出现的是三角形。谜题的方格中填满了一系列图形序列，第 1 个序列为 1 个正方形，与之相邻的第 2 个序列中包括了 1 个正方形 +1 个圆形，第 3 个序列则扩展到了包括 1 个正方形 +1 个圆形 +1 个三角形，第 4 个序列为正方形 + 圆形 + 三角形 + 三角形，依此类推，第 6 个序列是正方形 + 圆形 + 三角形 + 三角形 + 圆形 + 圆形，从而可以确定出第 7 个序列中的问号处出现的应该是三角形。

076 延续数列

D。每一列都是去掉前一列的最小值，然后将其剩下的数字颠倒排列而成的。

077 符合规律

D。秒钟数朝前走 30，朝后走 15，交替变化。分钟数朝后走 10，朝前走 5，交替变化。时钟数朝前走 2，朝后走 1，交替变化。

078 逻辑表格

4，8。计算的规则是：(A×B)−(C×D) ＝ EF。

079 数字箭头

14。计算的规则是：每一行左边的数字与 3 的商再加上 4 等于中间的数字；再将中间的数字重复上面的计算步骤，结果便是该行右边的数字。那么，问号处的数字计算如下：

78÷3 ＝ 26；
26 ＋ 4 ＝ 30；
30÷3 ＝ 10；
10 ＋ 4 ＝ 14。

080 规律移动（1）

A。

081 规律移动（2）

B。

082 神奇的规律

27。第 1 个盘中的数字的平方数放入第 2 个盘中相应的位置，第 1 个盘中的数字的立方数放入第 3 个盘中相应的位置。

083 插入数字块

D。

084 激光束

解法之一如下图所示。

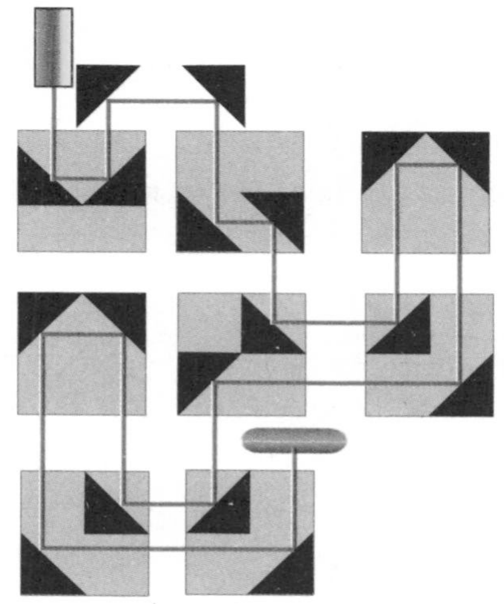

085 字母六角星

R。每个字母代表其在字母表中的序列数，乘以 2 所得的积填入相对的三角形中。

I（9）×2=18（R）。

086 十字补白

C。从左上角开始并按照顺时针方向、以螺旋形向中心移动。7 个不同的符号每次按照相同的顺序重复。

087 半圆图标

A。

088 红绿灯

B。从上到下，交通灯的颜色依次是红色、黄色和绿色。它们的变化情况如下：红色和黄色一起变成绿色，然后是黄色，再次是红色。当黄灯亮的时候，接下来应该是红灯亮。

089 滚动的色子

3。

090 放置标志

☆ = 1　▲ = 6

⬡ = 3　◇ = 4

091 实验

燃烧需要氧气，没有氧气就不能燃烧。当蜡烛燃烧用完玻璃瓶中的氧气时，蜡烛就会熄灭，这时玻璃瓶里的水位会上升，以填充被用尽的氧气的空间。

092 拖拉机

84。将 A 的小时数乘以 B 的分钟数，得到 C 的吨数；然后将 B 的小时数乘以 C 的分钟数，得到 D 的吨数……E 的小时数乘以 A 的分钟数，得到 B 的吨数。

093 立方体展开

C。v

094 壁纸

C 和 E。

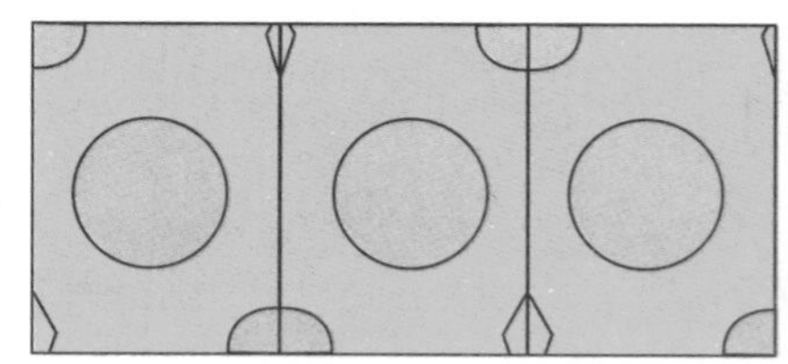

001 更大的正方形

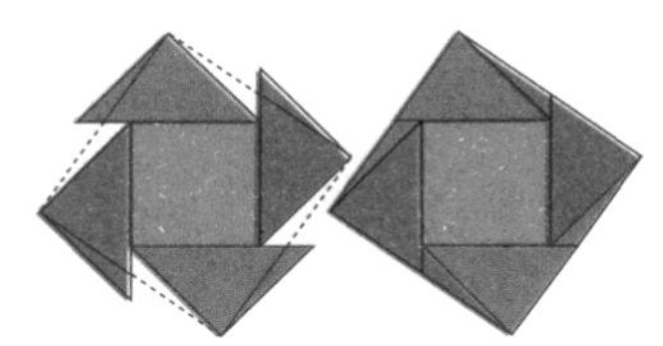

002 符号继续

A。前 5 个符号是数字 1~5 颠倒后的映像。符号 A 是数字 6 颠倒后的映像。

003 对应

D。先将第 1 个图形分为两等份，然后在中间插入一个同样大小的图形，最后再将它倒置。

004 另类图形

D。其他图形都有 3 个阴影部分，D 中只有 2 个。

005 完成序列图

A。按行计算，如果你把左右两边的图形添加在一起，就得到中间的图形。

006 男孩女孩

007 色子家族

E。其他色子都可以用上方的那张图纸折出来。

008 数字狭条

缺失的是：

4	7	8	15

1	4	14	15	1	3	5	12	14	14	4	7	11	12	3	13	2
12	13	4	5	6	10	16	3	5	7	2	16	9	7	6	8	10
11	8	1	14	12	16	5	2	11	9	1	7	12	14	10	3	7
10	9	13	2	15	5	6	16	7	4	2	9	11	12	15	10	15
13	6	3	15	8	9	2	3	2	6	3	3	7	8	16	4	1
7	11	7	4	16	8	6	8	5	7	6	13	16	1	4	7	6
8	9	9	2	5	12	15	9	13	10	11	12	1	13	8	10	11
6	8	15	16	6	10	2	14	14	11	14	1	10	9	14	13	16
2	8	11	13	4	11	7	1	15	4	2	1	3	2	6	11	15
6	7	9	12	9	15	3	14	2	6	7	5	9	5	7	9	13
3	7	11	13	10	1	16	10	7	9	11	13	10	1	3	14	16
3	7	10	14	11	2	8	10	14	15	14	15	12	5	8	9	12
3	4	14	2	5	6	10	13	4	3	4	7	2	6	12	14	5
8	13	6	7	2	3	13	16	5	6	11	8	13	9	11	1	8
11	9	10	12	3	5	11	15	11	12	6	9	14	6	13	1	10
12	8	4	13	1	2	15	16	14	13	13	10	5	6	9	14	11
4	16	12	2	12	4	8	1	14	3	13	4	5	5	6	8	15
3	4	11	16	5	12	1	16	4	15	12	3	7	2	4	13	15
12	11	1	10	1	8	10	9	10	5	4	15	8	5	7	10	12
16	3	9	6	16	10	15	8	6	11	5	12	14	4	5	9	16

009 移动的数字

下列答案中 n 指前一个数：

1. 122　（n+3）×2
2. 132　（n-7）×3
3. 19　2n-3

010 合适的长方形

E。每行每列长方形都包含 6 个红点和 5 个黄点。

011 数字板游戏

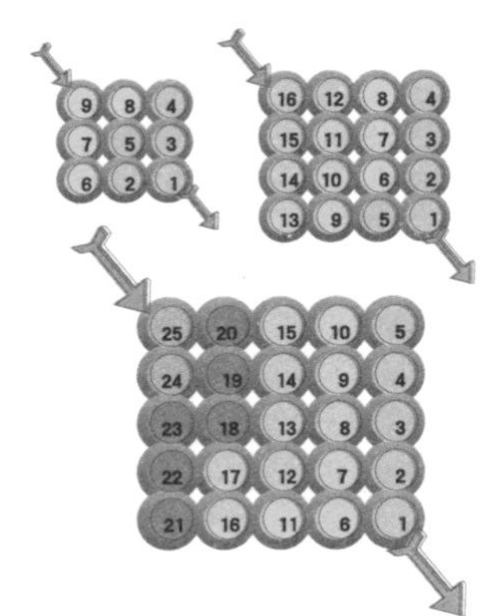

012 液体天平

浸在水里的物体的浮力等于它所排出的水的重量。

你可能想说结果应该是在天平右端原来的重物基础上再加上与左端容器里重物承受的浮力相等的重量，然而真的是这么简单吗？

根据牛顿定律，作用力与反作用力相等。那么容器里的水对重物的浮力就等于重物对水的反作用力。

因此，天平右端的重量减少时，天平左端的重量相应增加。

所以要达到平衡，天平右端需要加上2W的重量，W等于重物在左端容器里排出的水的重量。

013 精确的底片

将B覆盖在红色方框中每对图案右边的图案上能够使这3对图案都正好相互反色。

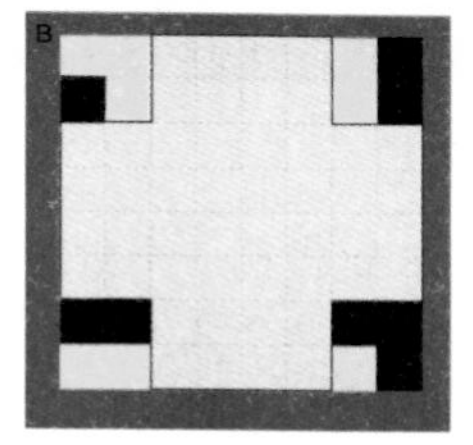

014 阿基米德的镜子

尽管许多科学家和历史学家都对这个故事着迷，但是他们都判定这是个不可能实现的功绩。不过有几个科学家曾试图证明阿基米德的确能使罗马船舰突然冒出火苗。这些科学家的假设是，阿基米德用的肯定不是巨型镜子，而是用非常多的小反射物制造出一面大镜子，这些小反射物可能是磨得非常光亮的金属片（也许是叙拉古战士的盾牌）。

阿基米德所做的是不是仅仅让他的士兵们举着盾牌排成一行，将太阳光聚焦到罗马船只上呢？

1747年法国物理学家布丰做了一个实验。他用168面普通的长方形平面镜成功地将330英尺（约100米）以外的木头点燃。似乎阿基米德也能做到这一点，因为罗马船队在叙拉古港湾里距离岸边肯定不会超过大约65英尺（约20米）。

1973年一位希腊工程师重复了一个与之类似的实验。他用70面镜子将太阳光聚集到离岸260英尺（约80米）的一艘划艇上。镜子准确瞄准目标后的几秒钟内，这艘划艇开始燃烧。为了使这个实验成功，这些镜子的镜面必须是有点凹的，而阿基米德很有可能用的就是这种镜子。

015 篱笆周长

B。Billy那块地的篱笆最长。

016 排列规律

D。图形交替旋转180°或90°。圆圈和正方形交换位置，菱形和矩形交换颜色。

017 落水的铅球

如果球直接掉进水池里，它排出的水量等于它本身的体积。

如果球落到船上，那么它排除的水量等于它自身的重量（阿基米德定律）。由于铅球的密度比水的密度大，因此落到船上所排出的水的体积要更大。

018 升旗与降旗

旗子会上升。

019 不一样的时间

B。其他时刻都可在数字表的表面上显示出来。

020 火柴光

可以，抽烟斗的人能看到经过镜墙反射出来的火柴光。

021 猜图

C。从左上角的方块开始沿第1行进行，再沿第2行回来，依此类推，图形按照黄圆、紫圆、三角的顺序循环排列。

022 填图补白

C。从左上角开始，按照顺时针方向以螺旋形向中心进行。7个不同的符号每次按照相同的顺序重复。

023 地板

B。

在每行中，交叉点向下移动。在每列中，交叉点向右移动。

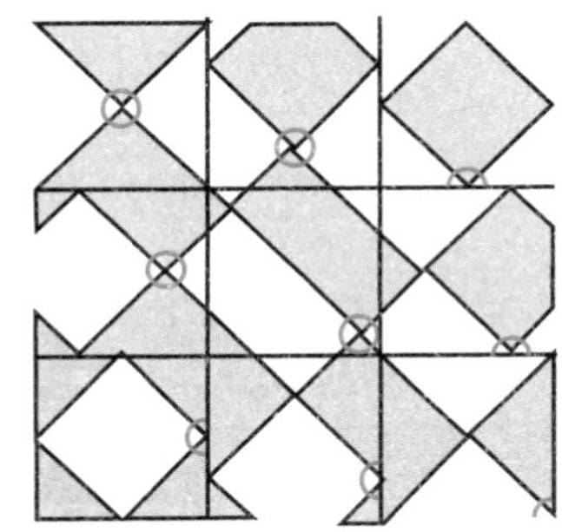

024 蛋卷冰淇淋

一共有3种颜色需要排序，那么就是3的阶乘，也就是一共有6种排序方法，因此冰淇淋的口味正好是你最喜欢的顺序的概率应该是1/6。

025 传音管

声音的传播跟光一样，也遵循反射定律。

当两根管子跟墙所成的角度分别相等时，两个孩子能够听到对方讲话。声波反射到墙面上，然后再通过墙反射到管子上。

026 图形转换

拓扑学的基本观点包括很多我们在儿童时代就非常熟悉的概念：内侧和外侧、右边和左边、连接、打结、相连和不相连。

很多拓扑学问题都是建立在拓扑变形的基础上的，也就是说改变图形的表面，但是不能使表面断开。如果两个图形能够通过拓扑变形得到对方，我们就说这两个图形是拓扑等价的。例如，球体和立方体是拓扑等价的；同样，数字8和字母B也是拓扑等价的，因为它们中间都有两个圈。拓扑学的基本问题就是把拓扑等价的图形归在一起。

027 对角线问题

在10×14长方形中对角线穿过了23个小正方形。

关于被对角线穿过的正方形的个数，我们是否可以总结出这样一个公式：被对角线穿过的正方形的个数等于长方形两个边上小正方形的个数和减去1？

这个公式适用于所有的长方形吗？

试一下6×9这个长方形。

我们得到9 + 6 − 1=14，但是对角线穿过的正方形的个数只有12个。显然，我们的公式也不适用于对角线穿过正方形的角的情况。

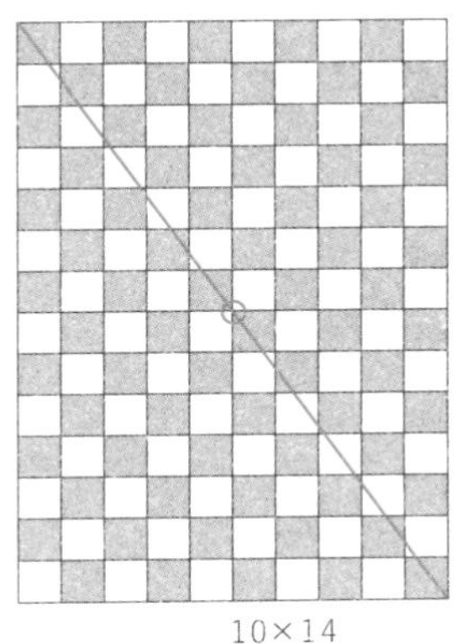

10×14

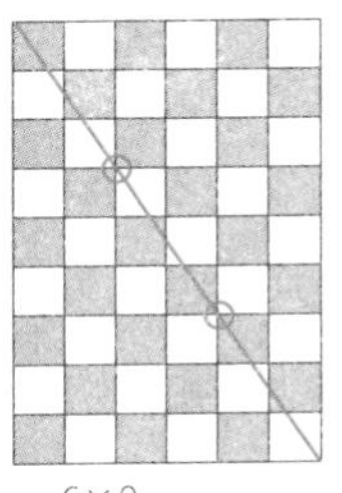

6×9

028 保持平衡

放入1个四边形。4个四边形 =3个向右箭头 =6个向上箭头。

029 圣诞节风铃

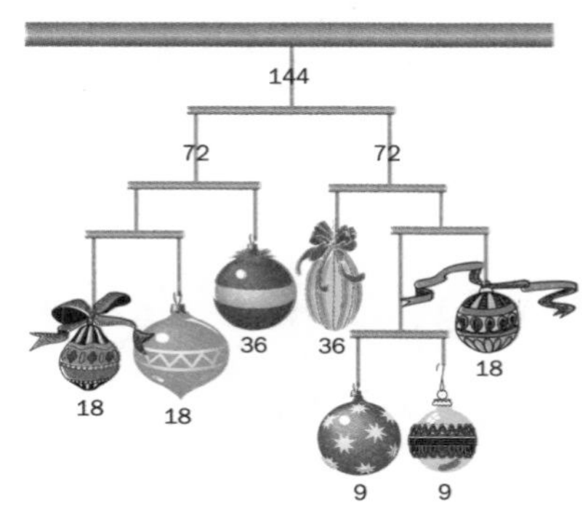

030 半径与面积

橘色的圆的半径是黄色圆半径的一半，那么根据圆的面积公式，橘色的圆的面积应该是黄色的圆的 1/4；而图中一共有 2 个橘色的圆，那么 2 个橘色的圆的面积应该是黄色的圆的面积的一半。其他的圆可以同理得到。

假设黄色的圆的面积为 1 个单位面积，那么其他颜色的圆的面积为：

橘色的圆为 1/2 个单位面积；
红色的圆为 1/4 个单位面积；
绿色的圆为 1/8 个单位面积；
蓝色的圆为 1/16 个单位面积；
黑色的圆为 1/32 个单位面积。

031 双色珠子串

二连珠可能有 4 种：红－红；红－蓝；蓝－蓝；蓝－红。

没有重复的二连珠的珠子串最长含 5 颗珠子：

三连珠可能有 8 种；没有重复的三连珠的珠子串最长含 10 颗珠子：

032 发射炮弹

沿着地平线发射的炮弹将最先落地，然后是与地平线成 45° 角发射的炮弹，最后是与地平线成 90° 角的炮弹。

033 最近距离

如图所示，对于房子总数为偶数的情况，到所有的房子距离最近的点应该在最中间的两栋房子的中心。

而对于房子总数为奇数的情况，到所有房子距离最近的点应该是最中间的那栋房子。

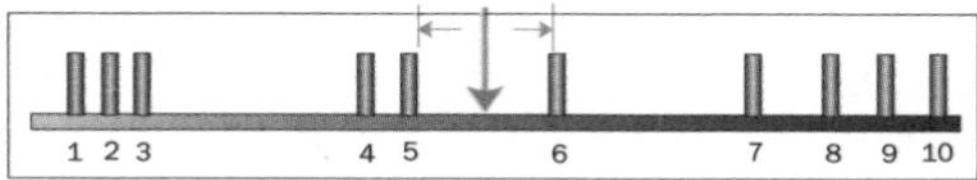

034 左撇子，右撇子

N 是既是左撇子同时也是右撇子的学生数。

7N 的人是左撇子，9N 的人是右撇子。

那么 N+6N+8N=15N 即全班的学生数。

而右撇子在学生总数中所占的比例是 9N/15N，即 3/5，超过班上一半的人数。

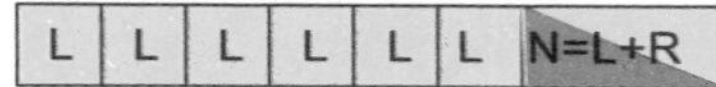

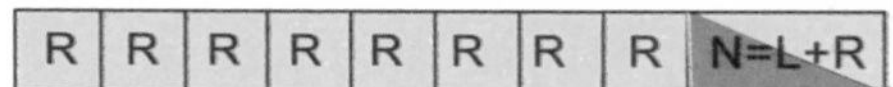

035 桌球

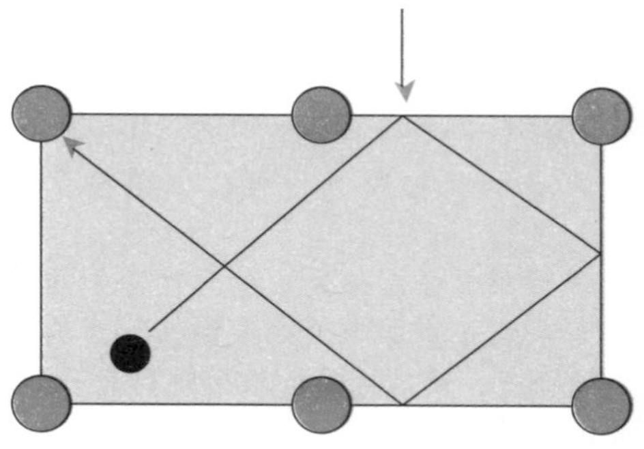

036 面积关系

红色面积最大（19 个单位面积），其次是绿色部分（18 个单位面积），而蓝色部分的面积是 17 个单位。

这道题是建立在意大利数学家卡瓦列里（1598~1647）的理论基础上的，即等底等高的三角形面积相同。

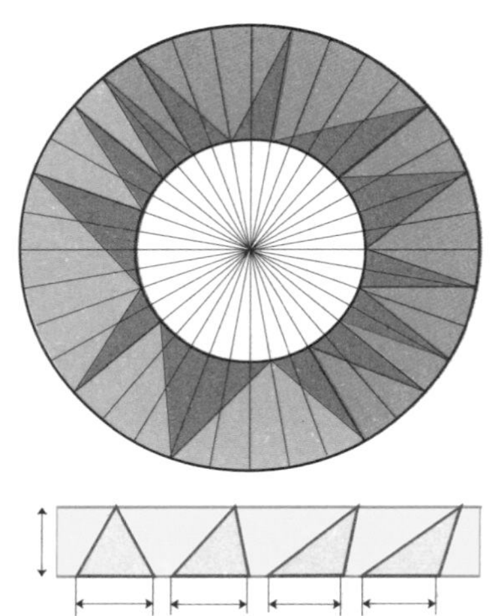

037 海市蜃楼之碗

顶部所显示的景象是由2次反射产生的，如下图所示。

038 F在哪里

F应该在5的位置上。1 = B或D，2 = A，3 = E，4 = C，5 = F，6 = B或D。

039 过桥

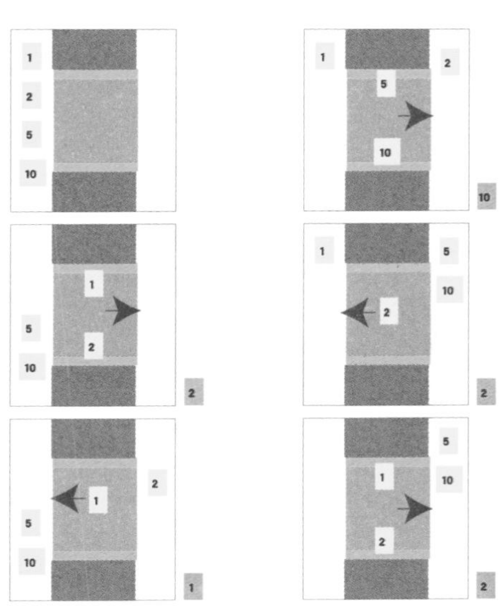

040 透镜

如下图所示，通过两个正透镜的光线的弯曲度更大，因此两个正透镜会聚光线的能力要比一个正透镜强。

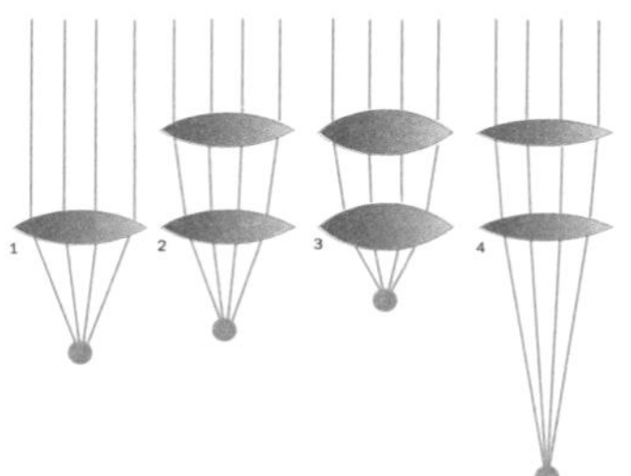

041 聚焦太阳光

透镜2比透镜1更厚，因此经过透镜2的光线弯曲度更大，会聚太阳光也更强。如下图所示。

透镜3和透镜4都是凹透镜，它们根本不会会聚太阳光，因此它们下面的纸不可能燃起来。

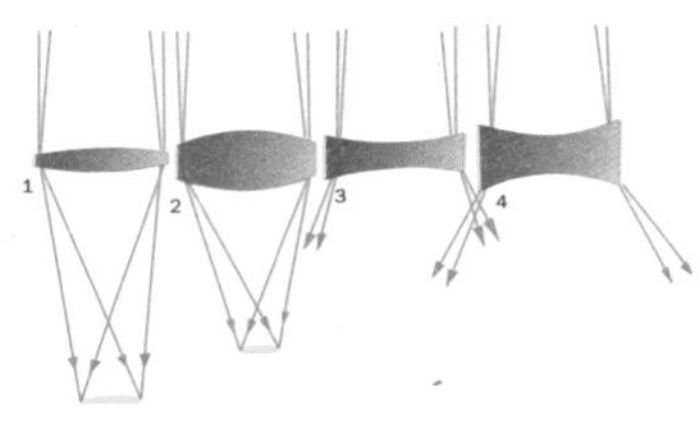

042 光的反射

043 成角度的镜子

当镜子之间角度减小时，放在两面镜子之间的物体的多重镜像的数目将会增加。

每次夹角度数以360/N (N=2,3,4,5，…)的数值减少时，镜像数目会对应增加。

因此，镜像数是两镜夹角度数的一个函数：

夹角度数：120°，90°，72°，60°，51.4°

镜像数：3°，4°，5°，6°，7°

理论上，当夹角接近零时，镜像数将变为无穷。当你站在两面平行镜之间或者

看一面无穷大的镜子时，你就会看到这种效果。但实际上，能看到的只有有限的镜像数，因为随着每次反射，镜像将逐渐变得微弱。

044 乘客的方向

2。乘客行走的方向用平行四边形图示如下：

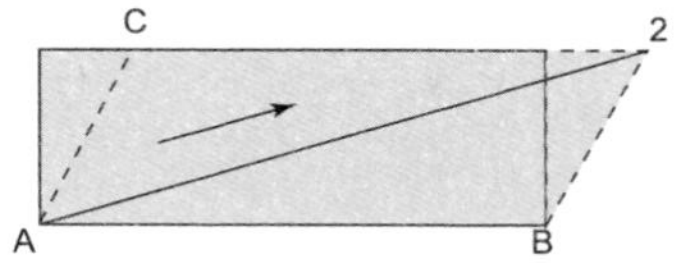

045 恰当的字母

K。在每一行中，左右两边的数字相乘，所得结果等于中间 3 个字母的顺序值相加。

046 齿轮

由于 A 齿轮和 D 齿轮上齿的数目都相同，因此它们会以同样的速度旋转。C 齿轮并不会影响轮齿通过的速度，它只是把 B 齿轮上轮齿的动作传送到了 D 齿轮之上。

047 路线

1. 路线为：17-19-22-24-28-20，总值为 130。

2. 路线为：17-19-22-28-25-20，总值为 131；17-23-22-24-25-20，总值为 131。

3. 路线为：17-24-26-28-25-20, 最大值是 140。

4. 路线为：17-19-22-24-25-20, 最小值是 127。

5. 一共有 2 种方式：17-24-26-24-25-20；17-23-22-26-28-20。

048 最短接线长度

下面的图已经画出了从 B 到 A 点的接线法，一共需要用去 233 厘米的电线。

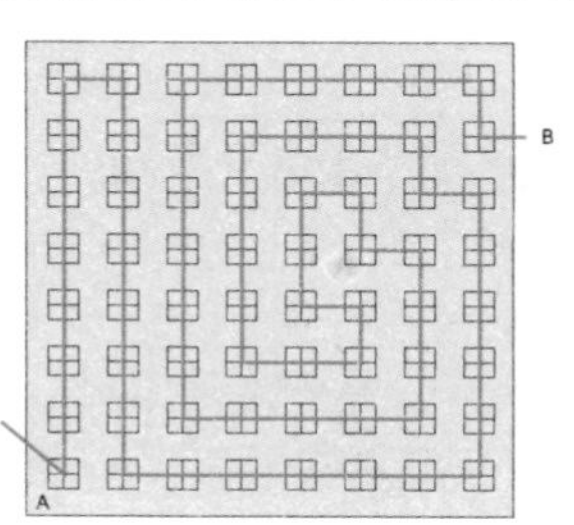

049 监视器

有人认为可以用下面的定理来解决这个美术馆的问题。

如图所示，将这个美术馆的平面图分成若干个三角形，每个三角形的顶点分别用 3 种不同的颜色标注出来，每个三角形所用的 3 种颜色都相同。最后在出现次数最少的颜色的顶点处安放监视器。

但是这个办法只能帮助我们从理论上知道最多需要放多少台监视器。

按照这一定理一共需要 6 台监视器，而在实际操作中只需要 4 台就够了。

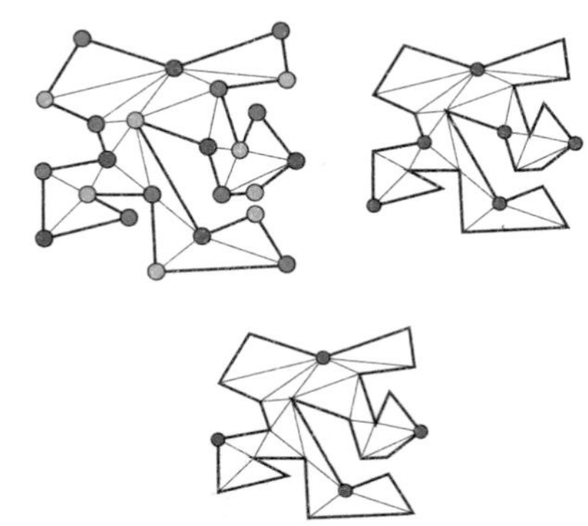

050 欧几里得平面

如图将三角形的 3 个角分别向内折，中间形成 1 个长方形，这样 A，B，C3 个角加起来正好是 1 个平角，也就是相加之和等于 180°。

除了欧几里德平面，还存在球面和双曲平面，在球面上的三角形 3 个内角之和大于 180°，而在双曲平面上的三角形内角和则小于 180°。

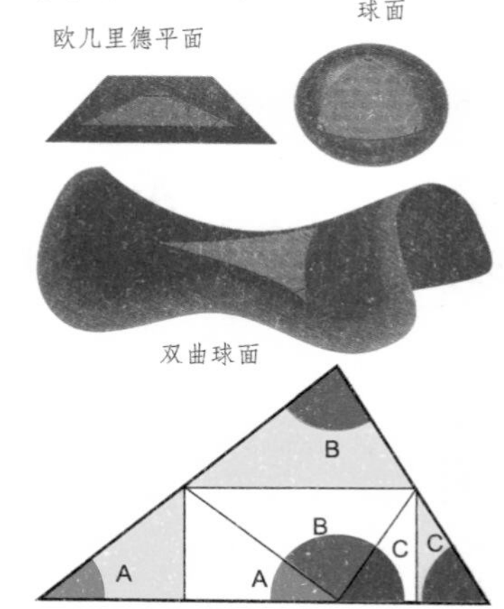

051 转移

C。

052 配平

1．圆形的数值为2，五角星的数值为3，三角形的数值为5。所以天平C的右端需要放4个五角星才能平衡。

2．五角星的数值为1，三角形的数值为3，圆形的数值为6。所以天平C的右端需要放2个圆形才能平衡。

053 角度

两条对角线之间的度数是60°。如果将第3个面的对角线——BC连接起来，那么，就可以构成等边三角形ABC。因为同是立方体对角线，所以它们的长度都相等。由于是等边三角形，所以每个角的度数都是60°。

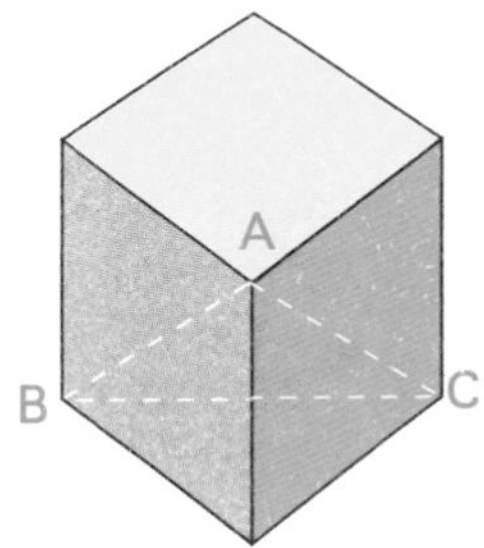

054 指针相遇

1点9分9秒。

055 约会地点

这个地方是5号路与4号街的交叉点。

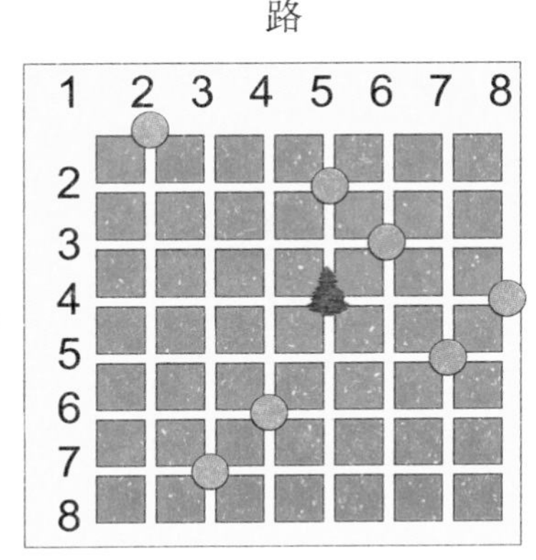

056 从A到B

一共有252种路线。下图中的数字表示所有可能的路线经过该数字所在交叉点的累积次数。

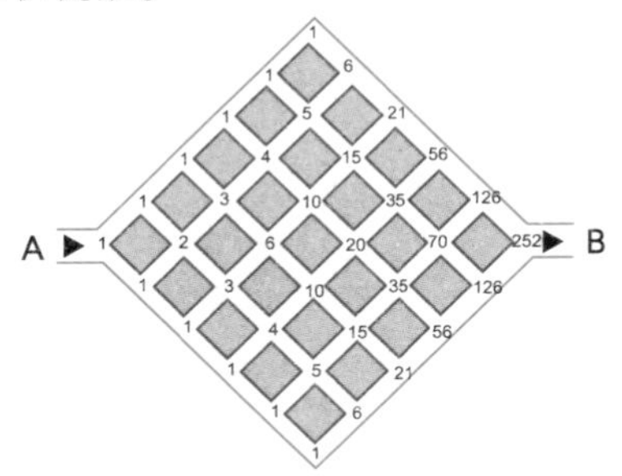

057 图形配平

3朵云和1个月亮。太阳=6，月亮=7，云=9。

058 小丑表演

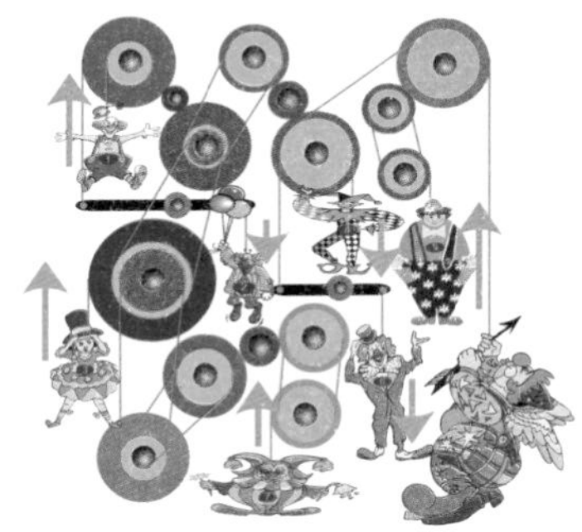

059 倒酒

倒6次即可解决问题，有4种不同方法，其中一种解法如下图所示。

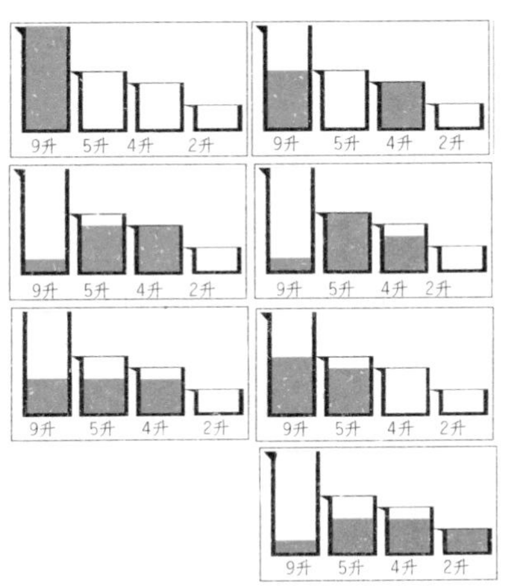

060 平分红酒

倒 8 次即可解决问题。其中一种解法如下图所示。

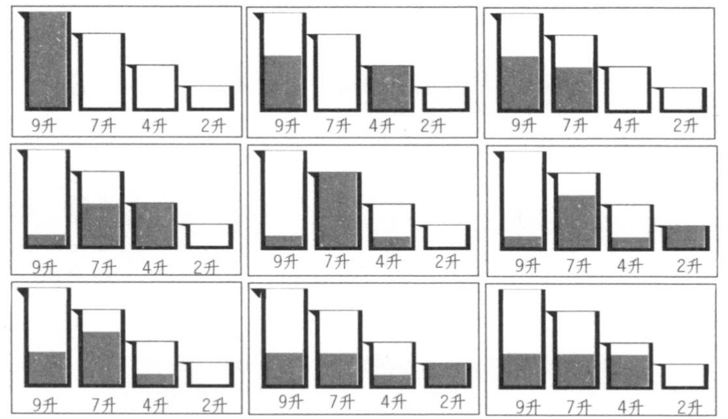

061 接通电路

B。

062 得与失

这里并没有什么魔术。这些图片只是看起来完美得适合于 63 和 65 个单元格。这些图片之间的小空隙或小重叠造成了面积的不同。

063 8个金币

把 8 个金币分成 2 个部分，一部分 6 个金币，一部分 2 个。

不管假币在哪一部分，我们只用 2 步就可以把它找出来：

先将第 1 部分的金币一边 3 个分别放在天平的左右两边。如果天平是平衡的，那么假币一定在剩下的 2 个中。

再将剩下的 2 个金币分别放在天平的两端，翘起的那一端的金币较轻，这个就是假币。

如果第 1 步分别将 3 个金币放在天平的两端，天平是不平衡的，那么假币在翘起的那端。

再取这 3 个金币中的任意 2 个分别放在天平的两端，如果天平不平衡，那么轻的那一端放的就是假币。

如果天平仍然是平衡的，那么剩下的那个就是假币。

064 阿拉伯数字问题

也许你可以在 1 分钟之内做完这一长串的计算。对于任何的这类四位数只要算 1 次就可以了，如图所示。

345	543 – 345 =	198
456	654 – 456 =	198
567	765 – 567 =	198
678	876 – 678 =	198
789	987 – 789 =	198
1234	4321 – 1234 =	3087
2345	5432 – 2345 =	3087
3456	6543 – 3456 =	3087
4567	7654 – 4567 =	3087
5678	8765 – 5678 =	3087
6789	9876 – 6789 =	3087

065 太阳光

太阳光实际上是平行的，但是因为透视它们看起来似乎聚焦于一点。这与铁轨在远处聚焦于一点的现象相似。

066 伐里农平行四边形

所有任意四边形四边中点的连线都会组成 1 个平行四边形，我们将这个平行四边形称之为伐里农平行四边形，是以数学家皮埃尔·伐里农（1654~1722）的名字命名的。

伐里农平行四边形的面积是原四边形

的面积的一半，而它的周长则等于原四边形两条对角线的长度之和。

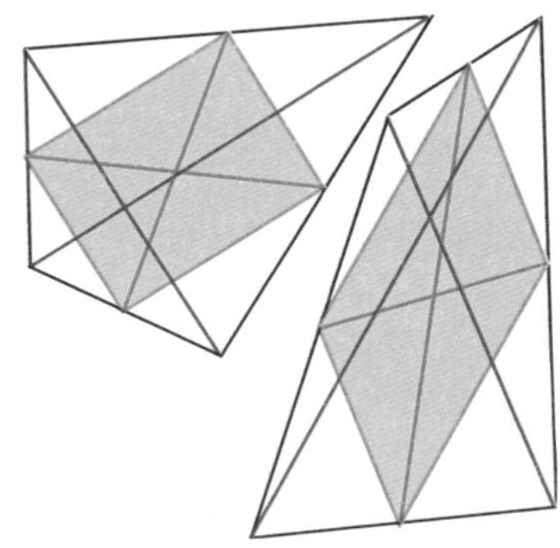

067 化学实验

6 个烧瓶的总容积是 98 个单位容积（98 被 3 除余数为 2）。

空烧瓶的容积必须是被 3 除余数为 2 的 1 个数（因为蓝色的液体是红色液体总量的 2 倍），而在已给出的 6 个数中，只有 20 满足这一条件，因此容积为 20 的是空烧瓶。剩下的 5 个烧瓶的总容积为 78，它的 1/3 应该为红色液体，即 26；剩下的 52 为蓝色液体。由此得到最后的结果，如图所示。

068 儿何级数

无论 n 如何增大，级数和都不会达到 2，也就是说这个级数和的极限是 2。

069 局内人

1. 盐瓶
2. 鸟舍
3. 烤面包机
4. 洗衣机
5. 高尔夫球洞
6. 橙汁饮料盒

070 弄巧成拙

正确的顺序是：5，3，4，1，6，2。

071 如此作画

正确的顺序是：6，3，1，4，5，2。

072 疯狂照片

正确的图片顺序是：

G

F（爸爸和孩子的头互换）

B（狗的耳朵和女孩的马尾辫互换）

I（爸爸的眉毛变成了胡须）

D（男孩的脑袋被放大了）

C（女孩和狗的表情互换）

H（增加了两条领带）

A（女孩衣服上微笑的表情变成了撇嘴）

E（妈妈头顶立起的头发被去掉了）

073 扑克牌

正面朝下的那张牌是 5。

如图所示

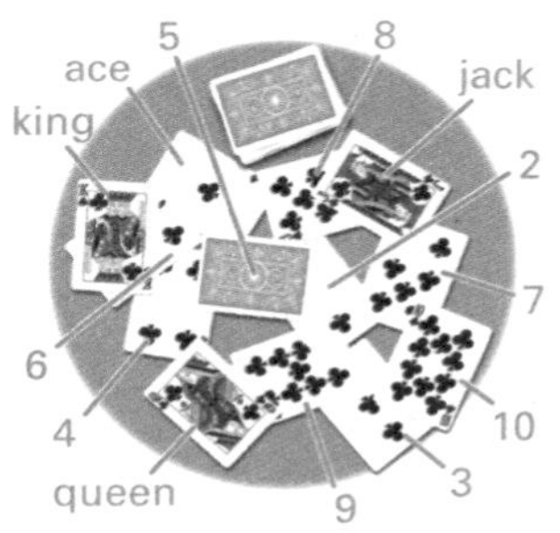

074 微型相机

正确的顺序是：2，6，1，5，3，4。

075 洗澡奇遇

正确的顺序是：3，4，1，6，2，5。

076 冰山一角

1.Soccer ball（足球）
2.Scooter（踏板车）
3.Telescope（望远镜）
4.CD player（CD 播放器）
5.Guitar（吉他）

6.Backpack（双肩背包）
7.Video game（电视游戏）
8.Mountain bike（山地车）

077 字母写真

剩下的字母可以拼成“YES”。如图所示

P J V K U R
C T B Q A L
F M Z D G W
H N O X I

078 假日礼物

正确的顺序是：2，4，3，6，1，5。

079 有去无回

正确的顺序是：4，6，2，1，5，3。

080 化妆实验

正确的顺序是：C，H，D，B，J，F，L，A，G，K，E，I。

081 金鱼故事

正确的顺序是：3，6，1，5，2，4。

082 沙滩城堡

正确的顺序是：C, E, B, H, F, D, A, G。

083 骑士传说

剩下的字母连成的话：Knight who can't defeat dragons get fired（打不过巨龙的骑士，就要被炒鱿鱼）。

如图所示

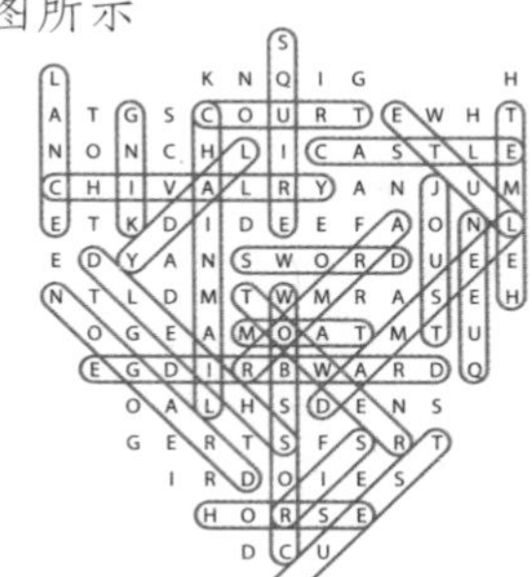

084 各国风情

第一栏：
Italy（意大利）/
whistle（哨子）
Canada（加拿大）/
sandals（凉鞋）
Norway（挪威）/
snowboard（滑雪板）
Hungary（匈牙利）/
hourglass（沙漏）
第二栏：
Egypt（埃及）/
teapot（茶壶）
Sweden（瑞典）/
sword（宝刀）
India（印度）/
sundial（日晷）
France（法国）/
fan（扇子）

085 一唱一和

SOLO（独唱）
SILO（筒仓）
SILK（丝绸）
SINK（水池）
PINK（粉红）
PICK（拨片）
PUCK（橡胶圆盘，用作冰球）
DUCK（忽地低下头）
DUSK（黄昏）
DUST（灰尘）
DUET（二重唱）

·右脑 训练篇·

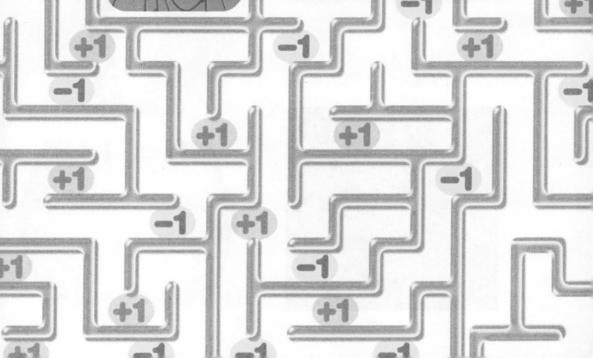

第 1 章　观察力

001 中心·方块

中心小方块是不是比周围的区域暗？

002 灰色条纹

左右两个灰色竖条纹的灰度一样吗？

003 “十”字

图中各颜色方块中对角线上较亮的“十”字与它们所在的正方形亮度相同吗？

004 倾斜的棋盘

棋盘中每个小棋子的亮度相同吗？

005 双菱形

图中两个菱形的亮度相同吗？

006 圆圈

看到圆圈了吗？这些圆圈是不是比背景亮一些？

007 赫尔曼栅格

看到交叉处的灰点了吗？仔细看它并不存在。你能解释这个原因吗？

008 改进的栅格

观察图片，把目光集中在一个点上，其周边的点都是白色的，而距该点较远的那些点就闪烁成淡紫色。当眼睛扫过图片时，淡紫色的点也会移动。观察的距离越远，淡紫色的点也越多。你能看到吗？

009 彩色闪烁栅格

扫视图片，连结点看起来在闪烁，而且闪烁点的位置会随着眼球的运动而改变。你能看到吗？

010 闪烁的点

在这幅闪烁栅格的变化中，当转动眼球观察图片时，会有什么变化？如果你注视圆心，又会有什么变化呢？

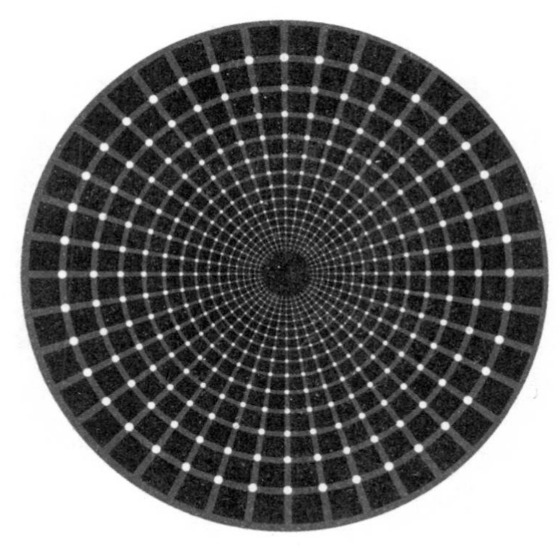

011 闪烁的栅格

转动眼球，联结处会闪烁，闪烁的位置也不断改变。如果凝视任何交叉点，那个点就不再闪烁。你能解释这个原因吗？

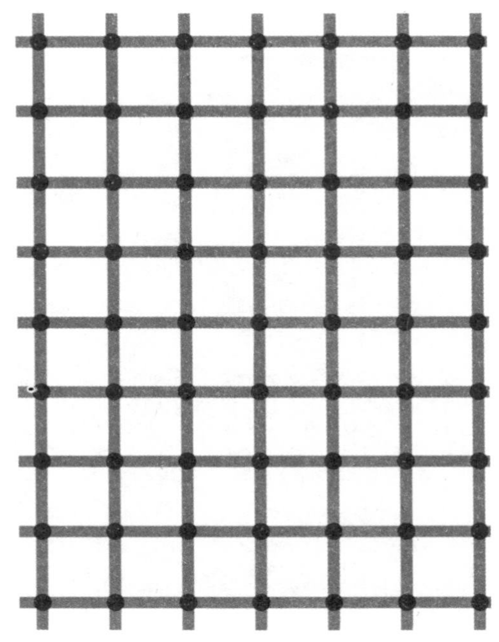

012 神奇的圆圈

扫视图片，每个圆圈中会出现小黑点。你能看到吗？

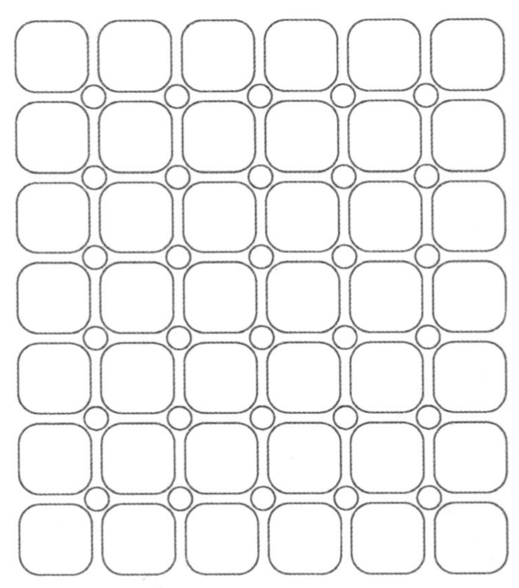

013 闪烁发光

这些圆圈看起来在闪烁吗？

014 蓝点

上下两图中的蓝点是一样的吗？

015 小圆圈

环顾这张图片，小圆圈看起来好像忽明忽暗。你能感觉到吗？

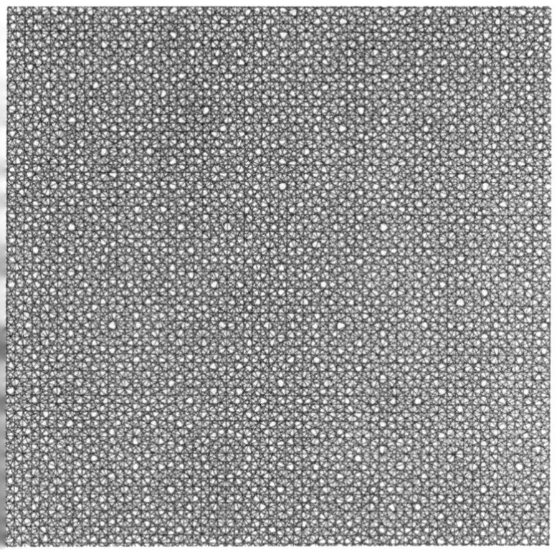

016 线条

这些竖线条是直的还是弯曲的？

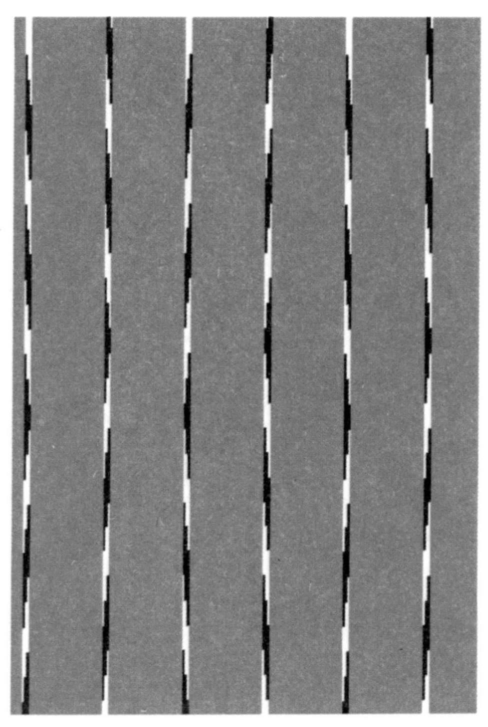

017 螺旋

这是一个螺旋还是一个个的同心圆？

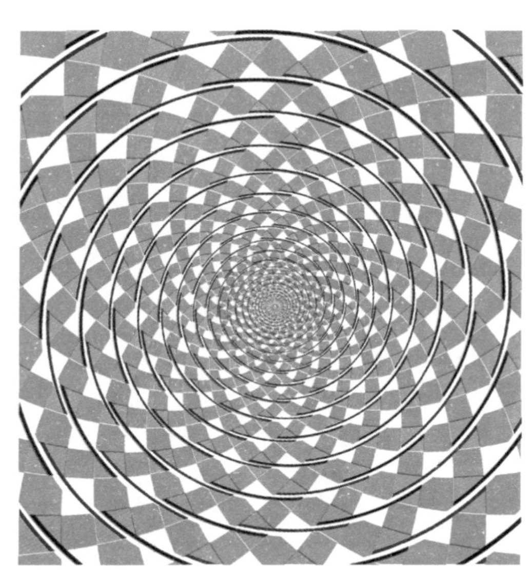

018 线条组成的圆

图中由一系列线条组成的圆是同心圆还是弯曲的圆呢？

019 图像

这幅图像竖直和水平的边缘是扭曲的还是直的？

020 小方块

图中每排或每列的小方块是呈直线排列还是弯曲排列？

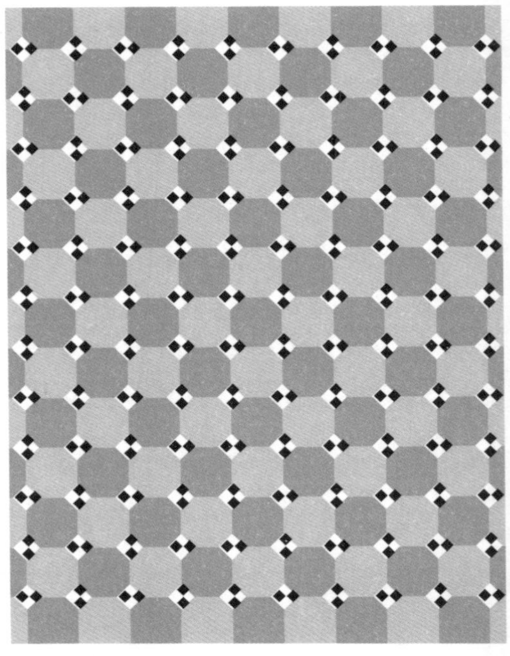

021 线

图中的水平线是倾斜的还是彼此平行的？

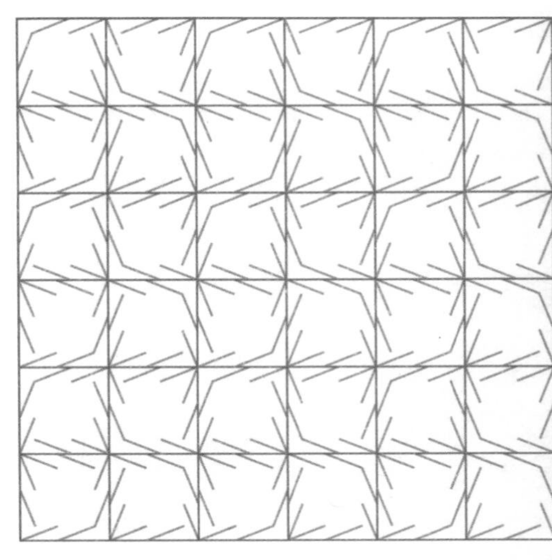

022 红线

两个圆形区域中间的红线是倾斜的吗？

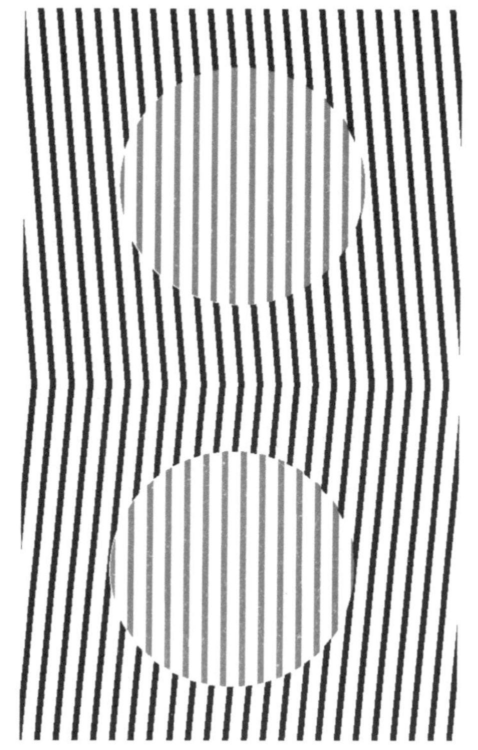

023 面孔

你应该一眼就能看到高脚杯，那么，你能看到两个人的轮廓吗？

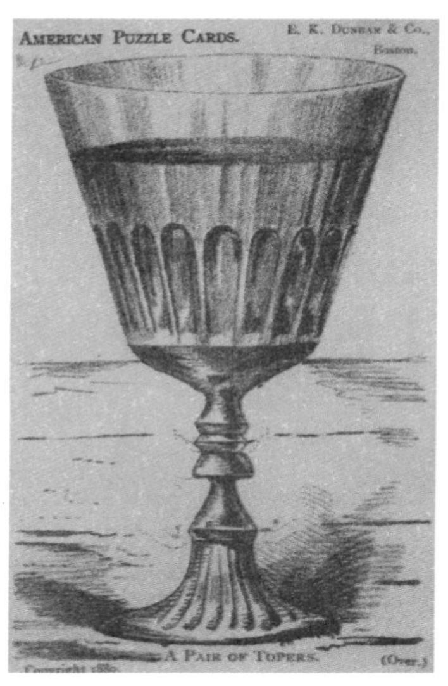

024 单词

这个图形中有Figure和Ground两个单词，你看出来了吗？

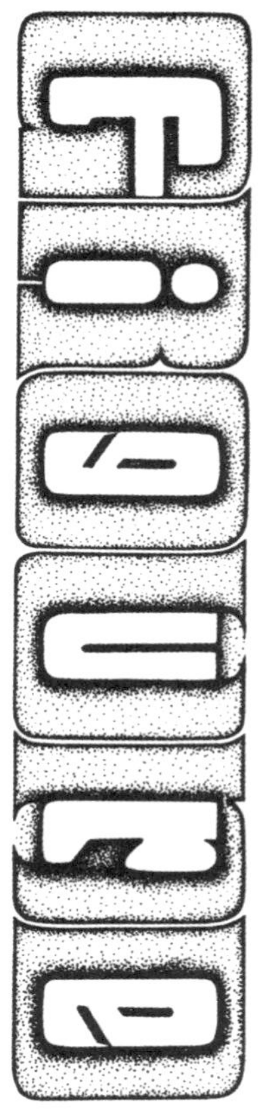

025 鱼

凝视这幅图中的鱼，它们向哪个方向游呢？

026 萨拉与内德

你能找到一张女人的脸和一个萨克斯演奏家吗？萨拉是一个女人的名字，内德是吹萨克斯的男人。

027 猫和老鼠

在图中，你能看到老鼠吗？

028 圣乔治大战恶龙

你能发现圣乔治的肖像和他与恶龙大战的场景吗？

029 坟墓前的拿破仑

你能找到站在自己坟墓前的拿破仑吗？

030 紫罗兰

你能找到藏在紫罗兰中间的拿破仑、他的妻子和儿子的轮廓吗？

031 虚幻

你能看到骷髅头吗？

032 彩色线条

哪根线与白线共线？

033 高帽

帽子的高度是不是比宽度长？

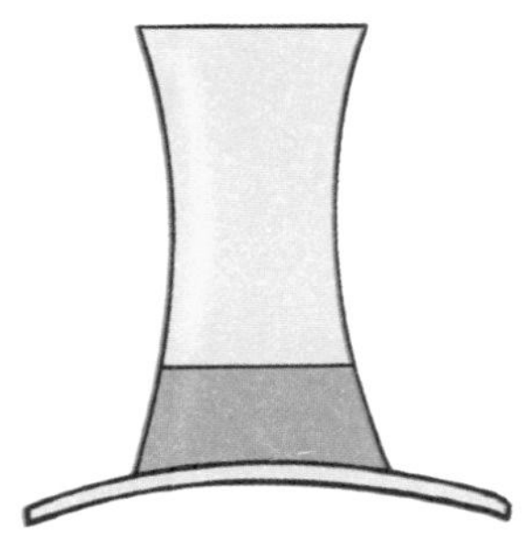

034 红色方块

两条对角线上的红色方块的颜色一样吗？

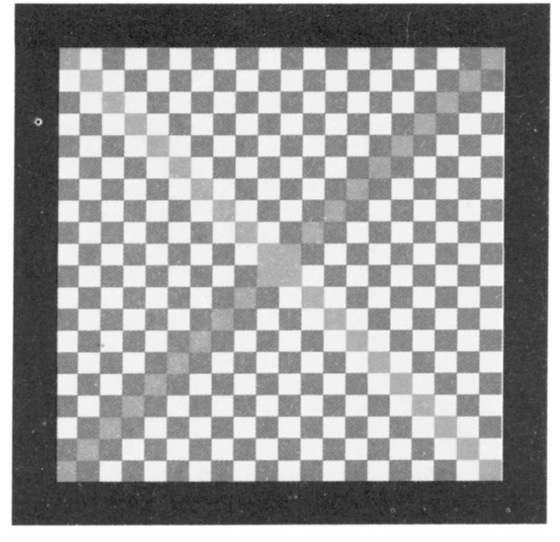

035 颜色扩散

你看到上边圆圈内有一个模糊的浅蓝色的方块了吗?

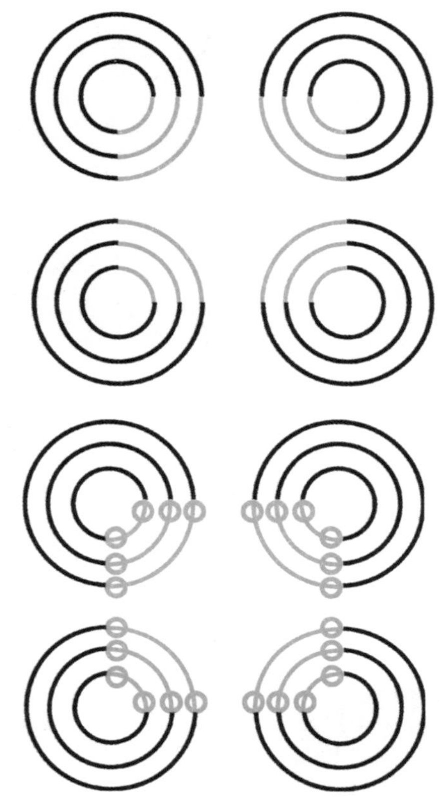

036 边缘线

你看到边缘线上的颜色了吗?

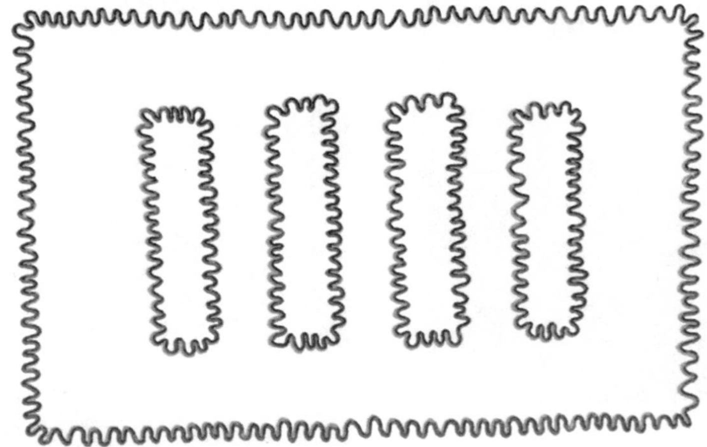

037 魔方

图中魔方顶面正中的那块棕色和侧面阴影里中间的那块黄色看上去一样吗？

038 红色

整幅图的红色都是一样的吗？

039 心形图

细看下面这3幅心形图，哪颗心是浮在背景上的，哪颗心是沉在背景下的？晃动脑袋或是移动图像，你还会发现它们也在移动。

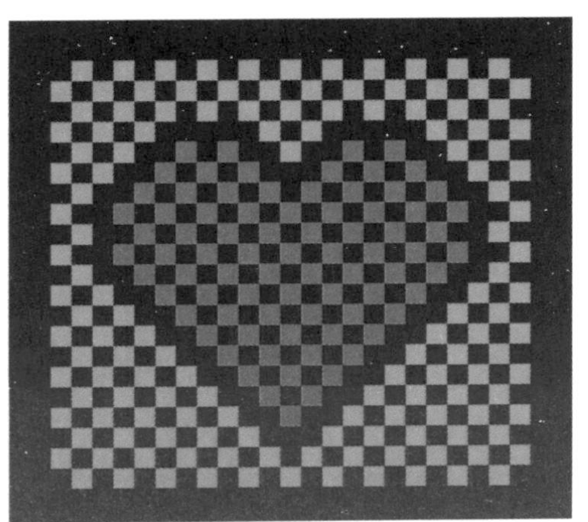

040 神奇的红色

图中的红色是一样的吗？

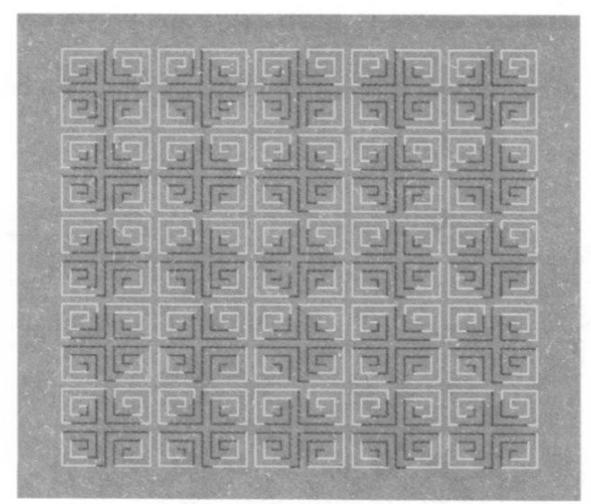

041 绿色条纹

图中斜着的深绿条纹与绿色格子中的条纹颜色一样吗？

042 红色方格

图中的红色都是一样的吗？

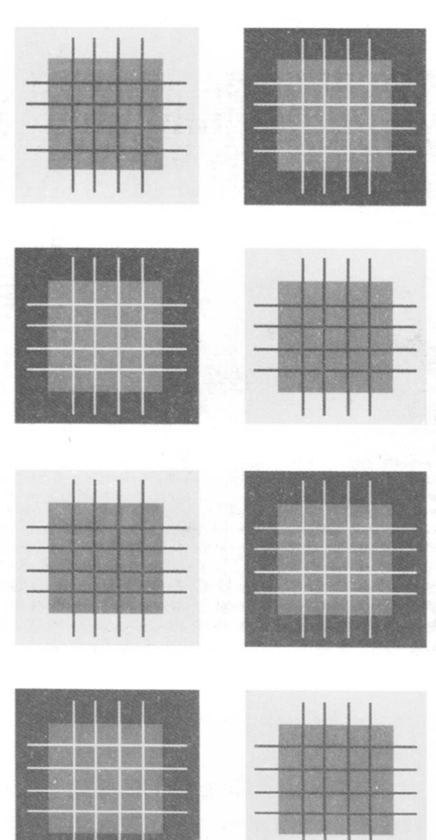

043 单词接力

请你把图片对应的单词填到它旁边的空格里，每空一个字母。注意，相邻单词之间会有交集。所以，填出来一个词，另外一个词你也就很容易猜出来了。按照顺时针的方向，把它们都找出来吧！

044 三维立方体

这些立方体是凸出纸面的还是凹进去的？

045 球

网格上所有球的深度一致吗？

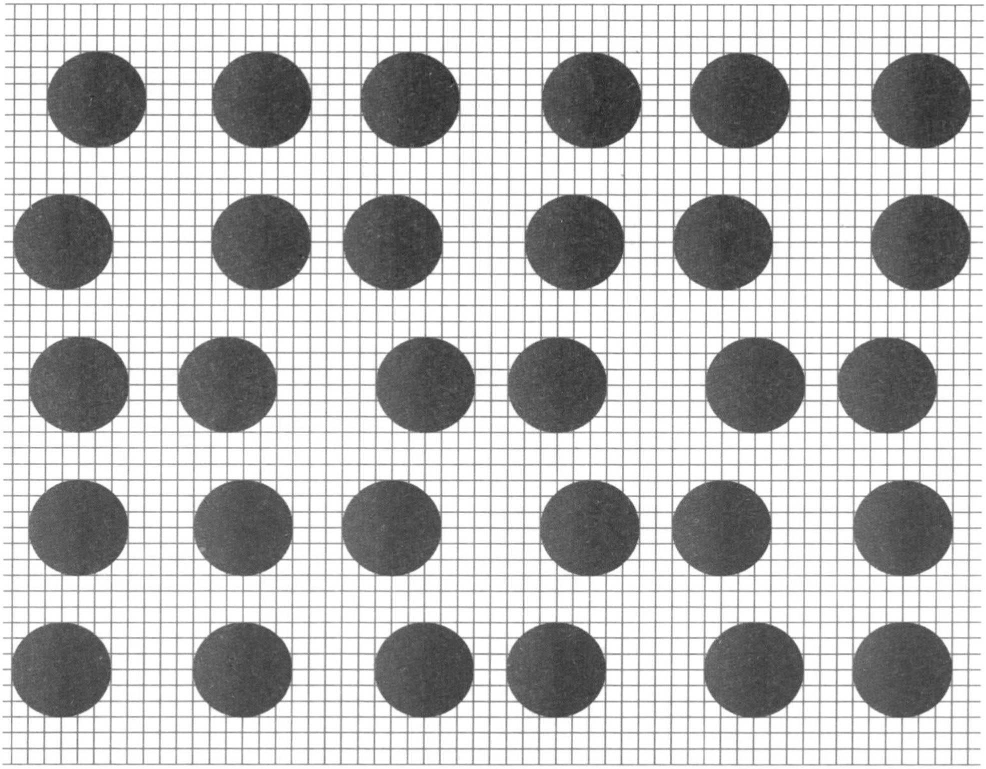

046 “雪花”

图中的“雪花”的深度一样吗？

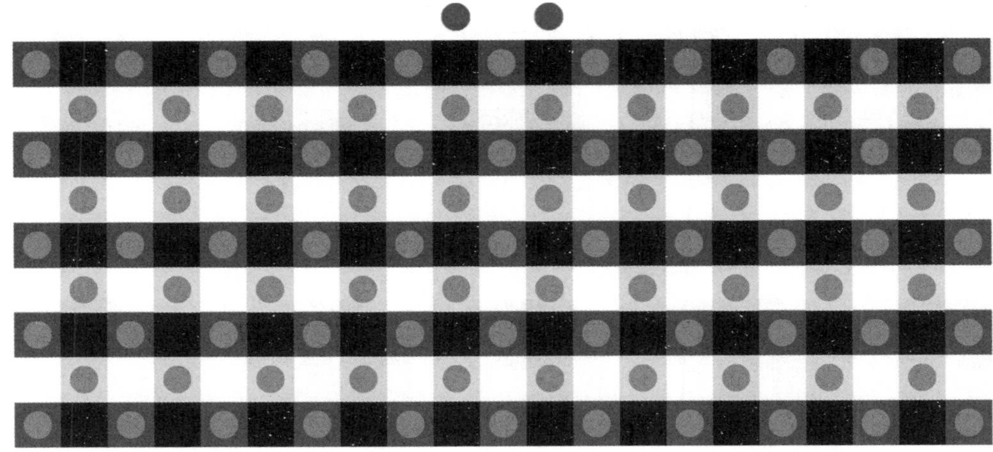

047 三维图

在下图中你看到了什么？

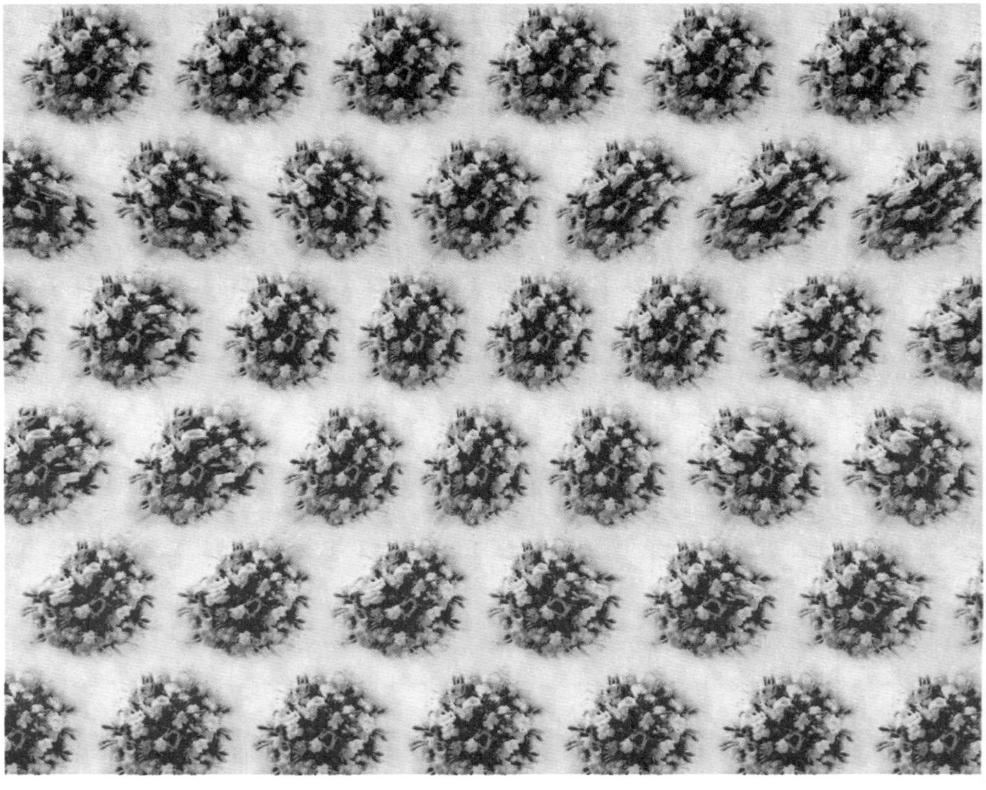

048 玫瑰

仔细观察下图，你会看到什么？

049 墙纸

仔细观察下图，你会看到什么？

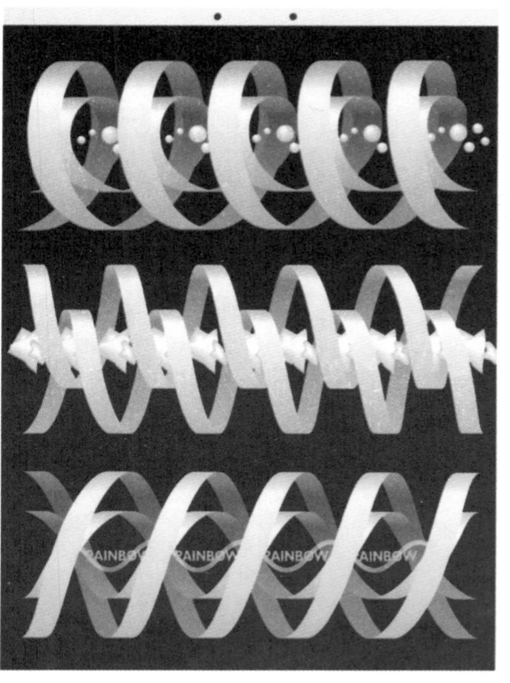

050 同心圆

如果车轮绕着圆心旋转，你会产生什么感觉？

051 “8”

将此图向左或向右转动，你会看到什么？盯着中心点看，会发现光束绕中心点慢慢转动。将目光移至中心点左侧或右侧，你会看到什么呢？

052 圈

盯着中心点看。发现蓝圈在转动了吗？它们是朝哪个方向转动的？它们会改变方向吗？圈和圈之间的转动方向又有什么联系呢？

053 波

来回移动视线，你看见了什么？

054 线条的分离

如果上下移动图片，你能看到什么？如果左右移动图片呢？

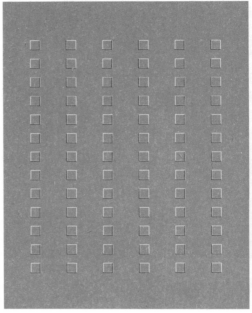

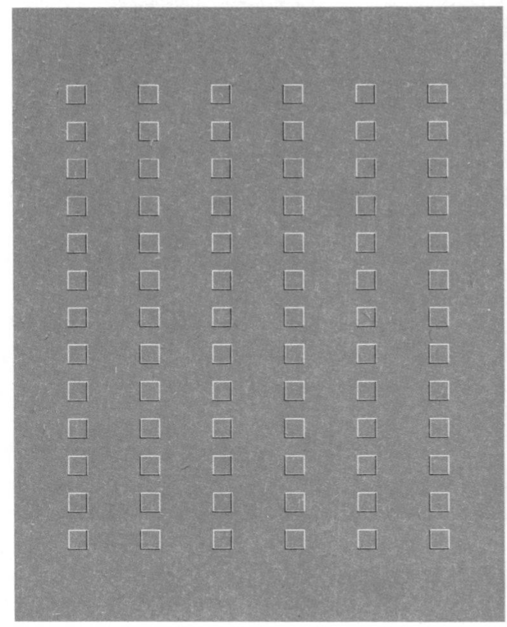

055 漩涡

头部前后移动观察图片，它会有什么变化呢？

056 方块

仔细观察图片，它会有什么变化呢？

057 轮子

仔细观察图片，会发生什么变化呢？

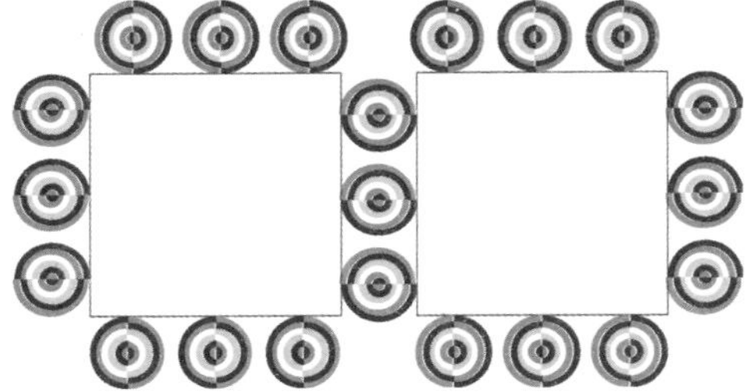

058 涡轮

仔细观察图片，会发生什么变化呢？

059 壁画

仔细观察，这幅大教堂中的壁画哪里不对呢？

060 贺加斯的透视

你能从图中找出几处透视错误呢？

061 三角形

这是奥斯卡·路透斯沃德的一幅三角形精简图。这个三角形有可能存在吗？

062 小物包大物

图中所示的景像在现实中可能吗？

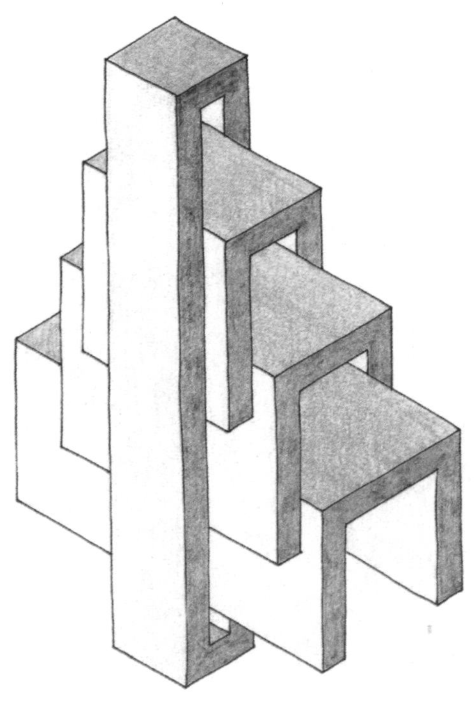

063 扭曲的三角

这幅图有问题吗？

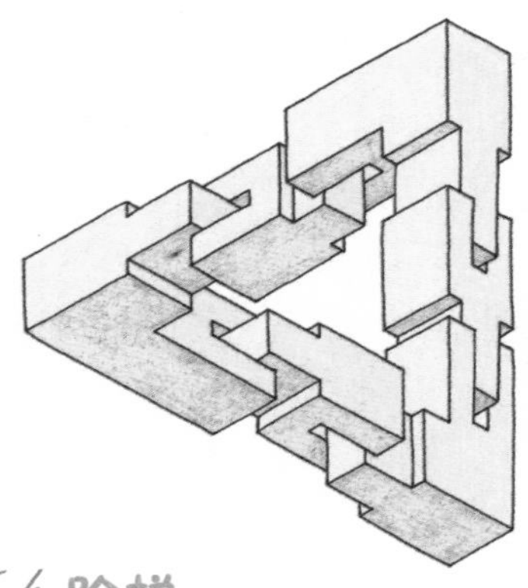

064 阶梯

这些阶梯这样排列可能吗？

065 奇怪的窗户

这幅画是比利时画家琼·德·梅的作品，画中这个坐在窗沿上的人与M.C.埃斯彻尔的观景楼一图中那个手拿神奇方块的人颇为相似。图中有不合适的地方吗？

066 佛兰芒之冬

仔细看下面这幅图，其中有不适合的地方吗？

067 门

两扇门有什么奇异之处？

068 棋盘

此画为瑞士画家桑德罗·戴尔·普瑞特之作。画中有不合适之处吗？

069 不可思议的平台

仔细看下图，图中有不合适之处吗？

070 奇妙的旅程

仔细看下图，图中有不合适之处吗？

071 压痕

塑料模具上有许多压痕，当你把图片倒置之后压痕会发生什么变化呢？

072 麋鹿

图片中藏了一只麋鹿。你看见它了吗？

073 球和阴影

两图中球与背景的相对位置相同吗？

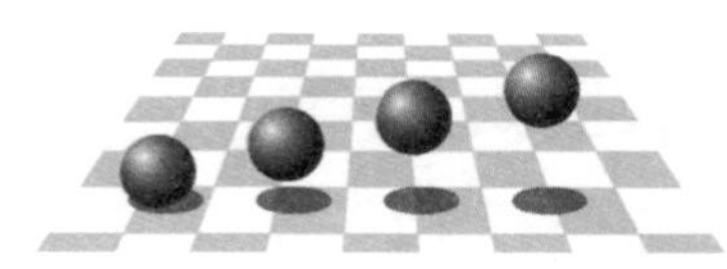

074 神奇的花瓶

下图中的花瓶是不是悬浮在空中？

075 猫

仔细观察图片，哪个是猫？哪个是它的影子？

076 房子

两幢房子向远处延伸。线段AB与CD谁更长？

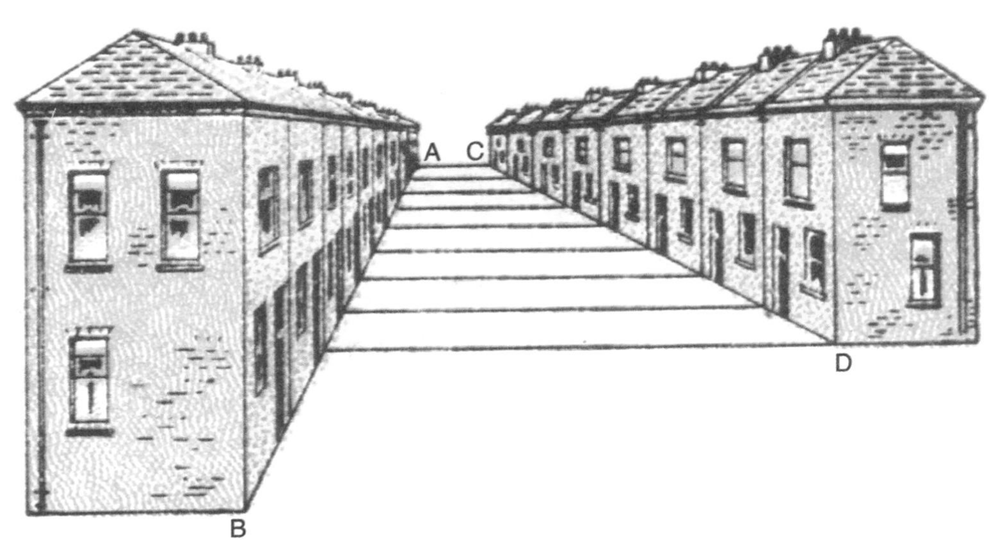

077 圆柱体

目测一下，这个圆柱体的底面周长是多少？它会和圆柱体的高一样长吗？

078 人脸图形

你看到一个人头还是两个女人的侧面像?

079 老太太还是少妇

你看到的是老太太的侧面像，还是少妇的侧面像?

第2章 想象力

001 分割空间

假设1个四面体的4个顶点都在1个球体的内部（顶点不接触球体的边）。

这个球体被沿着四面体4个面的平面分割成了几部分？是哪几部分呢？

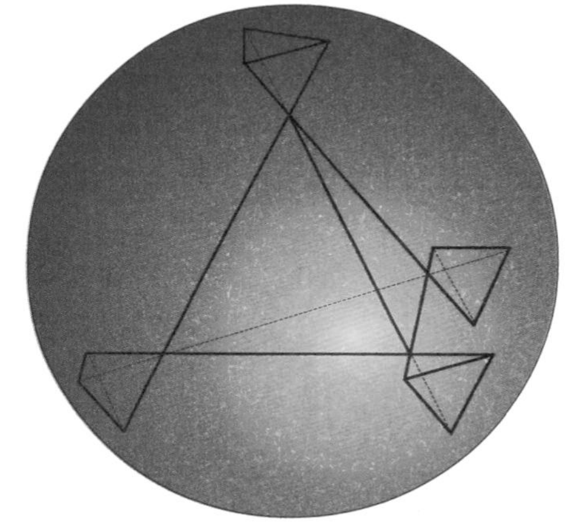

002 转角镜（1）

一个男孩分别从一面平面镜和两面以90°角相接的镜子中观察自己。

男孩的脸在两种镜子中所成的像是一样的吗？

003 转角镜（2）

男孩看左边的凸面镜发现自己是上下颠倒的。然后将镜子翻转 90°，即右边的凸面镜。这时候男孩看到的自己是什么样子的呢？

004 六边形游戏

如下图所示，请你把游戏板外面的16个六边形放入游戏板中，使游戏板内的黑色粗线连成1个封闭的图形。各个六边形都不能旋转；更具有挑战性的是，16个六边形中每两个相邻的六边形颜色都不能相同。

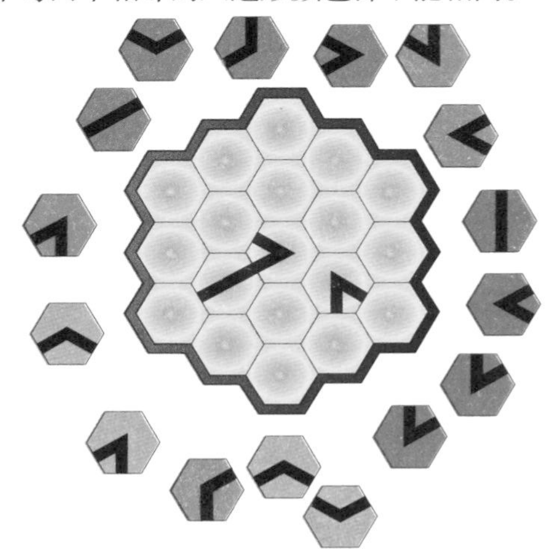

005 完美六边形

如果将直线部分连接起来的话，能形成1个完美的六边形吗?

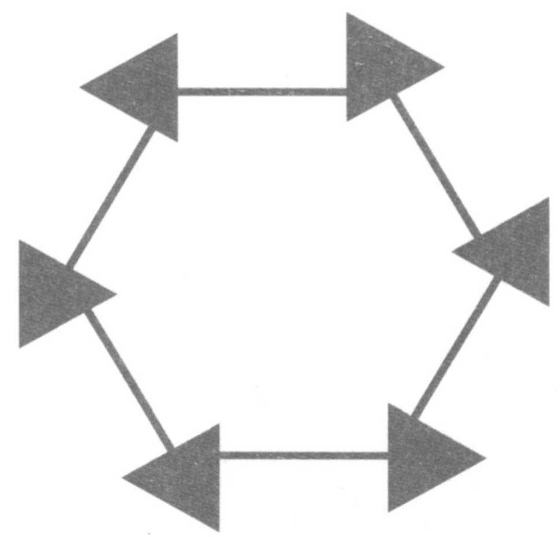

006 不可能的剖面

即使你无法看到这个不规则立体图形的全貌，你也依然能够在心中精确地勾画出它的外观。如果从不同的方向进行观察，A，B，C，D这几个剖面哪一个是不可能出现的呢?

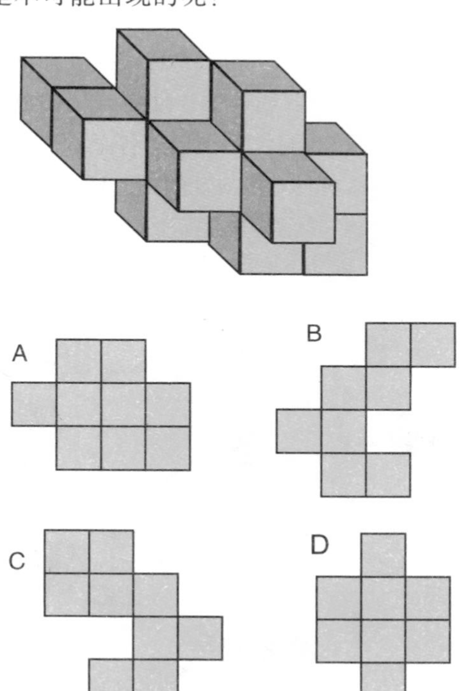

007 补全多边形

如图所示，多边形缺少了一角。从A，B，C，D，E中找出正确的答案把它补充完整。

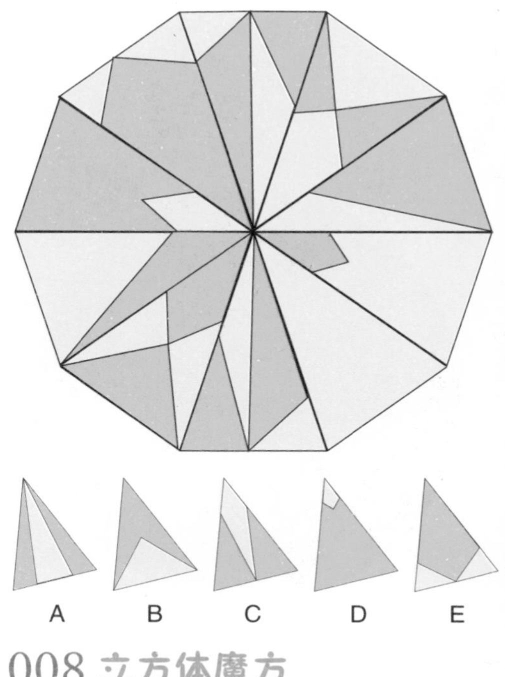

008 立方体魔方

你有16个黄色、16个红色、16个蓝色和16个紫色的数字。你能将它们放进4×4×4的立方体内，使得任何一行或列上的4个小立方块中都不存在2个或2个以上相同颜色的数字吗?

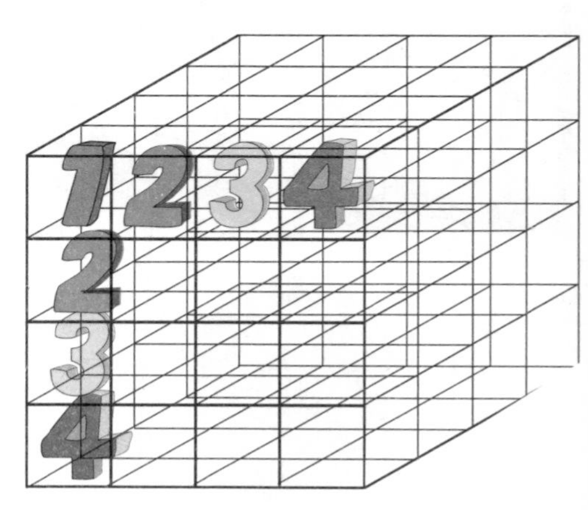

009 细胞自动机

爱德华·富兰克林的细胞自动机是最早的自动复制的机器之一。被复制的图案的原型如图1。在图1的基础上每一步将按照下面的规则添加或减少格子：

如果格子横向或纵向相邻的红色格子数是偶数，那么该格子下一步为黄色；

如果格子横向或纵向相邻的红色格子数是奇数，那么该格子下一步是红色（下面的图中直观地展现了这一规则）。

请问要使原来的图形被复制至少需要几步？

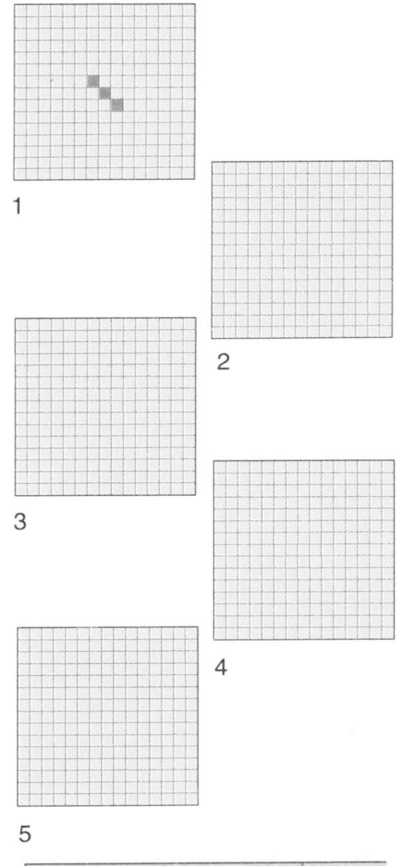

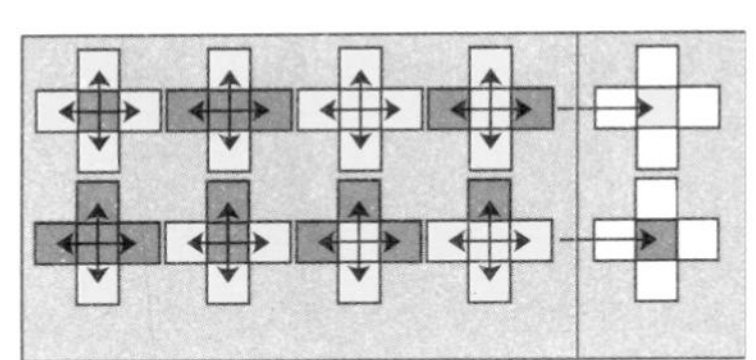

010 重力降落

如果你从北极打一个洞一直通到南极，然后让一个很重的球从这个洞里落下去，会发生什么(忽视摩擦力和空气阻力)?

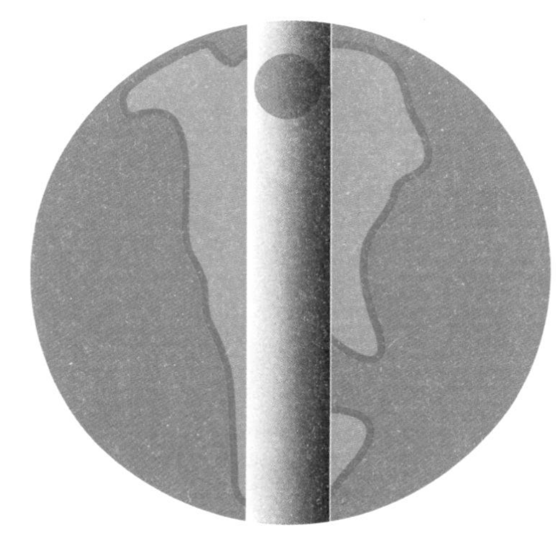

011 肥皂环

如图所示，一根垂直的铁丝上绑了两个相互平行的铁丝环。

请问：如果将这个结构放进肥皂水中，附着在这个结构上的肥皂膜的最小表面积的表面是什么样子的?

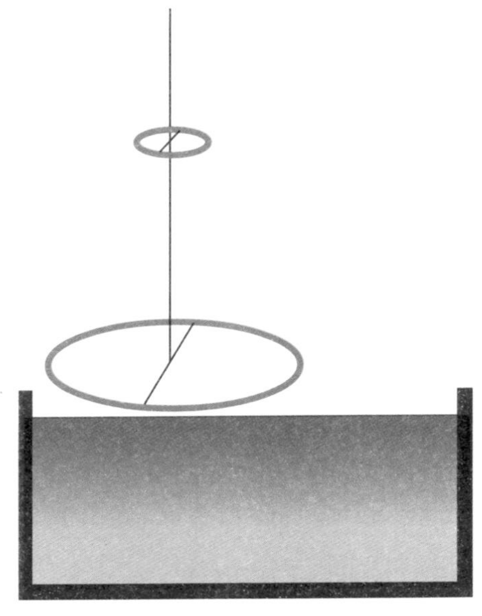

012 迷路的企鹅

不横过这些道路，你能让企鹅都回到它们自己的家吗？

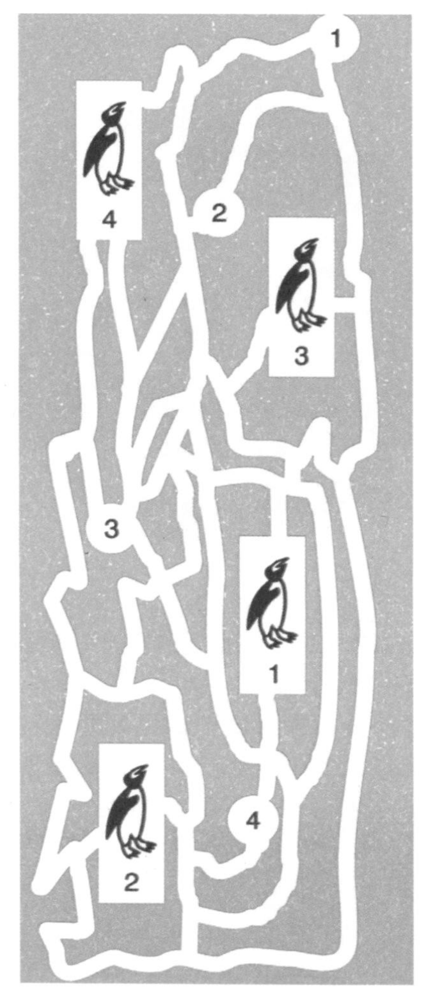

013 有向图形

如果给一个图形的每一条线段都加上一个箭头，即给每条线段加上一个方向，那么这个图形就成为了一个有向图形。

而一个完全图是这样的一个图，即该图里的每两个顶点之间都有连线。（右上图即是一个有7个顶点的完全图）。而给一个完全图的每条线段都加上一个方向，那么这个图就成了完全有向图。

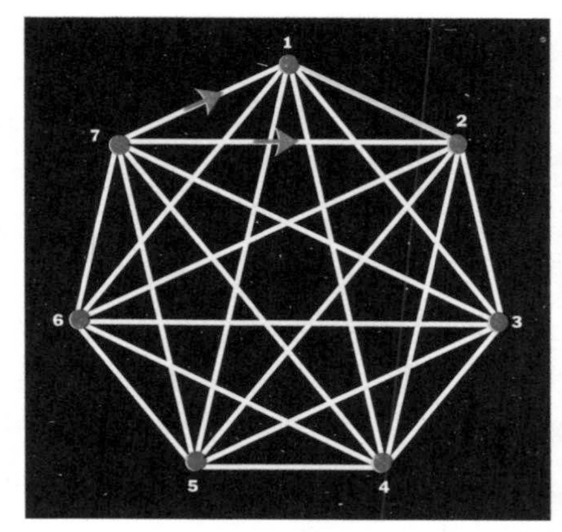

我们这个题目就是要你根据下面的条件把上面这个图形变成一个完全有向图：给每条线段都加上一个箭头，使对于每两个顶点，都有另外一个顶点与这两点连线的箭头是分别指向这两个点的。例如上图中，对于点1和点2，从点7到点1和点2的线段箭头就是分别指向这两个点的。

根据上面的条件你能够把其余的线段都加上箭头吗？

014 皮带传送

在皮带传送作业机上皮带被安在3个圆柱形的滚轴上，工作时由最顶上的滚轴带动工作，如图所示。

请问这个皮带是个简单的圆环，或是麦比乌斯圈，或者其他什么形状？

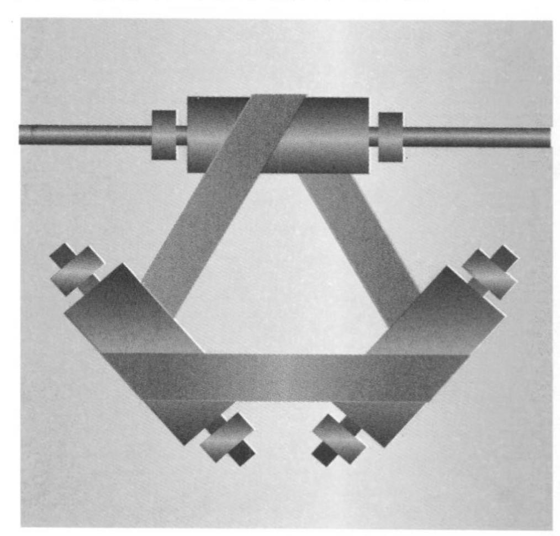

015 镜像射线（1）

假设你有一面平面镜，将镜子置于其中一条标有数字的线条上面，并放到原始模型上。每一次操作你都会得到由原始模型未被遮盖的部分和镜面反射产生的镜像组成的对称模型，镜子起着对称轴的作用。

下图8个模型就是由7条对称线按这一方法得到的。

你能辨别出制造每个模型的线条分别是什么吗？

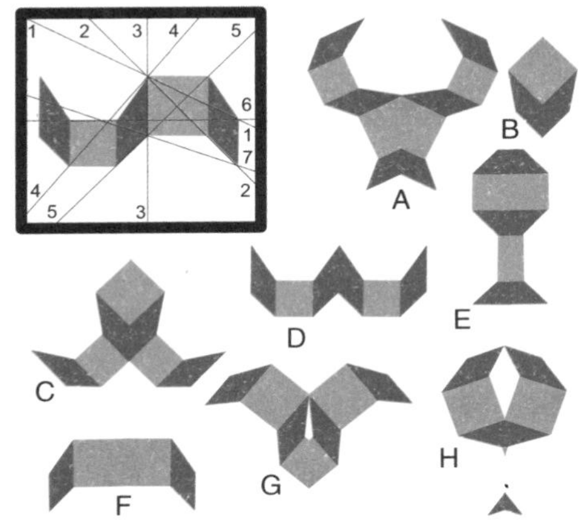

016 镜像射线（2）

题目要求同上题，但这里给出的10个模型是由5条对称线得到的。

你能辨别出制造每个模型的线条吗？

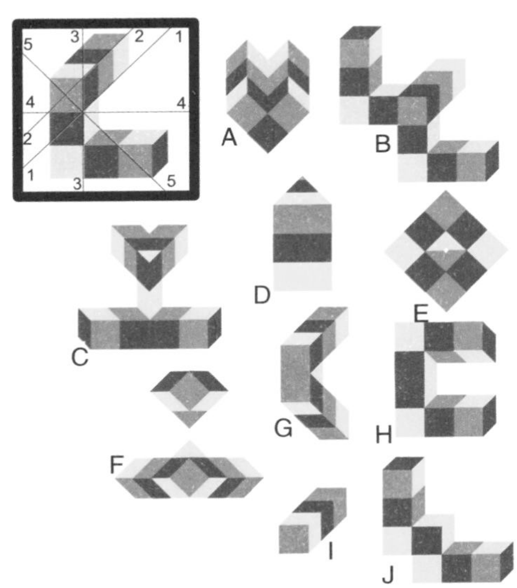

017 八色金属片

把下面这8个不同颜色的纸片复印，然后剪下来，拼接在一起，不能出现重叠现象。

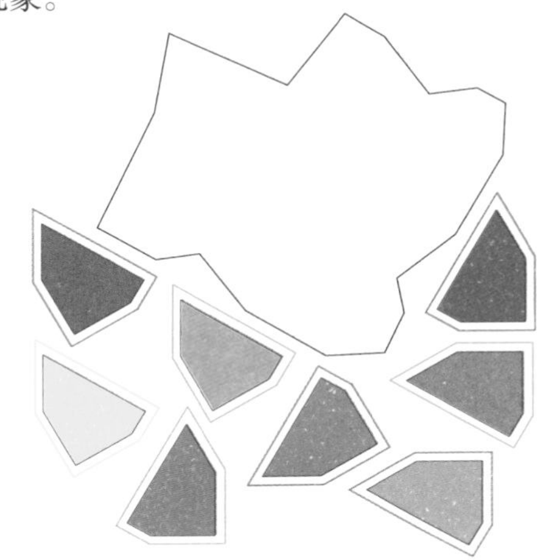

018 骑士通吃

如下图，棋盘上的12个骑士有的会被其他骑士吃掉，有的不会。

通过仔细观察你能看出，其中只有4个骑士会被吃掉。

现在请问你棋盘上至少需要多少个骑士，才能使每个骑士都会被其他骑士吃掉？

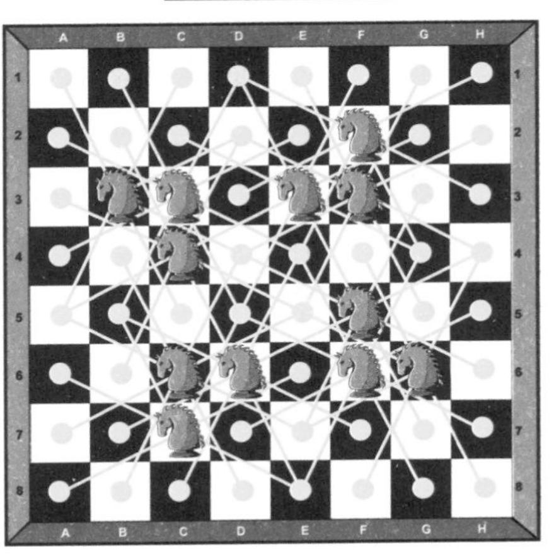

019 彩色多米诺（1）

从28块多米诺骨牌中选出18块，创造1个六阶拉丁方。

要求在每一水平的行上和每一垂直的列上都有6种不同的颜色（图中一共给出7种颜色）。

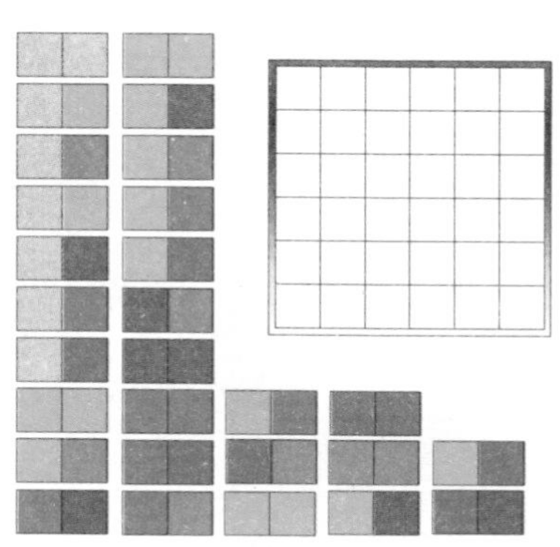

020 彩色多米诺（2）

将28块彩色多米诺骨牌放入8×7的游戏板中，要求是以4个相同颜色的方块为一排填充。图1提供了1种解法（有多种完全不同的解法）。你能在这个解法当中嵌入多米诺骨牌的轮廓吗（即找出其骨牌原型）？

你能否在游戏板上给出另一种解法？

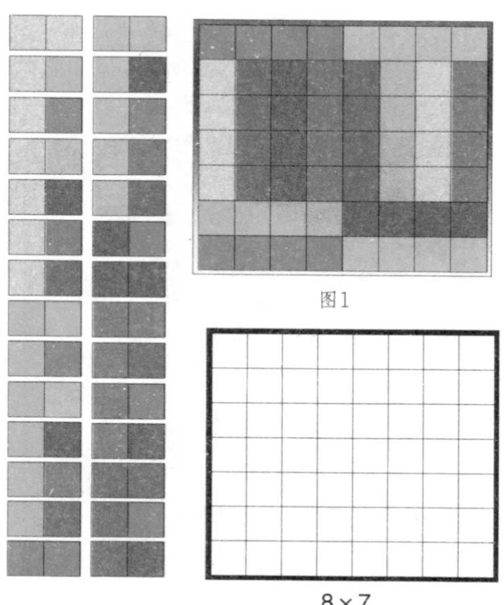

021 彩色多米诺环

你能用魔方中的28种颜色的骨牌制造出1个彩色多米诺环吗？必须要遵循传统多米诺骨牌的规则，也就是说，任意两个骨牌相邻的一端颜色必须相同！

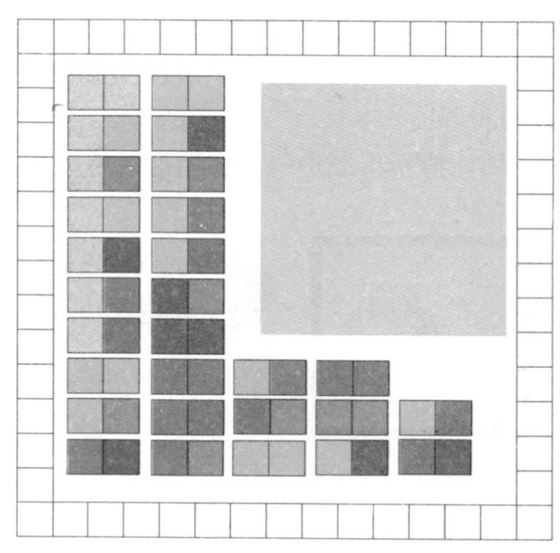

022 彩色积木

现在有15个长条积木，共8种颜色。

在8×8的游戏板上重新排列这15个积木，使得没有任何一行或列有颜色重复出现。该怎么做？

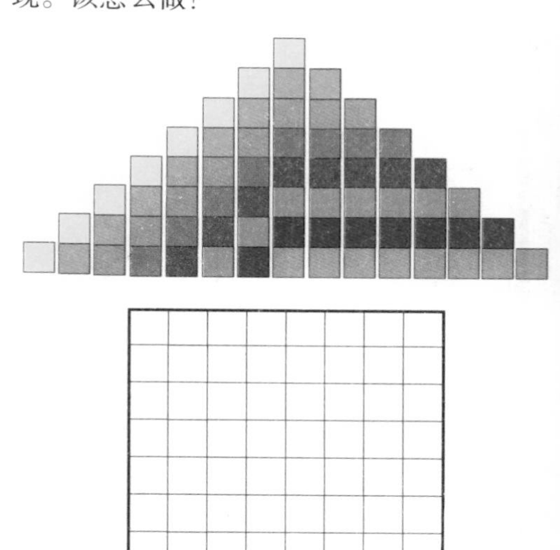

023 埃及绳

古埃及的土地勘测员用一条长度为12个单位的绳子构造出了面积为6个单位并有1个直角的三角形，这条绳子被结点分成12个相等的部分。

你可以用这样的绳子做出面积为4个单位的多边形吗?可以把绳子拉开，形成1个有直边的多边形吗？图示已经给出一种解法。你能找到其他的吗？

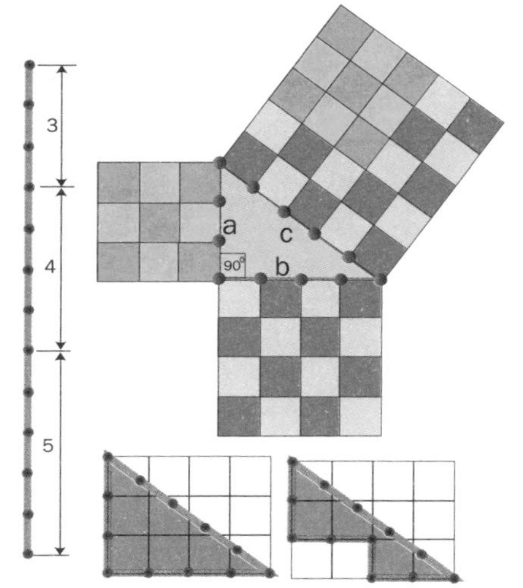

024 将洞移到中心

谜题大师约翰·P.库比克为了对自己的能力加以证明，他向人们展示了一张正方形的纸板，在纸板上偏离中心的位置上有一个洞。“通过将这张纸板剪成两半，而且只有两半，并且将这两部分重新拼接，我就能把这个洞移到正方形中心的位置上。”你能想出他是怎么做的吗？

025 不相交的骑士巡游路线

在这些棋盘上1个骑士最多能够移动几步？其中移动的路线相互之间不能相交。

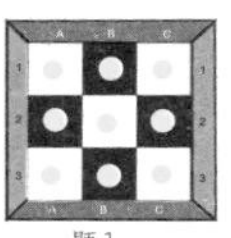

题1
3×3棋盘

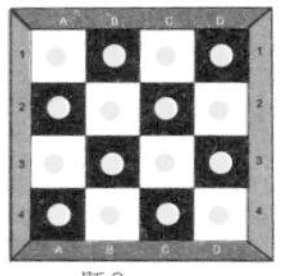

题2
4×4棋盘

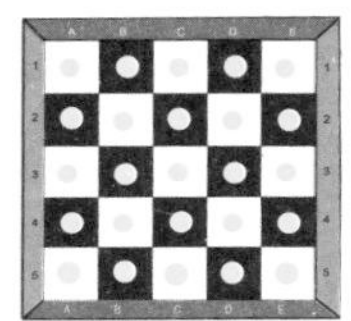

题3
5×5棋盘

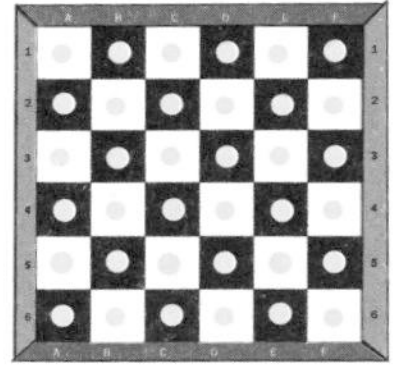

题4
6×6棋盘

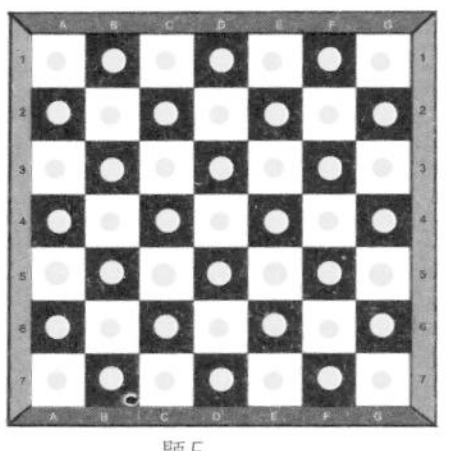

题5
7×7棋盘

题6
8×8棋盘

026 相交的骑士巡游

在这些棋盘上你能够找到多少个完整的骑士巡游路线（即骑士进入每个棋盘格1次并且只有1次）？其中移动的路线相互之间可以相交。

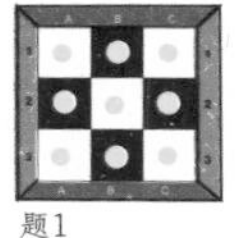
题1
3×3棋盘

题2
4×4棋盘

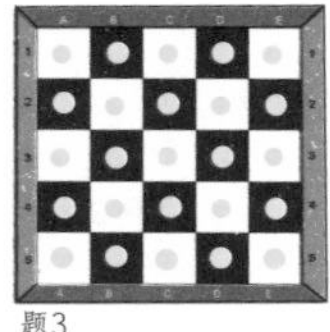
题3
5×5棋盘

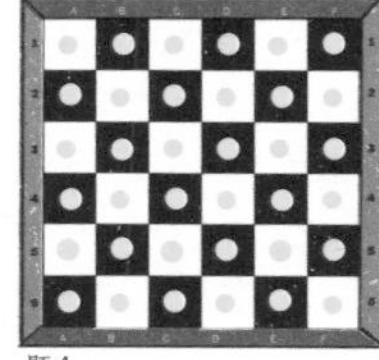
题4
6×6棋盘

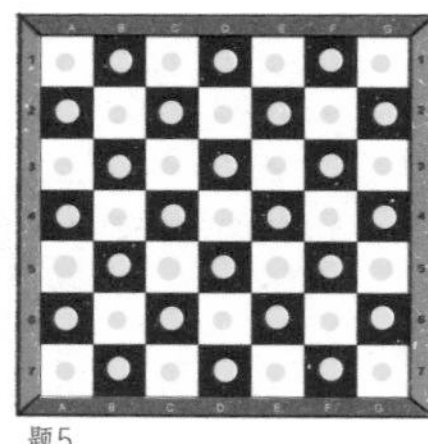
题5
7×7棋盘

题6
8×8棋盘

027 折叠纸片

将这幅图复印或者临摹下来，沿着虚线折叠，要求数字按正确顺序排列（即1，2，3，4，5，6，7，8），一个压着一个，“1”排最前，“8”排最后。数字朝上、朝下或在纸的下面都可以。

028 蛋糕片

一个蛋糕被切成18片，而且每一片被分成6块（如图所示）。

将蛋糕片重新编排，使得在这个蛋糕里没有任何一块相同颜色的蛋糕片有接触。该怎么做?

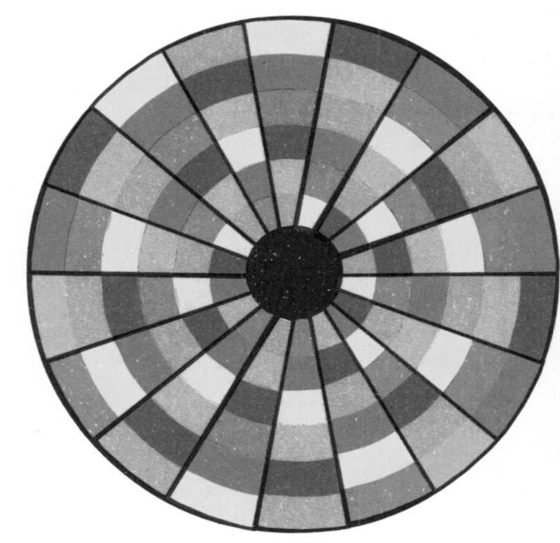

029 轮子

下图所示的这组轮子通过驱动带连在一起。如果左上角的轮子顺时针方向旋转，那么所有的轮子都能自由转动吗？你知道其中的原理吗?

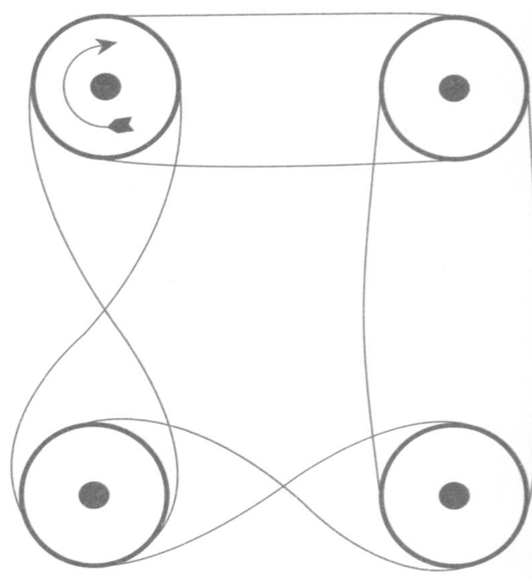

030 将死国王

如图所示，棋盘上摆放了9个国王，使国王能够进入棋盘上所有剩下的空格，且国王之间不能互吃。

如果把条件变动一下，使国王能够进入棋盘上的所有格子，并且每个国王都会被另外某个国王吃掉，那么最少需要在棋盘上摆放多少个国王？

031 楼号

街道上的大厦从1开始按顺序编号，直到街尾，然后从对面街上的大厦开始往回继续编号，到编号为1的大厦对面结束。每栋大厦都与对面的大厦恰好相对。

若编号为121的大厦在编号为294的大厦对面，这条街两边共有多少栋大厦？

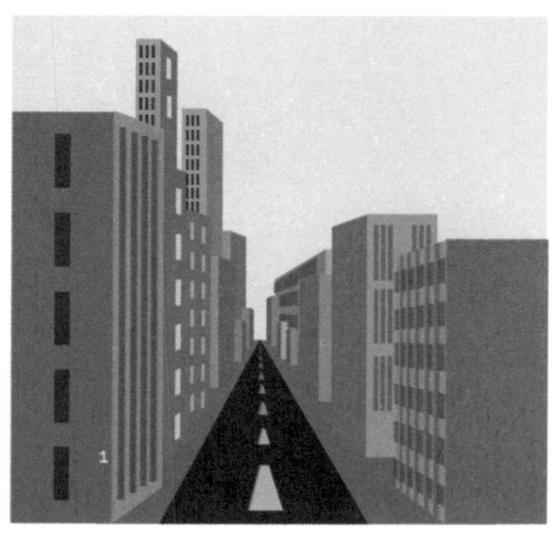

032 象的巡游

在国际象棋中，象只能斜走，而且只能走1种颜色的格子。

因此如果象的起点是在黑格上，那么它就只能走黑格，只能斜走，格数不限。但即使格数不限，它也不可能不重复进入就走遍所有的黑格。

题1:如果棋盘上任一黑格只能进入1次，那么象进行1次巡游最多能进入多少个格子?图1的路线有6个黑格没有进入，你能做得更好吗?

题2:如果棋盘上的格子允许多次进入，那么象最少需要几步才能进入所有的黑格?

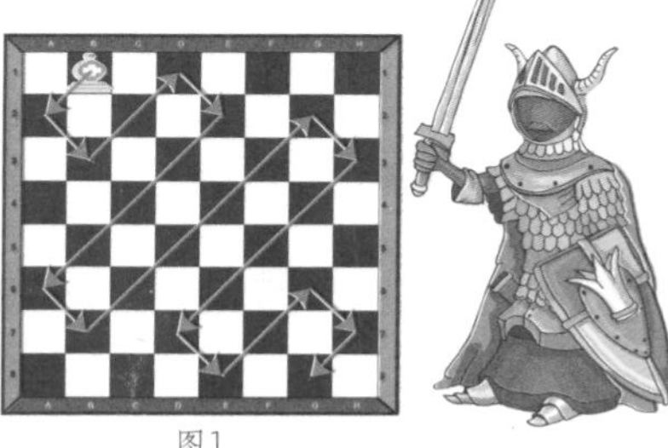

图1

033 拼接六边形

将这10个部分复制并裁下，重新组合成1个4×4×4的八边形蜂巢模式，如图1所示。

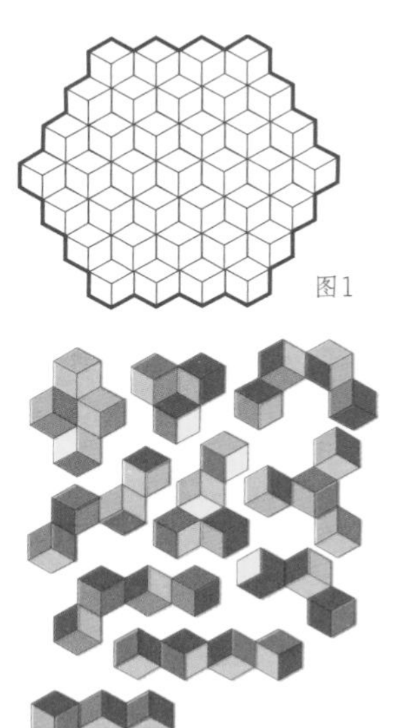

图1

034 象的互吃

如果要求棋盘上的每个格子都被进入1次，且每两个象之间不能互吃，一共需要8个象，如图所示。

其他条件不变，如果要求每个象都会被另外某个象吃掉，那么棋盘上需要摆放多少个象？

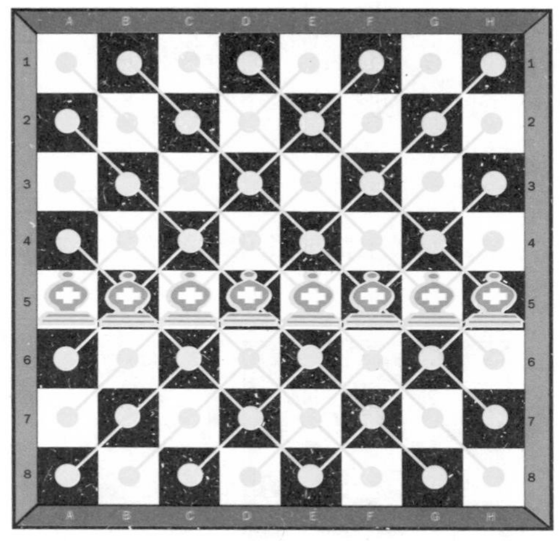

035 7张纸条

准备7张纸条，写下数字1~7，按照如图所示排列。现在，将其中的6张每张剪一下，重新排列时，还是7行7列，且每行、每列和每条对角线上的数字总和为同一个数。很难哦！

1 2 3 4 5 6 7

1 2 3 4 5 6 7

1 2 3 4 5 6 7

1 2 3 4 5 6 7

1 2 3 4 5 6 7

1 2 3 4 5 6 7

1 2 3 4 5 6 7

036 色块拼单词

下面是一些分散的色块，每个色块都分别有1个顶点将色块钉在白纸上，请你转动这些色块，使它们最终拼成1个英文单词。

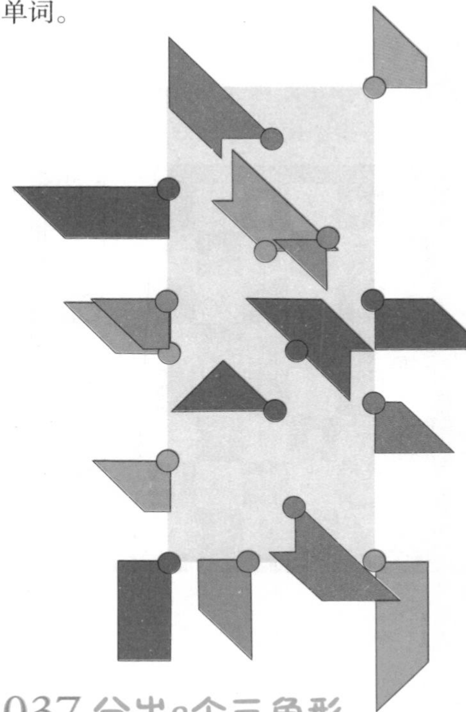

037 分出8个三角形

拿一张纸，在上面描绘出这个八边形。然后想一想怎样将这个图形分成8个相同的三角形，同时这些三角形还必须能组成1个星形。组成的星形要有8个尖，中间还有1个八角形的孔。

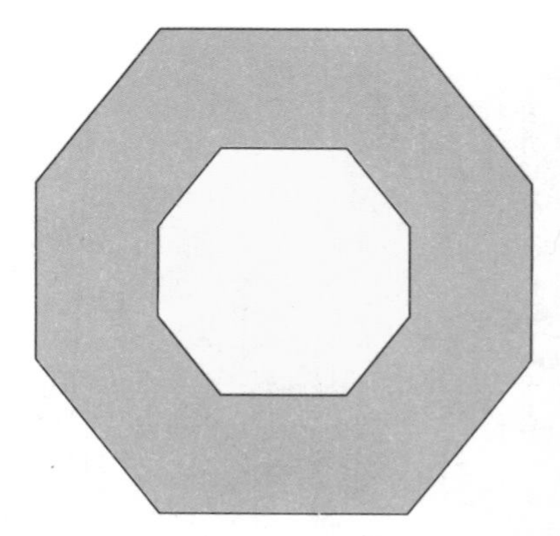

038 车的巡游

车的巡游是指车走遍棋盘上所有的格子，但每个格子只能进入1次。

车可以横走和竖走，格数不限，不能斜走。

在下面的这几种情况下请问车最少走几步或最多走几步才能完成巡游？

题1和题2:图中从A1到H7车走了30步。请问最少走几步和最多走几步才能完成这次巡游？

题3和题4:图中从A1到A8车走了31步。请问最少走几步和最多走几步才能完成这次巡游？

题5和题6:图中车用20步完成了1次回到起点的巡游。请问最少走几步和最多走几步才能完成这次巡游？

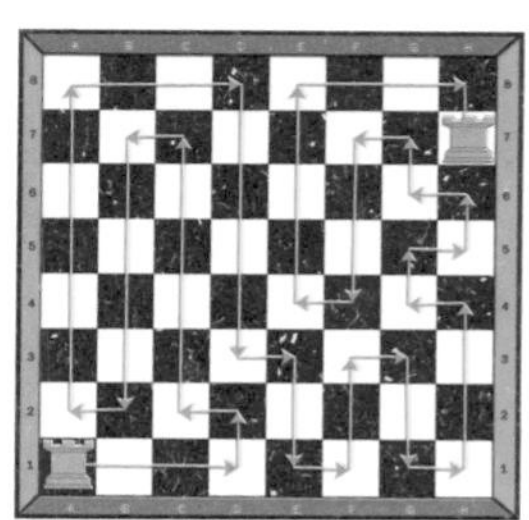

题1和题2

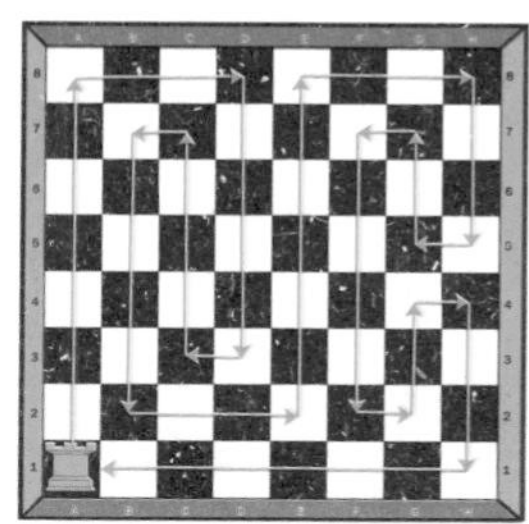

题5和题6

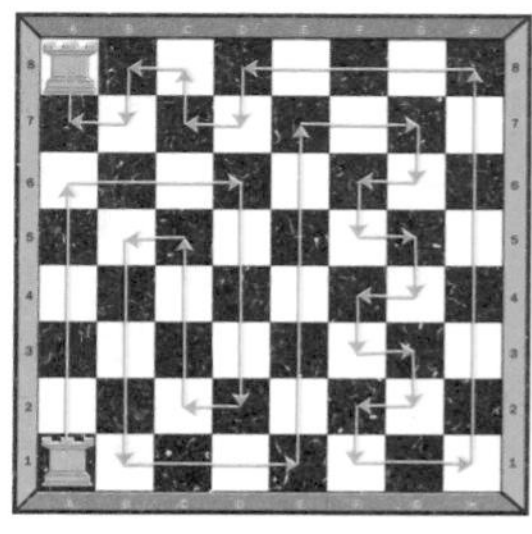

题3和题4

039 有链条的正方形

你要做的就是把这些图片组成1个正方形，且链条不允许中断。

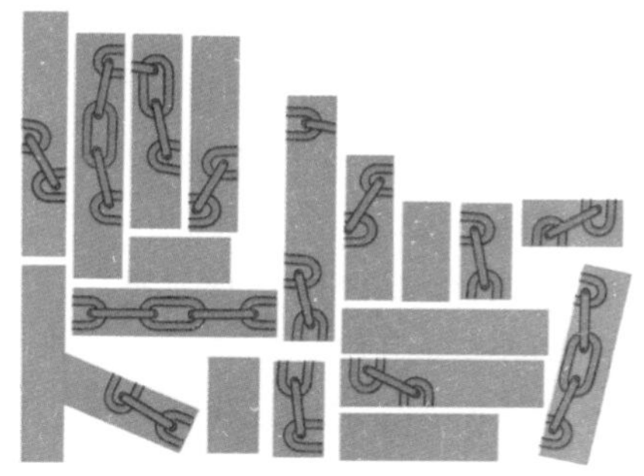

040 单人跳棋

这个游戏规则是这样的:除了中间的那个小洞（编号17），其他的所有小洞上都插有钉子。

玩家的任务是通过一系列跳跃，拔掉板上所有的钉子，最后只剩下1个钉子，这个钉子的最终位置必须是板的中心（编号17）。

跳跃的规则是这样的：1个钉子跳过相邻的钉子到达1个没有钉子的小洞，同时拔掉跳过的钉子。每次跳只能是横向或竖向，不能斜向。可以连跳。

你玩这个棋需要多少跳？或者你最多能够走多远，直到最后无路可走了？

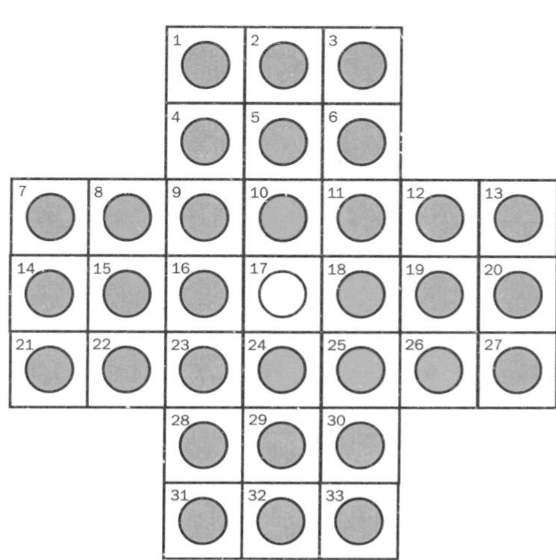

041 彩条谜题

用4种颜色填充每个纸条，你能填充出多少种不同的纸条（旋转后得到的图案算作不同的1个）？

7713×3立方体的组合问题

有许多关于三维空间的难题：把相同的积木放进指定的空间内。

如图所示，现在要求把这些积木拼成1个3×3立方体。这看起来简单，但是答案是很难找的，会使你有挫败感。

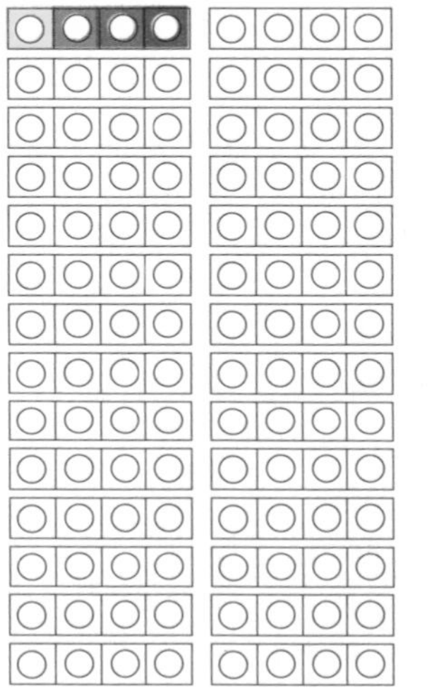

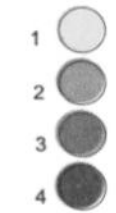

042 五角星内角

如图所示，请问你能否证明五角星的内角和等于180°？

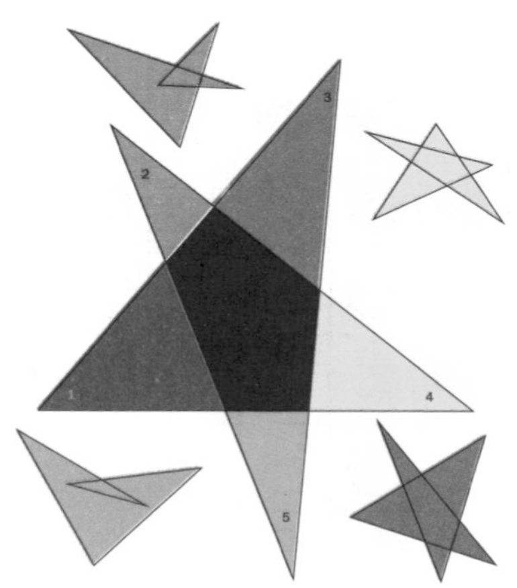

043 吉他弦

如图所示，一根吉他弦两端分别固定在1和7两处，从1~7每两点之间的距离相等。

在4，5，6处，分别放上3个折叠的小纸片。

用手捏住琴弦的3处，然后拨动2处。

纸片会有什么反应？

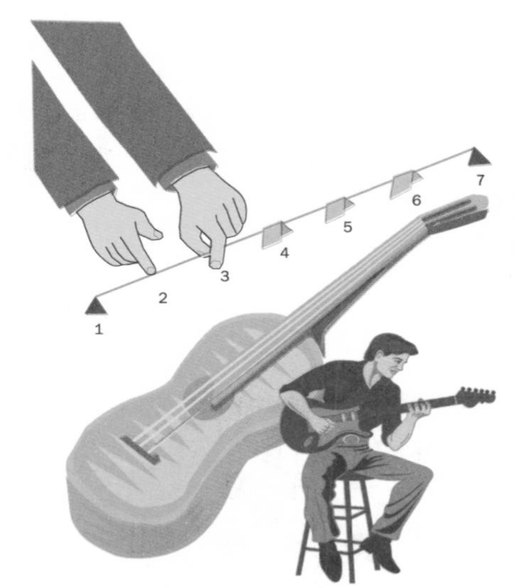

044 拼接瓷砖

将这7块瓷砖按照如下要求拼接起来：

1.每两个图形任意相邻的两部分颜色不同。

2.最后拼成的图形必须保证是轴对称图形。

045 保尔·加力的正方形

把正方形分成如图所示的6个部分。将黑色的小正方形拿走，然后把剩下的部分重新拼在1个相同的正方形的轮廓里，把它完全覆盖。你能做到吗？

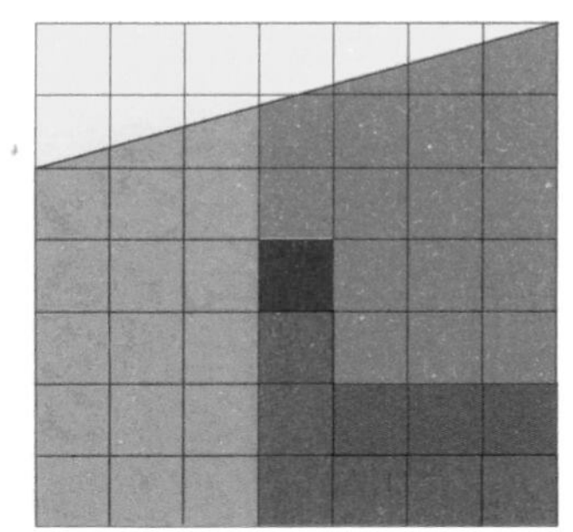

046 剪纸

根据爱因斯坦的理论，在某些地方，两点之间最短的距离并不是直线！思考一下这样的场景：在太空中，巨大物体的重力场具有相当的强度，而且达到了足以使得这片空间变得歪曲的程度。在这种空间维度已经变得弯曲的环境中，原本由直线所表现出的概念也会发生变化，转而去适应这扭曲空间的框架结构。那么你的思维也随之转向了吗？

下边的图形由一张纸构成，纸上没有哪部分进行过移动或是重新被贴回到适当的位置。你能用剪刀剪几下就做出这个图形来吗？你会找到乐趣的！

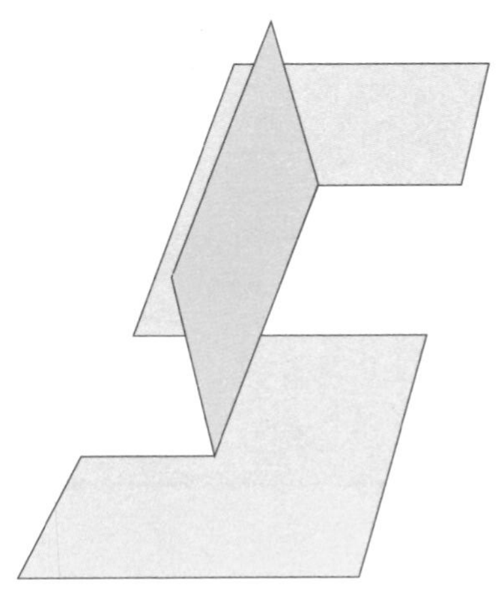

047 组合正方形

下边的图形中有3个组合在一起正好组成1个正方形，是哪3个？

1. A B C　2. B D E

3. B C D　4. A D E　5. A C D

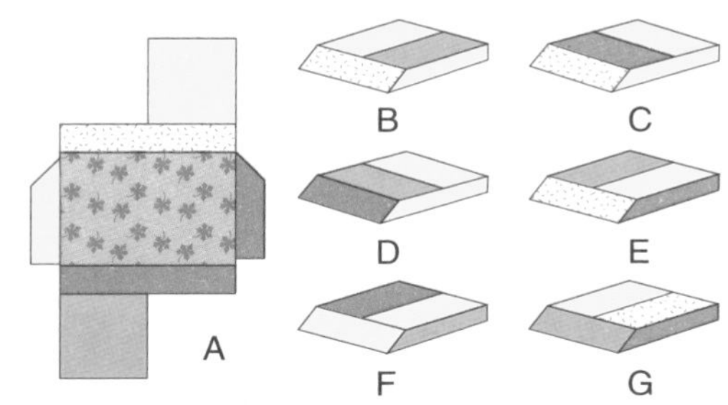

048 改变陶土块

你能想象出三维空间的样子吗？如果可以的话，那就试着想象出一块被制成正立方体形状的坚固陶土块。你想象出来了吗？很好。现在，我们用塑形刀将这个陶土块进行改变。那么怎样才能只切一刀就制造出如图所示的六边形呢？

049 建筑用砖

如果下面这个建筑四面都很完整，那么它总共用了多少块砖呢？

050 三角形三重唱

这些纠结的线里面隐藏有三幅画。要找出它们，你得把所有三角形涂上颜色。完成以后，分辨出这三幅画，并且试着找出它们名字的共同点。

051 列岛游

可怜的漂流者被困在了迷岛，从这里找到出去的路相当不容易。从漂流者所在的岛开始，从岛上选择任意一样物体（除了棕榈树以外），找到别的岛上跟它相同的物体，并跳到那个岛上。然后选择新岛上的另一件物体，并找到别处跟它一样的物体。如此反复，一直到达右下角的木船处……要注意路上的死角！

052 裹尸布明星

这两个木乃伊本不应该缠在一起的，但是有一条纱布把它们缠在了一起。所有其他纱布虽然相互之间穿过但是并不相连。你能把唯一那条把两个木乃伊连在一起的纱布找出来吗？

053 停车场

你能在车子的气用完之前找到购物中心侧面停车场的正确位置吗？

第3章　创造力

001 清理仓库

试试这个日本清理仓库的游戏。在这个游戏中，作为一个仓管员，你要把所有的“板条箱”都从出口转移出去。

规则如下：

1.可以横向或纵向推动1个板条箱；2.不可以同时推动2个板条箱；3.不可以往回拉动板条箱。

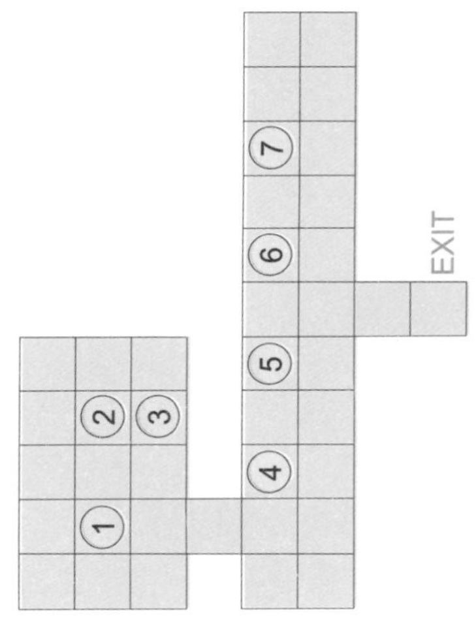

002 割据

画3条直线将方框分成6个部分，要求每部分都含有每种符号各2个。

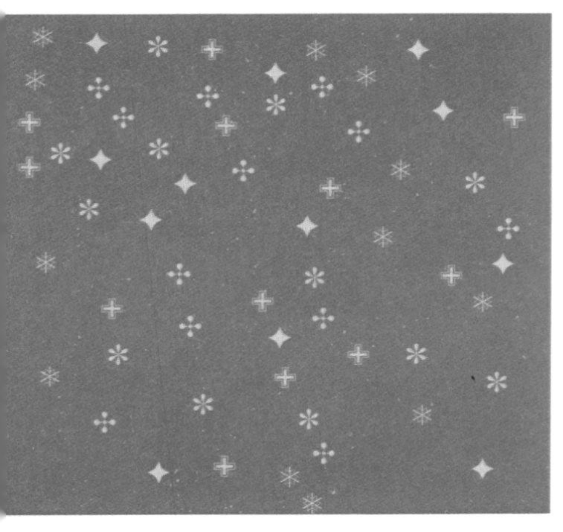

003 3个小正方形网格

你能否将下面的格子图划分成8组，每组由3个小正方形组成，并且每组中3个数字的和相等？

9	5	1	6	8
1	3	5	4	8
5	7		3	4
8	2	7	6	2
5	6	4	2	9

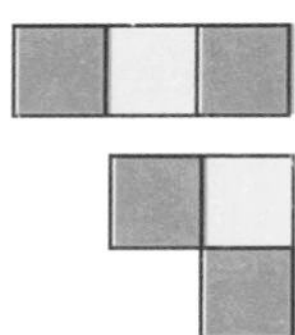

004 十字架

用直线连接这些小球中的12个，形成1个完美的十字架，要求有5个小球在十字架里面，8个在外面。

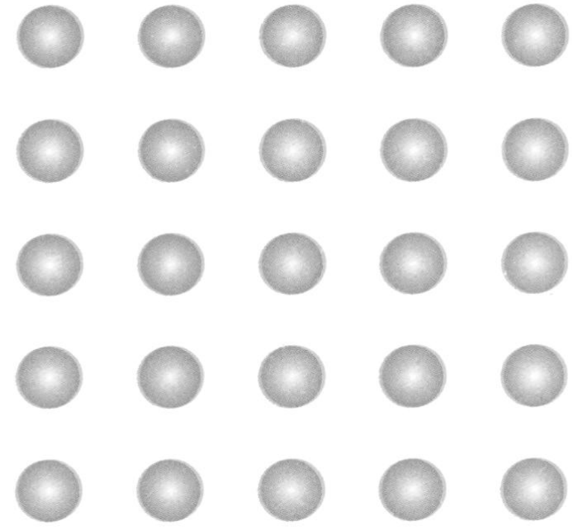

005 七巧板

我们熟知的最古老的分割问题是七巧板。经典的七巧板是世界上最美妙的难题之一。

把中间方框里的彩色七巧板图片复制并剪下来，你能拼出外框的所有图吗？

当你解决了这里给出的问题，请试着自己发明一些图样。

006 七巧板数字

用七巧板拼出图中所示的数字，速度越快越好。

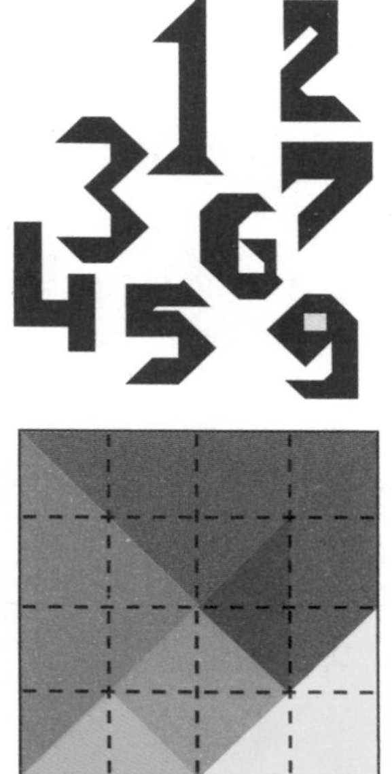

007 多边形七巧板

中国两个数学家王甫和熊川证明了用七巧板图片只能拼出13个不同的凸多边形：1个三角形、6个四边形、2个五边形，还有4个六边形。

这13个凸多边形的轮廓在下面已经给出了。

正方形已经拼好，你能用七巧板图片拼出另外12个图形吗？

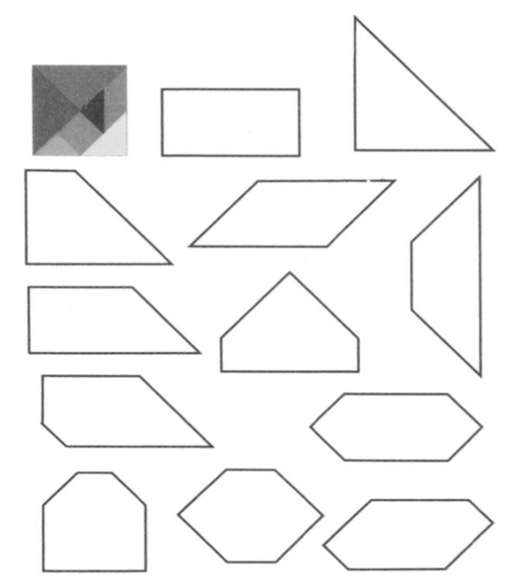

008 象形七巧板图形

下面的所有图形都是用七巧板拼起来的。你可以解决这些难题吗？

009 三角形七巧板

把1个正三角形分割成6个三角形，它们的角度分别是30°，60°，90°。我们就得到1组图形，它们可以被拼成大量的图形（如图所示）。

你可以拼出其他3个图形吗？

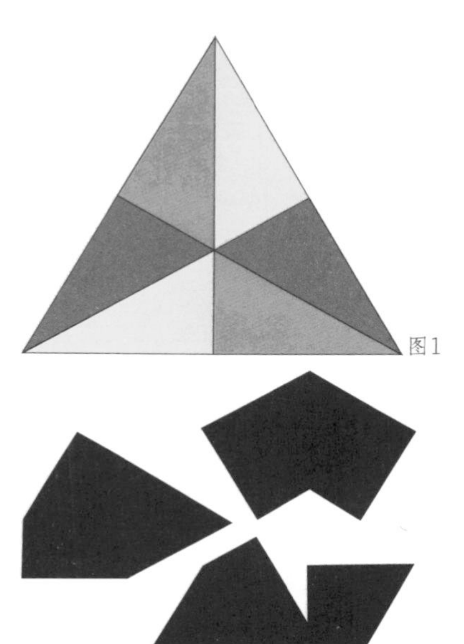

图1

010 心形七巧板

用9片心形七巧板图片拼出这两个黑色剪影。完成题目后，试着继续发明一些图形和题目。

011 圆形七巧板

用10片圆形七巧板图片拼出右边的剪影。每个图片都可以翻转使用。

你还可以拼出哪些图形？

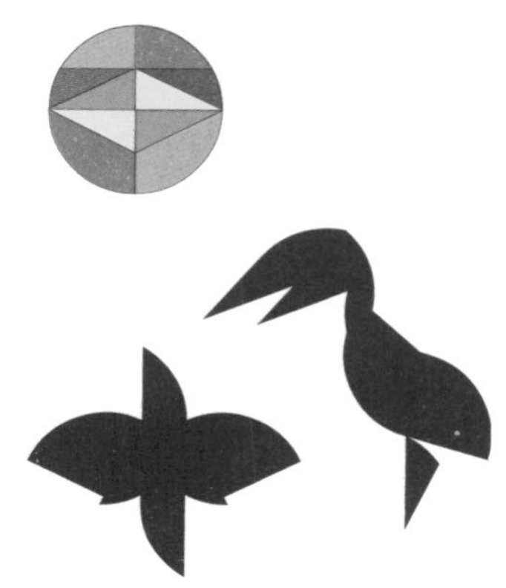

012 镜面七巧板

这12张卡片上描绘的都是本页底部4个形状中的2个的镜像。

你能找出每张卡片中镜子所处的位置吗？以及该卡片上的2个形状分别是什么样的吗？

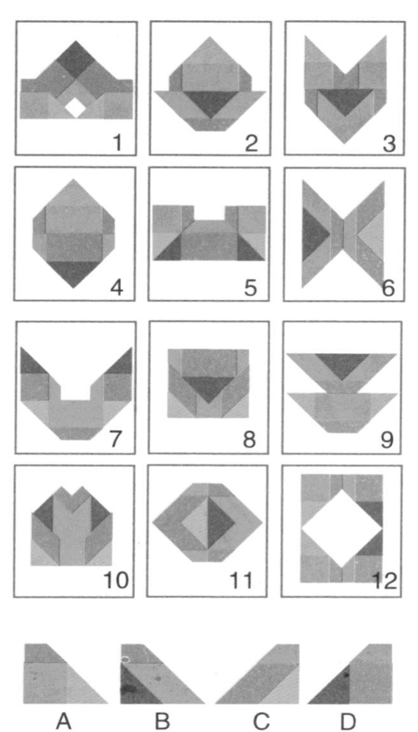

013 大小梯形

你能把这个梯形剪成更小的形状相同的4个梯形吗?

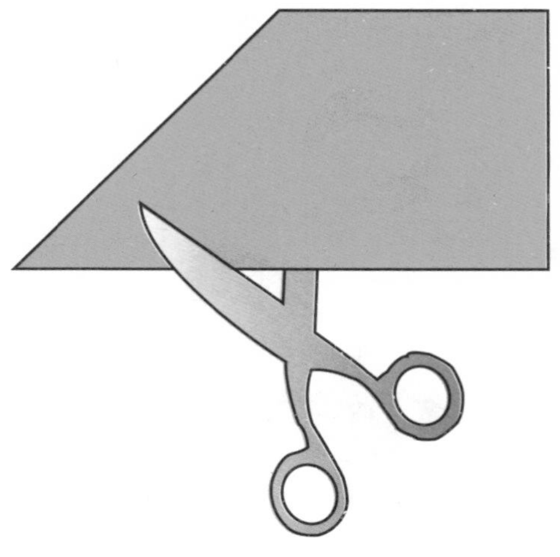

014 组合六角星

你能用这6个三角形拼出1个六角星吗(类似旋转的风车)?

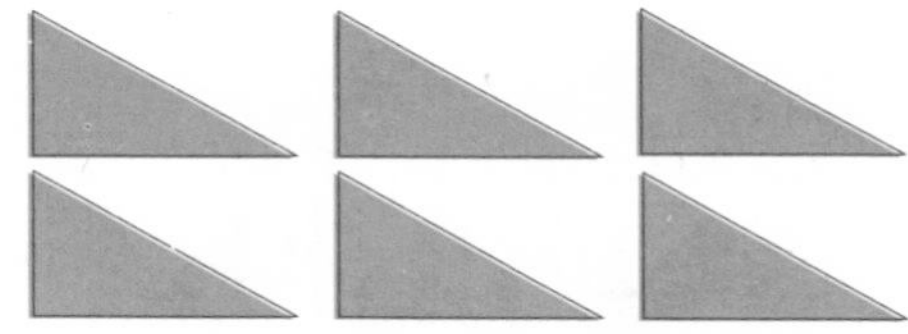

015 闭合多边形

请用6条线画1个闭合的多边形，使多边形的每一条边都跟另一条边相交(交点不是顶点）。下图是1种解法，你还能找到另外的解法吗?

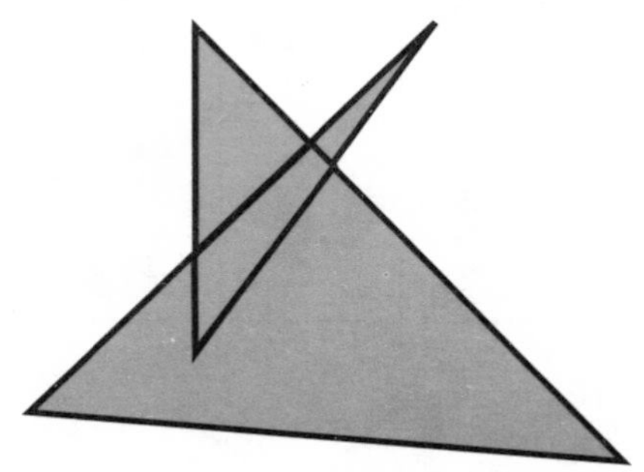

016 分割正方形

迪克·赫斯提出了这个问题：你可以用几种方法把1个正方形分割成6个相似的等腰直角三角形?

他找到了27种不同的答案，其中的一些已经列在上面了。你还能找到其他的吗?

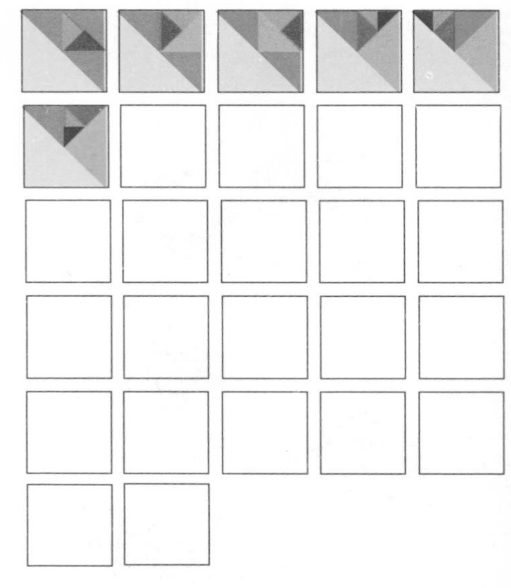

017 给3个盒子称重

你有3个形状相同、重量不同的盒子。用一架天平称它们的重量，你需要称几次就可以把它们由轻到重排列?

018 图案上色

现在要给这两个图形分别上色，问至少需要几种颜色才能使相邻的两个图形颜色不同？

这里的图形相邻指两个图形必须有1条公共边，而不能只有1个公共点。

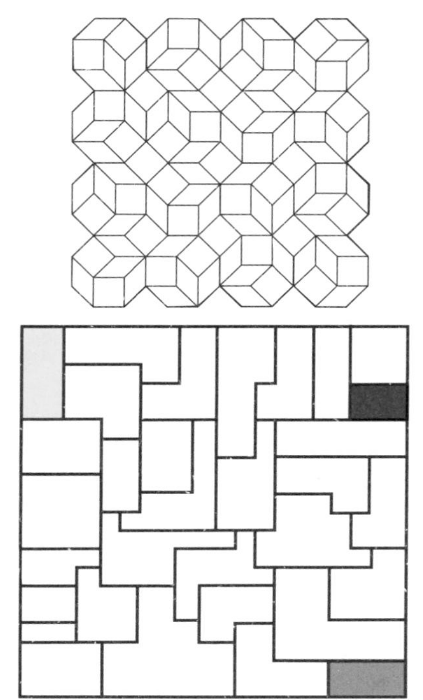

019 4点连出正方形

通过将4个点进行连接，在下边的图形中你总共能制造出多少个正方形呢？（注意：正方形的角必须位于点上。）

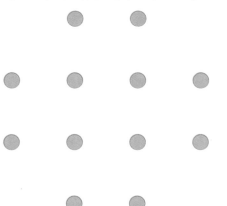

020 分割L形

1990年福瑞斯·高波尔提出了这个问题：由3个小正方形组成的L形结构可以被分成不同份数的形状相同、面积相等的部分吗？

依据给出的数字，你可以将它平均分成与数字相等的份数吗？

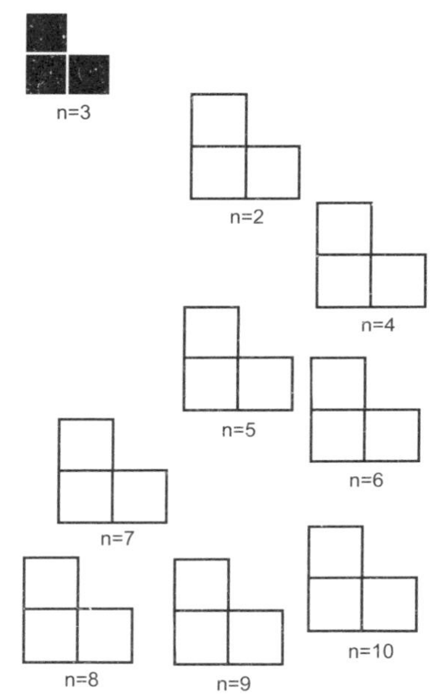

021 把正方形四等分

有37种不同的方法可以把1个6×6的正方形分成4个全等的部分（旋转和镜像不可以看作是新方法）。你能把它们都找出来吗？

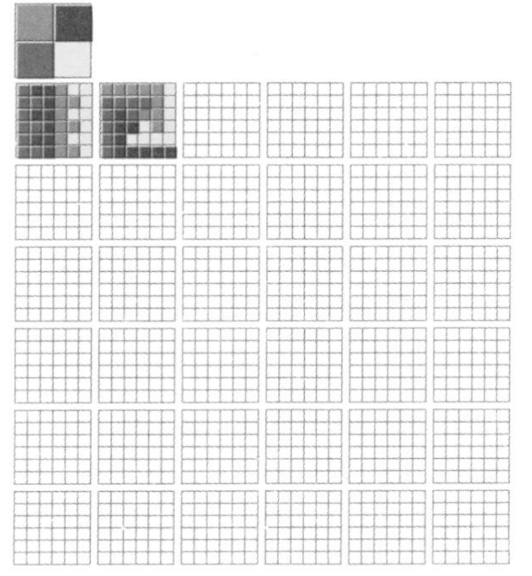

022 覆盖正方形

下面所示的36个图形占据了324个单位的正方形，也就是个18×18正方形的面积，即我们的游戏板。

你可以用这36个图形把正方形覆盖起来吗？

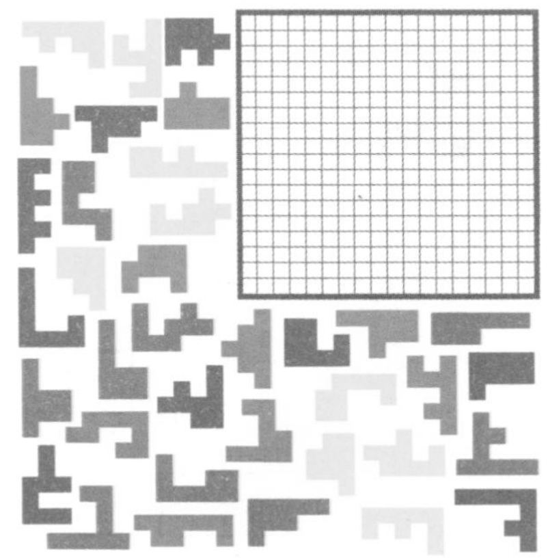

023 去电影院

现在让我们抛开那些谜题休息一下，看场电影吧。下面的地图显示的是从你家（H点）到电影院（M点）的各种路线。如果你只能向北、东或东北方向行进，那么从你家到电影院有多少种可能的路线呢？

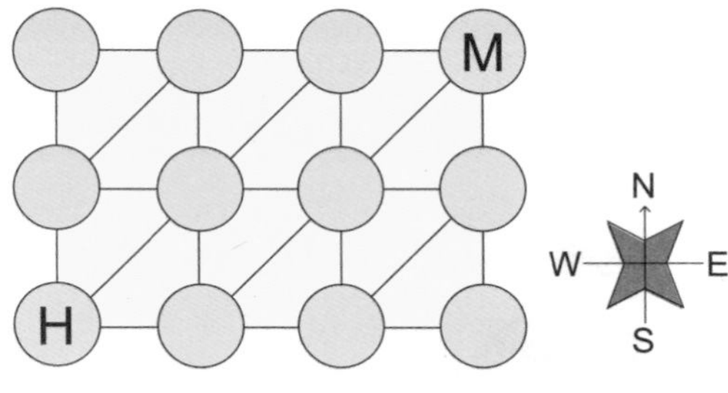

024 守卫

汤米·莱德斯给谜题国的国王帕泽尔佩特出了一道著名的“伦敦塔”问题。图中的A，B，C，D，E分别代表伦敦塔的5名守卫。每当日落的时候，A，B，C，D各守卫都会迅即走出A，B，C，D出口，鸣枪示意，唯有E会从起始点走到F位置。问题是如何给这5名守卫找到5条路线，让他们行走时均不经过其他人所走的路线。图中已标出A，B，C，D，E各守卫的位置以及他们需要通过的4道门的位置。汤米说，当你知道怎么走之后，这道题其实很简单。

汤米的第2个问题比第1个更好。

每到午夜，1名守卫就会从图中的W入口处进入塔内，然后迈着庄严的行军步伐走遍所有的64个房间，最后走到图中的黄色格子处。由于有长期的经验，守卫们都知道如何在尽可能少拐弯的情况下走完所有的房间，并且不重复经过任何房间。你能找到这条路线吗？

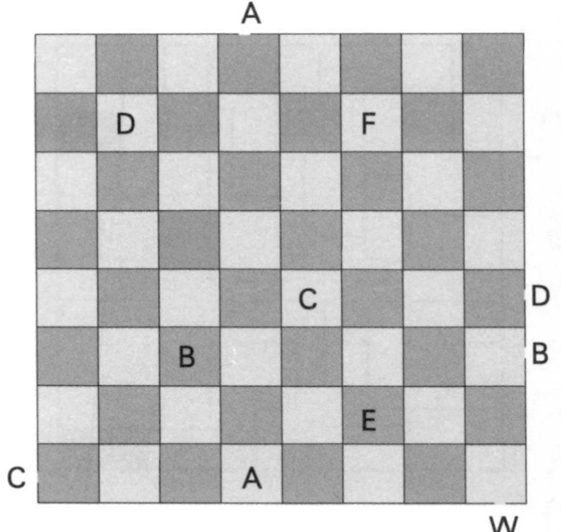

025 填涂图案

用3种不同的颜色填涂这个图案，规则是任意两个相邻区域的颜色不可以相同。

026 建造桥梁

这是风靡日本的游戏之一——建造桥梁。在这个游戏中，每个含有数字的圆圈代表一个小岛。你需要用纵向或横向的桥梁连接每个小岛，形成一条连接所有小岛的通道。桥的数量必须和岛内的数字相等。在两座小岛之间，可能会有两座桥梁连接，但这些桥梁不能横穿小岛或者与其他的桥相交。

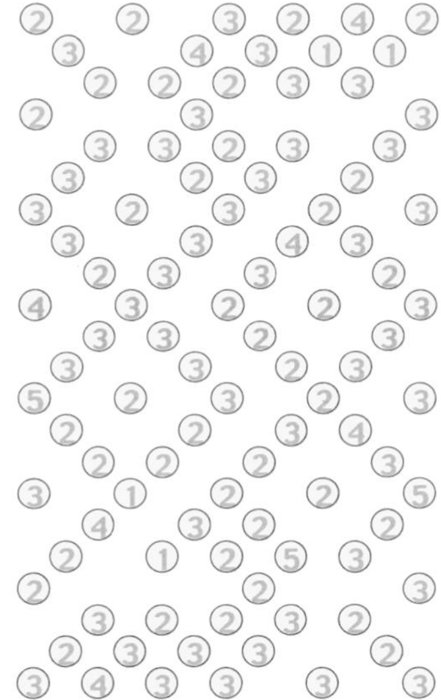

027 增加正方形

下图中的3个正方形分别被分割成4，6，8个较小的正方形，一共18个。

你能加4条直线，使分割所得的正方形达到27个吗？

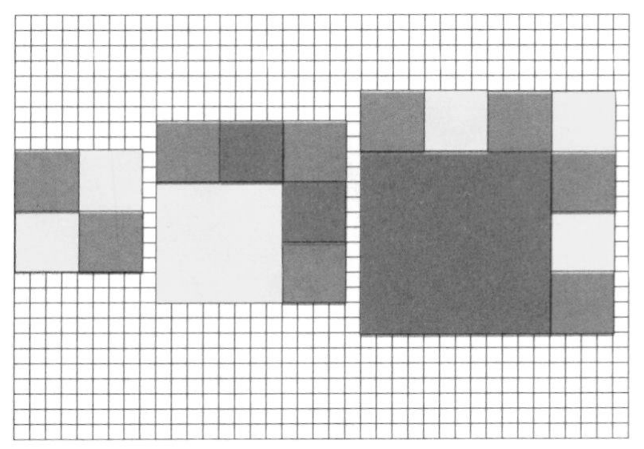

028 直线分符号

画3条直线将下图分成6个部分，每部分都包含6个符号——每种符号各2个。

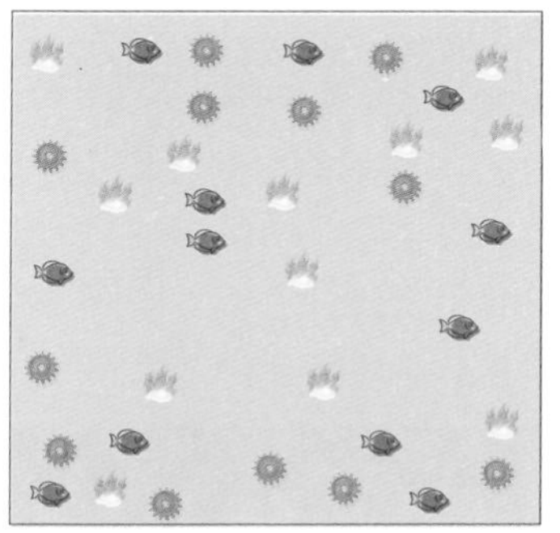

029 六彩星星

你能用这7个六边形组成1个图形，使该图形包含1个具有6个顶点、6种颜色的六角星吗？

030 重组五角星

把这4个十边形复制下来，并把它们剪成如图所示的17部分。你可以把这17部分重新拼成1个规则的五角星吗？

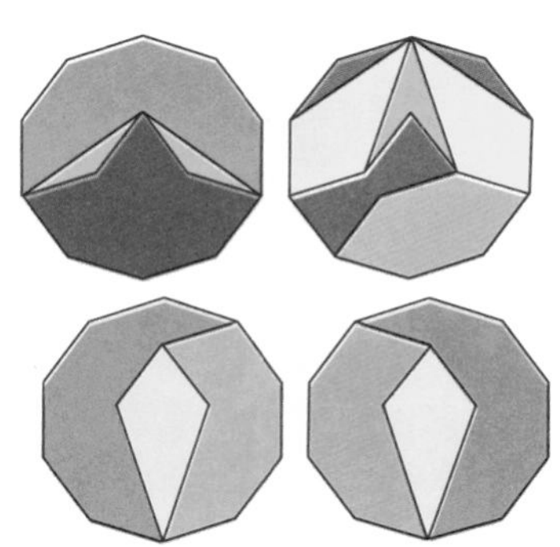

031 棋盘与多米诺骨牌

多米诺谜题中有一组经典题是用标准多米诺骨牌（1×2的长方形）覆盖国际象棋棋盘。

图中3个棋盘上各抽走2个方块（图中黑色处），留下的空缺无法用标准多米诺骨牌填充。

你能找出这3个棋盘中哪一个能用31块多米诺骨牌覆盖完吗？

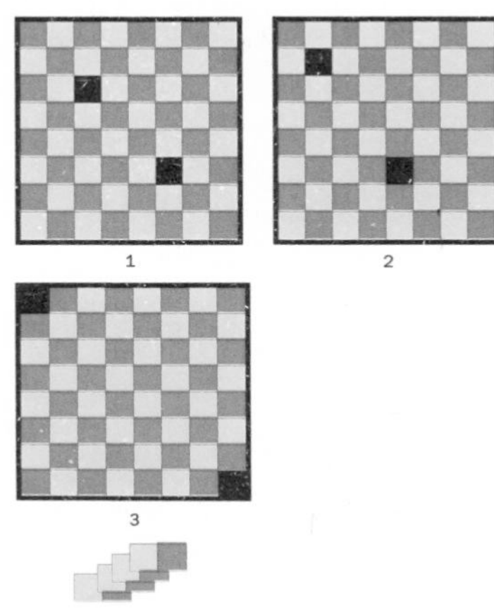

032 重组等边三角形

把这些被分割的六边形的图形碎片复制并剪下来。

你可以用这些碎片拼成1个等边三角形吗？

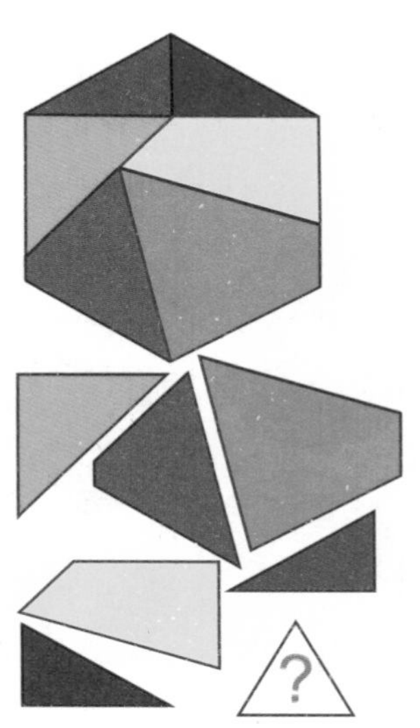

033 重组4个五角星

把这个大五角星复制下来，并把它分割成如图所示的12部分。

你可以把这12部分重新拼成4个小五角星吗？

034 重组七边形

把下面2个相同的七角星复制下来并剪成如图所示的20个部分。你可以把这20个部分重新拼成1个大的七边形吗？

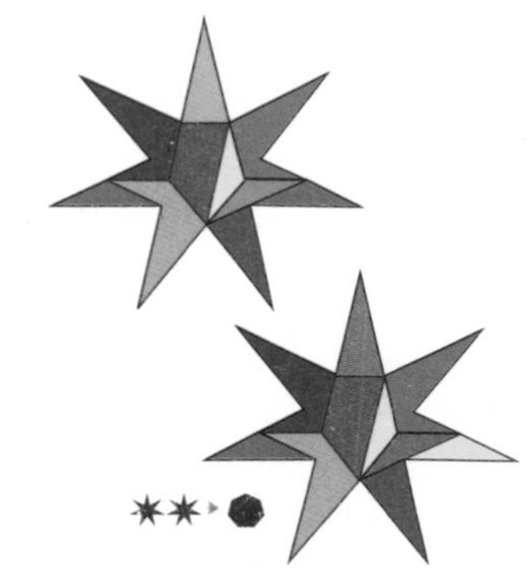

035 星形难题

把这3个小的十二角星形复制并剪成24个部分。

你可以把它们重新组合拼成1个大的十二角星形吗？

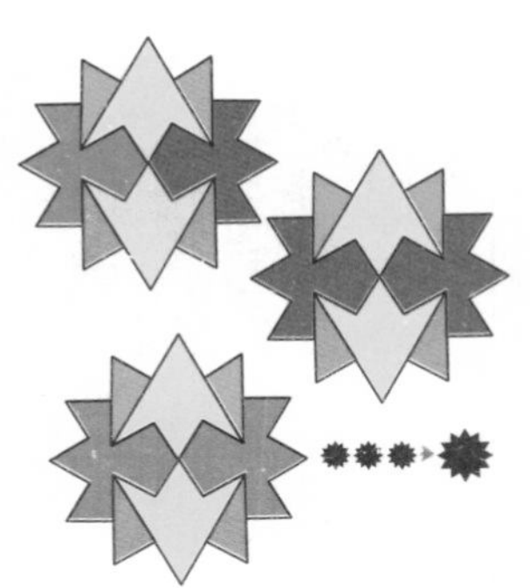

036 网格覆盖

下面的10×10的棋盘中有5个方块被删掉了。用1×2的长方形多米诺骨牌，你能完全覆盖下图的网格吗？如果不能，你能完成多少？

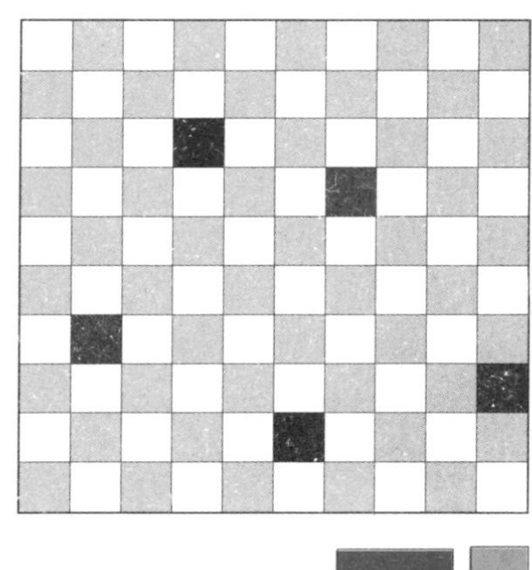

037 连续的多格骨牌方块

由1~8个正方形组成的被称作多格骨牌的这些形状，已如下图所示排列出来。

你能用所有这些形状创造出1个6×6的正方形吗？你能找到几种解决方法？

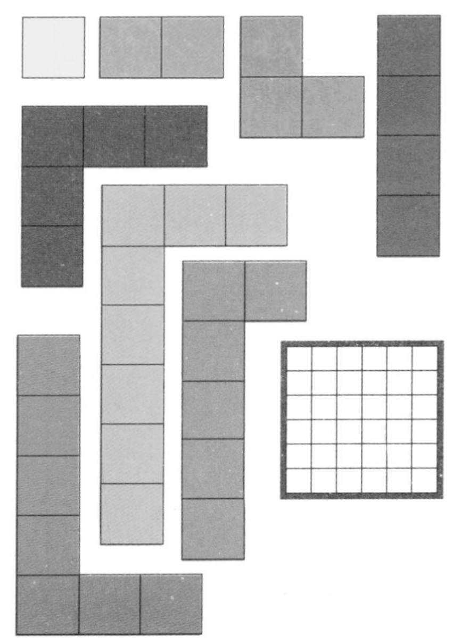

038 连接色块

沿着图中的白色边线把所有颜色相同的色块连接起来，注意各条线不能相交。

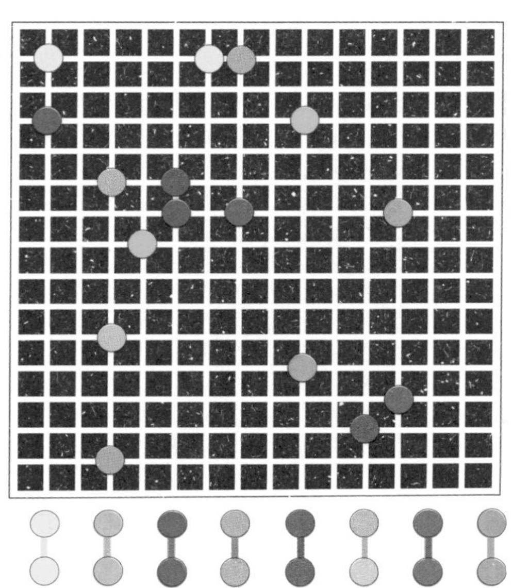

039 重拼正五边形

如图所示，把1个五角星和4个正五边形分成10部分，它们可以被重新拼成2个大的相同的正五边形。

你知道怎么拼吗？

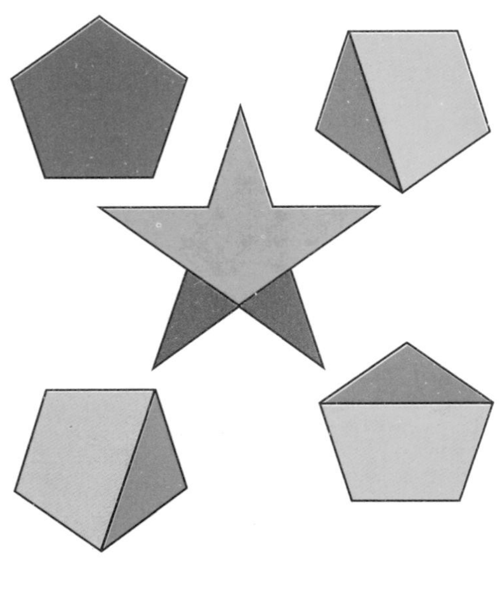

040 重组正方形

把这个被截去一角的三角形复制并分割成8块，然后把它们重新拼成1个完整的正方形。

041 埋伏地点

8个士兵必须埋伏在森林中，并且他们每个人都不能看到其他的人。

如图，每个人都可以埋伏在网格中的白色小圆处，通过夜视镜只能看到横向、竖向或斜向直线上的东西。

请你在图中把这8个士兵的埋伏地点标出来。

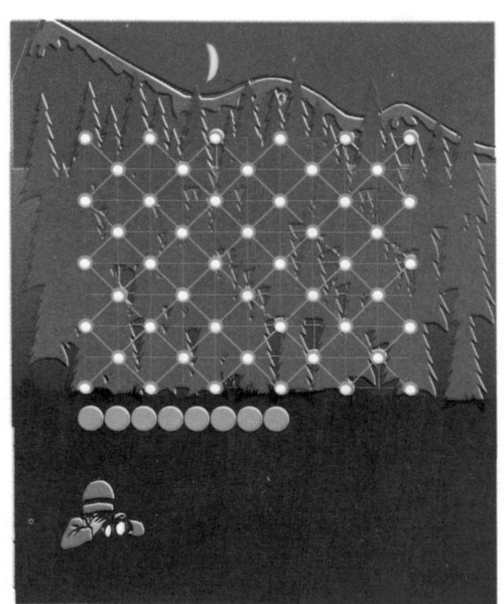

042 小钉板

小钉板可以帮助我们学习和理解多边形的面积关系，在板上用线把各个钉子连起来可以得到不同的多边形。

这里要求在正方形的小钉板上用线连成1个闭合的，并且每两条边都不在同一条直线上的多边形。多边形的每个顶点都必须在板上的钉子上，并且每个钉子只能使用1次。

1.如图所示的是在1个4×4的小钉板上连成的有9个顶点的多边形，请问你能否在这个板上用线连成1个有16个顶点的多边形，即板上的每个钉子都使用1次，并且满足上面所讲的要求？

2.请你在从2×2到5×5的小钉板上，用上尽可能多的钉子连成符合要求的多边形。

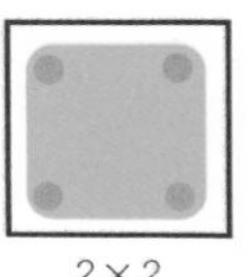

2×2

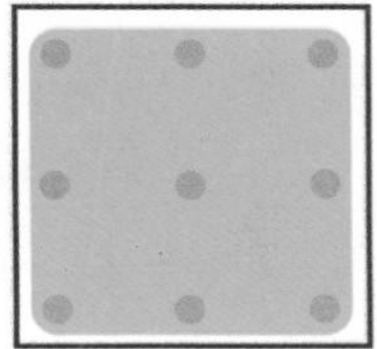

3×3

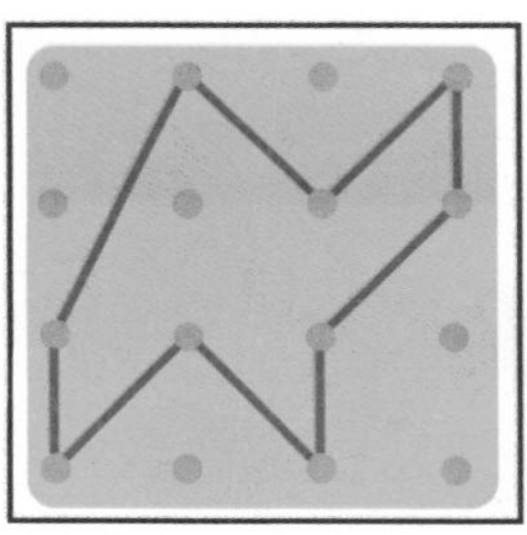

4×4

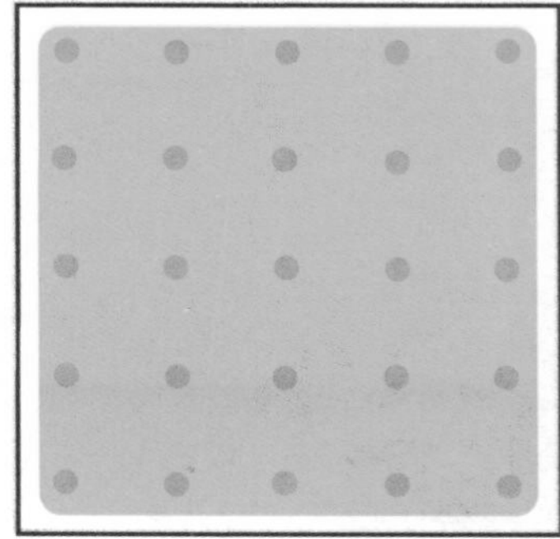

5×5

043 三角形钉板

请问你能否在这些三角形的小钉板上，用上尽可能多的钉子，连成1个闭合的，且每个顶点都在钉子上的多边形（每个钉子只能使用1次）？

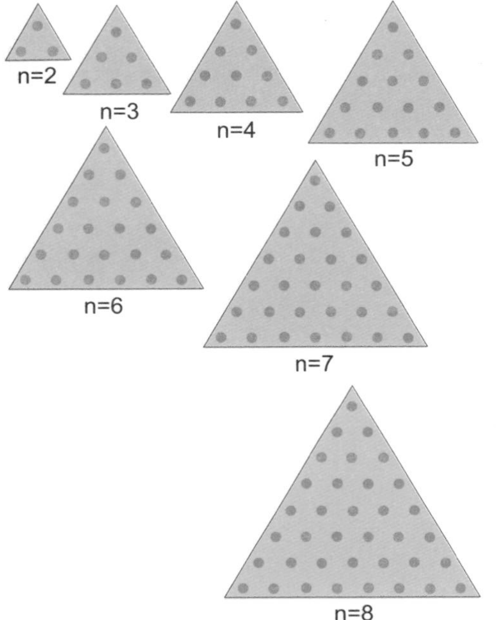

044 正六边形钉板

请问你能否在这些正六边形的小钉板上，用上尽可能多的钉子，连成符合65题要求的多边形？

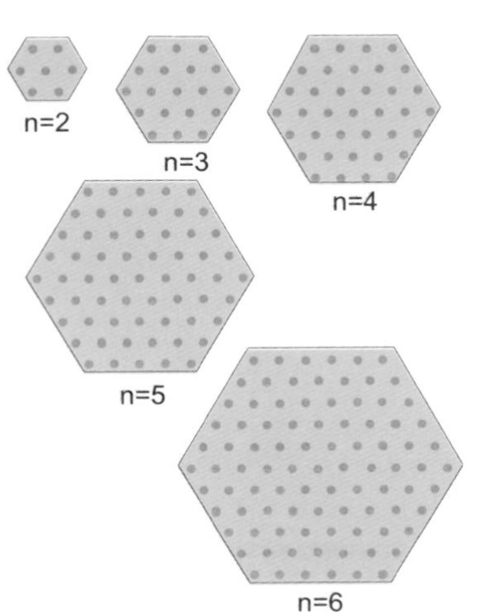

045 连接四边形

在 3×3 的小钉板上连成四边形，至少有 16 种连法，你能画出来吗？

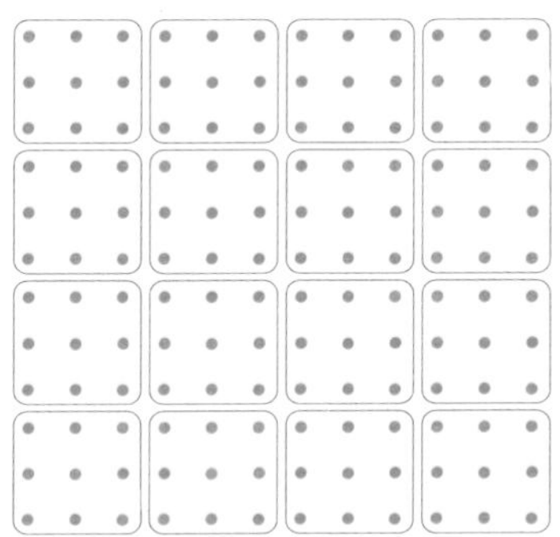

046 4等分钉板

把 3×3 的小钉板分成面积相等的 4 块，请你至少找出 10 种分法。图像的旋转和镜像不算作新的分法。

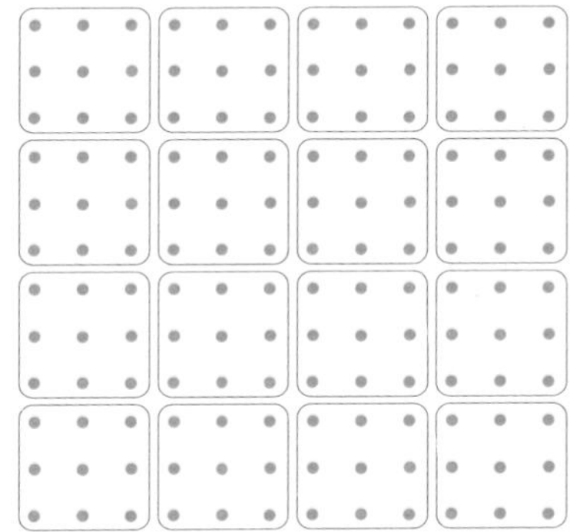

047 分割

用 3 条直线将这个正方形分成 5 部分，使得每部分所包含的总值都等于 60。

048 连接数字

你能够把上面1~18用曲线从头到尾连接起来吗？曲线之间不能相交。

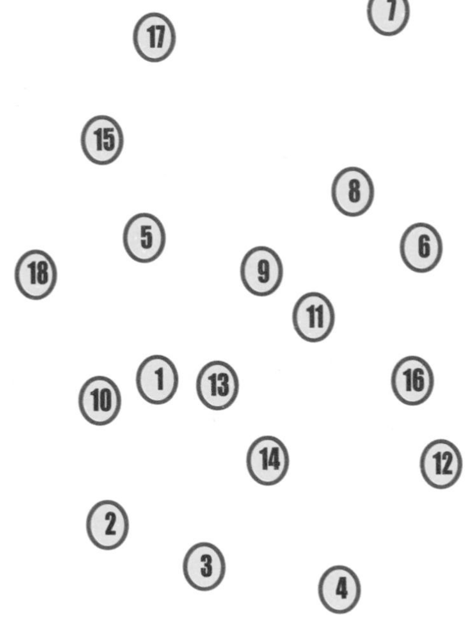

049 毕达哥拉斯正方形

你可以把这12个图形重新拼成1个完整的正方形吗？

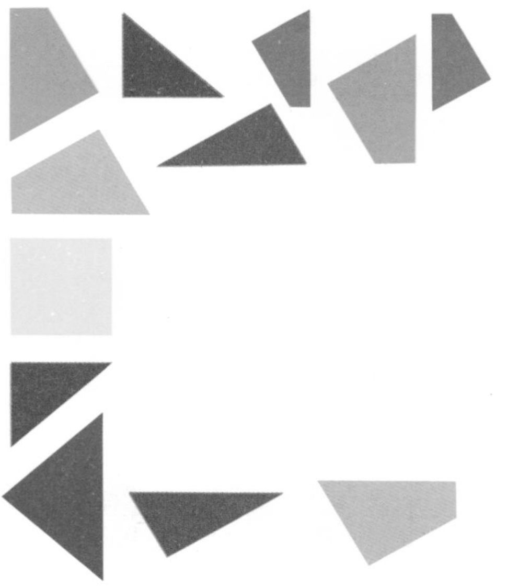

050 麦克马洪的彩色方块

1个正方形被它的对角线分成了4部分。

用4种颜色给正方形上色，上色样板如图所示。

有6种不同的方法给正方形上色（旋转所得的正方形不算是新的正方形）。你能把它们都找出来吗？

将每种正方形再复制3份，得到24个正方形，将它们剪下来。

你能否用这套正方形拼成1个4×6的长方形，要求相邻正方形的边的颜色相同。

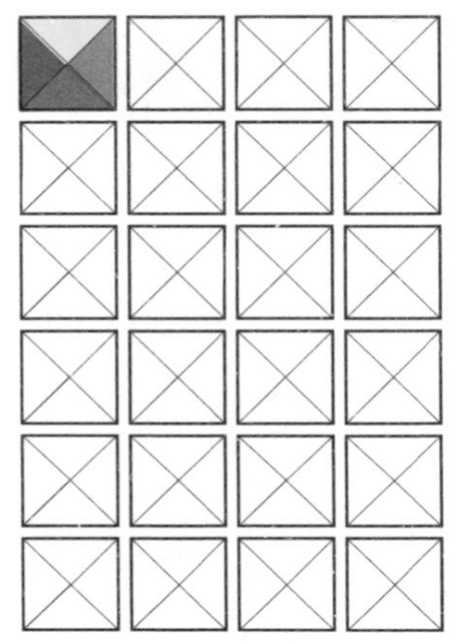

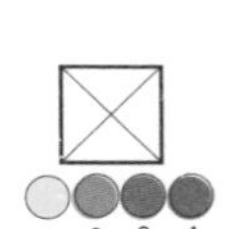

051 分割矩阵

你能沿着这些线条把这个矩阵分成4个部分，每部分里都必须包含1个三角形和1个五角星吗？每部分的形状和尺寸都必须相同，但三角形和五角星的位置可以不同。

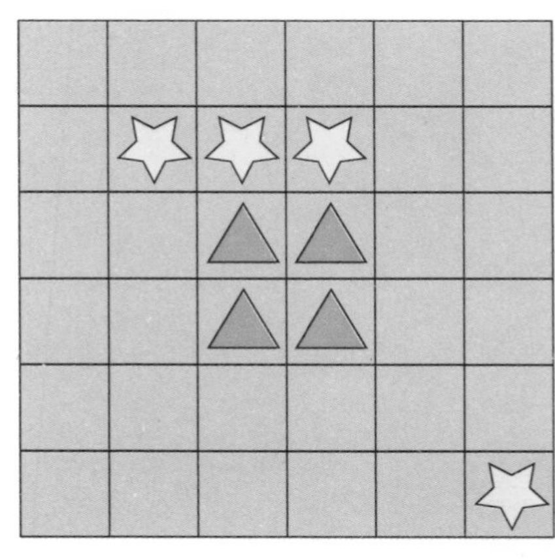

052 摆放棋子

用50题的那套24个四色正方形来进行这个游戏，这个游戏能让多达4个玩家参与。之前排序好的棋子被随意分发；玩家们轮流在游戏板上摆放棋子来接上已摆放好的棋子，颜色要与和棋子任何一条边相接的颜色一致。首先将棋子全部摆放到板上的玩家获胜，放在游戏板边界上的棋子的颜色也应该与板同色。你能做到吗？

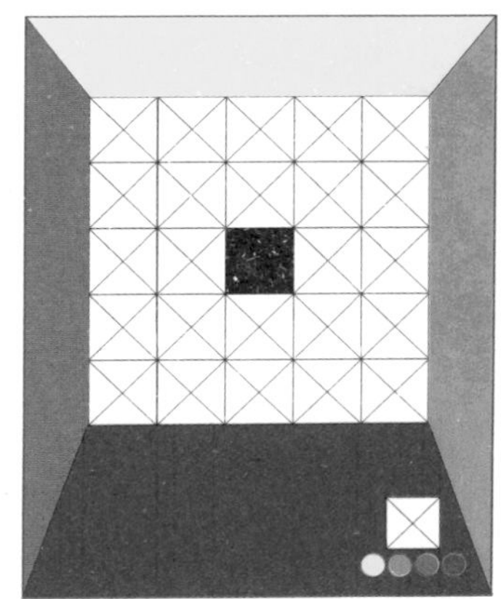

053 组成十二边形

1个十二边形可以被分割成12个相同的四边形，每个四边形都是由1个等边三角形和1个正方形的一半组成。

你能用这12个四边形重新组成1个十二边形吗？

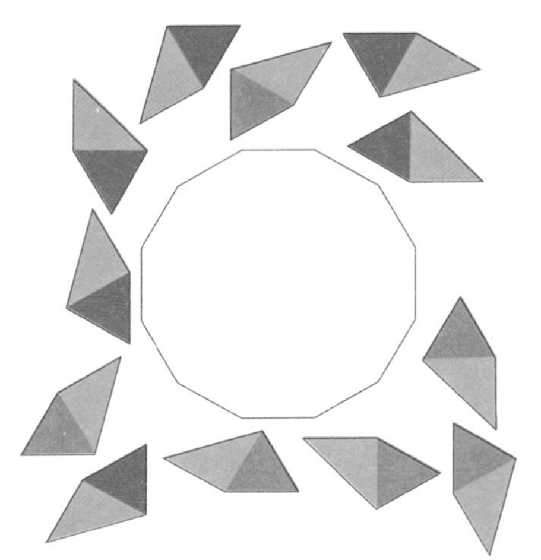

054 走出迷宫的捷径

从中央的数字“4”开始，按你喜欢的方向走4步，横走、竖走或对角走。到达1个标有数字的方框后，再次按照你喜欢的方向，根据方框内数字所指示的步数走。通过这种方式，你可以找到走出迷宫的路。但是，最后1次移动时，你只能走1步离开迷宫。你的任务就是找到只移动3次就可以走出迷宫的捷径。

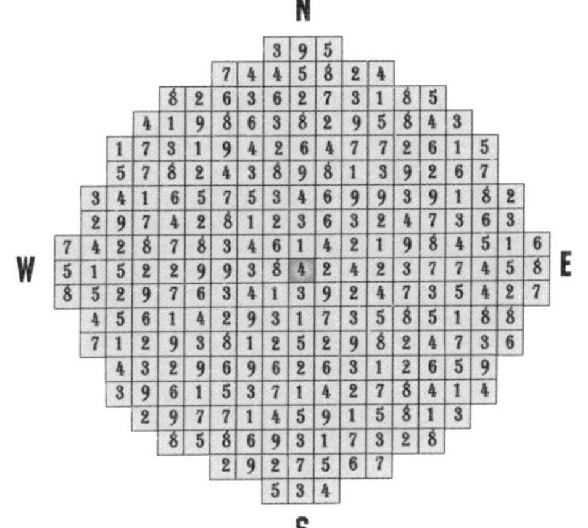

055 瓢虫

一共有19个不同大小的瓢虫，其中17个已经被分别放入了上面的图形中，每个瓢虫均在不同的空间里。

现在要求你改变一下图形的摆放方式，使整个图中多出两个空间，从而能够把19个瓢虫全部都放进去，并且每个瓢虫都在不同的空间里。

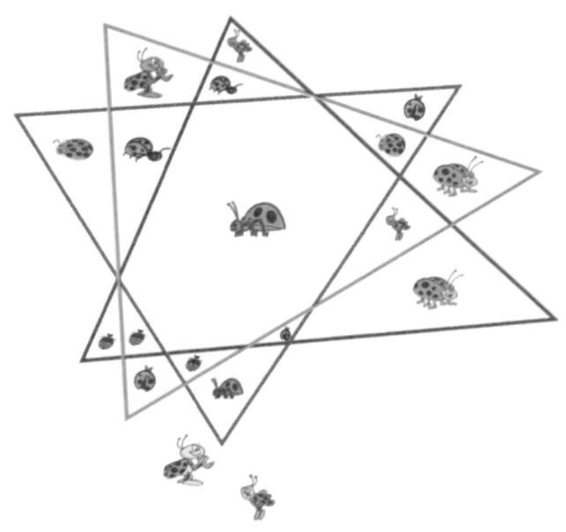

056 游戏板

你能在游戏板上的9个竖栏中放置1~9这9个数字，使它们形成3个数字的降列排序或升列排序吗？

注意：排列中包含或者不包含相邻的数字均可，如图1所示的排列中，连续3个的升序排列符合规则，但是连续4个降序排列就是错的。

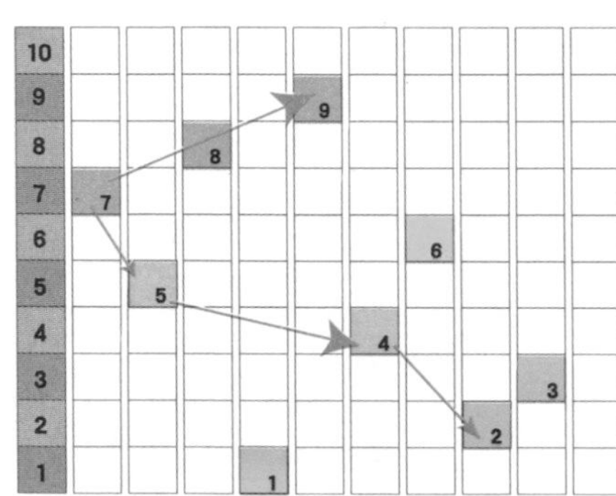

图1

058 连接圆点

只利用6条直线，将右边的16个点全部连接起来。

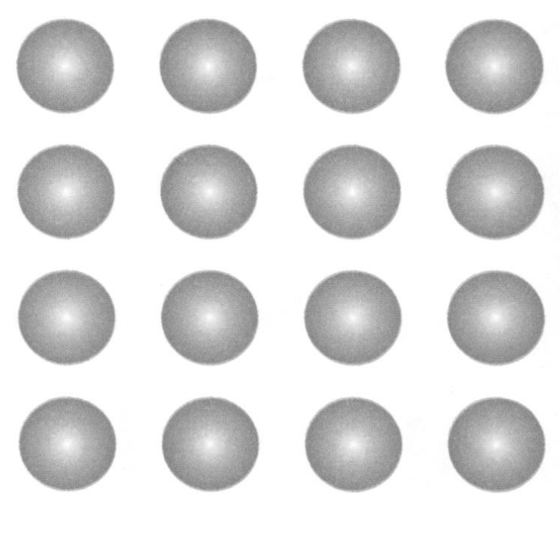

057 不可比的长方形

在数学上，2个有整数边的长方形，如果它们互相都不能被放进另一个里面（它们的边是平行的），那么我们称它们为不可比的长方形。

下面7个长方形互相不可比，而且可以被拼进1个最小的长方形。

1.你能确定这个可以由7个不可比的长方形拼成的长方形边的比例吗？

2.你能找到这类的图样吗？

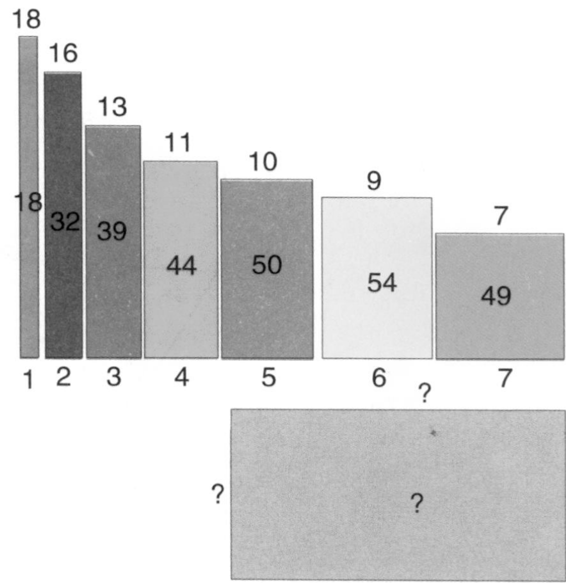

第 4 章 记忆力

001 数字筛选

请你选出 10 个小于 100 的正整数。然后从这 10 个数中选出两组数，使得它们的总和相等。每一组可以包含一个或者多个数，但是同一个数不能在两组中都出现。请问是否无论怎样选择，这 10 个数中总是可以找到数字之和相等的两组数呢？

下面是一个例子：

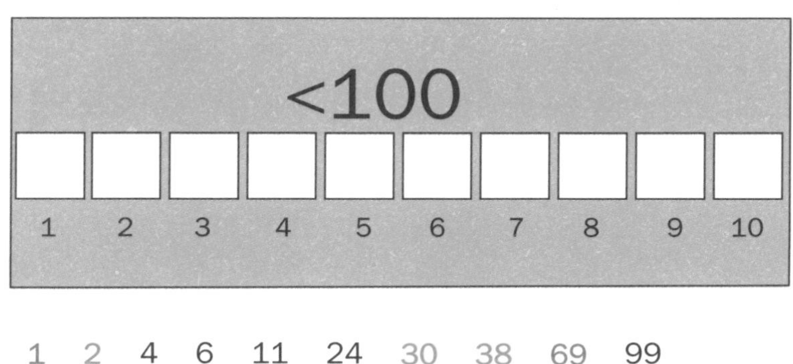

1　2　4　6　11　24　30　38　69　99

2　+　30 + 38　= 70

1　+　69　= 70

002 总长度为10

如图所示，使用一套奎茨奈颜色棒可以组合出几种总长度为 10 的形状。如果使用多套奎茨奈颜色棒就可以组合出更多总长度为 10 的形状。

请问可以组合出多少套呢？

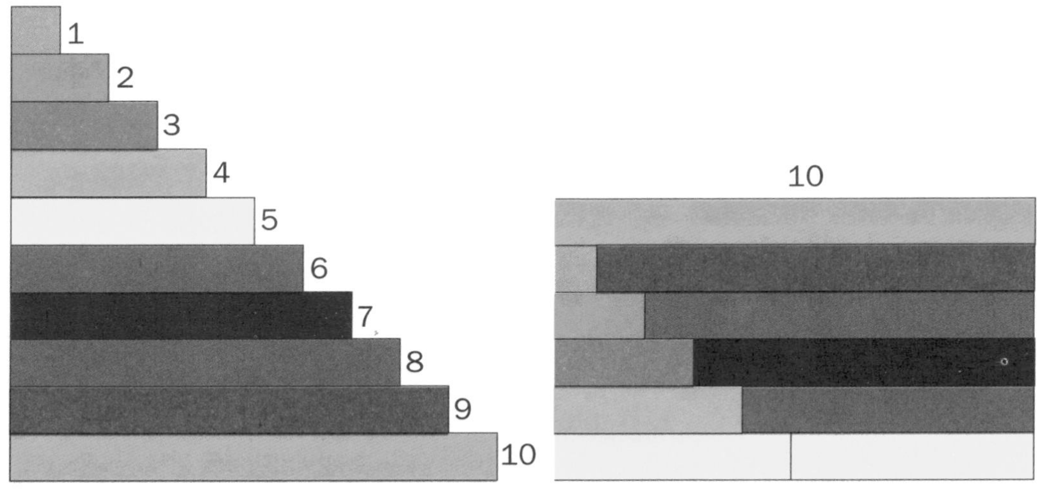

003 奎茨奈颜色棒游戏

只用一套奎茨奈颜色棒，你能否将左边的空白图形填满？

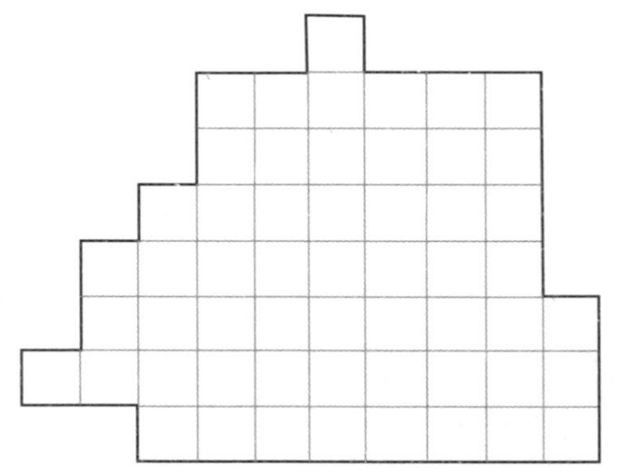

005 旋转的物体

这是一个三维物体水平旋转的不同角度的视图，但是它们的顺序被打乱了，你能否将它们按照原来的顺序排列成一行？

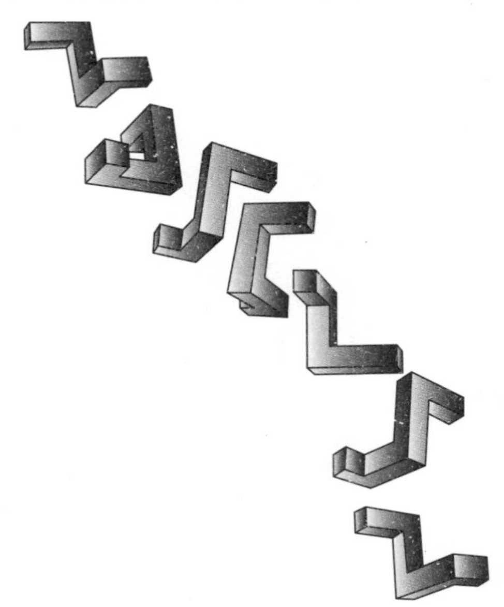

004 数字1到9

将数字1，2，3，4，5，6，7，8，9分别填到下面等式的两边，使等号前面的数乘以6等于后面的数。

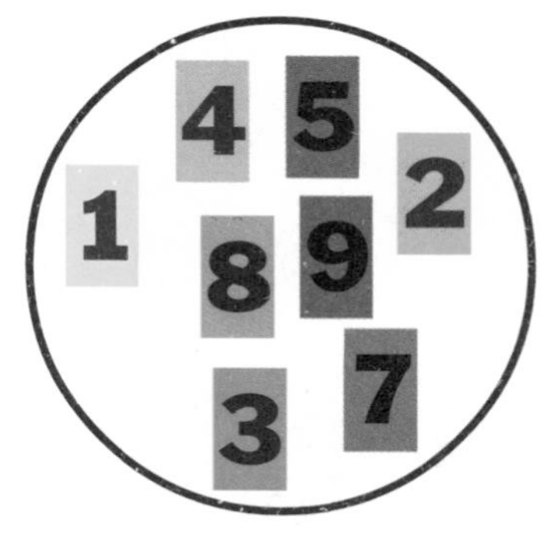

006 轨道错觉

开普勒(1571 ~ 1630)发现了行星围绕太阳运转的轨道是椭圆形的。请问上图中的这个轨道是椭圆形的吗?

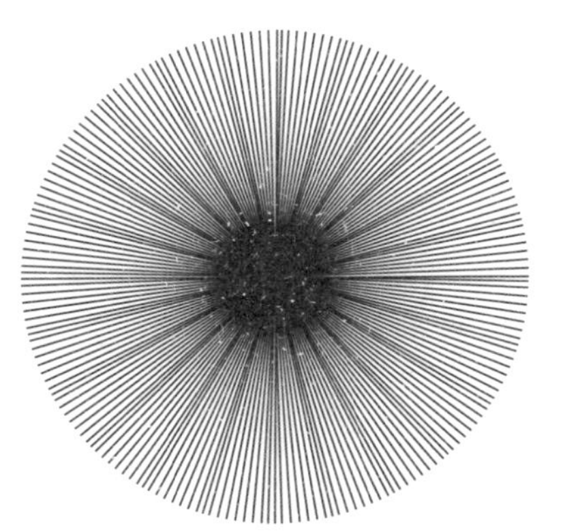

007 第100个三角形数

第100个三角形数如图所示。请问你需要花多少时间才能将这些点的个数数出来?高斯是怎样做的呢?

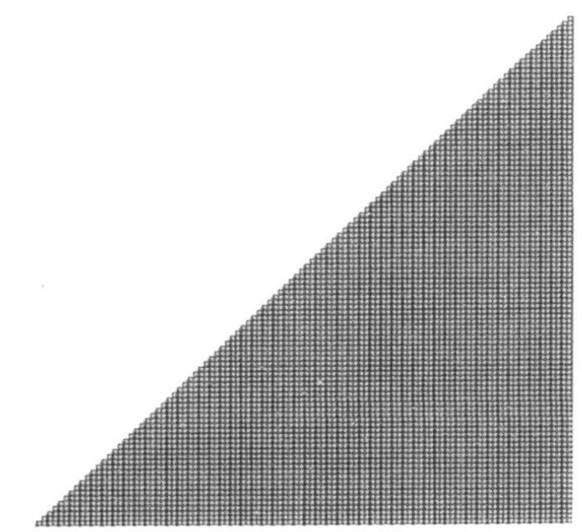

008 三维形数

三维形数是平面形数的三维类似体。小球堆成三边锥形组成四面体数;堆成四边锥形组成正方锥数。

四面体数分别是:1,4,10…

两个四面体数之间的差是三角形数。

正方锥数分别是:1,5,14…

两个正方锥数之间的差是四边形数。

上面已经分别给出了四面体数和正方锥数的前3个数。你能否将它们的前7个数都算出来?

下图的四面体是用大小相同的小球堆成的,请问它的最底层(第10层)有多少个小球?整个四面体由多少个小球构成?

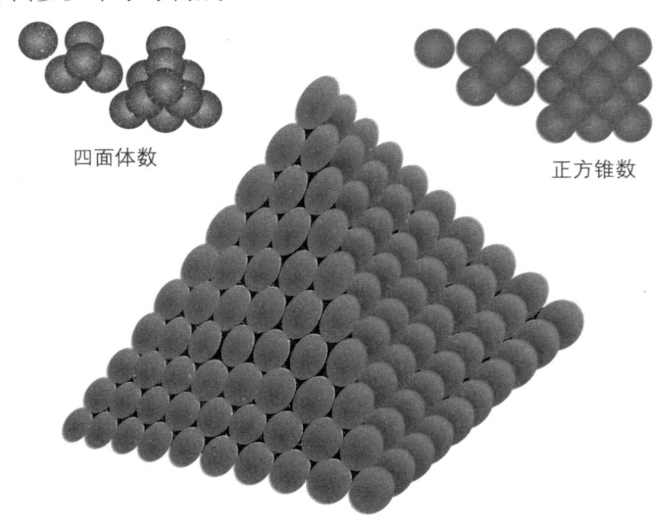

009 小猪存钱罐

我的零花钱总数的 1/4，加上总数的 1/5，再加上总数的 1/6 等于 37 美元。

请问我一共有多少钱？

010 三角形数

你能将前 10 个自然数 (包括 0) 分别填入上面的三角形中，使三角形各边数字的总和都相同吗？

你能找出几种方法？

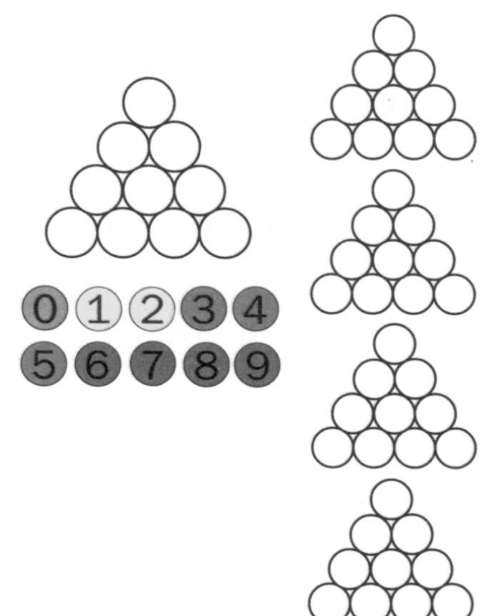

011 无理数

有没有可能构造出一个这样的直角三角形：三角形的两个直角边都相等，并且其斜边的长度为有理数？

古代希腊人认为，任何长度或面积都是有理数，也就是说，这些长度和面积都可以用整数或者分数来表示。有理数全部都可以表示成 a/b 的形式，无理数则不可以。

毕达哥拉斯学派研究直角三角形使他们开始测量等腰直角三角形的长度。他们知道怎样用直尺和圆规把这条对角线做出来，但是他们能否用有理数将它的长度表示出来呢？这个发现震惊了毕达哥拉斯学派的弟子希博索斯，他提出了边长为有理数的正方形的对角线长度为非有理数。这一证明的基础是毕达哥拉斯定理，在这个发现之后，毕达哥拉斯之前建立在有理数基础上的数学世界完全坍塌了。

你能否想到希博索斯是怎样证明边长为 1 的正方形的对角线是无理数的？

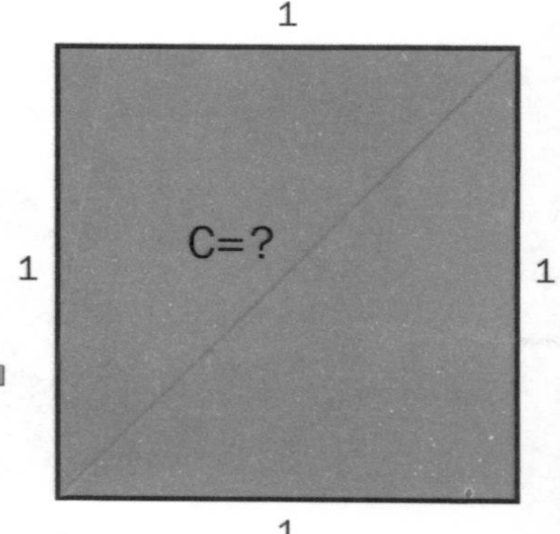

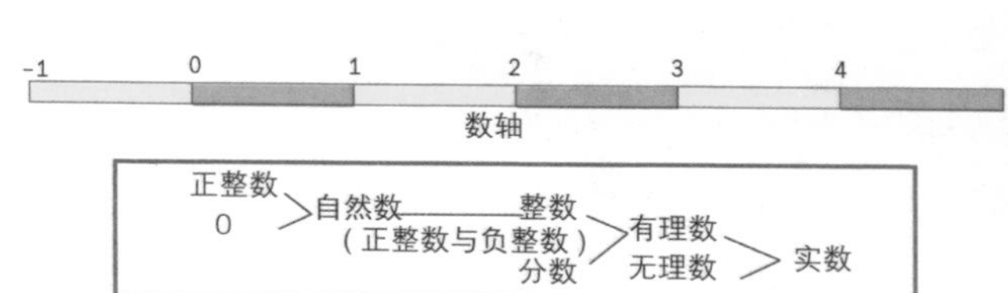

012 加减

从右边竖式里去掉 9 个数字，使得该竖式的结果为 1111。

应该去掉哪 9 个数字呢?

```
  111
  333
  555
  777
+ 999
-----
 1111
```

013 8个“8”

将 8 个“8”用正确的方式排列，使得它们的总和最后等于 1000。

```
  8
  8
  8
  8
  8
  8
  8
+ 8
-----
 1000
```

014 总和为15

请问下面的这行数中有多少组连续的数字相加和为 15 ?

7	3	5	6	4	3	2	6	3	3	1	8	3	7	4	1

015 和与差

你能否将下面的 10 个数排列成一行，使得这行里的每一个数 (除了第一个和最后一个) 都等于与它相邻的左右两个数的和或差？

016 数列

你能否找出下面这个数列的规律，并写出它接下来的几项吗？

017 自创数

在多伦多安大略科学中心的数学展览上，可以看到这样一道引人注目的题。这道题要求按照下面的规则在一行 10 个空格里填上一个十位数：

第 1 个数字是这个十位数各位数字中所包含的“0”的个数；第 2 个数字是十位数各位数字中包含的“1”的个数，第 3 个数字是十位数各位数字中所包含的“2”的个数，依此类推，直到最后一个数字是十位数各位数字中所包含的“9”的个数。

这个结果就好像是这个十位数在创造它本身，也难怪马丁·加德纳把它叫做自创数。

怎样才能解决这个具有挑战性的难题呢？这道题究竟有没有解？

麻省理工学院的丹尼尔·希哈姆找到了一些思路来解决这个问题。他说，因为第 1 行一共有 10 个不同的数字，因此第 2 行的各个数字之和一定为 10，由此就决定了这个十位数中所包含的最大数字的极限。

你能按照他的逻辑，找到这道题唯一的解吗？

018 凯普瑞卡变幻

任意列出 4 个不同的自然数，例如 2435。

把这 4 个数字依次递减所组成的四位数与依次递增组成的四位数相减，得到的数再用相同的方式相减 (不足四位补 0)：

5432 — 2345

几轮之后你会得到一个相同的数。

我已经猜到这个数是什么了，你呢？

019 扑克牌

如图所示，15 张扑克牌摆成一个圆形，其中两张已经被翻过来了。

这 15 张牌中每相邻 3 张牌的数字总和都是 21。

你能否由此推出每张牌上的数字？

020 计算器故障

计算器总是可信的。但是我的计算器上除了 1，2，3 这 3 个键以外，其余的键都坏了。只用这 3 个键，可以组成多少个一位、两位或者三位的数？

0,1,2,3,4,5,6,7,8,9,11,22,33,44,55,66,77,88,99,101,111,121,…?

021 回文

回文并不是只出现在文字上，数字也可以产生回文现象。

选择任意一个正整数，将它的数字顺序前后颠倒，然后再与原来的数相加。将得到的数再重复这个过程。如此重复多次以后，你会得到一个回文顺序的数，即把它颠倒过来还是它本身。下面举了 234，1924 和 5280 的例子：

```
  234          1924          5280
+ 432         +4291         +0825
-----         -----         -----
  666          6215          6105
              +5126         +5016
              -----         -----
              11341         11121
             +14311        +12111
              -----         -----
              25652         23232
```

89

...

...

是不是每一个数最后都可以得到一个回文顺序的数呢？

试试 89，看它是不是。

022 4个“4”

马丁·加德纳曾经将这个游戏收入到他的《数学游戏》专栏。

游戏的规则是将数字 4 使用 4 次，通过简单的加减乘除将尽可能多的数展开。允许使用括号。

例如：

1 = 44/44

2 = 4/4 + 4/4

用这种方式可以将数字 1 ~ 10 都展开。

如果允许使用平方根，你可以将数字 11 ~ 20 都展开，这中间只有一个无解。

$1 = 44/44$

$2 = 4/4 + 4/4$

3 =

4 =

5 =

6 =

7 =

8 =

9 =

10 =

11 =

12 =

13 =

14 =

15 =

16 =

17 =

18 =

19 =

20 =

023 4个数

有没有人跟你讲过，有一种人只知道1，2，3，4这4个数字。

他们只用这4个数字可以组成多少个一位、两位、三位和四位的数？

024 数列

下面的数是按照一定的顺序排列的，你能否在画有问号的方框内填上一个恰当的数？

如果你做到了，左边图中缺少的那块蛋糕就是你的了！

025 足球

如果这个足球的重量等于50克加上它重量的3/4，那么这个足球的重量是多少？

026 数学式子

只凭直觉，你能否将黑板上的7个数学式子按照从大到小的顺序排列？

027 11的一半

你能否找到一种方法，使得 6 等于 11 的一半？

6+6=11

028 加一条线

在下面这个等式中加一条线，使等式成立。

5+5+5=550

029 想一个数

随便想一个数。

加上 10。

乘以 2。

减去 6。

除以 2。

然后再减去你最开始想的那个数。

结果一定是 7。为什么？

030 类似的数列

一个有趣的数列的前 8 个数如下图所示。

请问你能否写出该数列的第 9 个数和第 10 个数？

序数	数
1	1
2	11
3	21
4	1211
5	111221
6	312211
7	13112221
8	1113213211
9	?
10	?

031 冰雹数

随便想一个数。如果是一个奇数，就将它乘以3再加上1；如果是一个偶数，就除以2。重复这个过程。例如：

1，4，2，1，4，2，1，4，2，1，4，2…

2，1，4，2，1，4，2，1，4，2…

3，10，5，16，8，4，2，1，4，2…

我们可以看到，上面的这些数列后面的部分都变成一样的了。

那么是不是不管开头是什么数，到后面都会变成同一串数呢？

试试用7开头，然后再看答案。

032 数的持续度

一个数的“持续度”表示的是通过把该数的各位数字相乘，经过多久可以得到一个一位数。

比如，我们将723这个数的各个数位上的数字相乘，得到$7 \times 2 \times 3=42$。然后再将42的各个数位上的数字相乘，得到8。这里将723变成一位数一共花了2步，所以2就是723的“持续度”。

那么持续度分别为2，3，4，5等等的最小的数分别为多少？

是不是每个数通过重复这个过程都可以得到一个一位数呢？

033 六边形

你能否在如图所示的这些小六边形里填上恰当的数，使得三角形中的每一个数都等于它上面两个数之和？不允许填负数！

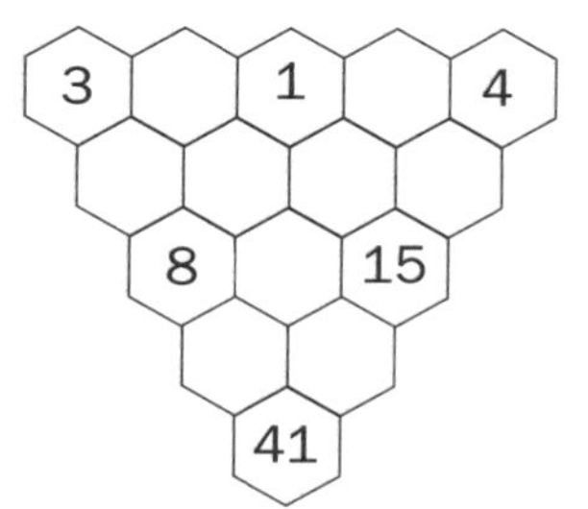

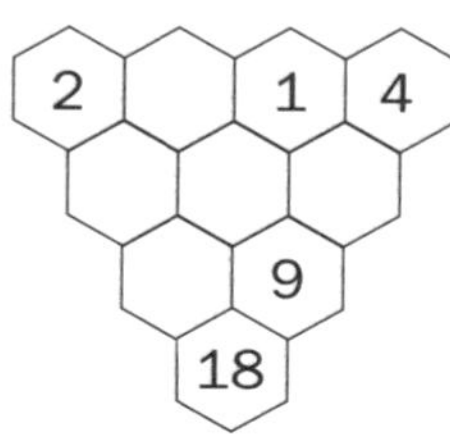

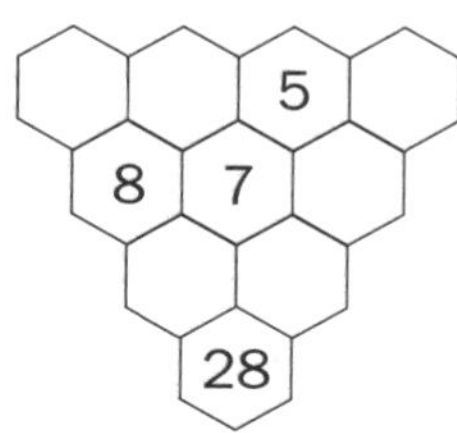

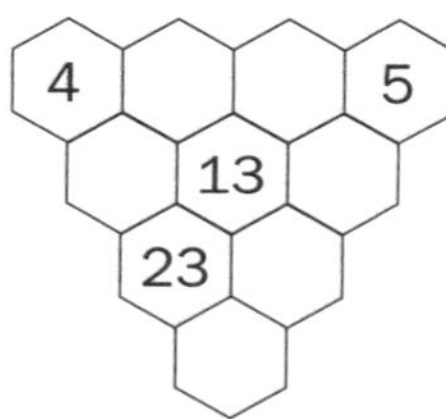

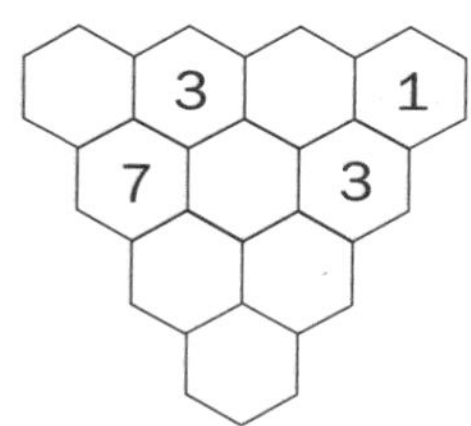

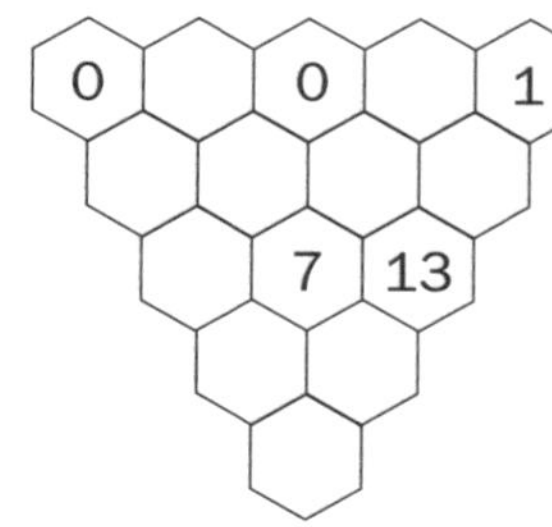

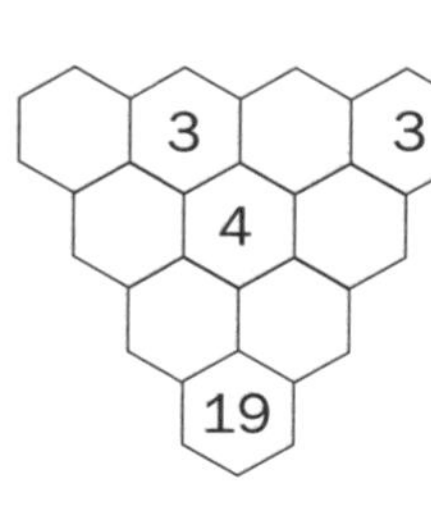

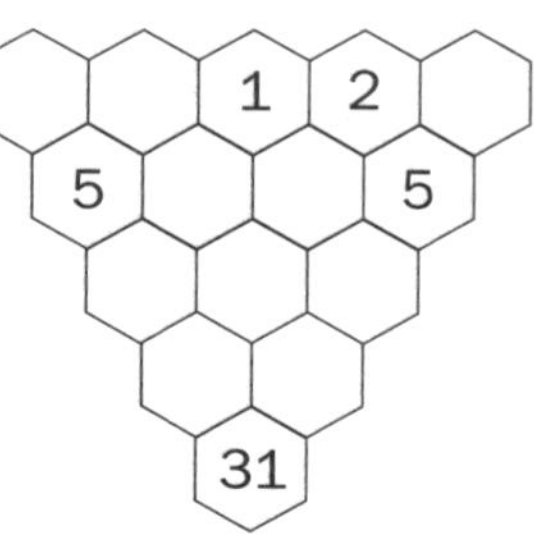

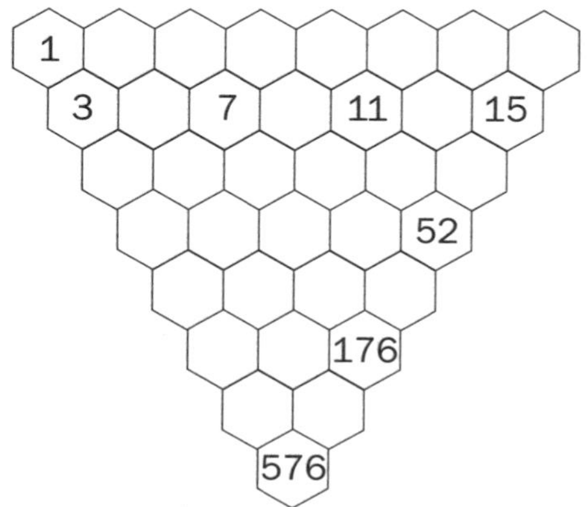

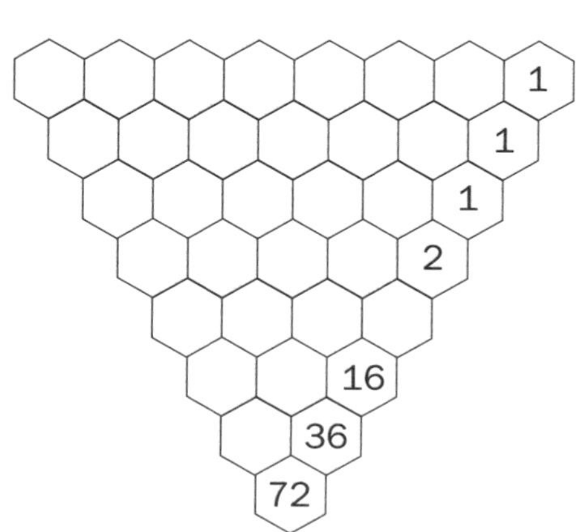

034 瓢虫花园

在下面的格子里一共藏有 13 只瓢虫，请你把它们都找出来。

方框里的每朵花上面都写有一个数字，这个数字表示的是它周围的 8 个格子里所隐藏的瓢虫的总数。见右边的例子。

有花的格子里没有藏瓢虫。

1					2		1	
		0						
				2				
0		3				1		
				2				
		3						
2				3		2		
		1						

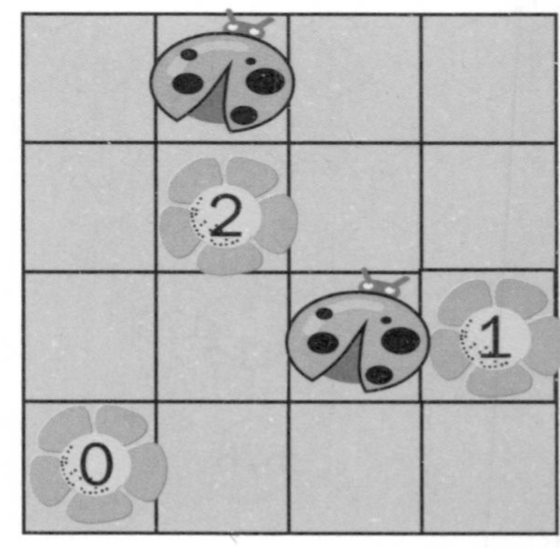

035 数字卡片

下面有黄红两组数字卡片。请你把它们粘到上面的数字板上，使得横向相邻的两种不同颜色的卡片数字相同。

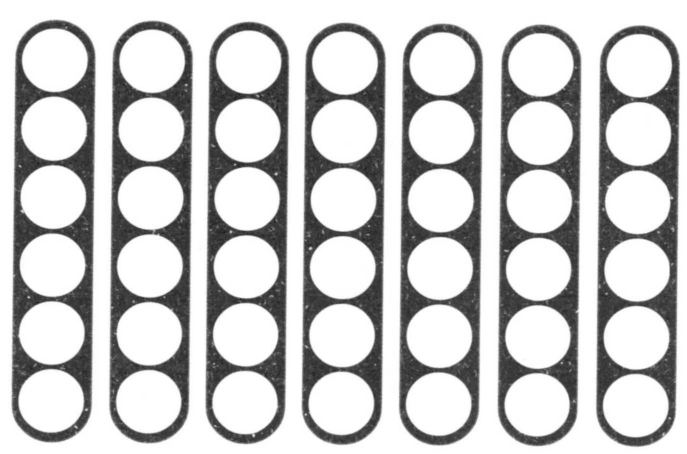

036 赛跑的名次

如图所示，一共有 4 队运动员（用 4 种不同的颜色表示），每队里面有 2 个运动员。他们同时起跑。

跑到终点的时候，有一个运动员在红队的 2 个运动员之间到达，2 个运动员在蓝队的 2 个运动员之间到达，3 个运动员在绿队的 2 个运动员之间到达，4 个运动员在黄队的 2 个运动员之间到达。

同时我们也知道最后一个到达终点的是黄队的运动员。

你能将这些运动员到达终点的顺序排列出来吗（按照颜色）？

037 3个队员的队

一共有 9 队运动员，每队里面有 3 个运动员。每一队运动员都穿着相同颜色的队服。他们到达终点的顺序是这样的：每一队的第 2 个到达终点的运动员与他的两个队员之间分别相隔了他这一队的序号数个运动员。如下图所示。如果已知第 1 队的一个运动员是这场比赛的冠军，你能将所有的运动员到达终点的顺序排列出来吗？

第 2 队的第 2 个到达终点的运动员与他的两个队员之间间隔了两个其他队的运动员（上面只是一个图示，并不一定就是第 2 队的队员到达终点的实际排名）。

038 连续整数(1)

天平上放着 3 个重物，这 3 个重物的重量为 3 个连续的整数，它们的总和为 54 克。问这 3 个重物分别重多少？

039 连续整数(2)

天平上放着 4 个重物，这 4 个重物的重量为 4 个连续的整数，它们的总和为 90 克。问这 4 个重物分别重多少？

040 等式平衡

一个等式就好比一个天平。英国教师罗伯特·柯勤设计了一个天平，即在一个常规天平上加一个滑轮，如图所示。由此也就引入了“负数重物”的概念。

根据上面的图，你能否确定 x 的值？

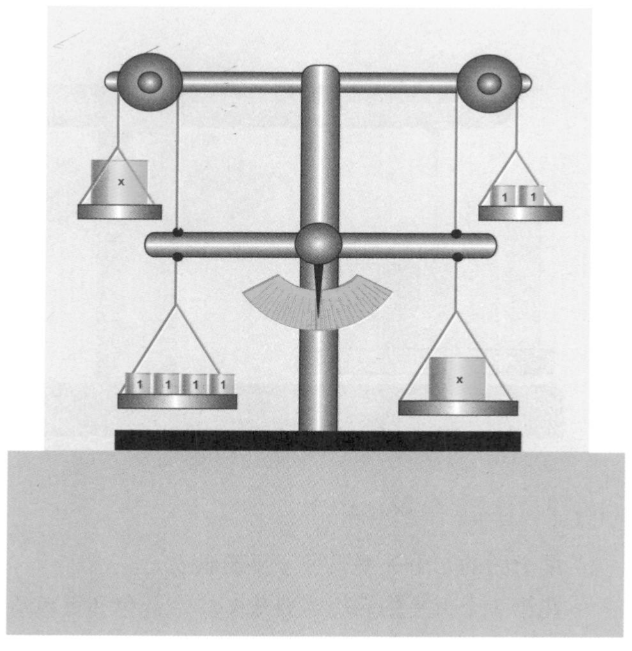

041 重物平衡(1)

最上面的 2 个天平都处于平衡状态。

在第 3 个天平的右边需要放多少个蓝色重物才能使天平平衡?

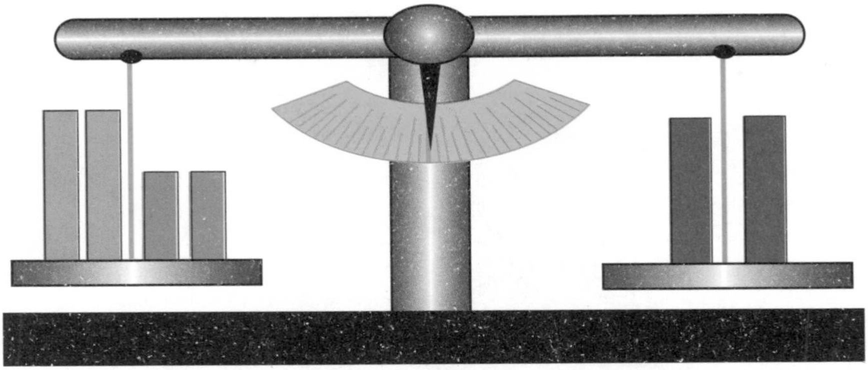

1

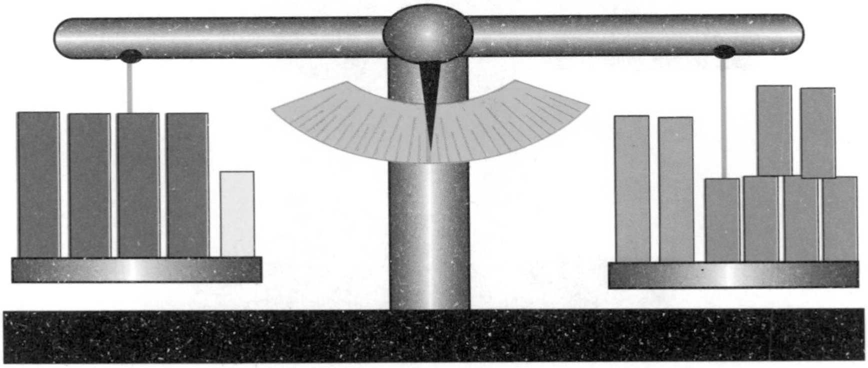

2

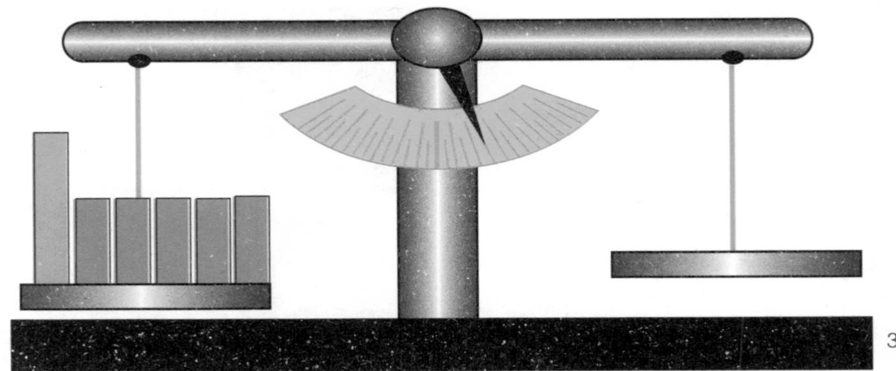

042 重物平衡(2)

最上面的 2 个天平都处于平衡状态。

在第 3 个天平的右边需要放多少个蓝色和黄色重物才能使天平平衡?

043 总数游戏(1)

两个游戏者轮流将从 1 开始的连续整数写在上面两栏中的任意一栏。

每次放进某一栏的数字不能等于这一栏中已经有的两个数字之和。不能继续放数字的游戏者为输家。

在下面的这盘示范游戏中，游戏者 2 (红色数字代表的) 为输家，因为他不能把 8 放进任意一栏。

在第 1 栏中：1+7=8；

在第 2 栏中：3+5=8。

你能否找到一种方法使得其中一个游戏者每次都赢?

栏数 1	栏数 2
1	3
2	5
4	6
7	

044 总数游戏(2)

这个游戏最长可以进行到数字几?

045 卢卡数列

找一个朋友在右上图 2 个红色方框内分别写上 2 个数字 (例如 3 和 2)，并且不能让你看到。然后从第 3 个方框开始，每个方框里面的数等于前 2 个方框里的数之和，依此类推，一直写到第 10 个方框。

他们只给你看绿色方框里的数，其他方框里的数你都不知道。

要求你写出这 10 个数的和。在他们还没有写完这 10 个数时，你就可以将它们的和 (下面右图中为 341) 写出来了。

怎样可以提前知道答案呢？

1	
2	
3	
4	
5	
6	31
7	
8	
9	
总 数：	

	3
1	2
2	5
3	7
4	12
5	19
6	31
7	50
8	81
9	131
总 数：	341

046 4个盒子里的重物

你能否将连续整数 1 ~ 52 放进上面的 4 个盒子中，使得每个盒子里的任意一个数都不等于该盒子里任意两个数的和？

我们已经把数字 1 ~ 3 放进盒子里了。

你能将 4 ~ 52 全部都放进这 4 个盒子里吗？

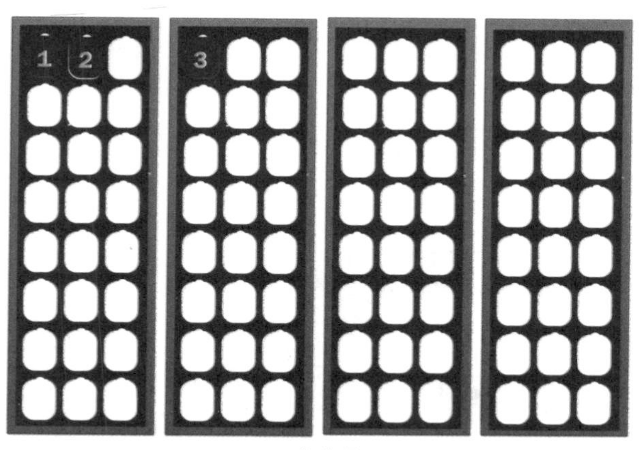

4 个盒子

047 突变

4 张卡片上的 3 幅图已经画出来了，你能把第 4 张卡片上的图也画出来吗？

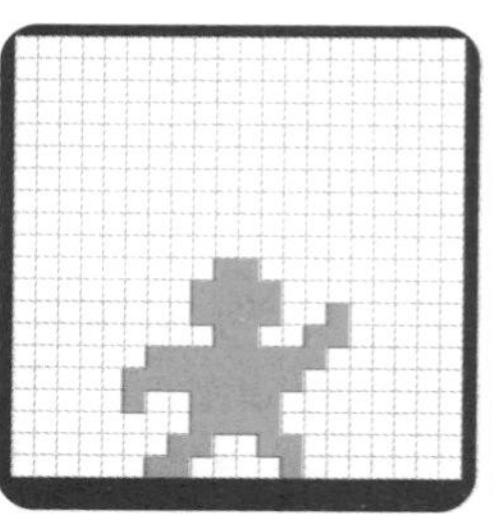

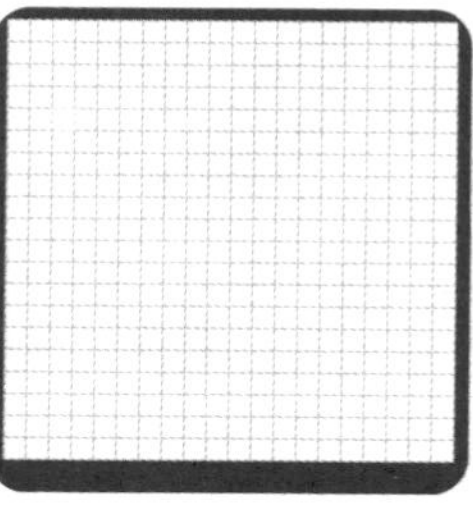

048 缺少的立方体

下图这个 6×6 的立方体中缺少了多少个小立方体？

049 立方体结构

用 16 个全等的小立方体分别做成下面的 4 个图形，请问哪一个图形的表面积最大？

050 立方体朝向

一个立方体可以有 24 种不同的摆放方式 (即不同的朝向)。请你在图中的空白处画上正确的颜色。

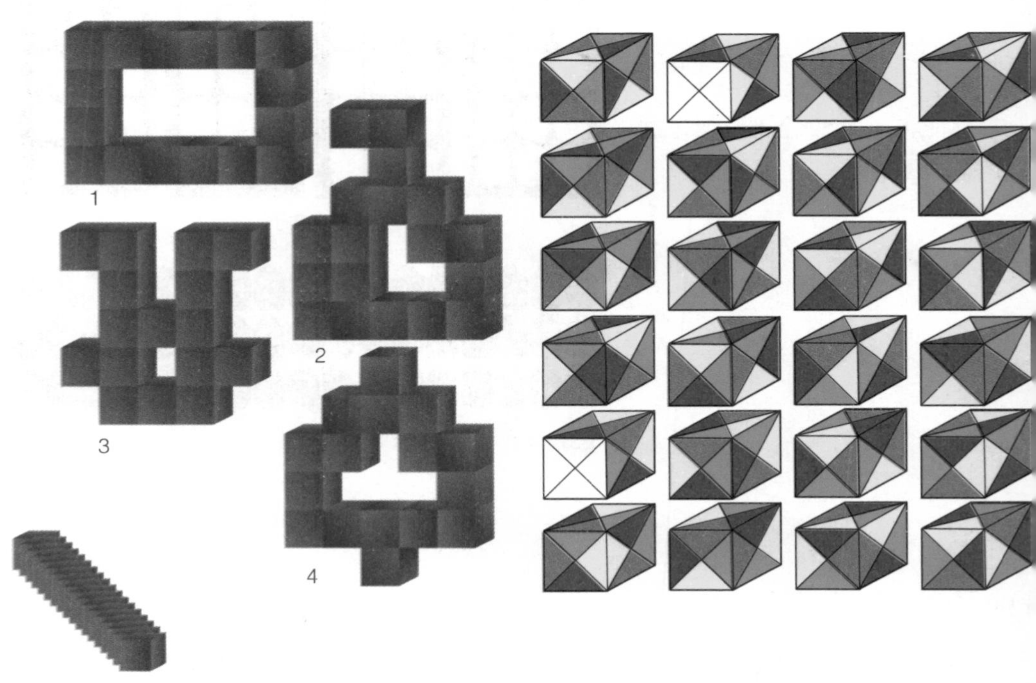

051 十二面体的朝向(1)

把一个十二面体放在桌上一共有多少种方式 (每次与桌面的接触面面积相等)？

052 十二面体的朝向(2)

一个十二面体的不同摆放方式如右图所示，请你在图中的空白处画上正确的颜色？

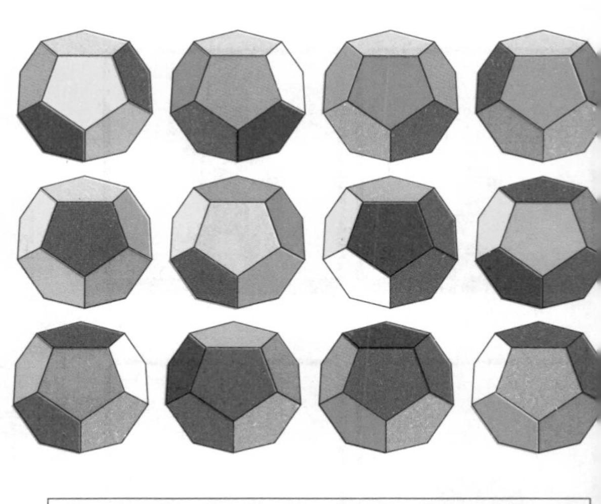

该十二面体的 12 种颜色

053 立方体上色(1)

8 个小立方体组成了一个 2×2×2 的大立方体。

请你给这个大立方体表面的 24 个小正方形上色，使得每两个共一条边的小正方形的颜色都不相同。

最少需要多少种颜色？

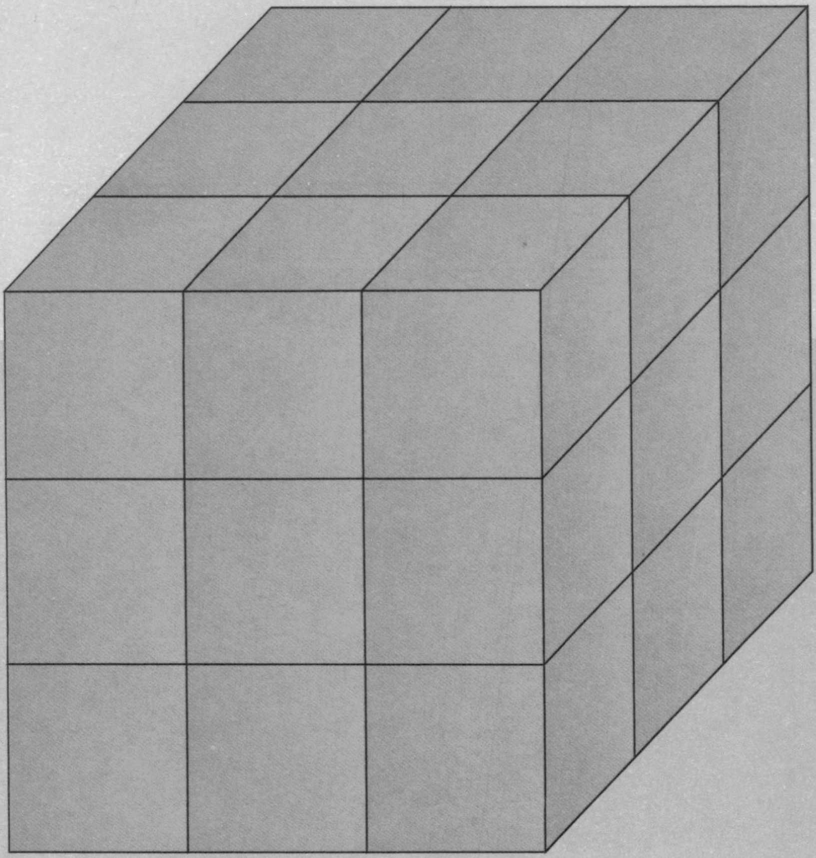

054 立方体上色(2)

在一个 3×3×3 的立方体表面上涂上红色，然后再把它分成 27 个小立方体。

这里面分别有多少个有 3 个红色表面、有 2 个红色表面和没有红色表面的小立方体？

055 对角线的长度(1)

这个小男孩在玩4个全等的大立方体。

他只用一个直尺，能否量出立方体对角线的长度？

056 对角线的长度(2)

你能否算出一个由8个小立方体粘合而成的大立方体的对角线长度？允许你使用单独的小立方体（每个小立方体与组成大立方体的小立方体大小相等）作为计算的辅助工具。你需要多少个这样的小立方体？

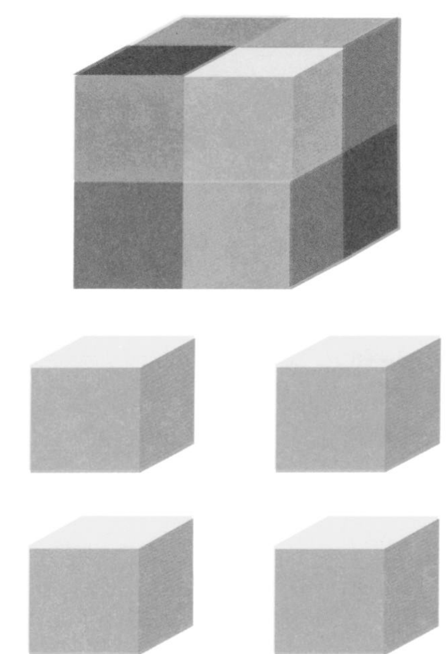

057 代数学

我们通常认为代数就是很抽象的，但是不要忘了数学的起源是有着非常实际和直接的原因的——例如划分土地。

你能否通过右边的几何图形解出这几个简单的代数式？

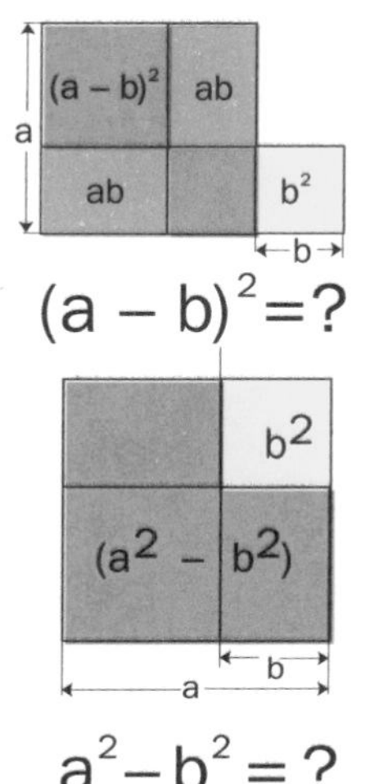

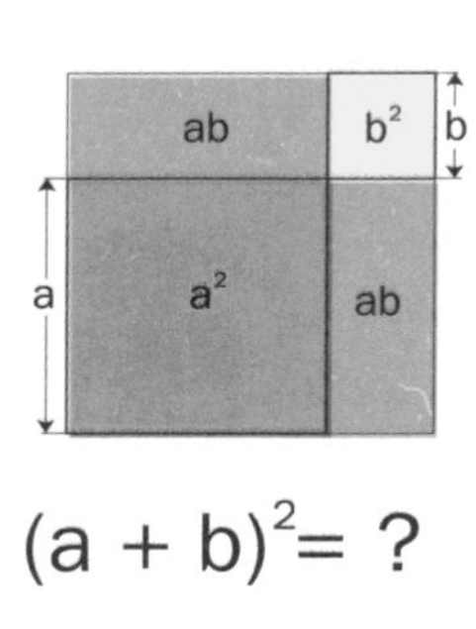

答

观察力

001 中心方块

中心的小方块和周围的灰度值是一样的。在背景上画黑线纹样，会使背景感觉偏黑。同样的颜色，画上白色纹样，感觉就偏白。因此中心小方块（黑色线条之间）看起来比周围方块（白色线条之间的）要暗。事实上，整幅图的灰度值是一样的。你可以盖住黑线和白线交界处的线条来检查。

002 灰色条纹

两个灰色竖条纹的灰度是一样的。由于局部同时对比，产生了令人惊讶的效果——被白色环境包围的灰色条纹看起来要比被黑色环境包围的灰色条纹亮。

003 “十”字

较亮的对角区域与它们所在的正方形具有相同的亮度。也就是说，如果用光度计测量同心条纹，你会发现任一条纹上的所有点反射的光是一样多的，当然也包括沿着对角线的、看起来比较亮的点。

004 倾斜的棋盘

每个小棋子都具有相同的亮度。

005 双菱形

两个菱形具有相同的亮度。

006 圆圈

圆圈和背景的亮度是一样的。一系列射线从一个客观上并不存在的圆圈发散出来，造成一种强烈的亮度对比，因而感觉这些圆圈比背景亮。

007 赫尔曼栅格

在赫尔曼栅格中，交叉处的四边都是亮的，而白条只有两侧是亮的，所以注视交叉处的视网膜区域比注视白条的区域受到了更多的侧抑制，这样交叉处显得比其他区域暗一些，在交叉处就能看到灰点。

008 改进的栅格

在这个改进的赫尔曼栅格中，交叉点是白色而不是黄色，这又产生了一种色彩效果，证明了颜色对比机理。

009 彩色闪烁栅格

实验表明，“闪烁的栅格”在以下结构中才能产生：①具有彩色背景和灰色线条的栅格；②具有黑色背景和彩色线条的栅格；③网格和背景颜色互补的栅格。在这些结构中都会产生闪烁的彩色点。

010 闪烁的点

当转动眼球观察图片时，虚幻的黑点在白点中间产生或消失；注视圆心时，白点就会消失。美国视觉科学家迈克尔·莱文和詹森·麦卡纳尼于2002年发现了这个闪烁栅格的奇异变化。该感知效果仅在特定的环境中才能发生。它可能与“视觉消失”的某些形式有关，被称为“熄灭”。目前，还不清楚什么原因导致“消失”。

011 闪烁的栅格

在这个例子中，视觉系统对中心和背景的反应时间可能存在微小的差异。对中心的反应更快、持续时间更短，这引起了交叉点闪烁。环顾图片时，视觉系统对白色交叉点做出反应，发出强烈的白色信号，但是如果凝视任何交叉点，随即信号就会变弱，背景的侧抑制发生了，视觉系统感知到的就是交差点变暗了。

012 神奇的圆圈

日本视觉科学家和艺术家秋吉北冈于2002年创作了这个闪烁栅格错觉的变形。

013 闪烁发光

观察图片时，视觉系统好像在“开”与“关”之间竞争，表现为“明”与“暗”的闪烁。

014 蓝点

一样。这个闪烁栅格错觉掺杂了色彩同化机制。因而，上图中的点呈现出闪烁的红蓝色，而下图中的点则呈现出闪烁的绿蓝色。

015 小圆圈

在这幅图中，存在许多可能存在的圆。当眼睛扫过这幅图，你的视觉系统不断寻求最佳效果，但另一方面又有新的效果不断产生。

016 线条

这些线条实际上是笔直而且平行的，然而给人的感觉是弯曲的。错觉是由大脑皮层的方向敏感性的简单细胞引起的，这种细胞对空间接近的斜线和单向斜线产生交互影响，造成了弯曲效果。

017 螺旋

你所看到的好像是个螺旋，但其实它是一系列完好的同心圆！这个螺旋由一系列具有圆心的、逐渐缩小的、相互交叠的弧线组成。这幅图形效果如此强烈，以至于会促使你沿着错误的方向追寻它的轨迹。

在这个例子中，每一个小圆的“缠绕感”通过大圆传递出去产生了螺旋效应。因此，只要产生扭曲的线条被转化为同心圆，螺旋效果就不存在了。

018 线条组成的圆

这是弗雷泽螺旋的一种变形，由一系列同心圆组成。

019 图像

图像的边缘都是直的。

020 小方块

这些小方块均呈直线排列。

021 线

这些水平线是彼此平行的。

022 红线

这些红线是竖直的而且互相平行。注视偏离垂直或水平方向的背景线段或栅条一定时间之后，再看一条垂直或水平线段或栅条时，就会觉得它向相反方向倾斜了。

023 面孔

如果将卡片颠倒过来，你就可以看到杯子两边各有一个侧面像。

024 单词

将图逆时针旋转90°，“Figure”外围较暗的边缘形成“Ground”。

025 鱼

它们有的向左游，有的向右游。

026 萨拉与内德

黑色的部分呈现的是吹萨克斯的男人，男子旁边的白色及部分黑色构成了女人的轮廓。

027 猫和老鼠

在猫的眼睛下面藏着只老鼠。

028 圣乔治大战恶龙

观察圣乔治的头发，你就能看到战争的场景。圣乔治是西方中世纪传说中的英雄，他杀死了代表邪恶的龙，解救了一个深受其害的小镇。有大量的油画和雕塑描绘了圣乔治杀掉恶龙的英雄事迹。

029 坟墓前的拿破仑

拿破仑就藏在两棵树之间。两棵树的内侧枝干勾勒出了站立的拿破仑。

030 紫罗兰

在左上侧的紫罗兰花下是拿破仑妻子的轮廓；右上边的大叶子下是拿破仑的轮廓；最下面一朵紫罗兰花上面是他们儿子的轮廓。

031 虚幻

你可以看到一位美丽的姑娘望着镜中自己年轻的面容，或者看到露齿而笑的骷髅头。女孩的头和镜中的头组成了头骨的两个眼睛，梳妆台上的饰品、化妆品和桌布组成了牙齿和下巴。

032 彩色线条

黄线与白线共线。

033 高帽

帽子的高度和宽度是一样的。

034 红色方块

颜色一样。黄色背景下衬托的红色看上去比蓝色背景下的红色亮一些，这就是色彩同化的效果。

035 颜色扩散

即使上边这片区域是全白的，看上去也是浅蓝色的，这就是霓虹扩散的效果。霓虹扩散效应只在一定区域内发生，比如在下图中，虚幻的蓝色方块边缘添加了圆圈，这种效果就消失了。

036 边缘线

当紫色边缘线与橘色放一块儿时，封闭的整块区域看上去都被这一圈颜色上了色，并一直扩展到沿线周边45° 范围内。这种扩散效果在白色区比在灰色或黑色区更为明显。如果在这两色线之间加入一条窄窄的白色条纹，那么这种错觉就会消失。

037 魔方

魔方顶部棕色的方块与侧面阴影里黄色的方块颜色是一样的。假使你把其他区域都盖住，就只留下这两块颜色，你就会发现它们是一样的。

038 红色

都是一样的。看上去红色与蓝色在一起时像是紫红色的，而与黄色一起时又像是橘黄色的。这幅图说明了色彩同化的效果。

039 心形图

很多的观察者认为，黑色心形(上图)是浮动着的；而一些人的发现却正好相反。同样也有很多的人认为红色心形浮动在紫色背景之上（中图），而紫色心形则浮在红色背景之下（下图）；而一些观察者却认为正好相反。这完全取决于对背景所做的参照。

040 神奇的红色

是一样的。看上去蓝色下面的大红色看上去像洋红色,而黄色下面的又像橘黄色。

041 绿色条纹

颜色是一样的。这是色彩同化的一个例子。

042 红色方格

颜色是一样的。

043 单词接力

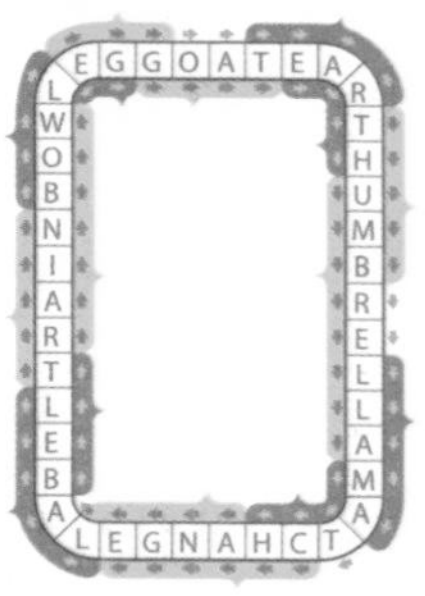

044 三维立方体

这些既可以看作是凹进去的，也可以看作是凸出来的。由于视觉的变化，这些图则会发生由凸出→凹进，或凹进→凸出的转变。

045 球

不一致。通过注视，左右眼中的球融

合后会出现分层，网格上的球也随之会产生不同的深度。

046 “雪花”

左右眼分别看图，产生融合现象，就能看到雪花从右边降落。此外，灰色的圆圈好像有两种亮度，而实际上它们的亮度是一样的。

047 三维图

可以看到一颗心。

048 玫瑰

通过注视，左右眼中的图像会产生不同程度的深度变化。

049 墙纸

通过注视，左右眼中的图像会产生不同程度的深度变化。

050 同心圆

会产生车轮转动的感觉。该同心圆错觉由查尔斯·寇伯尔德创作于 1881 年，19 世纪末和 20 世纪初在许多广告中出现。

051 “8”

将此图向左或向右转动，会看到一个模糊直立的“8”；将目光移至中心点左侧或右侧，会发现光束朝反方向运动。

052 圈

大多数人盯着圆心看时都会感到圆圈的移动。不同的圆环旋转方向不同，也可以随便改变方向。转动总是垂直于对比度强烈的线条。

053 波

这是高对比度线条产生强烈相对运动错觉的一个例子。例中，你也会感到一种强烈的立体错觉。有一种波浪此起彼伏的感觉。英国欧普艺术家布耐恩特·莱比于 1963 年绘制了该作品。

054 线条的分离

如果上下移动图片，就能看到方块左右晃动；如果左右移动图片，就能看到方块上下移动。该错觉皮纳发现于 2000 年。

055 漩涡

它会逐渐旋转起来。其中，斑点清晰的边缘是一个关键因素。

056 方块

它似乎要跳起，泛起点点涟漪。这是一个高对比细线条引起错觉的例子。由美国艺术家雷金纳德·尼尔创作。

057 轮子

圆形的轮子会沿着正方形的轮廓缓慢移动。采用边缘视域观察效果最好。

058 涡轮

每个轮子会转动。此外，每个同心圆都像一个螺旋。采用周边视域观察效果最好。

059 壁画

大教堂中的壁画显然犯了一个透视法上的错误。中间的柱子同时出现在两个空间之中。

060 贺加斯的透视

1754 年，威廉姆·贺加斯创作了这幅著名的画，来讥讽那些滥用透视法的人，并希望以此说明正确使用透视画法的重要性。图中存在 20 多处透视错误。如：两位垂钓者的渔竿、两根墙壁外交叉在一起的木棍、趴在窗口给山上老者提供火源的妇女。

061 三角形

不可能。里面的斜边视觉上似乎成立，其实现实中是不可能的。

062 小物包大物

不可能。

063 扭曲的三角

看最上面的木板，木板的接嵌方式是不可能的。线条是不可能在 3 个点处忽然转弯的。

064 阶梯

这样的阶梯在现实中是不可能存在的。

065 奇怪的窗户

画中窗户的组合是错误的；坐着的人手中拿的立方体是不可能存在的；纸上画着的三角形是错误的。

066 佛兰芒之冬

这幅图犯了视觉透视错误。最左边的柱子不可能跑到最前面来。

067 门

盖住下面一部分，你会发现过道是往外的；而当你盖住上面一部分时，你又会发现这是往里的。这在现实生活中显然是不可能发生的。

068 棋盘

这样的棋盘在现实中是不可能有的。其中梯子也是错误的。

069 不可思议的平台

画家大卫麦克唐纳以德尔普瑞特的“棋盘”为基础创作出这幅“不可思议的平台”。图中的平台现实中是不可能有的。

070 奇妙的旅程

图中所有的屋顶在一个平面上，其中还出现了高低的差别，这在现实生活中是不可能有的。

071 压痕

图像被倒置后，大脑会收到来自另一角度的光线指示，凹陷的图形就会凸起。

072 麋鹿

将图片倒置，在图的中部你会发现一只麋鹿。

073 球和阴影

相对位置相同。两图唯一的不同在于投影的位置，在上图中，球好像落在方格表面上，并向远处滚动；下图中，球好像悬在方格上方，在上升而不是向远处滚动。

074 神奇的花瓶

花瓶是放在地面上的。对于表达物体与背景的相对位置来说，阴影是非常有用的线索。该图使用了特殊的灯光技巧使物体和影子分离，给观察者造成了花瓶悬浮的印象。

075 猫

灰墙与干草之间的界限比较模糊，因此很难弄清楚干草区是竖直的还是灰色区域是竖直的。然而，还是有很多小细节给我们提供了线索，比如猫的耳朵，影子只有一只耳朵。据此我们可以判断右边的是猫，左侧是它的影子。

076 房子

线段 AB 与 CD 一样长。

077 圆柱体

圆柱体的底面周长与高度是一样的，而大多数人会认为高度要大于底面周长。如果你用绳子绕周长一周，再将它圆柱高对比一下，你会发现是一样长的，这与基础几何是一致的（C=2πr）。之所以产生这种错觉是因为圆周的边沿线看上去被缩短了，而圆柱的高却保持原样。

078 人脸图形

这个人脸图形是一个背景可互换的两可图画。从前面能看到一张模糊的脸，中间部分被烛台遮住了。由于面孔前的烛台，你感知到了深度。也可以看到两个妇女的侧面轮廓。面孔或者侧面像的边界都太模糊，导致了两种不同的印象。

079 老太太还是少妇

两种解释都有可能。这个经典错觉表明视觉系统如何基于你期望的内容来聚集特点。如果你看到一个特点比如眼睛像少妇，那么鼻子、下巴的特点也会聚集起来，呈现出少妇的特质。

001 分割空间

15 部分：四面体的 4 个顶点上有 4 部分；四面体的 6 条边上有 6 部分；四面体的 4 个面上有 4 部分；四面体本身。

这个数字是三维空间被 4 个平面分割时能得到的最大数字。

002 转角镜（1）

正常情况下，镜子将物体的镜像左右翻转。以正确角度接合的两面镜子则不会这样。

转角镜中右面的镜子显示的没有左右变化，男孩在镜子中看到的自己和日常生活中别人看到的他是一样的。

这种成像结果是由于左手反转以及前后反转同时作用。

003 转角镜（2）

男孩看到的自己是右边凸起的。

004 六边形游戏

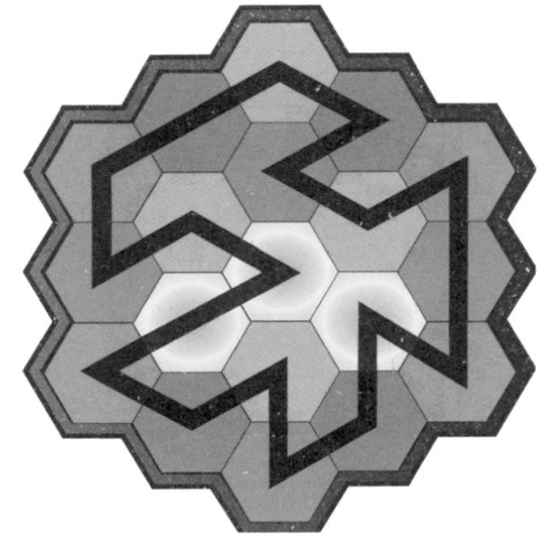

005 完美六边形

线条如果连接，会形成一个完美的六边形。它们相连的点被三角形掩蔽。当线条在物体后面消失时，视觉系统会延伸线的长度。就如本例中的情况，每根线条的终点好像都在三角形的中心，这导致定线错误。

006 不可能的剖面

C。

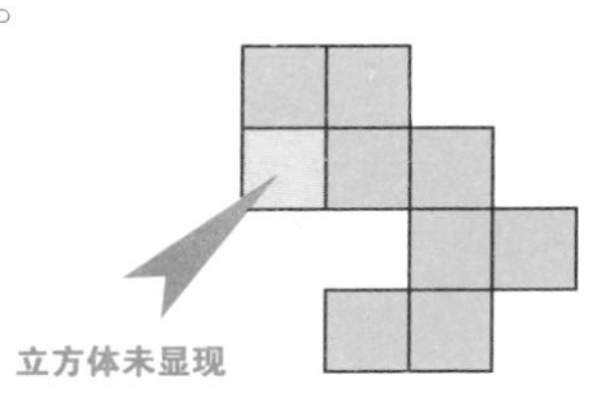

007 补全多边形

E。多边形中对角的三角形图案相同。

008 立方体魔方

这里给出其中一种解决方法（还有很多可能性）。

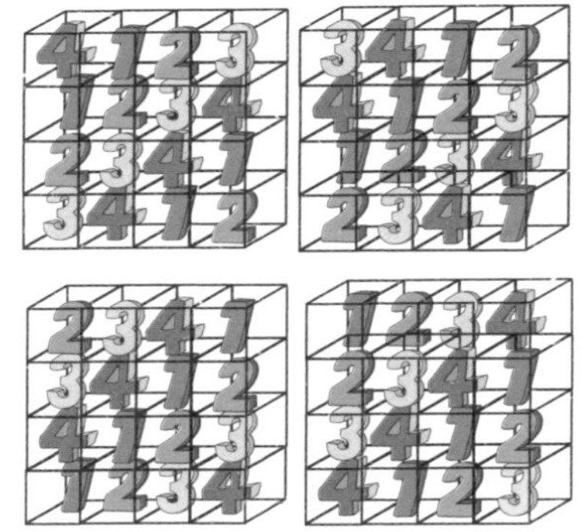

009 细胞自动机

原来的图形被复制需要 4 步，如图所示。

麻省理工学院的爱德华·富兰克林于 1960 年发明了这个系统。最初的图形经过一定的步数后会复制为原来图形的 4 倍、16 倍、64 倍。

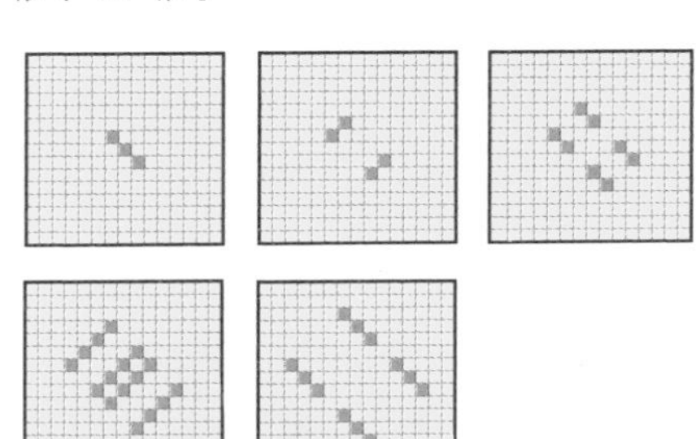

010 重力降落

假设没有摩擦力和空气阻力，这个球将以不断增加的速度一直下落直到到达地心。在那一点它将开始减速下落到另一边，然后停止，再无休止地重新下落。

011 肥皂环

如图所示，这个曲面被称为悬链曲面。

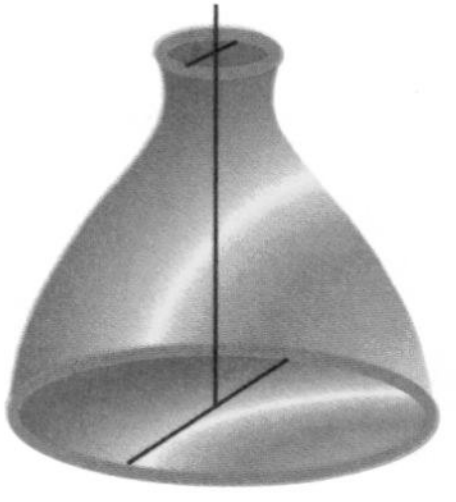

012 迷路的企鹅

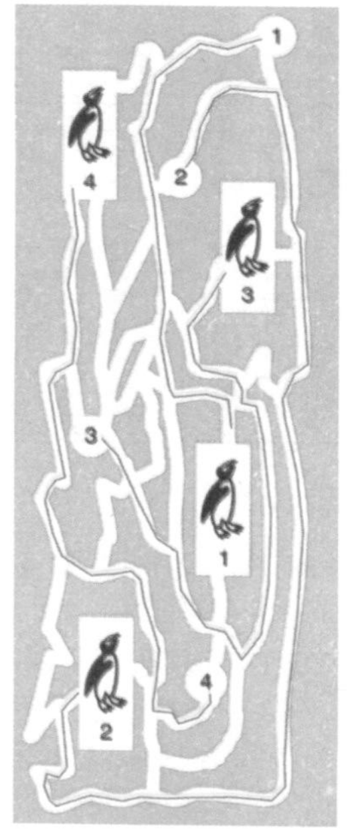

013 有向图形

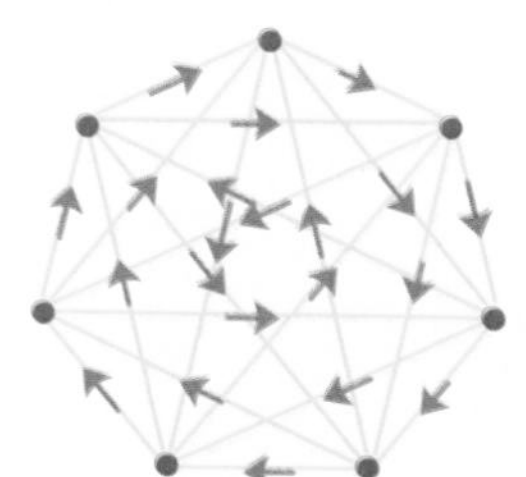

014 皮带传送

普通的圆环只能套在2个圆柱形的滚轴中间，而麦比乌斯圈能够套在3个滚轴中间，就如我们在该题中所看到的。

015 镜像射线（1）

A—1　E—6
B—2　F—3
C—5　G—4
D—3　H—7

016 镜像射线（2）

A—1　E—5　I—2
B—2　F—5　J—1
C—3　G—4
D—3　H—4

017 八色金属片

018 骑士通吃

如下图所示，至少需要14个骑士。

019 彩色多米诺（1）

020 彩色多米诺（2）

有两种可能的答案。

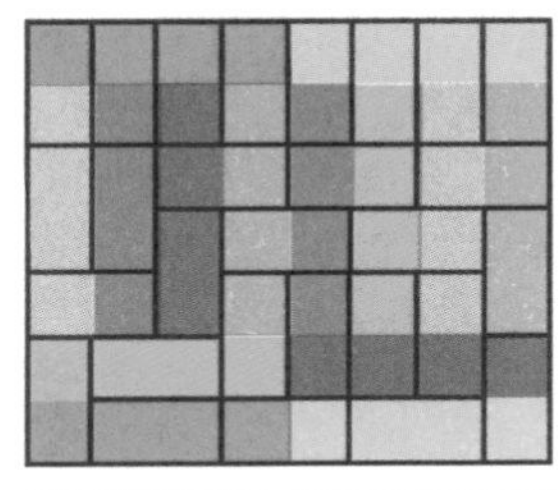

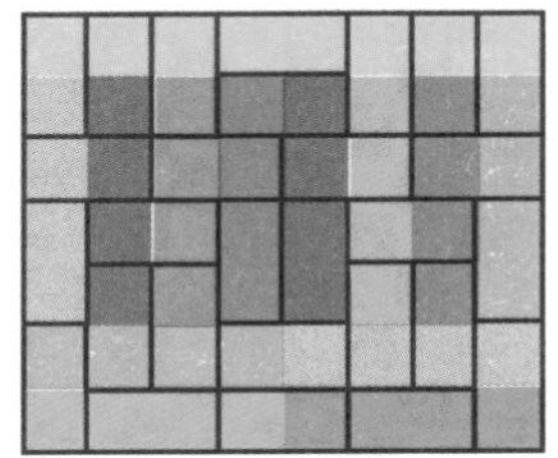

021 彩色多米诺环

022 彩色积木

解法之一如下图所示。

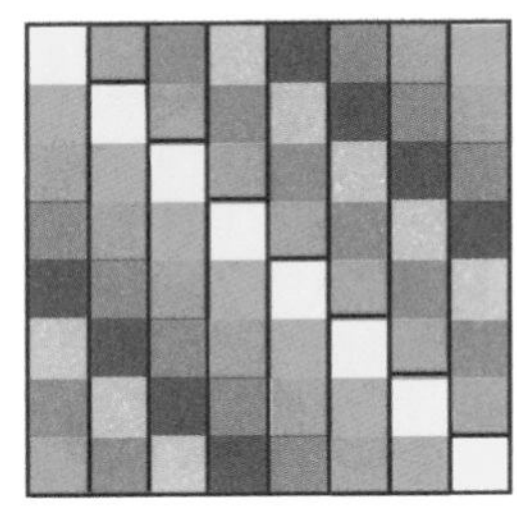

023 埃及绳

用埃及绳可以做出大量不同的面积为4个单位的多边形。

一些方法如图所示。

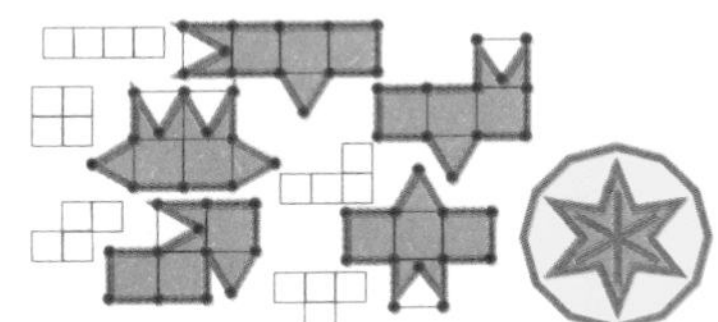

024 将洞移到中心

沿L形的方向剪下正方形的一部分，然后将其向对角翻转，令有洞的部分居于纸张中心。

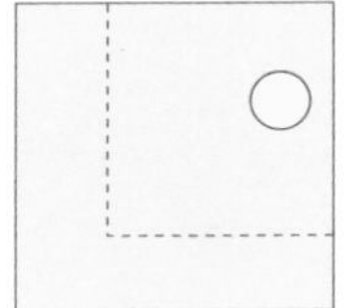

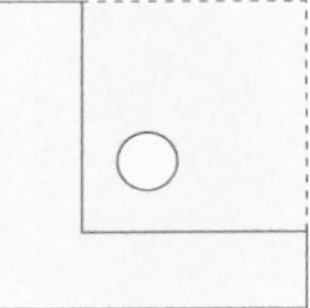

025 不相交的骑士巡游路线

题1

3×3棋盘，2步

题2

4×4棋盘，5步

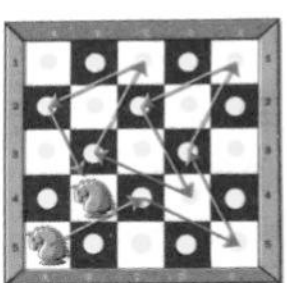

题3

5×5棋盘，10步

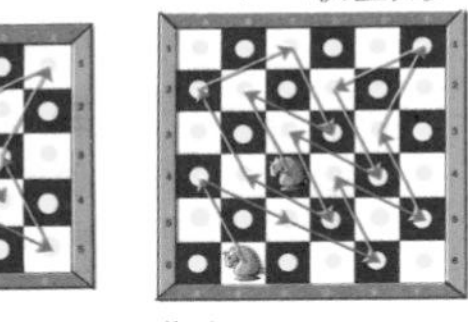

题4

6×6棋盘，17步

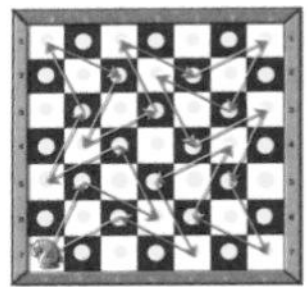

题5

7×7棋盘，24步

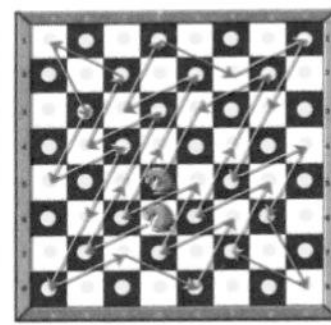

题6

8×8棋盘，35步

026 相交的骑士巡游

完整的骑士巡游在3×3和4×4的棋盘上都不可能实现。在5×5和6×6的棋盘上分别有128种和320种骑士巡游路线，其中有些是能够回到起点的巡游。在7×7的棋盘上路线总数已经超过7000种，而在8×8的棋盘上多达上百万种。

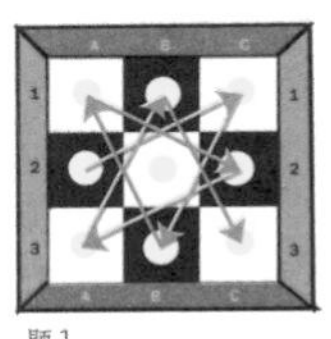

题1

3×3棋盘

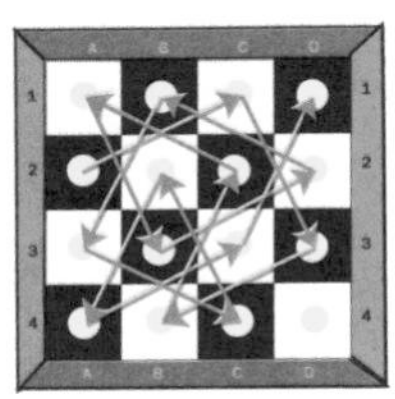

题2

4×4棋盘

027 折叠纸片

转动纸张，空白面朝上，数字“2”在左上角。然后把右边向左折，这样数字“5”靠着数字“2”。现在，将下半部往上折，结果数字“4”靠着数字“5”。接下来将“4”和“5”向内折，位于数字“6”和“3”之间。最后，把数字“1”和“2”折到小数字堆上，到此一切结束。

028 蛋糕片

本题答案并不唯一，答案之一如图所示。

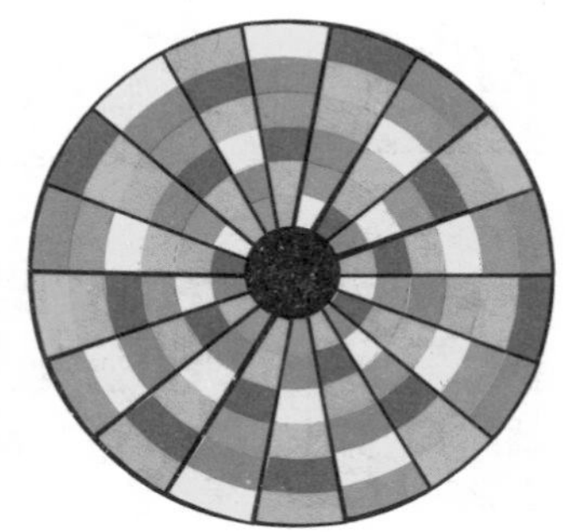

029 轮子

是的。左下角的轮子将按逆时针方向转动，而其他的轮子都将按顺时针方向旋转。

030 将死国王

如图所示，至少需要12个国王，这样国王能够进入棋盘上的每一个格子，并且包括所有上面已经摆放了棋子的格子。

031 楼号

在第121号大厦和编号开始处之间一共有120栋大厦。相应地就有120栋编号高于294的大厦。因此，街两旁建筑共有294 + 120=414栋。

032 象的巡游

题1：最多可以进入29个黑格，如图所示。无论你怎么走，最终还是会剩下3个格子没有进入。

题2：如果棋盘上的格子允许多次进入，那么象是可以进入所有的黑格的。从棋盘上的一个顶点开始，在相对的另一个顶点结束，这样最少只需要17步，如图所示。

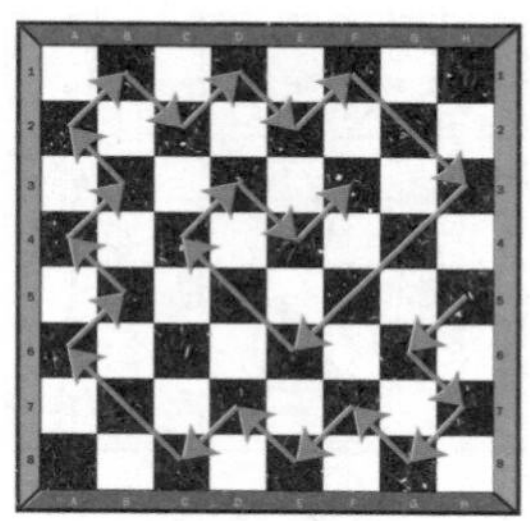

题1

题2

033 拼接六边形

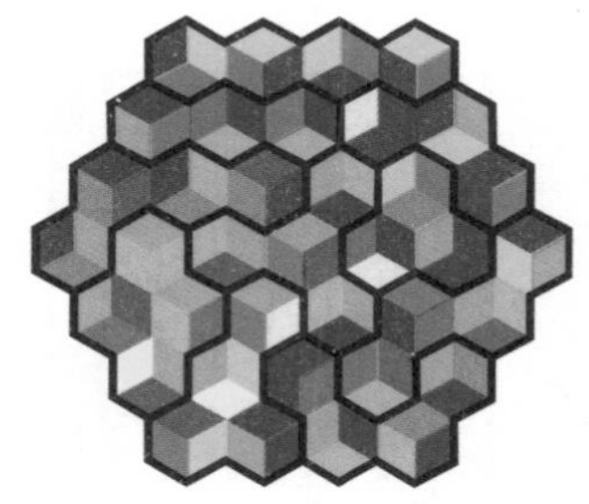

034 象的互吃

需要摆放10个象，如下图所示。

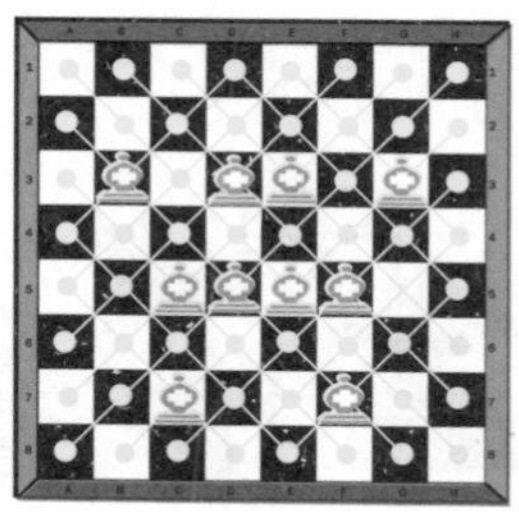

035 7张纸条

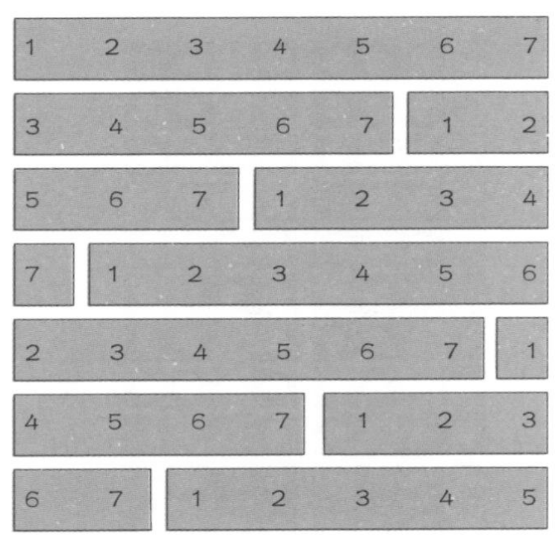

036 色块拼单词

如图所示，把图中的每个色块按顺时针方向旋转180° 就得到下面的单词：

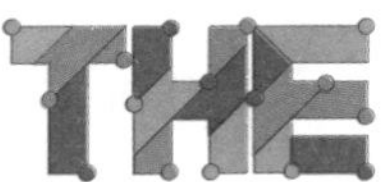

037 分出8个三角形

038 车的巡游

题1
最少21步

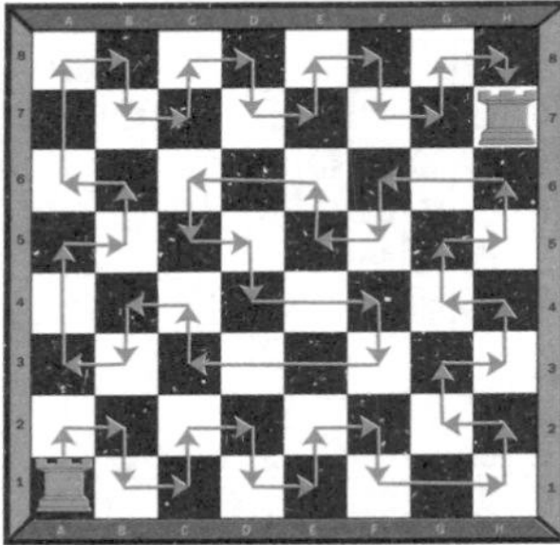

题2
最多55步

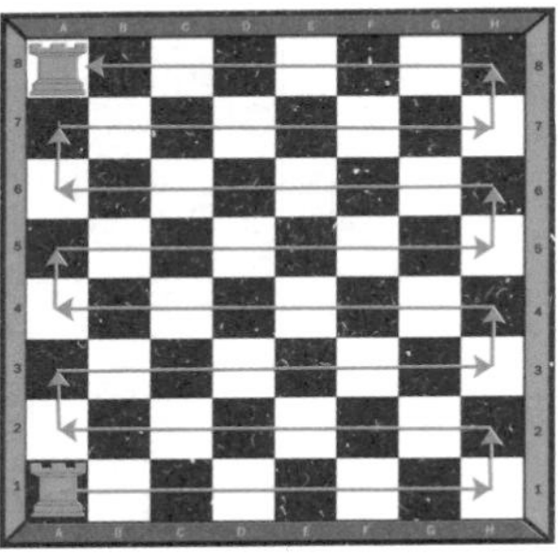

题3
最少15步

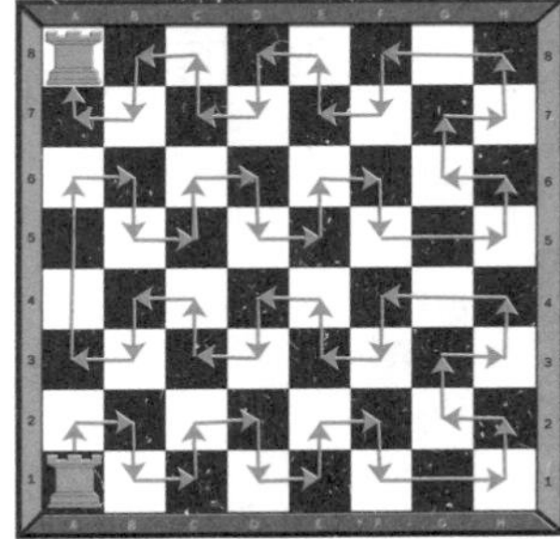

题4
最多57步

题5
最少16步

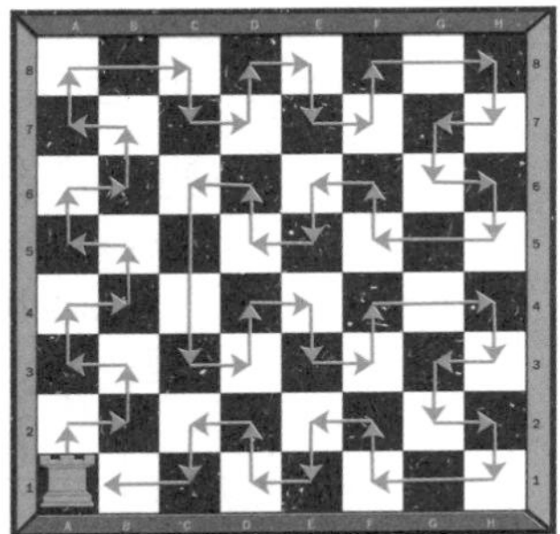

题6
最多56步

039 有链条的正方形

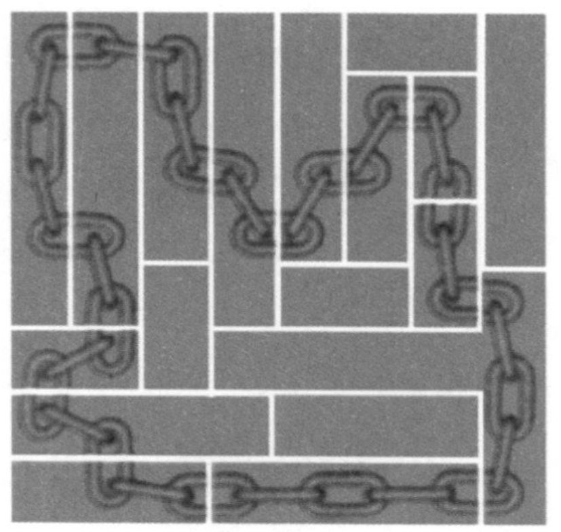

041 彩条谜题

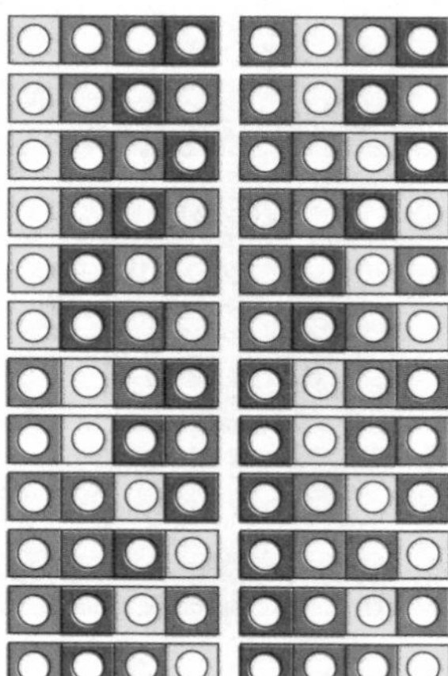

040 单人跳棋

如图所示，18 步是步数最少的解法。

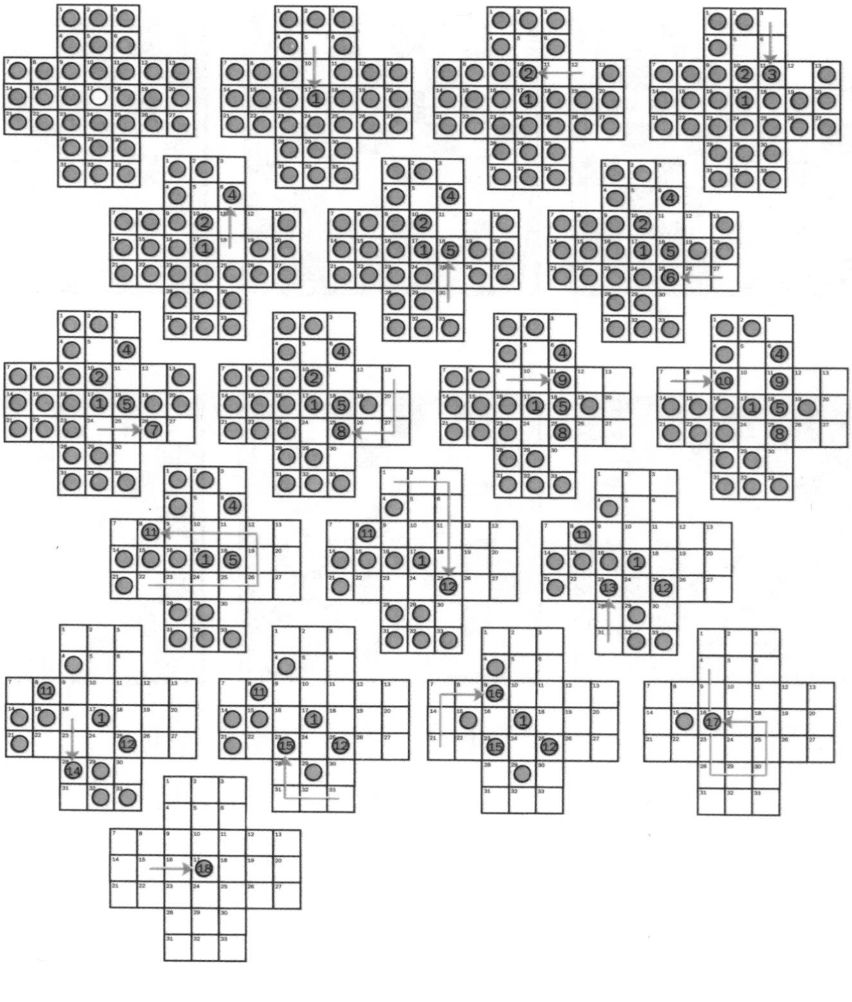

042 五角星内角

无论是什么形状，什么大小的五角星，它的5个内角之和都等于180°。

通过作辅助线把5个内角放到一条直线上，如图所示。

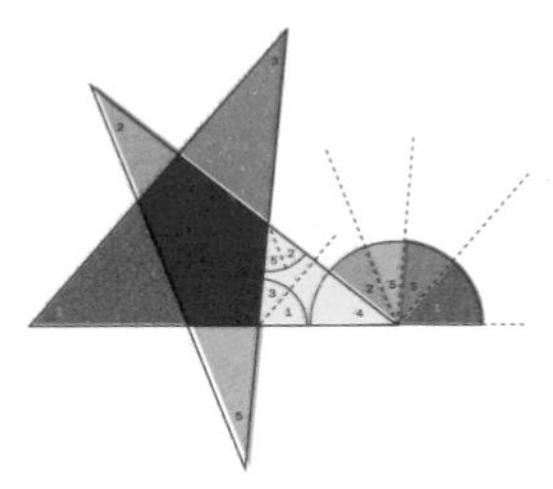

043 吉他弦

如图所示，琴弦开始振动，4和6处的纸片会掉下来。

044 拼接瓷砖

如图所示，这是解法之一。

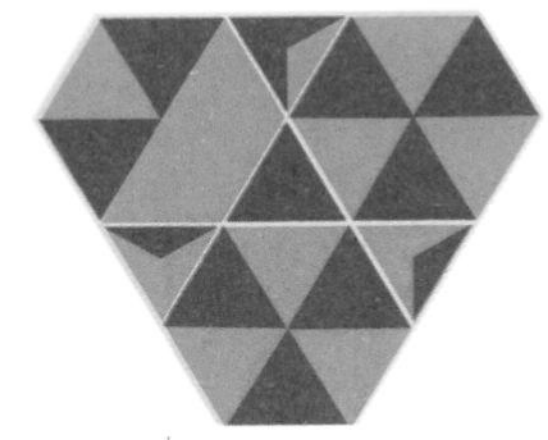

045 保尔·加力的正方形

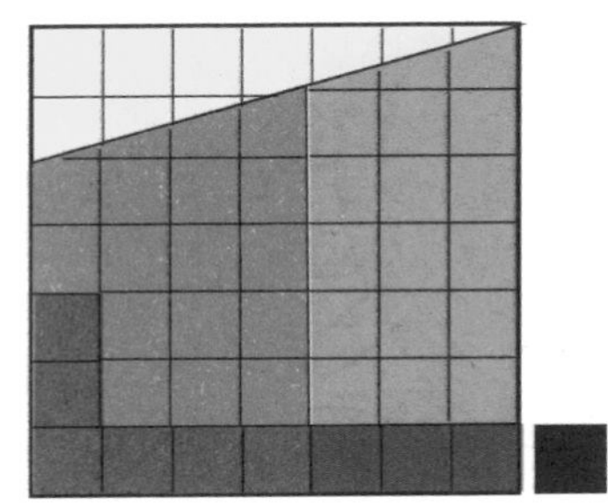

046 剪纸

在纸上沿平行方向剪3刀。其中2刀要剪在纸的一边，而另一刀则应该剪在纸另一侧的中间（如下图所示）。然后将纸弯折，使得纸的“底面”组成上表面的一半。

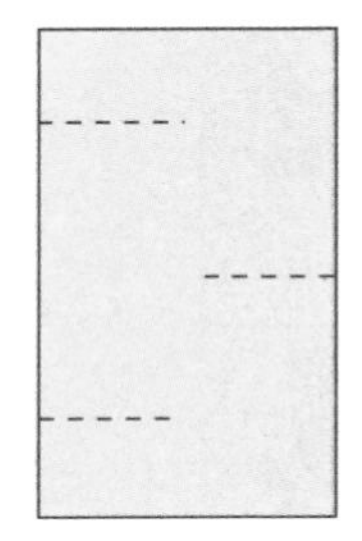

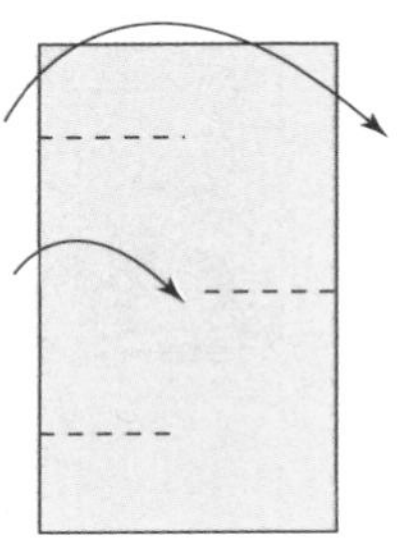

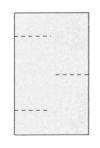

047 组合正方形

2. B D E

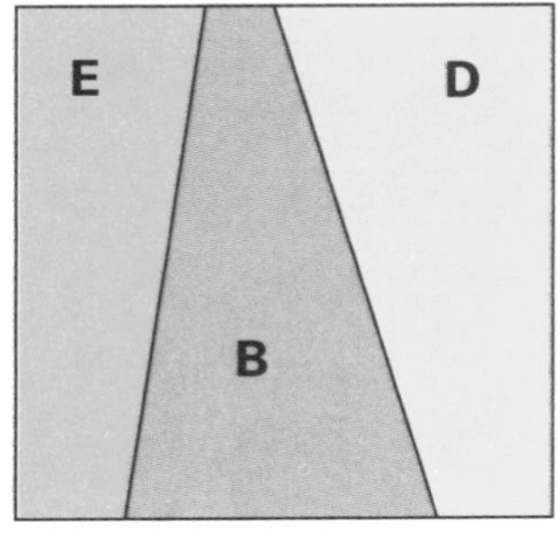

048 改变陶土块

切的动作必须要以如图所示的方法将立方体对切成两半。这样暴露出来的内表面才是六边形。

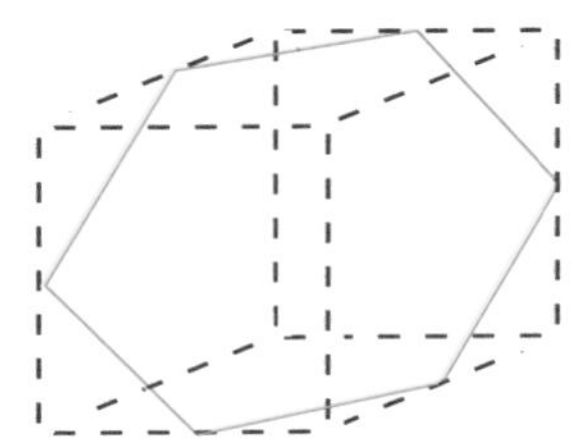

049 建筑用砖

60块砖。你不需要将所有的砖块清点一遍，只需要数出最上面一层砖块的数量（12块）并将其与层数（5层）相乘，这样你就可以得出砖块的总数60块了。

050 三角形三重唱

三幅画如图所示，分别是tea（茶），eye（眼睛）和bee（蜜蜂）——这些单词大声念出来时都是字母的发音（T，I，B）。

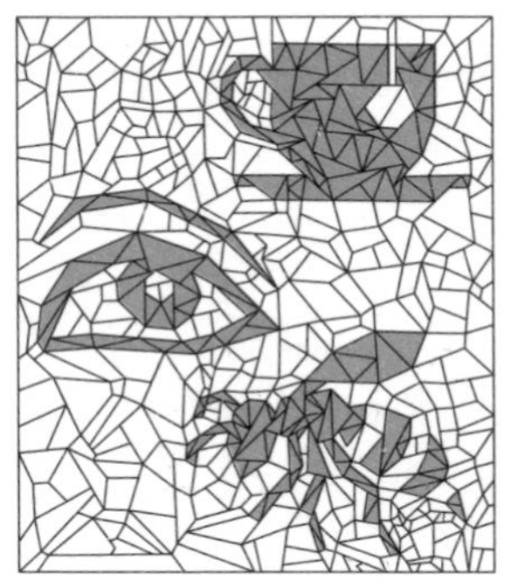

051 列岛游

如图所示

052 裹尸布明星

如图所示

053 停车场

如图所示

创造力

001 清理仓库

这里以“3R4”表示“把3号板条箱往右推4格”。同理，“L”表示向左，“U”表示向上，“D”表示向下。

首先，1U1，然后4D1和L3。现在我们需要通过7U1、6U1和5D1来腾出一些空间。先4R4然后U4，4号板条箱就移出去了。用同样的方法移出3号、1号和2号板条箱。5D2，L3，R4，然后U4，5号就被推出去了。6号和7号也用同样的方法推出去。

002 割据

003 3个小正方形网格

事实上，由1~9当中的3个数字组成和为15的可能组合有8种。

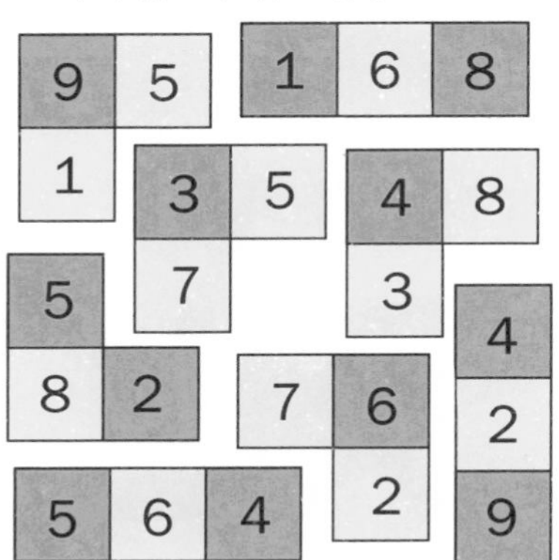

004 十字架

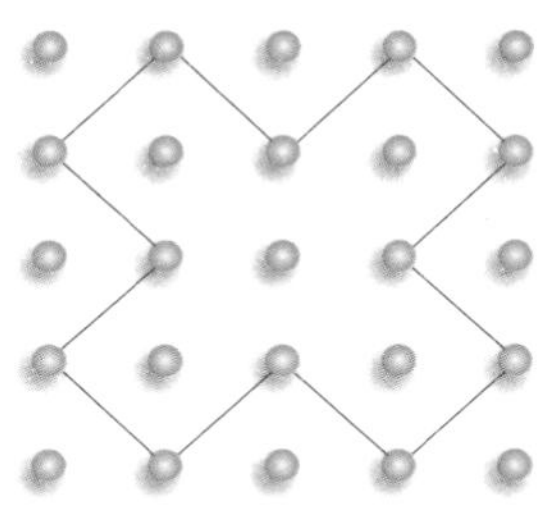

005 七巧板

006 七巧板数字

007 多边形七巧板

008 象形七巧板图形

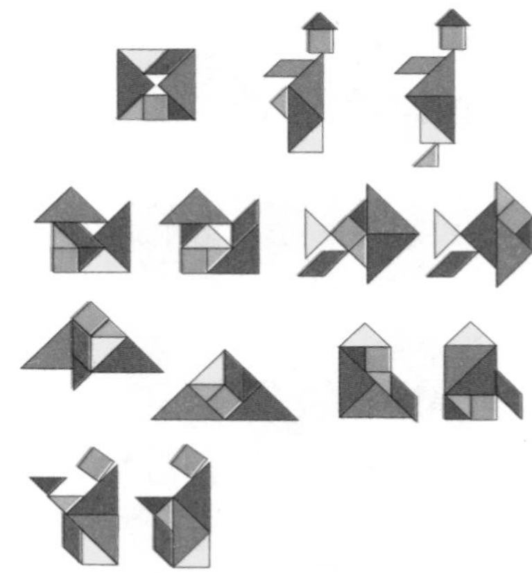

009 三角形七女巧板

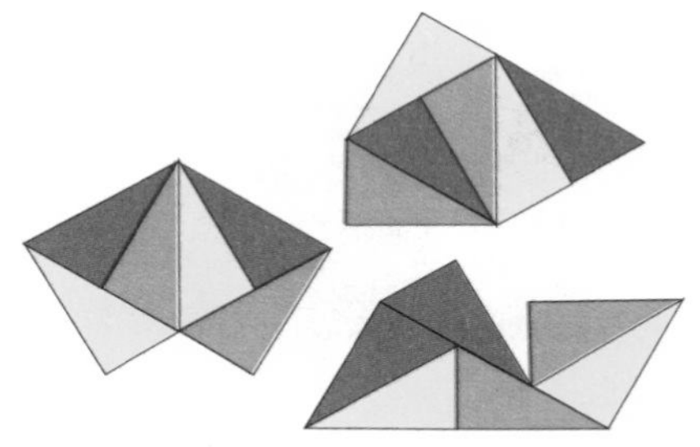

010 心形七巧板

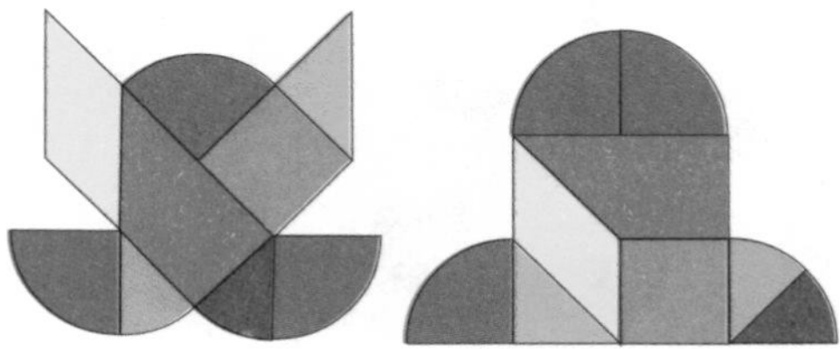

011 圆形七巧板

012 镜面七巧板

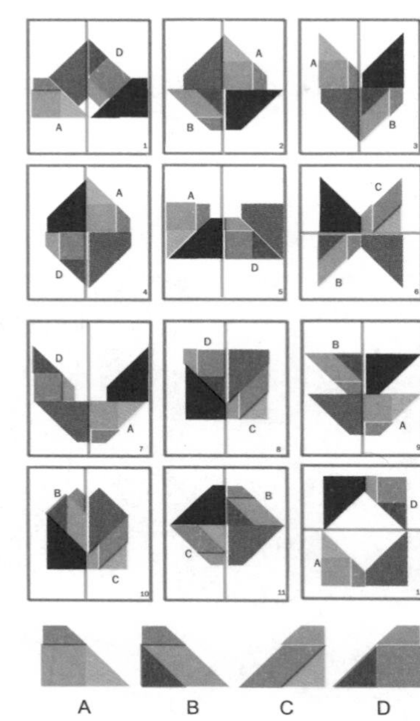

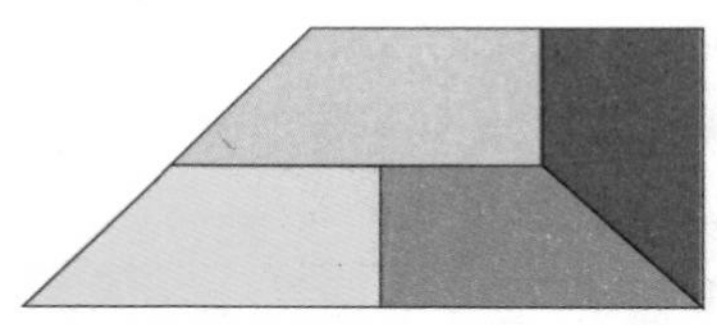

013 大小梯形

014 组合六角星

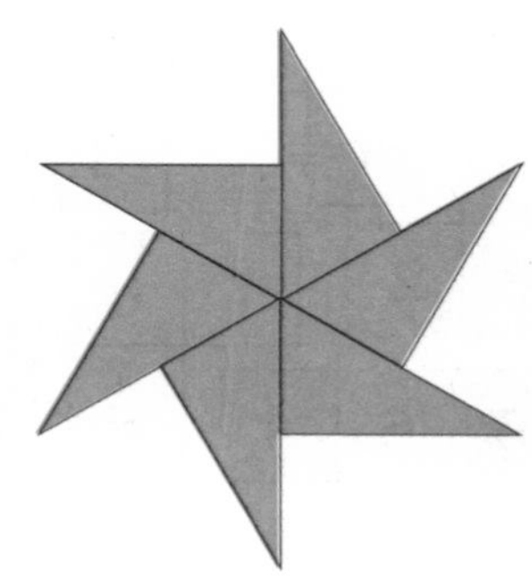

015 闭合多边形

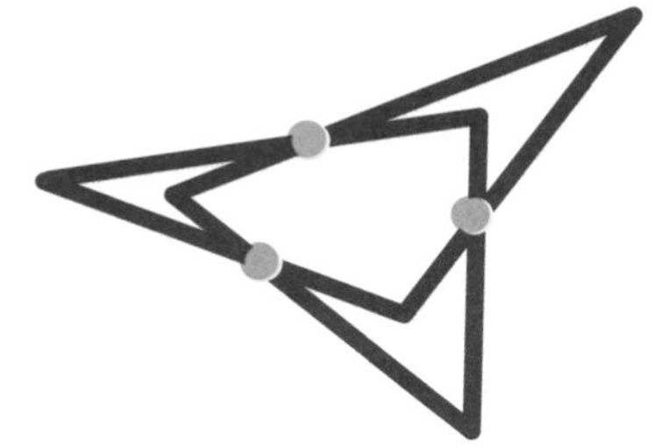

016 分割正方形

把1个正方形分割成6个相似的等腰直角三角形有27种方法：

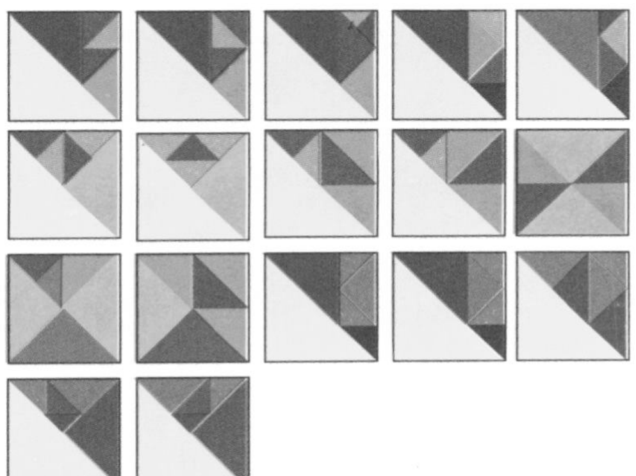

017 给3个盒子称重

有6种方法排列这3个盒子。

称1次可以在2种可能性中决定1个，称2次可以在4种可能性中选择，称3次可以在8种可能性中选择……

一般来说，“n”次称重将最多决定2n种可能性。

在我们的题目中：

称重1次：A>B

称重2次：A<C

结论：C>A>B, 问题就解决了。

如果第2步称重时：A>C

那么就有两种可能性：A>B>C或A>C>B, 所以我们需要第3次称重来比较B和C。所以最多需要称3次。

018 图案上色

这两个图形都只需要用3种颜色上色，如下图所示。

019 4点连出正方形

总共11个正方形。

5个小正方形

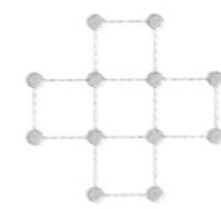

4个中等的正方形

2个大正方形

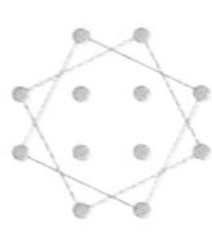

020 分割L形

显然L形结构可以被分割成任何3的倍数。对于n=4的答案是一个经典的难题，这时被分割成的部分是和原来一样的L形结构。这种图形被称作“两栖图形”，因为每个这种图形都可以被继续分割成4个部分。

对于n = 2的答案是另外一种图形（同

n = 8，32，128，512，…的答案类似）。

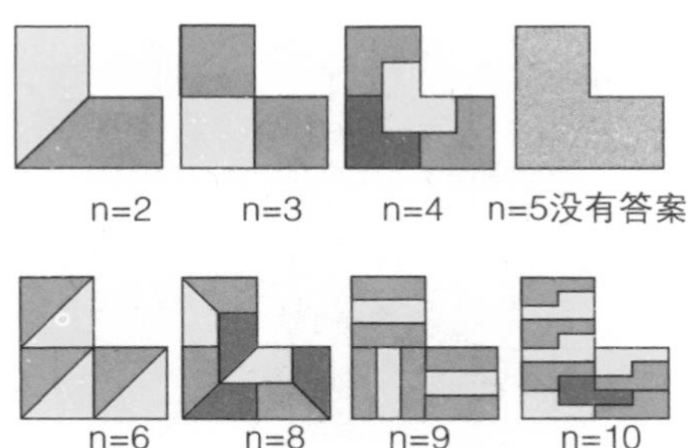

021 把正方形四等分

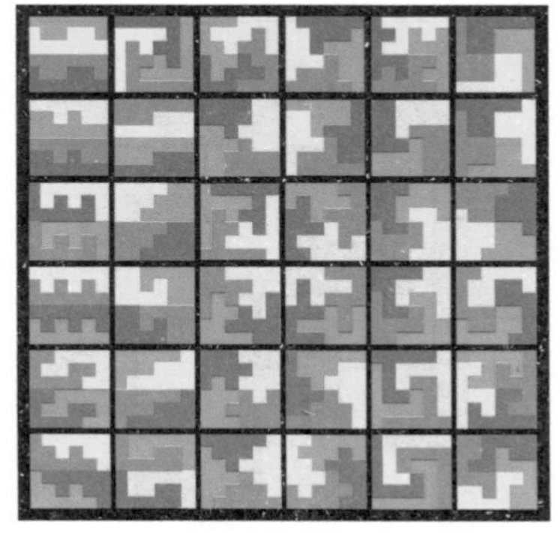

022 覆盖正方形

你可以做得更好吗？

023 去电影院

一边描画一边计算还得同时牢记所走的每一步——这肯定会让你疯掉的。要想选择简单的方法，那就只需要写下连接每一个圆圈的可能的路线。到达下一个圆圈的路线的数字和与之相连接的路线的总和是相等的。

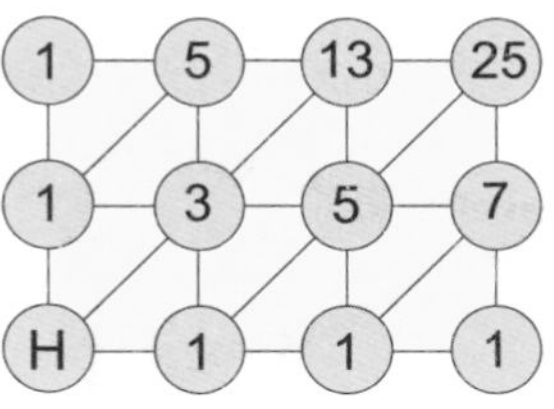

024 守卫

图1表明5名看守人的行进路线，图2则是伦敦塔看守人走遍所有房间的路线，他只要拐16次弯就够了。

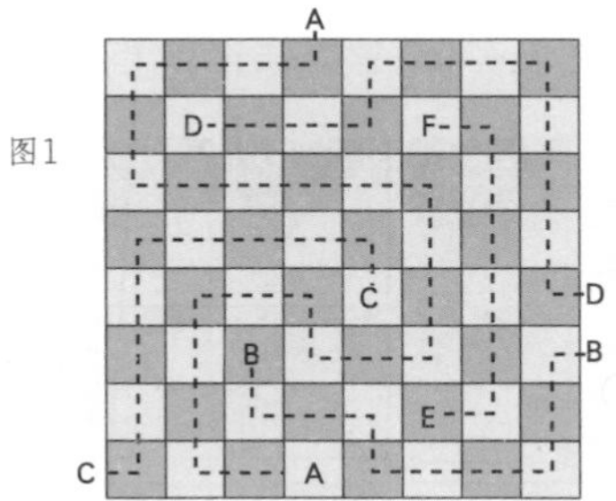

025 填涂图案

这是答案之一：

026 建造桥梁

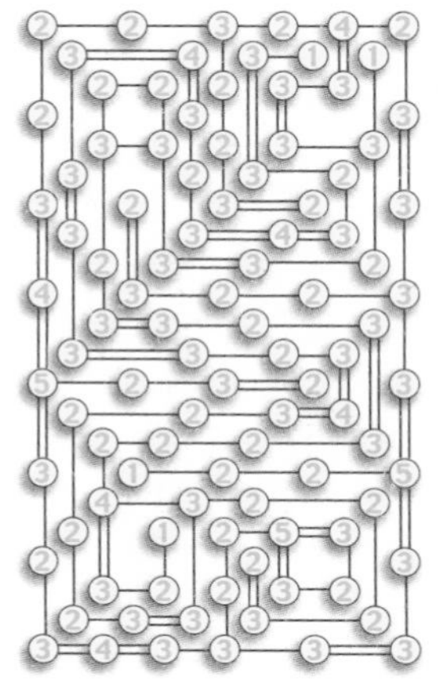

027 增加正方形

将正方形总数上升到27个的4条直线如下图中的蓝线条所示。

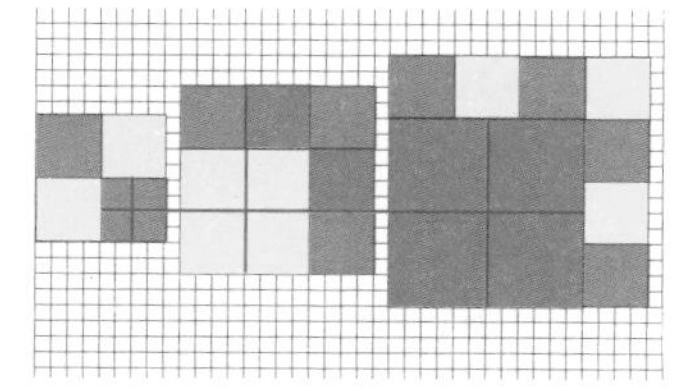

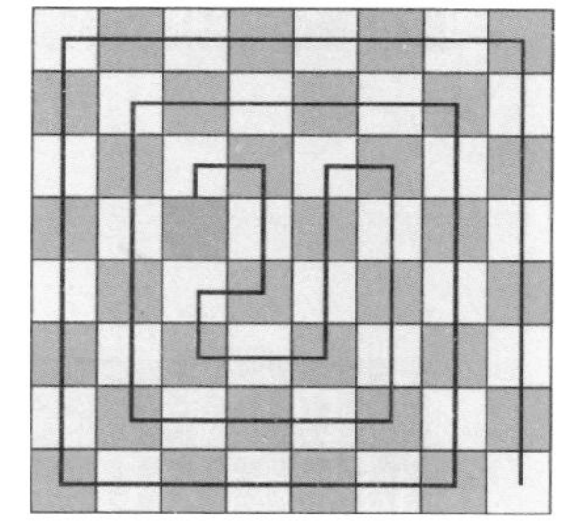

图2

028 直线分符号

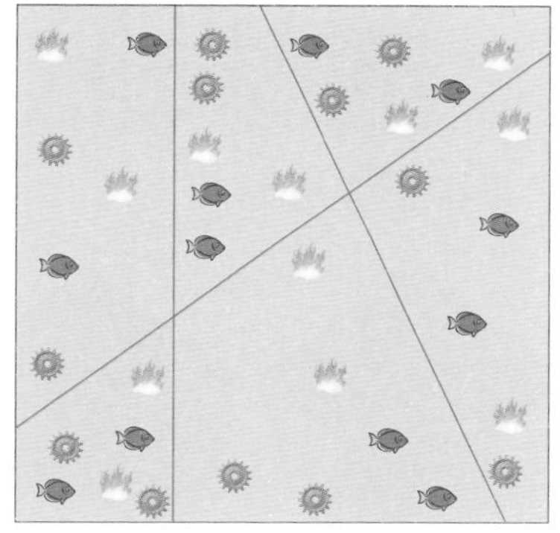

029 六彩星星

030 重组五角星

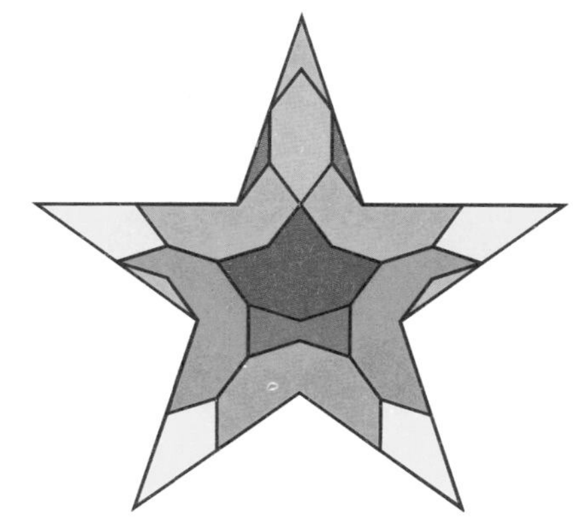

031 棋盘与多米诺骨牌

许多与棋盘有关的题目以及其他谜题都可以通过简单的奇偶数检验法解决。

第1个棋盘中，无论你用什么办法都不能覆盖空缺的棋盘，而证明方法很简单。除空缺块以外，棋盘上有32块黄色方块，但只有30块红色的。1块多米诺骨牌必须覆盖一红一黄的方块，因此第1个棋盘不能用31块多米诺骨牌覆盖。

如果从棋盘中移走2个相同颜色的方块，剩下的方块就不能用多米诺骨牌覆盖。

该原理的反面由斯隆基金会主席拉尔夫·戈莫里证明。

如果将2个颜色不同的方块从棋盘移出，剩下的部分必然能用多米诺骨牌覆盖。

因此只有第2个棋盘能全部用多米诺覆盖住。

032 重组等边三角形

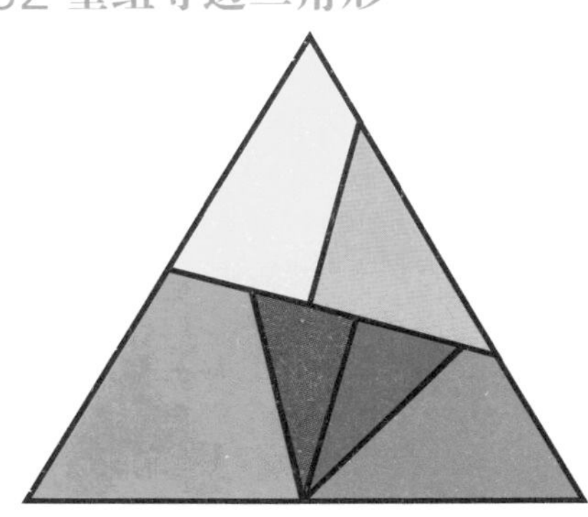

033 重组4个五角星

034 重组七边形

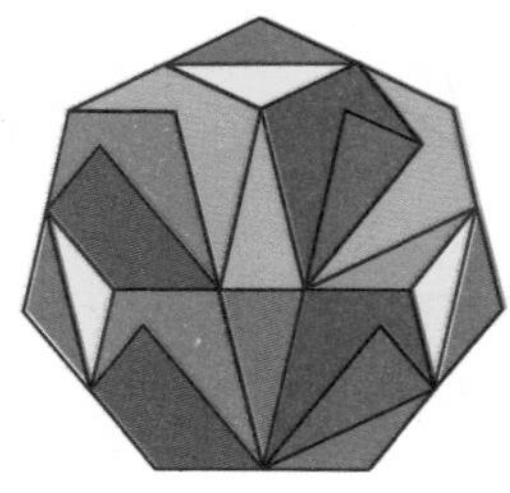

035 星形难题

036 网格覆盖

原图上的5个缺失方块中有4个是在棋盘的灰色块上的，只有1个在白色块上。

因此当你放进去最大数目的多米诺骨牌之后，无论你如何摆放骨牌，总会有3个白色块没有被覆盖上。

寻找解法的途径之一是在棋盘上画出车（国际象棋棋子）的路线图，并用骨牌覆盖它的路线。

037 连续的多格骨牌方块

如图提供了4种解法。

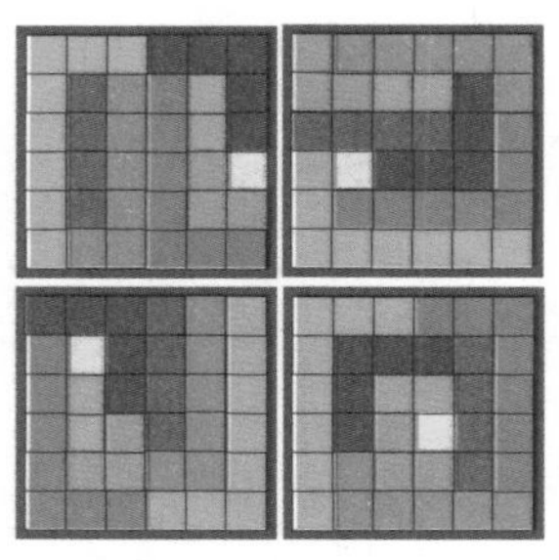

038 连接色块

该题的解有多种，下面是其中一种，如图所示。

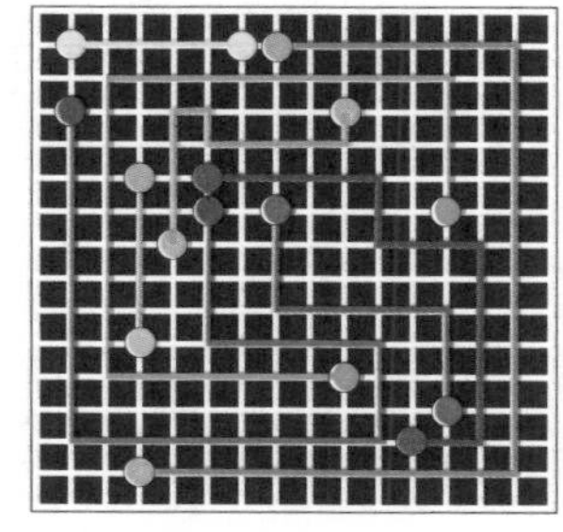

039 重拼正五边形

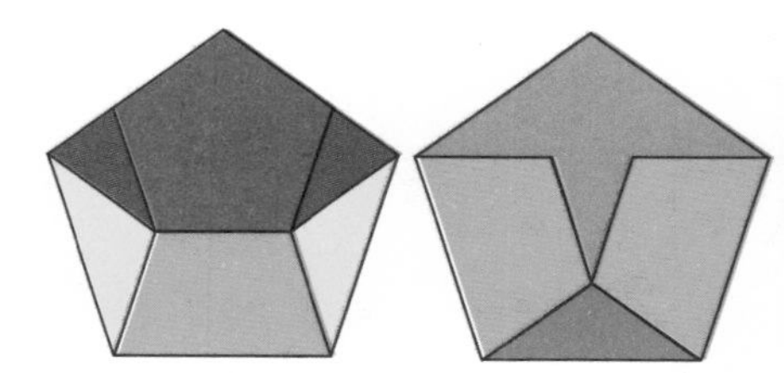

040 重组正方形

041 埋伏地点

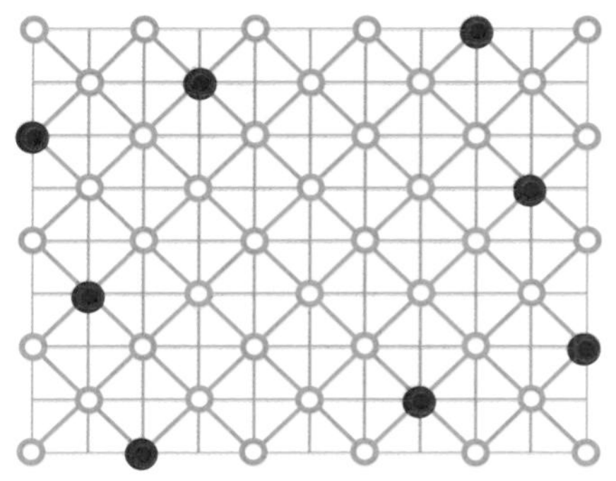

042 小钉板

在 3×3 的小钉板上不论你怎么连，最终总是会剩下 2 个钉子；而在 5×5 的小钉板上则总是会剩下 1 个钉子；在 4×4 的板上可以把 16 个钉子全部用上，1 个也不剩。如图所示。

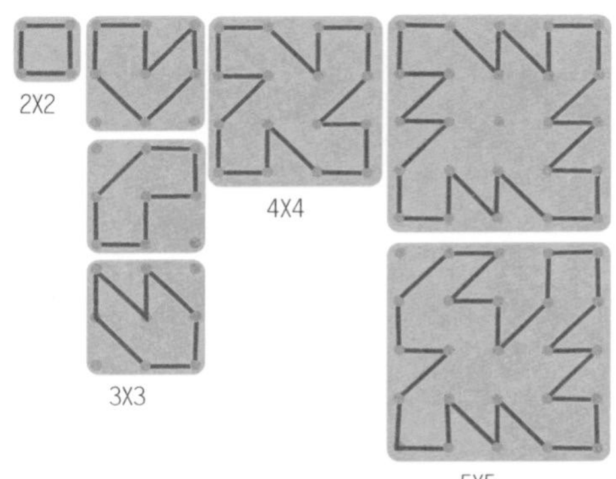

043 三角形钉板

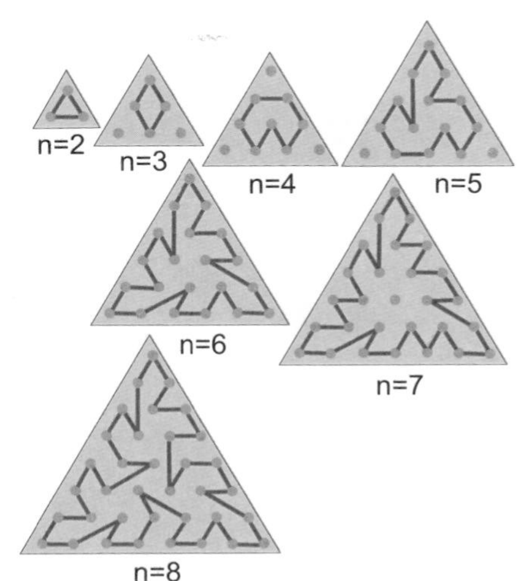

044 正六边形钉板

答案如图所示。当然还有其他的可能性。

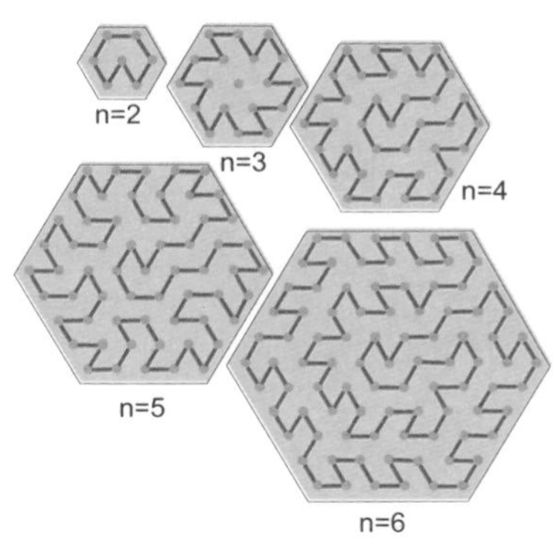

045 连接四边形

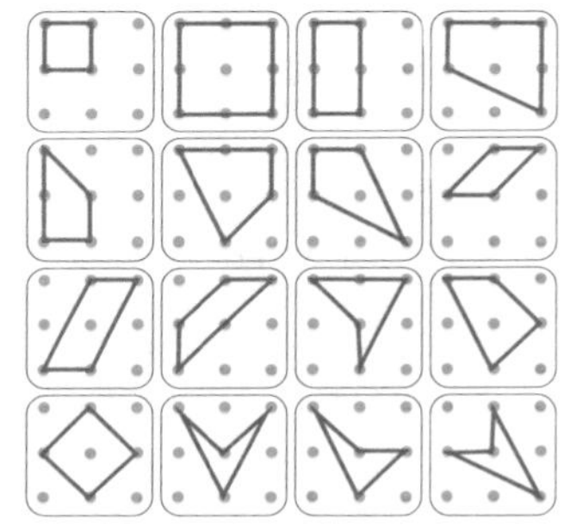

046 4等分钉板

047 分割

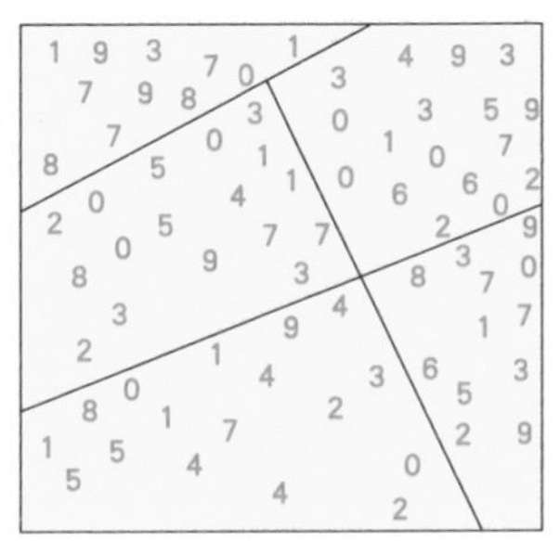

048 连接数字

答案如图所示。原题中选的是18个点，其实用任意多少个点都可以做到把它们从头到尾相连，且连线不相交。

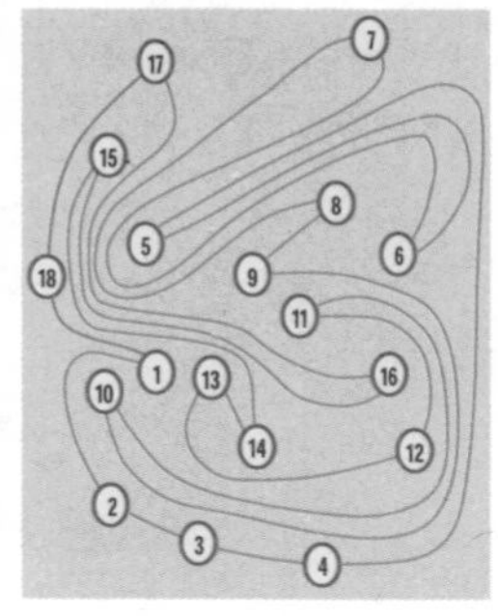

049 毕达哥拉斯正方形

050 麦克马洪的彩色方块

24个四色正方形和4×6长方形的答案之一。

051 分割矩阵

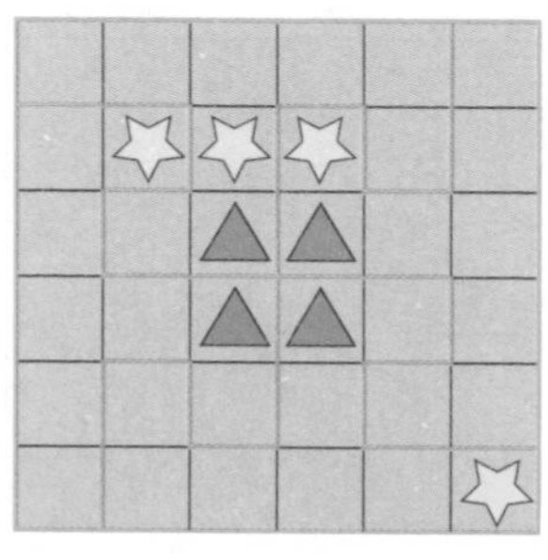

052 摆放棋子

解法之一如图所示。

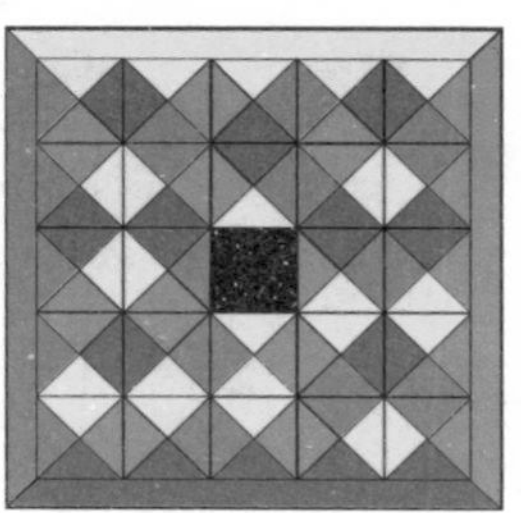

053 组成十二边形

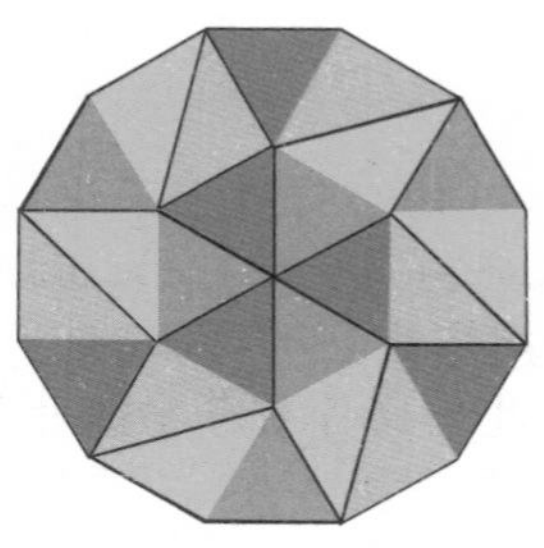

054 走出迷宫的捷径

往东走到“3”，再往东南走到“3”，最后向南走出迷宫。

055 瓢虫

如图，19个瓢虫分别在不同的空间内。

一般情况下，3个三角形相交，最多只能形成19个独立的空间。

这一点很容易证明。2个三角形相交，最多能够形成7个独立的空间，而第3个三角形的每一条边最多能够与4条直线相交，因此它能够与前2个三角形再形成12个新的空间，所以加起来就是19个空间。

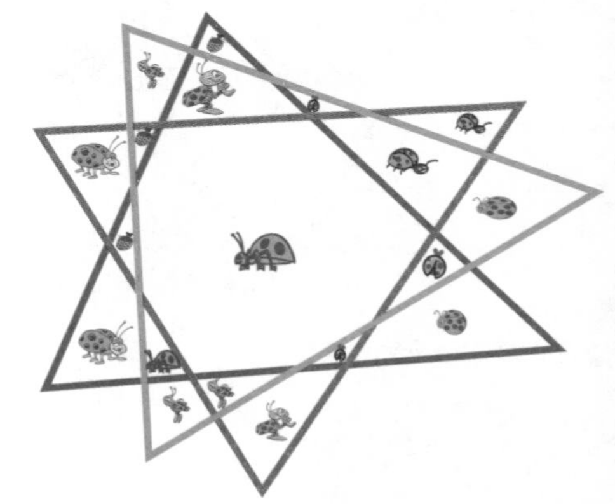

056 游戏板

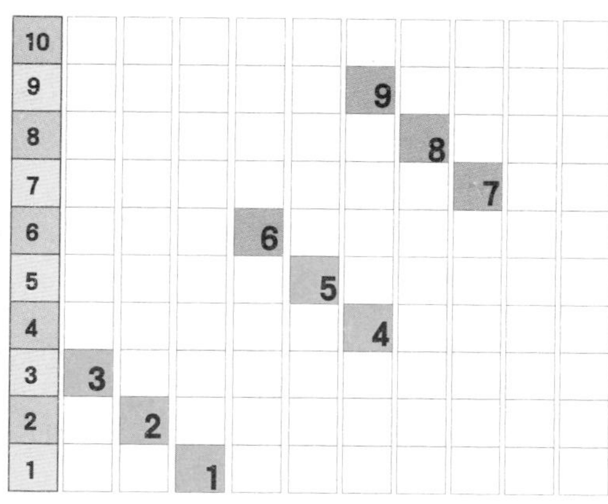

057 不可比的长方形

可以用不可比的长方形拼出的最小的长方形的长和宽的比例是 22 ： 13。

这 7 个不可比的长方形的总面积是 286 个单位正方形。由于这个长方形的一边最小是 18，而且边长必须是整数，就出现 2 种可能的比例 :26 ： 11 和 22 ： 13。

我们这道题目的答案是第 2 种，它有更小的周长。

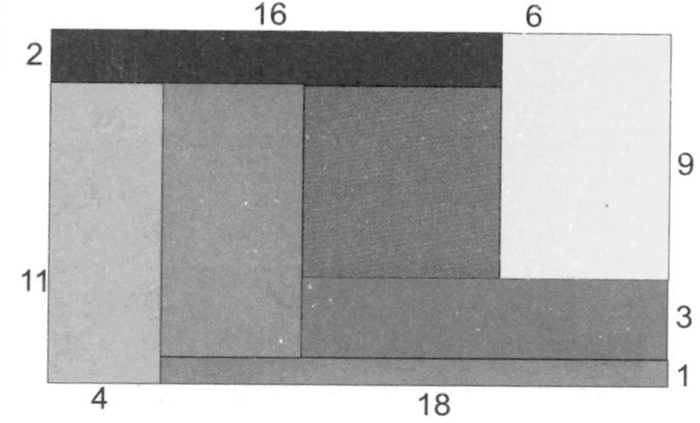

058 连接圆点

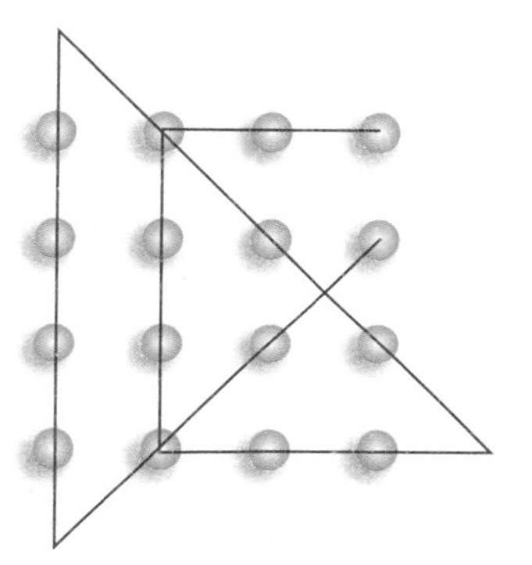

记忆力

001 数字筛选

不管你如何选择这 10 个数，总是可以从中找出两组数字之和相等。

在这 10 个数里选择一个数一共有 10 种方法，选择一组两个数有 (10×9)÷(2×1) 种方法，选择 3 个数有 (10×9×8)÷(3×2×1) 种方法，一直到选择 9 个数有 (10×9×8×7×6×5×4×3×2)÷(9×8×7×6×5×4×3×2×1) = 10 种方法。加起来一共是 1012 种方法。

一组数之和最小的可能是 1，最大的可能是 945(一组里面包含 10 个数，从 90 到 99)。

也就是说，选择数字一共有 1012 种方法，各组的和只有 944 种可能。

因此，如果从小于 100 的整数中任意选出 10 个数，总是可以从中找出两组，使其数字和相等。

002 总长度为10

将奎茨奈颜色棒分开，再组成长度为 n 的方法有 2^{n-1} 种。

2×2×2×2×2×2×2×2×2= 512

想象一根长度为 10 的奎茨奈颜色棒在每隔 1 个单位长度的地方做有标记。在每一个间隔处，你有两种选择：你可以在此处将颜色棒折断，或是保持原样。

在一根这样的颜色棒上有 9 处标记，可供你选择折断，或是保持原样。因此排列长度为 10 的颜色棒一共有 2^9 种方法。

003 奎茨奈颜色棒游戏

如图所示。

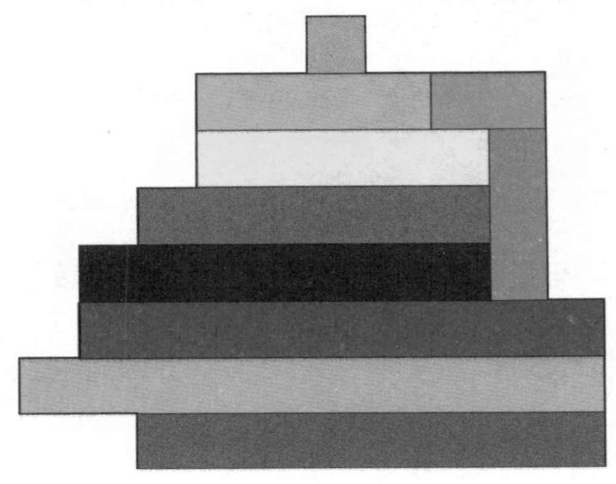

004 数字1到9

32547891×6 =195287346

005 旋转的物体

如图所示。

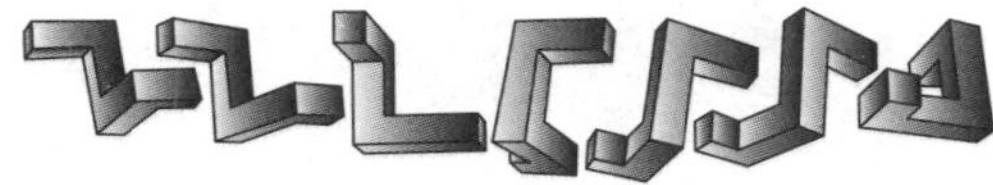

006 轨道错觉

开普勒当然是正确的，但是这幅图里面的椭圆并不是真正的椭圆。在它中部其实是两条平行的直线，但是在其他射线的干扰下，整个图形看上去像一个椭圆。

007 第100个三角形数

高斯意识到，1 到 100 的和等于 101 乘 以 50。(1+100，2+99，3+98， …，

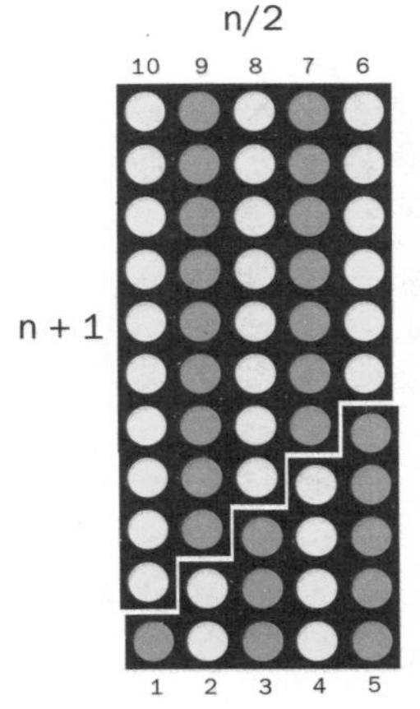

50+51，每两个数的和等于 101，一共有 50 组)。这样就得到其总和为 5050。右图是一个例子，里面只用到了数字 1 到 10。

高斯不仅算出了 1 到 100 的和，他还发明了计算这一类型的数的一般公式：

1+2+3+…+n=n(n+1) / 2

这个公式也是三角形数的公式。

008 三维形数

四面体数：1，4，10，20，35，56，84。这类数的公式是 1/6n(n+1)(n+2)。

正方锥数：1，5，14，30，55，91，140。这类数的公式是 1/6n(n+1)(2n+1)。

其中 n 代表小球所在的层的序数，而每一层的小球数等于 n^2。

最底层小球的数量是 100。整个四面体的小球数是

1+4+9+16+25+36+49+64+81+100=385。

009 小猪存钱罐

1/4x+1/5x+1/6x=37

x=60

因此我一共有 60 美元。

010 三角形数

查尔斯·W. 崔格发现了 136 种不同的排列方法。如图所示是其中 4 种。

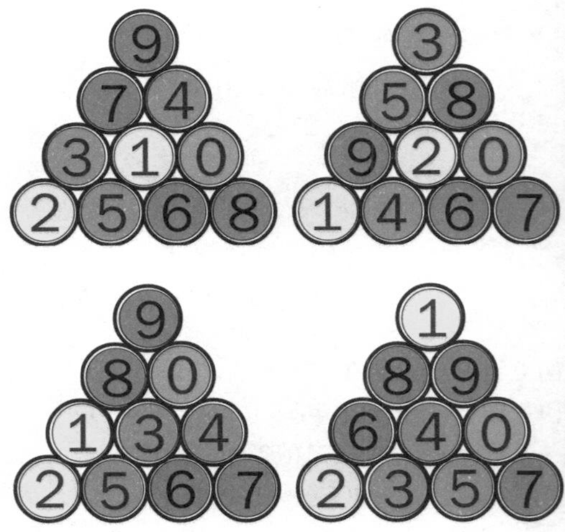

011 无理数

这个证明事实上非常简单：假定 2=P/Q，而且这已经是最简分数了(也就是说，

P 和 Q 没有公约数了）。将这个式子平方，就得到了：

$P^2=2Q^2$，这个式子说明 P 是一个偶数，可以写成 P=2R。将它代入 $P^2=2Q^2$，我们就得到了 $2R^2=Q^2$，而这说明 Q 也是一个偶数。那么这与我们刚开始的条件 P 与 Q 没有公约数不符。这种自相矛盾说明这样的 P 和 Q 不存在。

2 是无理数，也就是说它不能被写成分数的形式。它的平方等于 2。如果我们试着把它写成小数的形式，它是无限不循环小数，与无限循环小数不同，比如：

1/3=0.33333333，或者 24282/99999=0.2428124281

计算机已经把 2 计算到它的几千位了，但是迄今为止没有发现它的小数位后面的数出现循环。

012 加减

如图所示。

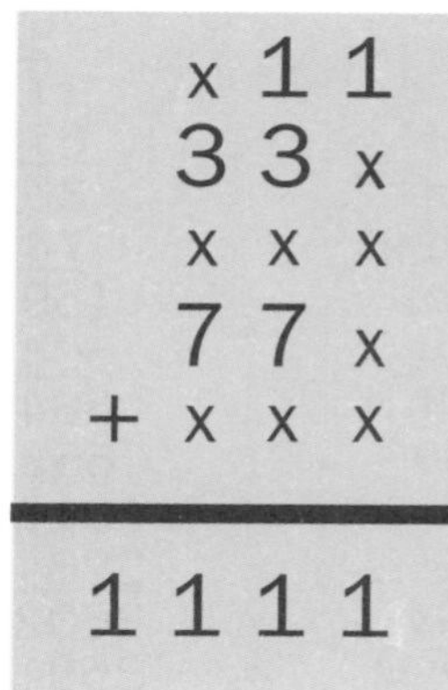

013 8个“8”

如图所示。

888
88
8
8
+ 8
1000

014 总和为15

735 564 6432 4326

26331 3318 3183

3741

015 和与差

有 2 种解法：

4 1 5 4 1 3 2 5 3 2

4 5 1 4 3 1 2 3 5 2

将这两组解的数字倒过来就构成了另外 2 种解法。

016 数列

数列里面去掉了所有的平方数。

017 自创数

如果我们系统地来试着往第 1 个格子里放一个数字，从“9”试起，我们就会发现“9”不可以，因为剩下的格子里放不下 9 个“0”了；“8”和“7”一样，如图所示。而将“6”放入的时候我们会发现这就是正确的答案。

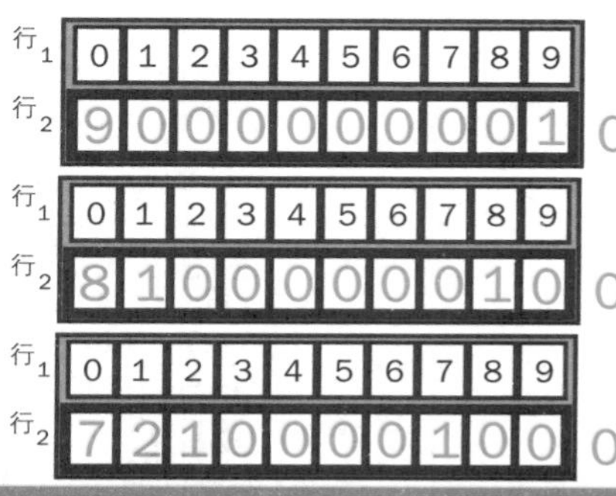

如果第一个数字是 9，剩下的格子里只放得下 8 个 0。

如果第一个数字是 8，剩下的格子里只放得下 7 个 0。

如果第一个数字是 7，剩下的格子里只放得下 6 个 0。

唯一的解。

018 凯普瑞卡变幻

你最终总是会得到 6174。

D. R. 凯普瑞卡发现了这一类的数，因此这一类数都以他的名字命名，称为凯普瑞卡数。

如果你以一个两位数开始，结果会是这 5 个数中的一个：9，81，63，27，45。

如果是以三位数开始，结果会是 495。

019 扑克牌

设有 4 张牌，前 3 张的和为 21，后 3 张的和也为 21。那么就说明第 1 张牌和第 4 张牌一定相等。因此在这些牌中，每隔 2 张牌都是一样的。

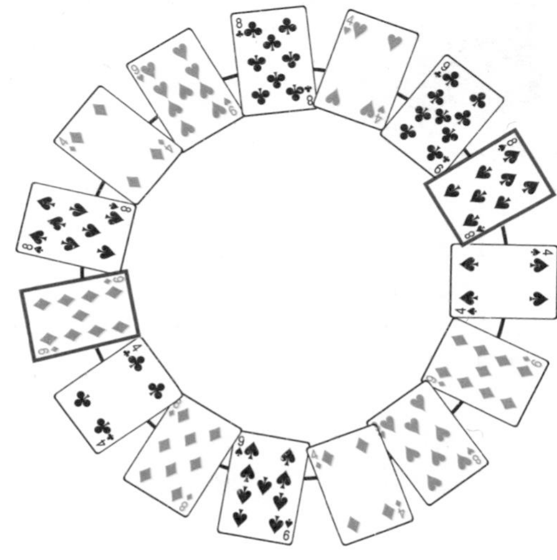

020 计算器故障

一位数有 3 个：1，2，3

两位数有 3^2 个，也就是 9 个：11，12，13，21，22，23，31，32，33

三位数有 3^3 个，也就是 27 个：111，112，113，121，122，123，131，132，133，211，212，213，221，222，223，231，232，233，311，312，313，321，322，323，331，332，333。

一共可以组成 39 个数。即 $3+3^2+3^3=39$

021 回文

希望你没有花太多的力气就得到一个回文顺序的数。

马丁·加德纳得出结论：在前 10000 个数中，只有 251 个在 23 步以内不能得到回文顺序的数。曾经有一个猜想说：“所有的数最终都会得到一个回文顺序的数。”但是这个猜想后来被证明是错误的。

在前 100000 个数中，有 5996 个数从来都不会得到回文顺序的数，第一个这样的数是 196。

89
98
187
781
968
869
1837
7381
9218
8129
17347
74371
91718
81719
173437
734371
907808
808709
1716517
7156171
8872688
8862788
17735476
67453771
85189247
74298158
159487405
504784951
664272356
653272466
1317544822
2284457131
3602001953
3591002063
7193004016
6104003917
13297007933
33970079231
47267087164
46178076274
93445163438
83436154439
17688131787
77871318867
95559450654
84560549555
1801200002107
7012000021081
88132000231888

终于得到一个回文顺序的数了

022 4个“4”

20 以内唯一不能被这样展开的数是 19。如果允许用阶乘的话，也可以把它展开 (4!=1×2×3×4)，19 可以被写成 4! − 4 − (4/4)。

1=44/44
2=4/4+4/4
3=(4+4+4)/4
4=4(4−4)+4
5=[(4×4)+4]/4
6=4+[(4+4)/4]
7=4+4−(4/4)
8=4+4+4−4
9=4+4+(4/4)
10=(44−4)/4
11=44/(√4 × √4)
12=(44+4)/4
13=(44/4)+√4
14=4+4+4+√4
15=(44/4)+4
16=4+4+4+4
17=(4×4)+4/4
18=(4×4)+4−√4
19= 无解
20=(4 × 4)+√4+√4

023 4个数

$4+4^2+4^3+4^4=340$

024 数列

这个数列包含的数字都是上下颠倒过来也不会改变其数值的数字。

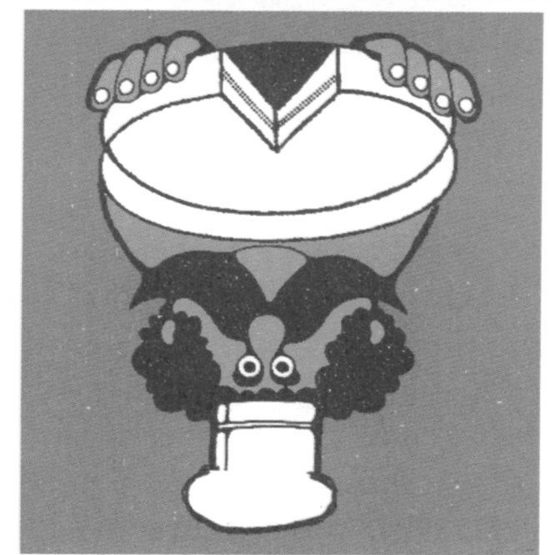

025 足球

这个足球的1/4重50克，那么这个足球的总重量就是200克。

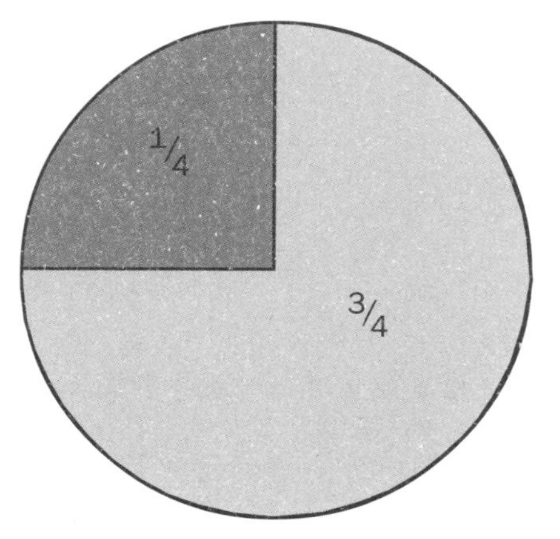

026 数学式子

如下面所示。

$$10^2=100$$

$$10$$

$$\frac{10}{\sqrt{10}}=3.1622777$$

$$\sqrt{10}=3.1622777$$

$$\frac{\sqrt{10}}{10}=0.3162277$$

$$\frac{1}{\sqrt{10}}=0.3162277$$

$$\frac{1}{10\sqrt{10}}=0.0316227$$

027 11的一半

罗马数字中的11就是这样的，如下图所示。

028 加一条线

如图所示。

$$545+5=550$$

029 想一个数

古埃及的数学家将未知数叫做“黑匣子”，我们这里也可以借用这个概念，我们把不确定的未知数称为“黑匣子”。运用这个概念，这个小游戏的秘密马上就会被破解了。你要完成两件事情：

1. 你要处理一个未知的变量。在代数学中我们这里的“黑匣子”用x表示。

2. 与找某一个特定的数来测试不同，你应该用一种一般的方式，来表示这个思维游戏的结果总是 7。

在代数学中，有很多复杂的证明可以用几何图表直观地表示出来，使这个定理的证明能够一目了然。

随便想一个数	■ ← 这就是这个数
加上 10	■ ●●●●●●●●●●
乘以 2	■ ●●●●●●●●●● ■ ●●●●●●●●●●
减去 6	■ ●●●●●●● ■ ●●●●●●●
除以 2	■ ●●●●●●●
然后再减去你最开始想的那个数。结果是 7。	□ ●●●●●●●

030 类似的数列

第 9 个数是 31131211131221。

第 10 个数是 13211311123113112211。

在这个数列里的每一个数都是描述前一个数各个数字的个数 (3 个 1，1 个 3，1 个 2 等等)

这个数列里的数很快就变得非常大，而且这个数列里的数字不会超过 3。比如，这个数列里的第 16 个数包含 102 个数字，而第 27 个数包含 2012 个数字。

这个数列是由德国数学家马利欧·西格麦尔于 1980 年发明的。

031 冰雹数

以 7 开头到后面也会变成同一串数，只不过过程会稍长一点：7，22，11，34，17，52，26，13，40，20，10，5，16，8，4，2，1，4，2…

至于是否以所有数开头，到后面都会变成同一串数，这个到目前为止还不知道。

以 1 ~ 26 开头很快就会成为同一串数，而 27 则会在这列数的第 77 个数时达到最大，即 9232，在第 111 个数成为同一串数。

032 数的持续度

持续度分别为 2，3，4 的最小的数分别为 25，39，77。每个数通过重复题目中的过程都可以得到一个一位数。这个过程不是无限的。

持续度	最小的数
1	10
2	25
3	39
4	77
5	679
6	6788
7	68889
8	2677889
9	26888999
10	3778888999
11	277777788888899

注意 8 和 9 出现的频率非常高。为什么呢？没有人知道。

033 六边形

如图所示。

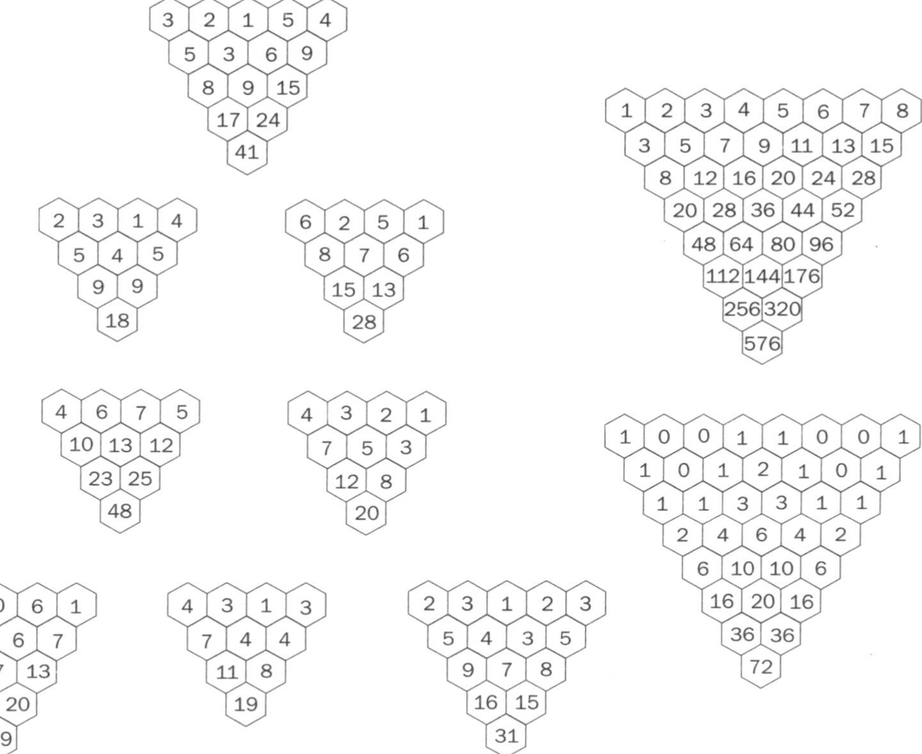

034 瓢虫花园

有多种解法，下图是其中的一种。

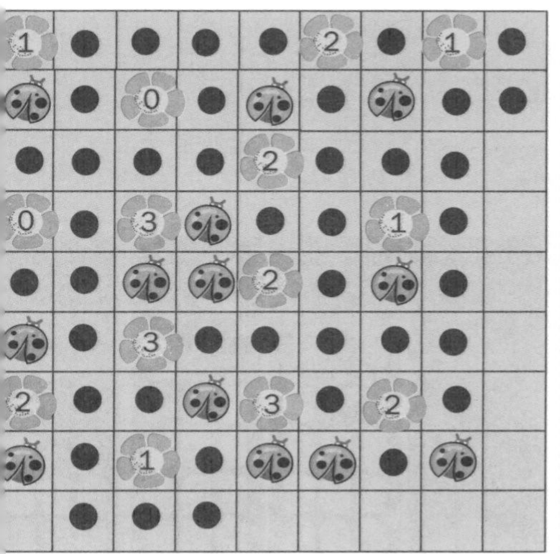

035 数字卡片

如图所示。

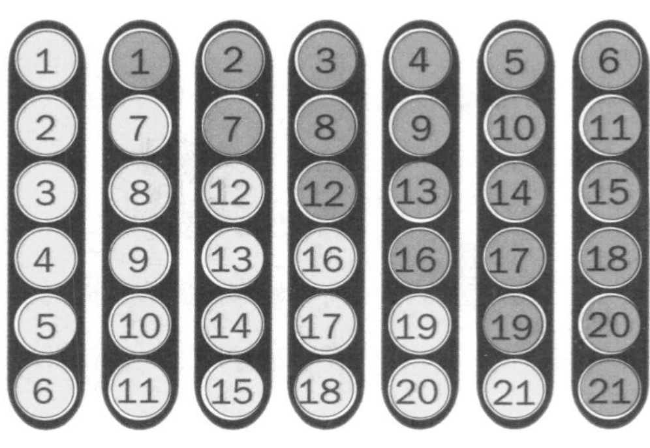

036 赛跑的名次

第8 第7 第6 第5 第4 第3 第2 第1

这是唯一的解法。这一类问题叫做朗福特问题。

一般来说，如果 n 是队的数量，这类问题只有当 n 是 4 的倍数，或者 4 的倍数减 1 时才会有解。

037 3个队员的队

如图所示。

038 连续整数（1）

3个重物的重量分别为17,18和19克。

039 连续整数（2）

x+（x+1）+（x+2）+（x+3）=90

4x+6=90

x=21

因此这 4 个重物分别重 21，22，23，24 克。

040 等式平衡

4−x=x−2

6=2x

3=x

041 重物平衡（1）

7 个蓝色重物。

042 重物平衡（2）

3 个蓝色重物和 1 个黄色重物。

043 总数游戏（1）

不管游戏者 1 将 5 放在哪一栏中，游戏者 2 把 6 放在另一栏里就可以赢得游戏。

栏数 1	栏数 2
1	3
2	4
5	6

栏数 1	栏数 2
1	3
2	4
6	5

044 总数游戏（2）

在这个游戏中，不可能把 9 个数字全部放进这两栏中，最多只能放进 8。

栏数 1	栏数 2
1	3
2	5
4	6
8	7

045 卢卡数列

无论你前 2 个数写的是什么，这 10 个数的总和总是等于绿色方框里的数的 11 倍。

046 4个盒子里的重物

1 ~ 52 全部都能放进盒子里，如图所示。存在其他解法。

1	2	4
7	10	13
16	19	22
25	28	31
34	37	40
43	46	49
52		

3	5	6
12	14	21
23	30	32
41	50	

8	9	11
15	18	44
47	51	

17	20	24
26	27	29
33	35	36
38	39	42
45	48	

047 突变

如图所示。比原始卡片的宽和高都增加了 1 倍。

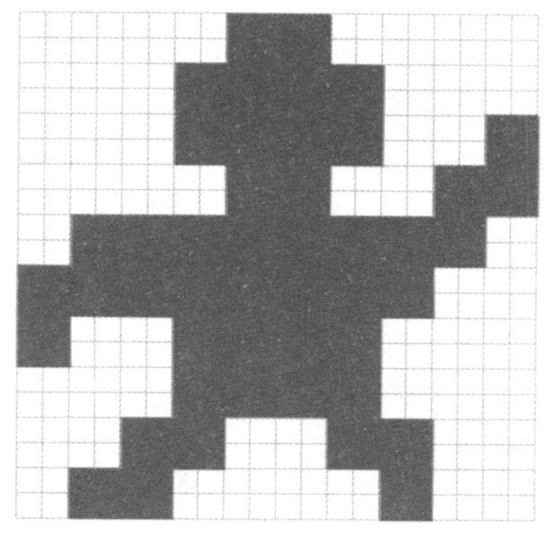

048 缺少的立方体

缺少 20 个立方体。

049 立方体结构

数一下粘在一起的表面的个数，然后把它从 96（16 个小立方体的总的表面积）里面减去，就得到了该图形的表面积。

图形 2 的表面积最大，因为它只有 15 对表面粘在一起。

050 立方体朝向

如图所示。

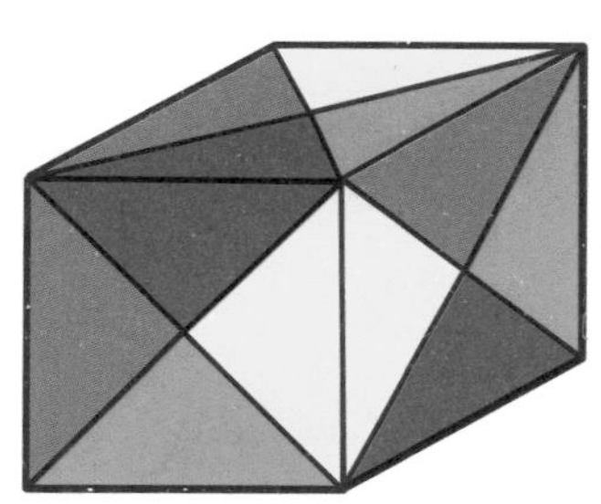

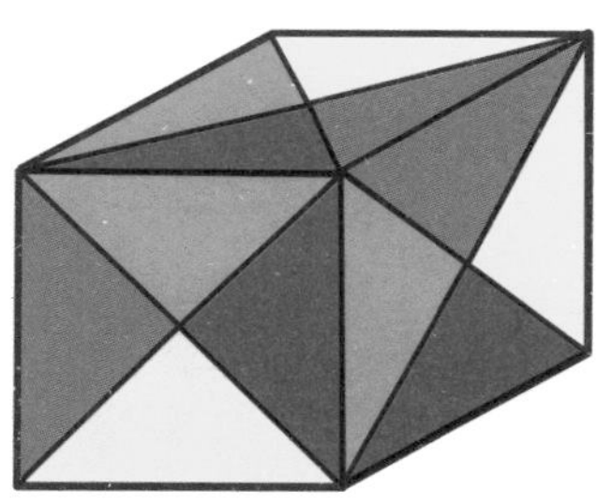

051 十二面体的朝向（1）

一共有 12 个面，每个面有 5 种不同的摆放方法，因此一共有 60 种不同的摆放方法。

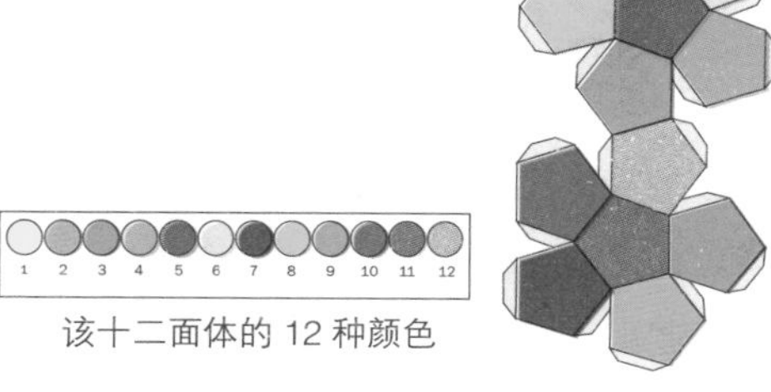

该十二面体的 12 种颜色

052 十二面体的朝向（2）

如图所示。

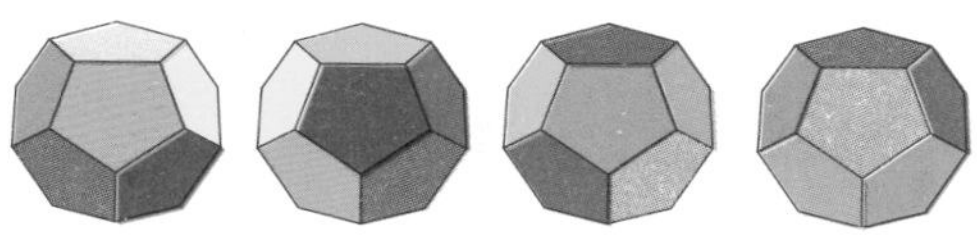

053 立方体上色（1）

这 8 个立方体的上色可以用一个平面的席雷格尔表格表示，这跟三维的立方体是拓扑等价的。

最少需要 3 种颜色，如图所示。

054 立方体上色（2）

有 3 个红色表面的立方体：8 个

有 2 个红色表面的立方体：12 个

有 1 个红色表面的立方体：6 个

没有红色表面的立方体：1 个

055 对角线的长度（1）

他可以把 3 个立方体排列成如图所示

的样子，然后测量 x 的长度。

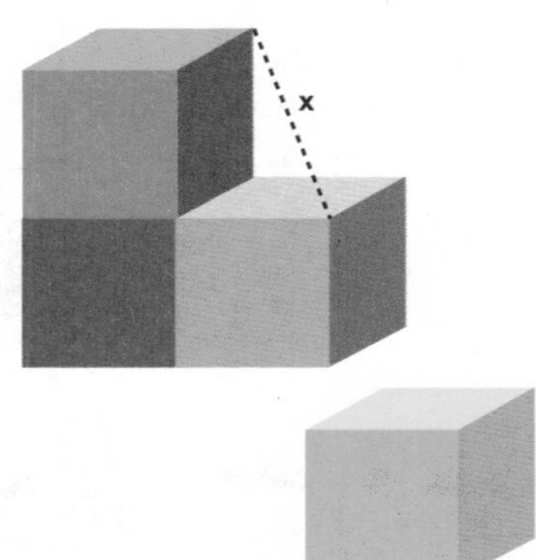

056 对角线的长度（2）

6 个小立方体就足够了。将 6 个小立方体摆成如图所示的形状，然后测量 x 的长度。

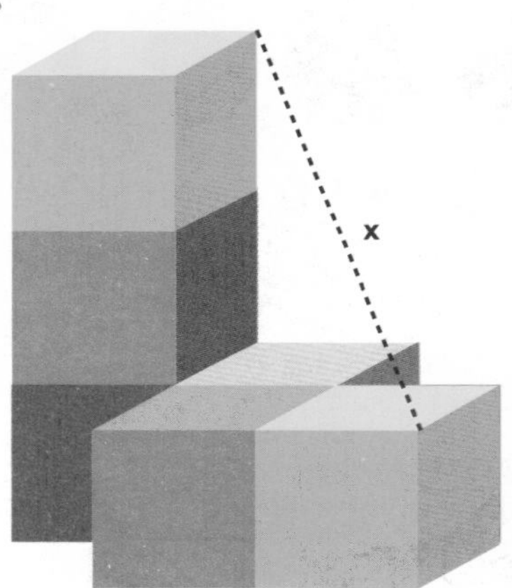

057 代数学

如图所示。

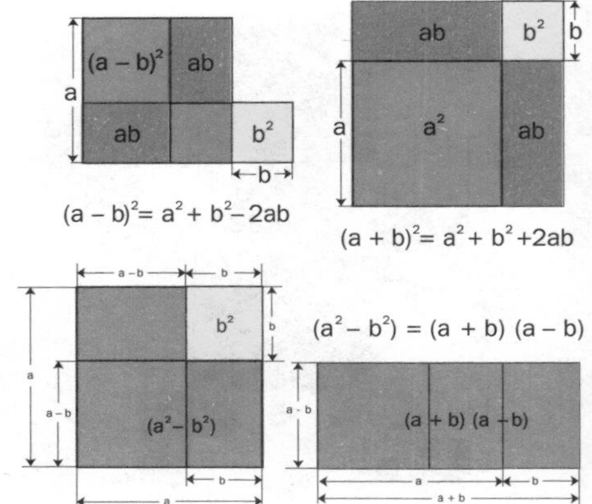

·全方位大脑训练篇·

第 1 章　发散思维

001 爱之花

你能看到一对恋人吗？

002 玛莲·德烈治

你能看到玛莲·德烈治的肖像吗？

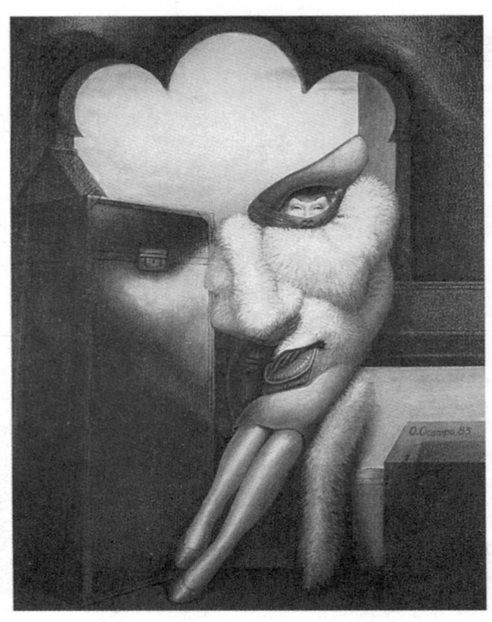

003 狐狸

你能看到一只完整的狐狸吗？

004 天使

你能看到天使吗？

005 神秘的嘴唇

你看到嘴唇了吗？

006 10个人

你能找到10个人吗？

007 堂・吉诃德

你能看到几个隐藏的面孔？

008 狗的小岛

仔细观察图片，你能看到狗吗？

009 钢琴

假如看左边的镜子，你会看到一架完整的钢琴的影像。假如看右边，你会看到一个由钢琴部件构成的奇怪构象，正是它在镜子中投射了完美的钢琴影像。其原因何在呢？

010 神奇的立方体

在左边一幅照片中，建筑物外墙上的立方体看起来是凸起的。假如在右图中的这一侧看这些立方体，你会觉得它们是凹陷的。这是为什么呢？

011 板条箱

仔细检查板条箱垂直的木条，这个板条箱的结构可能存在吗？

012 二重奏

这3幅图是从不同的视角观看到的同一个雕塑。从第一个角度看，看到的是一个钢琴演奏家；如果把这个雕塑旋转过90°（右图），你将看到一个小提琴家；中间的图片显示的是从中间角度看到的情景，从中你可以看出钢琴家是怎样变形成小提琴家的。

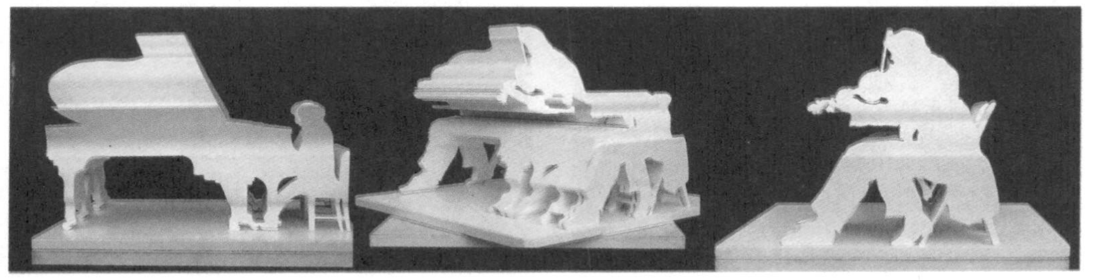

013 硬币

我们不知道谁发明了第一个颠倒图像，但是这些刻在硬币上的颠倒图像在16世纪已开始流行。这枚稍晚于1530年的硬币是我们所知道的最早的例子。它描述的是当时主教的形象，如果颠倒一下，你会看到什么呢？

014 蔬菜园丁

你看到的是一些蔬菜还是人的脸？

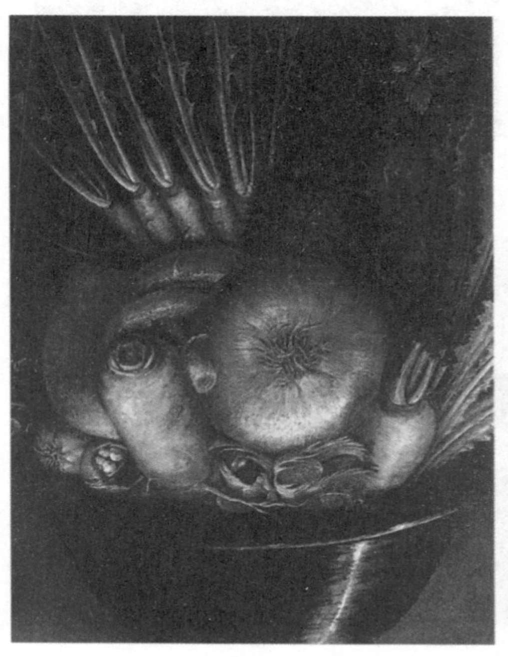

015 法国人头

将图片颠倒后你会看到什么呢？

016 恋爱和结婚

这是流行于19世纪晚期英国关于婚姻制度的讽刺批判。妇女在恋爱期是幸福的，在结婚后是不幸福的。仔细观察图片，你看到了什么？

017 警察

如果你把这个警察倒过来看，你会发现什么？

018 小女孩和老人

这是1903年盖斯特福·弗比克在纽约先驱出版的儿童卡通系列中的一幅图像。他的小说中涉及小女孩勒弗金和老人玛弗罗，如何使他们互换角色呢？

019 小丑

你能找到马戏团的小丑吗？

020 树的群落

在下边方框里隐藏着方框上面所示的5种特定形状，全部由给出的4种叶子组成，其中每种叶子在每个形状里出现且仅出现一次。方框里的形状与方框上所示的一模一样，不能通过旋转得到。看看你是否能把它们通通找出来。

021 风筝大赛

这次风筝大赛的风筝都是成对放上天的，每一对的颜色和设计都完全相同。有一个小孩放出一只自己的风筝以后，又得到一只新的，跟某一其他选手的风筝配对。你能找出天空中12对相互匹配的，小孩新得到的，以及剩下那三个一组的风筝吗？

022 雪花生意

51号雪花检查员正在检查哪些雪花的6个部分并不完全对称。他最后通过的只有2片雪花。你能找出它们，并且指出其他5片雪花的不合格之处吗？

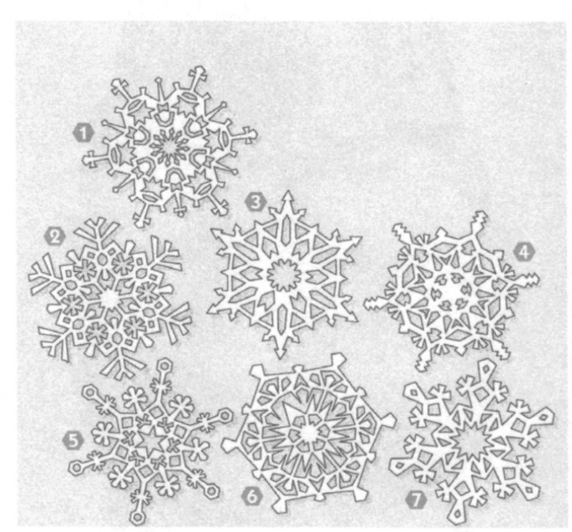

023 古怪餐厅

这家餐厅里的一切几乎都出错了。总共24个错误你能找出几个？

024 即时重播

这两幅图看上去似乎一样，但是仔细再看！事实上两幅图之间有14个不同之处。你能找出几个？

025 恍然大悟

这幅图中有7种图形都在图中不同的地方出现了2次。比如，垃圾桶的踏板，在狗的耳朵那里也出现了——虽然旋转过，但是两者其实拥有相同的大小、形状和颜色。你能找出另外6对图形吗？

026 粉碎的镜像

这些粉碎的镜像中只有2个完全相同。你能指出是哪2个吗？

027 从这里下坡

这幅图中有22个错误，你能找出多少个？

028 包装小组

圣诞老人给了这些小鬼5卷包装纸和5盘丝带并要求他们把每一种包装纸与每一种丝带组合，使25个盒子中任意2个的包装都不相同。现在就剩下最后一个没有打包了，它需要什么颜色的包装纸和什么颜色的丝带组合呢？

029 滑板高手

下图中的各位都是玩滑板的高手。他们不仅技术水平相当，连姿势都大同小异。这些滑板玩家中只有两个完全一样。你能指出是哪两个吗？

030 假日海滩

孩子们趁假日到海滩玩耍。来到这里，当然要进行沙滩浴啦！不过，这些孩子晒太阳晒得太久了　仔细观察每个小孩身上的图案，看看你是否能把每个人与毯子上的两件物品分别匹配。

031 保龄球馆

保龄球是一项有益身心的体育运动，有不少人都愿意在保龄球馆度过休闲时光。下面这两幅保龄球馆图片看上去每个地方都完全相同。事实上它们之间有17处不同。你能找出几处？

032 雪落进来了

这幅图中有7个图形，每一个都在不同地方出现了两次。比如窗户上的雪堆，也是男孩兜帽上的白色部分——虽然旋转了，但是大小、形状和颜色都相同。你能找出另外的6对吗？

033 饰品

这棵树原本是由成对的饰品装饰，其中一个坏了以后，用另一个替换上，而换上的这个在树上原本已经有两个了。你能够从树上找出16对饰品，单独的一个，以及剩下的一组三个吗？

034 蝙蝠

下面这幅万圣节的图中隐藏了25只蝙蝠。你能找出多少只？

035 赝品

一个忙碌的伪造者制作了大量珍贵物品的赝品，几乎每件赝品上都有一个错误。仔细研究每一组的原件，看看你能否找出5件赝品里完美的一件以及另外4件上的错误。

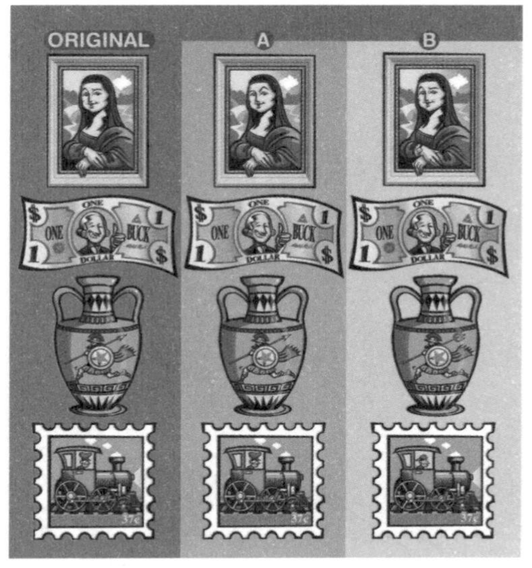

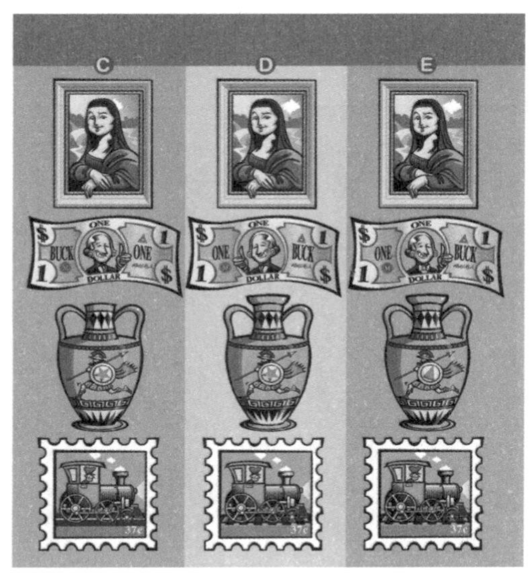

036 倒影

仔细观察下图，你会发现结冰的池塘里的倒影跟冰面上的人、物并不完全吻合。你能找出倒影与真实人、物之间的16处区别吗？

037 羽毛相同的鸟

你能从下边找出7对相匹配的鸟，并指出剩下那单独的一只吗？相同的鸟不一定朝向同一个方向，因此注意它们的特征和颜色。

038 汉堡

下图中翻倒的汉堡中只有两个是完全一样的。你能指出是哪两个吗？

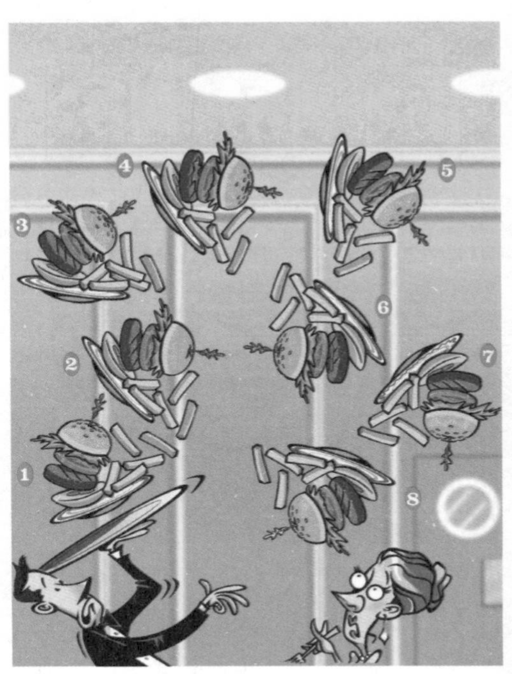

039 藏着的老鼠

屋子里有老鼠吗？事实上，这个场景里有8只老鼠。下面的小图分别是每只老鼠从藏身地点所看到的景象，你能据此找出每只老鼠分别藏在哪里吗？

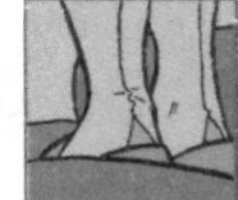  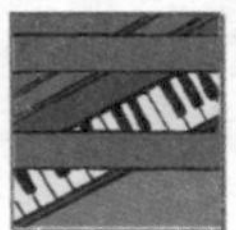  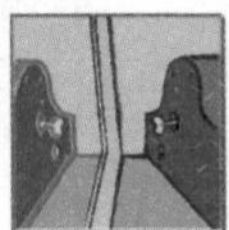   

040 镜像

下图左边的场景和它右边的镜像至少有27处冲突。比如，飞机的方向就被反射错了。其他错误你还能找出多少？

041 缺少的部件

这里每件物品都缺少一个重要部件。仔细观察，你能找出它们分别缺少什么吗？

042 飞船

梅格拉克专门买了一艘跟其他人都不同的宇宙飞船，但是现在在这个银河系停车场里，他却找不到自己的飞船了。要帮助他，你需要仔细观察所有的飞船，找出其中12对相互匹配的飞船。剩下那艘单独的就是梅格拉克的了。

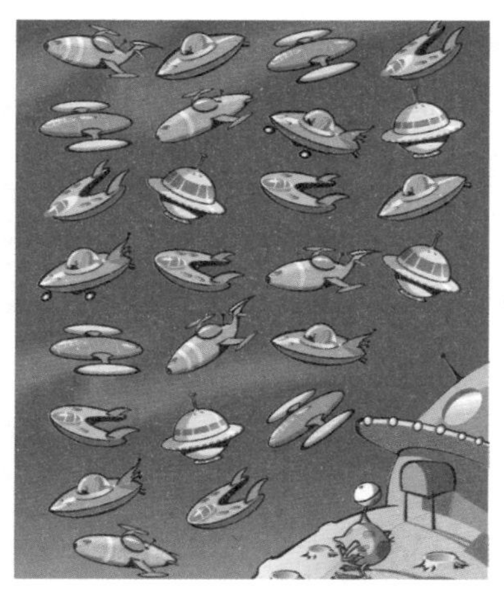

043 眼花缭乱

仔细观察这些特写镜头，你能辨认出它们分别是日常生活中的什么物品吗？

044 一样的图形

下边的这些图中包含12对完全一样的图形。比如秃头男人手里的勺子，也是棒球运动员的棒球帽——虽然图形有旋转，但是大小、形状和颜色相同。你能把这12对图形都找出来吗？

045 宠物店

这个宠物店场景里有25个错误，你能找出多少个？

046 闹鬼的房子

讨要糖果的小鬼住在哪个闹鬼的房子里？下边的小图是他们在附近行进的路线上依次看到的景象。通过对比这些小图和上面的大图，你能画出他们的路线，并且找到唯一一所他们没有经过其前门的房子——那就是他们的住所。提示：他们刚刚从他们面前的房子讨要完糖果。

047 花园矮人

这所房子的主人从商店里买了4个花园矮人，放到屋前草坪里以后，他们的房子被真正的花园矮人入侵了，他们以为这里正在开一个派对。4个假矮人一模一样，而8个真矮人相互之间却分别有一处不同。你能找出所有不同，并且分辨真假花园矮人吗?

048 圣诞老人

尽管这两幅图看上去完全一样，实际上却有9处不同。每找出一个不同，就请你把上面图中的原物与下面图改变后的物体之间画一道直线（你可能会用到直尺）。你画的每条线都会划掉一个字母。完成以后，剩下的字母，按照顺序，将会组成这道题目的答案。

049 探险家

尽管这两幅图看上去一模一样，而实际上它们之间有7处不同。把上下图中变化了的各处用直线相连，你画的每条线将会划掉一个字母。做完这些以后，剩下的字母按顺序会连成这个问题的答案。

050 姜饼屋

尽管这两幅图看上去似乎一样，但是事实上它们之间有7处不同。把上下图中变化了的各处用直线相连，每条线将会划掉一个字母。做完这些以后，剩下的字母按顺序会连成这个问题的答案。

051 特技演员

这两幅图之间有7处不同。上下图中变化了的各处用直线相连，每条线将会划掉一个字母。做完这些以后，剩下的字母按顺序会连成这个问题的答案。

052 宇航员

尽管这两幅图看上去似乎一样，但是事实上它们之间有9处不同。上下图中变化了的各处用直线相连，每条线将会划掉一个字母。做完这些以后，剩下的字母按顺序会连成这个问题的答案。

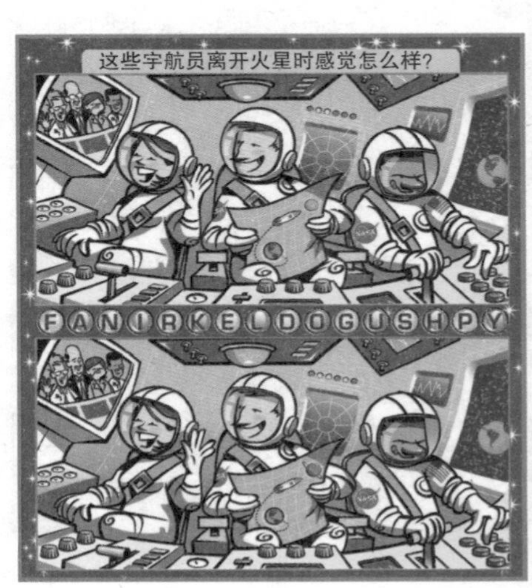

053 嘘……有人！

你有没有感觉自己被人偷窥的时候？下图中这个小伙子看来已经意识到了：8双不同的眼睛正在从屋子不同的角落里窥视着他！下面小图中显示了每一双眼睛实际看到的情形。你能不能把每一双眼睛和它们看到的情形对应起来呢？

054 找面具

在下边所有面具中找出一个带有生气表情的面具，看看你多久能够找出来。

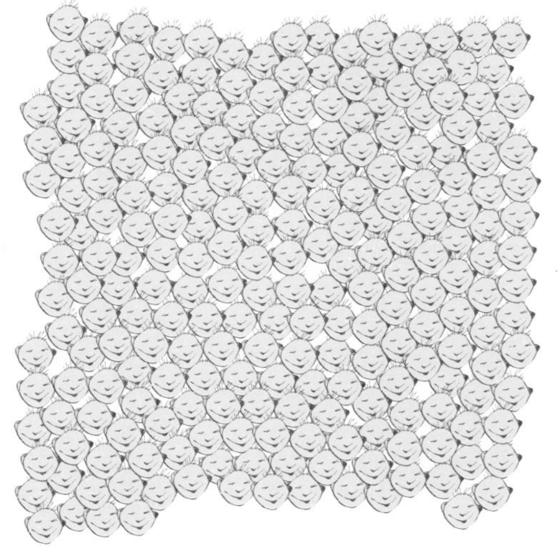

055 找不同

以下两图非常相像，但并不是完全相同。你能找出两图之间的11处不同吗？

056 图案速配

试试看，从右页分别找出与本页的30幅图完全相同的图案。

1 2 3 4 5
6 7 8 9 10
11 12 13 14 15
16 17 18 19 20
21 22 23 24 25
26 27 28 29 30

057 各不相同（1）

下面每幅图中都有一处与其他图不同。你能把它们全部找出来吗？

058 各不相同（2）

下面每幅图中都有一处与其他图不同。你能把它们全部找出来吗？

059 各不相同（3）

下面每幅图中都有一处与其他图不同。你能把它们全部找出来吗？

060 各不相同（4）

下面每幅图中都有一处与其他图不同。你能把它们全部找出来吗？

第2章　求异思维

001 重拼正方形（1）

如图1所示，将5个边长为1个单位的正方形拼入1个正方形，此正方形的边长是2.828个单位。你可以把这5个小正方形重新拼入1个如图2所示的小一点的正方形内吗？

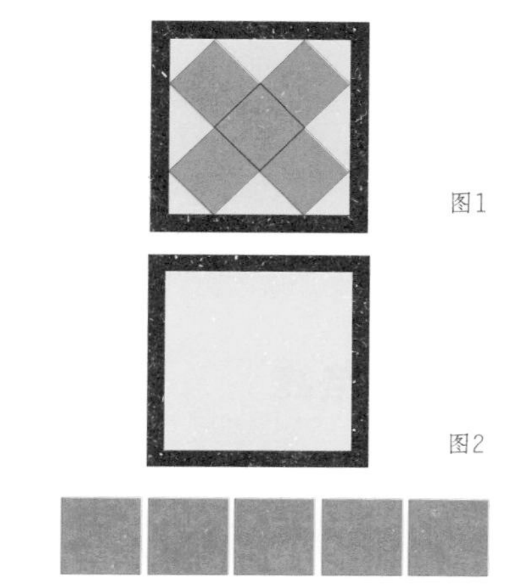

图1

图2

002 重拼正方形（2）

将下图剪成4片，拼成1个完整的正方形。

003 长方形拼正方形（1）

用给出的长方形拼出4个正方形，2个边长为11，2个边长为13（长方形可以重复使用）。

这4个正方形都必须由这样的长方形组成：边长从1~10，每个数字各出现1次。

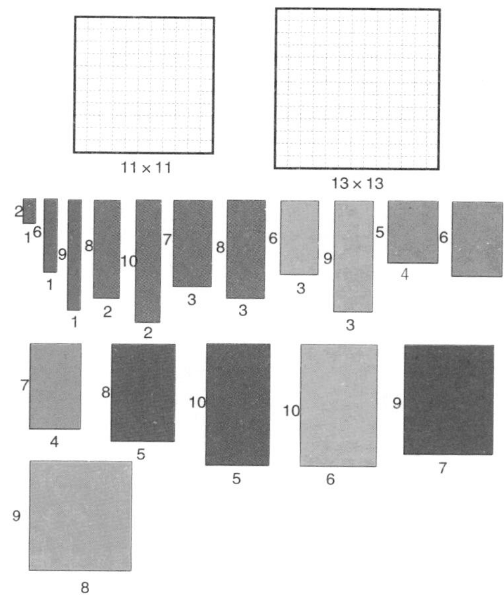

004 长方形拼正方形（2）

这些长方形由1个单位正方形开始，并且按照一定的逻辑规则无限增长变化。

这一系列的长方形中的前11个已经给出了。

你能找到用这11个长方形可以拼成的最小的正方形吗？

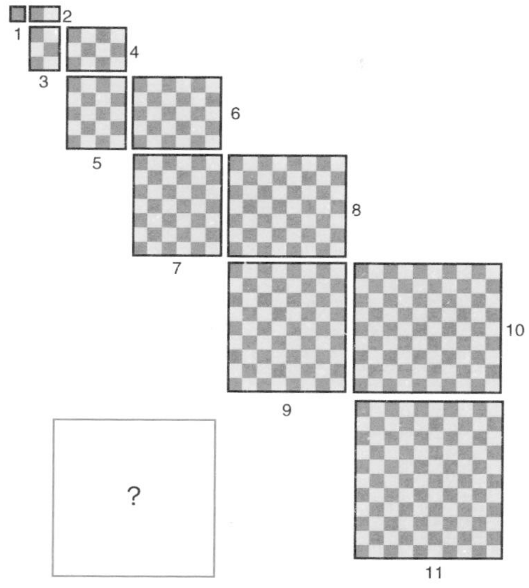

005 穿过雪花

你能穿过雪花，从图中的起点到达终点吗（只能经过蓝色的位置）？

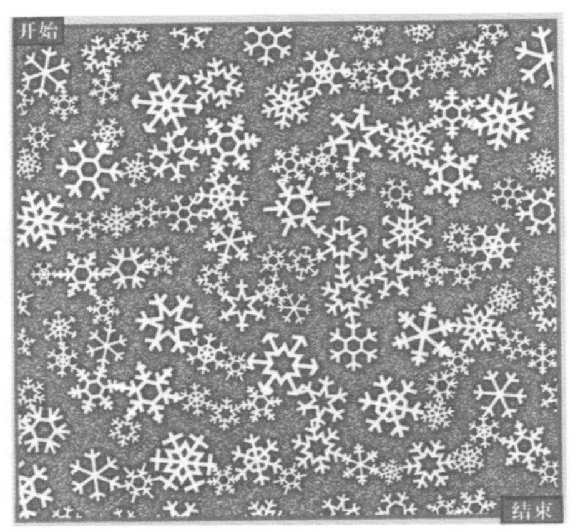

006 臭虫迷宫

你将得爬行前进，穿过这群臭虫走出这个迷宫。你可以向左、向右、向上，或者向下（但是不能斜向移动）爬到跟你所在臭虫颜色或形状相同的臭虫身上。从左上角的橘色臭虫开始。从那里，你可以爬到它旁边的橘色臭虫或下面跟它一样的圆臭虫上。如此反复，直到你到达右下角的臭虫处。

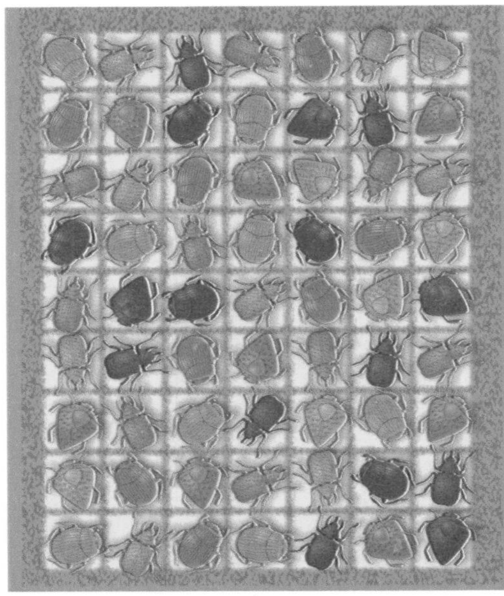

007 跟随岩浆

你能从起点到达终点而不被烧着吗？

图1

008 跳蚤路线

一直搞不明白跳蚤是怎么传播的？要完成这个特别的迷宫，先从左上角的一组三只狗里面选择一只开始。然后找到别处跟它姿势相同的狗，并跳到那里。接下来在新的组合中选择另外一只狗，并找到别处跟它一样的狗。如此反复，直到你到达右下角那只没有跳蚤的狗那里……注意途中的死角！

009 运动的药剂

弗兰克林博士的实验室已经成为了杯子、罐子和管子所组成的迷宫。你能从科学小乖蛋出发，沿着奇怪的药剂找到通往精神病医生处的路线吗？加强挑战：找出图中的5个骷髅！

010 长跑

帮助这个运动员完成马拉松，使他沿着黄色的路线到达底部的领奖台（不准越线）！完成以后，把路线涂黑，你就能知道他比赛的结果。

011 临阵脱逃

想知道这只鸡穿越马路的真正原因吗？先完成这个迷宫！从鸡所在处开始，你能否找到去往The Other Side的路，并且不迷失方向呢？

012 蛛丝马迹

你能从蛛网外的蜘蛛处出发，只能沿蛛丝行动，最终到达网中心的那只苍蝇吗？注意其他的苍蝇——那些都是死角！

013 四处徘徊

穿过这个迷宫的时候可千万不要卡住哦。你可以向左、向右、向上，或者向下（但是不能斜向移动）爬到跟你所在邮票颜色相同的邮票上。从左上角黄红相间的邮票开始。从那里，你可以爬到它旁边有红边的邮票或下面大洲为黄色的邮票上。如此反复，直到你到达右下角的邮票处。

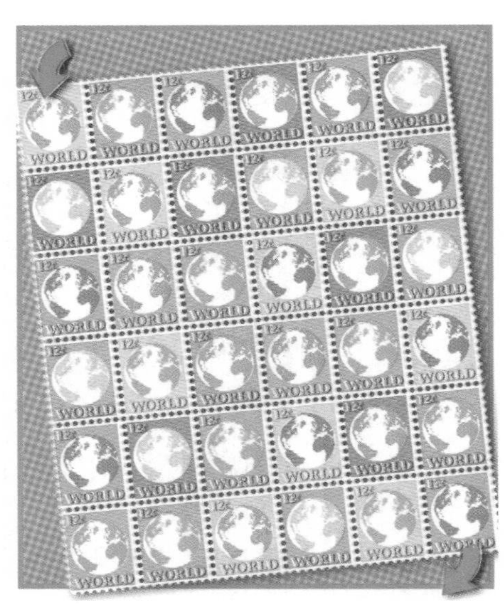

014 交叠的围巾

从左上角的编织者到达右下角的男孩只有唯一一条路线，把它找出来可是相当有难度的任务。你能沿着上下交叠的围巾把它找出来吗？

015 蝴蝶迷宫

要完成这道不可思议的蝴蝶迷宫，你得先紧张一小下。选择左上角叶片上三只蝴蝶里的任一只作为开始。现在找到图中跟它一模一样的另一只，并跳到那片叶子上。接着在新叶子上选择另一只蝴蝶，并寻找图中跟它相同的另一只。如此反复，直到你到达右下角的叶子上 注意途中的死角！

016 幸运之旅

这座迷宫里，其中一堆三叶草里藏有一片幸运四叶草，是哪一堆呢？从左上角开始，沿着路径直到你到达一堆三叶草，加减沿路的数字。如果你得到的总数是4，那么你已经找到了四叶草。如果总数是3，回到起点，看看你下一次的运气会不会好点儿！

017 考古宝地

这块考古宝地很难四处走动。左上角的考古学家需要到达右下角的同伴那里，但是他需要穿越恐龙骨骼。哪一条是唯一行得通的路线？

018 蜜蜂路线

看看你能否沿着蜂房从起点到达终点。

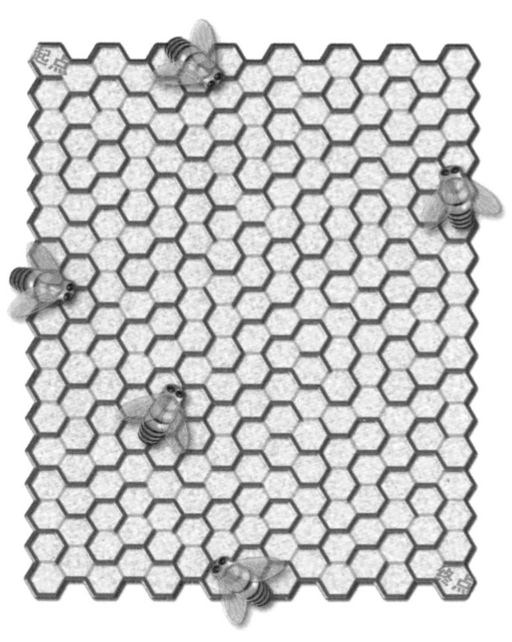

019 死角

看你能否沿着铁条从大门底侧的起点到达顶部的终点，即FINISH那几个字母。

020 间隙航行

木筏上的可怜虫终于回到了文明社会，但是他还没能脱离水面。你能帮他找到唯一一条到达码头的水路吗？他不能从障碍物下面穿过或者穿过图以外的水面。

021 青蛙迷宫

你能帮助这只蜻蜓从起点到达终点，而不会成为青蛙的午餐吗？注意：得从睡莲之间的空隙穿过，并且不经过任何一只青蛙的正前方，不能越过池塘的边缘！

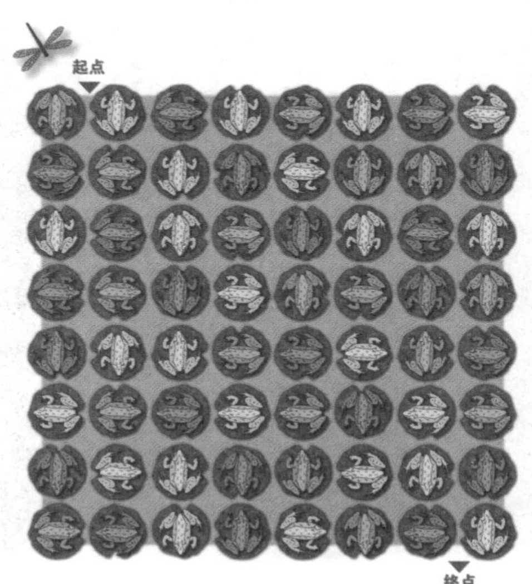

022 相反的迷宫

这是一座相反的迷宫，你的目标是不要到达终点！从起点开始，试着找到唯一一条到达死角的路。如果你到达了终点，非常不幸——你得回到起点，从头开始。

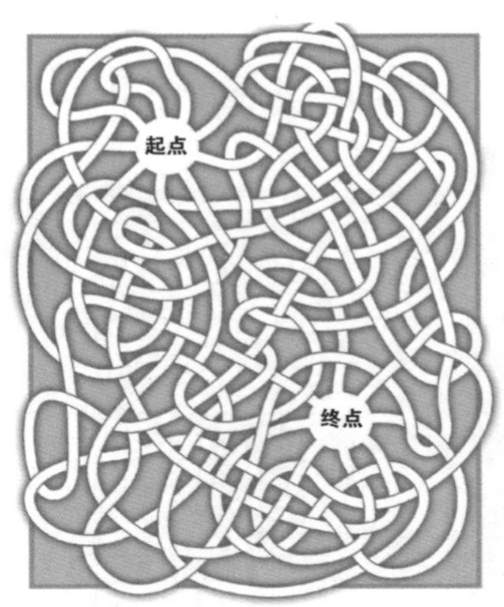

023 楼层平面图

在这个迷宫中，电梯按钮告诉你每台电梯能带你到几层。从左下角的电梯开始，它带你上一层。你出来以后，换乘那一层的电梯。你得自己决定到底是上两层还是下一层。如此乘坐和换乘，直到你到达右上角的那个派对。记住，你不能穿越墙壁或者进入没有按钮的电梯。

024 粉刷匠

这间房间里本来有一些物品，它们对应的单词已经列在图下方。一位粉刷匠在东西没有搬走之前，就把地板粉刷了一遍。所以，你能在图中看到物品摆放过的地方留下了各种各样的斑点。你能猜出这些物品原先在哪里吗？多想想它们的形状，有几条腿，还有一些其他的特征。

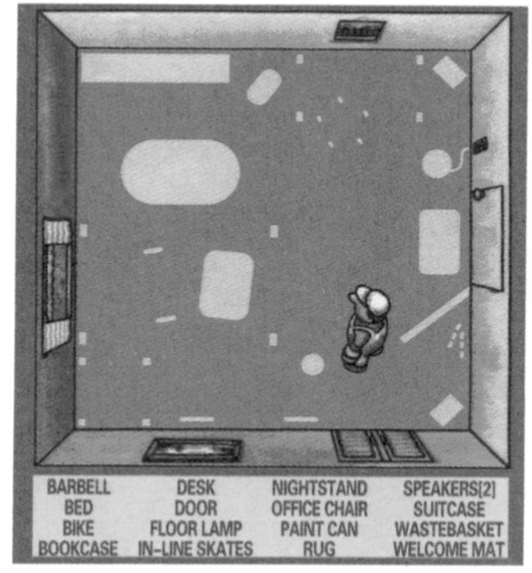

BARBELL
BED
BIKE
BOOKCASE
DESK
DOOR
FLOOR LAMP
IN-LINE SKATES
NIGHTSTAND
OFFICE CHAIR
PAINT CAN
RUG
SPEAKERS[2]
SUITCASE
WASTEBASKET
WELCOME MAT

025 图腾柱

请沿着图腾柱走出这个迷宫。首先，在左上角的图腾柱上选择一个图腾，然后移动到有相同图腾的另一根柱子上，选择另一个图腾，再去寻找具有相同图腾的新的图腾柱……请你按照这样的方式一直走到右下角的出口处，不过，要当心图中有死胡同。

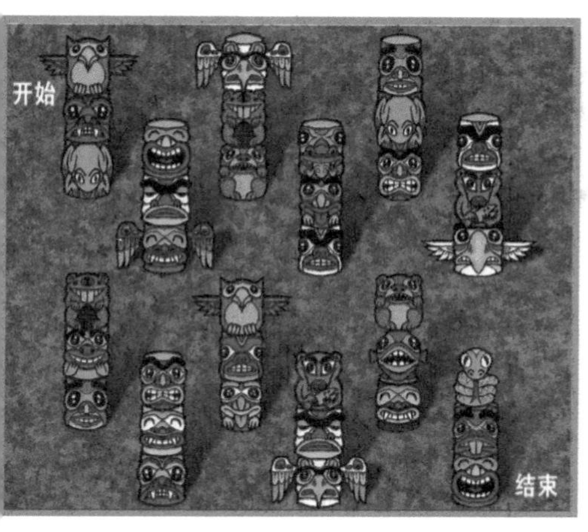

026 雪迷宫

要想走出这个迷宫，你得从一个六边形移动到任何一个相邻的六边形，但是新的六边形必须要么包括相同的颜色，要么包括相同形状的雪花。请你从最上方的六边形出发，这时候你可以向任何一个方向移动——紫色的六边形颜色相同，绿色的六边形则雪花形状相同。照这样，一直沿着下方的出口走出雪迷宫。

027 镜像图（1）

下面5个选项中哪一个是所给图的镜像图？

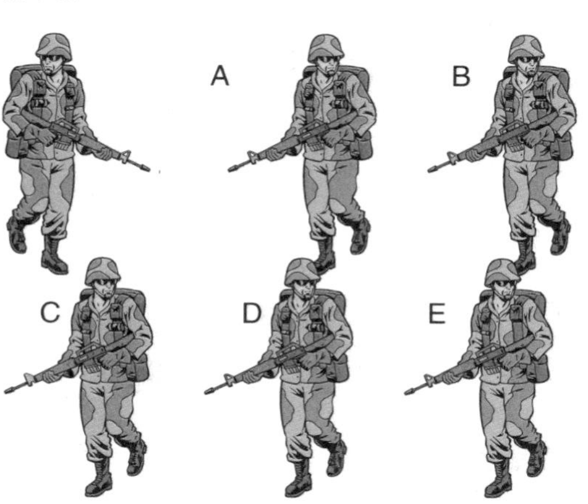

028 镜像图（2）

下面5个选项中哪一个是所给图的镜像图？

029 镜像图（3）

下边5个选项中哪一个是所给图的镜像图？

030 轮廓契合（1）

下面6个选项中哪一个与所给剪影的轮廓完全契合？

031 轮廓契合（2）

下面6个选项中哪一个与所给剪影的轮廓完全契合？

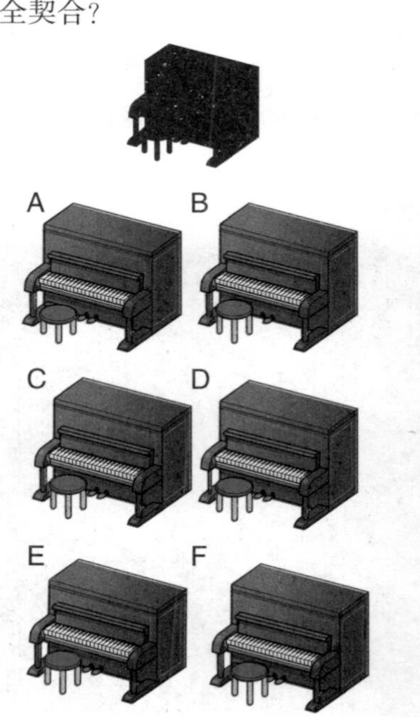

032 轮廓契合（3）

下面6个选项中哪一个与所给剪影的轮廓完全契合？

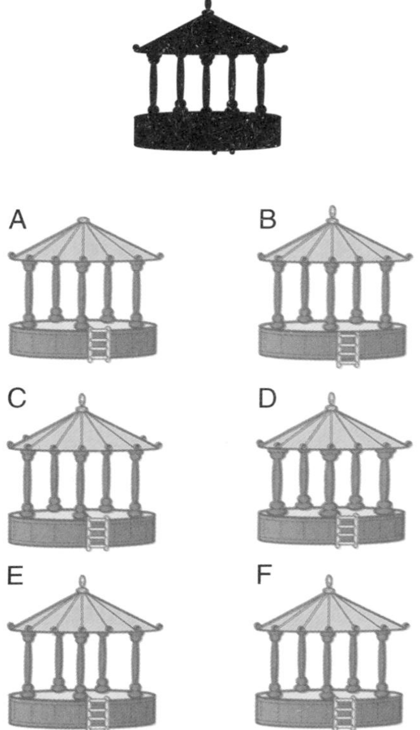

033 字母的逻辑

把这7个蓝色的字母分别放入3个圆圈中，使每个圆圈内的字母都满足某个拓扑学的规则。

另外，每个圆圈内均有1个不符合规则的字母，请把它找出来。

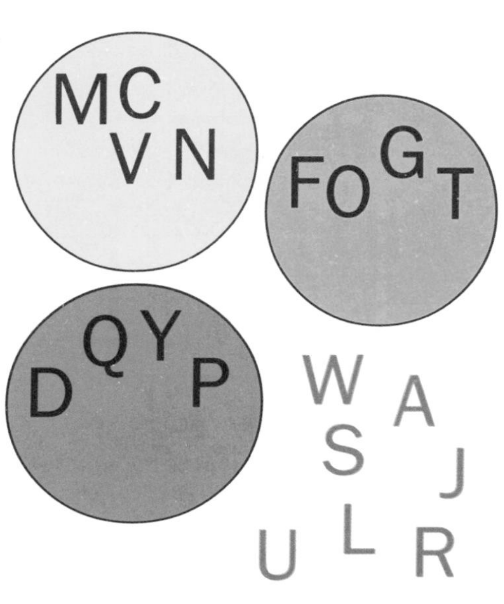

第3章　转换思维

001 光路

下边图中镜子迷宫里的红线条都是双面镜。

通过哪个缺口能指引一束激光穿过这个镜子迷宫?

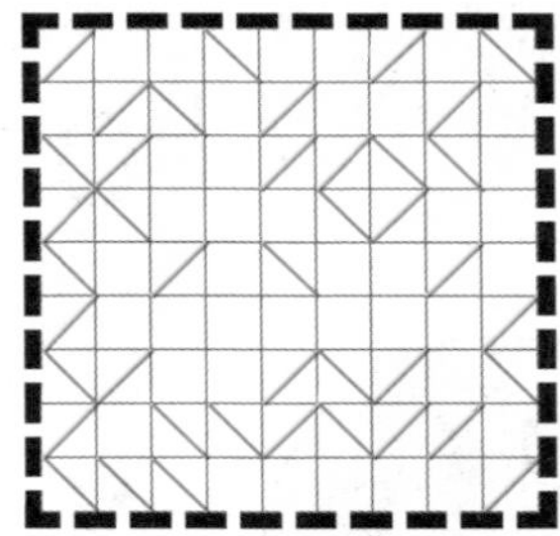

002 上色正方形

如图所示，1个正方形被分成相等的8个区。

如果正方形8个区中的2个区被涂上了颜色，我们称该正方形为“1/4上色正方形”。

如果正方形8个区中的4个区被涂上了颜色，我们称之为“1/2上色正方形”。

请问:

1. 你能够画出6种不同的“1/4上色正方形”吗?

2. 你能够画出13种不同的“1/2上色正方形”吗?

图形的映像和旋转不算作新的图形。

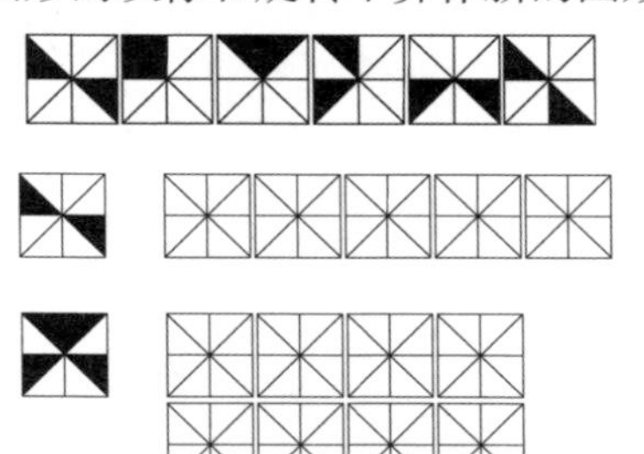

003 火柴游戏（1）

16根火柴组成了8个相同的三角形。你能拿掉4根火柴，使这些三角形只剩下4个吗？注意，不允许有2个三角形共用1条边的情况出现。

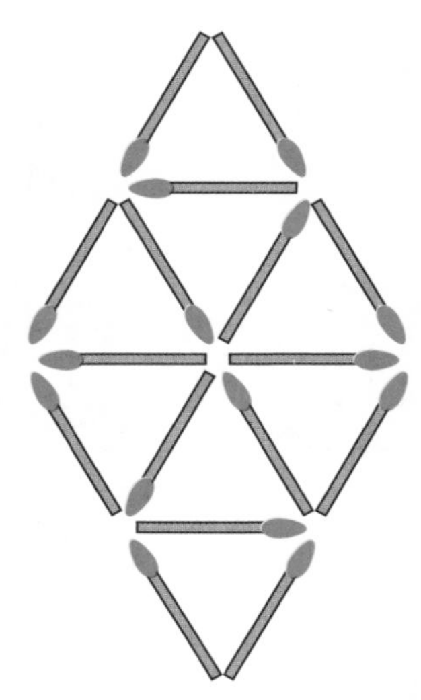

004 火柴游戏（2）

这是1个4×3的图形，用12根火柴确定了1个三角形，这个三角形占用了一半的面积。试一试，只移动4根火柴，能不能把现在的面积减少一半。

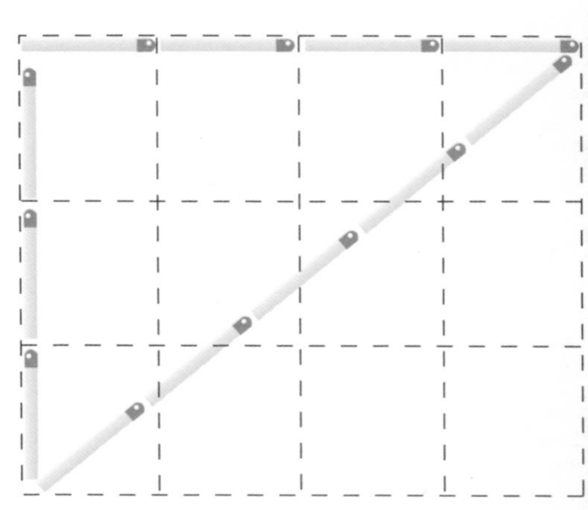

005 火柴游戏（3）

只移动3根火柴，将这个图案变成由3个菱形组成的1个立方体。

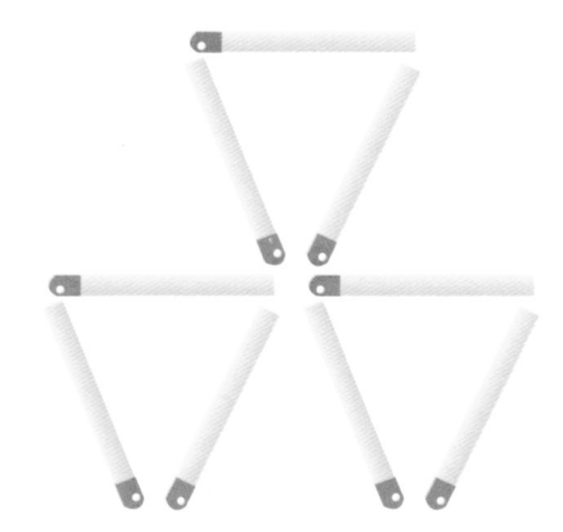

006 火柴游戏（4）

只移动2根火柴，拼出4个三角形和3个平行四边形。

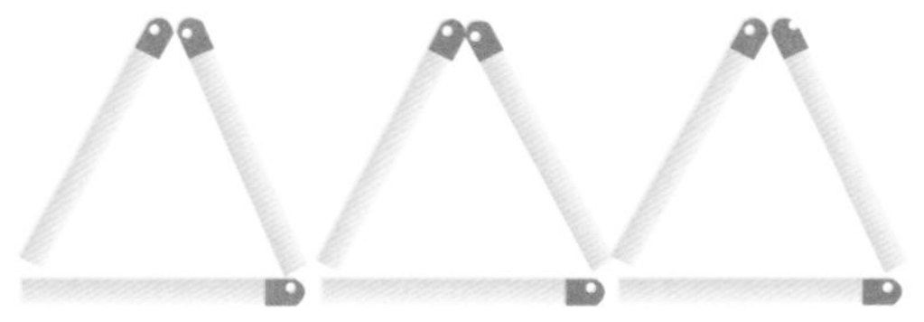

007 火柴游戏（5）

如你所见，由火柴拼出的每行内容都是个错误的等式。现在你所面临的挑战就是在每行里只挪动1根火柴，使得原来错误的等式变成正确的。

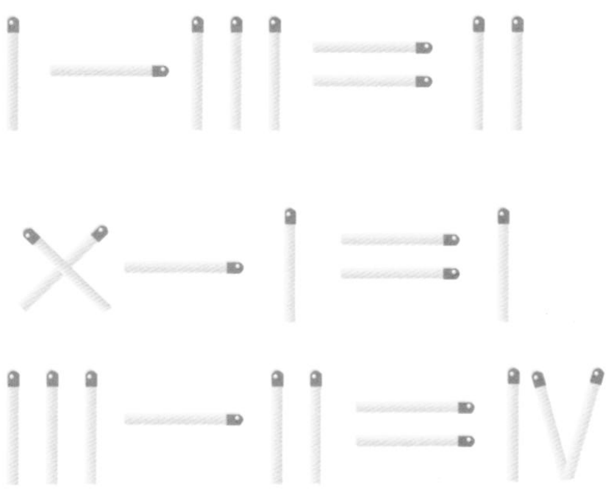

008 火柴游戏（6）

试着从下图中拿走4根火柴，留下8个小正方形。

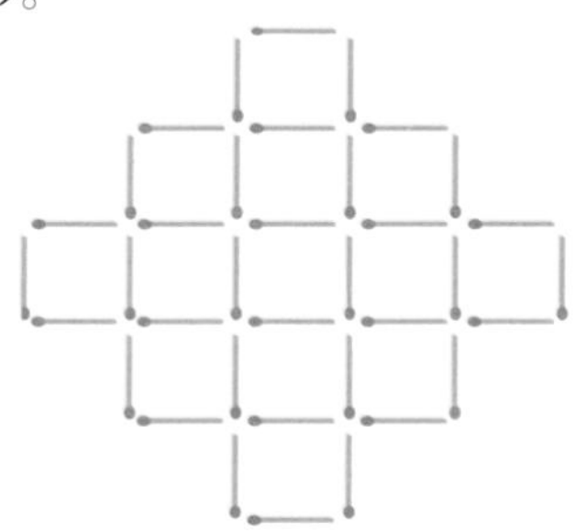

009 火柴游戏（7）

你能否任意移动4根火柴棒，使剩下的火柴棒在顶部、底部两行及左、右两列的总数依旧是9吗？

第2种方法不限制移动火柴的数目，但只有最会曲折思考的横向思维者才能完成。你能吗？

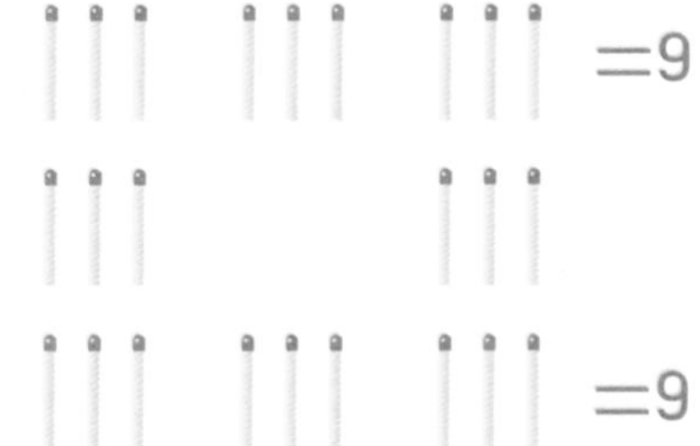

010 第12根木棍

木棍摆成如下图案，按怎样的顺序将它们拿开才能最终“解放”第12根棍子？记住：每根木棍被拿掉时上面不能压着别的木棍。

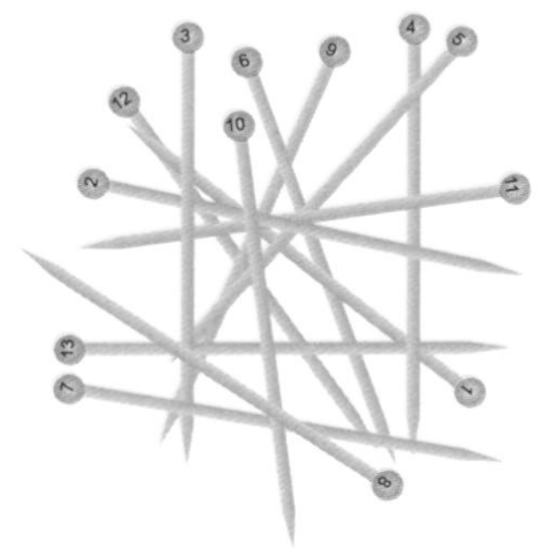

011 八角形迷宫

从起点到终点，你只能沿箭头所指的方向前进。能够带你穿越这座八角形迷宫的路线一共有多少条呢？

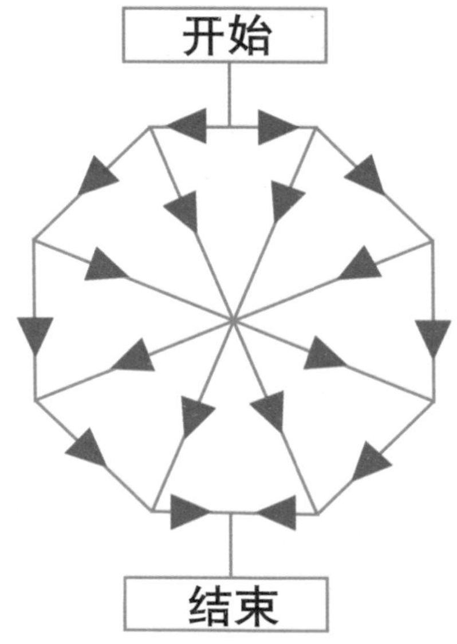

012 珠子和项链

现在你手上有3种颜色的珠子——红、绿、黄。将这些珠子串成项链，每条项链由5颗珠子组成，这5颗珠子中有2颗是同一种颜色，2颗是另一种颜色，剩下1颗是第3种颜色。

问按照这一规则一共可以串出多少条符合条件的项链？

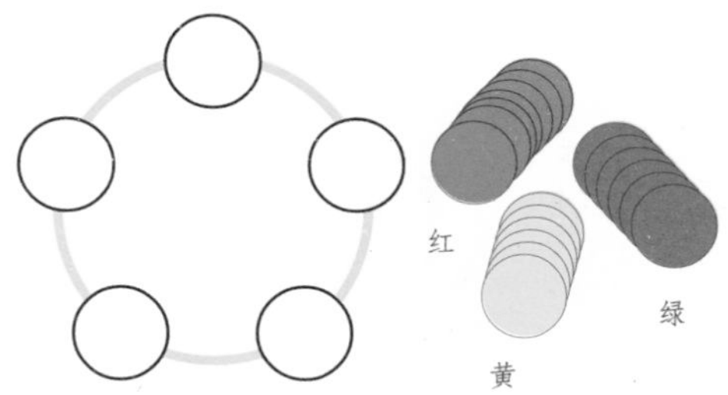

013 圆桌骑士

让8个骑士围坐在圆桌边，每个人每次都不能有2个相同的邻桌，满足这一条件的座位顺序一共有21种。上面已经给出了1种，8个骑士分别用1~8标注。请你在图中画出其他的20种座位顺序。

014 成对的珠子

现在你有4种颜色的珠子，要求将这些珠子串成项链，无论沿着顺时针方向还是逆时针方向，左图所示的16种珠子组合都会在项链上出现1次。

右图的项链是由32颗珠子组成的，但是你会发现在这条项链上16对珠子组合中的好几对都出现了不止1次。现在的问题是，满足条件的项链最少应该由多少颗珠子组成？

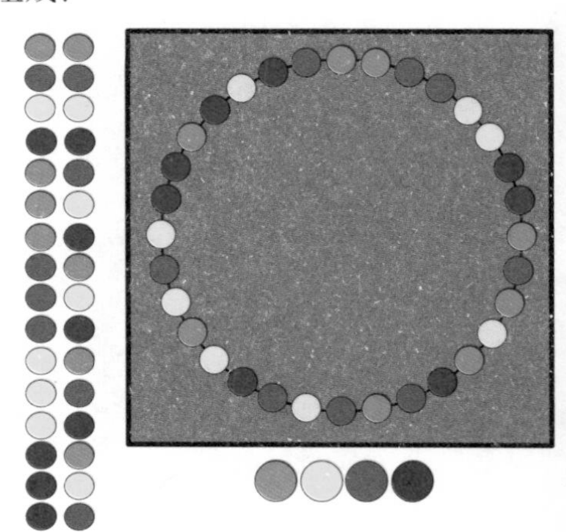

015 动物转盘

如下图，这个转盘的外环有11种动物。请在转盘的内环也分别填上这11种动物，使这个转盘能满足下面的条件：即无论转盘怎么转动，只可能有1条直线上出现1对相同的动物，而其他的直线上全部是不同的动物。问满足这种条件的排序一共有多少种？

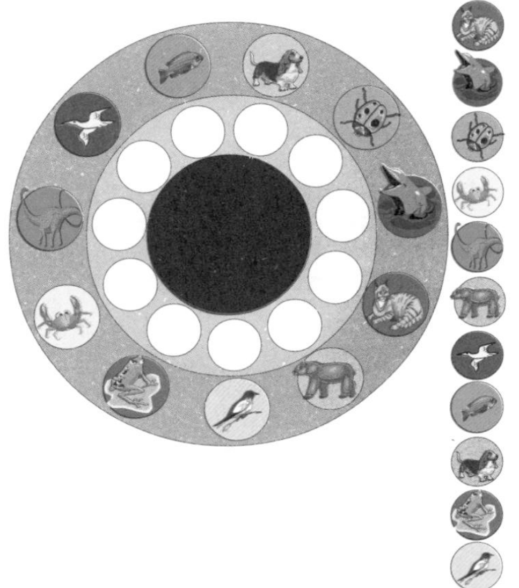

016 分割牧场

农场主给儿子出了一道题目：在下面的一片大的牧场上对称地竖立起8道笔直的栅栏，把它分割成5块小的牧场，使每块牧场都畜养2头牛、3头猪和4只羊。农场主的儿子应该怎样做呢？

017 正方形游戏

在如图所示的各个正方形上分别标注了1个起点和1个终点，同时在图1中一共给出了13条不同长度和方向的线段。我们这个游戏的目标就是选择图1中的线段把正方形里的起点和终点连接起来，要求用上尽可能多的线段，而且各线段之间不能相交。

对于边长为2，3，4的正方形，答案已经给出了。现在请你找出边长为5和6的正方形的最佳答案（也就是用上最多的线段）。

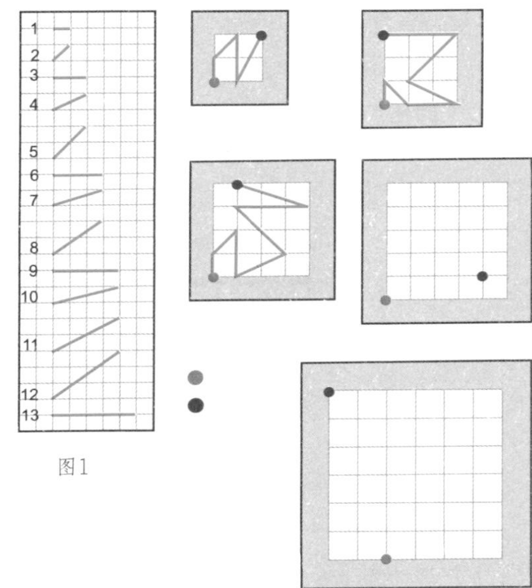

图1

018 分割棋盘

你能把图1正确地分割成碎片并拼出这些英文字母吗？

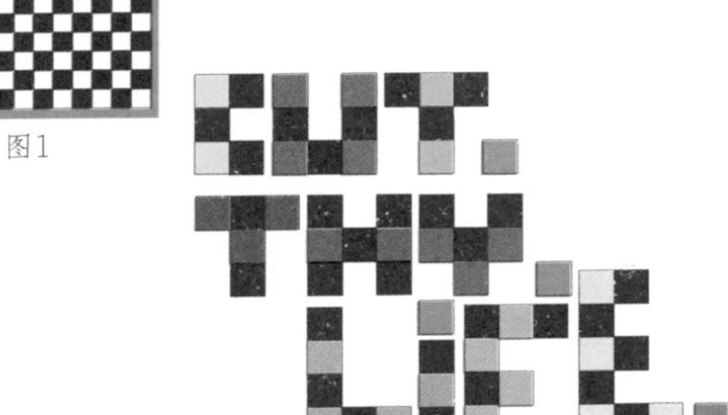

图1

019 四阶拉丁方

你能将这些色块分配到网格中并使得每种颜色在任何一行或列中仅仅出现1次吗?

020 铅笔组图

打开你的绘画盒，拿出35支彩色铅笔，按图中所示摆成回形。现在，移动其中的4支铅笔，组成3个正方形。如果手边没有足够的彩色铅笔，你也可以用牙签或者其他一些合适的物体代替。

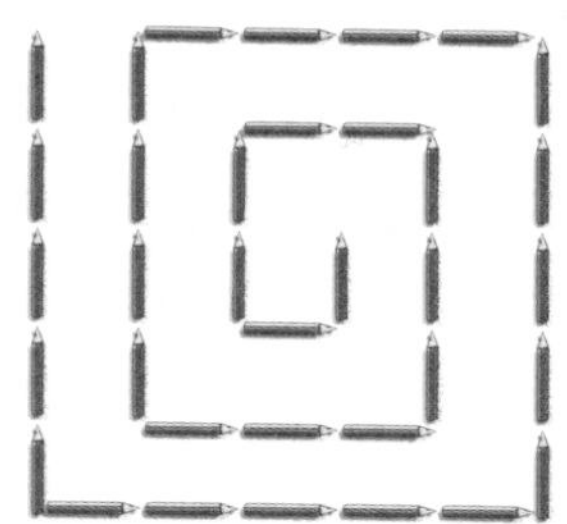

021 奇怪的电梯

一栋19层的大厦，只安装了一部奇怪的电梯，上面只有“上楼”和“下楼”两个按钮。“上楼”按钮可以把乘梯者带上8个楼层（如果上面不够8个楼层则原地不动），“下楼”的按钮可以把乘梯者带下11个楼层（如果下面不够11个楼层则原地不动）。用这样的电梯能够走遍所有的楼层吗?

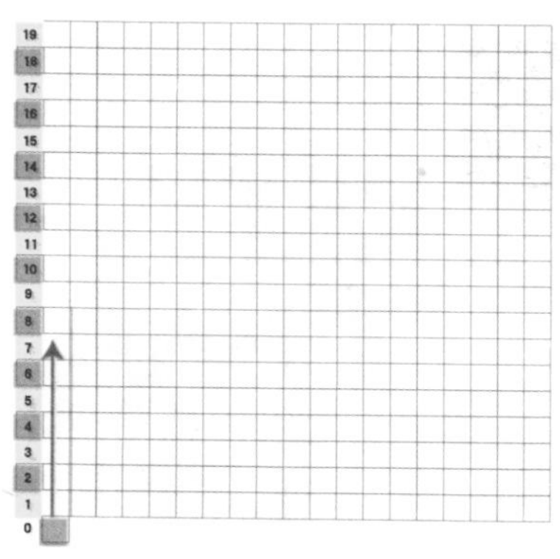

从1楼开始，你需要按多少次按钮才能走完所有的楼层呢? 你走完这些楼层的顺序又是什么呢?

022 拼出五角星

你能用上面的6个直角三角形拼出下面的五角星吗?

023 分巧克力

要把这块巧克力分成64块相同的部分，你最少需要切几次?

注意：你可以把已经切好的部分放在没有切的巧克力上面。

024 给绳子上色

图1所示的结已经被上色了，现在要求你根据下面的条件，将上面剩下的5个结也分别上色：

如下页图所示，每个节中每一个线与线的交叉点处都有 3 个部分需要上色：

1. 穿过这个交叉点的上面的线；

2. 穿过这个交叉点的下面的线的一边；

3. 穿过这个交叉点的下面的线的另一边。

每个交叉点处的线需要分别涂上 3 种不同的颜色，也就是说，给 1 个结上色至少需要 3 种不同的颜色。

图 1 用了 4 种颜色上色，问给其余的 5 个结上色分别最少需要多少种颜色？

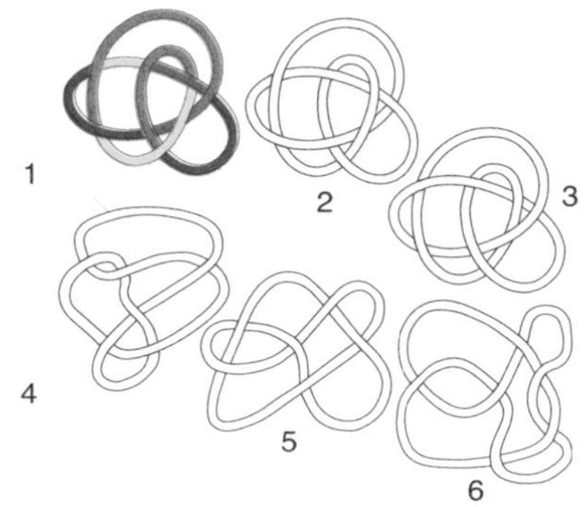

025 三角花园

用这9块木板做成1个等边三角形的围栏，它们的长度用米表示。（9块木板必须都用上。）

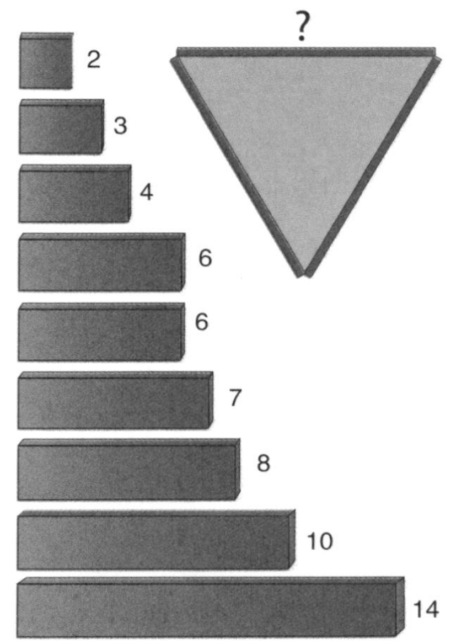

026 给重物分组

给如图所示的单位为千克的重物分组，把它们分成3组，使它们的总重量尽可能相等。

如果是3个2千克重的物体和2个3千克重的物体，答案就简单了。但是有9个物体，问题就麻烦了。你可以完成吗？

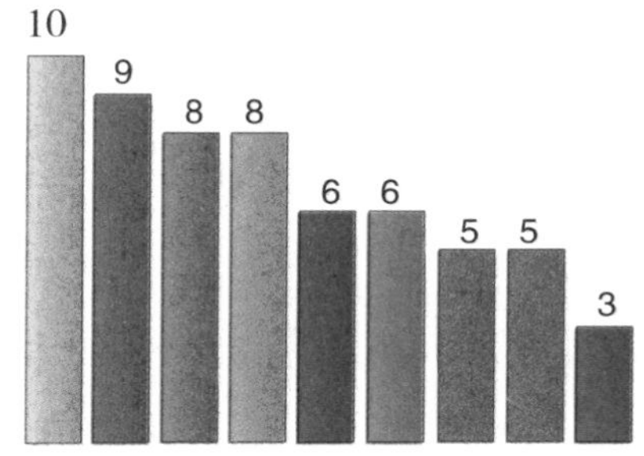

027 分割图表

将图表分成4个相同的形状，并且每部分所包含的数字之和要等于134。

5	7	8	15	4	7	5	6
11	6	9	8	16	12	10	10
7	12	10	12	3	11	6	8
6	7	2	5	7	7	15	10
12	15	10	8	5	12	8	7
6	7	11	13	9	6	9	6
9	8	10	6	8	8	1	2
3	6	4	10	10	10	15	15

028 有闭合曲线的十二边形

将下图复制并剪下来，分成15个部分，把它们重新排列拼成1个十二边形，使十二边形表面上形成1条闭合的、曲折的线。

029 排列组合（1）

假设所有碟子颜色都一样——没有标签，也没有办法分辨哪个碟子是哪个。

你能用几种方法将3个不同颜色的物体分配到3个没有标签的碟子上？

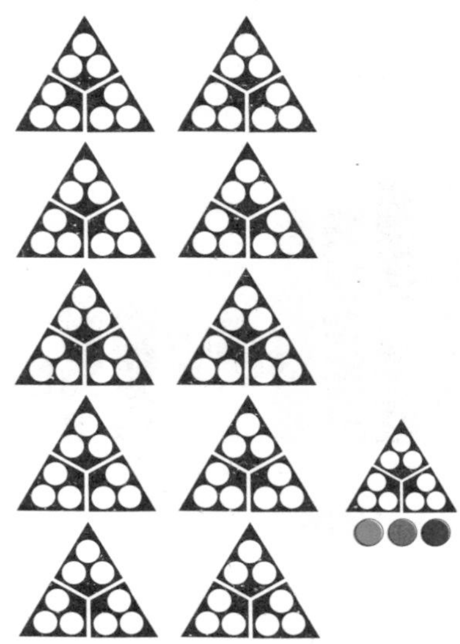

030 排列组合（2）

有多少种分配方法将4个上了色的物体放在4个没有标签的碟子上？

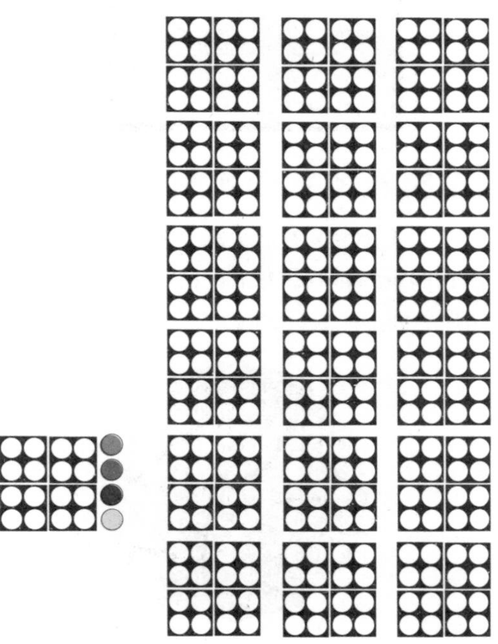

031 排列组合（3）

你知道有几种分配方法能将3个物体（三角形、正方形和圆形）放在3个有标签的碟子上吗？

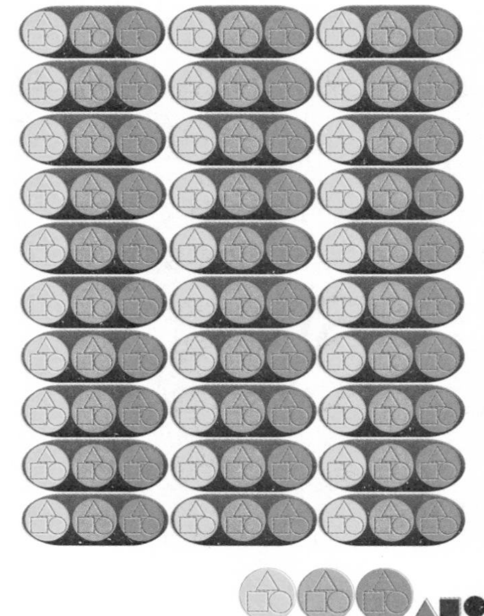

032 自己的空间

下面图中显示了11颗星的分布位置。你能想办法利用5条直线将图案进行分割，从而使得每颗星星都有属于它自己的空间吗？特别提示：分出来的各部分空间不必相等。

033 花朵上的瓢虫

3只分别为红色、绿色和蓝色的瓢虫，住在某个有5朵花的花园里。

如果每朵花的颜色都不一样（也就是说，有“标签”），那么瓢虫落在花朵上的方式有多少种？如果有必要的话瓢虫们可以分享花朵。

034 节约长方形

把下面的图形复制并剪成5个部分。把红色和绿色的部分重新拼成1个长方形，不要用小的紫色的部分。

035 等分网格

游乐场关门了。过山车的列车部分已经被卖掉了，现在剩下的只是这一段轨道和护挡框架了。要想把它们移走，必须将下边的图形分成相同的两部分。你能做得到吗？

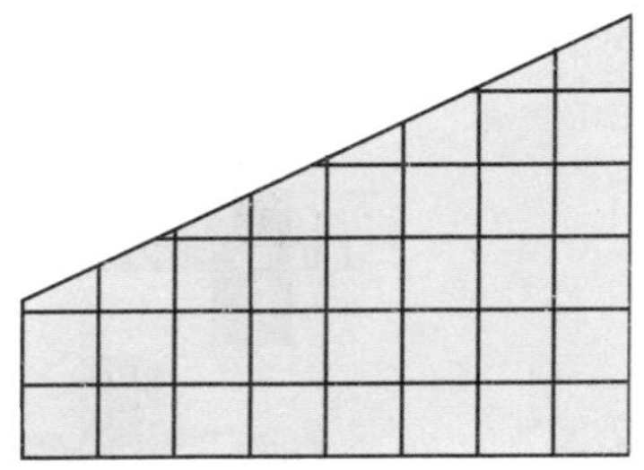

036 重新覆盖

图1中灰色的三角形面积是60个单位正方形。

图2中6个图片的总面积也是60个单位正方形，并且它们可以覆盖这个三角形，如图3所示。

你可以把这些图片重新排列并覆盖图1中灰色的三角形，但是要在中间留出1个小长方形的空隙吗？

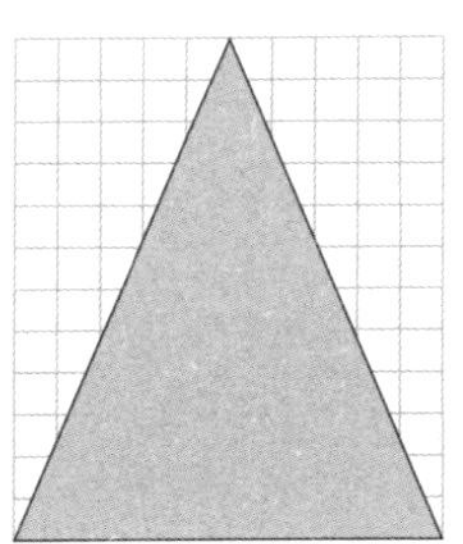

图1

图2

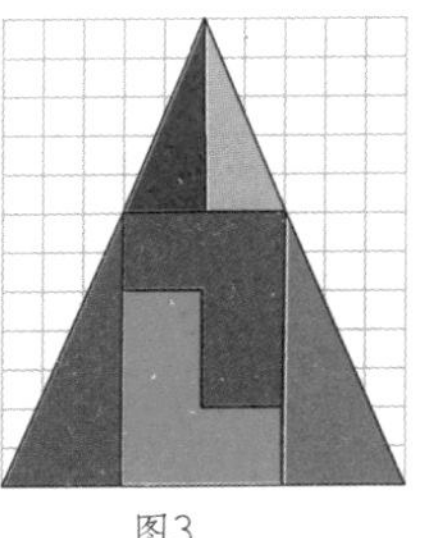

图3

037 LOVE立方体

这道题的目标是让所有4种颜色（以任何排列顺序）出现在最终的长方棱柱体的每一面上，并且在所有4个面上都拼出“LOVE”这个单词。

复制并裁下制作4个LOVE立方块所需要的图式，解决这道难题。

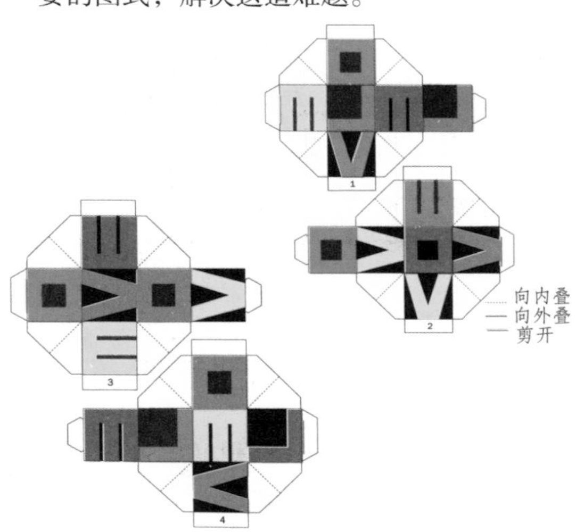

038 滑动链接谜题（1）

在滑动链接谜题中，你需要从纵向或者横向连接相邻的点，形成一个独立的没有交叉或分支的环。每个数字代表围绕它的线段数量，没有标数字的点可以被任意几条线段围绕。

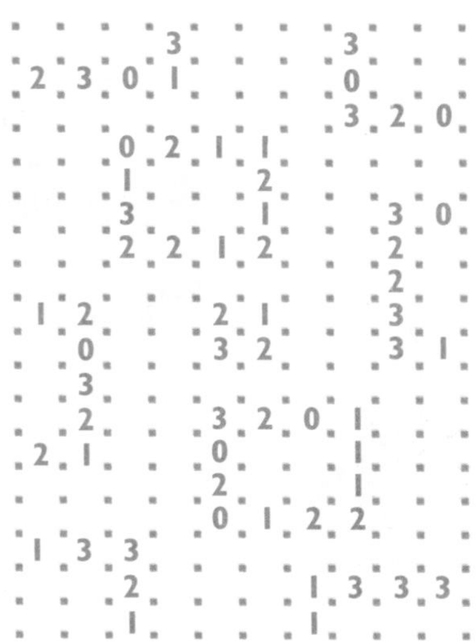

039 滑动链接谜题（2）

在滑动链接谜题中，你需要从纵向或横向连接相邻的点，形成一个独立的没有交叉或分支的环。每个数字代表围绕它的线段数量，没有标数字的点可以被任意几条线段围绕。

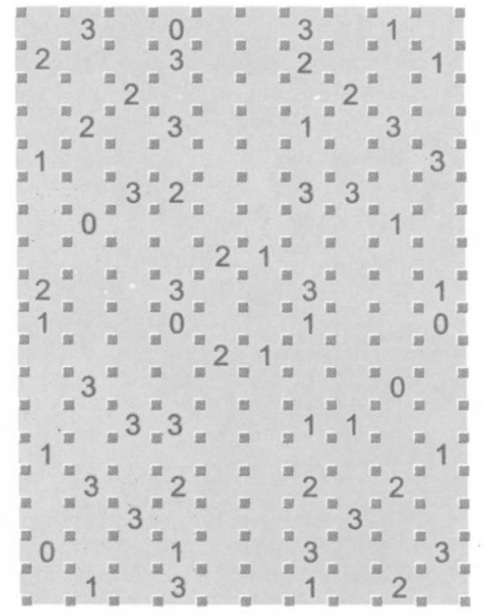

040 有始有终

如图 2 和图 3 所示，在 2 个正方形上分别给出了 1 个起点和 1 个终点，图 1 的方框里一共给出了 13 条不同长度和方向的线段。

我们这个游戏的目标就是选择图 1 中的线段把图 2 和图 3 中正方形里的起点和终点连接起来，要求用上尽可能多的线段，而且各线段之间不能相交。

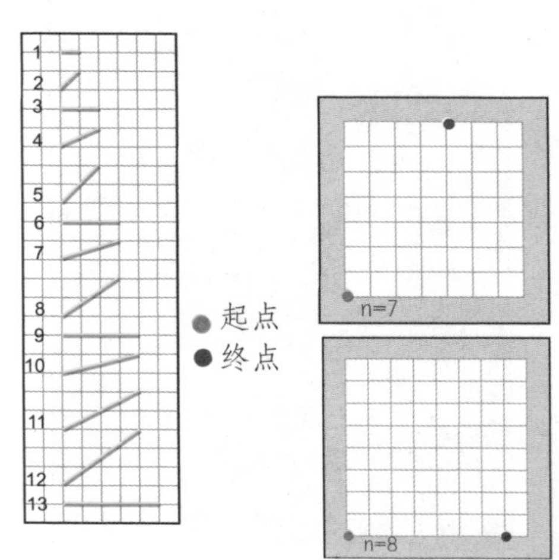

第4章 逆向思维

001 西部牛仔

上周五晚上在斯托波里的车马酒吧喝酒时，我情不自禁地被5位身着牛仔装的顾客吸引了，通过交谈，我发现它们实际上是一个重新组建的西部表演队的成员，正要去参加一个周末派对。根据下面的信息，你能说出每个人的真实姓名和职业，以及他在周末扮演的西部角色的名字和职业吗？

线索

1.罗伊·斯通是赫特福德郡地区理事会的职员，他性格狂野不羁，以自我为中心，但是他并没有饰演赌徒。

2.大卫·爱利斯所演的西部角色叫萨姆·库珀。

3,一个戴徽章扮演州长代表的人告诉我，他的角色名字是布秋·韦恩。

4.来自伦敦郊区的那位代理商一旦戴上他的宽边帽和配枪腰带，就变成了一个粗暴的牧牛工，幸亏在车马酒吧里他不是那幅打扮。

5.在周末扮演坦克丝·斯图尔特的那个人并不是被国家税务局录用的税务检查员，他实际上是雷丁·普赖斯兄弟中的一个。

6.马克·普赖斯和那位来自哈罗的办公用品推销员，都饰演西部行动的执法官，

7.来自克罗伊登的那名会计师所选择的角色叫马特·伊斯伍德，他的角色不是州长，真实姓名也不是奈杰尔·普赖斯。

		真名					角色名					角色职业				
		会计师	职员	代理商	推销员	税务检查员	布秋·韦恩	得丝特·邦德	马特·伊斯伍德	萨姆·库珀	坦克丝·斯图尔特	美洲野牛猎人	牧牛工	州长	赌徒	州长代表
真名	大卫·埃利斯															
	约翰·基恩															
	马克·普赖斯															
	奈杰尔·普赖斯															
	罗伊·斯通															
角色职业	美洲野牛猎人															
	牧牛工															
	州长															
	赌徒															
	州长代表															
角色名	布秋·韦恩															
	得丝特·邦德															
	马特·伊斯伍德															
	萨姆·库珀															
	坦克丝·斯图尔特															

002 夏日午后

夏日一个星期天的下午，阳光明媚，3个年轻人和女朋友乘着各自的小船从斯托贝里出发到斯托河上游玩，根据下面的信息，你能说出每个男孩和女孩的姓名，以及每艘船的名字和类型吗？

线索

1.麦克与女朋友借用了他爸爸的机动船，而麦克的女朋友不是桑德拉。

2.露西和她的男朋友驾驶的船叫“多尔芬”。

3.夏洛特和她的男朋友驾驶一艘小游艇沿着斯托河巡游到考诺 斯·洛克。

4.西蒙与女朋友在“罗特丝”船上度过了一个下午，他们的船不是人工划行的。

		女孩								
		夏洛特	露西	桑德拉	“多尔芬”	“罗特丝”	“马吉小姐”	机动船	人工船	小游艇
男孩	巴里									
	麦克									
	西蒙									
	机动船									
	人工船									
	小游艇									
	“多尔芬”									
	“罗特丝”									
	“马吉小姐”									

男孩	女孩	船名	船型

003 拔河

前几年的村庄运动节总会吸引多支实力强大的拔河队，每队的成员都是5个高大健壮的当地人。根据下面的信息，你是否能说出问题中提到的获胜队伍的具体细节（包括每个队员的姓名、职业及所在位置）？

线索

1.铁匠在队伍最后，他是帮助本队取得胜局的关键人物。
2.学校的教师姓布尔。
3.当各队准备就绪等待拔河开始时，邮局局长站在承办者的前面，但并不紧邻。邮局局长不是约翰。
4.站在队伍最前面的那个人姓辛和吉，听起来很奇怪。
5.欧克曼就在莱斯利的前面。
6.哈罗德·格雷特就在教区牧师的前面。
7.拔河队伍中第2个位置上的人叫雷金纳德。

	名：哈罗德	约翰	莱斯利	雷金纳德	托马斯	姓：比费	布尔	格雷特	欧克曼	辛和吉	铁匠	邮局局长	学校教师	承办者	教区牧师
1															
2															
3															
4															
5															
铁匠															
邮局局长															
学校教师															
承办者															
教区牧师															
姓：比费															
布尔															
格雷特															
欧克曼															
辛和吉															

位置	名	姓	职业

004 失败的降落

伞兵突袭队的降落活动出了些问题，伞兵部队被打散成几个小队，在重重包围之下不得不投降。根据下面的信息，你能否在表格中填出每队的具体信息，包括军官、指挥军士以及每一队的士兵数和拥有的基本武器装备？

线索

1.卡斯特军士与其军官所带领的一队人数并不是最多，他们拥有伞兵部队的重型机枪，却没什么用武之地。
2.帕特军士长是伞兵部队的总指挥，可是他被困在沟渠里，身边只有1位下士和6个士兵。
3.加文中尉和杰克逊军士所负责的队要比拥有电台的那个队伍多2个士兵。
4.布拉德利中尉指挥的队伍被困在C位置的一个旧谷仓内，他们队的士兵人数比李下士所在队伍的士兵人数多，但士兵人数不是4个。
5.一支队伍被困在E位置的一所荒废的房子里，他们原本要用带着的炸药炸毁一座桥，可惜炸药是假的。
6.谢尔曼军士和他的队伍被困在克拉克中尉的隐蔽地的东边，他们没有隐藏在D位置，也没有在A位置的小树林内。拥有迫击炮和枪械弹药的军官被困在桥的南面，克拉克中尉所在的队伍比这一队要强大。
7.由1位军官、1位军士和4个士兵组成，并拥有迫击炮的一队不是格兰特下士所在的队。

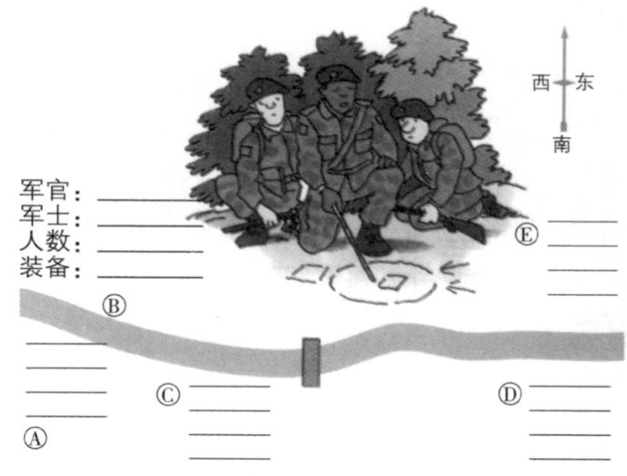

军官：帕特军士长，利吉卫上校，布拉德利中尉，克拉克中尉，加文中尉
军士：卡斯特军士，杰克逊军士，谢尔曼军士，格兰特下士，李下士
士兵数：4，6，8，10，12
装备：弹药，炸药，枪械，迫击炮，电台

005 职业女性

图片展示了“有成就和魄力的杰出职业女性”颁奖典礼上的4位获奖者。根据下面的线索，你能确定每位女性的姓名和获奖时她们的职业吗？

线索

1.马里恩·帕日斯女士的头发是红色的，对不起，图上没有显示。
2.图片3是迪安夫人，她来自伯明翰，但这对你可能也没有帮助。
3.图片4的救助队军官不是卡罗尔。
4.消防员埃利斯夫人不是图片2中的人物，她喜欢古典音乐，但你也不需要知道这个吧。
5.萨利站在交警和托马斯夫人中间。

名：卡罗尔，盖尔，马里恩，萨利
姓：迪安，埃利斯，帕日斯，托马斯
职业：消防员，护理人员，救助队军官，交警

提示：图片1是埃利斯夫人。

006 女英雄希拉

女英雄希拉·戈尔踏入了巫师的城堡，来到了地下室，那里有4扇门，每一扇门后面都有一座金雕像以及一个致命陷阱。根据下面的信息，你能说出每扇门的颜色、门后是什么雕像以及所隐藏的陷阱吗？

线索

1.一扇门后面的雕像是一只鹰和一个绊网陷阱，一旦触发此陷阱，房间就会陷入一片火海。
2.红门后面的那个陷阱会在人毫不察觉时扔下一块一吨重的大石头，其逆时针方向上挨着的那扇门后面是一个跳舞女孩像，但这扇门不是绿色的。
3.与实物一样大小的金狮子像在2号门后面。
4.3号门不是黄色的，黄门后面有一个战士金像，一旦你走进去，就会直接走到一个断头台上。

门的颜色：蓝色，绿色，红色，黄色
雕像：跳舞女孩，鹰，狮子，战士
陷阱：石头陷阱，断头台，地板陷阱，绊网陷阱

007 候车队

密克出租车公司的接线员昨晚接了5个电话。根据下面的线索，你能说出接线员接到每个电话的时间、联系到的司机、接客地点以及预约人的姓名吗？

线索

1.马特的电话在泰姬陵·马哈利餐馆的电话之后，而在丹尼斯先生的电话之前。

2.米克的出租车被预约在11:25，但不是从狐狸和猎犬饭店打来的，也不是梅森打的电话。

3.卢的出租车不是那辆要在11:10接拉塞尔的车。

4.赖安在火车站接客人。

5.布赖恩特先生从黄金国俱乐部打电话预约了一辆出租车。

6.11:20那个电话的预约地点在斯宾塞大街。

	司机：卡尔	卢	马特	米克	赖安	黄金国俱乐部	狐狸和猎犬饭店	火车站	斯宾塞大街	泰姬陵·马哈利餐馆	预约人：布赖恩特	丹尼斯	兰勒	梅森	拉塞尔
11:10															
11:15															
11:20															
11:25															
11:30															
预约人：布赖恩特															
丹尼斯															
兰勒															
梅森															
拉塞尔															
黄金国俱乐部															
狐狸和猎犬饭店															
火车站															
斯宾塞大街															
泰姬陵·马哈利餐馆															

008 历久弥香

诺曼是一名出色的酿酒师。最近他给5位女亲戚每人一瓶不同种类、不同制造年份的酒。根据下面的信息，你能说出每个人与诺曼的关系以及获赠酒的种类和酿造时间吗？

线索

1.米拉贝尔收到的是一瓶欧洲防风草酒，这瓶酒比诺曼送给已婚女儿的那瓶提前一年酿造。

2.卡拉的那瓶酒是1999年酿造的。

3.诺曼把他在2000年酿造的酒送给了他侄女。乔伊斯收到的酒不是1998年酿的。

4.诺曼的阿姨对大黄酒大加赞扬，可是他的阿姨不是安娜贝尔。

5.格洛里亚是诺曼的妹妹，她的那瓶酒比黑草莓酒早两年酿造。

6.诺曼的母亲收到的不是1997年酿造的蒲公英酒。

	阿姨	女儿	母亲	侄女	妹妹	黑莓酒	蒲公英酒	接骨木果酒	防风草酒	大黄酒	1997年	1998年	1999年	2000年	2001年
安娜贝尔															
卡拉															
格洛里亚															
乔伊斯															
米拉贝尔															
1997年															
1998年															
1999年															
2000年															
2001年															
黑莓酒															
蒲公英酒															
接骨木果酒															
防风草酒															
大黄酒															

009 站岗的士兵

下面的图片展示了几名士兵。根据下面的信息，你能分辨出1到4号的士兵分别来自哪里以及他们的参军时间吗?

线索

1.来自大不列颠的密尼布司比4号位置上的士兵晚一年参军。
2.在城墙上3号位置的斯堪达隆思比来自伊伯利亚半岛的士兵早参军。
3.来自高卢的士兵参军很久了，但这个人不是阿格里普斯。
4.来自罗马的士兵紧挨最晚参军的士兵并在其右边，但比纳斯德卡思靠左。

士兵：密尼布司，纳斯德卡思，斯堪达隆思，阿格里普斯
省：大不列颠，高卢，伊伯利亚半岛，罗马
参军年数：9年，10年，11年，12年

提示：先找出纳斯德卡思所在的位置。

010 新生命

4个刚出生的婴儿躺在产科病房内相邻的几张帆布床上。根据下面的信息，你能辨认出每个新生命的姓名以及他们各自的年龄吗?

线索

1.2号床上的丹尼尔比基德早一天出生。
2.阿曼达·纽康姆博比1号床的婴儿晚出生一天。
3.托比不是2天前出生的，他也不在3号床上。
4.博尼夫人的小孩刚刚出生3天。

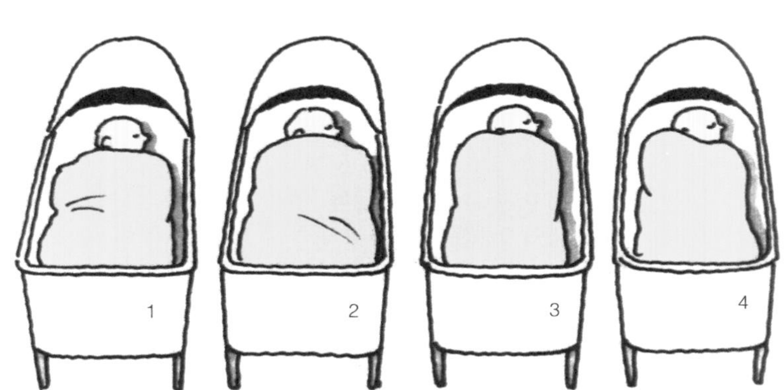

名：阿曼达，丹尼尔，吉娜，托比
姓：博尼，基德，纽康姆博，沙克林
年龄：1天，2天，3天，4天

提示：先找出年龄最大的孩子的姓。

名：________ ________ ________ ________
姓：________ ________ ________ ________
年龄：________ ________ ________ ________

011 枪手作家

枪手作家鲍勃·维尔刚刚签了另一个合同，要在6个月内为一个出版商写5本书，这个出版商想找一个没有什么主见、只会照搬照抄、但是很有销售潜力的作家，而这正是鲍勃·维尔所擅长的。根据下面的信息，你能推论出每本书的出版时间、以哪位作者的名义出版以及这本书的类型吗？

线索

1.鲍勃1月份以尤恩·邓肯的名义出版的那本书并不是历史小说。

2.他的推理小说在2月份出版，而《船长》在4月份出版。

3.那本科幻小说和其他此类型的书一样，或多或少受到了《指环王》的影响，该书比以蒂龙·斯瓦名义出版的那本书晚出版两个月。

4.《白马》比以吉尼·法伯的名义出版的那本书早出版一个月。

5.鲍勃以雷切尔·斯颇名义所写的《世代相传》有一个非常鲜艳的封面，就是品位低了点，而背面的那张作者的照片，实际上是鲍勃的妻子戴着黑色假发和墨镜伪装的。

6.鲍勃在写那本恐怖小说时使用了布雷特·艾尔肯这个笔名，《主要的终曲》这本书的创意不是出版商想要的。

	《主要的终曲》	《世代相传》	《太阳花》	《船长》	《白马》	布雷特·艾尔肯	尤恩·邓肯	吉尼·法伯	雷切尔·斯颇	蒂龙·斯瓦	科幻小说	历史小说	艺术小说	恐怖小说	推理小说
1月份															
2月份															
4月份															
5月份															
6月份															
科幻小说															
历史小说															
艺术小说															
恐怖小说															
推理小说															
布雷特·艾尔肯															
尤恩·邓肯															
吉尼·法伯															
雷切尔·斯颇															
蒂龙·斯瓦															

012 马球比赛

我们城镇的朋友有些人比较懒惰，他们在很小的时候都会被强迫去打一场马球比赛。下面的图片展示了比赛中的5个成员。根据给出的信息，你能说出1到5号每位参赛者的名字、各自马匹的名字和颜色，以及每个懒汉在比赛中出现的状况吗（在大多数情况下都是不愉快的）？

懒汉：阿齐·福斯林汉，爱德华·田克雷，杰拉尔德·亨廷顿，蒙太奇·佛洛特，鲁珀特·德·格雷
马：亚历山大，格兰仕，汉德尔，闪电，马乔里
颜色：褐色，黑色，栗色，灰色，白色
事件：弄伤手腕，掉了马球棒，享受比赛，从马上跌落，乌龙球

线索

1.有一名选手喜欢打不激烈的、没有什么意外发生的比赛，他紧贴在蒙太奇·佛洛特的右边，在骑着闪电的选手的左边。这3名选手骑的都不是那匹白色的马。

2.图片中，有个懒汉在比赛的关键时刻把马球棒弄掉了，阿齐·福斯林汉在他的右边，但两个人不是紧邻的。

3.2号位置上的选手是鲁珀特·德·格雷。

4.在比赛中打了一个乌龙球的爱德华·田克雷在拥有黑色坐骑的选手的右边，那匹黑马叫马乔里。

5.3号选手的马叫汉德尔，这名选手在比赛中没有弄伤手腕。杰拉尔德·亨廷顿没有受伤。

6.那名骑着褐色马的选手并没有在比赛中从马上跌落下来，在图片中这匹褐色马紧邻在名叫亚历山大的那匹马的右边，但和那匹栗色马不挨着。

3
懒汉：______
马：______
颜色：______
事件：______

4
______
______
______
______

1
懒汉：______
马：______
颜色：______
事件：______

5
______
______
______
______

2
懒汉：______
马：______
颜色：______
事件：______

提示：先找到名叫闪电的马的位置。

013 退休的警察们

我叔叔在迪克萨克福马警察队工作了30年，终于在1994年退休了。上个月，他把我带到了一个聚会，并且把我介绍给了其他5位刚刚退休的警察，他们和叔叔有过合作，但都因为各种各样的原因没能像叔叔那样工作30年后退休。从下面的信息中，你能找出每个人提前退休的原因、退休时间以及他们后来所从事的工作吗？

线索

1.其中一人因为有心脏病而提前离开了警察队，退休后成了一名专业摄影师，他比麦克·诺曼早退休4年。

2.还有一位退休后开了一家名为“牧羊狗和狗”的酒馆，并营业至今。患有溃疡病的切克·贝克比他早几年离开了警察队。

3.乔·哈里斯不是那个因为在一次车祸后严重受伤而被迫退休的人。

4.退休后成了一名出租车司机的那个人，在罗福特·肯特离开警察队后的第4年也离开了。

5.在1976年，其中一位在追捕一个夜贼时从屋顶上跌落下来，之后他不得不退休，退休后的职业不是出租车司机。

6.思考特·罗斯现在靠替人驯狗来维持生计，在他退休后，有一名警察因在抓捕犯人时被嫌疑犯刺伤而残废，并不得不因此离开了警察队。

7.有一个人是在1980年离开的萨克福马警察队，目前他在一个修车场做机修工。

	车祸	从屋顶跌落	心脏病	被刀刺伤	溃疡	1968年	1972年	1976年	1980年	1984年	出租车司机	驯狗员	机修工	摄影师	酒馆老板
切克·贝克															
乔·哈里斯															
罗福特·肯特															
麦克·诺曼															
思考特·罗斯															
出租车司机															
驯狗员															
机修工															
摄影师															
酒馆老板															
1968年															
1972年															
1976年															
1980年															
1984年															

014 下火车后

4名妇女刚刚乘火车从北方到达国王十字站，她们将搭乘4辆出租车。根据下面的信息，你能认出1到4号出租车的司机和乘客的名字以及乘客上车时的站名吗？

线索

1.詹森所载的那名女乘客乘火车所走的路程比黛安娜长，黛安娜坐的是詹森后面的那辆出租车。

2.诺埃尔所载的乘客不是在皮特博芮上车。

3.来自格兰瑟姆的那名妇女坐上了1号出租车，开车的司机不是伯尼，伯尼车上的乘客叫帕查。

4.索菲是在多恩卡斯特上车。

5.克莱德是4号出租车的司机。

司机：伯尼，克莱德，詹森，诺埃尔
乘客：安妮特，黛安娜，帕查，索菲
站名（按距离顺序，由远至近）：约克角，多恩卡斯特，格兰瑟姆，皮特博芮

提示：先找出黛安娜上车的地点。

015 上车和下车的乘客

下图展现的是一辆公共汽车在行车途中的7次停车。在这个特别的旅途上，第1次到第7次中的每次停车都各有一个人下车和一个人上车。根据下面的线索，你能说出每个停靠点的站名以及每次上车乘客及下车乘客的名字吗？注：在这次旅途中，每个乘客的名字都是不一样的，故上车的阿尔玛与下车的阿尔玛是同一个人。

线索

1.罗宾是在最后一次停车时上车的。
2.西里尔在市场广场下车，那时乔斯已经下车了，他们两个下车时莱姆还没有上车。
3.在1号停车点上车的乘客在6号停车点下车，在前一站下车的是一名男乘客，但下车地点不是植物园。
4.布伦达上车时刚好欧文在此站下车。
5.皮特和梅齐一路上不曾在车上相遇过，梅齐是在邮局的前两站下车，莱斯利是在邮局站上车。
6.在来恩峡谷站上车和下车的分别是一名男乘客和一名女乘客。
7.在3号停靠点狐狸和兔子站上下车的乘客都是女性。
8.在国会街站的下一站马克斯下车了，国会街站不是4号站，阿尔玛也不是在4号站下车的。

站名：植物园，板球场，狐狸和兔子站，来恩峡谷，市场广场，国会街，邮局
上车乘客：阿尔玛（女），布伦达（男），莱斯利（男），莱姆（男），马克斯（男），皮特（男），罗宾（男）
下车乘客：阿尔玛（男），布伦达（男），西里尔（男），乔斯（女），梅齐（女），马克斯（男），欧文（男）

提示：先找出在3号站上车的妇女。

016 欢度国庆

在国庆这一天，4个住在法国相邻村庄的居民选择了不同的庆祝方式。根据下面的信息，你能分别说出每个村庄的名字、该村的居民以及他们的庆祝方式吗？

线索

1.波科勒村举办了圣子埃特鲁米亚展览，该村与克里斯多佛的家乡相邻并在它的东面。
2.第2个村庄是丝特·多米尼克村。
3.丹尼斯住在第3个村庄，而村庄1不是以街道舞蹈为庆祝方式。
4.住在墨维里村的安德烈不是那个花整晚的时间在电视前看庆祝活动的懒汉，这个懒汉也不是住在4号村庄。
5.以烟花大会为庆祝方式的村庄比马丁的家乡更靠西面。

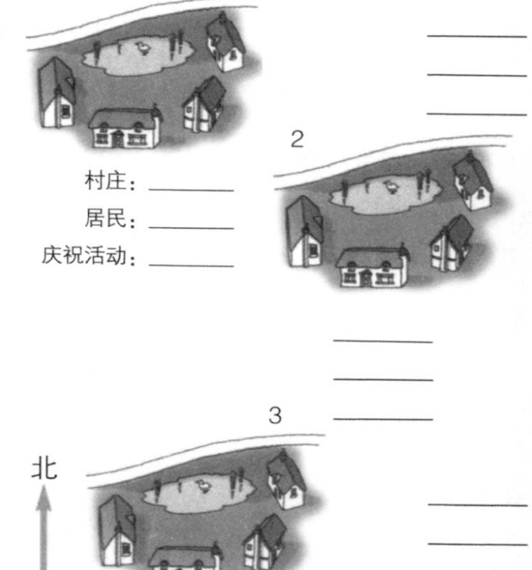

村庄：波科勒，格鲁丝莫，墨维里，丝特·多米尼克
居民：安德烈，克里斯多佛，丹尼斯，马丁
庆祝活动：街道舞蹈，烟花大会，圣子埃特鲁米亚展览，看电视

提示：从波科勒村庄下手。

017 默默无闻的富翁

希腊的一位富翁索普科尔思·格特勒塔布瑞斯很多年来一直保持低调，而在今年年初的5个月中，当他派出的代表在各种欧洲国家级拍卖会上又为他的私人艺术收藏竞拍到5件艺术品时，富翁索普科尔思·格特勒塔布瑞斯再次成为各大报纸的头版头条。根据下面的信息，你能说出他每个月所竞拍下的是谁的作品、每次交易的地点以及每幅画的价格吗？

线索

1.为了买下马耐特的一幅画，索普科尔思的代表比前一个月他在马德里竞拍多付了50万欧元。
2.他为3月份竞拍下的收藏品花费最多。
3.卡尼莱特的某一幅画的成交价是250万欧元，其后的一个月，他在罗马用100万欧元得到了觊觎已久的一幅画。
4.在阿姆斯特丹所买的画不是200万欧元。
5.他在4月份得到了格列柯的画。
6.弗米亚的作品是在巴黎买到的。

	卡尼莱特	格列柯	马耐特	毕加索	弗米亚	阿姆斯特丹	布鲁塞尔	马德里	巴黎	罗马	100万	150万	200万	250万	300万
1月															
2月															
3月															
4月															
5月															
100万															
150万															
200万															
250万															
300万															
阿姆斯特丹															
布鲁塞尔															
马德里															
巴黎															
罗马															

时间	艺术家	地点	价格

018 过道上的顾客

超市在星期六的上午很繁忙。下图展示的是超市里以A，B，C，D为标志的4条过道，每条过道内站着4名顾客，根据下面的线索，你能说出每个位置上顾客的名字吗？

名字：
艾格尼丝（女）Agnes 安妮（女）Anne 鲍勃（男）Bob
查瑞丝（女）Cherie 考林（女）Colleen 戴伦（男）Darren
盖玛（女）Gemma 杰夫（男）Jeff 琼（女）June
马吉（女）Maggie 马克（男）Mark 尼克（男）Nick
奥利弗（男）Oliver 桑德拉（女）Sandra 特德（男）Ted
威尔福（男）Wiff

线索

1.每条过道上站着2名男顾客和2名女顾客。
2.威尔福在马克北面的第二个位置，而在尼克西南面的对角位置。
3.下面有一张按字母顺序排列的名单，名单上A过道中1号位置妇女的名字与8号位置上那名男顾客的名字相邻并在其后。
4.一条过道内，琼紧挨鲍勃并在其东面。
5.桑德拉站在奥利弗的东北角，安妮挨着戴伦并在他西面，马吉和杰夫所在的过道与安妮和戴伦所在过道相邻并在其南面，而马吉和杰夫彼此相邻。
6.4号顾客是位女性，而13号顾客不是特德。
7.C过道内查瑞丝挨着考林并在其西边。

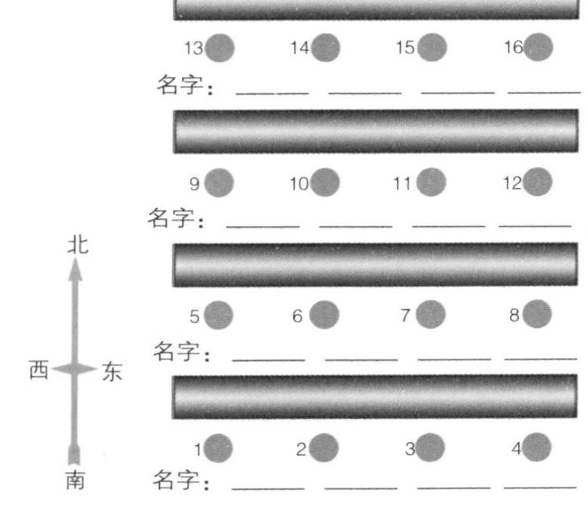

提示：先找出1号顾客的名字。

019 军队成员

下图展示了1644年克伦威尔·奥利弗领导的“护国军”中的4名成员，根据下面的线索，你能填出每名成员的姓名、兵种以及各自所穿制服的颜色吗？

线索

1.伊齐基尔·费希尔所穿制服为灰色，不过上面布满了灰尘和泥浆，他紧挨在鼓手的右边。
2.一名配枪士兵穿着又破又脏的棕色制服，他和末底改·诺森之间隔着一个士兵。
3.1号士兵是个步兵，他不是法国人，而是英国人。
4.4号士兵是所罗门·特普林。
5.吉迪安·海力克所穿的上衣不是蓝色。

提示：先找出伊齐基尔的位置。

名字：伊齐基尔·费希尔，吉迪安·海力克，末底改·诺森，所罗门·特普林
兵种：鼓手，炮手，步兵，配枪士兵
制服颜色：蓝色，棕色，灰色，红色

020 签名售书

伦敦展览中心举办了一个签名售书会，6位作者（分别位于1，3，4，6，7，10号签售点）正在为读者签名。根据下面的线索，你能推断出每名作家的姓名及每个人是签售哪本书吗？

线索

1.离大卫·爱迪生的书摊最近的是拜伦·布克的书摊，它就在大卫的右边，而其中一位女作家在大卫的左边。
2.坦尼娅·斯瓦不是在3号摊签售，《乘车向导》一书是在3号摊的右边签售，而《超级适合》的作者曾经是一名运动员，他的签售摊位在3号摊的右边的某个地方。
3.靠电视节目成名的一位厨师签售《英式烹调术》一书，他紧挨在卡尔·卢瑟的右边，而卡尔又紧挨在拜伦·布克的右边。
4.《城市园艺》一书的签售书摊号码与曼迪·诺布尔的书摊号码相差2，并且曼迪写的不是《超级适合》。
5.《自己动手做》一书的作者是拜伦·布克。

提示：先找出10号书摊的作者名字。

作者：拜伦·布克（男），大卫·爱迪生（男），卡尔·卢瑟（男），曼迪·诺布尔（女），保罗·帕内尔（男），坦尼娅·斯瓦（女）
著作：《自己动手做》，《英式烹调术》，《乘车向导》，《超级适合》，《业余占星家》，《城市园艺》

021 黑猩猩

在西非举行的一次动物学会议上，专家们正在就一项饲养稀有黑猩猩的计划进行讨论，下图展示了某年下半年出生的5只小猩猩。根据下面的线索，你能填出每只小猩猩的名字、出生月份及其母亲的名字吗？

线索

1.1号黑猩猩比5号黑猩猩至少大1个月，它们两个都不叫罗莫娜，也都不是格雷特的后代，而罗莫娜或格雷特的后代都不是在7月出生。
2.里欧比它右边的格洛里亚小，它们两个都比里欧左边的雌猩猩晚出生，这个雌猩猩的母亲叫克拉雷。
3.贝拉比左边的黑猩猩晚出生1个月，这只黑猩猩的母亲叫爱瑞克。
4.马琳比丽贝卡晚1个月生产，丽贝卡的后代紧挨着马琳的后代并在其右边。

提示：先找出1号黑猩猩的名字。

名字：贝拉，格洛里亚，里欧，珀西，罗莫娜
出生月份：7，8，9，10，11
母亲：爱瑞克，格雷特，克拉雷，马琳，丽贝卡

022 帕劳旅馆之外

在一个明媚的夏日，4位老绅士坐在班吉斯·格林镇帕劳旅馆外的长凳上，享受着啤酒，回忆着往事。根据下面的信息，你能推断出图中每位老人的名字、年龄以及在那段让他们念念不忘的美好时光中从事什么工作吗？

线索

1.乔·可比大约做了50年的牧场主人，在少女农场上照顾牧群。
2.现年74岁的退休邮递员坐在他的老朋友珀西·奎因的左边。
3.坐在C位置上喝酒的那位是罗恩·斯诺，D位置上的老人的年龄已经超过72岁了。
4.现年76岁的来恩·摩尔在75岁后的生活很充实，没有虚度光阴，他不是班吉斯·格林镇上给马钉掌或者照看那些笨拙马匹的老马医。
5.坐在B位置上喝酒的人不是那位过去经常帮助别人维修拖拉机和农场设备的前任机修工。

名字：乔·可比，来恩·摩尔，珀西·奎因，罗恩·斯诺
年龄：72，74，76，78
过去的工作：牧场主人，马医，机修工，邮递员

023 追溯祖先

来自得克萨斯州的罗维是一位热心于研究家族历史的人，他把大量的业余时间用于追溯他的祖先。目前为止，他已经追溯到17世纪了，但当他研究那个时期从英格兰移民到新大陆的4个男性祖先的具体情况时遇到了些麻烦。根据下面的信息，你能找出每位祖先的名字、职业，以及各自的家乡和移民去美国的时间吗？

线索

1.杰贝兹·凯特力是在德文郡南部的一个小乡村里出生长大的。
2.一个铁匠在1647年移民美国，但是他不是来自柴郡。
3.亚伯·克莱门特在1644年移民。
4.军人迈尔斯·罗维在美国工作，主要负责保护殖民地居民免受印第安人的欺负。
5.在诺福克出生的那个人是4人中第一个离开英国的，他不是木匠。
6.木匠比农民早3年移民到美国，但这个木匠不是泰门·沃丝皮。

	铁匠	木匠	农民	军人	柴郡	德文郡	肯特	诺福克	1638年	1641年	1644年	1647年
亚伯·克莱门特												
杰贝兹·凯特力												
迈尔斯·罗维												
泰门·沃丝皮												
1638年												
1641年												
1644年												
1647年												
柴郡												
德文郡												
肯特												
诺福克												

名字	职业	家乡	离开时间

024 自力更生

彭妮公司举办了一个单人快艇比赛，上个月的第一周我们终于看到了返回普利茅斯的4艘船只。根据下面的线索，你能说出每艘船的返回时间、船上仅有的一名船员的名字，以及这个活动中每位赞助商所做的是何种生意（谁出资赞助这次活动中的每名参赛者）吗？

线索

1.上月6号靠岸的“海盗船”不是挪威的托尔·努森的船，托尔的船是由欧洲的一家印刷公司赞助的。
2.罗宾·福特的船最先到达普利茅斯，裁判在查看了他的航行日志本后宣布他就是这场比赛的获胜者。
3.名为“信天翁”的一艘船由一家和他同名的唱片公司资助，它比那艘由银行资助的船早到一天。
4.电脑制造商赞助的不是由乔·恩格驾驶的“曼维瑞克Ⅱ”。

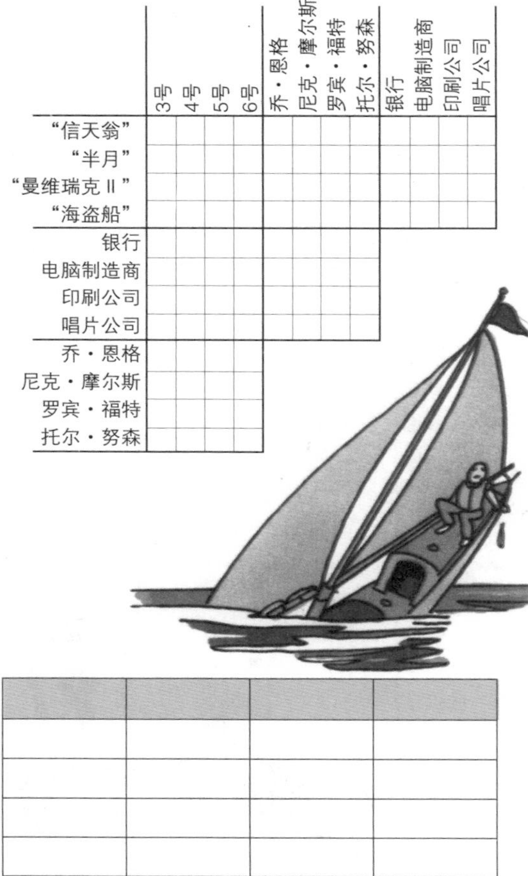

	3号	4号	5号	6号	乔·恩格	尼克·摩尔斯	罗宾·福特	托尔·努森	银行	电脑制造商	印刷公司	唱片公司
“信天翁”												
“半月”												
“曼维瑞克Ⅱ”												
“海盗船”												
银行												
电脑制造商												
印刷公司												
唱片公司												
乔·恩格												
尼克·摩尔斯												
罗宾·福特												
托尔·努森												

025 四人车组

英国电视台正在录制一部反映鸟类生活的纪录片。根据下面的线索，你能说出车中每个人的全名和他们的身份吗？

线索

1.瓦内萨·鲁特坐在录音师的斜对面。
2.坐在D位置的鸟类学专家不姓温。
3.姓贝瑞的摄像师不叫艾玛，而植物学家不在C位置上。
4.盖伊不姓福特。

名：艾玛，盖伊，罗伊，瓦内萨
姓：贝瑞，福特，鲁特，温
身份：植物学家，摄像师，鸟类学专家，录音师

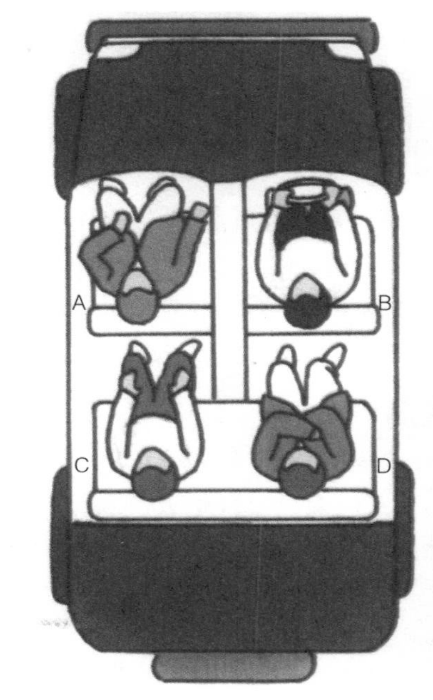

A
名：________
姓：________
角色：________

B
____
____
____

C
名：________
姓：________
角色：________

D
____
____
____

提示：先找出瓦内萨的职务。

026 野鸭子

在池塘的周围有4栋别墅，每栋别墅的花园都是一只母鸭子和她的一群小鸭子的领地。根据下面的线索，你能说出图中每个别墅的名字、别墅主人给母鸭子取的名字以及每只母鸭子生了多少只小鸭子吗？

线索

1.戴西生了7只小鸭子，她把巢筑在与洁丝敏别墅顺时针相邻的那栋别墅里。
2.沃德拜的别墅在池塘的西面。
3.迪力生的小鸭子比在罗斯别墅孵养的小鸭子少一只，而后者在逆时针方向上和前者所在的别墅相邻。
4.多勒生的小鸭子数量最少。
5.达芙妮所在的别墅和小鸭子数最少的那栋别墅沿逆时针方向是邻居。

别墅：洁丝敏别墅，来乐克别墅，罗斯别墅，沃德拜别墅
鸭子：戴西，达芙妮，迪力，多勒
小鸭子数量：5，6，7，8

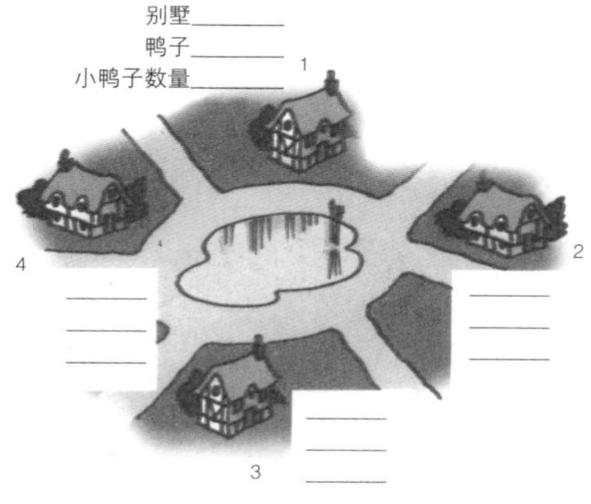

提示：先找出在1号别墅内的鸭子的名字。

027 机车发动机

许多年来，由梅雷迪思·托马斯在19世纪初专门为伦敦中心火车站设计的0-6-0型机车发动机在英国的火车站都很流行，但现在只剩下4台。根据下面的线索，你能找出这4台发动机的制造年月以及各自服役的地点吗？

线索

1.莫特·埃梢丝目前仍在一段10英里长的轨道上服役，该段轨道位于丝托布瑞附近的南萨克福马火车站中，莫特·埃梢丝的生产月份比1887年生产的那台早。
2.在丹弗地尔火车站内服役的莫特类发动机比莫特·斯诺登峰晚4年生产。
3.其中一辆机车还带着制造标盘，上面标明它的生产日期为1879年7月13日。
4.莫特·卡梅尔生产于1月份，但不是在1883年。
5.现在在北切斯特的国家运输博物馆（NTM）收藏着的发动机比在4月份生产的那台早4年生产。

	1月	4月	7月	12月	1879年	1883年	1887年	1891年	丹弗地尔火车站	马球丝火车站	NTM	南萨克福马火车站
莫特·埃梢丝												
莫特·卡梅尔												
莫特·埃维瑞斯特												
莫特·斯诺登峰												
丹弗地尔火车站												
马球丝火车站												
NTM												
南萨克福马火车站												
1879年												
1883年												
1887年												
1891年												

机车	生产月份	生产年份	地点

028 庄严的参观

作为国家遗产协会的成员，我们在上星期的每一天都去了一个有纪念意义的地方，这些地方都有着独特并吸引人的景点，而且我们在每个景点的礼品店买了一样纪念品。根据下面的信息，你能推论出每次参观的具体细节吗？

线索

1.在星期一的参观中我们买了书签作为纪念品，但购物地点不是保恩斯城堡。同时微型铁路也不是这个城堡的特色。

2.我们在星期二参观了哈特庄园，星期四参观了儿童农场，这个农场是其中一处住宅的特色。

3.游玩迷宫后的第三天我们买了一个杯子。

4.参观了哈福特礼堂后我们买了一支钢笔。

5.我们买的盘子上没有欧登拜住宅的照片。

6.披肩是在有服饰展的景点买的。

	保恩斯城堡	格兰德雷住宅	哈福特礼堂	哈特庄园	欧登拜住宅	书签	杯子	钢笔	盘子	披肩	儿童农场	服装展	迷宫	微型铁路	古老汽车展
星期一															
星期二															
星期三															
星期四															
星期五															
儿童农场															
服装展															
迷宫															
微型铁路															
古老汽车展															
书签															
杯子															
钢笔															
盘子															
披肩															

时间	参观地点	纪念品	特色景观

029 吉祥物与禁忌

我的5个朋友非常迷信，每个人都说自己有一个幸运数字，总是带着一个吉祥物，并且他们各自有一种特殊的禁忌。根据下面的信息，你能说出每个人都忌讳什么吗？

线索

1.威尔·塔吉沃德从来不在室内打开雨伞，他的幸运数字比拥有幸运小盒的人的幸运数字大3。

2.芬格斯·克洛斯的幸运数字是偶数，该数比拥有幸运钥匙环的人的幸运数字小1。

3.艾弗·塔里斯蒙的幸运数字是4，但他不是那个挑剔到连新鞋子都不能放在桌上的人。

4.里欧·斯坦总是带着一枚能给他带来幸运的6便士银币，他的幸运数字不是5。

5.有一个人很忌讳在梯子下面走，而且他总是带着一个幸运兔脚。

6.一个人声称自己的幸运数字是6，他忌讳在旧衣服上缝纽扣。

名字	禁忌	幸运物	幸运数字

030 得克萨斯州突击队

1872年，得克萨斯州突击队抓住了一群隐匿在里约·布兰可郡德克萨斯州的逃犯。下面是其中5名突击队员的具体信息。你能从中找出每名突击队员的全名、家乡，以及迫使他们放弃成为一名执法官的原因吗？

线索

1.特迪·舒尔茨是一个德国移民的儿子。有一名突击队员曾经是逃犯，现在仍然在美国被通缉，特迪和海德警官都不是这个人。
2.来自圣地亚哥的那个人姓海德，埃尔默·弗累斯在没有工作时总是酗酒。
3.突击队员马修斯并非来自福特·沃氏，他把业余时间和部分工作时间都花在了玩女人上。
4.突击队员多比出生在位于墨西哥边界的拉雷多，奇克不姓弗累斯。
5.来自休斯顿的那名突击队员在工作中表现很好，但可惜他遇到的囚犯都被他击毙了。
6.皮特在艾尔·帕索出生长大，乔希不是通缉犯。

		姓														
		多比	弗累斯	海德	马修斯	舒尔茨	艾尔·帕索	福特·沃氏	休斯顿	拉雷多	圣地亚哥	酒鬼	赌徒	击毙囚犯	通缉犯	玩女人
名	奇克															
	埃尔默															
	乔希															
	皮特															
	特迪															
	酒鬼															
	赌徒															
	击毙囚犯															
	通缉犯															
	玩女人															
	艾尔·帕索															
	福特·沃氏															
	休斯顿															
	拉雷多															
	圣地亚哥															

名	姓	家乡	缺点

031 破纪录者

这张新闻照片上的是4名年轻的女运动员，她们在最近的国家青年运动锦标赛中打破了各自参赛项目的纪录。根据下面的信息，你能认出图片中的4个女孩，并说出她们各自打破了什么项目的纪录吗？

线索

1.凯瑞旁边的两个女孩都是打破了跑步类项目的纪录。
2.戴尔芬·赫尔站在标枪运动员旁边。
3.洛伊斯不在2号位置。
4.1号位置的女孩打破了跳远项目的纪录，她不姓福特。
5.一名姓哈蒂的运动员打破了400米项目的纪录，但她不叫瓦内萨。

名：戴尔芬，凯瑞，洛伊斯，瓦内萨
姓：福特，赫尔，哈蒂，斯琼
比赛项目：100米，400米，标枪，跳远

提示：先找到凯瑞在照片中的位置。

032 请集中注意力

乡长老斯布瑞格正在指派任务，4个老朋友看上去都很认真。根据下面的信息，你能认出1~4号位置的每个人，说出他们想做的事以及每个人穿的衣服是什么面料的吗？

线索

1.一个人穿着狼皮上衣，艾格挨着他并在他的右边。

2.埃格正在想怎样面对他自己的岳母耐格，本身他的妻子就很能言善辩。

3.穿着山羊皮上衣的人在3号位置。

4.奥格穿着小牛皮上衣，他不打算靠粉刷他的窑洞的墙壁打发时间。

5.穿着绵羊皮外套的那个人打算在假日里把他小圆舟上的漏洞修补一下，坐在他左边的是阿格。

集会成员：艾格，埃格，奥格，阿格
想做的事：钓鱼，修小圆舟，粉刷窑洞的墙壁，拜访岳母
上衣：小牛皮，山羊皮，绵羊皮，狼皮

提示：先找出奥格打算去做什么。

033 一夜暴富

几位英格兰电视研究员正筹备拍摄一部纪录片，日前他们在国外采访了5位男士，这5位以前都是伦敦人，都是在很偶然的机会一夜暴富。根据下面的信息，你能说出每位男士现在的居住地、暴富的原因以及拥有的财产吗？

线索

1.其中一位靠抢劫银行发家并藏匿到了里约热内卢，其个人资产比伊恩·戈尔登少10万英镑，伊恩从他的叔叔那里继承了一大笔遗产，他叔叔的家人曾经认为他叔叔会死在亚马逊河丛林里，可是最后他却通过贩卖枪支和做许多违法的事情而发家。

2.一个人无意中在他的花园里找到一幅旧油画，结果这幅油画竟然是出自一位艺术大师之手，流落民间多年。最后这幅画卖了70万英镑，这个人不是莱昂内尔·马克，马克不是在百慕大群岛定居。

3.其中一位很早就创办了自己的工厂，工厂倒闭后被他卖给了一家跨国公司，这家公司铲平了地基，随后利用这片空地建立了他们的新总部，这个人最后得到的钱比肖恩·坦纳还多。

4.艾德里安·巴克现在在塞舌尔岛屿上有一笔不动产，事实上这笔不动产就是塞舌尔岛中的一座。

5.现在住在新奥尔良的那位从他自称的“小运气”中得到了50万英镑。

6.菲利普·兰德和英格兰调查员分享了他发了一笔80万英镑的横财时的兴奋感觉。

	百慕大群岛	新奥尔良	帕果-帕果	里约热内卢	塞舌尔	发现油画	继承叔叔	抢劫银行	卖公司	中彩票	90万	80万	70万	60万	50万
艾德里安·巴克															
伊恩·戈尔登															
莱昂内尔·马克															
菲利普·兰德															
肖恩·坦纳															
90万															
80万															
70万															
60万															
50万															
发现油画															
继承叔叔															
抢劫银行															
卖公司															
中彩票															

034 在购物中心工作

3位年轻的女性刚刚到新世纪购物中心的几个店面打工。根据下面的线索，你能找出雇佣她们的商店的名字、类型，以及她们各自开始工作的具体时间吗？

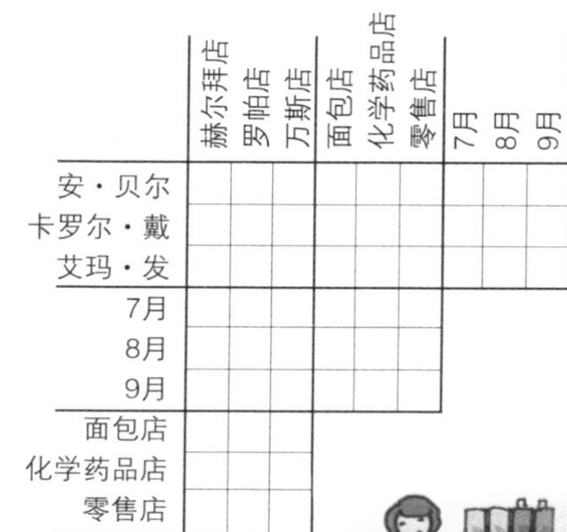

赫尔拜店
罗帕店
万斯店
面包店
化学药品店
零售店
7月
8月
9月
安·贝尔
卡罗尔·戴
艾玛·发
7月
8月
9月
面包店
化学药品店
零售店

线索

1.和在面包店工作的女孩相比，安·贝尔稍晚一些找到工作，那家面包店不叫罗帕。
2.艾玛·发不是8月份开始在万斯店工作。
3.卡罗尔·戴不在零售店工作。
4.其中一个女孩不是从9月份开始在赫尔拜的化学药品店工作。

名字	商店名	类型	时间

035 送午餐

一名送餐员来到某家公司的接待处，为这里的职员送来他们预订的午餐。根据下面的信息，你能说出谁订购了什么及他们所在的部门吗？他们还预订了其他什么食物吗？

线索

1.接待处和销售部的人订购的不是奶酪三明治和胡萝卜蛋糕，洁尼在接待处工作，但她订的不是鸡蛋三明治。
2.玛丽亚不在行政部工作，她和订鸡肉三明治的那个人都没有要橘子汁。
3.火腿三明治是会计部职员订的。
4.艾莉森订了巧克力甜饼。
5.油炸圈饼是人事部订的一部分食品。
6.科林要了金枪鱼三明治。

	会计部	行政部	人事部	接待处	销售部	火腿三明治	奶酪三明治	鸡肉三明治	鸡蛋三明治	金枪鱼三明治	胡萝卜蛋糕	巧克力甜饼	油炸马铃薯片	油炸圈饼	橘子汁
艾莉森															
科林															
加里															
洁尼															
玛丽亚															
胡萝卜蛋糕															
巧克力甜饼															
油炸马铃薯片															
油炸圈饼															
橘子汁															
火腿三明治															
奶酪三明治															
鸡肉三明治															
鸡蛋三明治															
金枪鱼三明治															

名字	部门	三明治	其他食物

036 沿下游方向

诺福克的洛特河是著名的波罗兹的一部分，4个勇敢的海员家庭把他们的船停在了几家不同旅店的停泊处。根据下面的信息，你能填出图表中每个家庭的名字、所拥有的船只名，以及所停泊的旅店名吗？

线索

1.费希尔的船停泊在挪亚方舟处，斯恩费希的停泊处在挪亚方舟处的左边。
2.帕切尔号停在狗和鸭码头。
3.C位置上的旅店叫升起的太阳，停泊在那里的船不属于罗德尼家庭，也不是南尼斯号。
4.在最右边的船属于凯斯一家。

家庭：德雷克，费希尔，凯斯，罗德尼
船名：罗特斯，南尼斯，帕切尔，斯恩费希
旅店：钓鱼者休息处，狗和鸭，挪亚方舟，升起的太阳

家庭：________ ________ ________ ________
船：________ ________ ________ ________
旅店：________ ________ ________ ________

提示：先找出A位置上的船的名字。

037 杰克和吉尔

无论杰克和吉尔去哪里或者做什么，他们都喜欢为自己找些借口，比如为了取一桶水而爬上山。根据下面的信息，你能说出星期一到星期四他们从小屋出发所走的方向、目的地以及去每个地方的原因吗？

线索

1.在沿2号方向前进的第二天他们爬了山，说是为了打水。
2.星期四他们去了草地，对昏昏欲睡的小男孩布鲁也视而不见。
3.他们说朝4号方向前进是去清理茶匙。
4.他们为星期三的旅行找的借口是去喂猫，那天他们走的不是1号方向。
5.他们为去河边找的借口不是割卷心菜。

日期：星期一，星期二，星期三，星期四
位置：河边，草地，树林，山上
活动：割卷心菜，清理茶匙，喂猫，取水

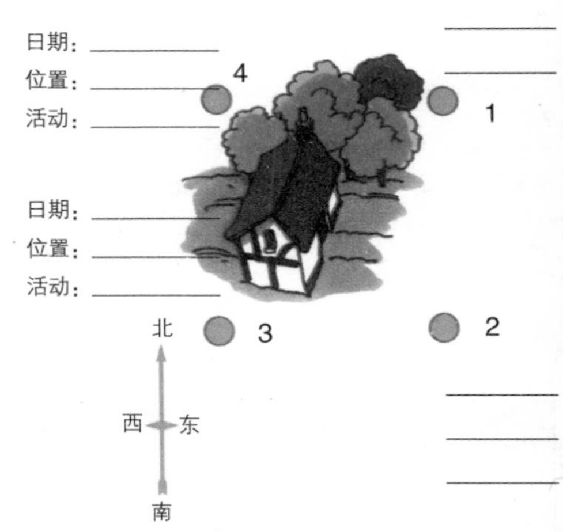

提示：先找出他们在哪一天上山。

038 跨栏比赛

下图展示的是一次跨栏比赛中冲刺阶段的前4匹马。根据下面的信息，你能说出每匹马的名字，并具体描述每匹马的主人吗？

马：“小瀑布”，“杰克”，“跳过黑暗”，“跳羚”
（主人）名：安德鲁，迪克兰，加百利，吉斯杰姆
（主人）姓：海吉斯，赫多尔，吉姆帕，沃特

线索

1.“跳羚”还没有到达栅栏。
2.安德鲁领先于赫多尔两个名次。
3.在图片中，迪克兰·吉姆帕稍稍领先于处于跨栏阶段的“杰克”。
4.海吉斯是那个正在跳栏的职业赛马师。
5.加百利所骑的“跳过黑暗”在当时的比赛中稍稍落后于沃特的马。

提示：先找出骑4号马的人的姓。

039 赫尔墨斯计划

美国国家航空航天局的赫尔墨斯计划是关于探索月球暗面（即总是背对地球的那一面）的，此项计划涉及登陆月球的5艘两人座单程赫尔墨斯号航天器。从以下给出的线索中，你能推断出每艘赫尔墨斯号上被选为队长和飞行员的宇航员是谁、要求他们降落的地点是哪里吗？

线索

1.美国海军上校雷·塞奇被选为赫尔墨斯号的飞行员。他所在的赫尔墨斯号编号比另一艘大两个数字。后者是一艘由来自美国空军的“野马”托勒尔少校指挥的赫尔墨斯号飞船。它将着陆在名叫奎特麦斯的环形山旁。
2.赫尔墨斯1号按照计划将停靠在名为盖洛克角的环形山旁。
3.停靠在马文山阴影处的赫尔墨斯号的编号在来自美国海军的普拉德上校指挥的赫尔墨斯号之后。
4.来自美国海军的“博士”李少校被选为赫尔墨斯号的队长，而来自美国陆军的罗斯科少校担任飞行员。但他们都不在赫尔墨斯1号上。
5.赫尔墨斯3号将由来自美国海军的乃尔特中尉指挥。他的飞行员不是来自美国陆军的尼古奇上校。
6.来自美国海军的亚当斯少校不是按照计划会挨在约翰卡特环形山停靠的那艘赫尔墨斯号的飞行员。来自美国陆军的卡斯特罗上校的队长姓高夫。

	队长					宇航员									
	高夫中校	乃尔特中尉	李少校	普拉德上校	托勒尔少校	亚当斯少校	卡斯特罗上校	雷·塞奇上校	尼古奇上校	罗斯科少校	约翰卡特	埃特莱茨山	马文山	盖洛克角	奎特麦斯
赫尔墨斯1号															
赫尔墨斯2号															
赫尔墨斯3号															
赫尔墨斯4号															
赫尔墨斯5号															
约翰卡特															
埃特莱茨山															
马文山															
盖洛克角															
奎特麦斯															
宇航员 亚当斯少校															
卡斯特罗上校															
雷·塞奇上校															
尼古奇上校															
罗斯科少校															

040 曼诺托1号

右图展示了太空船曼诺托1号控制舱中的4名工作人员的位置。根据下面的线索，你能找出每名成员的名字、军衔以及在曼诺托1号中做何种工作吗？

线索

1.弗朗茨·格鲁纳工程师坐在陆军少校的对面。
2.A位置上的军官是罕克·吉米斯，他不是军医。
3.空军上校在B位置上。
4.萨姆·罗伊斯的顺时针方向上是尤瑞·赞洛夫。
5.坐在C位置上的宇航员不是海军司令官。

名字：弗朗茨·格鲁纳，罕克·吉米斯，萨姆·罗伊斯，尤瑞·赞洛夫
军衔：空军上校，陆军少校，海军司令官，海军上尉
工作：宇航员，工程师，军医，飞行员

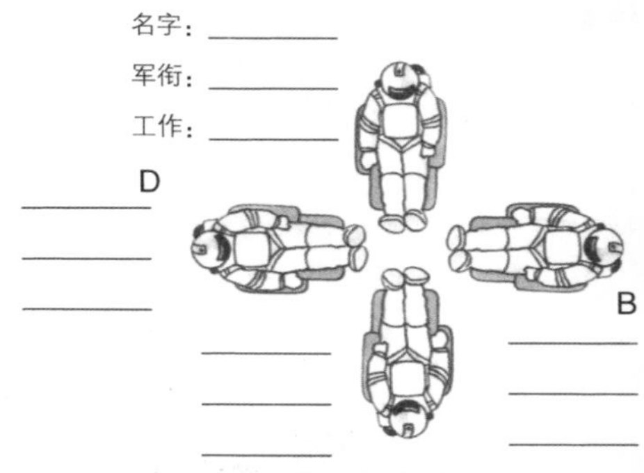

提示：先找出4号警官的姓。

041 势单力薄的警察们

4个警察在执行一项镇压示威游行的任务，他们试图用警戒线隔离人群。在行动后期每个人的身体都受到了的伤害，那种折磨让他们难以忍受。根据下面的信息，你能分辨出1~4号警官并说出他们所受到的伤害吗？

线索

1.时刻紧绷的神经使2号警官的肩膀都麻木了，这个让他感觉很不舒服。
2.内卫尔的鼻子痒得厉害，但他不能去抓，因为卡弗的左手紧紧抓着他的右手。
3.图片上这群势单力薄的警察中，布特比亚瑟更靠左边，艾尔莫特站在格瑞的右面，中间隔了一个位置。
4.斯图尔特·杜琼和有鸡眼的警官之间隔了一个人。

名：亚瑟，格瑞，内卫尔，斯图尔特
姓：布特，卡弗，艾尔莫特，杜琼
问题：鸡眼，肩膀麻木，发痒的鼻子，肿胀的脚

提示：先找出4号警官的姓。

042 美丽的卖花姑娘

这里有5个卖花女的详细情况，根据下面的信息，你能说出她们所卖花的种类、价格以及卖花地点吗？

线索

1.梅在斯杰德大道卖花，她的花比莎拉的花便宜1美分，薰衣草在卡文特花园街的价格是莎拉所卖花的价格的两倍。
2.奎尼不在卡文特花园街卖花。
3.玫瑰的价格比紫罗兰的价格贵。
4.汉纳卖的是紫罗兰。
5.在皮科第立大街卖的花不是玫瑰，也不是2美分一束的石南花。
6.在黑玛科特大街卖的花比在牛津街卖的花贵。

名字	部门	三明治	其他食物

	卡文特花园街	黑玛科特大街	牛津街	皮科第立大街	斯杰德大道	石南花	薰衣草	伦敦国花	玫瑰	紫罗兰	1美分	2美分	3美分	4美分	5美分
汉纳															
梅															
内尔															
奎尼															
莎拉															
1美分															
2美分															
3美分															
4美分															
5美分															
石南花															
薰衣草															
伦敦国花															
玫瑰															
紫罗兰															

043 结婚趣事

最近举办了一场很受欢迎的家庭意外情况录像展，有一些从婚礼录像剪辑出来的片段。根据下面的信息，你能说出录像带中每段录像的顺序、新娘和新郎的名字，以及每段录像所记录的意外情况是什么吗？

线索

1.第1段录像记录的不是牧师读错帕姆名字的时刻，第2段录像也和歌弗没有关系。
2.彭妮是第3段录像中那个倒霉的新娘。录像中琳达没有嫁给歌弗。
3.第4段录像中，新郎查尔斯忘记了带戒指，另一位尴尬的新郎鲍勃和新娘在招待会中在舞场滑倒。
4.拍摄加玛和克莱夫婚礼的那段录像就在拍摄乔斯婚礼的录像前。
5.一段录像记录了安德鲁在看到他的婚礼蛋糕掉在地上时所表现出的惊骇表情，该段录像在与琳达有关的那段录像的前面。
6.在圣坛昏倒的不是乔斯。

	加玛	帕姆	彭妮	琳达	乔斯	安德鲁	鲍勃	查尔斯	克莱夫	歌弗	新郎忘带戒指	新娘昏倒	蛋糕倒地	在舞场滑倒	牧师读错名字
第1段															
第2段															
第3段															
第4段															
第5段															
新郎忘带戒指															
新娘昏倒															
蛋糕倒地															
在舞场滑倒															
牧师读错名字															
安德鲁															
鲍勃															
查尔斯															
克莱夫															
歌弗															

044 英格兰的旗舰

1805年10月21日，罗德·纳尔逊在战役中不幸受伤，他在特拉法尔战役中战胜了法国舰队。他的旗舰的名字由16个字母组成，根据下面的信息，你能在每个小方框中填出正确的字母吗？

线索

1.任何两个水平、垂直或对角线方向上的相邻字母都不同。
2.V在R下面的第二个方框内，并在C的左边第二个方框内。
3.L不在A2位置，也不在最后一行。
4.其中一个A在D3位置上，但没有一个R在D4位置上。
5.A4和C2中的字母相同，紧邻在它们下面的方框内的字母都是元音字母。
6.G在I所在行的上面一行。
7.O就在T上面的那个位置，在Y下面一行的某个位置，而Y在与O不同的一列的顶端。

要填的16个字母：A，A，A，C，F，G，I，L，O，R，R，R，T，T，V，Y

提示：先找到V的位置。

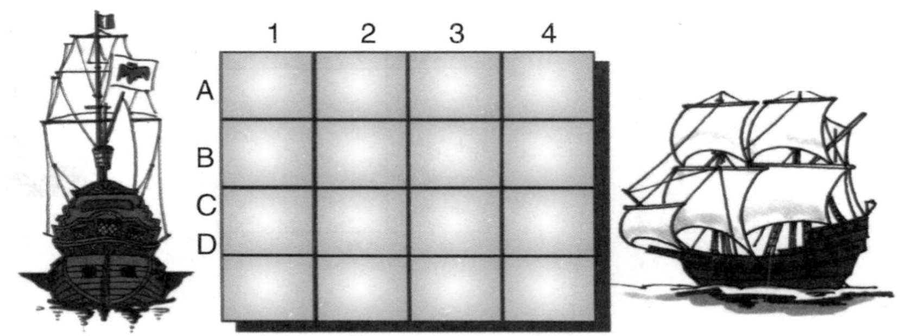

045 谁的房子

始建于17世纪的别墅风格别具特色。根据下面的线索，你能分别说出1~4号每栋别墅的名字、建造时间，以及现在主人的名字吗？

线索

1.佛乔别墅现在属于丽贝卡·德雷克，2号房产在该栋别墅之后建造。
2.巴兹尔·布立维特拥有的别墅沿顺时针方向与狗和鸭建筑相邻，而后者至今仍然是一家酒吧。
3.詹姆士·皮卡德那栋始建于1685年的别墅不是曼纳小屋。
4.在最东面的不是建于1708年的瑞克特立建筑。
5.最晚建造的那所房子不是史密塞斯上校的财产。

房子：狗和鸭建筑，佛乔别墅，曼纳小屋，瑞克特立建筑
时间：1610，1685，1708，1770
主人：巴兹尔·布立维特，史密塞斯上校，詹姆士·皮卡德，丽贝卡·德雷克

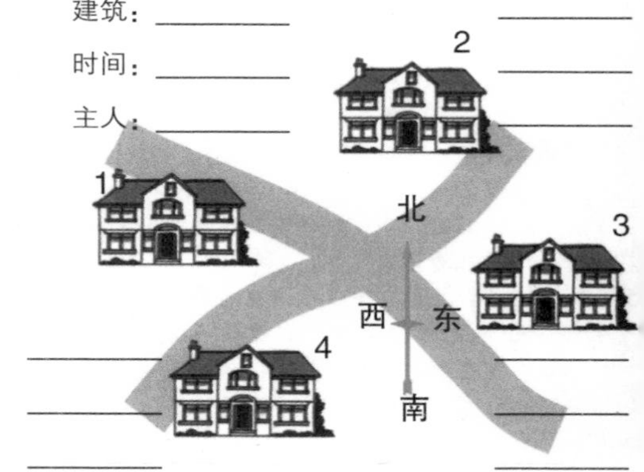

提示：先找出佛乔别墅的建造时间。

046 录像带

5位常客分别在上周的不同时间里从录像馆租了一盘录像带。根据下面的线索，你能找出每天光顾的顾客的全名以及他（她）所借的录像带吗？

线索

1.辛尼塔在福特去录像馆前一天租借了《波力沃德浪漫史》。
2.安布罗斯·耶茨比租借动作片的那位顾客早去录像馆。
3.著名的音乐电影在星期三被借走了。
4.马伦在星期一借了一盘录像带，因为那天晚上他不打算出去了。
5.海伦离开录像馆后，电视喜剧系列也被借出去了。
6.狄克逊比卡彭特早一天租借了一盘录像带。

	安布罗斯	盖尔	海伦	马伦	辛尼塔	卡彭特	狄克逊	埃杰特恩	福特	耶茨	动作片	《波力沃德浪漫史》	音乐电影	电视喜剧系列	西方经典剧
星期一															
星期二															
星期三															
星期四															
星期五															
动作片															
《波力沃德浪漫史》															
音乐电影															
电视喜剧系列															
西方经典剧															
卡彭特															
狄克逊															
埃杰特恩															
福特															
耶茨															

时间	名	姓	录像带

047 在沙坑里

在操场的一个角落里有一个沙坑，4位母亲站在沙坑的四周（A，B，C，D），看着自己的孩子在沙坑里（1，2，3，4）玩耍。根据下面的信息，你能分别说出这8个人的名字，并给他们配对吗？

线索

1.站在C位置上的不是汉纳，她的儿子站在顺时针方向上爱德华的旁边。
2.卡纳在4号位置上，而他的母亲不在B位置。
3.詹妮的孩子在3号位置。
4.丹尼尔是莎拉的儿子，他在逆时针方向上的雷切尔儿子的旁边，而雷切尔站在D位置。
5.没有一个孩子在沙堆里的位置与各自母亲的位置相对应。

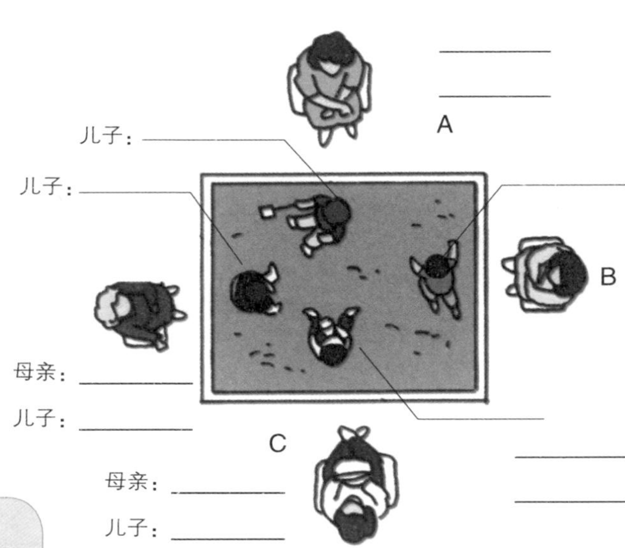

母亲：汉纳，詹妮，雷切尔，莎拉
儿子：卡纳，丹尼尔，爱德华，马库斯

提示：先找到卡纳的母亲。

048 神像

英国著名的考古学家琼斯在南美考古时，发现了一尊公元前700年的四面神像。根据下面的线索，你能填出神像上每个面的动物面孔、所代表的神，以及在莱曼尼特克文化中掌管的领域吗？

线索

1.神像的一面是南美洲的一种水怪，它的名字叫乌卡特克斯赖特。或许你听说过，那是一种大型啮齿动物。
2.以美洲虎为面孔的神像在叫爱克斯卡克斯特的神像的反面，后者是莱曼尼特克的战神。
3.D面上的神像拥有水蟒的面孔。
4.神像的A面代表莱曼尼特克的气候神，B面的面孔不代表他们的爱神，这两个神都不叫奥克特拉克斯特。
5.事业神不叫埃克斯特里卡特尔，与事业神在顺时针方向上相邻的那尊神像是以一只特别丑陋的蝙蝠为面孔。

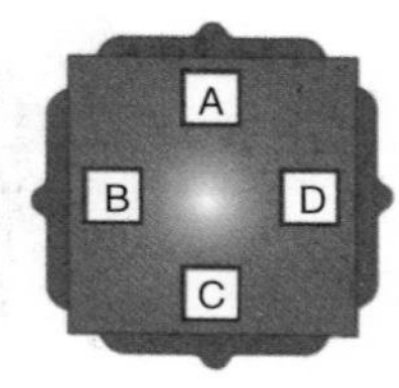

提示：先找出B面神像所掌管的领域。

面孔：水蟒，蝙蝠，水怪，美洲虎
名字：埃克斯特里卡特尔，爱克斯卡克斯特，奥克特拉克斯特，乌卡特克斯赖特
所管领域：事业，爱情，战争，气候

049 退货

百货商店里，有4位不满意的顾客排队等在退货柜台边。从以下给出的线索中，你能将图中每位女士的全名和所要退的货填写出来吗？

线索

1.希拉·普里斯不是那位排在第3位、并要求退一条牛仔裤的女士。
2.想退有问题的烤箱的那位女士不是夏普夫人。
3.马里恩退的是一个一点都不能旋转的旋转式剪草机。
4.希瑟排在第4位，她不是克拉普夫人。
5.特威德夫人排在第1位。

名：马里恩，希拉，卡罗尔，希瑟
姓：特威德，普里斯，克拉普，夏普
退货：剪草机，烤箱，牛仔裤，手提箱

提示：请先推断出排在第3位的女士的名字。

050 加薪要求

4个工会的代表正在开会协议向W & S公司提交一份增加工资要求的声明。从以下给出的线索中，你能推断出图中每个人的名字、所代表的工会，以及代表的成员人数吗？

线索

1.思德·塔克坐在C位置，他代表的成员人数不是4人。
2.阿尔夫·巴特坐在来自ABM的那个代表的对面。ABM有6个成员在W & S公司。
3.有7个成员的工会不是BBT。
4.坐在D位置的人代表的是BBMU。
5.UMBM的雷·肖所代表的成员人数没有坐在B位置的人代表的多。

代表：阿尔夫·把特，吉姆·诺克斯，雷·肖，思德·塔克
工会：ABM，BBT，BBMU，UMBM
成员数：3，4，6，7

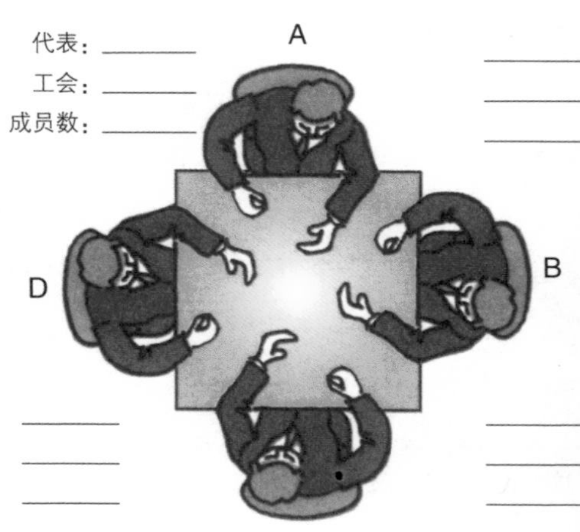

051 中断的演出

每年夏天，斯多博雷戏剧爱好者协会（SADS）都会在城镇或其附近的露天场地表演莎士比亚的一部著作。但是到目前为止，还没有一部作品能完整地演完。从以下给出的线索中，你能推算出最近5年里每年上演的是哪部莎士比亚剧、在哪里演出、是什么原因使演出中断吗？

线索

1.因电力方面的失误导致所有的舞台灯光都熄灭而中断表演的那场户外演出之后，SADS又打算把《裘力斯·凯撒》推出作露天表演。

2.《暴风雨》是在1999年表演的。

3.命运多舛的《罗密欧与朱丽叶》的户外表演，比SADS推出的另一部莎翁著作要早。那部莎翁著作是在贝迩维欧公园上演的，并且只演了一半。

4.《奥赛罗》的演出因一场突来的浓雾致使演员们互相看不到对方而过早停演。它比SADS在国家公园的演出要早。

5.SADS在万圣教堂周围的空地上演的户外表演不是在1998年。

6.2000年特别的千禧年演出因一阵突来的大风吹走了舞台布景而遭到破坏。

7.因暴雨中断的演出不是在2001年举行的，也不是在2002年斯多博雷足球爱好者俱乐部的球场举行的。

	《哈姆雷特》	《裘力斯·凯撒》	《奥赛罗》	《罗密欧与朱丽叶》	《暴风雨》	贝迩维欧公园	教堂周围的空地	国家公园	足球场	小修道院的草地	灯光熄灭	雾	大风	冰雹	暴雨
1998年															
1999年															
2000年															
2001年															
2002年															
灯光熄灭															
雾															
大风															
冰雹															
暴雨															
贝迩维欧公园															
教堂周围的空地															
国家公园															
足球场															
小修道院的草地															

052 叠纸牌

4个小朋友分别用不同颜色的纸牌成功地叠出了纸房子，但每个人叠的层数不同。从以下给出的线索中，你能叫出4个人的名字，并说出他们各自所用的纸牌背景颜色和分别叠了几层吗？

线索

1.使用绿色纸牌的夏洛特，坐在叠到5层的那个朋友对面。

2.座位2的那个女孩用纸牌叠到4层高。

3.安吉拉用的不是黑色的纸牌。

4.在座位3用蓝色纸牌的女孩，她叠的房子没有用红色纸牌的女孩叠的高。

5.罗斯是最成功的建筑师，在坍塌之前，她叠到第7层。她不是坐在座位4。

名字：安吉拉，夏洛特，罗斯，蒂娜
纸牌颜色：黑，蓝，绿，红
层数：4，5，6，7

提示：首先把罗斯的位子找好。

053 票

4个人正在售票亭前排队买票。从以下给出的线索中，你能叫出4个人的名字，并说出他们各自买的是哪个晚上的票、坐在剧院的哪个位置吗？

线索

1.要买星期六晚上包厢票的那个人排在珀西瓦尔后面。他看星期六晚上的演出来庆祝一个重要的周年纪念。
2.马克斯紧排在买剧院花楼票的那个人前面，那张剧院花楼的票不是星期四演出的票。
3.亨利排在队伍的第3个位子，在演出的上演日期上，他的票比正厅后排座位的票要早。
4.威洛比买的是星期五晚上的票。

名字：亨利，马克斯，珀西瓦尔，威洛比
时间：星期三，星期四，星期五，星期六
位置：正厅后排座位，包厢，剧院花楼，正厅前排座位

提示：首先叫出排在第4位的人的名字。

054 美好的祈愿

在某个公园里，8个小孩各自在许愿池里投了一枚硬币，每个孩子都投了不同面值的硬币。从以下给出的线索中，你能确定1~8号的小孩分别叫什么名字、投进池里的硬币面值是多少吗？当然，他们各自所许的心愿仍然是个秘密。

线索

1.詹妮和杰克坐在完全面对面的位子。杰克投的硬币面值是詹妮的两倍。
2.在4号位置的是一个女孩，她投的是便士，在她左手边是个男孩子。
3.在6号位置站的是西蒙，他投的币值比站在8号位置的人大两倍。
4.投2英镑进池的人，他所处位置标号数是投1便士的人的两倍。两人中有一个叫埃莉诺。埃莉诺的对面坐的是丹尼尔。
5.在1号位置的人投了20便士。
6.杰西卡许愿时投的是5便士，刘易斯投的不是2便士。
7.站在帕特里克右手边的人投的是1英镑。

男孩：丹尼尔，杰克，刘易斯，帕特里克，西蒙
女孩：埃莉诺，詹妮，杰西卡
硬币:1便士，2便士，5便士，10便士，20便士，50便士，1镑，2镑 （1英镑=100便士）

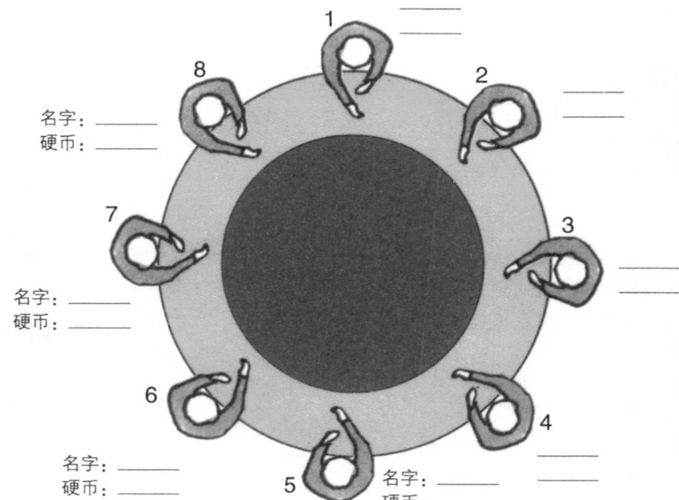

055 国家公园

不列颠拥有几座令人称羡的壮观而美丽的国家公园，下面具体介绍的是其中建于20世纪50年代的5个公园。从所给出的信息中，你能推算出每个公园设计于哪一年、覆盖的面积和最高点的海拔是多少吗？

线索

1.5个公园中历史最悠久的那个公园覆盖面积为954平方千米；埃克斯穆尔国家公园的面积不是1049平方千米。

2.达特姆尔国家公园不是成立于1954年，所占面积少于1000平方千米。建于1952年和1954年的公园，其面积都不是1351平方千米。

3.占地最少的公园的最高点海拔为519米。而建于1952年的公园其最高点的海拔是5个公园中最低的。

4.最高点海拔是621米的公园和布雷克比肯斯公园的面积都不是1049平方千米。布雷克比肯斯公园不是建成于1954年。

5.诺森伯兰国家公园成立于1956年，它不是海拔最高的那个公园。

6.约克北部的沼泽地国家公园是5个公园中占地面积最大的。

	1951年	1952年	1954年	1956年	1957年	693平方千米	954平方千米	1049平方千米	1351平方千米	1436平方千米	432米	519米	621米	816米	885米
布雷克比肯斯															
达特姆尔															
埃克斯穆尔															
诺森伯兰															
约克北部的沼泽地															
432米															
519米															
621米															
816米															
885米															
693平方千米															
954 平方千米															
1049 平方千米															
1351 平方千米															
1436 平方千米															

公园	成立时间	占地面积	最高海拔

056 租车

在出租车公司外面的停车场停着5辆顾客预定的车。从以下给出的线索中，你能说出每辆车的品牌、颜色和它的位置数吗？

线索

1.罗孚停在位置5。

2.红色汽车停在福特旁边，福特不是停在位置4。

3.菲亚特是黄色，在位置3的车是白色的。

4.中间3辆车的生产商名字都不是5个字母的。

5.丰田不是停在位置2，棕色汽车在丰田的相邻位置，且停在其左面。

颜色：棕色,绿色，红色，白色，黄色
牌子：罗孚（Rover）,菲亚特（Fiat），丰田（Toyota），福特（Ford），沃尔沃（Volvo）

提示：请先找出沃尔沃汽车所在的位置。

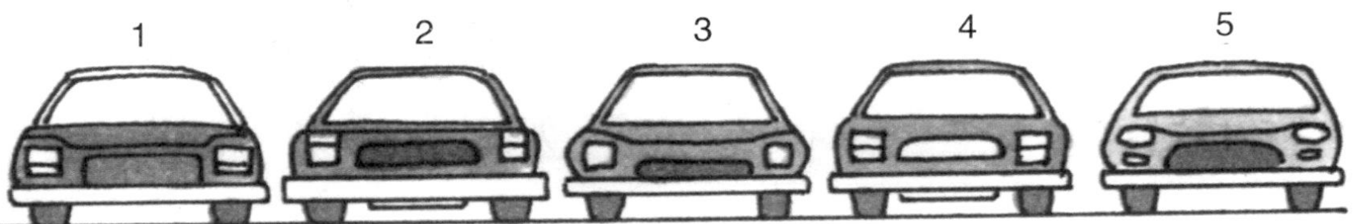

057 侦探小说

我的朋友文森特喜欢侦探小说，他同时是个完美主义者——比如一位作者写了7本侦探小说，不将其收集完整，他是不会甘心的。上个星期，文森特兴奋地告诉我，他已经完整地收集了5位侦探小说作者的全部作品。从以下给出的线索中，你能得出这5位作者所写的侦探的名字、各自写了几本有关这个侦探的书，以及对应出版社的名字吗？

线索

1.乔奇·弗赛斯写了10本侦探小说。
2.帕特里克·纳尔逊写的侦探小说本数比那个有关旧金山反犯罪的系列小说少2本，小说的主人公不是蒂特蒙中尉。
3.虚构的埃德加·斯多瑞侦探的经历由英国的地球出版社出版，有关他的书的本数比理查德·奎艾内写的要多。
4.亚当·贝特雷的作品由王冠出版社出版。
5.标枪出版社出版了其中一个虚构的侦探的事迹。
6.红隼出版社出版的侦探系列小说比有关乔布林博士的侦探小说多2本。小说里，业余侦探乔布林博士其实是个家庭医生。
7.现在伦敦工作的尼克·路拜尔是纽约的一个私家侦探，以他为主人公的小说写了18本。

		侦探：乔布林博士	侦探：埃德加·斯多瑞	侦探：克罗维尔检查员	侦探：蒂特蒙中尉	侦探：尼克·路拜尔	10本	12本	14本	16本	18本	毕尔格出版社	标枪出版社	王冠出版社	地球出版社	红隼出版社
作者	亚当·贝特雷															
作者	乔奇·弗赛斯															
作者	帕特里克·纳尔逊															
作者	理查德·奎艾内															
作者	史蒂夫·梭罗本															
	毕尔格出版社															
	标枪出版社															
	王冠出版社															
	地球出版社															
	红隼出版社															
	10本															
	12本															
	14本															
	16本															
	18本															

058 早起的鸟儿

有7位年轻的女士比早起的鸟儿还要早，因为她们已经排了一整夜的队，只为了当沃奇特&布莱克商场开门营业时，她们能买到想要的东西。从以下给出的线索中，你能推断出每位热情的顾客的姓名和她们各自要买的东西吗？

线索

1.费丝·雷恩紧挨在那位想买半价宽屏电视机的女士的前面。
2.盖尔对冰淇淋制造机不感兴趣，那不适宜她肥胖的身躯。
3.道恩不在队伍中间的那个女孩的前后相邻位置。
4.达维小姐在斯沃恩小姐的前面某处。两人都不是在第4的位置。
5.艾米不是在第6的位置。
6.伊夫排队想买一件皮制外套，她紧排在费恩瞿的后面。
7.贝丝确保了她自己在队伍中第2的位置。
8.想买一张新床的克雷恩小姐排在卡勒尔后面；克雷恩小姐比寻求DVD播放器的那位年轻女士提前了两个位置。
9.在第3的位置的是杰伊小姐。排在第5的位置的弗丝想去买一个新设计的皮包。

名：艾米，贝丝，卡勒尔，道恩，伊夫，费丝，盖尔
姓：克雷恩，达维，费恩瞿，杰伊，雷文，斯沃恩，雷恩
商品：床，外套，女装，DVD播放器，冰淇淋制造机，皮包，电视机

提示：找到卡勒尔的位置。

名：____ ____ ____ ____ ____ ____ ____
姓：____ ____ ____ ____ ____ ____ ____
商品：____ ____ ____ ____ ____ ____ ____

059 照片定输赢

最近一次在爱普斯高特的赛马比赛是根据照片上的差距定输赢的。从以下给出的线索中，你能说出每匹马的排名、它们的骑师和骑师所穿衣服的颜色吗？

线索

1. “矶鹬”马的后面紧跟着卢克·格兰费尔骑的马。卢克·格兰费尔穿着黑蓝两色的衣服。
2. “国王兰赛姆”的骑师是马文·盖尔，他穿的衣服不是粉色和白色。
3. 科纳·欧博里恩的马比杰姬·摩兰恩的马的排名靠前。
4. 穿红色和橘黄色衣服的骑师和他的马排第3名。
5. 裁判研究了拍下的照片，最后由于微小的领先，判定是名叫“布鲁克林”的马赢得了此次比赛。

马：“蓝色闪电”，“布鲁克林”，“国王兰赛姆”，“矶鹬”
骑师：科纳·欧博里恩，杰姬·摩兰恩，卢克·格兰费尔，马文·盖尔
衣服颜色：黑色和蓝色，粉色和白色，红色和橘黄色，黄色和绿色

提示：首先找出“矶鹬”马的名次。

060 溜冰

4位年轻的女士来到一个公园的湖上溜冰。从以下给出的线索中，你能确定图中4位溜冰者的名字和她们围巾的颜色吗？

线索

1. 伯妮斯·海恩在戴黄色围巾的朋友的右边某处。
2. 叫肖特的溜冰者戴着红色的围巾。
3. 戴着绿色围巾的溜冰者在路易丝左边的某处。
4. 1号溜冰者戴的是蓝色围巾。
5. 杰姬不在2号位置，她也不姓劳恩。

名：杰姬，夏洛特，伯妮斯，路易丝
姓：特利尔，劳恩，海恩，肖特
围巾：蓝色，绿色，红色，黄色

提示：首先找出伯妮斯所带围巾的颜色。

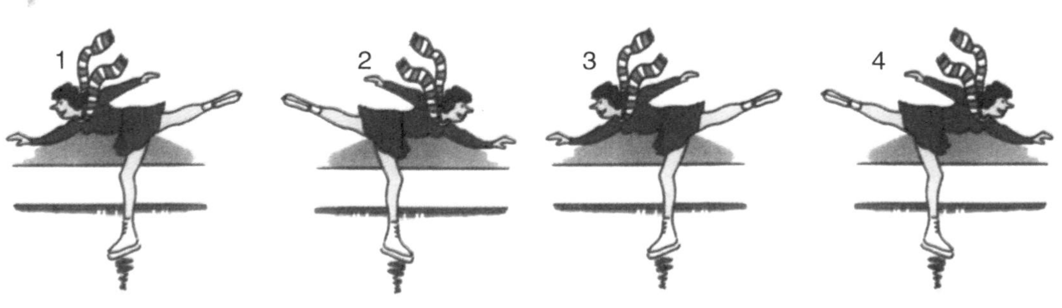

溜冰者：______ ______ ______ ______

姓名：______ ______ ______ ______

围巾：______ ______ ______ ______

061 小镇

如图所示，有10个距离很近的小镇，从以下给出的线索中，你能把每个镇名都写出来吗？

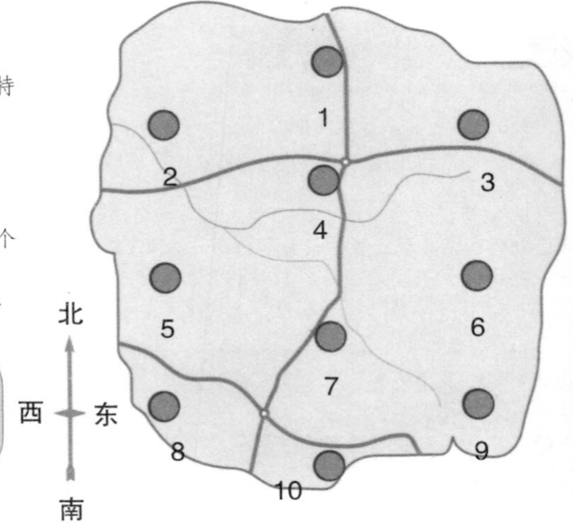

线索

1.亚克斯雷镇在科尔布雷杰镇的北方某处，在布赖圣特恩镇的西南方，而且其在地图上标示的是一个偶数。
2.波特菲尔得镇在勒索普镇的东北方。
3.德利威尔镇比欧德马克科特镇位置更偏南。
4.图上标号3的是肯思费尔德镇。
5.摩德维尔镇在威格比镇的西边。威格比镇在另外一个镇的正北方向。

提示：首先要找出亚克斯雷镇所在的位置。

镇名：布赖圣特恩镇,科尔布雷杰镇,德利威尔镇,肯思费尔德镇,勒索普镇,摩德维尔镇,欧德马科特镇,波特菲尔得镇,威格比镇,亚克斯雷镇

062 过街女士

在我们镇上的5所小学里，小学生穿过拥挤马路时的安全是由他们的“过街女士”来负责的。从以下的信息中，你能推断出哪位“过街女士”在哪一所学校外工作、她们所负责的街道以及每位女士从事这份工作的时间吗？

线索

1.有一位女士负责这个工作已经4年了，她并不在圣·威妮弗蕾德小学外的马路上工作，圣·威妮弗蕾德小学外面的马路也不是用树名来命名的。
2.斯多普薇女士是阿贝菲尔德小学的“过街女士”，但她不帮助学生经过风磨房大街；大不列颠路小学外的大街与此小学同名。
3.科洛斯薇尔女士在这5名女士中是最迟受雇佣的。她的学校外的马路并不称之为“某某街”。
4.西公园小学的“过街女士”已经工作3年了，希尔大街的“过街女士”已经工作5年了。
5.夏普德女士不是5人中工作时间最长的。
6.在栗子大街上的学校是根据圣人命名的，而卡尔女士在山楂巷阻拦车辆。

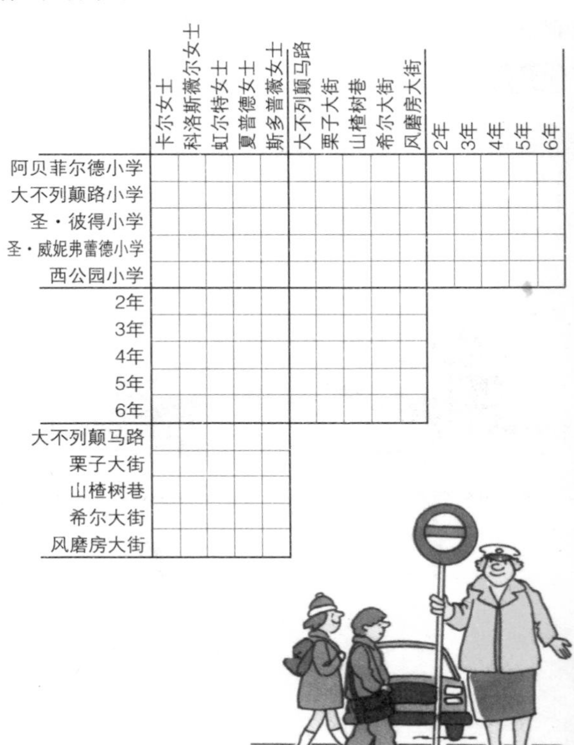

学校	过街女士	街道	工作年数

063 环行线路

一条环行路线连着4个村庄，它的起始点即下图中标1的地方。开车的4位驾驶员分别住在4个村庄里。根据给出的线索，你能叫出每个村庄住的驾驶员的名字，并推算出环线上各村之间的距离吗？

线索

1.格里斯特里村是最北边的村庄，在环线上它与前面或后面的村庄的距离都不是7千米。
2.驾驶员德莫特是提姆布利村的住户。提姆布利村不是最东面的村庄。
3.6千米长的那段路程起始在桑德莱比村，阿诺德不住在那里。
4.环行车在5千米长的那段路上是朝往西南的方向开的，起始自罗莉住的村庄。

村庄：提姆布利，格里斯特里，桑德莱比，托维尔
驾驶员：阿诺德，德莫特，吉姆，罗莉
距离：4千米，5千米，6千米，7千米

提示：首先要知道罗莉住的村庄名字。

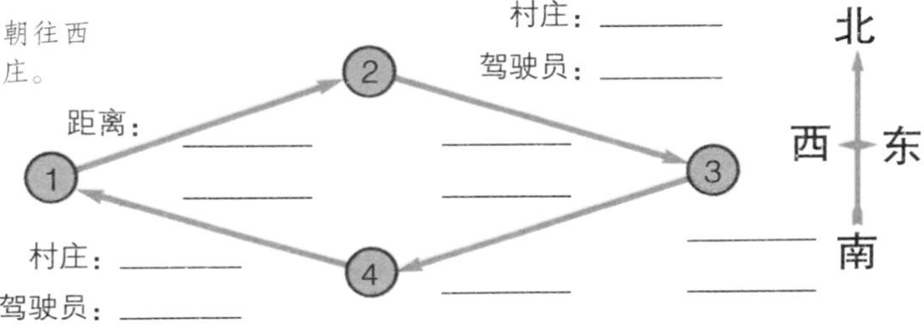

064 勋章

乔内斯特的宫廷博物馆有一个陈列橱，里面排放着14~19世纪中期的前乔内斯特的国王们保留的4个骑士团大勋章。从以下给出的线索中，你能填出下图的4个勋章分别代表的4个勋爵士团的名字、制造大勋章用的金属材料和它上面的绶带的颜色吗？

线索

1.勋章C上悬挂着绿色的绶带。
2.大勋章A是用纯银制作的。
3.为14世纪乔内斯特王位的继承人命名的赖班恩王子勋爵士团的勋章有一个紫色的绶带。
4.铁拳勋爵士团的勋章，顾名思义是铁制的大勋章，上面烙印着代表性图案：握紧的拳头。展示在有蓝色绶带的勋章旁边。
5.青铜制的勋章紧靠在由纯金制造的勋章的右边，金制勋章不是伊斯特埃尔勋爵士团的代表。

勋爵士团：赖班恩王子，圣爱克赞讷，伊斯特埃尔，铁拳
勋章的材料：青铜，金，铁，银
绶带的颜色：蓝色，绿色，紫色，白色

提示：首先要找出制造勋章D的金属材料。

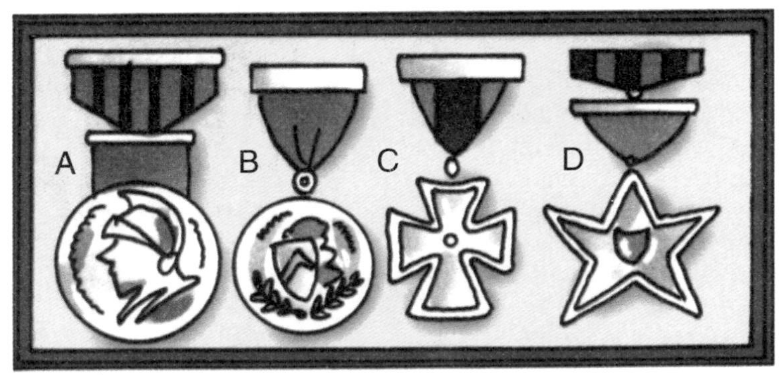

065 四人骑自行车

骑行俱乐部的成员制造了一些特别的自行车，它的一辆车上可以骑不多于4个人，它被用来为慈善机构牟利。在某个展示场合，4个人骑在这种自行车上，每个人扮演儿童故事书中的一个角色。从以下给出的线索中，你能说出每个人的全名以及他或她所扮演的角色吗？

线索

1.“托德先生”紧靠在詹妮后面。
2.扮演“诺德”的不是斯普埃克斯，他在基思的前面某个位置。
3.骑在2号位置的人扮演“迈德·海特”。
4.贝尔穿成飞人“贝格尔斯”的样子。
5.戴夫在自行车的3号位置。

名：戴夫，詹妮，基思，莫尼卡
姓：贝尔，切诺，福克斯，斯普埃克斯
角色：“贝格尔斯”，“迈德·海特”，“托德先生”，“诺迪”

提示：首先要安置好詹妮。

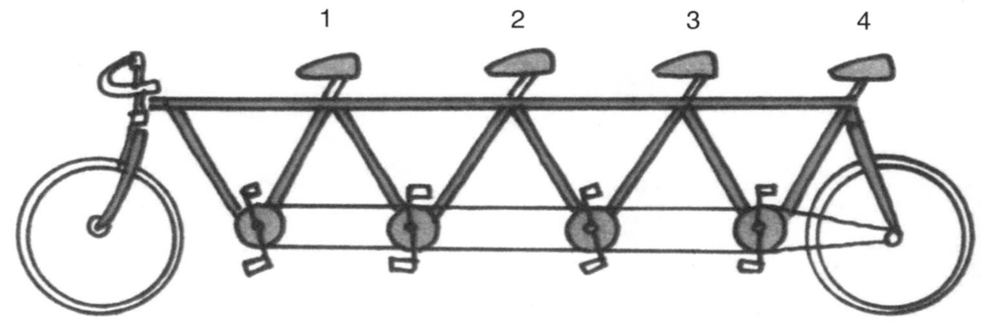

066 射球明星

鲍勃·克劳斯是一名足球报道员，上星期六他为本地球队的五球杯赛作了报道，他的报道结合了5位进球员的图画。从以下给出的线索中，你能确定图中每位球员的名字、球衣号码和他进球的时间吗？

线索

1.8号的左边是文斯，右边是最后进球的人。文斯是紧接在8号后面进球的。A紧接在E的后面进球。E的球衣号码比A大。
2.艾伦紧接在B后面进球，B的左边是7号。3号紧接在格雷厄姆后面进球。格雷厄姆比3号更靠左边不止一个位置。
3.大卫比靠在他左右两边的人的球衣号码都大，进球都早。
4.9号是在第47分进球的。
5.保罗的球衣号码比在第34分进球的人的号码小，那个人比保罗更靠左边不止一个位置。

球员：艾伦，大卫，格雷厄姆，保罗，文斯
球衣号码：3，6，7，8，9
时间：第21分，第34分，第47分，第65分，第88分

提示：首先找出第88分进球的人是谁。

067 修理店的汽车

汽车修理店停着4辆汽车，其中汽油泵旁边有2辆汽车，另外2辆在使用其他设备。从下面所给的线索中，你能说出司机的名字、每辆车的颜色和品牌吗？

线索

1.当你看着这个平面图时，你会发现那辆灰色美洲豹比哈森的汽车停得更靠右边。
2.蒂莫西驾驶的汽车不是蓝色的。
3.阿尔玛的汽车不是宝马，它也不停在2个汽油泵的前面。丰田汽车停在了汽油泵的前面，但它不是绿色的。
4.4号汽车是深蓝色的，但它不是流浪者牌。

司机：________

颜色：________

品牌：________

1 2 3 4

汽油泵

洗手间

汽泵

司机：阿尔玛，杰拉尔丁，哈森，蒂莫西
颜色：深蓝色，绿色，灰色，浅蓝色
品牌：宝马，美洲豹，流浪者，丰田

068 阳光中的海岛

这是一个小岛，它近来刚刚被开发成旅游中心，它由4个主要的市镇组成，分别坐落在沿海岸线编号为A，B，C，D的位置上。从所给的线索中，你能说出每一个市镇的名称、在那里旅游的是哪个家庭，以及那里所提供的娱乐设施吗？

线索

1.罗德斯一家人住在国王乡村的一个旅馆中，而游艇港湾镇沿着海岸线顺时针方向的下一站就是国王乡村镇。
2.莱斯特一家人住在东海岸的一个旅游胜地上，而巴瑞特一家人住在拥有宜人海滩的旅游胜地上。
3.西海岸的旅游胜地叫做白色沙滩。
4.卡西诺赌场位于蓝色海湾镇上，但是沃德尔一家人没有在这里旅游。

旅游胜地：蓝色海湾，国王乡村，纳尔逊镇，白色沙滩
家庭：巴瑞特，莱斯特，罗德斯，沃德尔
设施：卡西诺赌场，游艇港湾，宜人海滩，潜水中心

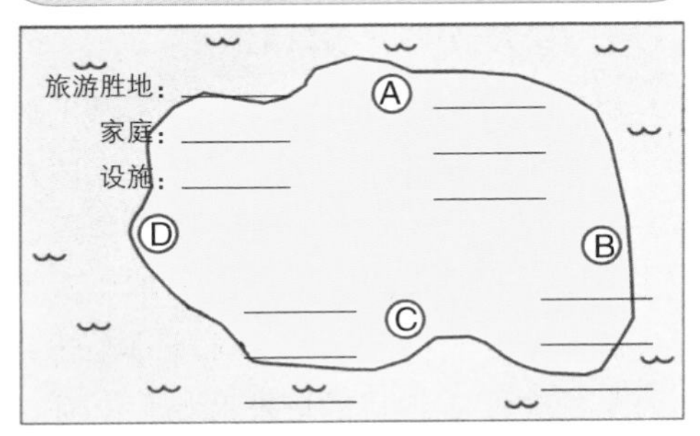

提示：首先找出国王乡村的娱乐设施。

069 遍地开花

小镇教堂举行了一年一度的花节，其中4个成员准备的展览受到好评，她们在图中所示1~4的位置。从以下给出的线索中，你能说出4位女士的名字、她们的职业和她们的展览的主打颜色吗？

线索

1.夏洛特的黄色鲜花展览比由牙科接待员筹备的展览位置更靠东北。
2.在圣餐桌上的展览不是由小镇的蔬菜水果商设计的。
3.卢斯的花被放在南耳堂展示。
4.艾里斯的工作是健康访问员，她展示的基本颜色不是粉红色。
5.蓝色花展是一位家庭主妇展示的。

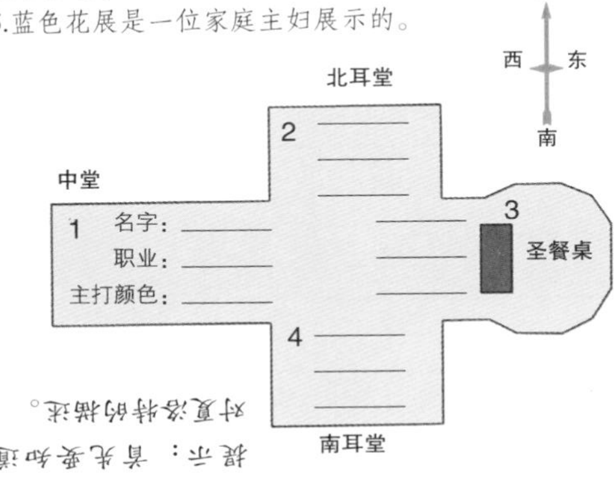

提示：首先要知道对夏洛特的描述。

名字：夏洛特，艾里斯，米兰达，卢斯
职业：牙科接待员，蔬菜水果商，健康访问员，家庭主妇
颜色：蓝色，粉红色，白色，黄色

第5章　迂回思维

001 谁扮演“安妮”

思道布音乐剧团决定在今年上演《安妮》这出戏剧，但要找一个能扮演10岁的小安妮的演员。昨晚，导演卢克·夏普让4个候选演员作了预演，结果均不令人满意。从以下所给的线索中，你能推断出她们演出的顺序、各自的职业和她们不适合扮演安妮这个角色的理由吗？

线索

1.图书管理员由于她1.8米的身高而与这个角色不符。
2.艾达·达可不可能饰演安妮，因为她已经怀孕了。
3.第2个参加预演的是个家庭主妇，但她不是蒂娜·贝茨。
4.第1个参加预演的是一个长相丑陋的人，她被导演卢克描述成孤儿小安妮的“错误形象”，她不是太成熟的清洁工。
5.科拉·珈姆是最后一个参加预演的。
6.基蒂·凯特是思道布市场一家服装店的助手。

	科拉·珈姆	艾达·达可	基蒂·凯特	蒂娜·贝茨	清洁工	家庭主妇	图书管理员	服装店助手	怀孕	太成熟	太高	错误形象
第1个												
第2个												
第3个												
第4个												
怀孕												
太成熟												
太高												
错误形象												
清洁工												
家庭主妇												
图书管理员												
服装店助手												

顺序	姓名	职业	理由

002 古卷轴

伦敦大都会博物馆在最近的展览中新展出了4个古卷轴。从以下所给出的线索中，你能分别写出这4个卷轴中的语言类别、分别属于哪种形式，以及发现它们的考古学家的名字吗？

线索

1.雀瓦教授发现的卷轴是用古巴比伦文撰写的。
2.卷轴D是用最早的拉丁文字撰写的。
3.卷轴A是一份衣物清单，它不是被布卢斯教授发现的。
4.迪格博士发现的卷轴B，不是起源于亚述。
5.古埃及卷轴是用象形文字撰写的，不是那部带有色情色彩的情书。
6.夏瓦博士发现的那本小寺庙官员的日记被展出在类似于一个商人账本的卷轴旁。

语言：亚述语，古巴比伦文，拉丁文，埃及语
形式：账本，日记，衣物清单，情书
发现者：布卢斯教授，迪格博士，夏瓦博士，雀瓦教授

003 回到地球

“大不列颠”号航天飞机结束了它的火星之旅，要返回地球。飞机上一共有5位成员，其中包括1位飞行员和4位负责不同实验程序的科学家，他们已经在变速躺椅上做好了返回地球的准备，从以下所给的线索中，你能推断出在各个躺椅上成员的全名和他们的身份吗？

线索

1.克可机长的名字不是萨姆，坐的是A躺椅，他不和其中一位宇航员相邻，这位宇航员不是官员姜根。
2.E躺椅上的宇航员是巴石，戴尔上校没占着躺椅B。
3.尼克·索乐是“大不列颠”号上年纪最大的成员。
4.在躺椅D上的成员是一个研究火星引力实验的物理学家。
5.多明克教授，船员中的两位女性之一，是一位化学家，但是从别人和她说话的方式你看不出来她是一位女性。
6.多克是一位生物学家，但如果飞机上有需要时，她也是飞机上的医疗官，她不是机长克尼森，也不在A躺椅上。

名：巴石，多克，尼克，萨姆，姜根
姓：戴尔，多明克，克尼森，克可，索乐
身份：宇航员,生物学家,化学家,物理学家,飞行员

提示：找出尼克的姓。

004 蜂窝

由14个小六边形组成了一个蜂窝状图形，每个小六边形都包含字母A到N中的一个，你能把各个字母按以下线索填进各个小六边形中吗？

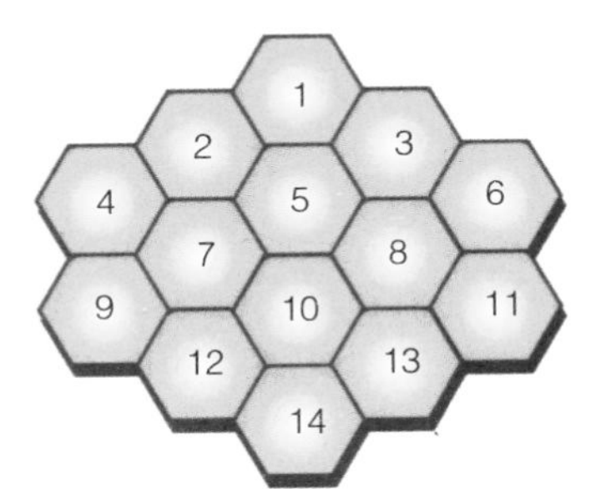

线索

1.字母A在F的右下角，且紧挨着F，并在M的左上方。
2.六边形1中的字母是字母表中前5个之一。
3.字母H在D的右上方，这两个字母的周围均不包含元音字母。
4.N和I在垂直线上，N在较高的位置。
5.六边形7中的是字母K。
6.六边形9中的字母在字母表中的位置要比它上方六边形4中的字母前2位。
7.六边形14中的字母是个元音字母，在字母表中，它紧排在六边形5的字母的前面。
8.G和L相邻，L更靠右边。

提示：先找出哪个六边形应该填进字母A。

005 足球评论员

作为今年欧洲青年足球锦标赛报道的一部分，阿尔比恩电视台专门从节目《两个半场比赛》的足球评论员中抽调了几位，这些评论员将分别陪同4支英国球队中的一支，现场讲解球队的首场比赛。从以下所给的线索中，请你推断出是什么资历使他们成为足球评论员的？他们所陪同的球队是哪支以及各球队分别要去哪个国家？

线索

1.杰克爵士将随北爱尔兰队去国外。
2.默西塞德郡联合队曾经的经营者将去比利时。
3.伴随英格兰队的评论员现在挪威，他不是阿里·贝尔。
4.曾是谢母司队守门员的足球评论员现在在威尔士队；而作为前足球记者的评论员虽然从来没有踢过球，但对足球了如指掌，他伴随的不是苏格兰队。
5.佩里·奎恩将随一支英国球队去俄罗斯，参加和俄罗斯青年队的比赛，不过他从来没进过球。

	前守门员	前经营者	前足球先锋	前足球记者	英格兰队	北爱尔兰队	苏格兰队	威尔士队	比利时	匈牙利	挪威	俄罗斯
阿里·贝尔												
多·恩蒙												
杰克爵士												
佩里·奎恩												
比利时												
匈牙利												
挪威												
俄罗斯												
英格兰队												
北爱尔兰队												
苏格兰队												
威尔士队												

姓名	资历	英国球队	会场

006 住在房间里的人

1890年，来自法国不同地区的6个满怀希望和抱负的青年，为了各自对艺术的追求来到了巴黎，他们在蒙马特尔一幢楼房的顶层找到了各自的住所，虽然房间没有家具，甚至连窗户都不能打开，但是窗外的风景却非常漂亮。从以下所给的线索中，你能推断出各个房间里居住者的名字、家乡和所从事的职业吗？

线索

1.有个年轻人来自波尔多，他的房间在烟囱的左边，他不是阿兰·巴雷。
2.住在2号房间的是个诗人，他的姓由5个字母构成。
3.思尔闻·恰尔住在5号房间。
4.那个住在4号房间的年轻人来自里昂，是6个人中最年轻的，他不是塞西尔·丹东。
5.3号房间住的不是那个画家，而画家不是来自南希。
6.吉恩·勒布伦是一位小说家，他的小说《宫里人》后来被认为是法国文学的经典，他的房间号是偶数，他左边的邻居不是那个来自卡昂的摄影师。
7.亨利·家微，第戎的本地人，就住在剧作家的隔壁，那个剧作家写了不止50部剧本，但从来没有上演过。

名字：阿兰·巴雷（Alain Barre），塞西尔·丹东（Cecile Danton），亨利·家微（Henri Javier），吉恩·勒布伦（Jean Lebrun），思尔闻·恰尔（Silvie Trier），卢卡· 莫里（Luc Maury）
家乡：波尔多，卡昂，第戎，里昂，南希，土伦
艺术类型：剧作家，小说家，画家，摄影师，诗人，雕刻家

1 2 3 4 5 6

提示：找出亨利·家微所住的房间号。

名字：______ ______ ______ ______ ______ ______

家乡：______ ______ ______ ______ ______ ______

职业：______ ______ ______ ______ ______ ______

007 春天到了

某个小村庄的学校里，4个男孩正坐在长椅1，2，3，4的位置上上自然科学课，在这堂课中，每位同学都要把前段时间注意到或做过的事情告诉老师和同学。从以下所给的线索中，你能辨别出这4个人并推断出他们各自在这堂课中所说的事件吗？

线索

1.从你的方向看过去，那个看到翠鸟的男孩就坐在汤米的右边，他们中间没有间隔。
2.听到今年第一声布谷鸟叫的是一个姓史密斯的小伙子。
3.从你的方向看过去，比利坐在埃里克左边的某个位置上，其中普劳曼是埃里克的姓。
4.图中位置3上坐着亚瑟同学。
5.位置2的男孩告诉了大家周末他和父亲玩鳟鱼的事，他不姓波特。

名：亚瑟，比利，埃里克，汤米
姓：诺米，普劳曼，波特，史密斯
事件：听到布谷鸟叫，看到山楂开花，看到翠鸟，玩鳟鱼

提示：先找出看到翠鸟的那个人的位置。

姓：______ ______ ______ ______

名：______ ______ ______ ______

事件：______ ______ ______ ______

008 思道布的警报

昨天，思道布警察局接到了来自镇中心4个商店的报警电话，警车立即赶到事发现场（还好，没有一个电话要求救护车）。从以下所给出的线索中，你能推断出各个商店的名称、商店类别、它们的地址以及报警的原因吗？

线索

1.位于国王街的商店是卖纺织品的。
2.巴克商店的那个电话最后被证实是个假消息，由于商店的某个员工在贮藏室里弄出烟来而被人误以为是火灾。
3.在格林街的商店不是卖鞋子的，报警的原因是由于它的地下室被水淹了。
4.格雷格商店不卖五金用品。
5.牛顿街上的帕夫特商店不是一家书店，被一辆失控的车撞到后，这家书店的一面墙几乎要倒塌了。

	书店	纺织品店	五金商店	鞋店	格林街	国王街	牛顿街	萨克福路	车祸	错误警报	火灾	水灾
巴克												
格雷格												
林可												
帕夫特												
车祸												
错误警报												
火灾												
水灾												
格林街												
国王街												
牛顿街												
萨克福路												

商店名称	商店类别	地址	报警原因

009 寄出的信件

根据所给出的线索，你能说出位置1~4上的女士的姓名和她们要寄出的信件的数目吗？

线索

1.埃德娜和鲍克丝夫人是离邮筒最近的人；前者寄出的信件数比后者少。
2.邮筒两边的女士寄出的总信件数一样多。
3.克拉丽斯·弗兰克斯所处位置的编号，比邮筒对面寄出3封信的那个女人小。
4.博比不是斯坦布夫人，她不在3号位置。
5.只有一个女人所处的位置编号和她要寄的信件数是相同的。

提示：先找出克拉丽斯·弗兰克斯的位置数。

名：博比，克拉丽斯，埃德娜，吉马
姓：鲍克丝，弗兰克斯，梅勒，斯坦布
信件数：2，3，4，5

010 柜台交易

有两位顾客正在一家化学用品商店买东西。从以下所给的线索中，你能正确地说出售货员和顾客的姓名、顾客各自所买的东西以及找零的数目吗？

线索

1.杰姬参与的买卖中需要找零17便士，而沃茨夫人不是。
2.朱莉娅是由一个叫蒂娜的售货员接待的，但她不是买洗发水的奥利弗夫人。
3.图中的2号售货员不是莱斯利，而莱斯利不姓里德。
4.阿尔叟小姐卖出的不是阿司匹林。
5.2号售货员给4号顾客找零29便士。

名：杰姬，朱莉娅，莱斯利，蒂娜
姓：阿尔叟，奥利弗，里德，沃茨
商品：洗发水，阿司匹林
找零：17便士，29便士
1
2
3
4

011 农民的商店

根据以下所给的线索，你能说出每个农场商店的店主名字以及所出售的主要蔬菜和肉类吗？

线索

1.理查德管理希勒尔商店，但他不是以卖猪肉为主。

2.火鸡和椰菜是其中一家商店的主要商品，但这家店并不是希勒尔商店，也不是布鲁克商店。

3.康妮不在冷杉商店工作，她也不卖土豆。而且土豆和羊肉不是在同一家商店出售的。

4.珍的商店有很多豆角，而基思的商店有很多牛肉。

5.霍尔商店以卖鸵鸟肉著称。

6.老橡树商店正出售一堆相当不错的卷心菜。

	布鲁克商店	冷杉商店	霍尔商店	希勒尔商店	老橡树商店	牛肉	羊肉	鸵鸟肉	猪肉	火鸡	豆角	椰菜	卷心菜	土豆	甜玉米
康妮															
珍															
吉尔															
基思															
理查德															
豆角															
椰菜															
卷心菜															
土豆															
甜玉米															
牛肉															
羊肉															
鸵鸟肉															
猪肉															
火鸡															

店主	商店	肉类	蔬菜

012 马蹄匠的工作

马蹄匠布莱克·史密斯还有5个电话要打，都是关于各地马匹的马蹄安装和清理的事情。从以下所给的信息中，你能推断出布莱克何时到达何地，并说出马的名字和工作的内容吗？

线索

1.布莱克其中的一件工作，但不是第一件事，是给高下马群中的一匹赛马（它不叫佩加索斯）安装赛板。

2.叫本的那匹马不是要安装普通蹄的马。

3.布莱克在中午要为一匹马安装运输蹄，这匹马的名字比需要清理蹄钉的马长一些。

4.布莱克给瓦特门的波比做完活之后，接着为石头桥农场的那匹马做活。而给叫王子的马重装蹄钉的活是在韦伯斯特农场之前完成的。

5.乾坡不是韦伯斯特农场的马，也不是预约在10:00的那匹。

6.布莱克预计在11:00到达橡树骑术学校。

	高下马群	骑术学校	石头桥农场	韦伯斯特农场	瓦特门	本	乾坡	佩加索斯	波比	王子	安装运输蹄	安装普通蹄	安装赛板	重装蹄钉	清理蹄钉
上午9:00															
上午10:00															
上午11:00															
中午12:00															
下午2:00															
安装运输蹄															
安装普通蹄															
安装赛板															
重装蹄钉															
清理蹄钉															
本															
乾坡															
佩加索斯															
波比															
王子															

时间	地点	马	工作内容

013 皮划艇比赛

今年在玛丽娜海岛举行的“单人皮划艇环游海岛比赛”最后由泰迪熊队获胜。由于此项比赛是接力赛，也就是说在比赛的各个路段是由不同的选手领航的。你能根据所给的线索，在下面填出各个地理站点的名称（1~6号是按照皮划艇经过的时间顺序标出的，即比赛是沿着顺时针方向进行的）、各划艇选手的名字，以及比赛中第一个经过此处的皮划艇名称吗？

线索

1.6号站点叫青鱼点，海猪号皮划艇并不在此处领航；格兰·霍德率先经过的站点离此处相差的不是2个站点。

2.派特·罗德尼的皮划艇在波比特站点处于领航位置上，它刚好是城堡首领站点的前一个站点。

3.在2号站点处领航的皮划艇是改革者号。

4.由盖尔·费什驾驶亚马逊号皮划艇率先经过的站点离圣·犹大书站点还有3个站点的距离。

5.去利通号率先经过的那个站点，沿着顺时针方向往下的一站是安迪·布莱克率先经过的那个站点。

6.科林·德雷克驾驶的皮划艇在5号站点处于领航位置。

7.五月花号皮划艇是在斯塔克首领站点领航。

8.魅力露西号率先经过的站点的编号是露西·马龙率先经过的站点的编号的一半，而且它不是海盗首领站点。

站点：波比特站点，城堡首领站点，青鱼站点，圣·犹大书站点，斯塔克首领站点，海盗首领站点
选手：安迪·布莱克，科林·德雷克，盖尔·费什，格兰·霍德，露西·马龙，派特·罗德尼
皮划艇：亚马逊号，改革者号，魅力露西号，五月花号，海猪号，去利通号

提示：首先推断出谁率先经过3号站点。

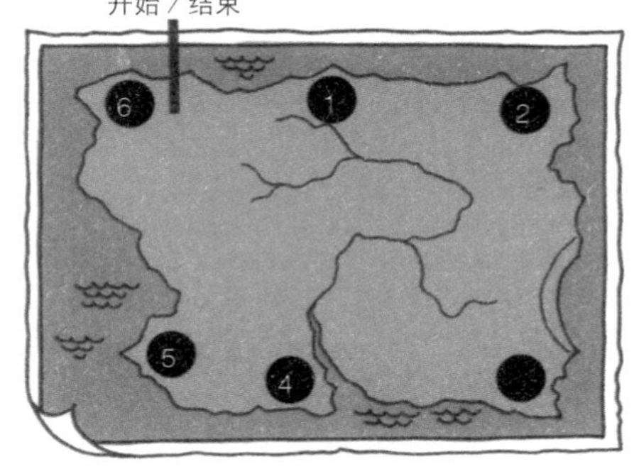

	1	2	3	4	5	6
站点：						
选手：						
皮划艇：						

014 赛马

图中向我们展示了业余赛马骑师的一场点对点比赛，其中一场的照片展示在田径运动会的宣传卡片上。从以下所给出的线索中，你能说出每匹马的名字以及各骑师的姓名吗？

提示：先推算出克里福特的名字。

线索

1.第2名的马名叫艾塞克斯女孩。

2.海员赛姆不是第4名，它的骑师姓克里福特，但不叫约翰。

3.蓝色白兰地的骑师，他的姓要比萨利的姓少一个字母。

4.麦克·阿彻骑的马紧跟在西帕龙的后面，西帕龙不是理查德的马。

马的名字：蓝色白兰地，艾塞克斯女孩，海员赛姆，西帕龙
骑师的名字：埃玛，约翰，麦克，萨利
骑师的姓：阿彻（Archer），克里福特（Clift），匹高特（Piggott），理查德（Richards）

第1名
第2名
第3名
第4名

马：______
名：______
姓：______

015 成名角色

5个国际戏剧艺术专业的学生由于在5部不同的作品中成功地扮演了不同的角色，知名度大大提高。从以下所给的线索中，你能推断出每个人所扮演的角色以及各个作品的题目和类型吗？

线索

1.其中的一个年轻女性扮演了《格里芬》里的一位踌躇满志的年轻女演员。道恩·埃尔金饰演一位理想主义的医学生。
2.艾伦·邦庭饰演的不是一位教师，也不会在电影中出现。尼尔·李在一部由4个系列组成的电视短剧中扮演角色。
3.在13集的电视连续剧中，简·科拜不会出现，这部电视剧中也不会出现法官这个角色。
4.一部关于一个省级日报记者的电视将一个年轻的演员捧红，他的姓要比《罗米丽》中的演员的姓少一个字母。
5.《丽夫日》将在西城终极舞台上演。
6.蒂娜·罗丝是《摩倩穆》中的主角。

	女演员	医学生	记者	法官	教师	《格里芬》	《克可曼》	《丽夫日》	《摩倩穆》	《罗米丽》	电影	舞台剧	电视戏剧	电视短剧	电视连续剧
艾伦·邦庭															
道恩·埃尔金															
简·科拜															
尼尔·李															
蒂娜·罗丝															
电影															
舞台剧															
电视戏剧															
电视短剧															
电视连续剧															
《格里芬》															
《克可曼》															
《丽夫日》															
《摩倩穆》															
《罗米丽》															

姓名：艾伦·邦庭（Alan Bunting），道恩·埃尔金（Dawn Elgin），简·科拜（Jane Kirby），尼尔·李（Neil Lee），蒂娜·罗丝（Tina Rice）

016 扮演马恩的4个演员

马恩是20世纪最伟大的人物之一，最近，不列颠电视台将上演休·马恩的自传，电视台的新闻办公室公布了分别扮演马恩各个时期的4个演员的照片。从以下所给出的线索中，你能说出4个演员的名字以及所扮演的时期吗？

线索

1.C饰演孩童时代的马恩，他不姓曼彻特。
2.安东尼·李尔王不饰演晚年的马恩，马恩在晚年时期已经成为哲学家。
3.理查德紧贴在哈姆雷特的左边，哈姆雷特饰演的是那个正谈论他伟大军事理想的马恩。
4.A是朱利叶斯。

名：安东尼，约翰，朱利叶斯，理查德
姓：哈姆雷特，李尔王，曼彻特，温特斯
时期：孩童，青少年，士兵，晚年

提示：先定位哈姆雷特。

017 蒙特港的游艇

在这个美好的季节，蒙特港到处都是大大小小的游艇。从以下关于5艘游艇的信息中，你能推断出各游艇的长度、它们所能容纳的人数以及各个游艇主人的身份吗？

	22.9米	30.5米	33.5米	38.1米	42.7米	迪安·奎	雅克·地布鲁克	杰夫·额	汉斯·卡尔	雨果·姬根	电影明星	工业家	职业车手	王子	歌手
极光号															
比安卡女士号															
曼特号															
美人鱼号															
米斯特拉尔号															
电影明星															
工业家															
职业车手															
王子															
歌手															
迪安·奎															
雅克·地布鲁克															
杰夫·额															
汉斯·卡尔															
雨果·姬根															

线索

1.迪安·奎是美人鱼号游艇的主人，而游艇曼特是属于一位歌手的。

2.游艇米斯特拉尔号的主人和雨果·姬根都不是一位职业车手。

3.比安卡女士号的主人不是雅克·地布鲁克，也不是电影明星。

4.杰夫·额的游艇有22.9米长，它的名字既不是最长的也不是最短的。

5.汉斯·卡尔王子的游艇名字的字母数，比33.5米长的那艘游艇的少一个。

6.极光号长30.5米。工业家的游艇是最长的。

游艇：极光号（Aurora），比安卡女士号（Lady Bianca），曼特号（Manta），美人鱼号（Mermaid），米斯特拉尔号（Mistral）

游泳	长度	主任	身份

018 年轻人出行

某一天，同一村庄的4个年轻人朝东、南、西、北4个方向出行。从以下所给的线索中，你能推断出他们各自走的方向、出行的方式以及出行原因吗？

线索

1.安布罗斯和那个骑摩托车去上高尔夫课的人走的方向刚好相反。

2.其中一个年轻人所要去的游泳池在村庄的南面，而另外一个年轻人参加的拍卖会不是在村庄的西面举行。

3.雷蒙德离开村庄后直接朝东走。

4.欧内斯特出行的方向是那个坐巴士的年轻人出行方向逆时针转90°的方向。

5.坐出租车出行的西尔威斯特没有朝北走。

姓名：安布罗斯，欧内斯特，雷蒙德，西尔威斯特
交通工具：巴士，小汽车，摩托车，出租车
出行原因：拍卖会，看牙医，上高尔夫课，游泳

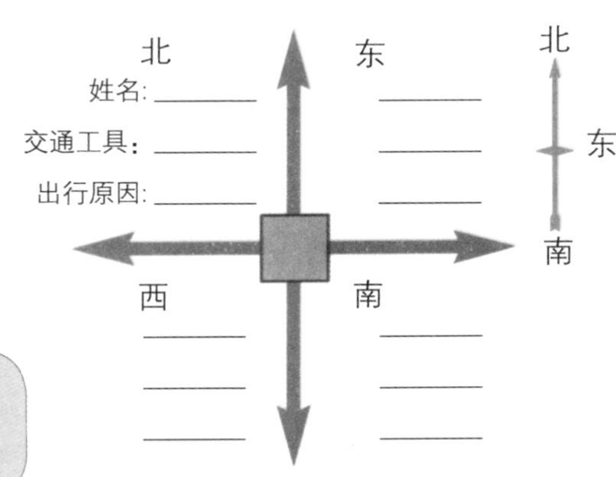

提示：找出向西行的目的。

019 继承人

104岁的伦琴布格·桑利维斯是爱吉迪斯公爵家族成员之一，他最近的病情使人们把目光都聚集在他的继承人身上。但他的继承人，即他的5个侄子，却都定居在英国。从以下所给的线索中，你能推断出这5位继承人的排行位置、在英国的居住地以及他们现在的职业吗？

线索

1.施坦布尼的首席消防员和他的堂兄妹一样是继承人身份，但他从不炫耀这个头衔，在家族中他排行奇数位。

2.盖博旅馆的主人在家族中排行不是第2也不是第5，他的家不在格拉斯哥。

3.在沃克叟工作的继承人在家族中排行第4。

4.跟随家族中另一位继承人贝赛利（他在利物浦的邻居叫他巴时）从事管道工作的是西吉斯穆德斯，他也是继承人之一，他更喜欢人家称他为西蒙王子。

5.家族中排行第3的继承人在他英国的家乡从事出租车司机的工作。

6.吉可巴士继承人（吉可）在家系中排行第2。

7.通常被人家称为帕特里克的帕曲西斯继承人不住在坦布。

	贝赛利	吉可巴士	麦特斯	帕曲西斯	西吉斯穆德斯	格拉斯哥	利物浦	施坦布尼	坦布	沃克叟	清洁工	消防员	旅馆主人	管道工	出租车司机
第1															
第2															
第3															
第4															
第5															
清洁工															
消防员															
旅馆主人															
管道工															
出租车司机															
格拉斯哥															
利物浦															
施坦布尼															
坦布															
沃克叟															

排行位置	继承人	家乡	职业

020 新工作

5个年轻人均在最近几周找到了新工作，他们在同幢大楼的不同楼层工作。从以下所给的线索中，你能找出他们的工作单位、所在楼层以及他们在那里工作的时间吗？

线索

1.伯纳黛特在邮政服务公司工作，他所住的楼层比那个最近被雇佣的年轻人要低2层。而后者即最近被雇佣的不是爱德华，爱德华所住的楼层要比保险公司经纪人的高2层，保险公司经纪人是在最近2周被招聘的。

2.假日公司的职员不在第5层。

3.德克是在4周前就职的。

4.信贷公司的办公室在大楼9层。

5.淑娜不是私人侦探所的职员。

6.3周前就职的女孩在大楼的第7层上班。

姓名	公司	楼层	周数

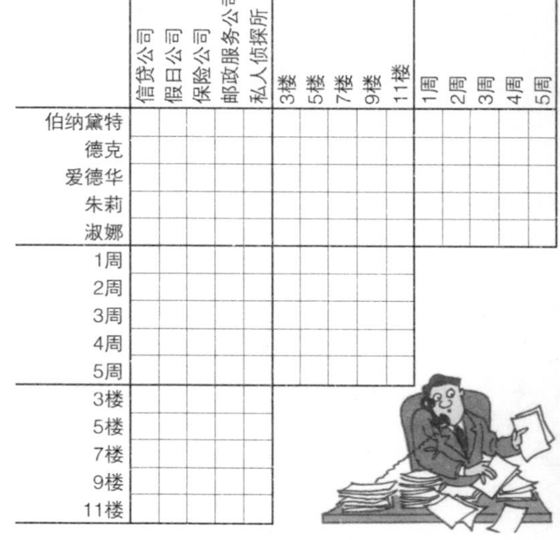

	信贷公司	假日公司	保险公司	邮政服务公司	私人侦探所	3楼	5楼	7楼	9楼	11楼	1周	2周	3周	4周	5周
伯纳黛特															
德克															
爱德华															
朱莉															
淑娜															
1周															
2周															
3周															
4周															
5周															
3楼															
5楼															
7楼															
9楼															
11楼															

021 兜风意外

5个当地居民在上周不同日子的不同时间驾车时都发生了一些意外。从以下所给的线索中，你能推断出发生在每个人身上的不幸事件具体是什么，以及这些不幸事件发生的具体时间吗？

线索

1.伊夫林的车胎穿孔比吉恩的灾祸发生的时间晚几个钟头，却是在第二天。
2.星期五那天，一个粗心的司机在启动车子时把车撞到门柱上。
3.姆文是在星期二发生意外的，意外发生的时刻比那个司机因超速而被抓的时刻早。
4.西里尔的不幸发生在下午3:00。
5.格兰地的麻烦事发生的时刻比发生在早上10:00的祸事要早。
6.其中一个司机在下午5:00要启动车子的时候发现蓄电池没电了。

	星期一	星期二	星期三	星期四	星期五	超速	蓄电池没电	压倒栅栏	车胎穿孔	撞到门柱	上午10:00	上午11:00	下午2:00	下午3:00	下午5:00
西里尔															
伊夫林															
格兰地															
吉恩															
姆文															
上午10:00															
上午11:00															
下午2:00															
下午3:00															
下午5:00															
超速															
蓄电池没电															
压倒栅栏															
车胎穿孔															
撞到门柱															

姓名	日期	事件	时间

022 航海

在某个阳光灿烂的夏日午后，4艘游船在某海湾航行，位置如图，从以下所给的线索中，你能说出这4艘船的名字、航海员以及帆的颜色吗？

线索

1.海鸠在马尔科姆掌舵的船东南面，马尔科姆掌舵的船帆是白色的。
2.燕鸥在图中处于奇数的位置，它的帆是灰蓝色的。
3.有灰绿色帆的那艘船不是图中的4号。
4.维克多的船处于3号位置。
5.海雀的位置数要比有黄色帆的游船小，但比大卫掌舵的船位置数要大。
6.埃德蒙的船叫三趾鸥。

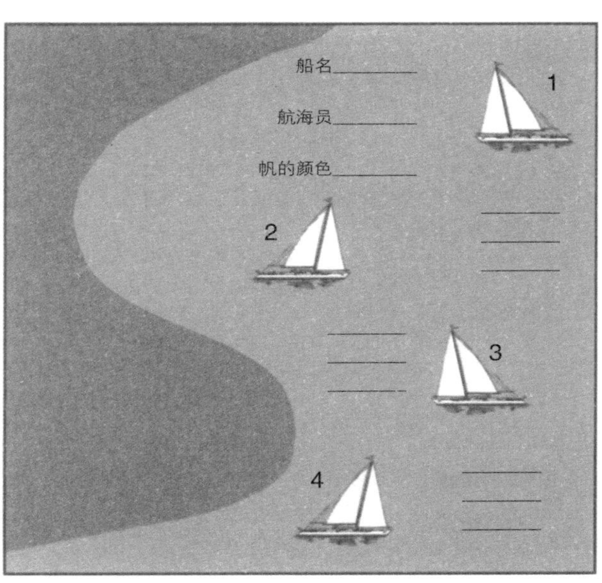

船名：海鸠，三趾鸥，海雀，燕鸥
航海员：大卫，埃德蒙，马尔科姆，维克多
帆：灰蓝色，灰绿色，白色，黄色

提示：先找出4号位的船名。

023 单身男女

在最近一次“单身之夜”上，5位单身女士不久即被5位单身男士所吸引，并且他们发现彼此都有一个共同爱好。从以下给出的详细信息中，你能分别找出每一对的共同爱好以及每位男士的迷人之处吗？

	比尔	克莱夫	休	马特	彼特	古典音乐	烹饪	园艺	线性舞	老电影	眼睛	幽默感	真诚	身高	声音
布伦达															
凯茜															
詹妮															
凯丽															
罗斯															
眼睛															
幽默感															
真诚															
身高															
声音															
古典音乐															
烹饪															
园艺															
线性舞															
老电影															

线索

1.詹妮被一个非常高的男士所吸引，但他们的共同爱好不是古典音乐。古典音乐的爱好者也不是克莱夫，克莱尔不是靠他的声音及真诚的举动吸引其中一位女士的。

2.马特是依靠他的真诚举动赢得了一位女士的芳心，但他不爱好老电影。

3.罗斯发现她并不渴望和克莱夫及彼特聊天，彼特不爱好园艺，他不靠他的幽默感吸引人。

4.爱好园艺的人同样有着最迷人的眼睛。

5.比尔爱好烹饪。

6.凯茜和休约定下次再见面，布伦达和她的舞伴也是如此。

女士	男士	共同爱好	迷人之处

024 新英格兰贵族

有5个人是英格兰开拓者的后代。从以下给出的线索中，你能准确说出这5个人的姓名、居住地以及他们的职业吗？

	古德里	皮格利	朴历夫	斯泰丽思	温士	康涅狄格州	缅因州	马萨诸塞州	新汉普郡	佛蒙特州	建筑师	银行家	大学助教	法官	警官
亚历山大															
本尼迪克特															
埃尔默															
杰斐逊															
马文															
建筑师															
银行家															
大学助教															
法官															
警官															
康涅狄格州															
缅因州															
马萨诸塞州															
新汉普郡															
佛蒙特州															

线索

1.亚历山大和住在马萨诸塞州的古德里都不从事法律方面的工作。

2.马文不住在康涅狄格州，他也不姓皮格利，皮格利不是警官。

3.建筑师姓温士，他的名字在字母表中排在那个住在缅因州的人之后。

4.本尼迪克特的家乡和另外一个州的首字母相同，本尼迪克特不是法官。

5.银行家是新汉普郡的居民。

6.杰斐逊是一所大学的助教。

7.佛蒙特州不是那个叫斯泰丽思的人居住的州。

名	姓	州	职业

州：康涅狄格州（Connecticut），缅因州（Maine），马萨诸塞州（Massachusetts），新汉普郡（New Hampshire），佛蒙特州（vermont）
名：亚历山大（Alexander），本尼迪克特（Benedict），埃尔默（Elmer），杰斐逊（Jefferson），马文（Marvin）
姓：古德里（Goodley），皮格利（Pilgrim），朴历夫（Purefoy），斯泰丽思（Stainless），温士（Virtue）

025 交叉目的

上星期六，住在4个村庄的4位女士由于不同的原因，如图所示，同时朝着离家相反的交叉方向出发。从以下所给的线索中，你能指出这4个村庄的名字、4位女士的名字以及她们各自出行的原因吗？

线索

1.波利是去见一位朋友。
2.耐特泊村的居民出去遛狗。
3.村庄4的名字为克兰菲尔德。
4.西尔维亚住的村庄靠近参加婚礼的人住的村庄，并在这个村庄的逆时针方向。
5.丹尼斯去了波利顿村，它位于举行婚礼的利恩村的东面。

提示：先找出各个村庄的名字。

村庄：克兰菲尔德村，利恩村，耐特泊村，波利顿村
名字：丹尼斯，玛克辛，波利，西尔维亚
原因：参加婚礼，遛狗，见朋友，看望母亲

026 演艺人员

阳光灿烂的夏日，4个演艺者在大街上展现他们的才艺。从以下所给的线索中，你能判断出在1~4位置中的演艺者的名字以及他们的职业吗？

线索

1.沿着大道往东走，在遇到弹着吉他唱歌的人之前你一定先遇到哈利，并且这两个人不在街道的同一边。
2.泰萨不是1号位置的演艺者，他不姓克罗葳。莎拉·帕吉不是吉他手。
3.变戏法者在街道中处于偶数的位置。
4.西帕罗在街边艺术家的西南面。
5.在2号位置的内森不弹吉他。

提示：先找出1号位置人的职业。

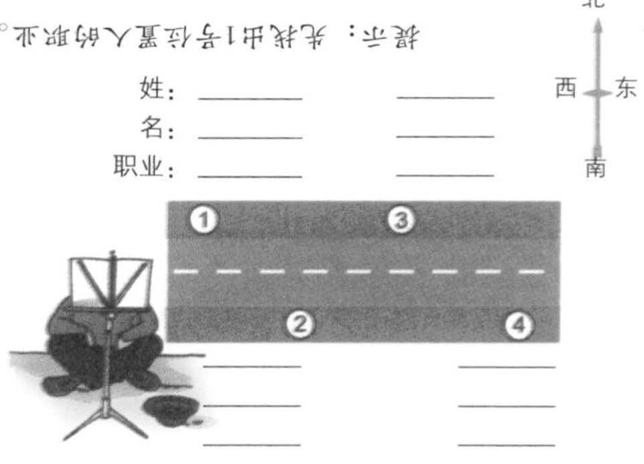

名：哈利，内森，莎拉，泰萨
姓：克罗葳，帕吉，罗宾斯，西帕罗
职业：手风琴师，吉他手，变戏法者，街边艺术家

027 可爱的熊

我妹妹在她梳妆台的镜子上摆放了4张照片，这4张照片展示的是她去年去动物园时所看到的熊。从以下所给的线索中，你能说出这4只熊的名字、种类以及各个动物园的名字吗？

线索

1.布鲁马的照片来自它生活的天鹅湖动物园。
2.A照片上的熊叫帕丁顿，它不来自秘鲁。
3.格林斯顿动物园的灰熊的照片在一张正方形的明信片上。
4.眼镜熊的照片在鲁珀特的右边，鲁珀特熊不穿裤子。
5.泰迪的照片紧靠来自布赖特邦动物园那只熊的左边，后者不是东方太阳熊。

熊名：布鲁马，帕丁顿，鲁珀特，泰迪
种类：灰熊，极地熊，眼镜熊，东方太阳熊
动物园：布赖特邦，格林斯顿，诺斯丘斯特，天鹅湖

A　B　C　D

熊名：______ ______ ______ ______
种类：______ ______ ______ ______
动物园：______ ______ ______ ______

提示：先找出D照片的熊名。

028 下一个出场者

乡村板球队正在比赛，有4位替补选手正坐在替补席上整装待发。从以下给出的线索中，你能说出这4位选手的名字、赛号以及每个人在球队中的位置吗？

线索

1.6号是万能选手，准备下一个出场，他坐的位置紧靠帕迪右侧。
2.尼克是乡村队的守门员。
3.旋转投手的位置不是7号。
4.图中C位置被乔希占了。
5.选手A将在艾伦之后出场。
6.坐在长凳B位置的选手是9号。

姓名：艾伦，乔希，尼克，帕迪
赛号：6，7，8，9
位置：万能，快投，旋转投手，守门员

姓名：________ ________ ________ ________
赛号：________ ________ ________ ________
位置：________ ________ ________ ________

提示：先找出万能选手坐的位置。

029 囚室

图中的Ⅰ，Ⅱ，Ⅲ，Ⅳ分别代表了4个囚室，你能依据线索说出被囚禁者以及他或她父亲的名字等细节吗？

线索

1.在房间Ⅰ里的是国王尤里的孩子。
2.禁闭阿弗兰国王唯一的孩子的房间，是尤里天的郡主所在房子的逆时针方向上的第一间，后者的房子在沃而夫王子的对面。
3.禁闭欧高连统治者孩子的房间，是国王西福利亚的孩子所在房间逆时针方向上的第一间。
4.勇敢的阿姆雷特王子，在美丽的吉尼斯公主所在房间顺时针方向的第一个房间，即马兰格丽亚国王的小孩所在房间逆时针方向的下一间。
5.卡萨得公主在一位优秀王子的对面，前者的父亲统治的不是卡里得罗。卡里得罗也不是国王恩巴的统治地。

被囚禁者：阿姆雷特王子，沃而夫王子，卡萨得公主，吉尼斯公主
国王：阿弗兰，恩巴，西福利亚，尤里
王国：卡里得罗，尤里天，马兰格丽亚，欧高连

被囚禁者：________ ________
国王：________ ________
王国：________ ________

Ⅰ Ⅱ
Ⅳ Ⅲ

被囚禁者：________ ________
国王：________ ________
王国：________ ________

提示：先找出吉尼斯公主的对面是谁的房间。

030 剧院座位

一次演出中，某剧院前3排中间的4个座位都满了，从以下所给的线索中，你能将座位和座位上的人正确对上号吗？

线索

1.彼特坐在安吉拉的正后面，也是在亨利的左前方。
2.尼娜在B排的12号座。
3.每排4个座位上均有2男2女。
4.玛克辛和罗伯特在同一排，但要比罗伯特靠右边2个位置。
5.坐在查尔斯后面的是朱蒂，朱蒂的丈夫文森特坐在她的隔壁右手边上。
6.托尼、珍妮特、莉迪亚3个分别在不同的排，莉迪亚的左边（紧靠）是个男性。

姓名：安吉拉(女)，查尔斯(男)，亨利(男)，珍妮特(女)，朱蒂(女)，莉迪亚(女)，玛克辛(女)，尼娜(女)，彼特(男)，罗伯特(男)，托尼(男)，罗伯特(男)，文森特(男)

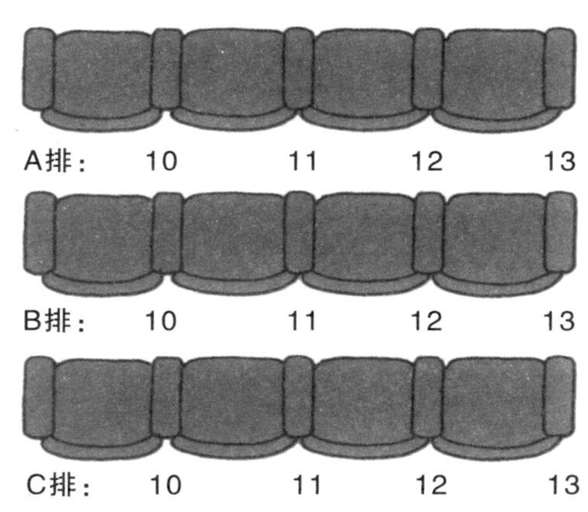

提示：先找出A排13号座上的人。

031 上班迟到了

在这周的工作日，5个好友某个晚上出去参加了一个聚会，结果，第二天大家睡过头了，他们每个人都迟到了。从以下所给的线索中，你能说出这5个人的名字、他们各自的工作以及分别迟到多长时间吗？

		姓：奇坡	兰格	耐品	赛得曼	斯朗博斯	砖匠	收费人员	计算机程序员	邮递员	老师	20分钟	30分钟	40分钟	50分钟	1小时
名	克拉克															
	迪罗															
	迈克尔															
	鲁宾															
	思欧															
	20分钟															
	30分钟															
	40分钟															
	50分钟															
	1小时															
	砖匠															
	收费人员															
	计算机程序员															
	邮递员															
	老师															

线索

1.迈克尔·奇坡不是邮递员。
2.赛得曼上班迟到了50分钟。
3.鲁宾比那个过桥收费站工作人员迟到的时间还要多10分钟，后者姓的字母是偶数位的。
4.砖匠要比克拉克迟到的时间多10分钟。
5.教师迪罗要比斯朗博斯稍微早一些。
6.兰格是一个计算机程序员。
7.思欧刚好迟到了半小时。

名	姓	工作	迟到时间

名：克拉克（Clark），迪罗（Delroy），迈克尔（Michael），鲁宾（Reuben），思欧（Theo）
姓：奇坡（Kipper），兰格（Langer），耐品（Napping），赛得曼（Sandman），斯朗博斯（Slumbers）

032 直至深夜

剧院打算上演新剧《直至深夜》，原本打算早上7：00预演，可演员们不约而同都迟到了。从以下所给的线索中，你能说出这5个演员分别扮演剧中的哪个角色、他们到达剧院的时间以及迟到的理由吗？

线索

1.肯·杨把他的姗姗来迟归咎于错过了发自伦敦的早班车，并“为迟到几分钟真诚的向大家道歉”，他要比在剧中出演“阿匹曼特斯”的演员早到2小时，后者称由于工作人员短缺，他的火车被取消所以迟到的。

2.在A12大道上由于汽油用尽而迟到的那个演员是在早上9:00到的。

3.另外一人由于汽车抛锚而迟到（已经不是第一次了），把一群人搁在卡而喀斯特和斯坦布之间很长时间，他不是最后一个到达并出演“伊诺根”的演员。

4.已经疲惫于向人们解释的杰克·韦恩和约翰·韦恩没有任何关系，以至于正考虑要不要把名字换成卢克·奥利维尔，他是在11:00到的剧院。

5.在M25大道上塞车塞了很长时间的不是克利奥·史密斯。

6.菲奥纳·托德是扮演“寂静者”的演员，也是剧中对白最多的人，不是比出演“匹特西斯”的演员早到2小时的那个人。

	“阿匹曼特斯”	“伊诺根”	“李朝丽达”	“匹特西斯”	“寂静者”	早上9:00	上午11:00	下午1:00	下午3:00	下午5:00	汽车抛锚	错过班车	汽油用光	交通阻塞	火车取消
艾米·普丽思															
克利奥·史密斯															
菲奥纳·托德															
杰克·韦恩															
肯·杨															
汽车抛锚															
错过班车															
汽油用光															
交通阻塞															
火车取消															
早上9:00															
上午11:00															
下午1:00															
下午3:00															
下午5:00															

033 房间之谜

第二次世界大战期间，西班牙保持中立，马德里的一个旅馆经常有战争双方的间谍居住，而在那里，西班牙的一个便衣警官也会监视着他们。以下是1942年的某天晚上旅馆第1层的房间房客分布情况，你能说出各个房间被间谍占用的情况以及他们都分别为谁工作吗？

线索

1.英国M16特务的房间在加西亚先生的正对面，后者的房间号要比罗布斯先生的房间小2。

2.6号房间的德国SD间谍不是罗佩兹。

3.德国另一家间谍机关阿布威的间谍行动要非常小心，因为房间2，3，6的人都认识他。

4.毛罗斯先生的房间号要比苏联GRU间谍的房间大2。

5.法国SDECE间谍的房间位于鲁宾和美国OSS间谍的房间之间，美国OSS间谍的房间是三者中房间号最大的。

	1	3	5
姓名：	____	____	____
间谍机构：	____	____	____

	2	4	6
姓名：	____	____	____
间谍机构：	____	____	____

姓名：戴兹，加西亚，罗佩兹，毛罗斯，罗布斯，鲁宾
间谍机构：阿布威，GRU，M16，OSS，SD，SDECE

提示：先找出OSS间谍住的房间。

034 吹笛手游行

图中展示了吹笛手带领着哈密林镇的小孩游行，原因是他用他的笛声赶走了镇里的所有老鼠，但镇里却拒绝付钱给他。从以下所给的线索中，你能说出4个小孩的名字、他们的年龄以及他们父亲的职业吗？

姓名：格雷琴，汉斯，约翰纳，玛丽亚
年龄：5，6，7，8
父亲：药剂师，屠夫，牧羊者，伐木工

线索

1.牧羊者的小孩紧跟在6岁的格雷琴的后面。
2.汉斯要比约翰纳年纪小。
3.最前面的小孩后面紧跟的不是屠夫的孩子。
4.队列中3号位置的小孩今年7岁。
5.玛丽亚的父亲是药剂师，她要比2号位置的孩子年纪小。

提示：先找出格雷琴的位置。

035 维多利亚歌剧

亚瑟·西伯特和威廉·格列弗写了一系列受欢迎的维多利亚歌剧。以下是对其中5部的介绍。从所给的信息中，你能说出作者写这些歌剧的年份、在哪里上演以及剧中的主要人物吗？

线索

1.《将军》要比主要人物为“格温多林”的歌剧早写6年，而《伦敦塔卫兵》中的主要人物为“所罗林长官”。
2.《法庭官司》比首次在利物浦上演的歌剧晚3年写的，布里斯托尔是1879年小歌剧公演的城市。
3.“马库斯先生”是在伦敦首次上演作品中的角色。
4.《忍耐》的首次上演地点是伯明翰。
5.《康沃尔的海盗》是1870年写的，它不是关于“马里亚纳”的财富的。
6.“小约西亚”是1873年歌剧中的主要人物。

	《伦敦塔卫兵》	《法庭官司》	《康沃尔的海盗》	《将军》	《忍耐》	伯明翰	布里斯托尔	利物浦	伦敦	曼彻斯特	“格温多林”	“马里亚纳”	“马库斯先生”	“所罗林长官”	“小约西亚”
1870年															
1873年															
1879年															
1882年															
1885年															
“格温多林”															
“马里亚纳”															
“马库斯先生”															
“所罗林长官”															
“小约西亚”															
伯明翰															
布里斯托尔															
利物浦															
伦敦															
曼彻斯特															

年份	歌剧	首演地点	主要人物

036 得分列表

当地足球协会最出色的5支球队本赛季大概已经赛了10场（其中一些队要比另外一些队比赛的次数稍多一些），以下信息告诉了我们各队进展的细节。从给出的信息中，你能说出各球队至今为止胜、负、平的场数吗？

线索

1.汉丁汤队至今已经输了5场，平的场数要比布赛姆队少，布赛姆队本赛季赢的场数不是2场。
2.已经平了5场只输1场的球队赢的场数大于2。
3.只赢了1场的球队不是平了4场也不是输了3场的那支球队。
4.赢了5场的球队平的场数比输了2场的那支要少2场。
5.白球队踢平3场，而格雷队赢了4场。
6.目前赢的场数最多的球队只平了1场。

		胜					平					负				
		1	2	4	5	6	1	2	3	4	5	1	2	3	5	6
布赛姆队																
格雷队																
汉丁汤队																
思高·菲尔德队																
白球队																
负	1															
	2															
	3															
	5															
	6															
平	1															
	2															
	3															
	4															
	5															

球队	胜	平	负

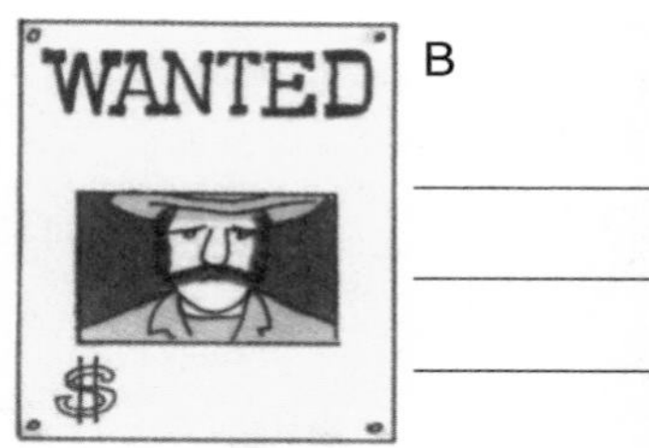

037 戴黑帽子的家伙

红石西野镇治安长官的办公室墙上挂着4张图片，他们是臭名昭著的黑帽子火车盗窃团伙的成员。从以下所给的线索中，你能说出他们各自的姓名和绰号吗？

线索

1.赫伯特的图片和“男人”麦克隆水平相邻。
2.图片A是雅各布，而图片C上的不是西尔维斯特·加夹德。
3.姓沃尔夫的男人照片和绰号“小马”的照片水平相邻。
4.在D上的丘吉曼的绰号不是“强盗”。

名：赫伯特，雅各布，马修斯，西尔维斯特
姓：丘吉曼，加夹得，麦克隆，沃尔夫
绰号：“强盗”，“男人”，“小马”，“里欧”

A
名：________
姓：________
绰号：________

WANTED
$

B
WANTED
$

C
名：________
姓：________
绰号：________

D
WANTED
$

提示：先确定图C是谁。

038 戒指女人

洛蒂·吉姆斯本是一个不起眼的女演员，却因和很多有钱男人订过婚，关系破裂后得到他们价值连城的婚戒而扬名，从而成为名副其实的“戒指女人”。从以下所给的线索中，你能说出每个戒指里所用的宝石的类型、戒指的价值以及这些戒指分别是哪个男人给的吗?

线索

1.洛蒂从企业家雷伊那得到的钻戒就在价值10000英镑的戒指旁边。
2.从电影导演马特·佩恩那得到的戒指要比那个硕大的红宝石戒指便宜。
3.那个翡翠戒指价值不是15000英镑，它不是休·基恩给她的。
4.戒指3花了她前未婚夫20000英镑。

宝石：________ ________ ________ ________

价值：________ ________ ________ ________

未婚夫：________ ________ ________ ________

宝石：钻石，翡翠，红宝石，蓝宝石
价值(英镑)：10000，15000，20000，25000
未婚夫：艾伦·杜克，休·基恩，马特·佩恩，雷伊·廷代尔

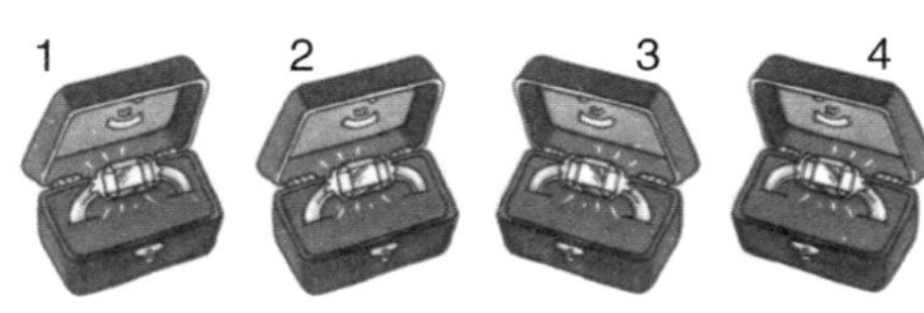

提示：先找出价值10000英镑的戒指。

039 品尝威士忌

最近的一次品酒会上，5位威士忌专家被邀请来品尝5种由单一麦芽酿造而成的酒，每种酒的生产年份不同，且产自苏格兰不同地区。从以下所给的信息中，你能说出每种威士忌的详细信息以及每位专家所给出的分数吗?

线索

1.8年陈的威士忌来自苏格兰高地，它不是斯吉夫威士忌，也不是分数最低的酒。
2.格伦冒不是用斯培斯的麦芽酿成的。因沃那奇是10年陈的。
3.14年陈的威士忌得了92分，名字中有“格伦”两个字。
4.布兰克布恩是用伊斯雷岛麦芽酿成的，得分大于90分。
5.来自苏格兰低地的威士忌要比得分最高的那个早4年生产。
6.来自肯泰地区的威士忌得了83分。

	布兰克布恩	格伦奥特	格伦冒	因沃那奇	斯吉夫	苏格兰高地	伊斯雷岛	肯泰	苏格兰低地	斯培斯	79分	83分	85分	92分	96分
8年															
10年															
12年															
14年															
16年															
79分															
83分															
85分															
92分															
96分															
苏格兰高地															
伊斯雷岛															
肯泰															
苏格兰低地															
斯培斯															

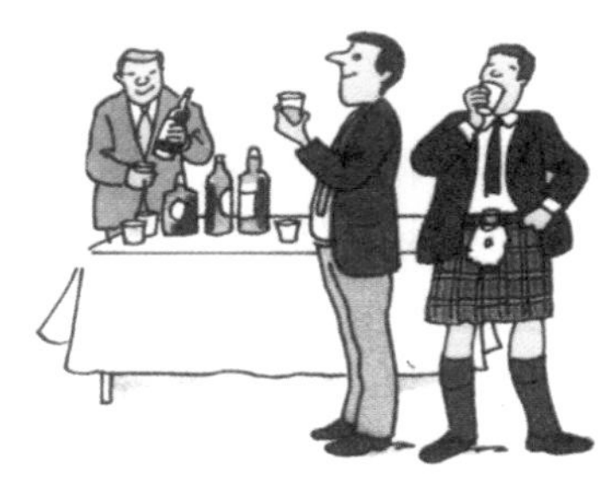

040 酒吧老板的新闻

这周的“思道布自由言论”主要是关于5个乡村酒吧老板的新闻。从以下所给的线索中，你能找出他们所经营的酒吧分别在哪个村以及他们上报的原因吗？

线索

1.每条新闻都附有一张照片，其中一张照片是关于“格林·曼”酒吧的，它被允许延长营业时间；而另一张照片所展现的是一个以外景闻名的酒吧。

2.“棒棒糖”酒吧的经营者是来·米德，他在他的啤酒花园拍了一张照片，这张照片不是来自蓝普乌克，蓝普乌克也不是“独角兽”所在的地方。

3.位于法来乌德的酒吧主人因被抢劫而上报，图中展示的是他在吧台的幸福时光。

4.罗赛·保特以前经营过铁道旅舍，现在经营着位于博肯浩尔的酒吧。

5.泰德·塞尔维兹(他其实叫泰得斯，不是本地人，他出生于朗当)刚刚更换了新的酒吧经营许可证。图中展示了他站在酒吧外面的照片。他的酒吧不是位于欧斯道克的“皇后之首”。

6.佛瑞德·格雷斯的酒吧名字与动物有关。彻丽·白兰地(结婚前称彻丽·品克)并没有在自由言论所报道的民间音乐晚会中出现。这场民间音乐晚会是为当地收容所筹款，并在其中一个乡村的酒吧举行。

酒吧老板	酒吧	乡村	新闻

041 小猪储蓄罐

诺斯家的柜子上摆放着5个小猪储蓄罐，他家的5个小孩正努力存钱。从以下所给的线索中，你能描述这几个小猪的详细情况——它们的颜色、名字以及各自的主人吗？

线索

1.蓝色的小猪不属于杰茜卡，它的主人比大卫大1岁。大卫拥有自己的小猪储蓄罐，大卫的小猪储蓄罐不是红色的，它的位置在蓝色小猪的右边，但相隔不止一只小猪。

2.紧靠大卫小猪左边的绿色小猪的主人比大卫大2岁。

3.卡米拉的小猪储蓄罐紧靠红色小猪的左边。卡米拉要比红色小猪的主人年纪大，但她不是5个小孩中最大的。

4.黄色的小猪不是大卫的，它紧靠杰茜卡的小猪左边，它的主人要比图中B小猪的主人大1岁，但要比大卫小1岁。

5.本比纯白色小猪的主人小1岁，但比卡蒂大1岁，卡蒂的小猪比本的小猪和白色小猪更靠左。

6.诺斯先生和夫人一直想让孩子们按年龄大小把他们各自的小猪从左到右排列，但都没有如愿。事实上，如果按他们的方案来看，目前没有一只小猪在它们应该在的位置上。

颜色:蓝，绿，红，白，黄
小孩名字:本，卡米拉，大卫，杰茜卡，卡蒂
小孩年龄:8，9，10，11，12

提示：先找出那个12岁小孩的名字。

042 桥牌花色

4位桥牌选手各坐桌子一方，手中各有不同花色的一副牌。从以下给出的线索中，你能说出这4个人的名字以及他们握的是什么花色的牌吗？注意:南北和东西是对家。

线索

1.理查德的牌颜色和拉夫的牌颜色一样，拉夫坐北边的位置。

2.玛蒂娜对家握的牌花色是红桃。

3.坐在西边的女人手握黑桃，她不姓田娜思。

4.保罗·翰德的搭档是以斯帖。

5.坐在南边的人握的牌花色不是梅花。

名:以斯帖，玛蒂娜，保罗，理查德
姓:翰德，拉夫， 田娜思，启克
花色:梅花，钻石，红桃，黑桃

提示：先找出理查德握的牌的花色。

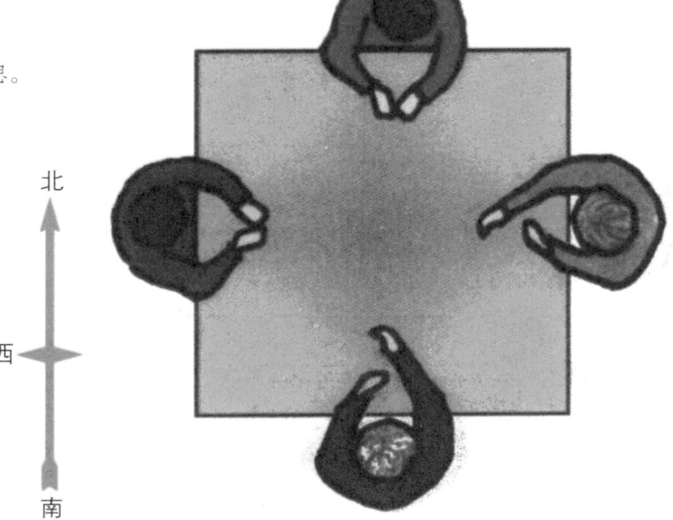

043 巅峰地区

在安第斯山脉的某个人迹罕至之地，那里的4座高峰都被当地居民当作神来崇拜。从以下所给的线索中，你能说出4座山峰的名字以及它们之前被当作哪个神来崇拜吗？最后将4座山峰按高度排序。

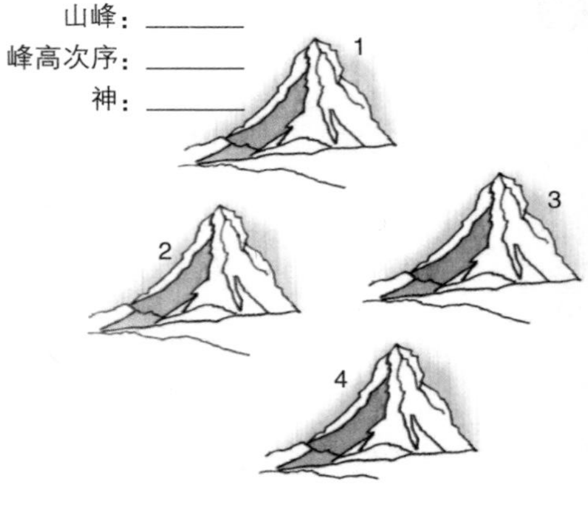

线索

1.最高那座山峰是座火山，曾经被当作火神崇拜。
2.格美特被当作庄稼之神崇拜，是4座山峰中最矮那座的顺时针方向上的下一座。
3.山峰1被当作森林之神崇拜。
4.最西面的山峰叫飞弗特尔，而普立特佩尔不是第2高的山峰。
5.最东面那座是第3高的山峰。
6.辛格凯特比被崇拜为河神的山峰更靠北一些。

山峰:飞弗特尔， 格美特， 普立特佩尔， 辛格凯特
峰高次序:最高，第2，第3，第4
神:庄稼之神， 火神， 森林之神， 河神

提示:先找出格美特的位置。

044 假日阵营

调查者正在英国海滩上采访4个“快乐周末无极限”阵营的工作人员。从以下所给的信息中，你能说出每个被采访者的全名、他们的工作以及他们为哪个阵营服务吗？

	姓：阿米丽	郝乐微	巴克赫斯特	沃尔顿	厨师	演艺人员	管理者	护士	布赖特布朗	罗克利弗	欧的海	海湾
名：本												
菲奥纳												
凯												
保罗												
布赖特布朗												
罗克利弗												
欧的海												
海湾												
厨师												
演艺人员												
管理者												
护士												

线索

1.某个演艺人员(白天逗小孩子开心的小丑以及晚上为父母们表演的人员)在欧的海阵营工作，他不是菲奥纳和巴克赫斯特，后两人也不在布赖特布朗工作。
2.护士凯负责节假日工作人员的健康问题，她不姓郝乐微，也没有被海湾阵营雇佣。
3.在罗克利弗阵营工作的沃尔顿的名字不是保罗，他也不是厨师。

名	姓	工作	所属单位

045 回到家乡

今年贝尔弗女子大学的演讲日会有4个特殊人物到来。她们年幼时就随父母移居外地，在她们新的家乡中事业有成。从以下所给的线索中，你能说出这4个人的全名、她们现在的居住地和职业吗？

线索

1.安娜现在是一个直升机驾驶员，她的工作一般都是为观光者服务的，偶尔也参加一些紧急情况的救助工作。
2.詹金斯小姐现居新西兰，她14岁时随父母移居那里。
3.罗宾孙小姐的名字不是乔。
4.其中一个现在是美国迈阿密的FBI成员，她不姓坎贝尔。
5.现居冰岛的佐伊不姓麦哈尼，麦哈尼是她现居地的一家电视台国际新闻频道的播音员。

		姓											
		坎贝尔	詹金斯	麦哈尼	罗宾孙	冰岛	新西兰	沙特阿拉伯	美国	FBI成员	助产士	飞行员	电视台播音员
名	安娜												
	乔												
	路易斯												
	佐伊												
	FBI成员												
	助产士												
	飞行员												
	电视台播音员												
	冰岛												
	新西兰												
	沙特阿拉伯												
	美国												

名	姓	现居地	职业

046 牛奶送错了

送奶工出去度假了，他的亲戚瓦利早上替他去送奶，结果把某街道中的1，3，5，7号人家的牛奶送错了，从以下所给的线索中，你能说出这4户人家分别住的是谁、他们本该收到的和实际收到的牛奶瓶数吗？

线索

1.那天早上布雷特一家定购了4瓶牛奶。
2.1号人家收到的要比劳莱斯定购的牛奶瓶数少一瓶，劳莱斯一家那天收到的不是2瓶牛奶。
3.克孜太太那天早上发现门口放着3瓶牛奶，她和汀斯戴尔家中间隔了一户人家，克孜每天要的牛奶比汀斯戴尔家多。
4.瓦利在5号人家门口只留了一瓶牛奶。
5.7号人家应该收到2瓶牛奶。

家庭：布雷特，克孜，汀斯戴尔，劳莱斯
定购:1，2，3，4
收到:1，2，3，4

家庭：______ ______ ______ ______
定购：______ ______ ______ ______
收到：______ ______ ______ ______

047 巴士停靠站

巴士停靠站已经被图中所示的1~7号双层巴士停满了，其中1号靠近入口处。从所给的线索中，你能说出每个司机的名字和这些车子的车牌号码吗？

线索

1.324号巴士要比司机雷停靠的巴士远离入口2个位置，并且雷的牌号要比324号大。
2.2号和7号位置的车牌号末位都是奇数，但是首位数字不同。
3.特里的巴士的车牌号是361。
4.图中3号位置的巴士不是戴夫驾驶的巴士，它的车牌号要比相邻的两辆巴士小。
5.5号位置的巴士车牌号是340，车牌号为286的巴士没有停在图中6号位置。
6.肯停靠的巴士刚好紧靠在车牌号为253的巴士左边。
7.赖斯把双层巴士停在图中4号位置。
8.埃迪把巴士停在罗宾的巴士左边某个位置，但不在它的旁边。

提示:先找出雷停靠的巴士的车牌号。

司机：戴夫，埃迪，肯，赖斯，雷，罗宾，特里
巴士车牌:253，279，286，324，340，361，397

048 外微人家

上星期一，外微路上的4户人家都收到了房屋理事会代表的访问调查，主要是因为他们的一些行为妨碍了居民的权益。从以下所给的线索中，你能找出各户人家的名字、他们做了哪些不合理的事以及去调查他们的理事会代表的名字吗？

线索

1.毛里阿提家庭在他们的屋前开了一家汽车修理铺，他们住的不是16号。

2.外微路12号持续地焚烧花园里的垃圾，产生的烟雾使周围的人感到极为不快。

3.另外一户家庭老放流行音乐，而且把音量放到最大，他们不是席克斯家庭，而且这一家的门牌号要比理事会代表多尔先生调查的那家门牌数小2。

4.格林先生调查18号家庭。

5.哈什先生调查了卡波斯一家，卡波斯一家和养了不少于5条大且凶猛的狗的那户人家中间隔了一户。

	卡波斯	霍克	毛里阿提	席克斯	恶狗	焚烧垃圾	音量大	修车	多尔	格林	哈什	斯特恩
12号												
14号												
16号												
18号												
多尔												
格林												
哈什												
斯特恩												
恶狗												
焚烧垃圾												
音量大												
修车												

门牌号	家庭	原因	理事会代表

049 前方修路

正值度假高峰，政府委员会决定将通往景区的必经之路拓宽。以下的图片说明了6辆游客车被堵在施工场地大概40分钟，从所给的线索中，你能说出每辆游客车的司机名字、车的颜色、游客的国籍以及每辆车所载的游客人数吗？

线索

1.阿帕克斯的汽车紧跟在载芬兰游客的车之后，后者要比黄色那辆少载2人，黄色那辆车载的人数少于52人，在阿帕克斯汽车后面。

2.没有载俄罗斯游客的蓝色车辆紧靠在贝尔的车之前，前者比后者要至少多2人。

3.红色汽车紧跟在载有47名游客的汽车之后，紧靠在载有澳大利亚游客的汽车之前。

4.墨丘利的汽车在载有日本游客的车之后，而且相隔一辆车，后者亦在橘黄色车的后面，并不紧邻。墨丘利的汽车载的游客比这两者都要多，但要比美国游客乘坐的那辆少。

5.乳白色汽车紧跟在RVT的汽车之后，后者紧跟在意大利游客乘坐的汽车之后。乳白色汽车载的游客比意大利游客多，但要比RVT少至少2人。

6.肖的车紧靠在俄罗斯游客乘坐的车之前，而且要比后者多载3人，但它不是游客人数最多的车。

7.F车要比A车多载一人，比E车少载3人，绿色汽车要比D车多不止1人，但要比B车少不止3人。

汽车司机：阿帕克斯，贝尔，克朗，墨丘利，肖，RVT
汽车颜色：蓝，乳白，绿，橘黄，红，黄
游客国籍：澳大利亚，芬兰，意大利，日本，俄罗斯，美国
游客人数：44，45，46，47，49，52

A　B　C　D　E　F

汽车司机：____ ____ ____ ____ ____ ____

汽车颜色：____ ____ ____ ____ ____ ____

游客国籍：____ ____ ____ ____ ____ ____

游客人数：____ ____ ____ ____ ____ ____

提示：推测出F车中的游客人数。

050 女运动员

5位年轻的运动员正在伦敦机场等出租车，她们都刚从国外回来。从所给的线索中，你能说出她们的姓名、分别从哪里回来以及都从事什么运动项目吗？

线索

1.从来没去过东京的凯特·肯德尔紧靠在滑冰者之后，并在刚从洛杉矶飞回来的女士之前。
2.高尔夫球手紧跟在斯特拉·提兹之后。
3.射手在图中3号位置，羽毛球手紧靠在刚从卡萨布兰卡回来的旅客之前。
4.台球手在莫娜·洛甫特斯之前，中间隔了不止一个人，刚从东京飞回来的女士排在格丽尼斯·福特之后的某个位置。
5.黛安娜·埃尔金不是队列中的第一位也不是最后一位。图中1号不是刚从罗马回来的，图中2号不是从东京回来的。

姓名：黛安娜·埃尔金，格丽尼斯·福特，凯特·肯德尔，莫娜·洛甫特斯，斯特拉·提兹
离开地：布里斯班，卡萨布兰卡，洛杉矶，罗马，东京
运动项目：射击，羽毛球，高尔夫，滑冰，台球

提示：先找出队列最后那位女士最喜爱的运动。

051 职业迁徙

电脑技术专家爪乌在最近的12年里，曾为5个公司工作过，而每换一次工作，他都要搬一次家，所以称之为“职业迁徙”。从以下所给的线索中，你能找出他每次换工作的年份、公司的名字以及他新公司所在的城镇及新家的地址吗？

线索

1.1985年，爪乌住在金斯利大道，那时他不在查普曼·戴尔公司。
2.1991年之后的一段时间，他在福尔柯克工作。
3.他离开马太克公司之后，就在地恩·克罗兹居住，之后又紧接着在加的夫居住。
4.他卖了麦诺路的住宅之后就去了伯明翰，为欧洲奎斯特公司工作。
5.当他为戴特公司工作时住在香农街，戴特公司的基地不在苏格兰。
6.普雷斯顿的济慈路是他曾经住过的一个地方。

	公司					城镇					地址				
	阿斯拜克特	查普曼·戴尔	戴特	欧洲奎斯特	马太克	伯明翰	加的夫	福尔柯克	格拉斯哥	普雷斯顿	地恩·克罗兹	济慈路	金斯利大道	麦诺路	香农街
1985年															
1988年															
1991年															
1994年															
1997年															
地址 地恩·克罗兹															
地址 济慈路															
地址 金斯利大道															
地址 麦诺路															
地址 香农街															
城镇 伯明翰															
城镇 加的夫															
城镇 福尔柯克															
城镇 格拉斯哥															
城镇 普雷斯顿															

年份	新公司	新城市	新住址

052 小屋的盒子

每次乔做家务要用到东西的时候，他就会去盒子里找。图中架子上立着4个不同颜色的盒子，每个盒子里都是一些有用的东西。从以下所给的线索中，你能弄清有关盒子的所有详细细节吗？

线索

1.不同种类的43个钉子不在灰色的盒子里。
2.蓝色的盒子里有58样东西。
3.螺丝钉在绿色的盒子里，绿色盒子一边的盒子里有洗涤器，另一边的盒子里放着数目最多的东西。
4.地毯缝针在C盒子里。

盒子颜色：蓝，灰，绿，红
东西数目：39，43，58，65
东西条目：地毯缝针，钉子，螺丝钉，洗涤器

提示：先分辨出钉子所在盒子的颜色。

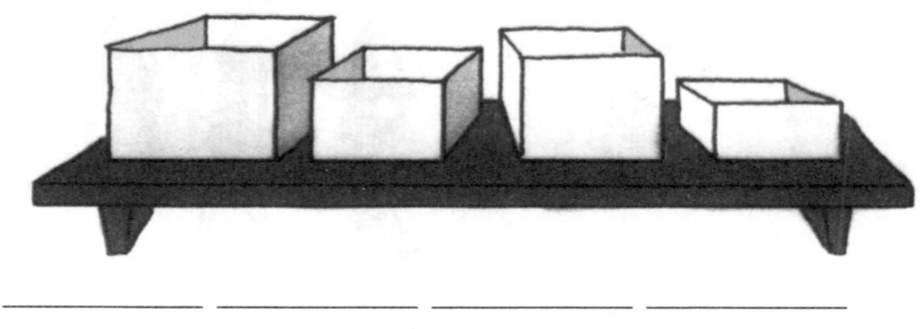

盒子颜色：________ ________ ________ ________

东西数目：________ ________ ________ ________

东西条目：________ ________ ________ ________

053 别尔的行程

别尔·来格斯是英国摄政时期最活跃的英雄之一，有一次他去拜访4个熟人，并在熟人那里都过了夜。从以下所给的线索中，你能说出别尔的每个熟人的名字和他们各自房子的名字以及相邻两地间的距离吗？

距离（英里）:20，22，25，28
房子：考克斯可布，福卜利会馆， 斯沃克屋， 丹得宫
主人：别尔·里格林， 别尔·笑特，别尔·斯决，别尔· 温蒂后

线索

1.呆在温蒂后家里过夜是在去了福卜利会馆之后，接着他需要骑马22英里到达下一个目的地。
2.考克斯可布是别尔·笑特的房子。
3.别尔·来格斯去丹得宫骑了25英里，在那过夜之后他接着去拜访别尔·里格林。
4.最短的马程是去别尔·斯决的房子，它不是斯沃克屋。

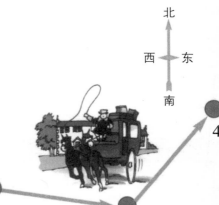

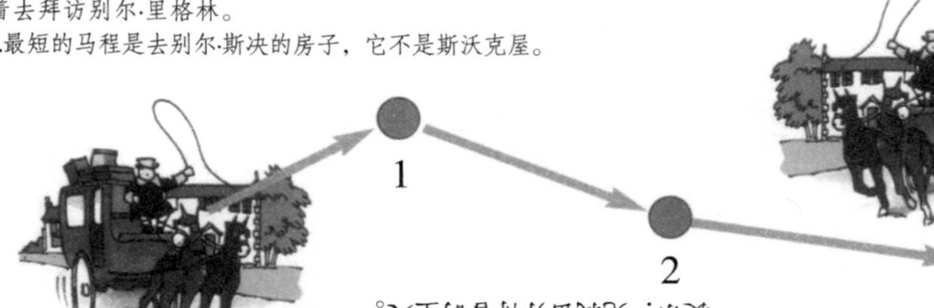

提示：先找出丹得宫的主人。

054 换装

在大不列颠的鼎盛时期，有素养的女士不像现在这样能在海边游泳，她们只能穿着及膝的浴袍坐在沐浴用的机器上，让机器把她们缓缓降入水中。下图展示的是4个机器，从所给的线索中，你能说出使用机器的4位女士的名字以及她们所穿浴袍的颜色吗?

线索

1.贝莎的机器紧挨马歇班克斯小姐的机器。
2.C机器是兰顿斯罗朴小姐的。
3.卡斯太尔小姐穿着绿白相间的浴袍。
4.拉福尼亚的机器位于尤菲米娅·坡斯拜尔的机器和穿黄白相间浴袍小姐的机器之间。
5.使用B机器的女士穿了红白相间的浴袍。

名:贝莎，尤菲米娅，拉福尼亚，维多利亚
姓:卡斯太尔，兰顿斯罗朴，马歇班克斯，坡斯拜尔
浴袍:蓝白相间，绿白相间，黄白相间，红白相间

提示:先找出D机器使用者的名字。

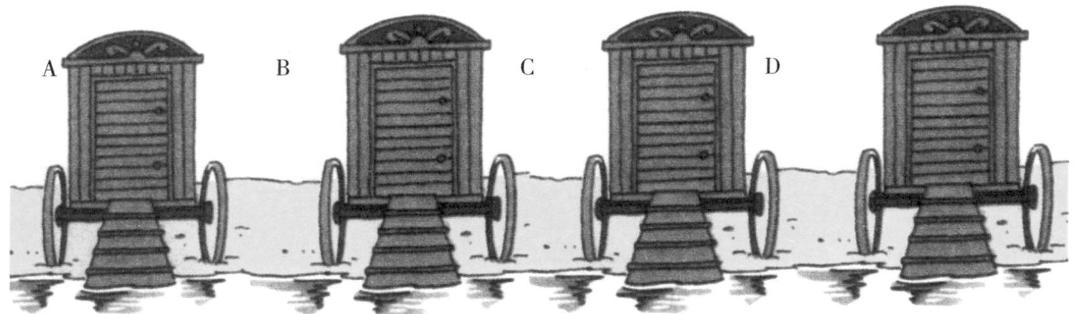

055 瓦尼斯城堡

18世纪末的斯顾博格公爵被公认为是一个疯狂的帽商，因为他花了大把的钱造了一个童话般的城堡，尤其是那4扇富丽堂皇的大门给人极大的震撼。从以下所给的线索中，你能说出这4扇门的名字、负责的长官以及守卫它们的护卫队吗?

线索

1.第四护卫队负责守卫入口，这个入口在剑门的顺时针方向，剑门不是弗尔长官负责的。
2.A门为第二护卫队守卫。
3.钻石门的护卫队号要比D门护卫队大1。
4.铁门在城堡的南方。
5.哈尔茨长官负责第一护卫队，第一护卫队不看守鹰门。
6.克恩长官的护卫队号要比苏尔长官的护卫队小1。

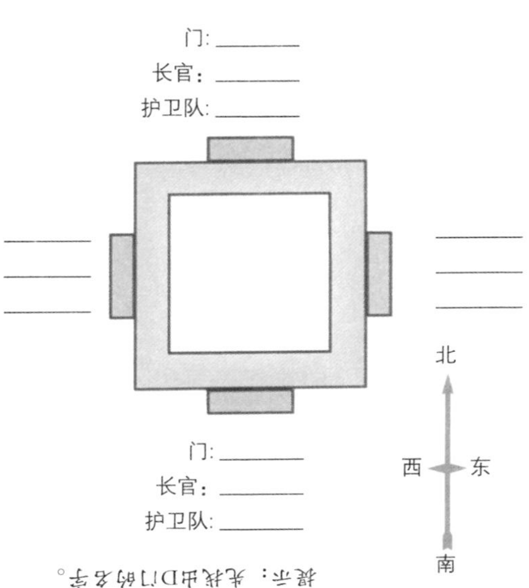

门：钻石门，鹰门，铁门，剑门
长官：弗尔，哈尔茨，克恩，苏尔
护卫队：第一，第二，第三，第四

提示：先找出D门的名字。

056 牛群

在西部开发的日子里，5群牛从农场被赶到遥远的铁路末端去运送来自东部的货物。从以下所给的线索中，你能找出每个牛群的老板、他的目的地、牛群的数目以及每次运货所需的时间吗？

线索

1.斯坦·彼定的路途大约要4个星期，他的牛群要比去往圣奥兰多的牛群小。

2.里格·布尔有一群牛，共300头，他赶牛群的路途不是最短的。路途最短的牛群数量比朗·霍恩带队的牛群的数量少。

3.波·维恩的牛群不是400头，瑞德·布莱德朝科里福斯铁路终点出发。

4.数目最少的牛群要花5个星期的时间到达目的地，他的目的地不是查维丽。

5.赶一群牛到斯伯林博格要花费3个星期的时间。

6.数目是500头的牛群要去往贝克市。

老板	目的地	数目	时间

	贝克市	查维丽	科里福斯	圣奥兰多	斯伯林博格	200头	300头	400头	500头	600头	2星期	3星期	4星期	5星期	6星期
瑞德·布莱德															
里格·布尔															
朗·霍恩															
斯坦·彼定															
波·维恩															
2星期															
3星期															
4星期															
5星期															
6星期															
200头															
300头															
400头															
500头															
600头															

057 收藏古书

我是一个古书的爱好者和收藏者，在近期的拍卖会上，我对其中的5本拍卖书非常感兴趣，从以下所给的信息中，你能说出它们的拍卖号、书名、出版时间以及吸引我的独特之处吗？

线索

1.小说《多顿公园》的这个版本包含了所有的注释，它的拍卖号是个奇数。1860年《大卫·科波菲尔》不是5号，也不是曾经是著名的收藏书的一部分。

2.《哲学演说》是21号拍卖物，它不是1780年出版的，1780年出版的书要比《伦敦历史》的拍卖号数字大。

3.《马敦随笔》不是16号，1832年出版的书不是5号和8号。

4.8号拍卖书是让人非常想得到的第一版发行书。

5.13号是1804年出版的书。

6.1910年出版的书有作者的签名。

拍卖号	书名	出版年份	特色之处

	《大卫·科波菲尔》	《哲学演说》	《多顿公园》	《伦敦历史》	《马敦随笔》	1780年	1804年	1834年	1860年	1910年	第一版	完整注释	珍藏部分	稀有之物	作者签名
5号															
8号															
13号															
16号															
21号															
第一版															
完整注释															
珍藏部分															
稀有之物															
作者签名															
1780年															
1804年															
1834年															
1860年															
1910年															

058 莫斯科“摩尔”

现在的莫斯科摩尔是一种鸡尾酒的名字。图中所示是4位年轻女性（均为高级密探）于1960年在苏联首都莫斯科KGB俱乐部聚会的情形，她们被称为“摩尔”，是高级密探。从以下所给的线索中，你能找出她们在莫斯科用的名字、她们的真名以及她们的编号吗？

线索

1.在莫斯科被称为伊丽娜·雷茨克沃的人在克斯汀·麦克莫斯的左边某个位置，她俩都不是Z12密探。
2.密探Z4在图中位于她的两个同伴之间。
3.帕姬·罗宾逊位于图中D位置，她的编号要比C位置上的数字小。
4.圣布里奇特·凯丽在莫斯科的名字叫路得米勒·恩格罗拉，在叶丽娜·幼娜娃的右边某个位置。
5.曼范伊·碧温的编号不是Z7。

俄罗斯名字：伊丽娜·雷茨克沃，路得米勒·恩格罗拉，马里那·克兹拉娃，叶丽娜·幼娜娃
真名：圣布里奇特·凯丽，克斯汀·麦克莫斯，曼范伊·碧温，帕姬·罗宾逊
密探编号：Z4，Z7，Z9，Z12

A

B

C

D

059 品牌代言人

根据最新消息，5位知名女性刚刚分别签下利润可观的广告合同，成为不同品牌的代言人。从以下所给的信息中，你能说出她们的职业、即将为哪个制造商代言以及所要代言的产品吗？

线索

1.卡罗尔·布和阿丽娜系列产品的制造商签了合同。和玛丽·纳什签了合同的不是普拉丝制造商，也不是丽晶制造商。
2.范·格雷兹将为一个针织品类产品做广告，她不是电视主持人。
3.电视主持人不代言化妆品和摩托滑行车，也没有和普拉丝制造商签约。为罗蕾莱化妆品代言的不是那位电影演员。
4.流行歌手将为一种软饮料产品做广告，但她不为丽晶系列做广告，丽晶的产品不是肥皂。
5.网球选手将为阿尔泰公司的产品做广告。
6.简·耐特不演电影，她是出演电视肥皂剧《河岸之路》的明星，在剧中她扮演富有魅力的财政咨询师普鲁·登特。

	电影演员	流行歌手	电视主持人	网球选手	电视演员	阿尔泰	阿丽娜	罗蕾莱	普拉丝	丽晶	化妆品	针织品	摩托滑行车	肥皂	软饮料
卡罗尔·布															
范·格雷兹															
简·耐特															
玛丽·纳什															
休·雷得曼															
化妆品															
针织品															
摩托滑行车															
肥皂															
软饮料															
阿尔泰															
阿丽娜															
罗蕾莱															
普拉丝															
丽晶															

姓名	职业	制造商	产品

060 说谎的女孩

我认为图中描述的4个女孩恐怕都是彻头彻尾的撒谎者。你要牢牢记住，她们所说的每一句话都是不正确的。你能根据所提供的线索说出图中各位置上女孩的真实年龄以及她们所拥有的宠物吗？

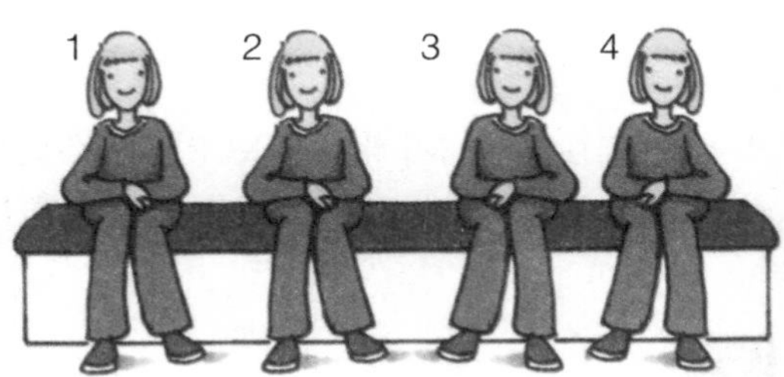

姓名：________ ________ ________ ________

年龄：________ ________ ________ ________

宠物：________ ________ ________ ________

线索

1.詹妮说：“大家好，我今年9岁，我坐的是第4个位置。”

2.杰茜说：“大家好，我坐在我朋友的隔壁，我的朋友有一只猫。”

3.杰迈玛说：“大家好，我坐在朱莉娅边上，她的宠物是龟，而另一个养猫的朋友今年9岁了。”

4.朱莉娅说：“我的宠物是虎皮鹦鹉，今年8岁，坐在2号位置。”

5.为了帮助你解题，我告诉你以下信息：位置3上的女孩今年10岁，杰茜的宠物是一条小狗，图中4号位置上的女孩的宠物是虎皮鹦鹉。

姓名：杰迈玛，詹妮，杰茜，朱莉娅
年龄：8，9，10，11
宠物：虎皮鹦鹉，猫，小狗，龟

提示：先找出朱莉娅的宠物。

061 周游的骑士

某一年，亚瑟王厌倦了他那帮骑士的懦弱，在和他的顾问梅林商量之后，他决意培养他们成为真正的骑士——在不指派具体任务的情况下，让他们周游去找寻骑士的勇气（当然，结果是令人失望的）。

从以下所给的线索中，你能找出每个骑士开始周游的时间、所去的地方以及在返回卡默洛特王宫前所花的时间吗？

线索

1.一个骑士很喜欢呆在海边，于是在海边整整呆了7个星期。他当然没有达到此行的目的。

2.9月份离开去寻找灵魂之途的骑士周游的时间要比少利弗雷德多2个星期。

3.蒂米德·少可先生不是在1月份开始周游的，但他周游的时间要比他在森林中转悠的同伴长一个星期。

4.把时间花在村边的骑士不是9月份开始周游的。

5.保丘·歌斯特先生离开后曾在沼泽荒野逗留，逗留时间不是4星期。

6.某骑士长达6星期的沉思开始于3月。

7.斯拜尼斯·弗特周游的时间有5个星期。

8.考沃德·卡斯特先生在7月开始周游。

	1月	3月	5月	7月	9月	海滩	村边	森林	沼泽荒野	河边	3星期	4星期	5星期	6星期	7星期
考沃德·卡斯特															
保丘·歌斯特															
少利弗雷德															
斯拜尼斯·弗特															
蒂米德·少可															
3星期															
4星期															
5星期															
6星期															
7星期															
海滩															
村边															
森林															
沼泽荒野															
河边															

骑士	月份	地点	时间

062 去往墨西哥的7个枪手

电影导演伊凡·奥斯卡构想了一个剧本：关于7个枪手南行去墨西哥的一个村庄和强盗作战的故事。以下的地图标记的是枪手中的组织者伯尼招募各枪手的地方，从所给的线索中，你能说出各个城镇的名字以及被伯尼招募的枪手的名字吗？

线索

1.其中一个枪手被伯尼保释出狱后，在位置3加入组织，此位置不是一个城市，大家只知道它的一个别名。

2.伯尼不是在第一站招募墨西哥赌徒胡安·毛利的，后者因被误控谋杀，差点被处以死刑，是伯尼救了他。

3.凯克特斯市是伯尼南行过程中找到毛利之后的下一站。伯尼招募他的老朋友蒂尼的地方是在马蹄市和他招募前得克萨斯州游民赛姆·贝利那个镇的交界区附近。

4.伯尼在经过保斯镇之后，在到达赖安加入组织的镇之前经过了梅瑟镇，在保斯镇和梅瑟镇他都没有发现那个神秘的枪手亚利桑那。

5.里欧·布兰可镇在格林·希腊镇的南边，但不是紧邻的。格林·希腊镇是在前任骑士官受辱后决意加入到伯尼组织的那个城市的南边下一站。

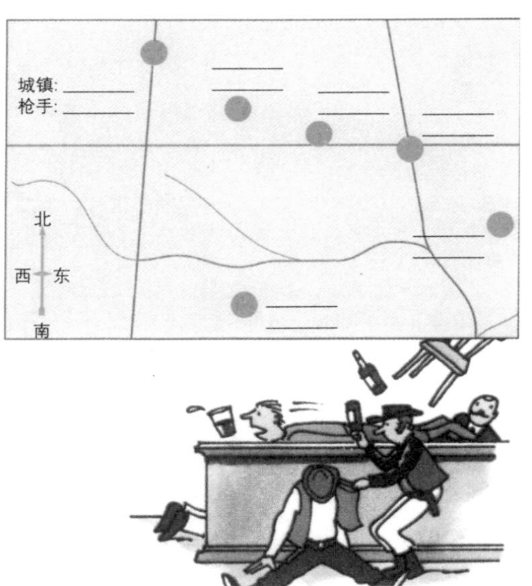

城镇：凯克特斯市，格林·希腊镇，马蹄市，保斯镇，梅瑟镇，里欧·布兰可镇
枪手：亚利桑那，赖安，胡安·毛利，马特·詹姆士，赛姆·贝利，蒂尼

提示：先找出马特·詹姆士加入组织的城镇。

063 信箱

在美国一个偏远山区，4位家庭主妇是邻居。每位主妇家门口的信箱颜色都不相同。根据下面的线索，你能说出每位主妇的姓名和她所用信箱的颜色吗？

线索

1.绿色信箱在加玛和杰布的信箱之间。

2.阿琳选择了黄色信箱，她家的门牌号要比菲什贝恩夫人家的大。

3.巴伦夫人家的信箱是红色的。

4.232号家的信箱是蓝色的，但是这不是路易丝的家。

名：阿琳，加玛，凯特，路易丝
姓：巴伦，菲什贝恩，弗林特，杰布
信箱：蓝色，绿色，红色，黄色

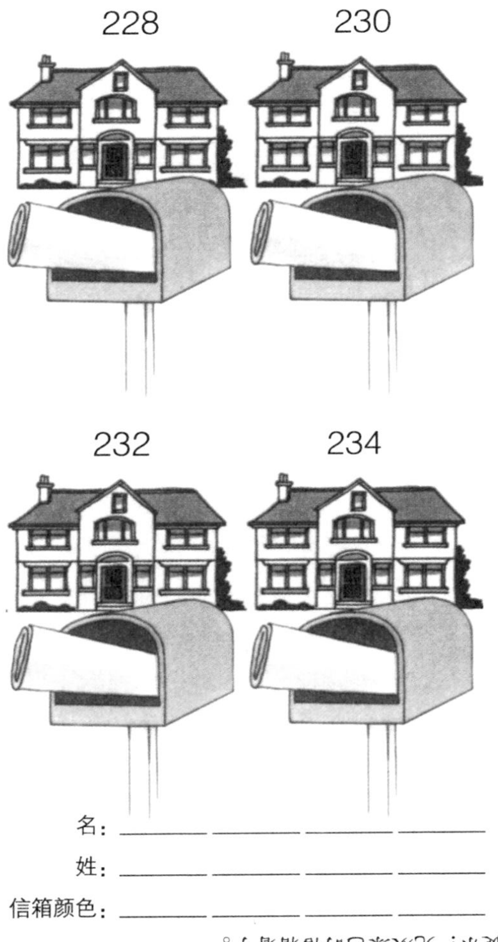

提示：先从绿色的信箱着手。

064 邮票的面值

在弗来特里刚刚发行了一套新邮票，右面就是其中4种不同面值的邮票。根据给出的线索，你能找出每张邮票的设计方案（包括它们的面值、边框及面值数字的颜色）吗？

线索

1.每张邮票中的数字5都不是棕色的。
2.画有大教堂的那张邮票面值中有个0，它在有棕色边框邮票的右边。
3.第4张邮票的面值中有个1，而第3张邮票上画的不是海湾。
4.面值为15分的邮票在蓝色邮票的正上方或正下方。
5.画有山峰的不是第1张邮票，它仅比有红色边框的邮票面值大。

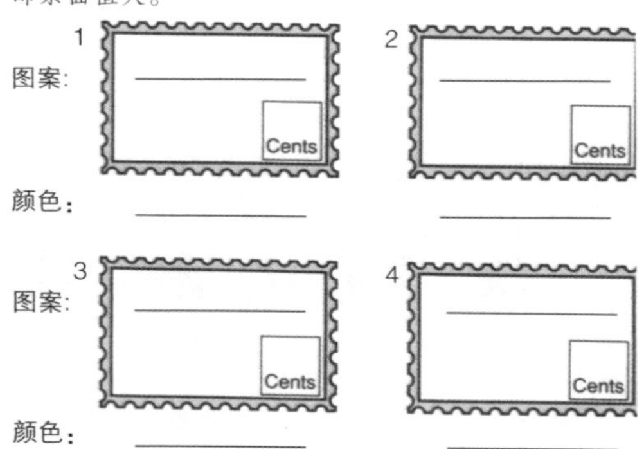

提示：先找出棕色邮票。

图案：大教堂，海湾，山峰，瀑布
面值：10分，15分，25分，50分
颜色：蓝色，棕色，绿色，红色

065 与朋友相遇

汤米在路上先后遇到了4位朋友，他们每个人所吃的食物都不相同。因为那天天很冷，所以每个人穿的都是毛衣。根据下面的线索，你能按相遇的先后顺序说出每位朋友的名字、他们各自所穿毛衣的颜色以及他们正在吃什么食物吗？

线索

1.在汤米遇到穿蓝毛衣的凯文之前，他遇到了一位在吃棒棒糖的朋友。
2.汤米遇到的第3位朋友穿着米色毛衣。
3.在遇到穿绿毛衣的朋友之后，汤米遇到了正在吃香蕉的朋友，这个人不是西蒙。
4.在遇到吃巧克力派的刘易丝之后，汤米碰到了穿红毛衣的小伙子，这个人不是丹尼。

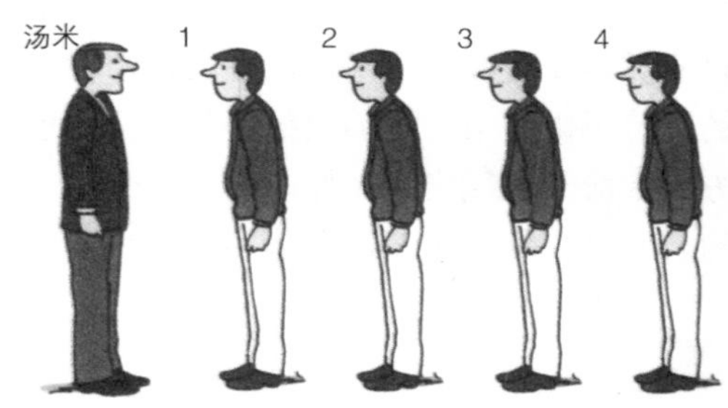

提示：首先找出穿红毛衣的年轻人的名字。

名字：丹尼，凯文，刘易丝，西蒙
毛衣：米色，蓝色，绿色，红色
快餐：苹果，香蕉，巧克力派，棒棒糖

066 巫婆和猫

中世纪时期的一个小乡村里，4个巫婆分别霸占了村里的4幢别墅。根据下面的线索，你能说出每幢别墅中巫婆的名字、年龄以及巫婆的猫的名字吗？

线索

1.马乔里住在那个86岁的老巫婆的东面，这个巫婆有只猫叫颇里安娜。
2.罗赞娜刚过80岁。
3.凯特的主人住在村里池塘后面的2号别墅里，她总是用诡异、甚至可以说是邪恶的眼神从她密室的窗口向外窥视。
4.3号别墅的主人75岁，她的猫不叫托比。
5.人们把塔比瑟的那只老猫叫做尼克。
6.和格里泽尔达住得最近的巫婆已经71岁了。

提示：从颇里安娜住的别墅入手。

巫婆：格里泽尔达，马乔里，罗赞娜，塔比瑟
年龄：71，75，80，86
猫：凯特，尼克，颇里安娜，托比

067 替换顺序

在昨晚的足球赛中，主队队员做了5次替换。根据下面的信息，你能找出每次替换的时间、离场队员的名字、球衣号码以及每次上场的替补队员的名字吗？

	弗里斯	凯尼恩	蒙特罗	帕里	塞尔诺	3号	8号	14号	18号	27号	豪丝	勒梅特	迈克耐特	瑞文	塔罗克
24分钟															
56分钟															
63分钟															
78分钟															
85分钟															
豪丝															
勒梅特															
迈克耐特															
瑞文															
塔罗克															
3号															
8号															
14号															
18号															
27号															

线索

1.第一位被替换下来的队员穿18号球衣。
2.凯尼恩在第56分钟被换下场，他的球衣号码至少比被迈克耐特替换下场的队员的球衣号码大7。
3.帕里和3号球员都不是在第63分钟被替换下场的，后来3号是被豪丝替换的，但是3号球员不是帕里。
4.塔罗克在第78分钟上场，但不是替换8号球员。
5.塞尔诺穿的是14号球衣。
6.瑞文替换弗里斯上场。

替换时间	被替换者	号码	替换者

068 便宜货

在一个汽车流动售货处，玛丽买了很多她喜欢的东西。根据下面的线索，你能说出玛丽购买每件商品的顺序、品名、价格以及售货摊主的姓名吗？

线索

1.玛丽从摊主威里手中购买的东西比她买的第1件东西和她买的花瓶都便宜。
2.玛丽买完书后去了莫利的货摊。
3.玛丽从一位女摊主手中买到的玩具仅仅花了30美分，这不是她买的第2件东西。
4.玛丽最后购买的是一块她非常喜欢的头巾。
5.玛丽买的第3件东西最贵。
6.玛丽从吉恩那里买了一个杯子。
7.在去莎拉的货摊之前，玛丽从弗兰克手中购买的商品仅仅花了25美分，在莎拉那里购买的商品不到60美分。

	书	头巾	杯子	玩具	花瓶	25美分	30美分	50美分	60美分	75美分	弗兰克	吉恩	莫利	莎拉	威里
第1件															
第2件															
第3件															
第4件															
第5件															
弗兰克															
吉恩															
莫利															
莎拉															
威里															
25美分															
30美分															
50美分															
60美分															
75美分															

顺序	货物	价格	出售者

069 等公车

站台上7个职员正焦急地等待着下一趟公车。根据下面的信息，你能说出每位职员的名字及他们在哪个公司上班吗？

线索

名字：吉莉安(女)，格伦(男)，马德琳(女)，纳尔逊(男)，雷切尔(女)，塞布丽娜(女)，托奎(男)
公司：银行，律师事务所，建筑公司，保险公司，投资公司，法律顾问公司，证券公司

1.站台上，塞布丽娜站在那位在证券公司上班的职员右边第2个位子上。
2.格伦在第4个位子，他不在法律顾问公司上班，但他右边那个人在那里上班。
3.其中一位男性乘客站在第6个位子上。
4.在纳尔逊的一边是一位女乘客。
5.雷切尔左边的那位乘客在银行工作。
6.第3位乘客在一家保险公司工作。
7.站在吉莉安旁边的一个人在一家律师事务所工作。
8.托奎是一家投资公司的雇员，从图上看马德琳在他的右边。

提示：先从在证券公司上班的往返者入手。

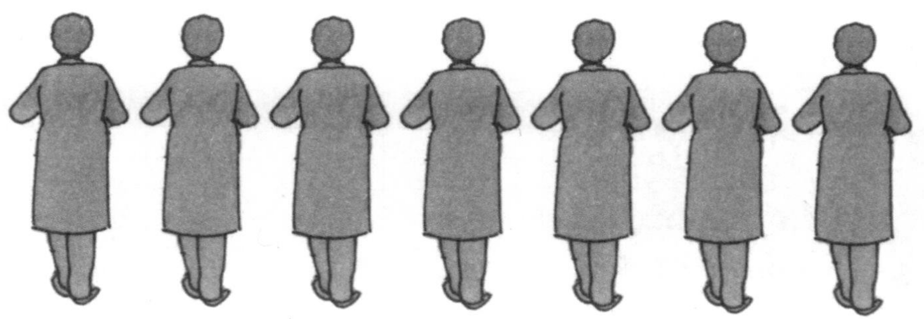

070 生日礼物

当 14 岁生日那天，拉姆收到了 4 个信封，每个信封内都有一张购物优惠券。根据下面的线索，你能猜出每封信的寄信人姓名、优惠券发行方及每张优惠券的面值吗？

线索

寄信人：卡罗尔阿姨，丹尼斯叔叔，马丁叔叔，理查德叔叔
代币发行方：Benedam，HBS，Ten-X，W. S. Henry
代币价值：5，10，15，20

1.Ten-X所发行优惠券的面值比旁边C信封里优惠券的面值小，而且不仅仅只是小5。
2.理查德叔叔寄来的优惠券在B信封内，其面值比HBS发行的优惠券小5。
3.马丁叔叔寄来的Benedam的优惠券不在D信封内。
4.最有价值的优惠券是卡罗尔阿姨寄来的，但不是W. S. Henry发行的优惠券。
5.丹尼斯叔叔寄来的礼物不是最便宜的。

提示：先找出卡罗尔阿姨的优惠券发行方。

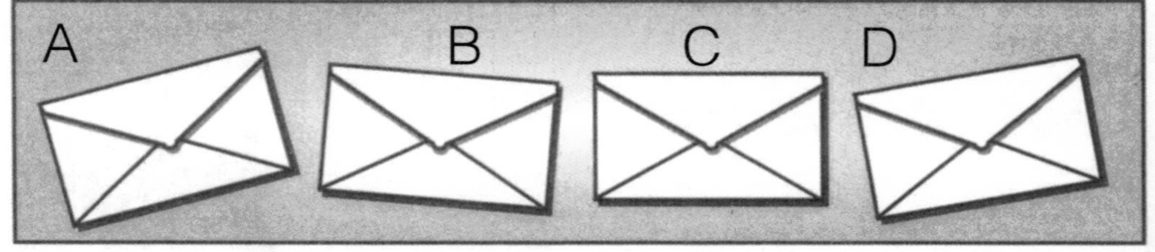

071 时尚改装

在格林卡罗琳制作的广受欢迎的电视节目《时尚改装》中，通过一位资深室内设计师的帮助，很多夫妇重新设计了他们朋友或邻居们的房子。下面详细描述了5对夫妇的信息，你能猜出每位设计师和哪对夫妇搭档吗，以及他们将要改装什么房间并且选择了什么新风格吗？

线索

1.利萨和约翰不是跟梅·克文或刘易斯·劳伦斯·贝林搭档，梅不会改装起居室，也不会使用哥特式风格。
2.刘易斯·劳伦斯·贝林不会装修餐厅，因为他所喜欢的墨西哥风格无法应用于餐厅的装修。
3.艾玛·迪尔夫将把一个房间设计成维多利亚风格的，但他设计的不是卧室。
4.当雷切尔·雷达·安妮森装修的是厨房。起居室被改装成了墨西哥风格。
5.休和弗兰克将相互协作着把房间设计成前卫时尚的未来派风格，但他们不是装修餐厅。
6.林恩和罗布是与设计师贝琳达·哈克合作，而海伦和乔治装修的是浴室。

答案

发散思维

001 爱之花

一对亲吻的恋人形成了玫瑰花的轮廓，或者说一朵玫瑰花里隐藏了一对恋人。两种含义的线条不清晰，造成了不同的表达。

002 玛莲·德烈治

墨西哥艺术家奥克塔维奥于20世纪40年代创造了关于电影明星玛莲·德烈治的这个著名场景。

003 狐狸

酒店的招牌、门、墙壁上的图案、酒店旁的树等共同组成了一只狐狸。

004 天使

图中的人头和手隐藏了天使。

005 神秘的嘴唇

嘴唇在保姆的背后，西班牙超现实主义者萨尔瓦多·达利对于两可图像非常着迷，将这幅画命名为“保姆背后神秘的嘴唇”。该画绘制于1941年。

006 10个人

图中有5个脑袋，但是可以数出10个完整的身体。

007 堂·吉诃德

这幅图像主要的场景是被模糊了的堂·吉诃德肖像，但是背景中隐藏着好多张面孔。

008 狗的小岛

你可以同时看到一个岛屿和两只狗。

009 钢琴

只有从某一特定角度才能在镜中看到完美的钢琴影像。在这个角度，右边的钢琴部件对眼睛呈现出与正常钢琴一样的视角，于是视网膜上就形成了正常钢琴的图像。当你向右看时，是以另外一种视觉角度来看这个结构，看到的就是杂乱的钢琴部件。

010 神奇的立方体

立方体内部油漆出一种与外部相似的效果。在特定的灯光环境下，由于过于模糊，视觉系统无法判断物体是凸起的还是凹陷的。此外，你必须站在某个特定的位置，在这个位置，凹陷的立方体与凸起的立方体对眼睛呈现相同的视角。移动到另外的角度，结构线索得到强化，比灯光线索明显，立方体凸起的特征就暴露了。

011 板条箱

不可能存在。右图揭示了板条箱的真正结构。人类拥有设计这种结构的大量经验，即设计一个不可能结构，从特定角度看过去它是正常的。

012 二重奏

这个雕塑由两个侧面轮廓组成——钢琴家和小提琴家，它们之间成90°。

013 硬币

硬币上的肖像是当时的罗马教皇，颠倒之后，就变成了恶魔。

014 蔬菜园丁

将图片上下颠倒就能看到人的脸。

015 法国人头

颠倒后会看到不同的人头。这是19世纪早期法国的颠倒肖像例子。

016 恋爱和结婚

正眼看这幅图，可以看到微笑的女人和男人；将图颠倒后，他们两人是皱着眉头愤怒地看着对方。

017 警察

这是由雷克斯·威斯特勒创作的可颠倒图像。如果将图片颠倒，警察将会呈现十分惊讶的表情。

018 小女孩和老人

将图片颠倒过来你就会有惊人的发现。

019 小丑

不要从局部观察，而是通观全局，就能看到小丑。

020 树的群落

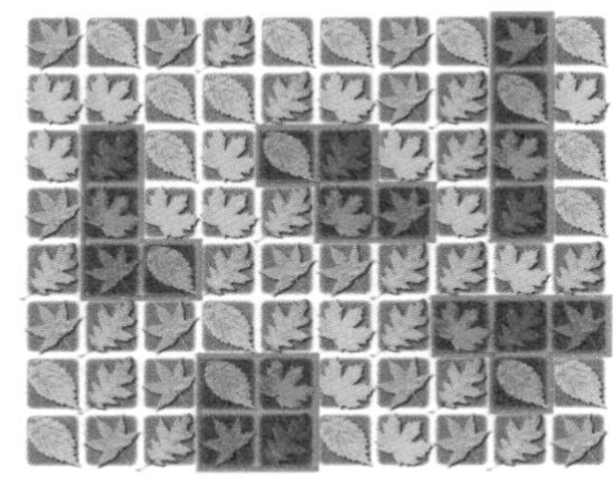

021 风筝大赛

图中用字母标注成对的风筝。只有单个的龙形风筝和其余三个同款风筝用彩色标注。

022 雪花生意

完美的雪花是2和7。其他雪花的缺陷在下图中用红色圈出。

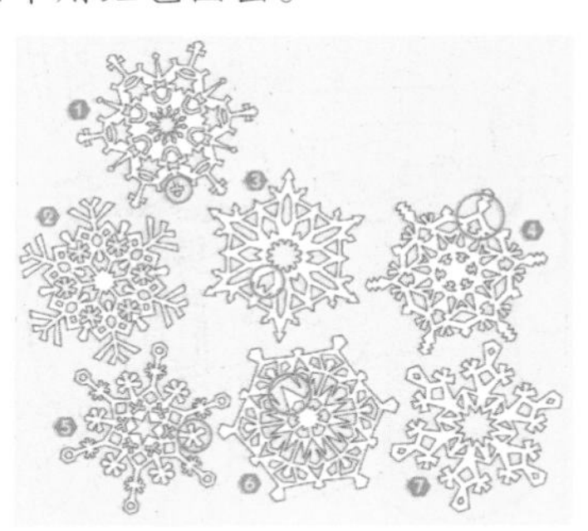

023 古怪餐厅

错误：两扇窗户一扇显示的是白天，一扇是夜晚；一位顾客手里的菜单（MENU）拿倒了；服务员用勺子写字；服务员只穿了一只鞋；收银员用收银机打游戏；牌子上写着“HAVE A A NICE DAY”（多了一个A）；蛋糕柜子上圆下方；蛋糕柜里装有一个宇宙飞船；一个女孩在喝番茄酱；一个男人的衣服穿反了；一个男人用帽子盛汤；前面拿菜单的男人长了三只手；服务员的盘子失去了平衡；一把凳子没有支柱；一个男人举着空杯子在喝；通往厨房的门是外开式，服务员却在往里推；一个服务员戴着护士的帽子；一个服务员把咖啡倒进谷物里；一个女人用狗狗的碗吃饭；蛋糕半边三层半边双层；盐和胡椒的标签弄反了；厨师旁边的订单里夹了一只袜子；厨师正烹饪的蛋没有剥壳；厨师手里的盘子端倒了。

024 即时重播

右边图比起左边图的变化：吐舌头的男人舌头换了方向；守场员的手套变成了接手的手套；相机变成了望远镜；饮料变成了冰淇淋；拿饮料的男人眼镜形状变了；拿饮料的男人表不见了；帽子上的吉祥物变了方向；记分板变成了纵横字谜；旗子上的“GO TEAM”变成了“GO AT’EM”；小孩的T恤上多了条纹；秃头男人长了头发；喷出的芥末酱变成了番茄酱；女人的耳环颜色从蓝变黄；纸杯及其

中物体变了。

025 恍然大悟

026 粉碎的镜像

相匹配的是2和8。

不同：

1．多出来尖牙

3．胳膊上没毛

4．右边中间多一道裂缝

5．疣少了一个

6．大拇指不见了

7．左上角少一道裂缝

027 从这里下坡

错误：驼鹿的两只角不一样；相框是侧着挂的；相框图片中的雪地里有一棵棕榈树；保龄球瓶在壁炉里；靠墙的滑雪板有一个两头都是尖的；一根滑雪杖下面有一个叉子；熊皮小毯子上面有豹纹斑点；冰垂在屋子里面；女人两腿之间的沙发条纹颜色变了；坐着的男人有三只手；桌上放的“SKIIING”书拼错了，里面有三个“I”；坐在滑雪缆车里的人在往下坐，而不是往上；坐在缆车里的一个女人穿着轮滑鞋；山顶上有樱桃；滑下坡的小孩穿着泳装；右边窗玻璃外的天空变了颜色；胳膊摔坏的男人拄着他根本用不着的拐杖；楼梯上的女人手里的杯子拿倒了；楼梯后栏杆的一根支柱跑到了前栏杆的前面；布谷鸟太大了，进不了那个摆钟的门；钟上面的3和9地方反了；一个钟摆是一条鱼。

028 包装小组

包装纸应该是冬青树图案的那个（5卷中间那卷），丝带应该是深绿的那盘。

029 滑板高手

一模一样的是B和E。

不同：

A．没有后轮上的铁片

C．短裤变成浅黄色的了

D．帽子的条纹变成涂满的了

F．闪电的图案倒了

G．袖子要短一些

030 假日海滩

1．双肩背包，棒球手套

2．运动型收音机，充气游泳圈

3．太阳镜，裤子

4．紧身短背心，夹趾拖鞋

5．帽舌，脚蹼

6．潜水面罩，手表

031 保龄球馆

下图比起上图的变化：橘色的三角形变成了蓝色；中间的道多了一个瓶；打扫的男人脸上多了一副眼镜；扫帚变成了拖把；女人的直发变成了卷发；男人衣服背后印的GARAGE变成了GARBAGE；回球器里面中间那个球的颜色变了；男孩帽子的帽沿变短了；男孩手里的鞋鞋带系上了；桌上杯子上插的吸管由弯变直了；盘子里的批萨移动位置了；女孩换了一只手来写字；椅子底座分开了；热狗涂上了芥末酱；橘色的球旋转了；男人的袖子变长了；绿色和黄色的球由分开变成靠在一起了。

032 雪落进来了

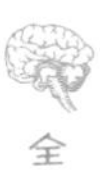

033 饰品

成对的用字母标示出来。单独的一个用黄色圈出，一组三个的用白色圈出。

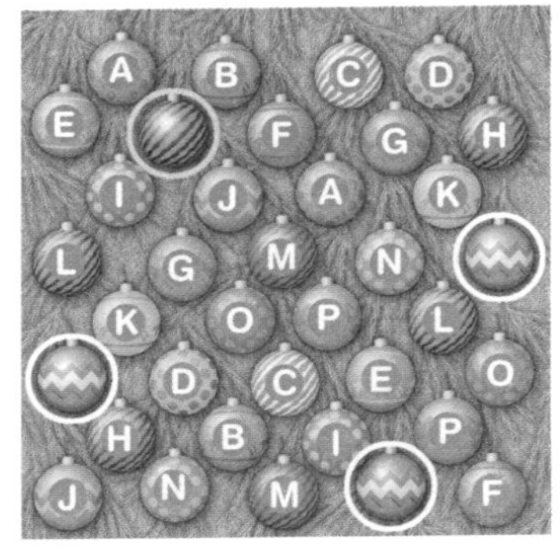

034 蝙蝠

035 赝品

画：A——眉毛上挑；B——手腕上有手表；C——背景里的云换了位置；D——完美的赝品；E——手的位置反了

美元：A——没有圆的印；B——完美的赝品；C——ONE和BUCK位置反了；D——人像方向反了；E——多了蝴蝶领结

壶：A——完美的赝品；B——长矛变成了三叉戟；C——最上面的那块没有了；D——壶底的颜色反了；E——盾牌上面的星星变成了三角形

邮票：A——没有火车头最前面的光束；B——工程师头上戴着棒球帽；C——铁轨变成了公路；D——烟囱变成了黄色；E——完美的赝品

036 倒影

倒影的不同：撞在一起的男孩位置反了；撞在一起的男孩手套变成不分指手套了；倒影的6看起来应该像9才对；黄色帽子上的长尾部变短了；紫色的裤子款式变了；牵狗女孩的发型变了；狗的皮带绳不见了；狗身上的斑点变了；牵手男人的倒影没有连着；牵手男人（右）的鞋子颜色变了；睡着的狗没有倒影；跳起来的男孩裤子颜色变了；跳起来的男孩的冰刀没有倒影；坐着的女孩倒影中多了一副眼镜；坐着的女孩外套上的补丁变了；快摔倒的男人的冰刀在倒影里成了轮滑鞋。

037 羽毛相同的鸟

如下图所示，相匹配的鸟用字母标出。

A：有小斑点的那块低一些
B：尾巴有三个分叉
C：翅膀尖的羽毛是黄色
D：后脑勺上没有红点
E：头顶的羽冠要长一些
F：喙要勾一些
G：胸前的小斑点少一些
剩下的一只鸟没有配对。

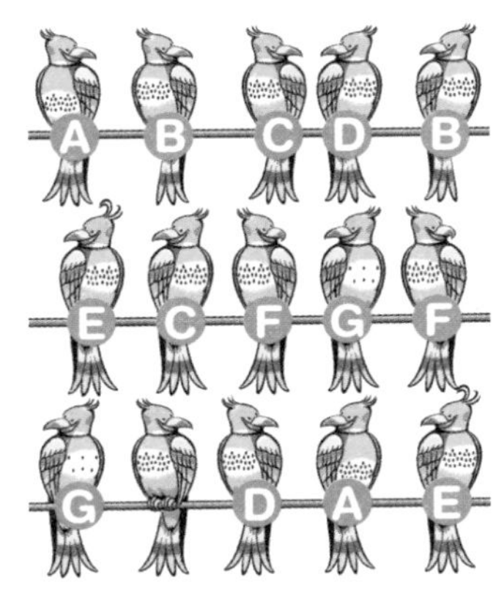

038 汉堡

相匹配的是1和5。

不同：

2. 汉堡上的籽不见了
3. 多了一根薯条
4. 汉堡馅上面多了番茄酱
6. 汉堡馅上面多了泡菜
7. 盘子边多了波浪形的设计
8. 牙签的装饰变成黄色了

039 藏着的老鼠

040 镜像

镜像与原场景的不同：飞机的镜像是错的；飘走的气球成了男孩的头；剧院钟的指针镜像错误；消防员手里多了一个热狗；消防员所在的梯子横杆不见了；输水软管套在了象鼻上；象腿的镜像错误；“Circus is coming”变成了“going”；鸟嘴里多了一块比萨；旗子的镜像错误；街灯变成了淋浴喷头；窗户上下颠倒了；仙人掌上下颠倒了；“Toy Story”里的R和S镜像不对；剧院上蓝色和橘色的三角形互换了颜色；剧院里女人头发的颜色变了；“EAT”镜像错误；拿着镜框的男人裤子颜色变了；镜框里面人的镜像和香蕉的位置变了；后座乘客的头镜像错误；汽车牌照上的连接符位置变了；轮胎上多了一个大头针；消防水从人行道喷出来；骑车小孩的发型变了；小孩衣服条纹的镜像错了；短吻鳄手里多了一把牙刷；狗的后腿不见了。

041 缺少的部件

缺少的部件有：

1. 水槽：排水口
2. 皮带：系皮带时需要的金属扣
3. 锅：锅盖柄
4. 喷雾瓶：把液体压入喷雾器的管子
5. 糖果机：糖果出来的出口
6. 铅笔：铅
7. 衬衫：纽扣眼
8. 独轮手推车：支脚

042 飞船

如图所示。成对的飞船用字母标示。单独的那个用彩色标示。

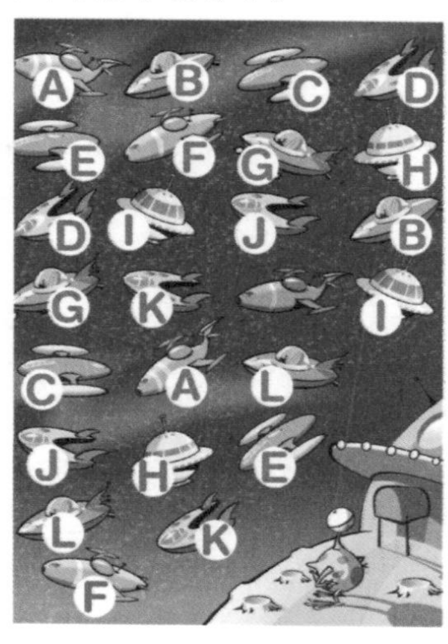

043 眼花缭乱

1. 汽水罐
2. 灯
3. 扫帚
4. 锤头
5. 录像带
6. 字典
7. 自行车头盔
8. 伞
9. 开罐器

044 一样的图形

045 宠物店

错误：有一条鱼是一颗有包装纸的糖；“PET SHOP”里的“S”跟其他字母正反不一样；店里卖鱼项圈；“FISH FOOD SALE”打折信息上显示的现价却比原价高；鸟在一个装满水的袋子里；男孩是一只猩猩；红鸟和栖木在鸟笼外面；蓝鸟鸟笼的链子上少一个环；蓝鸟鸟笼里有篮球和篮筐；大鱼缸里的水水面是斜的；鱼戴着眼镜；犀牛被关在笼子里；鱼和水在笼子里；猫有发条；女孩的衣服袖子一只长一只短；仓鼠看报纸；狗头朝下倒着；乌龟有两个头；乌龟身上有尾灯和牌照；不同树枝之间蛇身上的花纹不一样；蛇的舌头是一把叉子；“PLEASE DO NOT TAP ON ON GLASSES（请不要敲打玻璃）”里面多了一个“ON”；男孩有三只胳膊；猫咪身子一半是蜥蜴；关老鼠的笼子里有一个鼠标。

046 闹鬼的房子

讨要糖果的小鬼住的房子用星号标记出，如图所示。

047 花园矮人

四个假矮人用星号标示。

不同：

1. 衣服长一些
2. 眉毛不同
3. 嘴巴上有小胡子
4. 胡须短一些
5. 鞋尖没有翘起
6. 多一条皮带
7. 帽子的颜色不一样
8. 袖子长一些

048 圣诞老人

问题的答案是：POLE VAULT（撑杆跳）。

下面图与上面图的不同之处，从左到右为：玩具木马背上的毯子变成了绿色；方眼镜变成圆的了；蜡烛变短了；小精灵的鞋头变弯了；窗户上的雪花位置下移了；门把手变样了；圣诞老人的外套上多了一个口袋；门口的长短冰凌换位置了；柱子上的条纹改变了方向。

049 探险家

问题的答案是：

POINTLESS（毫无意义的）。

下面图比起上面图的变化，从左至右，为：鸟嘴尖的红色部分多了一些；蝴蝶身上有一个斑点变成绿色了；箱子上的把手变了；大象少了一颗长牙；探险家帽顶多了一部分；探险家的袖子上多了一个袖口；树上的节孔低了一些。

050 姜饼屋

问题的答案是：DOUGH NUTS（糖圈饼）。

下面图比起上面图的变化，从左至右，为：安全帽多了个帽舌；屋顶上的软糖从黄色变成了蓝色；蓝图上面的烟囱形状变了；起重机的吊钩换了方向；糖果棒上面的条纹变换了方向；起重机轮子中心变大了；起重机顶灯不见了。

051 特技演员

问题的答案是：

IN THE CAST（进入剧组了）。

下面图比起上面图的变化，从左至右，为：海报里的鞋不见了；衬衫领子变了；特技演员的照片反了；大水罐里的水变多了；男人变光头了；头盔上的条纹颜色变了；保险丝变短了。

052 宇航员

问题的答案是：FIRED UP（被点燃了）。

下面图比起上面图的变化，从左至右，为：显示屏上的高个子没戴眼镜；手控操纵杆低一些；招手的手指分开了；头盔上多了条纹；地图里的月亮变成了土星；红灯变黄了；安全带上少了搭扣；宇航员衣服上的国旗换方向了；地球旋转了。

053 嘘……有人！

如图所示

7号情形是你在解这道题时看到的。

054 找面具

那个生气的面具在第2行右边倒数第2个。

人的感知系统总是能够很容易察觉异常的事物，而完全不需要系统的查找。这个原理被利用于飞机、汽车等系统里，从而使它们的显示器能够随时随地地探测出任何异常的变化。

055 找不同

如图

056 图案速配

1	2	3	4	5
6	7	8	9	10
11	12	13	14	15
16	17	18	19	20
21	22	23	24	25
26	27	28	29	30

5	27	13	28	8
30	11	18	3	20
23	16	7	15	29
2	17	10	6	26
9	14	22	1	24
21	4	19	25	12

057 各不相同（1）

058 各不相同（2）

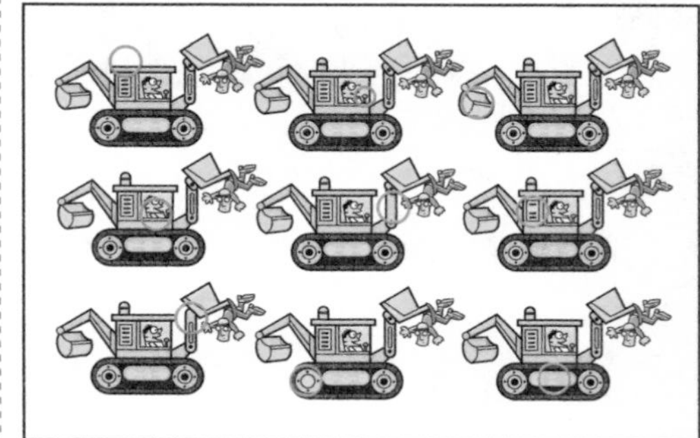

059 各不相同（3）

060 各不相同（4）

求异思维

001 重拼正方形（1）

如图所示，5个边长为1个单位的正方形可以拼入1个边长是2.707个单位的正方形内。

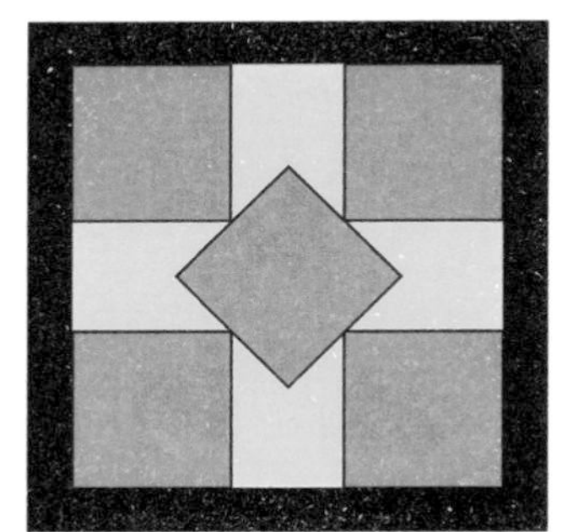

002 重拼正方形（2）

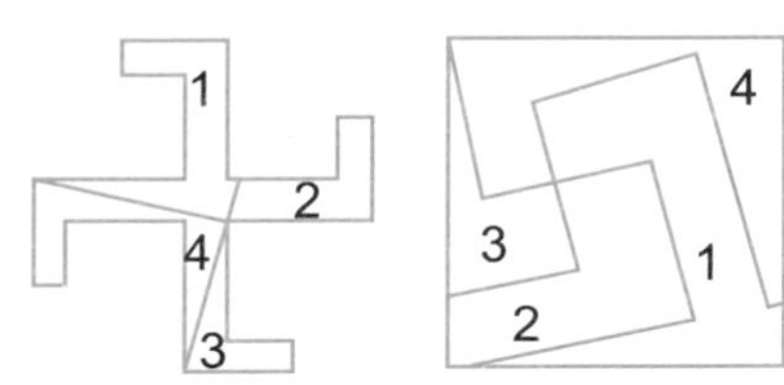

003 长方形拼正方形（1）

如果前10个正整数是5个可以被拼成1个正方形的长方形的元素，那么这个正方形的面积一定在110和190之间。正方形的边长应该是11，12或13。

因为长方形的10个元素完全不同，4个长方形一定包围着1个在中间的长方形。

对于边长为12没有解法。只存在4种解法：两种边长为11，两种边长为13。解法如下图所示。

这个问题首次由查尔斯·崔格在1969年的《娱乐数学》杂志中提出。

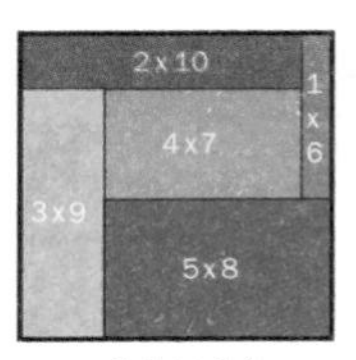

11×11

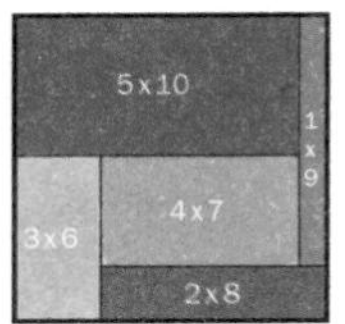

11×11

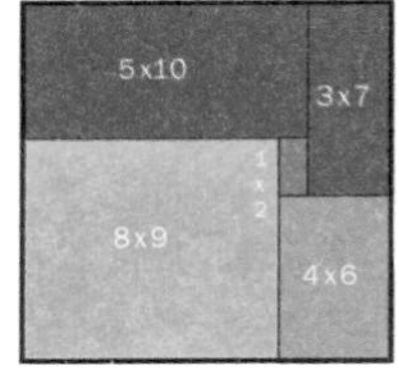

13×13

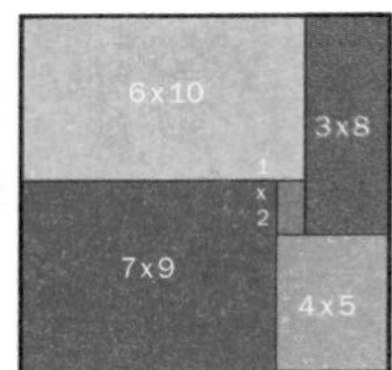

13×13

004 长方形拼正方形（2）

这11个长方形的总面积同1个21×21正方形的面积相等。这样1个正方

形能包含这 11 个长方形吗？

最好的成绩是把除了 5×6 的长方形以外的所有长方形都拼起来。

21×21 正方形不能被这 11 个长方形完全覆盖。

可以装得下所有 11 个长方形的最小的正方形是 1 个 22×22 正方形。

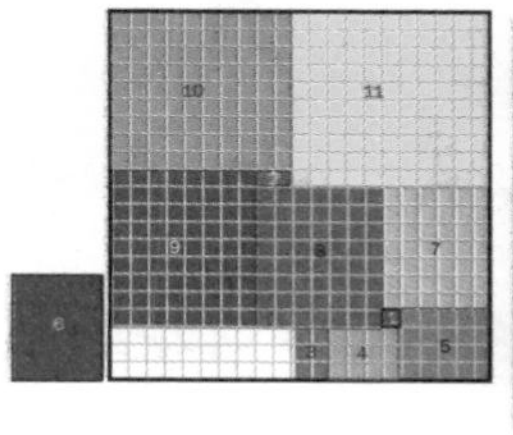

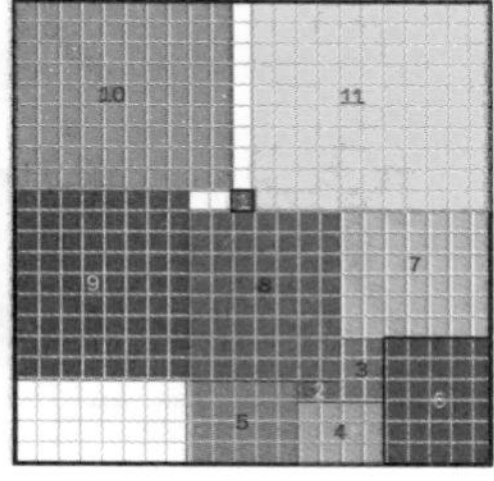

005 穿过雪花

如图所示

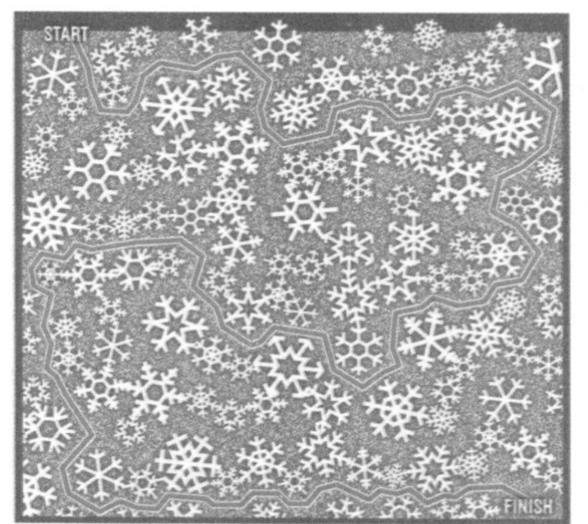

006 臭虫迷宫

如图所示

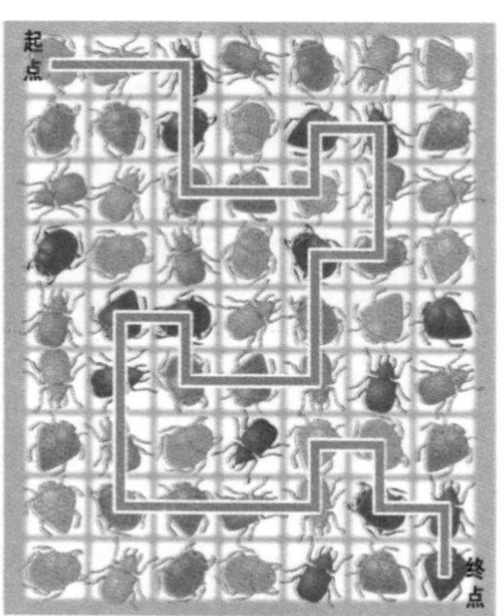

007 跟随岩浆

如图所示

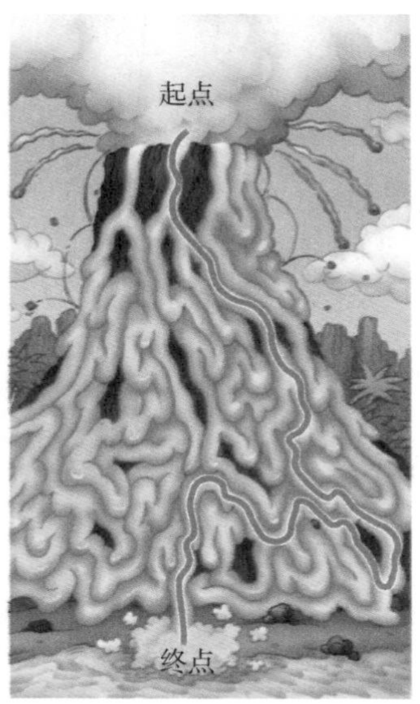

008 跳蚤路线

如图所示

009 运动的药剂

如图所示

010 长跑

完成的路线拼出一个单词GOLD（金牌）。

如图所示

011 临阵脱逃

如图所示

012 蛛丝马迹

如图所示

013 四处徘徊

如图所示

014 交叠的围巾

如图所示

015 蝴蝶迷宫

如图所示

016 幸运之旅

如图所示

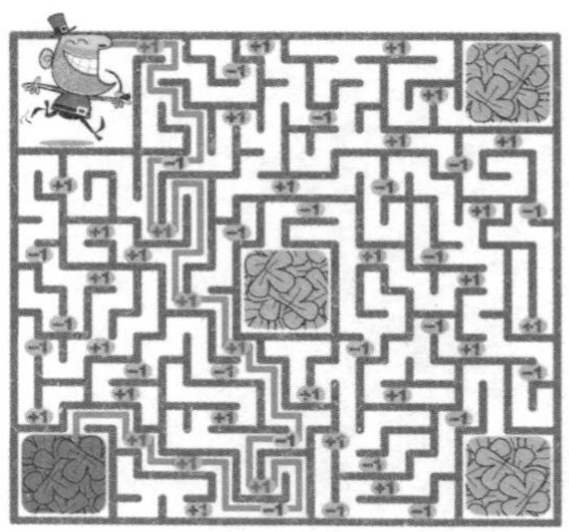

017 考古宝地

如图所示

018 蜜蜂路线

如图所示

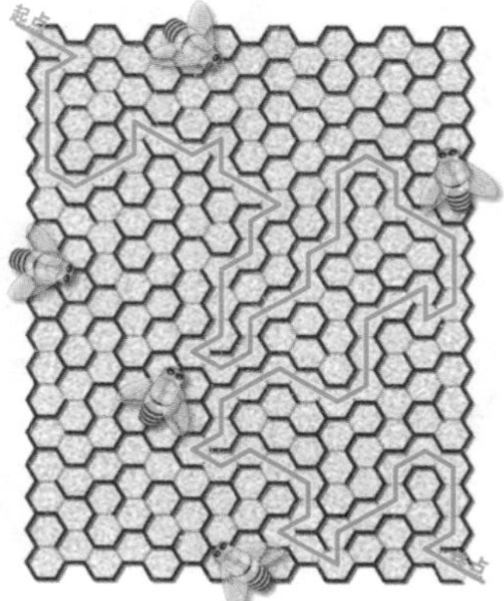

019 死角

如图所示

020 间隙航行

如图所示

021 青蛙迷宫

如图所示

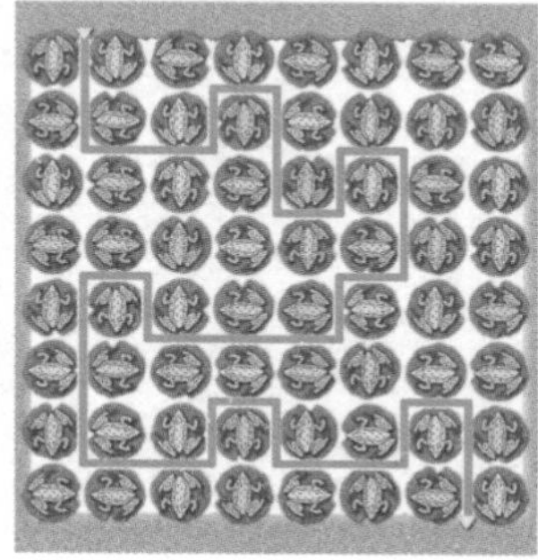

022 相反的迷宫

如图所示

023 楼层平面图

如图所示

024 粉刷匠

1. BOOKCASE（书橱）
2. WASTEBASKET（废纸篓）
3. DESK（书桌）
4. OFFICE CHAIR（办公椅）
5. SPEAKERS[2]（两只音箱）
6. RUG（地毯）
7. FLOOR LAMP（落地灯）
8. WELCOME MAT（门口的擦鞋垫）
9. BED（床）
10. BARBELL（杠铃）
11. SUITCASE（小提箱）
12. DOOR（门）
13. IN-LINE SKATES（轮式溜冰鞋）
14. NIGHTSTAND（床头柜）
15. BIKE（自行车）
16. PAINT CAN（漆罐）

如图所示

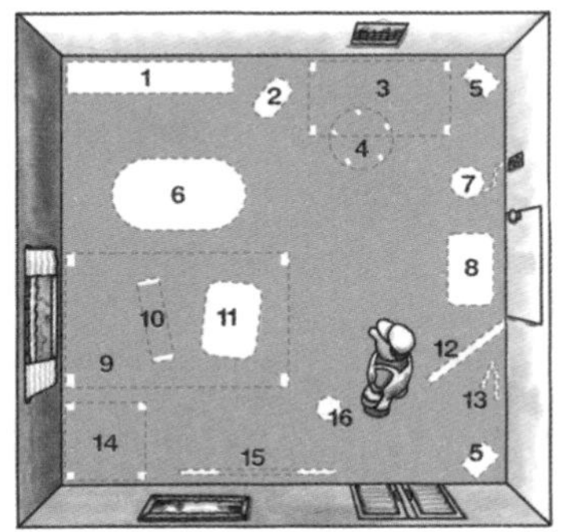

025 图腾柱

如图所示

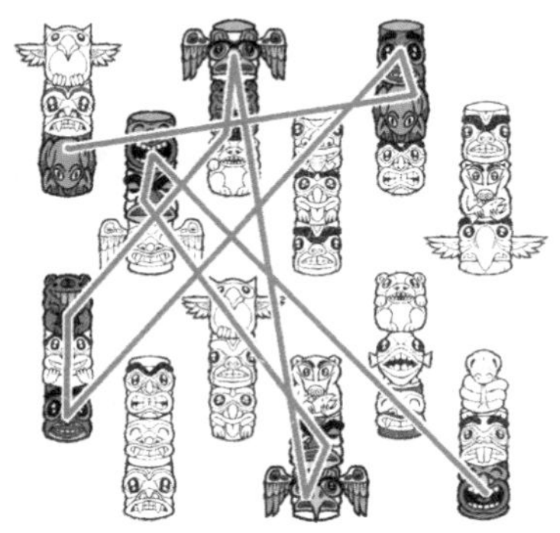

026 雪迷宫

如图所示

027 镜像图（1）

D

028 镜像图（2）

B

029 镜像图（3）

A

030 轮廓契合（1）

E

031 轮廓契合（2）

C

032 轮廓契合（3）

F

033 字母的逻辑

字母应该如下图分别放入3个圆圈中，其中与众不同的字母用红色标了出来。

该圆圈内的字母都不含曲线，且可以一笔写成

FOGT USJ

该圆圈内的字母都不是闭合的

该圆圈内的字母都是闭合的

转换思维

001 光路

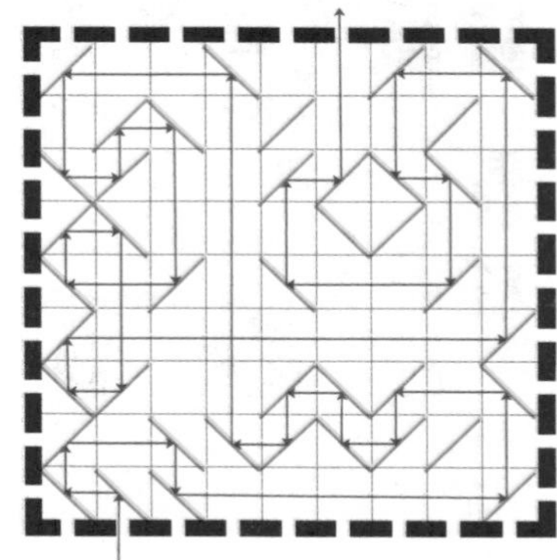

002 上色正方形

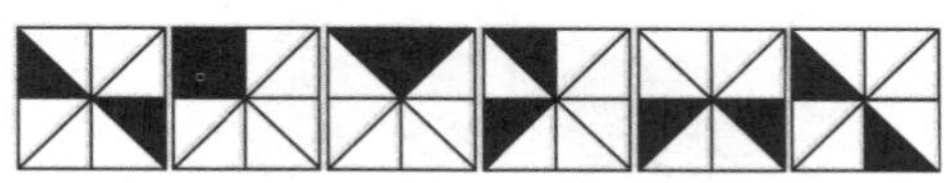

1/4上色正方形

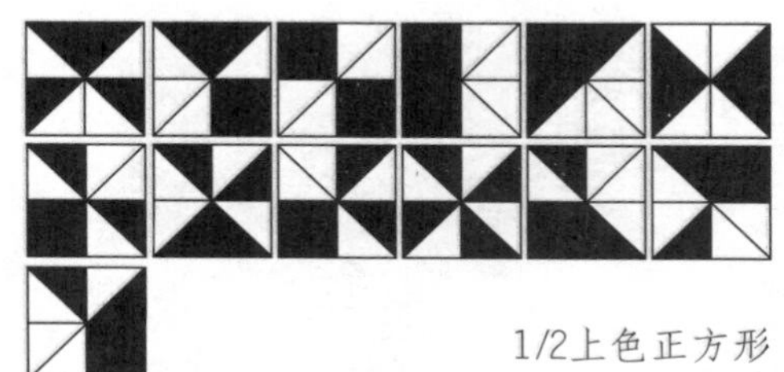

1/2上色正方形

003 火柴游戏（1）

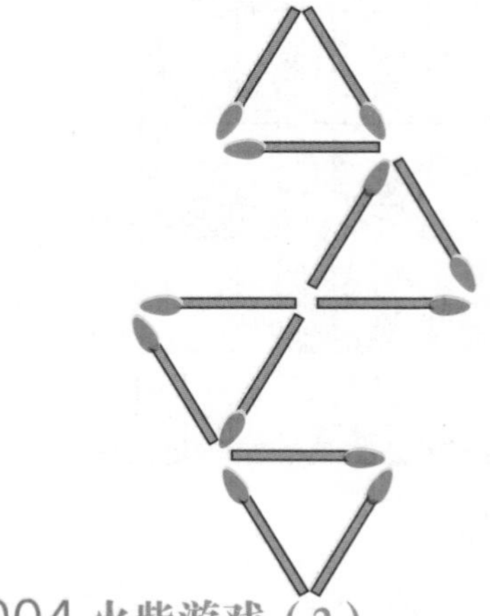

004 火柴游戏（2）

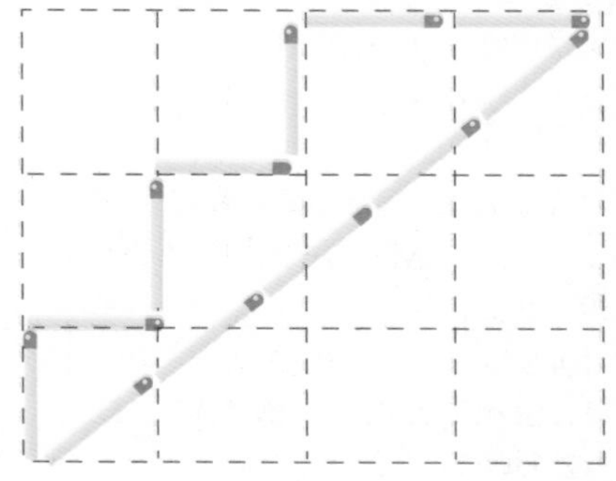

005 火柴游戏（3）

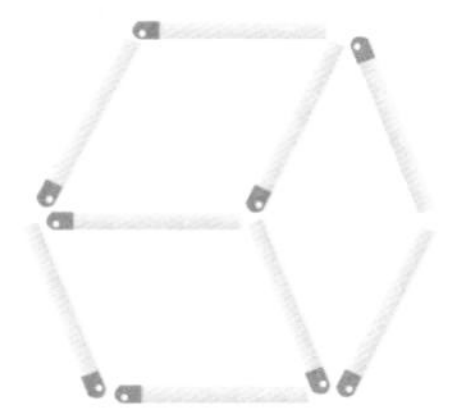

006 火柴游戏（4）

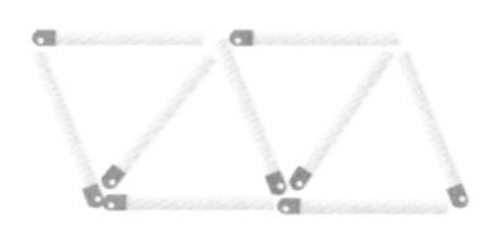

007 火柴游戏（5）

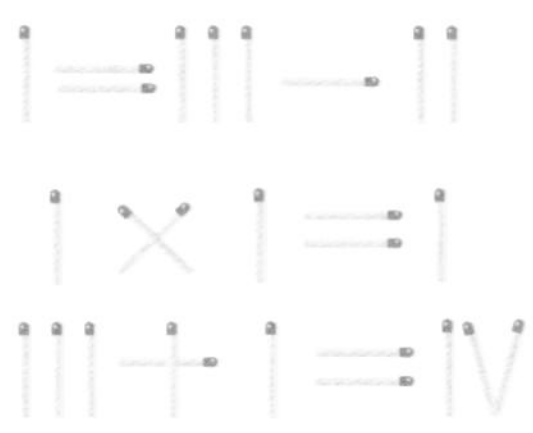

008 火柴游戏（6）

如图：

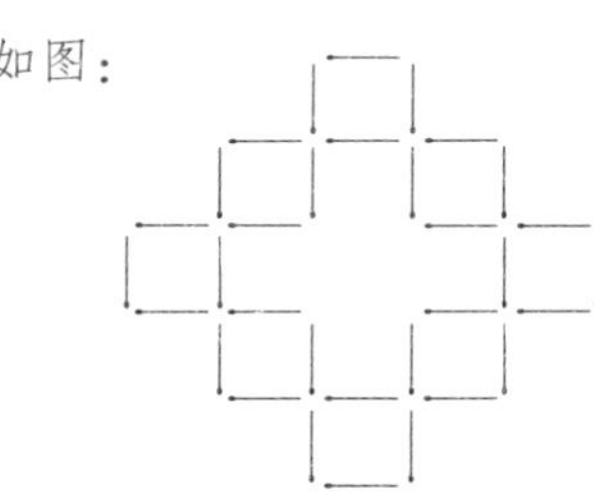

009 火柴游戏（7）

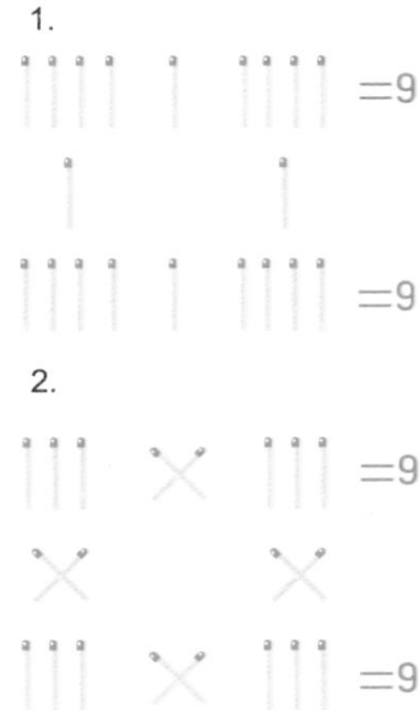

010 第12根木棍

8-10-7-3-2-11-5-4-13-1-6-9-12

011 八角形迷宫

18条路线。不过你无需一一描绘出每条路线。解决这道谜题最简单的方法，就是从起点处开始，然后确定出能够带你到达一处交叉点的路线的数目。到达每个连续交叉点的路线的数目等于与之“相连”的路线的数目的总和。

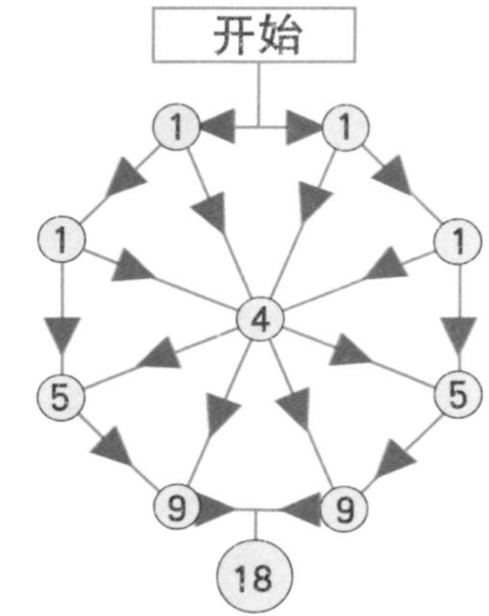

012 珠子和项链

基本的图案只有3种，然而通过不同颜色之间不同的排列一共可以串出12种不同的项链，如下图所示。

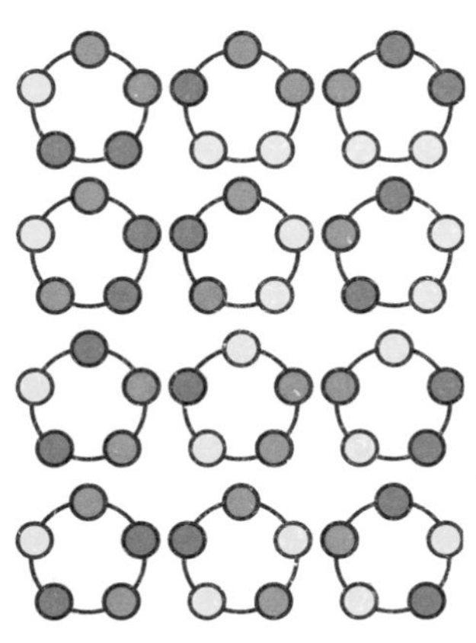

013 圆桌骑士

n个骑士的排列方式有：（n-1）×(n-2) 种。

8个骑士即(8−1)× (8−2) = 21种。另外的20种排列方法如图所示。

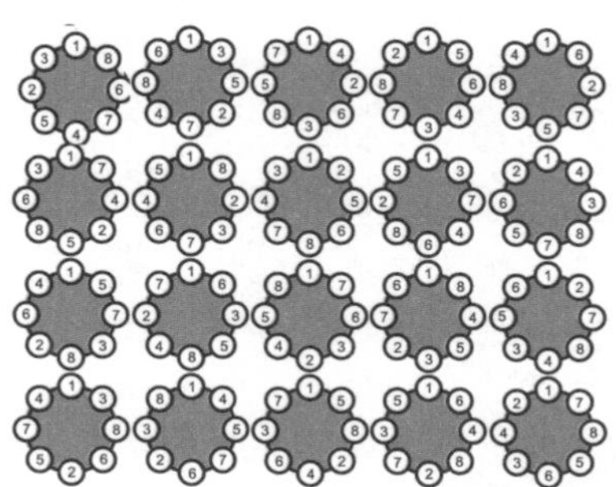

014 成对的珠子

最少应由16颗珠子组成，如图所示。

要用n种颜色组成一个圆圈，使该圆圈包含这些颜色中任意两种颜色的所有组合，那么这个圆圈最短的长度是n^2。

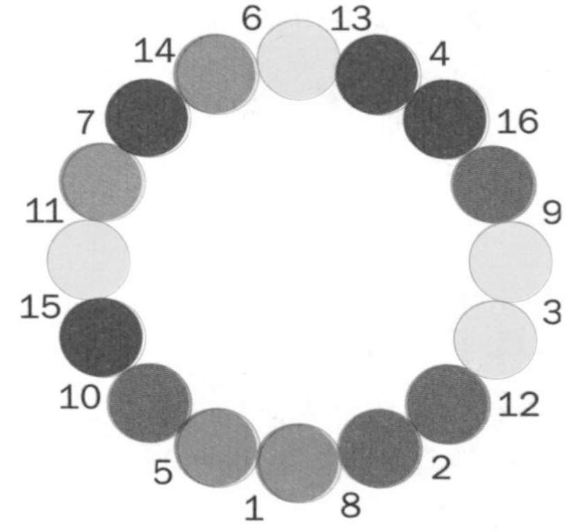

015 动物转盘

满足条件的排序一共有4种，下图是其中的1种。

016 分割牧场

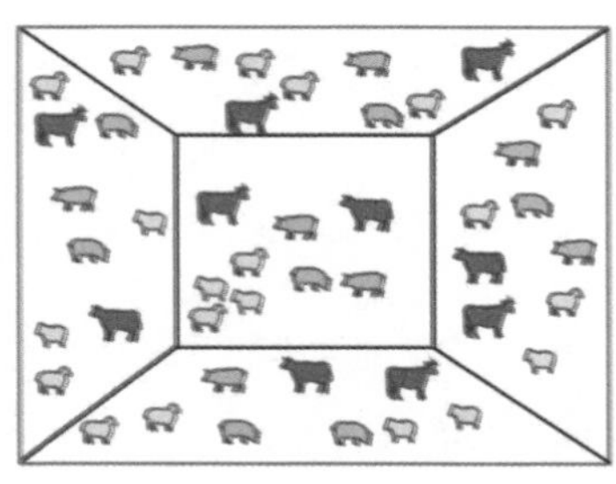

017 正方形游戏

n=5,10条

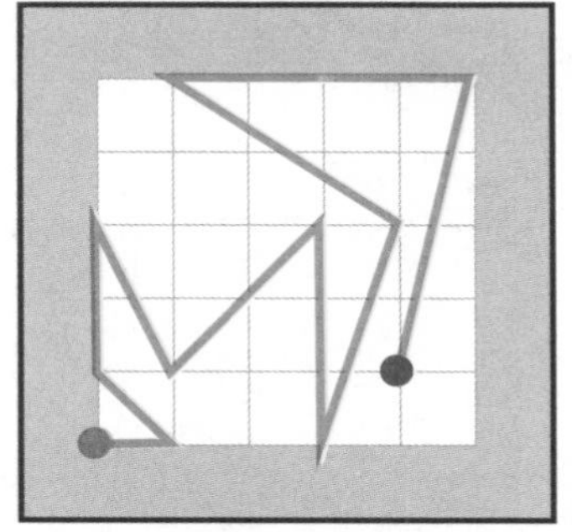

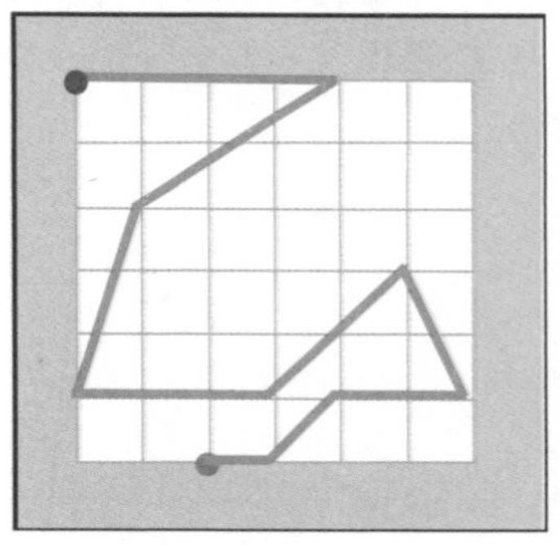

n=6,9条

018 分割棋盘

019 四阶拉丁方

如果只要求每行和每列有4种不同的颜色，那么以下这个简单的图案会符合要求：

020 铅笔组图

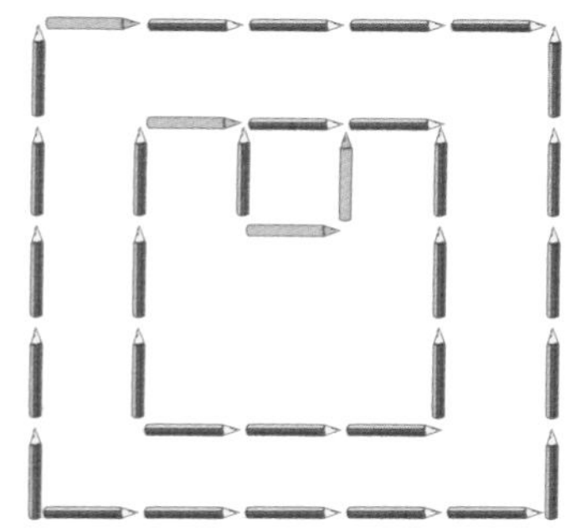

021 奇怪的电梯

可以走遍所有的楼层。最少的步骤是19步，顺序如下：

0-8-16-5-13-2-10-18-7-15-4-12-1-9-17-6-14-3-11-19（12“上”，7“下”）

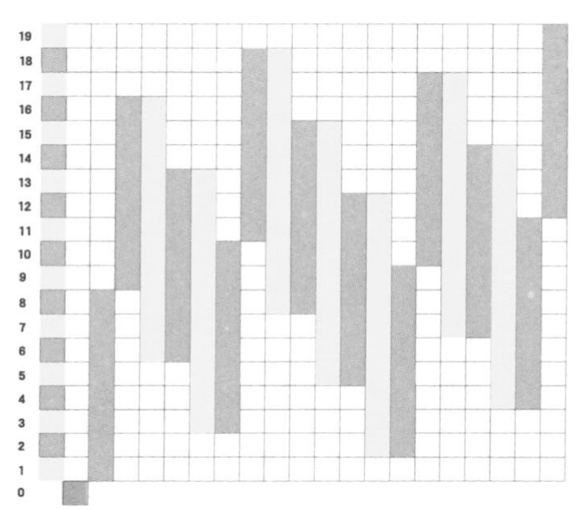

022 拼出五角星

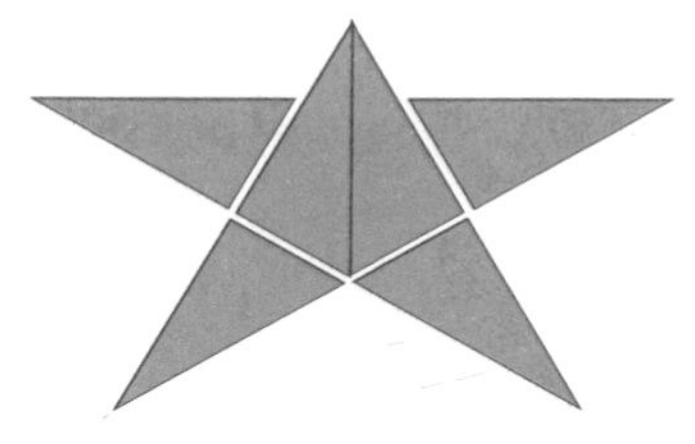

023 分巧克力

如图所示切6次。

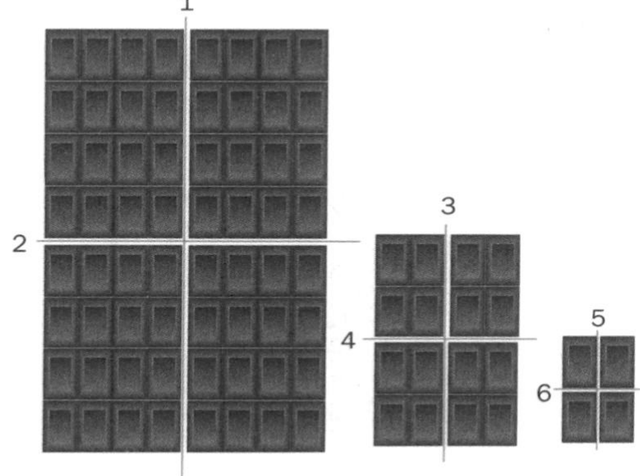

024 给绳子上色

1. 4种颜色　2. 5种颜色

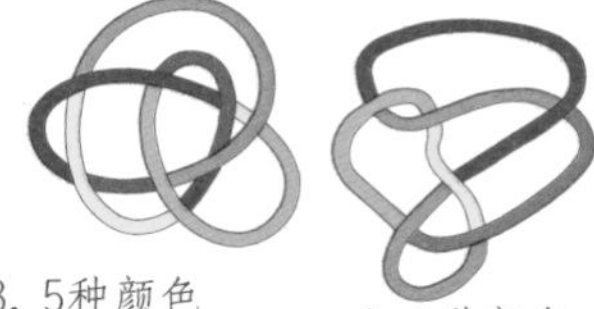

3. 5种颜色　4. 5种颜色

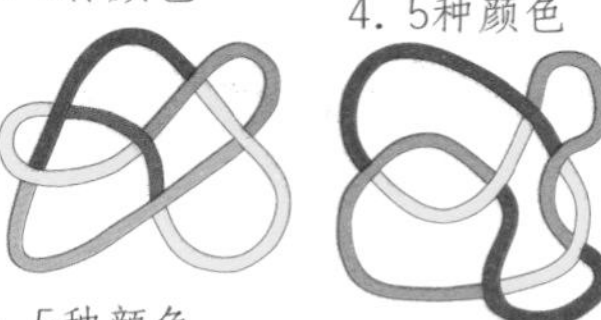

5. 5种颜色　6. 3种颜色

025 三角花园

3 | 4 | 6 | 7

2 | 8 | 10

6 | 14

20米

026 给重物分组

027 分割图表

5	7	8	15	4	7	5	6
11	6	9	8	16	12	10	10
7	12	10	12	3	11	6	8
6	7	2	5	7	7	15	10
12	15	10	8	5	12	8	7
6	7	11	13	9	6	9	6
9	8	10	6	8	8	1	2
3	6	4	10	10	10	15	15

028 有闭合曲线的十二边形

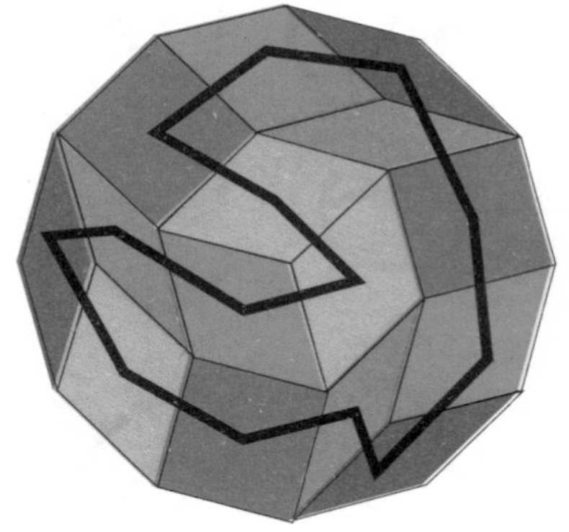

029 排列组合（1）

有5种分配方法将3个不同的物体放在3个没有标记的碟子上。

030 排列组合（2）

对于n=4，有15种排序方法。

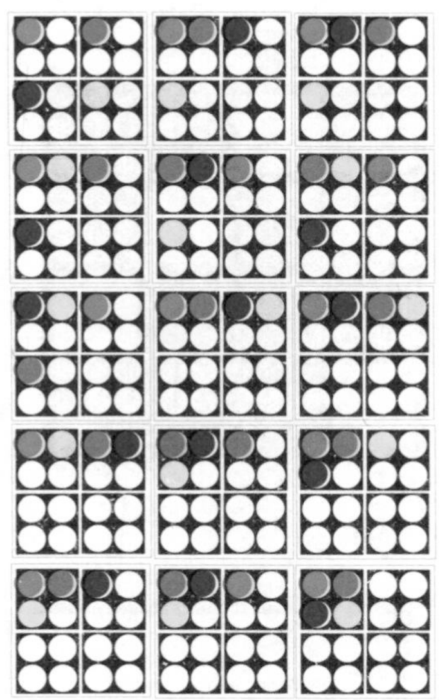

031 排列组合（3）

有27种分配方法。

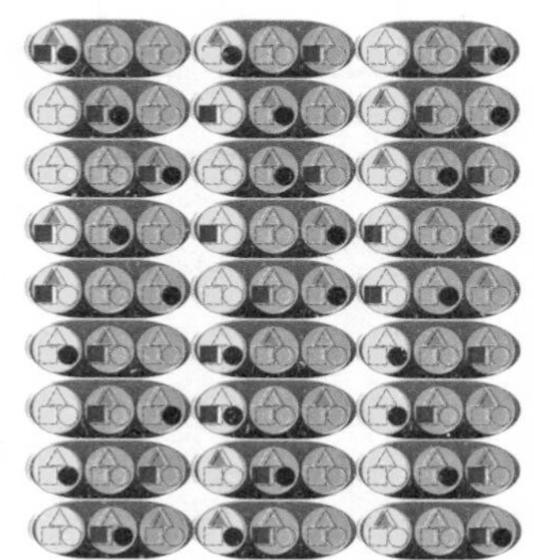

032 自己的空间

033 花朵上的瓢虫

3只瓢虫有125种方式降落在5朵不同的花朵上。将3个物体分配在5个“碟子”上的不同的分法是K^n，即5^3=125种。

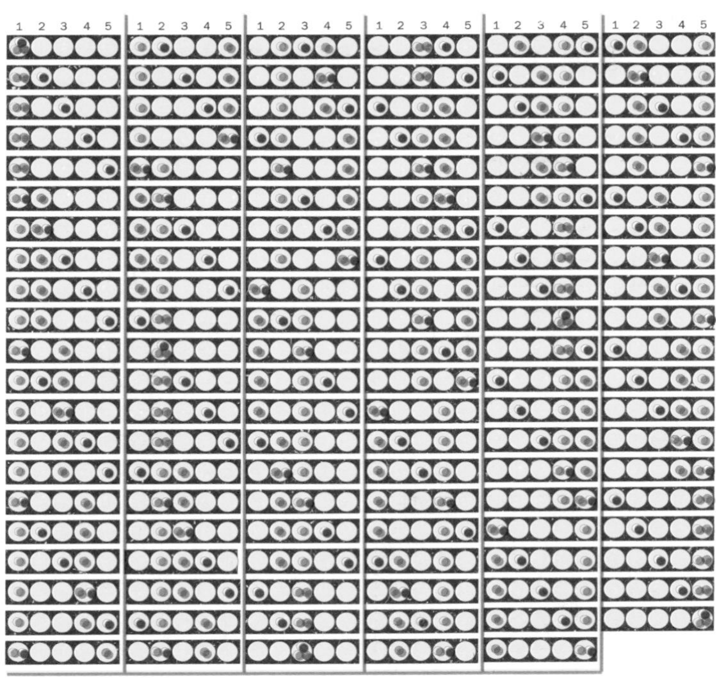

034 节约长方形

035 等分网格

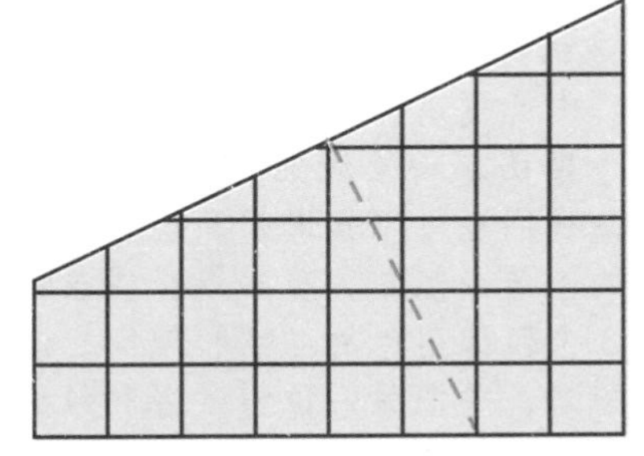

036 重新覆盖

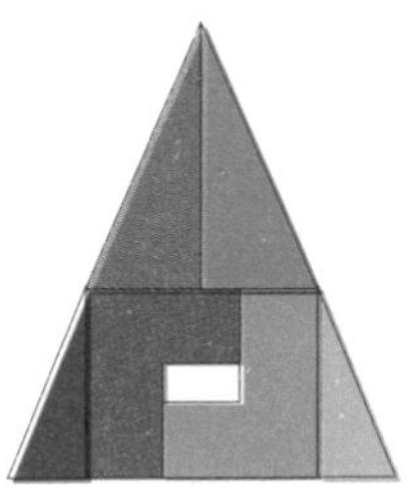

037 LOVE立方体

038 滑动链接谜题（1）

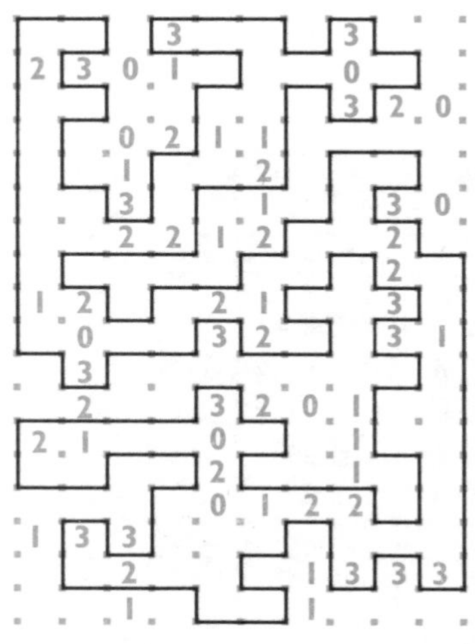

039 滑动链接谜题（2）

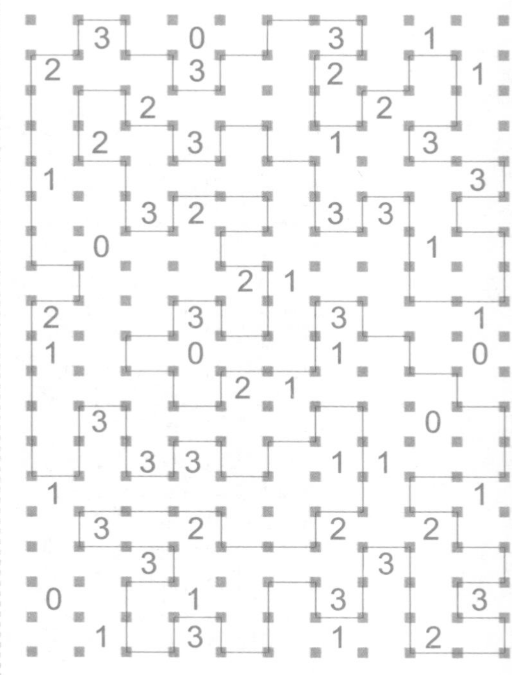

040 有始有终

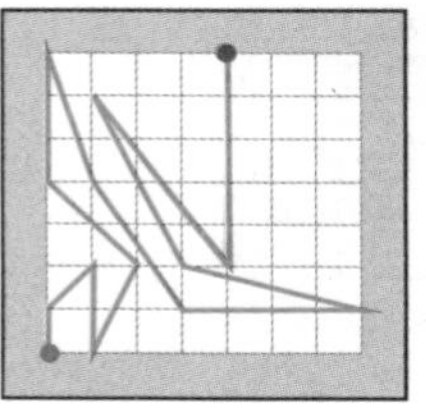

n=7，13步

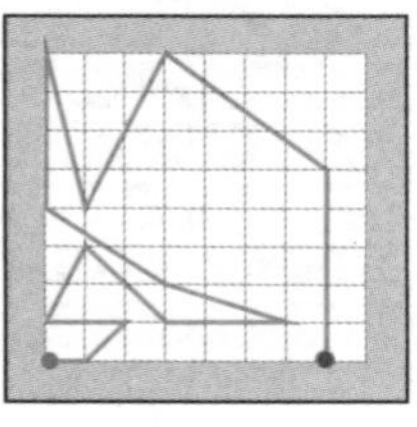

n=8，13步

逆向思维

001 西部牛仔

职员罗伊·斯通（线索1）扮演的不是萨姆·库珀，因为是大卫·埃利斯扮演那个角色（线索2），罗伊·斯通扮演的也不是坦克丝·斯图尔特，因为后者是由马克·普赖斯或奈杰尔·普赖斯（线索5）所扮演，同时罗伊·斯通也不是会计师扮演的马特·伊斯伍德（线索7），又因为州长代表布秋·韦恩是马克·普赖斯或推销员扮演的（线索3和6），所以罗伊·斯通扮演的一定是得丝特·邦德，他的西部角色不是一个赌徒（线索1），也不是州长代表或州长（线索6），而扮演牧牛工的人是个代理商（线索4），因此得丝特·邦德扮演的是美洲野牛猎人。我们知道会计师所扮演的角色马特·伊斯伍德不是州长代表，也不是牧牛工或美洲野牛猎人，线索7告诉我们他扮演的也不是州长，那么他一定是个赌徒。马克·普赖斯是州长或州长代表（线索6），因此他不可能是会计师或财产代理商，我们知道他不是职员，也不是推销员（线索6），那只能是税务检查员。由此可以得出，他所扮演的不是坦克丝·斯图尔特（线索5），从同一个线索中，我们也可以知道扮演坦克丝·斯图尔特的就是奈杰尔·普赖斯。现在我们已经把3个西部角色的名字和他们扮演者的真名配对，并把另一位扮演者和他的真实职业配对，故税务检查员马克·普赖斯所扮演的就是州长代表布秋·韦恩。剩下扮演马特·伊斯伍德的是约翰·基恩，而推销员所扮演的角色是州长，那么他不是扮演坦克丝·斯图尔特一角的奈杰尔·普赖斯，而是扮演萨姆·库珀的大卫·埃利斯，剩下的奈杰尔·普赖斯是财产代理商，他饰演的是名叫坦克丝·斯图尔特的牧牛工。

答案：

大卫·埃利斯，推销员，萨姆·库珀，州长。

约翰·基恩，会计师，马特·伊斯伍德，赌徒。

马克·普赖斯，税务检查员，布秋·韦恩，州长代表。

奈杰尔·普赖斯，代理商，坦克丝·斯图尔特，牧牛工。

罗伊·斯通，职员，得丝特·邦德，美洲野牛猎人。

002 夏日午后

因为麦克在机动船里（线索1），并且西蒙驾驶的“罗特丝”不是人工划行的（线索4），那么一定是小游艇，因此西蒙的女朋友是夏洛特（线索3）。由于和麦克一起在机动船上的女孩不是桑德拉（线索1），那么只能是露西，由此得出机动船的名字是“多尔芬”（线索2）。通过排除法，巴里和桑德拉是乘叫作“马吉小姐”的人工船出去的。

答案：

巴里，桑德拉，“马吉小姐”，人工船。

麦克，露西，“多尔芬”，机动船。

西蒙，夏洛特，“罗特丝”，小游艇。

003 拔河

已知铁匠在队伍最后（线索1），这样根据线索6得出，哈罗德·格雷特不在位置5或4号位置。雷金纳德在第2个位置(线索7),辛和吉在第1个位置(线索4),因此哈罗德·格雷特必定在第3个位置，而教区牧师在第4个位置（线索6）。我们现在已经把4个位置和对应的姓或职业配对，得出姓布尔的学校教师（线索2）就是第2个位置的雷金纳德。欧克曼不是最后一个位置上的铁匠（线索5），那么通过排除法，他是4号位置的教区牧师，剩下的铁匠的姓是比费。线索5告诉我们铁匠的名字是莱斯利。根据线索3，邮局局长就是第1个位置上的辛和吉，剩下第3个位置的哈罗德·格雷特是承办者。辛和吉不姓约翰（线索3），那他的姓一定是托马斯，剩下约翰是教区牧师欧克曼。

答案：

位置1，托马斯·辛和吉，邮局局长。

位置2，雷金纳德·布尔，学校教师。

位置3，哈罗德·格雷特，承办者。

位置4，约翰·欧克曼，教区牧师。

位置5，莱斯利·比费，铁匠。

004 失败的降落

由于E位置上带着炸药的（线索5）是位军士，但不是带着枪械的卡斯特（线索1），也不是谢尔曼（线索6），那他一定是杰克逊，并且他的长官是加文中尉（线索3）。有4个士兵的一队拥有迫击炮（线索7）。有12个士兵的队伍没有枪械（线索1）、电台（线索3）或弹药（线索6），那么他们必定是在E位置上拥有炸药的那一队。现在根据线索3，有10个士兵的队伍拥有电台。因为布拉德利中尉在C位置上结束（线索4），谢尔曼军士不在A、B或D位置（线索6)，而是和他一起被困在谷仓里。所以克拉克中尉在B位置上（线索6）。他不可能在拥有迫击炮和4个士兵的那支队伍(线索6)，那支队伍的军官也不是布拉德利中尉（线索4）或帕特军士长（线索2），由此得出这一队的军官一定是利吉卫上校。由于帕特军士和他的6个士兵不在A位置的小树林里（线索2和6），而是被困在D位置上的沟渠里，所以剩下的利吉卫上校在A位置。他的军士不是卡斯特军士（线索1）或格兰特下士（线索7），所以一定是李下士。布拉德利中尉的士兵数不是8个（线索4），所以一定是10个，并带着电台。由线索6可以知道，克拉克中尉带着8个士兵，而帕特军士长带着6个士兵并且拥有弹药，克拉克中尉带着的枪械

最没用，他那只队伍的军士是卡斯特军士（线索1），因此格兰特下士和帕特军士长都在D位置上。

答案：

A位置，利吉卫上校，李下士，4个，迫击炮。

B位置，克拉克中尉，卡斯特军士，8个，重型机枪。

C位置，布拉德利中尉，谢尔曼军士，10个，电台。

D位置，帕特军士长，格兰特下士，6个，弹药。

E位置，加文中尉，杰克逊军士，12个，炸药。

005 职业女性

因为图片3中的人是迪安夫人（线索2），图片4中的那个人穿着救助队军官制服（线索3），所以消防员埃利斯夫人不是图片2中的人物（线索4），而是图片1中的妇女。又因为萨利不在图片1或图片4(线索5)中，所以她不是救助队军官或消防员，也不是交警（线索5），最后得出她是护理人员。她不姓托马斯（线索5）或埃利斯；马里恩姓帕日斯（线索1），得出萨利必定姓迪安，这样就知道她在图片3中。通过排除法，图片2中的女性是交警，这样根据线索3，图片4中穿着救助队军官制服的是托马斯夫人，现在排除法可以得出，红头发的马里恩·帕日斯在图片2中，并且是个交警。最后根据线索3，图片4中的救助队军官托马斯夫人不姓卡罗尔，而是姓盖尔，卡罗尔是图片1中的消防员埃利斯夫人的名。

答案：

图片1，卡罗尔·埃利斯，消防员。

图片2，马里恩·帕日斯，交警。

图片3，萨利·迪安，护理人员。

图片4，盖尔·托马斯，救助队军官。

006 女英雄希拉

由于设有巨石陷阱的红门的后面不是一个跳舞的女孩（线索2），绊网陷阱保护的是老鹰像（线索1），并且战士金像在黄门后面（线索4），因此红门后面是狮子像，红门也就是2号门（线索3）。这样根据线索2，跳舞女孩在1号门后面，但1号门不是绿门（线索2），也不是红门或黄门，那么它一定是蓝门，绿门后面就是老鹰像和绊网陷阱。黄门不是3号门（线索4），而是4号门，因此3号门是绿色的。最后根据线索4，地板陷阱不保护4号黄门后面的战士金像，得出后者的陷阱一定是断头台，剩下地板陷阱保护1号蓝门后面的跳舞女孩。

答案：

1号门，蓝色，跳舞女孩，地板陷阱。

2号门，红色，狮子，石头陷阱。

3号门，绿色，鹰，绊网陷阱。

4号门，黄色，战士，断头台。

007 候车队

已知到泰姬陵·马哈利餐馆接客的时间不是11:25（线索1），因此米克没有到那里或狐狸和猎犬饭店接客（线索2），也不在火车站，因为赖安在火车站接客(线索4），米克没去斯宾塞大街，11:20那个预约电话的接客地点又在斯宾塞大街（线索6），由此得出米克去了布赖恩特先生预约的黄金国俱乐部（线索5）。接丹尼斯先生的时间不是11:10或11:15(线索1)。布赖恩特先生的预约时间是11:25，他的司机是米克，丹尼斯先生没在11:30打电话（线索1），那么他必定在11:20在斯宾塞大街需要一辆车。可以知道马特的预约时间是11:15，而泰姬陵·马哈利餐馆的电话是11:10（线索1）。赖安在火车站接客，因此马特的11:15的电话来自狐狸和猎犬处，通过排除法，赖安一定在11:30接客。在11:10去泰姬陵·马哈利餐馆的司机不是卢（线索3），而是卡尔，打电话的人是拉塞尔先生（线索3）。通过排除法，卢是去斯宾塞大街的司机。最后，马特没有去接梅森（线索2），得出是赖安接了梅森，剩下马特是那个在狐狸和猎犬处接兰勒先生的司机。

答案：

11:10，卡尔，泰姬陵·马哈利餐馆，拉塞尔。

11:15，马特，狐狸和猎犬饭店，兰勒。
11:20，卢，斯宾塞大街，丹尼斯。
11:25，米克，黄金国俱乐部，布赖恩特。
11:30，赖安，火车站，梅森。

008 历久弥香

因为1997年制造的蒲公英酒不是给诺曼的母亲（线索6），也不是给他女儿（线索1）或侄女，因为送给他侄女的酒是在2000年制造的。并且他阿姨喜欢那瓶大黄酒（线索4），所以通过排除法，蒲公英酒给了他的妹妹格洛里亚（线索5）。又由于1999年制造的酒是给卡拉的黑莓酒（线索2）。诺曼的阿姨不是安娜贝尔（线索4），而且我们知道卡拉和格洛里亚都没有得到大黄酒。米拉贝尔得到的是欧洲防风草酒（线索1），所以通过排除法，大黄酒一定给了乔伊斯。这样得出大黄酒不是1998年而是在2001年制造的（线索3）。这就说明那位得到产于2000年的酒的侄女不是米拉贝尔（线索1），她得到的是在1998年制造的欧洲防风草酒。通过排除法，诺曼的侄女是安娜贝尔，她得到的是接骨木果酒。根据线索1，可以知道诺曼的女儿是卡拉，她得到的酒产于1999年，最后得出米拉贝尔是他的母亲。

答案：

安娜贝尔，侄女，接骨木果酒，2000年。
卡拉，女儿，黑莓酒，1999年。
格洛里亚，妹妹，蒲公英酒，1997年。
乔伊斯，阿姨，大黄酒，2001年。
米拉贝尔，母亲，防风草酒，1998年。

009 站岗的士兵

根据线索4，纳斯德卡思在城墙上的3或4号位置，但3号位置上的是斯堪达隆思（线索2），因此纳斯德卡思一定在4号位置上。由于已经参军12年的人不是来自大不列颠的密尼布司（线索1），也不是来自伊伯利亚半岛（线索2），而来自高卢的士兵已经参军10年（线索3），因此通过排除法得出他是罗马市民。因为他不在4号位置（线索4），线索1还说明来自大不列颠密尼布司的那个人的参军年数不是11年，而且我们知道也不是10年或12年，所以他是最晚参军的，已经参军9年。剩下来自伊伯利亚半岛的士兵的参军年数是11年，根据线索2知道，3号位置上的斯堪达隆思来自罗马，并且他已经参军12年。由线索4得到最晚参军的密尼布司在2号位置，因此1号位置上的就是阿格里普斯。线索3告诉我们他不是来自高卢，那么来自高卢的是纳斯德卡思，最后剩下阿格里普斯是来自伊伯利亚半岛的已经参军11年的士兵。

答案：

1号，阿格里普斯，伊伯利亚半岛，11年。
2号，密尼布司，大不列颠，9年。
3号，斯堪达隆思，罗马，12年。
4号，纳斯德卡思，高卢，10年。

010 新生命

由于小博尼只有3天大（线索4），并且4天前出生的婴儿不是基德（线索1），也不是阿曼达·纽康姆博（线索2），所以他一定姓沙克林。线索1告诉我们，他不是2号小床上的丹尼尔，同时也说明丹尼尔不姓基德。我们知道丹尼尔不姓纽康姆博，因此他姓博尼，年龄只有3天。根据线索1，姓基德的婴儿的年龄是2天，通过排除法，剩下阿曼达·纽康姆博是最晚出生的。根据线索2，1号小床上的婴儿只有2天大，她姓基德，但不叫托比（线索3），由此得出她叫吉娜，剩下托比姓沙克林。后者不在3号小床上（线索3），而是在4号小床上，剩下阿曼达在3号小床上。

答案：

1号，吉娜·基德，2天。
2号，丹尼尔·博尼，3天。
3号，阿曼达·纽康姆博，1天。
4号，托比·沙克林，4天。

011 枪手作家

推理小说将在2月份出版（线索2），恐怖小说是以布雷特·艾尔肯为笔名（线索6），又由于那本科幻小说比以蒂龙·斯瓦名义出版的那本书晚出版（线索3），

所以1月份以尤恩·邓肯名义出版的那本书不是历史小说（线索1），而是艺术小说《主要的终曲》（线索6）。由于以吉尼·法伯名义出版的书在《白马》出版后一个月出版（线索4），因此它不在2月或4月出版。由于《船长》在4月份出版（线索2），所以以吉尼·法伯名义出版的书不是在5月出版，而是在6月。那么《白马》就在5月出版（线索4）。《世代相传》以雷切尔·斯颇为笔名（线索5），因此它不在4月或5月出版，而是2月份的推理小说。科幻小说不是以蒂龙·斯瓦为笔名（线索3），那么就是吉尼·法伯的6月份作品，而蒂龙·斯瓦的书是历史小说，通过排除法，后者是4月份出版的《船长》，而5月出版的书《白马》是布雷特·艾尔肯的恐怖小说，剩下《太阳花》是以吉尼·法伯的名义在6月份出版的科幻小说。

答案：

1月份，《主要的终曲》，尤恩·邓肯，艺术小说。

2月份，《世代相传》，雷切尔·斯颇，推理小说。

4月份，《船长》，蒂龙·斯瓦，历史小说。

5月份，《白马》，布雷特·艾尔肯，恐怖小说。

6月份，《太阳花》，吉尼·法伯，科幻小说。

012 马球比赛

3号选手的马叫汉德尔（线索5）。鲁珀特是2号选手（线索3），线索1排除了闪电是1号、2号或4号马的可能，那么它一定是5号马。这样根据线索1，4号选手赢得了比赛，骑着汉德尔的3号选手是蒙太奇。爱德华在比赛中不幸打了一个乌龙球（线索4），我们由此知道他不是2号、3号或4号选手，线索4也排除了他是1号选手的可能，因此他是骑着闪电的5号选手。然后根据线索4，黑马马乔里是参加比赛的4号选手的马。因为阿齐不是1号选手（线索2），所以由排除法得出他是骑着马乔里的4号选手，剩下1号选手是杰拉尔德。蒙太奇没有弄伤手腕（线索5），我们知道他不喜欢这场比赛，没有打乌龙球，也没有掉马球棒（线索2），则他必定从马上跌落。根据线索6，褐色马不是1号、3号、4号或5号马，只能是鲁珀特骑的2号马，1号马叫亚历山大（线索6），剩下鲁珀特的褐色马叫格兰仕。3号马不是栗色的（线索6），也不是白色的（线索1），那就是灰色的。闪电不是白色的马（线索1），而是栗色的，剩下白色的马是杰拉尔德骑的1号马。由于他没有弄伤手腕（线索5），因此是他掉了马球棒的选手，最后得到鲁珀特就是那名在比赛中弄伤了手腕的选手。

答案：

1号，杰拉尔德·亨廷顿，亚历山大，白色，掉了马球棒。

2号，鲁珀特·德·格雷，格兰仕，褐色，弄伤手腕。

3号，蒙太奇·佛洛特，汉德尔，灰色，从马上跌落。

4号，阿齐·福斯林汉，马乔里，黑色，享受比赛。

5号，爱德华·田克雷，闪电，栗色，乌龙球。

013 退休的警察们

由于1984年退休的不是罗福特·肯特（线索4）或驯狗员思考特·罗斯（线索6），再根据线索2得到受溃疡病困扰的切克·贝克也不是在1984年退休。机修工在1980年退休（线索7）。根据线索1，其中一个人因为有心脏病而离开警察队，后来成为一名摄影师，麦克·诺曼在他退休后4年才离开，故他不是在1984年退休，由此可以得出乔·哈里斯在1984年退休。由于从屋顶跌落的人是在1976年退休（线索5）。乔·哈里斯不是因车祸而退休（线索3），我们知道他也没有溃疡（线索2），而线索1又排除了他有心脏病，那么他一定是被刀刺伤。患有心脏病的人不是切克·贝克或乔·哈里斯，线索1排除了麦克·诺曼，而根据他后来的职业也可以排除思考特·罗斯，那只能是罗福特·肯特。

根据线索1和4,那个出租车司机是麦克·诺曼。我们现在已经知道其中三个人退休后的工作，切克·贝克不是酒馆老板（线索2），因此他是1980年退休的机修工，酒馆老板是在1984年被刺伤而退休的乔·哈里斯（线索2）。从屋顶跌落并在1976年退休的不是出租车司机麦克·诺曼（线索5），故推断他是驯狗员思考特·罗斯，剩下麦克·诺曼是车祸的受害者，最后根据线索1知道他在1972年退休，而摄影师罗福特·肯特在1968年退休。

答案：

切克·贝克，溃疡，1980年，机修工。

乔·哈里斯，被刀刺伤，1984年，酒馆老板。

罗福特·肯特，心脏病，1968年，摄影师。

麦克·诺曼，车祸，1972年，出租车司机。

思考特·罗斯，从屋顶跌落，1976年，驯狗员。

014 下火车后

已知索菲在多恩卡斯特上车(线索4)。根据线索1，黛安娜不是从约克角旅行回来，线索1和3又排除了她来自格兰瑟姆的可能，而且搭乘1号出租车的妇女来自格兰瑟姆，所以可以得出黛安娜在皮特博芮上火车。我们现在知道从格兰瑟姆来的乘客不是黛安娜或索菲，也不是伯尼的乘客帕查（线索3），因此她是安妮特。排除法得出帕查从约克角旅行回来。黛安娜的司机不是詹森（线索1），也不是诺埃尔（线索2），那么他就是克莱德，而她搭乘的是4号出租车（线索5）。然后根据线索1，詹森是3号出租车的司机，他的乘客不是伯尼的乘客帕查，而是索菲。最后通过排除法，我们知道安妮特的司机是诺埃尔，伯尼的车是2号车。

答案：

1号，诺埃尔，安妮特，格兰瑟姆。

2号，伯尼，帕查，约克角。

3号，詹森，索菲，多恩卡斯特。

4号，克莱德，黛安娜，皮特博芮。

015 上车和下车的乘客

由于在3号停靠点狐狸和兔子站（线索7）下车的女乘客不是在邮局站上车的莱斯利（线索5），也不是在欧文下车的站点上车的布伦达（线索4和7），那她一定是阿尔玛。因为在1号停靠站下车的男人（线索3）不是马克斯，因为马克斯的下车站点在他上车站点的后面，并且也不是西里尔（线索2），那他一定是欧文，而布伦达在1号站上车（线索4）。这站不是植物园(线索3)或来恩峡谷(线索6)，也不是西里尔下车的市场广场(线索2)，我们已经知道它不是狐狸和兔子站或莱斯利上车的邮局站，马克斯不在2号站点之前上车，根据线索8，国会街不是1号站点，马克斯不在2号站点下车，因此通过排除法，1号站点是板球场。线索3告诉我们，在6号站点下车的是布伦达。马克斯不在3号站点下车（线索7），那么2号站点不是国会街（线索8）。这个线索也说明国会街不是4号、5号或7号站点，我们知道它也不是1号或3号，那它一定是6号站点。由此得出马克斯在7号站点下车，而罗宾在这站上车（线索1和8）。上、下车的乘客排除了7号站点是邮局站或市场广场站的可能，它也不是来恩峡谷站（线索6），那就是植物园站。2号站点不是市场广场站，我们知道乔斯不在1号站点（线索2）或邮局站（线索5）下车，排除法得出他在来恩峡谷站下车。现在我们已经知道4个乘客下车的站点名。在3号狐狸和兔子站上车的阿尔玛不是在3号或2号来恩峡谷站下车，那她一定在莱斯利上车的邮局站下车，但不是4号站（线索8），我们知道也不是1号、2号、3号、6号或7号，那只能是5号站。根据线索5，梅齐在3号狐狸和兔子站下车。通过排除法，4号站是市场广场，西里尔在这站下车，剩下乔斯在2号站下车。线索2告诉我们莱姆不是在2号或4号站上车，而是在6号站上车。在2号站梅齐还没有下车（线索5），皮特不在2号站上车，而是4号站，剩下马克斯在2号站上车。

答案：

1号，板球场，布伦达上车，欧文下车。

2号，来恩峡谷，马克斯上车，乔斯下车。

3号，狐狸和兔子站，阿尔玛上车，梅齐下车。

4号，市场广场，皮特上车，西里尔下车。

5号，邮局，莱斯利上车，阿尔玛下车。

6号，国会街，莱姆上车，布伦达下车。

7号，植物园，罗宾上车，马克斯下车。

016 欢度国庆

第2个村庄是丝特·多米尼克村（线索2）。丹尼斯住在村庄3（线索3），线索1说明波科勒村不是村庄1或村庄4，那么圣子埃特鲁米亚展览（线索1）一定在村庄3开展，丹尼斯观看了这场展览。线索1告诉我们克里斯多佛住在村庄2，安德烈住在墨维里（线索4），通过排除法，马丁所在的村庄是格鲁丝莫村，但它不是村庄1(线索5)，而是村庄4，剩下村庄1是墨维里。住在那里的安德烈没有在街道上跳舞（线索3），也没有看电视（线索4），那他一定参加了烟花大会。由线索4得知马丁没有看电视，那她一定在街道上跳舞，剩下克里斯多佛待在家里看电视。

答案：

村庄1，墨维里村，安德烈，烟花大会。

村庄2，丝特·多米尼克村，克里斯多佛，看电视。

村庄3，波科勒村，丹尼斯，圣子埃特鲁米亚展览。

村庄4，格鲁丝莫村，马丁，街道舞蹈。

017 默默无闻的富翁

因为300万欧元是3月份的花费（线索2），那么只出价100万欧元的罗马拍卖会不是在1月份或3月份（线索3），而卡尼莱特的作品成功出价是250万欧元（线索3），也排除了罗马拍卖会在4月份的可能。4月份买的是格列柯的画（线索5），线索3也说明罗马拍卖会不是在5月份，因此它一定在2月份，而卡尼莱特的作品是在1月份买到的（线索3）。在罗马买的画不是马耐特的（线索1），也不是卡尼莱特或格列柯的，而弗米亚的作品是在巴黎买到的（线索6），因此在罗马买的画一定是毕加索的。我们已经知道了在2月份和4月份买的画，线索1排除了马德里的拍卖会在1月份、3月份或5月份的可能，也不在2月份，那么一定在4月份，并且买的是格列柯的画。根据线索1，马耐特的画在5月份得到，剩下弗米亚的画是用300万欧元在3月份买的。现在由线索1得出，格列柯的画花了150万欧元，马耐特的画花了200万欧元。根据线索4，后者不是在阿姆斯特丹买的，而是在布鲁塞尔，剩下卡尼莱特的画是在阿姆斯特丹得到的。

答案：

1月，卡尼莱特，阿姆斯特丹，250万欧元。

2月，毕加索，罗马，100万欧元。

3月，弗米亚，巴黎，300万欧元。

4月，格列柯，马德里，150万欧元。

5月，马耐特，布鲁塞尔，200万欧元。

018 过道上的顾客

由于1号位置的妇女（线索3）不是琼（线索4）或桑德拉（线索5），也不是查瑞丝或考林，因为他们两个在C过道上（线索7）。线索3排除了按字母顺序排列的名单上的第一个艾格尼丝，还有安妮和马吉，因为他们的名字在女顾客的后面，排除法得出1号位置上的是盖玛，那么8号顾客是戴伦（线索3），7号是安妮（线索5），马吉和杰夫都在A过道上（线索5）。由于每条过道上站着2个男顾客和2个女顾客（线索1），我们知道盖玛在A过道，所以线索6告诉我们马吉是4号顾客。然后根据线索5，杰夫一定是3号顾客。线索2提示马克也在A过道，因此通过排除法，他一定是2号顾客，现在由线索2得出威尔福是10号顾客，尼克是15号。又因为威尔福是10号顾客，线索7说明查瑞丝不是9号、10号或12号，这样由同条线索可以得出她一定是11号顾客，考林是12号。线索5现在提示桑德拉不在5号、6号、9号、13号或16号，剩下只能是14号顾客。

那么奥利弗一定是9号（线索5）。现在线索4把琼放在6号位置上，鲍勃在5号位置。特德不是13号顾客（线索6），得出艾格尼丝是13号，剩下特德是16号顾客。

答案：

1. 盖玛；2. 马克；3. 杰夫；4. 马吉；5. 鲍勃；6. 琼；7. 安妮；8. 戴伦；9. 奥利弗；10. 威尔福；11. 查瑞丝；12. 考林；13. 艾格尼丝；14. 桑德拉；15. 尼克；16. 特德。

019 军队成员

已知4号士兵是所罗门·特普林（线索4），根据线索1，穿着灰色外衣的伊齐基尔·费希尔一定是2号或3号士兵，鼓手是1号或2号士兵。但1号是个步兵（线索3），因此鼓手是2号，伊齐基尔·费希尔是3号。现在我们已经知道一个士兵的兵种及另一个士兵的上衣颜色，可以推断出穿棕色上衣的配枪士兵（线索2）是4号士兵。然后通过排除法，穿灰色制服的伊齐基尔·费希尔是个炮手，根据线索2，2号鼓手必定是末底改·诺森，剩下1号步兵是吉迪安·海力克。他的上衣不是蓝色的（线索5），那就是红色，而2号鼓手末底改·诺森的制服是蓝色的。

答案：

1号，吉迪安·海力克，步兵，红色。

2号，末底改·诺森，鼓手，蓝色。

3号，伊齐基尔·费希尔，炮手，灰色。

4号，所罗门·特普林，配枪士兵，棕色。

020 签名售书

10号书摊上的作者不是大卫·爱迪生（线索1）、坦尼娅·斯瓦（线索2）、卡尔·卢瑟或拜伦·布克（线索3），也不是曼迪·诺布尔（线索4），因此一定是保罗·帕内尔。大卫·爱迪生的书摊在拜伦·布克及女作家的书摊之间（线索1），那他不可能在7号书摊。而拜伦·布克的书摊也不是7号（线索3），由此得出大卫·爱迪生不在6号书摊。3号书摊上的作者不是坦尼娅·斯瓦（线索2），也不是曼迪·诺布尔（线索4），大卫·爱迪生不在4号，那他一定在3号，而4号是拜伦·布克（线索1和3）。我们从线索1中知道，1号摊上是个女作者，她不是坦尼娅·斯瓦（线索2），可以得出她是曼迪·诺布尔。现在根据线索3，卡尔·卢瑟在6号摊，排除法得出坦尼娅·斯瓦在7号摊。根据线索3，坦尼娅·斯瓦的书是《英式烹调术》，而线索4告诉我们，《城市园艺》是3号摊的大卫·爱迪生所写。由线索2可以得出，《乘车向导》是10号摊的保罗·帕内尔所写，《自己动手做》这本书的作者是4号摊的拜伦·布克签售的。曼迪·诺布尔的书不是《超级适合》（线索4），而是《业余占星家》，剩下6号摊上卡尔·卢瑟签售的是《超级适合》。

答案：

1号，曼迪·诺布尔，《业余占星家》。

3号，大卫·爱迪生，《城市园艺》。

4号，拜伦·布克，《自己动手做》。

6号，卡尔·卢瑟，《超级适合》。

7号，坦尼娅·斯瓦，《英式烹调术》。

10号，保罗·帕内尔，《乘车向导》。

021 黑猩猩

1号黑猩猩不是罗莫娜（线索1）、里欧或格洛里亚（线索2），也不是贝拉（线索3），那它一定是珀西。5号黑猩猩的母亲不是格雷特（线索1）、克拉雷（线索2）、爱瑞克（线索3）或马琳（线索4），而是丽贝卡。由此得出4号黑猩猩的母亲是马琳（线索4）。1号黑猩猩珀西的母亲不是格雷特（线索1）或克拉雷（线索2），那一定是爱瑞克。珀西和格雷特的后代都不是在11月出生（线索1），克拉雷（线索2）或丽贝卡（线索4）的后代也不是，因此在11月生产的是马琳。现在可以知道在10月生产的丽贝卡（线索4）是5号黑猩猩的母亲。根据线索3，贝拉是2号黑猩猩。5号黑猩猩不是罗莫娜（线索1）或里欧（线索2），而是格洛里亚。里欧是4号黑猩猩（线索2），排除法得出罗莫娜是3号。根据线索2，3号罗莫娜是克拉雷的后代，排除法可以知道格雷特是贝拉的母亲。在7月出生的黑猩猩不是罗莫娜（线索1）或贝拉（线索3），那一定是珀西。贝拉在8月出生（线索3），

最后通过排除法得出罗莫娜在9月出生。

答案：

1号，珀西，7月，爱瑞克。

2号，贝拉，8月，格雷特。

3号，罗莫娜，9月，克拉雷。

4号，里欧，11月，马琳。

5号，格洛里亚，10月，丽贝卡。

022 帕劳旅馆之外

来恩·摩尔是76岁（线索4），74岁的退休邮递员不是珀西·奎因（线索2），也不是牧场主人乔·可比（线索1），因此一定是C位置上的罗恩·斯诺。这样根据线索2，珀西·奎因在D位置上，他不是72岁（线索3），而是78岁，剩下乔·可比是72岁。来恩·摩尔不是马医（线索4），而是机修工。因此他不在B位置上（线索5），而在A位置上，剩下B位置上的是乔·可比。通过排除法，78岁的珀西·奎因在D位置上，并且是个马医。

答案：

位置A，来恩·摩尔，76岁，机修工。

位置B，乔·可比，72岁，牧场主人。

位置C，罗恩·斯诺，74岁，邮递员。

位置D，珀西·奎因，78岁，马医。

023 追溯祖先

农民不是在1638年（线索6）或1641年（线索5和6）移民，铁匠在1647年移民（线索2），那么他一定是在1644年离开英国，由此可以知道他就是亚伯·克莱门特（线索3）。根据线索6，木匠在1641年离开英国，通过排除法，来自诺福克并在1638年移民（线索5）的人是军人迈尔斯·罗维（线索4）。木匠不是泰门·沃丝皮（线索6），那他就是来自德文郡的杰贝兹·凯特力（线索1），排除法得出泰门·沃丝皮是1647年离开的铁匠，他不是来自柴郡（线索2），而是肯特。柴郡是农民亚伯·克莱门特的家乡。

答案：

亚伯·克莱门特，农民，柴郡，1644年。

杰贝兹·凯特力，木匠，德文郡，1641年。

迈尔斯·罗维，军人，诺福克，1638年。

泰门·沃丝皮，铁匠，肯特，1647年。

024 自力更生

“信天翁”由一家唱片公司赞助（线索3），托尔·努森的船由一家印刷公司赞助（线索1），乔·恩格的船“曼维瑞克Ⅱ”不是由电脑制造商赞助（线索4），所以一定是由银行赞助。“海盗船”不是由印刷公司赞助的托尔·努森的船（线索1），而是由电脑制造商赞助的，通过排除法，托尔·努森的船就是那艘名为“半月”的船。“海盗船”在6号靠岸（线索1），所以它不是3号靠岸的罗宾·福特的船（线索2），那它就是尼克·摩尔斯的。通过排除法，3号靠岸的罗宾·福特的船名为“信天翁”。然后根据线索3，由银行赞助的“曼维瑞克Ⅱ”在4号靠岸。最后通过排除法，托尔·努森的“半月”在5号靠岸。

答案：

“信天翁”，3号，罗宾·福特，唱片公司。

“半月”，5号，托尔·努森，印刷公司。

“曼维瑞克Ⅱ”，4号，乔·恩格，银行。

“海盗船”，6号，尼克·摩尔斯，电脑制造商。

025 四人车组

因为摄像师姓贝瑞（线索3），坐在D位置的鸟类学专家是个男的（线索2），因此瓦内萨·鲁特（线索1）不是录音师，而是植物学家。她不在C位置上（线索3），又因为她的斜对面是录音师（线索1），所以她不在A位置上（线索2），我们知道她也不在D位置，那么她一定在B位置。这样根据线索1，录音师在C位置，通过排除法，摄像师贝瑞在A位置。坐在D位置的鸟类学专家不姓温（线索2），而姓福特，因此他不叫盖伊（线索4），而叫罗伊（线索2）。现在通过排除法，C位置的录音师姓温。A位置的贝瑞不叫艾玛（线索3），而叫盖伊，剩下C位置的录音师是艾玛·温。

答案：

位置A，盖伊·贝瑞，摄像师。

位置B，瓦内萨·鲁特，植物学家。

位置C，艾玛·温，录音师。

位置D，罗伊·福特，鸟类学专家。

026 野鸭子

因为沃德拜别墅在4号位置（线索2），那么在1号位置筑巢的不是养了7只小鸭子的戴西（线索1），也不是迪力（线索3），线索4排除了多勒，通过排除法得出是达芙妮。然后根据线索5，5只小鸭子在2号别墅的花园里。我们知道拥有小鸭子数最多的不是戴西、多勒（线索4）或迪力（线索3），而是达芙妮，她拥有8只小鸭子。1号位置小鸭子的数量比2号位置上的多3只，线索3排除了迪力在2号花园里的可能，已知多勒有5只小鸭子，剩下迪力有6只小鸭子。这样根据线索3，罗斯别墅是戴西和她的7只小鸭子的家。我们知道它们不在1号、2号或4号位置，那么一定在3号位置，根据排除法和线索3，迪力在4号沃德拜别墅的花园里抚养她的6只小鸭子。线索1现在告诉我们洁丝敏别墅在2号位置，剩下1号是来乐克别墅。

答案：

1号，来乐克别墅，达芙妮，8只。

2号，洁丝敏别墅，多勒，5只。

3号，罗斯别墅，戴西，7只。

4号，沃德拜别墅，迪力，6只。

027 机车发动机

一辆机车在1879年7月制造（线索3）。1月份制造的莫特·卡梅尔不是始于1883年（线索4），也不是1887年，因为1887年发动机的制造月份比莫特·埃梢丝的制造月份大（线索1），那么它一定始于1891年。现在根据线索1，1887年制造的发动机不在4月份制造，也不是在7月份，因此一定在12月份。通过排除法，1883年的发动机在4月制造，而根据线索5，1879年的发动机在NTM。莫特·埃梢丝在南萨克福马火车站（线索1），因此它不1879年制造的，我们知道它也不是1891年或1887年的（线索1），得出它一定始于1883年。我们现在知道丹弗地尔火车站的发动机不是在1879年或1883年制造，而且它比莫特·斯诺登峰晚4年制造（线索2），莫特·埃梢丝在1883年制造，也不是始于1887年，因此它一定是在1891年完成的莫特·卡梅尔。根据线索2，莫特·斯诺登峰在1887年制造。通过排除法，它在马球丝火车站，而1879年7月的发动机莫特·埃维瑞斯特在NTM。

答案：

莫特·埃梢丝，1883年4月，南萨克福马火车站。

莫特·卡梅尔，1891年1月，丹弗地尔火车站。

莫特·埃维瑞斯特，1879年7月，NTM。

莫特·斯诺登峰，1887年12月，马球丝火车站。

028 庄严的参观

因为在星期四参观的儿童农场在两处住宅中一处内（线索2），并且披肩是在有服装展的景点买的（线索6），因此哈福特礼堂的景点一定是迷宫，我们在那里买了钢笔（线索4）。星期一我们买了书签（线索1），因此那天参观的一定不是举办了服装展或者是有迷宫的景点，也不是有微型铁路的景点（线索1）。儿童农场是星期四参观的一部分，因此星期一参观的一定是古老汽车展。哈特庄园是在星期二参观的（线索2）。那里的主要景点不是迷宫（线索3），因此杯子不是在星期四买的（线索3），也就不是在儿童农场买的，而是在有微型铁路的建筑里买的。我们现在知道那天不是星期一或星期二（线索3），星期一的参观包括古老汽车展，杯子不可能在星期三买的。儿童农场是星期四的参观部分，那么得出杯子是在星期五买的。因此星期三我们在哈福特礼堂买钢笔并参观迷宫（线索3），剩下星期二的参观地点是哈特庄园，我们在那里买了披肩并参观了服装展。通过排除法，我们

在儿童农场买了盘子，那是一套住宅，但不是欧登拜住宅（线索5），而是格兰德雷住宅。书签不是在保恩斯城堡里买的（线索1），那么它是星期一参观欧登拜住宅的纪念品，剩下保恩斯城堡拥有微型铁路，我们在那里买了杯子留作纪念。

答案：

星期一，欧登拜住宅，书签，古老汽车展。

星期二，哈特庄园，披肩，服装展。

星期三，哈福特礼堂，钢笔，迷宫。

星期四，格兰德雷住宅，盘子，儿童农场。

星期五，保恩斯城堡，杯子，微型铁路。

029 吉祥物与禁忌

由于艾弗·塔里斯蒙的幸运数字是4（线索3），芬格斯·克洛斯的幸运数字是个偶数，比拥有幸运钥匙环的人的幸运数字小1（线索2），因此他的幸运数字是6，并认为在旧的衣服上缝上一颗钮扣是特别不幸的（线索6）。这样得出拥有幸运钥匙环的人的幸运数字是7。从不在室内打开雨伞的威尔·塔吉沃德的幸运数字比拥有幸运小盒的人的幸运数字大3（线索1），因此前者的幸运数字不是10而是7。同样根据线索1，幸运小盒属于艾弗·塔里斯蒙，他的幸运数字是4。芬格斯·克洛斯的幸运吉祥物不是兔脚，因为兔脚属于不想在梯子下行走的人（线索5），也不是里欧·斯坦的6便士银币（线索4），那么必定是连衫衬裤。通过排除法，斯特拉·弗秋尼是那个从来不想在梯子下行走并总是带着幸运兔脚的人。里欧·斯坦的幸运数字不是5（线索4），而是10，剩下5是斯特拉·弗秋尼的幸运数字。最后，艾弗·塔里斯蒙的禁忌不是不准把新鞋子放在桌上（线索3），而是不能打破镜子，不准把新鞋子放在桌上是里欧·斯坦的禁忌。

答案：

芬格斯·克洛斯，在旧衣服上缝扣子，连衫衬裤，6。

艾弗·塔里斯蒙，打破镜子，小盒，4。

里欧·斯坦，把新鞋子放在桌上，6便士银币，10。

斯特拉·弗秋尼，在梯子下行走，兔脚，5。

威尔·塔吉沃德，在室内打开雨伞，钥匙环，7。

030 得克萨斯州突击队

多比来自拉雷多（线索4），马修斯不是来自圣地亚哥（线索2）或福特·沃氏（线索3），并且他的缺点是玩女人（线索3），也不是不留活口的那名突击队员（线索5），因此他一定来自艾尔·帕索，并且他的名字是皮特（线索6）。来自圣地亚哥的人不姓多比（线索4），那么就姓海德。我们知道他不是喜欢玩女人的人，不是酒鬼或不能引进囚犯的那个人，也不是通缉犯（线索1），因此他一定是个赌徒。特迪·舒尔茨不是赌徒或通缉犯（线索1），所以他是那个击毙囚犯的人，并且来自休斯顿。通过排除法，弗累斯来自福特·沃氏。乔希不是通缉犯（线索6），而是赌徒海德。最后，由于奇克不姓弗累斯（线索4），而是来自拉雷多的多比，所以排除法得出，他就是那个通缉犯。剩下酒鬼埃尔默是来自福特·沃氏的弗累斯。

答案：

奇克·多比，拉雷多，通缉犯。

埃尔默·弗累斯，福特·沃氏，酒鬼。

乔希·海德，圣地亚哥，赌徒。

皮特·马修斯，艾尔·帕索，玩女人。

特迪·舒尔茨，休斯顿，击毙囚犯。

031 破纪录者

由于凯瑞的运动项目不是100米或400米（线索1），她也不是在跳远比赛中获胜的1号女孩（线索1和4），因此通过排除法，她一定破了标枪比赛的纪录。1号位置上的不是跑步运动员，所以凯瑞不是2号女孩（线索1），同一个线索排除了她是1号或4号的可能，所以她在3号位置。400米冠军哈蒂不叫瓦内萨（线索5），我们知道她不叫凯瑞。赫尔的名字是戴尔芬（线索2），那么哈蒂就是洛伊斯。她不在2号位置（线索3），而她的运动项目排除了1号和3号位置，因此她一定在照片中的4号位置。1号女孩不是戴尔芬·赫尔（线索2），而是瓦内萨，戴尔芬是2号女孩，排除法得出戴尔芬的运动项目是100米。最后根据线索4，瓦内萨不姓福特，而姓斯琼，剩下凯瑞是福特小姐。

答案：

1号，瓦内萨·斯琼，跳远。

2号，戴尔芬·赫尔，100米。

3号，凯瑞·福特，标枪。

4号，洛伊斯·哈蒂，400米。

032 请集中注意力

埃格要去拜访岳母（线索2），穿着绵羊皮外套的男人打算修他的小圆舟（线索5），并且穿着小牛皮上衣的奥格不打算粉刷他的窑洞墙壁（线索4），因此他一定是去钓鱼。由于穿着绵羊皮外套的男人不是阿格（线索5），我们知道他也不是埃格或奥格，那么他是艾格。通过排除法，剩下阿格是准备粉刷窑洞墙壁的男人。穿着绵羊皮外套的艾格不在1号位置（线索1），也不在3号位置，因为3号穿着山羊皮上衣（线索3），而线索1和3排除了他在4号位置的可能，那么他一定在2号位置，1号穿着狼皮上衣（线索1），剩下穿着小牛皮上衣的奥格在4号位置。线索5说明阿格在1号位置，他穿着狼皮上衣，通过排除法，在3号位置上穿着山羊皮上衣的人是埃格，就是那个打算拜访岳母的人。

答案：

1号，阿格，粉刷窑洞墙壁，狼皮。

2号，艾格，修小圆舟，绵羊皮。

3号，埃格，拜访岳母，山羊皮。

4号，奥格，钓鱼，小牛皮。

033 一夜暴富

菲利普·兰德得到了80万英镑（线索6），发现一幅旧油画的人得到70万英镑（线索2）。根据线索1，里约热内卢的银行抢劫犯得到的钱不是60万英镑、70万英镑或90万英镑；在新奥尔良的人得到了50万英镑（线索5），因此抢劫银行的人得到了80万英镑，并且他是菲利普·兰德。叔叔的继承人伊恩·戈尔登得到了90万英镑。卖自己公司的人得到的不是50万英镑（线索3），因此通过排除法，他得到了60万英镑，得到50万英镑并住在新奥尔良的那个人中了彩票。线索3得出，他是肖恩·坦纳。发现油画的人不是莱昂内尔·马克（线索2），所以他一定是住在塞舌尔的艾德里安·巴克（线索4）。现在通过排除法，卖公司的那个人是莱昂内尔·马克，而他家不在百慕大群岛（线索2），而在帕果—帕果，伊恩·戈尔登住在百慕大群岛。

答案：

艾德里安·巴克，塞舌尔，发现油画，70万英镑。

伊恩·戈尔登，百慕大群岛，继承叔叔，90万英镑。

莱昂内尔·马克，帕果-帕果，卖公司，60万英镑。

菲利普·兰德，里约热内卢，抢劫银行，80万英镑。

肖恩·坦纳，新奥尔良，中彩票，50万英镑。

034 在购物中心工作

由于赫尔拜店是家化学药品店（线索4），面包店不是罗帕店（线索1），因此一定是万斯店，而罗帕店是家零售店。这家店没有雇佣卡罗尔·戴（线索3）或艾玛·发，因为后者在面包店工作（线索2），所以他们雇佣的是安·贝尔，而卡罗尔·戴在赫尔拜化学药品店工作，但她的工作不是9月份开始的（线索4），艾玛·发也不是在9月份开始工作（线索1），因此9月份开始工作的一定是安·贝尔。艾玛·发开始工作的时间不是8月份（线索2），而是7月份，而卡罗尔·戴开始工作的时间是8月份。

答案：

安·贝尔，罗帕店，零售店，9月份。

卡罗尔·戴，赫尔拜店，化学药品店，8月份。

艾玛·发，万斯店，面包店，7月份。

035 送午餐

由于会计部职员订了火腿三明治（线

索3），人事部职员要了油炸圈饼（线索5），而奶酪三明治和胡萝卜蛋糕不是由接待处和销售处的人订购的（线索1），因此一定是由行政部职员订的，但不是玛丽亚（线索2）和在接待处工作的洁尼（线索1），不是订巧克力甜饼的艾莉森（线索4），也不是订金枪鱼三明治的科林（线索6），而是加里。接待处的洁尼没有要鸡蛋三明治（线索1），那么她一定选择了鸡肉三明治，但没有要胡萝卜蛋糕、甜饼或油炸圈饼。要鸡肉三明治的人没有同时要橘子汁（线索2），因此洁尼另外要的是油炸马铃薯片。玛丽亚没有订购橘子汁（线索2），由此得出她是订购油炸圈饼的人事部职员。通过排除法，科林要了金枪鱼三明治和橘子汁，他不在会计部工作，因为会计部职员订了火腿三明治，所以他一定在销售部。现在我们可以知道艾莉森是会计部职员，她将享受她的火腿三明治和甜饼，而人事部的玛丽亚订购了鸡蛋三明治还有油炸圈饼。

答案：

艾莉森，会计部，火腿三明治，巧克力甜饼。

科林，销售部，金枪鱼三明治，橘子汁。

加里，行政部，奶酪三明治，胡萝卜蛋糕。

洁尼，接待处，鸡肉三明治，油炸马铃薯片。

玛丽亚，人事部，鸡蛋三明治，油炸圈饼。

036 沿下游方向

由于C位置上的旅店名是升起的太阳（线索3），D位置上的船属于凯斯家庭（线索4），因此根据线索1，停泊在挪亚方舟处的费希尔家庭的船在B位置上，而斯恩费希船在A位置上。我们知道停在狗和鸭码头的帕切尔号（线索2）不在A、B或C位置上，所以它一定属于D位置上的凯斯家庭。现在通过排除法，A位置上的旅店是钓鱼者休息处。罗德尼家庭的船不是停靠在升起的太阳处（线索3），而是在A位置上的钓鱼者休息处，并且是斯恩费希号，剩下停在C位置上的升起的太阳处的船属于德雷克家庭，但不是南尼斯号（线索3），而是罗特斯号，费希尔家庭的船南尼斯停在B位置上的挪亚方舟处。

答案：

位置A，罗德尼，斯恩费希，钓鱼者休息处。

位置B，费希尔，南尼斯，挪亚方舟。

位置C，德雷克，罗特斯，升起的太阳。

位置D，凯斯，帕切尔，狗和鸭客栈。

037 杰克和吉尔

由于他们计划星期三去喂猫（线索4），星期四去草地（线索2），所以根据线索1可以知道，他们星期二去山上取水，星期一沿2号方向前进。他们声称朝4号方向前进是去清理茶匙（线索3），因此那天不是星期一，也不是星期二或星期三，那么一定是星期四，并且是去草地。剩下星期一他们去割卷心菜，但不是在河边（线索5），而是在树林中，剩下河边是他们星期三去喂猫的地方，但不是在1号方向（线索4），而是在3号方向，最后得出他们在星期二沿1号方向去爬山。

答案：

1号方向，星期二，山上，取水。

2号方向，星期一，树林，割卷心菜。

3号方向，星期三，河边，喂猫。

4号方向，星期四，草地，清理茶匙。

038 跨栏比赛

海吉斯在2号位置（线索4）。由于4号马上的选手不是迪克兰（线索3）或沃特（线索5），因此他一定是赫多尔。这样根据线索2，安德鲁就是骑2号马的海吉斯。1号马不是“跳羚”（线索1），不是“杰克”（线索3），也不是被加百利骑着的“跳过黑暗”（线索5），因此一定是“小瀑布”。我们现在知道安德鲁的马不是“小瀑布”或“跳过黑暗”，也不是“跳羚”（线索1），那么就是“杰克”。现在线索3说明迪克兰·吉姆帕是骑1号马“小瀑布”的选手。通过排除法，沃特骑3号马。根据线索5，4号马是“跳过黑暗”，剩下沃特骑的是“跳羚”。现在已经知道赫多尔就叫加百利，而沃特是吉斯杰姆的姓。

答案：

1号，“小瀑布”，迪克兰·吉姆帕。

2号，“杰克”，安德鲁·海吉斯。

3号，“跳羚”，吉斯杰姆·沃特。

4号，“跳过黑暗”，加百利·赫多尔。

039 赫尔墨斯计划

乃尔特中尉将指挥赫尔墨斯3号（线索5），去奎特麦斯，由托勒尔少校指挥的那一队不是赫尔墨斯4号或5号（线索1），而赫尔墨斯1号是要停靠在盖洛克角的（线索2），所以托勒尔少校指挥的飞船是赫尔墨斯2号。结合线索1得出，雷·塞奇上校是赫尔墨斯4号的飞行员。李少校和罗斯科少校不可能是赫尔墨斯1号的成员（线索4），他们其中一个人或两个人的名字排除了是赫尔墨斯2号、3号或4号的可能性，所以他们所乘飞行器是赫尔墨斯5号。因此，普拉德上校可能是赫尔墨斯1号或4号的指挥官。赫尔墨斯2号是要停靠在奎特麦斯环形山旁的，因此线索3排除赫尔墨斯1号是普拉德上校的船的可能性，他指挥的是赫尔墨斯4号。再根据线索3，马文山一定是赫尔墨斯5号的降落地点。综上所述，赫尔墨斯1号的指挥官是高夫中校（线索6），赫尔墨斯3号的飞行员不是尼古奇上校（线索5），所以一定是亚当斯少校。而尼古奇上校是托勒尔少校在赫尔墨斯2号的飞行员。现在根据线索6，约翰卡特环形山旁不是赫尔墨斯3号的停靠点，那是赫尔墨斯4号的，赫尔墨斯3号将停靠在埃特莱茨山附近。

答案：

赫尔墨斯1号，高夫中校，卡斯特罗上校，盖洛克角。

赫尔墨斯2号，托勒尔少校，尼古奇上校，奎特麦斯。

赫尔墨斯3号，乃尔特中尉，亚当斯少校，埃特莱茨山。

赫尔墨斯4号，普拉德上校，雷·塞奇上校，约翰卡特。

赫尔墨斯5号，李少校，罗斯科少校，马文山。

040 曼诺托1号

A位置上的军官是罕克·吉米斯（线索2），坐在C位置上的是宇航员（线索5），因此弗朗茨·格鲁纳工程师（线索1）一定在B或D位置上，而陆军少校也在B或D位置上（线索1）。空军上校在B位置上（线索3），这样根据线索1，他一定是工程师弗朗茨·格鲁纳，而陆军少校在D位置上。我们现在已经知道罕克·吉米斯不是宇航员或工程师，也不是军医，因此他一定是飞行员，剩下坐在D位置上的陆军少校是个军医，根据线索4，他是尤瑞·赞洛夫，C位置上的宇航员是萨姆·罗伊斯，但她不是海军司令官（线索5），而是海军上尉，剩下海军司令官是A位置上的罕克·吉米斯。

答案：

位置A，罕克·吉米斯，海军司令官，飞行员。

位置B，弗朗茨·格鲁纳，空军上校，工程师。

位置C，萨姆·罗伊斯，海军上尉，宇航员。

位置D，尤瑞·赞洛夫，陆军少校，军医。

041 势单力薄的警察们

由于2号警官的肩膀麻木（线索1），线索4说明斯图尔特·杜琼不是4号警官。线索2也排除了卡弗在4号位置的可能，并且线索3排除了布特，因此通过排除法，4号警官一定是艾尔莫特。这样根据线索3，格瑞在2号位置，并且遭受肩膀麻木的痛苦。1号警官不是鼻子发痒的内卫尔（线索2），也不是亚瑟（线索3），而是斯图尔特·杜琼。这样根据线索4，3号警官受鸡眼折磨。我们知道他不是格瑞、内卫尔或斯图尔特，那么必定是亚瑟，剩下4号警官是鼻子发痒的内卫尔·艾尔莫特。通过排除法，斯图尔特·杜琼一定受肿胀的脚的折磨。亚瑟就是卡弗（线索2），剩下格瑞就是布特。

答案：

1号，斯图尔特·杜琼，肿胀的脚。
2号，格瑞·布特，肩膀麻木。
3号，亚瑟·卡弗，鸡眼。
4号，内卫尔·艾尔莫特，发痒的鼻子。

042 美丽的卖花姑娘

在卡文特花园街卖的薰衣草价格是2美分或4美分（线索1），但石南花的价格是2美分（线索5），因此薰衣草的价格是4美分。得出莎拉卖的是石南花（线索1），又因为她要价2美分，所以梅在斯杰德大道卖花的价格是1美分（线索1），但不是石南花、薰衣草或玫瑰（线索3），也不是汉纳卖的紫罗兰（线索4），因此梅卖的一定是伦敦国花。玫瑰的价格比紫罗兰的价格贵（线索3），得出前者的价格是5美分，后者是3美分。卡文特花园街的卖花姑娘不是奎尼（线索2），而是内尔，排除法得出卖玫瑰的是奎尼。在皮科第立大街的卖花姑娘卖的不是石南花或玫瑰（线索5），因此得出汉纳在那里卖紫罗兰。在黑玛科特大街卖的花比在牛津街卖的花贵（线索6），可以得出前者是5美分的玫瑰，后者是2美分的石南花。

答案：
汉纳，皮科第立大街，紫罗兰，3美分。
梅，斯杰德大道，伦敦国花，1美分。
内尔，卡文特花园街，薰衣草，4美分。
奎尼，黑玛科特大街，玫瑰，5美分。
莎拉，牛津街，石南花，2美分。

043 结婚趣事

已知彭妮的结婚片段是第3个（线索2）。由于琳达的结婚片段紧跟在安德鲁的结婚片段之后，后者是记录安德鲁和他的新娘看着结婚蛋糕倒地时的惊愕表情（线索5），因此琳达的结婚片段不是第1个，而第1个片段没有展示牧师读错帕姆名字的时刻（线索1），乔斯的婚礼录像在加玛的后面（线索4），因此第1个片段一定是加玛和克莱夫的婚礼，而乔斯的婚礼录像在第2个（线索4）。第4个片段展示了新郎忘记带戒指（线索3），由此可以得出牧师读错帕姆名字是在第5个片段中。通过排除法，琳达是第4个片段中的新娘，而安德鲁的结婚蛋糕倒地在第3个片段中（线索5）。歌弗没有在第2或第3个（线索2）片段中出现，所以他和帕姆的婚礼是第5个片段，而歌弗是那个被牧师读错名字的新郎。我们知道忘带戒指的新郎不是克莱夫或鲍勃，并且他的名字比另一个新郎的名字长，后者和新娘在招待会时一起滑倒（线索3），那么可以得出前者是查尔斯。因此第2个片段一定是鲍勃和乔斯的婚礼。但在圣坛昏倒的不是乔斯（线索6），由此得出她和鲍勃一定是那对被拍下在舞场滑倒的新人，昏倒的是克莱夫的新娘加玛。

答案：
第1段，加玛和克莱夫，新娘昏倒。
第2段，乔斯和鲍勃，在舞场滑倒。
第3段，彭妮和安德鲁，蛋糕倒地。
第4段，琳达和查尔斯，新郎忘带戒指。
第5段，帕姆和歌弗，牧师读错名字。

044 英格兰的旗舰

根据线索2，V一定在C1，C2，D1或D2中的一个格子内。因为它不是重复的，所以不可能在C2（线索5），而那个线索也排除了包含有一个元音的D2。D3内是个A（线索4），那么线索2排除了V在D1内，排除法得出它在C1内。这样根据线索2，A1内有个R，而C3内是C。线索1和4排除了在D2内的元音（线索5）是A，也不是O（线索7），因此只能是I。根据线索6，G在C排，但G只有一个，不在C2内（线索5），只能在C4内。这样B4内的元音（线索5）不是O（线索7），而是另一个A。线索7排除了O在A或D排的可能，而已经找到位置的字母除掉了B1，B3或C2，以及B4，C1，C3和C4，只剩下B2包含O，而一个T在C2内（线索7）。这样根据线索5，第二个T在A4内。根据线索7，Y在A3内。我们还需找到两个R的位置，但都不在D4内（线索4），线索1也排除了B1和A2，只剩下B3和D1。L不是在D4内，也不是在A2内（线索3），因此在B1内。线索1排除了剩下的A在D4

的可能，得出F在D4，而A在A2。

答案：

R	A	Y	T
L	O	R	A
V	T	C	G
R	I	A	F

045 谁的房子

由于瑞克特立建筑始于1708年（线索4），詹姆士·皮卡德拥有的财产在1685年建造（线索3），丽贝卡·德雷克拥有的佛乔别墅不是始于1770年（线索1），而是1610年。这样线索1就告诉我们2号建筑始于1685年，并且属于詹姆士·皮卡德，但不是曼纳小屋（线索3），我们知道它也不是瑞克特立建筑或佛乔别墅，因此必定是狗和鸭建筑，剩下曼纳小屋是1770年建造的。线索2现在告诉我们，巴兹尔·布立维特是1号建筑的主人。史密塞斯上校不拥有曼纳小屋（线索5），因此他的房子一定是瑞克特立建筑，剩下1号建筑是曼纳小屋，并属于巴兹尔·布立维特。而瑞克特立建筑不是3号房子（线索4），只能是4号，剩下的佛乔别墅在3号位置。

答案：

1号，曼纳小屋，1770年，巴兹尔·布立维特。

2号，狗和鸭建筑，1685年，詹姆士·皮卡德。

3号，佛乔别墅，1610年，丽贝卡·德雷克。

4号，瑞克特立建筑，1708年，史密塞斯上校。

046 录像带

由于马伦在星期一借的录像带（线索4）不是辛尼塔选择的《波力沃德浪漫史》（线索1），也不是动作片（线索2）或电视喜剧系列（线索5），而音乐电影在星期三被借走（线索3），因此马伦借的是西方经典剧。因为星期五的顾客不是辛尼塔（线索1）、安布罗斯·耶茨（线索2），也不是海伦（线索5），所以我们已经知道不是马伦，因此只能是盖尔。马伦是星期一的顾客，线索5排除了电视喜剧系列在星期二被借走的可能，而线索2说明星期二被借走的不是动作片，排除法得出一定是辛尼塔借的《波力沃德浪漫史》。这样根据线索1，福特在星期三借了音乐电影。我们已经把4个时间和各自的顾客配对，可以得出安布罗斯·耶茨在星期四去了录像馆。这样根据线索2，动作片被盖尔在星期五借走。现在排除法可以得出，福特的名字是海伦，安布罗斯·耶茨借了电视喜剧系列。因为耶茨是星期四的顾客，线索6排除了卡彭特在星期一和星期五去录像馆的可能，所以它是星期二的顾客辛尼塔的姓，根据线索6，马伦姓狄克逊，盖尔的姓是埃杰特恩。

答案：

星期一，马伦·狄克逊，西方经典剧。

星期二，辛尼塔·卡彭特，《波力沃德浪漫史》。

星期三，海伦·福特，音乐电影。

星期四，安布罗斯·耶茨，电视喜剧系列。

星期五，盖尔·埃杰特恩，动作片。

047 在沙坑里

詹妮的孩子在3号位置上（线索3）。4号位置上的卡纳（线索2）不是D位置上的雷切尔的儿子（线索4和5），丹尼尔是莎拉的儿子（线索4），这样通过排除法，卡纳的母亲是汉纳。然后根据线索1，爱德华是詹妮的孩子，他在3号位置，雷切尔的儿子是马库斯。我们知道汉纳不在D位置上，也不在C位置（线索1）或B位置（线索2），因此她一定在A位置。詹妮不在C位置（线索5），而是在B位置，剩下C位置上的是莎拉。丹尼尔不在2号位置（线索4），那他一定在1号，剩下马库斯在2号位置，这由线索4证实。

答案：

A位置，汉纳；4位置，卡纳。

B 位置，詹妮；3 位置，爱德华。

C 位置，莎拉；1 位置，丹尼尔。

D 位置，雷切尔；2 位置，马库斯。

048 神像

由于 D 面上的神像拥有水蟒的面孔（线索 3），这样根据线索 2，战神爱克斯卡克斯特不在 B 面；而 B 面神像不是爱神（线索 4），A 面代表了气候神（线索 4），因此 B 面上的是事业神。可以得出 C 面神像以蝙蝠为面孔（线索 5）。事业神的名字不是埃克斯特里卡特尔（线索 5），也不是爱克斯卡克斯特或奥克特拉克斯特（线索 4），因此他一定是乌卡特克斯赖特，而 B 面神像的面孔是水怪（线索 1）。通过排除法，A 面神像拥有美洲虎的面孔，这样根据线索 3，战神爱克斯卡克斯特一定在 C 面上，剩下以水蟒为面孔的神像在 D 面，并且他是爱神。奥克特拉克斯特不在 A 面（线索 4），那只能在 D 面，剩下 A 面神像是埃克斯特里卡特尔。

答案：

A 面，美洲虎，埃克斯特里卡特尔，气候。

B 面，水怪，乌卡特克斯赖特，事业。

C 面，蝙蝠，爱克斯卡克斯特，战争。

D 面，水蟒，奥克特拉克斯特，爱情。

049 退货

排在第 3 位退牛仔裤的女士不是希拉（线索 1），不是退剪草机的马里恩（线索 3），也不是排在第 4 位的希瑟（线索 4），所以，她是卡罗尔。现在我们已知其中两位女士的名字；希拉·普里斯（线索 1）不是排在第 1 位，排第 1 位的是特威德夫人（线索 5），所以希拉·普里斯排的是第 2 位。综上所述，排第 1 位的特威德夫人是马里恩。现在我们知道了两位女士的姓，希瑟不姓克拉普（线索 4），她姓夏普。因此退牛仔裤的卡罗尔是克拉普夫人。从线索 2 得出，希瑟·夏普排第 4 位，她退的不是烤箱，是手提箱。退回烤箱的是排在第 2 位的希拉·普里斯。

答案：

第 1 位，马里恩·特威德，剪草机。

第 2 位，希拉·普里斯，烤箱。

第 3 位，卡罗尔·克拉普，牛仔裤。

第 4 位，希瑟·夏普，手提箱。

050 加薪要求

思德·塔克坐在 C 位置（线索 1），BBMU 的人坐在 D 位置（线索 4），所以来自 UMBM，不是坐在 B 位置的雷·肖（线索 5），一定是在 A 位置。现在根据线索 2，代表 ABM 的 6 位成员的那个人不可能是坐在 A 或 C 位置，也排除了坐在 D 位置的可能，所以他是坐在 B 位置；同样根据线索 2，阿尔夫·巴特一定是在 D 位置。综上，吉姆·诺克斯坐在 B 位置，思德·塔克代表 BBT 坐在 C 位置。所以 BBT 代表的不是 7 位成员（线索 3），也不是 4 位（线索 1），我们知道是吉姆·诺克斯代表有 6 位成员的 ABM，所以 BBT 有 3 位成员。UMBM 的雷·肖代表的人数比 ABM 的吉姆·诺克斯代表的少（线索 5），所以 UMBM 一定有 4 位成员，而 BBMU 的阿尔夫·巴特代表的是 7 位成员。

答案：

位置 A，雷·肖，UMBM，4

位置 B，吉姆·诺克斯，ABM，6

位置 C，思德·塔克，BBT，3

位置 D，阿尔夫·巴特，BBMU，7

051 中断的演出

2002 年的表演在足球场上演（线索 7）。1998 的演出不在贝迩维欧公园（线索 3），不在国家公园（线索 4），也不在教堂周围的空地（线索 5），所以，是在小修道院的草地上演的。因为《暴风雨》是在 1999 年上演的（线索 2），线索 4 排除了国家公园是 2000 年演出地点的可能性，而 2000 年的演出是被一场大风破坏掉的（线索 6），所以线索 4 也排除了国家公园是 2001 年演出地点可能性，因此它是 1999 年《暴风雨》的演出地点。所以，因雾中断的《奥赛罗》是在 1998 年小修道院的草地上演的（线索 4）。2002 年，在足球场的演出不是被雷暴雨打断的（线索7），同时我们知道也不是受了大风或雾的影响；线索1将熄灯的可能性排除在外，所以，2002年的演出是因大雨中断的。我们已经知道1998年和1999年的演出分别是《奥赛罗》和《暴风雨》，从线索3得知，2000年的表演不是在贝迩维欧公园；所以贝迩维欧公园是2001年的演出地点，剩下2000年的演出地点是教堂周围的空地。由线索3得出，2000年的演出一定是《罗密欧与朱丽叶》。2001年在贝迩维欧公园的表演不是被暴雨打断的（线索7），所以它是因熄灯停演的，而1999年的演出才是因暴雨中断的。现在，由线索1可知，2002年因冰雹中断的演出一定是《裘力斯·凯撒》，剩下2001年因灯光熄灭停演的是《哈姆雷特》。

答案：

1998年，《奥赛罗》，小修道院的草地，浓雾。

1999年，《暴风雨》，国家公园，暴雨。

2000年，《罗密欧与朱丽叶》，教堂周围的空地，大风。

2001年，《哈姆雷特》，贝迩维欧公园，灯光熄灭。

2002年，《裘力斯·凯撒》，足球场，冰雹。

052 叠纸牌

罗斯的房子达到7层高（线索5），所以她不可能是叠出4层高房子的2号女孩（线索2）。线索4排除了她在3号位置用蓝色纸牌的可能，她也不是在4号位置（线索5），所以，罗斯坐在1号座位。我们已知夏洛特用的纸牌是绿色的（线索1），她不在位置1或3，因为2号女孩叠出4层楼，所以，夏洛特不可能是在4号位置（线索1），她是在位子2，造出了4层楼的房子。因此，由线索1得出，5层楼的房子是由4号女孩建造的。留下用蓝色纸牌造的6层房子在位置3。综上，根据线索4，罗斯用的是红色的纸牌，剩下由黑色纸牌构成的在位置4的5层房子，它不是由安吉拉建造的（线索3），而是蒂娜做的。安吉拉坐在3号位置，持蓝色纸牌。

答案：

座位1，罗斯，红色，7层楼。

座位2，夏洛特，绿色，4层楼。

座位3，安吉拉，蓝色，6层楼。

座位4，蒂娜，黑色，5层楼。

053 票

亨利排在队伍的第3个位子(线索3)。第4个位子排的不是珀西瓦尔（线索1），也不是马克斯(线索2)，所以，一是威洛比。威洛比买的是星期五晚上的票（线索4）。星期六晚上定在包厢座位的票不是珀西瓦尔买的（线索1），也不是亨利的（线索3），排除法得知买票的是马克斯。所以，马克斯不可能是排在第1位的（线索1），而是排在第2位，第1位排的是珀西瓦尔。因此据线索2可得，第3位是亨利，买的是剧院花楼的票。但不是星期4的演出(线索2），是星期三的。剩下珀西瓦尔买的是星期四的票，并根据线索3得出，是在正厅后排的座位。所以，威洛比星期五晚上的票是正厅前排的座位。

答案：

位置1，珀西瓦尔，星期四，正厅后排座位。

位置2，马克斯，星期六，包厢。

位置3，亨利，星期三，剧院花楼。

位置4，威洛比，星期五，正厅前排座位。

054 美好的祈愿

1号投的是20便士（线索5）。从线索4可知，1便士的硬币不可能由在5、6、7或8号位置的任何一个人投出的，因为女孩4投的是便士（线索2），所以排除了2号投1便士的可能性。线索3排除了8号投2英镑的可能性，也就排除了4号投1便士的可能性，所以，1便士是由3号投出的。所以，西蒙在6号位置(线索3)投了2英镑（线索4）。因此，由线索4，埃莉诺一定是在3号位置投了1便士的，而丹尼尔在7号位置。同时，从线索3得出，1英镑由8号投出，结合线索7，帕特里克一定是1号，他投的20便士。现在，我们已经确定了4个小孩。杰克不可能是4号（线索2），因为他是在詹妮的对面，他也不可能是2号或5号，所以他是8号。由此可知詹妮是4号（线索1）。线索1同时还告诉我们她投了50便士进许愿池。现在我们已经安置了3个男孩子，从线索2知道，5号一定是刘易斯，余下2号是杰西卡，杰西卡投了5便士（线索6）。因为刘易斯许愿时投的不是2便士硬币（线索6），他投了10便士进许愿池。剩下2便士的硬币由丹尼尔投出。

答案：

位置1，帕特里克，20便士。

位置2，杰西卡，5便士。

位置3，埃莉诺，1便士。

位置4，詹妮，50便士。

位置5，刘易斯，10便士。

位置6，西蒙，2英镑。

位置7，丹尼尔，2便士。

位置8，杰克，1英镑。

055 国家公园

覆盖面积为1049平方千米的公园不是布雷克比肯斯（线索4），不是埃克斯穆尔（线索1），也不是占地1436平方千米的面积最大的约克北部的沼泽地（线索6），或者是覆盖面积小于1000平方千米的达特姆尔（线索2），所以，它是诺森伯兰，建于1956年（线索5），它的最高点海拔不是621米（线索4）、885米（线索5），也不是519米——那是覆盖面积是693平方千米的公园最高点的海拔（线索3），或者432米——那是建于1952的公园的最高点的海拔（同样是线索3），所以诺森伯兰国家公园最高点的海拔是816米。占地1351平方千米的公园不是在1952年或1954年建立的，也不是1956年——那年建成的是占地1049平方千米的公园，或者1951年——那年建成的是占地954平方千米的公园（线索1），所以，是在1957年。693平方千米的公园至高点是海拔519米，于1952年建成最高点海拔为432米的就是那个占地1436平方千米约克北部的沼泽地。综上可得，693平方千米的国家公园是成立于1954年的那个。它不是达特姆尔（线索2），所以，达特姆尔占地面积954平方千米，成立于1951年。布雷克比肯斯国家公园不是建成于1954年（线索4），所以它一定是成立于1957年的占地1351平方千米的公园，它最高点不是621米，而是885米。最后，成立于1954年的国家公园一定是埃克斯穆尔，而达特姆尔的占地面积是954平方千米，最高点达621米。

答案：

布雷克比肯斯，1957年，1351平方千米，885米。

达特姆尔，1951年，954平方千米，621米。

埃克斯穆尔，1954年，693平方千米，519米。

诺森伯兰，1956年，1049平方千米，816米。

约克北部的沼泽地，1952年，1436平方千米，432米。

056 租车

罗孚汽车停在位置5（线索1），所以不在位置2、3、4的沃尔沃汽车（线索4）一定在位置1。在位置3的车是白色的（线索3），因此，在位置5的罗孚汽车的颜色不是黄色，黄色是菲亚特汽车的颜色（线索3），不是棕色（线索5）或红色（线索2），所以一定是绿色。在位置4的车我们已知不可能是罗孚或沃尔沃汽车，根据线索2，它也不是福特，位置3的车是白色的（线索3），而线索5排除了丰田在位置4的可能。所以，位置4停的是黄色的菲亚特。再根据线索5，棕色汽车不在位置1，所以是在位置2。而在位置1的沃尔沃必定是红色的。现在由线索2得出，位置2的棕色车子是福特，由线索5得出在位置3的白色车子是丰田。

答案：

1号，红色沃尔沃。

2号，棕色福特。

3号，白色丰田。

4号，黄色菲亚特。

5号，绿色罗孚。

057 侦探小说

与尼克·路拜尔相关的侦探小说有18本(线索7),标枪出版社出版了16本书(线索5),乔奇·弗赛斯写了10本书(线索1),由线索3得出,地球出版社出版的有关埃德加·斯多瑞的系列小说不可能是10或12本,所以是14本,有关埃德加·斯多瑞的写了12本(线索3)。现在我们已知两个著者写的本数和两家出版社出版的本数。由上得出,亚当·贝特雷写的由王冠出版社出版的(线索4)是18本系列的小说,主人公是尼克·路拜尔。而根据线索2,帕特里克·纳尔逊写的不是16本,所以是14本。余下史蒂夫·梭罗本是16本系列侦探小说的作者。由线索6得出,红隼出版社出版本数不是10本,所以应是理查德·奎艾内写的12本。而那10本是由毕尔格出版社出版的,所以主人公一定是乔布林博士(线索6)。根据线索2,有关旧金山的不是蒂特蒙中尉的侦探一定是史蒂夫·梭罗本的16本小说的主人公。所以,史蒂夫·梭罗本塑造的侦探必定是克罗维尔检查员。而蒂特蒙中尉则是红隼出版社出版的理查德·奎艾内写的12本书的主人公。

答案:

亚当·贝特雷,尼克·路拜尔,18本书,王冠出版社。

乔奇·弗赛斯,乔布林博士,10本书,毕尔格出版社。

帕特里克·纳尔逊,埃德加·斯多瑞,14本书,地球出版社。

理查德·奎艾内,蒂特蒙中尉,12本书,红隼出版社。

史蒂夫·梭罗本,克罗维尔检查员,16本书,标枪出版社。

058 早起的鸟儿

杰伊小姐在第3个位置,想要买皮包的女孩在第5个位置(线索9);由线索8得出,想要床的卡勒尔小姐不可能是在第1、3、5、6或7的位置,所以只能是在第2或4的位置。所以根据线索8,卡勒尔一定是在第1、2或3位置。贝丝在第2位置(线索7),这排除了卡勒尔在第3位置的可能性(线索9),所以卡勒尔是在第1位。现在我们知道杰伊小姐不叫卡勒尔或贝丝,线索9告诉我们她也不叫艾米。费思姓雷恩(线索1),道恩不是排在第5位(线索3),想要外套的伊夫不是杰伊小姐(线索6),道恩也不在的第3位(线索3)。综上所述,杰伊小姐姓盖尔。而从线索9得出,在第5位的女孩是费丝·雷恩。我们已知想要外套的伊夫不可能在第1、2、3或5的位置,线索6告诉我们她也不可能是在第4或6的位置,所以她是在第7位,费恩瞿小姐是在第6位(线索6),结合线索1得知,她要的是电视机。我们现在知道了5个女孩的名字和她们所在的位置,所以,不在第6位的艾米(线索5),一定是在第4位。剩下是在第6位的费恩瞿小姐名字是道恩。已知第5、6和7位女孩所要买的东西,根据线索8,想要床的克雷恩小姐不可能在第4位,一定是在第2位,名叫贝丝。所以排在第4位的是想要DVD播放机的艾米(线索8)。盖尔·杰伊要的不是冰淇淋制造机(线索2),所以她要的是女装,而是第1位的卡勒尔要冰淇淋制造机。最后,由线索4知道,卡勒尔是达维小姐,斯沃恩小姐是在第7位的伊夫。第4位的艾米姓雷文。

答案:

位置1,卡勒尔·达维,冰淇淋制造机。

位置2,贝丝·克雷恩,床。

位置3,盖尔·杰伊,女装。

位置4,艾米·雷文,DVD播放机。

位置5,费丝·雷恩,皮包。

位置6,道恩·费恩瞿,电视机。

位置7,伊夫·斯沃恩,外套。

059 照片定输赢

“布鲁克林”是第1名(线索5),身穿红色和橘黄色衣服的骑师是第3名(线索4),由线索1排除了“矶鹬”得第2名和第4名的可能性,所以,它排在第3名。根据线索1得出,卢克·格兰费尔身着黑蓝两色,骑的是排在第4的马。已知“国

王兰赛姆”是马文·盖尔骑的那匹马（线索2），排名不是1、3或4，所以是第2名；剩下卢克·格兰费尔骑的马叫“蓝色闪电”。马文穿的不是粉色和白色（线索2），所以应是黄色和绿色。而粉色和白色是穿在胜利的骑师身上。得胜的不是杰姬·摩兰恩（线索3），而是科纳·欧博里恩。杰姬·摩兰恩的马是排在第3名的“矶鹬”。

答案：

第1名，“布鲁克林”。科纳·欧博里恩，粉色和白色。

第2名，“国王兰赛姆”，马文·盖尔，黄色和绿色。

第3名，“矶鹬”，杰姬·摩兰恩，红色和橘黄色。

第4名，“蓝色闪电”，卢克·格兰费尔，黑色和蓝色。

060 溜冰

肖特带着红色的围巾（线索2），伯妮斯·海恩的围巾不是黄色的（线索1），她也不是围着蓝色围巾的1号位置的溜冰者（线索1和4），所以她的围巾是绿色的，已知她不在1号位置，因为1号位置的人带着蓝色围巾，线索1同时也排除了她在2号位置的可能性，从线索3中得出她不可能在4号位置，所以伯妮斯·海恩在3号位置。因此从线索1得出，2号位置的溜冰者必定带着黄色围巾，而由线索3知道，路易丝一定是在4号位置，余下红色围巾由她带着，所以，她是肖特。杰姬不是2号溜冰者（线索2），她是1号溜冰者，2号是夏洛特。杰姬不姓劳恩（线索5），她姓利特尔，劳恩是夏洛特的姓。

答案：

位置1，杰姬·特利尔，蓝色。

位置2，夏洛特·劳恩，黄色。

位置3，伯妮斯·海恩，绿色。

位置4，路易丝·肖特，红色。

061 小镇

标号3的镇是肯思菲尔得（线索4），所以亚克斯雷不是4号镇（线索1），不是6号镇（因为6号镇没有其他镇在它的东北方向），也不是8号镇（因为根据线索1，它们两者都没有一个镇在它们的偏南方），又因为它在图上是偶数标记的（线索1），所以亚克斯雷镇是2号镇。因此，根据线索1，布赖圣特恩是1号镇。由线索5，威格比不是9号镇，同时我们知道它不是3号镇，又因为它的偏西方有一个镇（线索5），所以威格比一定是6号镇。再结合线索5，摩德维尔一定是5号镇。根据线索1，科尔布雷杰一定是8号镇。已知勒索普不是2号、5号或8号镇，也不可能是4号或7号镇（线索2），再根据线索2，勒索普一定是10号镇，而波特菲尔得是9号镇，最后，由线索3，德利威尔一定是7号镇，欧德马科特是4号镇。

答案：

1号，布赖圣特恩镇。

2号，亚克斯雷镇。

3号，肯思费尔德镇。

4号，欧德马科特镇。

5号，摩德维尔镇。

6号，威格比镇。

7号，德利威尔镇。

8号，科尔布雷杰镇。

9号，波特菲尔得镇。

10号，勒索普镇。

062 过街女士

栗子大街上的学校是根据圣人命名的（线索6），但它不是圣·威妮弗蕾德小学，因为圣·威妮弗蕾德小学的马路不是用树来命名的（线索1），所以栗子大街上的学校肯定是圣·彼得小学。卡尔女士在山楂树巷上协助孩子们过街（线索6），大不列颠路小学位于同名的大街上（线索2）。既然阿贝菲尔德小学的斯多普薇女士不是帮助学生经过风磨房大街（线索2），那么她一定在希尔大街上手持车辆暂停指示牌协助孩子过街，而且她已经工作5年了（线索4）。圣·威妮弗蕾德小学不在山楂树巷上（线索1），所以它必然在风磨房大街上，剩下卡尔女士协助西公园学校的小学生们经过山楂树巷，她已经工作3年了（线索4）。科洛斯薇尔女士已经工作2年了，她不在栗子大街或者风磨房大街上工作（线索3），所以她必然在大不列颠马路上工作。圣·威妮弗蕾德小学的“过街女士”做这份工作不是4年（线索1），所以必然是6年。栗子大街的圣·彼得小学的过街女士工作已经4年。在圣·威妮弗蕾德小学工作6年的“过街女士”不是夏普德女士（线索5），所以，她必然是虹尔特女士，剩下圣·彼得小学的过街女士是夏普德女士。

答案：

阿贝菲尔德小学，斯多普薇女士，希尔大街，5年。

大不列颠路小学，科洛斯薇尔女士，大不列颠马路，2年。

圣·彼得小学，夏普德女士，栗子大街，4年。

圣·威妮弗蕾德小学，虹尔特女士，风磨房大街，6年。

西公园小学，卡尔女士，山楂树巷，3年。

063 环行线路

德莫特住在提姆布利村（线索2）；村庄2是格里斯特里村，经过它的环线朝东方开（线索1）。5千米长朝南开的路程起始自罗莉住的那个村庄（线索4），所以她不可能住在6千米路段的起始地桑德莱比村（线索3），罗莉是住在托维尔村。7千米路段不是起始自格里斯特里村（线索1），同时已知它不可能起始自桑德莱比村或托维尔村，所以它一定是起始自德莫特家所在的提姆布利村。剩下4千米路段的起始自格里斯特里村。阿诺德不住在桑德莱比村（线索2），所以他住在格里斯特里村。而桑德莱比村是吉姆住的村庄。提姆布利不是村庄3（线索1），所以它是村庄4。因此，罗莉的村庄托维尔，自它开始的环线车朝南开（线索4），一定是村庄3，余下桑德莱比是村庄1，作为整个车程的开始点。

答案：

村庄1，桑德莱比村，吉姆，6千米。

村庄2，格里斯特里村，阿诺德，4千米。

村庄3，托维尔村，罗莉，5千米。

村庄4，提姆布利村，德莫特，7千米。

064 勋章

因为勋章C有一个绿色的绶带（线索1），根据线索4，所以铁拳团的铁制勋章不可能是勋章D。勋章A用的是银作材料（线索2），勋章D不是金制的（线索5），所以勋章D应该是青铜制的。根据线索5，勋章C是金制的。综上可得，铁拳团的铁制勋章应该是勋章B。因此，由线索4得出，悬挂蓝色绶带的勋章是勋章A。现在已知3个勋章的团名或绶带颜色，所以赖班恩王子勋爵士团的有着紫色绶带的是青铜制勋章D，因此，白色绶带的勋章是铁拳团的勋章B。最后，由线索5，不是伊斯特埃尔勋爵士团的、带绿色绶带的金制勋章C是圣爱克赞讷勋爵士团的。而伊斯特埃尔勋爵士团的是银制的蓝色绶带的勋章A。

答案：

勋章A，伊斯特埃尔勋爵士团，银，蓝色。

勋章B，铁拳勋爵士团，铁，白色。

勋章C，圣爱克赞讷勋爵士团，金，绿色。

勋章D，赖班恩王子勋爵士团，青铜，紫色。

065 四人骑自行车

戴夫在3号位置（线索5），詹妮不可能是在4号位置（线索1），又因为2号位置骑的人是“迈德·海特”（线索3），线索1排除了1号位置是詹妮的可能，所以，詹妮是在2号位置，扮成“迈德·海特”。根据线索1，在1号位置的戴夫扮演的是“托德先生”。现在，由线索2得出，诺德一定是在1号位置，剩下“贝格尔斯”，即贝尔（线索4），在4号位置。“诺德”不是基思扮演的（线索2），所以他一定是莫尼卡扮的，而基思姓贝尔，扮的是“贝格尔斯”。莫尼卡不姓斯普埃克斯（线索2），也不姓切诺（线索3），所以她姓福克斯。最后，根据线索3，切诺不是扮成“迈德·海特”的詹妮，所以他是戴夫。詹妮姓斯普埃克斯。

答案：

1 号，莫尼卡·福克斯，“诺德”。

2 号，詹妮·斯普埃克斯，“迈德·海特”。

3 号，戴夫·切诺，“托德先生”。

4 号，基思·贝尔，“贝格尔斯”。

066 射球明星

最后进球的不是文斯（线索 1），不是艾伦或格雷厄姆（线索 2），也不是大卫（线索 3），所以是保罗。E 位置的不是文斯（线索 1），不是格雷厄姆（线索 2），不是保罗（线索 5），也不是大卫（线索 3），所以是艾伦。因为艾伦没有进第 1 个球（线索 2），A 位置的人没有进第 1 和第 2 个球（线索 1）；线索 1 同时指出 A 不是 9 号。A 也没有进第 3 个球（线索 4）和最后一个球。因此 A 进的是第 65 分的球；艾伦是 9 号。B 进的是第 2 个球，而 A 是 7 号（线索 2）。因为保罗不是 A（线索 5），所以他不是 7 号，B 不是 8 号（线索 5）；因此 B 的号码是 6，保罗的是 3。因为已知最后一球不是在 E 位置的艾伦踢出的，8 号不在 D 位置（线索 1）。所以 8 号在 C 位置，D 位置的是保罗，是进最后一个球的人。文斯是在 B 位置的人（线索 1）。大卫不在 A 位置（线索 3），所以是在 C 位置。而格雷厄姆在 A 位置。综上，大卫踢进的是第 21 分的球。

答案：

位置 A，格雷厄姆，7 号，第 65 分。

位置 B，文斯，6 号，第 34 分。

位置 C，大卫，8 号，第 21 分。

位置 D，保罗，3 号，第 88 分。

位置 E，艾伦，9 号，第 47 分。

067 修理店的汽车

4 号汽车是深蓝色的（线索 4），灰色美洲豹不是 1 号汽车（线索 1），它肯定是 2 号汽车或 3 号汽车，而且它肯定是丰田（线索 3）。既然 4 号汽车不是流浪者（线索 4），它肯定是宝马。4 号汽车不归阿尔玛所有（线索 3），同时阿尔玛的汽车也不可能是美洲豹或者丰田，因为这两辆车都在汽油泵旁边（线索 3），所以她的汽车肯定是流浪者，同时肯定是 1 号汽车。从线索 1 中可以看出，灰色美洲豹是 3 号汽车，哈森的汽车是 2 号，而且必定是丰田，它不是绿色的（线索 3），所以它肯定是浅蓝色的。剩下阿尔玛的流浪者牌是绿色的。最后，根据线索 2 中，蒂莫西的汽车肯定是灰色美洲豹，而深蓝色宝马必定是杰拉尔丁的汽车。

答案：

1 号，阿尔玛，绿色，流浪者。

2 号，哈森，浅蓝色，丰田。

3 号，蒂莫西，灰色，美洲豹。

4 号，杰拉尔丁，深蓝色，宝马。

068 阳光中的海岛

蓝色海湾镇拥有卡西诺赌场(线索 4)，巴瑞特一家人所住的小镇拥有宜人的海滩（线索 2）。罗德斯一家人住在国王乡村中，但此处没有游艇港湾（线索 1），所以它肯定是潜水中心。我们知道住在蓝色海湾镇上的家庭不是巴瑞特或者罗德斯一家，同时也不可能是沃德尔一家（线索 4），所以它必定是莱斯特一家。因此，蓝色海湾镇位于 B 处（线索 2）。D 处小镇叫做白色沙滩（线索 3）。在游艇港湾镇顺时针方向的下一站就是国王乡村镇(线索 1)，所以国王乡村镇不可能是 C 处小镇，它必然是 A 处小镇，剩下 C 处是纳尔逊镇。游艇港湾必定在白色沙滩镇上（线索 1），所以，用排除法可知，必定是沃德尔一家人住在白色沙滩镇上。那么巴瑞特一家人肯定在纳尔逊镇上，那里有宜人的海滩。

答案：

A 镇，国王乡村，罗德斯，潜水中心。

B 镇，蓝色海湾，莱斯特，卡西诺赌场。

C 镇，纳尔逊镇，巴瑞特，宜人海滩。

D 镇，白色沙滩，沃德尔，游艇港湾。

069 遍地开花

家庭主妇的花展是蓝色（线索 5），主要使用黄花的夏洛特不是牙科接待员（线索 1），艾里斯是健康访问员（线索 4），所以夏洛特一定是蔬菜水果商，因此她的展出不是在 3 号展厅（线索 2）。线索 1

排除在1号展厅的可能，而展厅4是卢斯的（线索3），所以夏洛特设计的花展一定是在2号的北耳堂。因此根据线索1得出，牙科接待员最有可能是在1号展厅。所以她不可能是卢斯，已知她也不是夏洛特或艾里斯，她是米兰达。剩下卢斯是家庭主妇。综上可得，艾里斯设计了3号花展，即圣餐桌，它的基本颜色不是粉红色（线索4），所以一定是白色。最后粉红色花展是米兰达设计的。

答案：

1号展厅，米兰达，牙科接待员，粉红色。

2号展厅，夏洛特，蔬菜水果商，黄色。

3号展厅，艾里斯，健康访问员，白色。

4号展厅，卢斯，家庭主妇，蓝色。

迂回思维

001 谁扮演“安妮”

第2个预演的是家庭主妇（线索3）。因被描述成“错误形象”而淘汰的女士是第1个预演的，她不是清洁工（线索4），也不是图书管理员，图书管理员因太高而不符合要求（线索1），因此她只能是服装店的助手基蒂·凯特（线索6）。第2个预演的家庭主妇不是蒂娜·贝茨（线索3），也非科拉·珈姆，因为她是第4个预演的（线索5），那么她只可能是艾达·达可，她不是因为太成熟而被淘汰的（线索2），通过排除法，她只能是怀孕了，太成熟的只能是清洁工。现在，从线索中知道图书管理员是第3个预演的，所以她不是科拉·珈姆，只能是蒂娜·贝茨，剩下第4个预演的肯定是科拉·珈姆，太成熟的清洁工。

答案：

第1个，基蒂·凯特，服装店助手，错误形象。

第2个，艾达·达可，家庭主妇，怀孕。

第3个，蒂娜·贝茨，图书管理员，太高。

第4个，科拉·珈姆，清洁工，太成熟。

002 古卷轴

卷轴B是迪格博士发现的（线索4）。卷轴A是衣物清单，不是被布卢斯教授发现的（线索3），夏瓦博士找到日记（线索6），因此卷轴A肯定是雀瓦教授发现的，它是用古巴比伦字体撰写的（线索1）。迪格博士发现的卷轴B不是用亚述语写的（线索4），也不是拉丁文（线索2），卷轴B的文字肯定是埃及文。而卷轴B不可能是那封情书（线索5），因此，通过排除法，卷轴B只能是账本，而情书只能是布卢斯教授发现的。现在，从线索6中知道，夏瓦博士发现的是卷轴C，它不是用巴比伦语写的，那么只能是用亚述语写的，而布卢斯教授发现的卷轴D是用拉丁文写的情书。

答案：

卷轴A，古巴比伦文，衣物清单，雀瓦教授

卷轴B，埃及语，账本，迪格博士

卷轴C，亚述语，日记，夏瓦博士

卷轴D，拉丁文，情书，布卢斯教授

003 回到地球

巴石在E躺椅上（线索2），尼克的姓是索乐（线索3）。克可在A躺椅上，他不是萨姆（线 索1），线索6告诉我们克可不是多克，那么克可肯定就是姜根而不可能是宇航员（线索1）；躺椅D上的是物理学家（线索4），化学家姓多明克（线索5），生物学家的名字是多克（线索6），因此姜根·克可肯定是飞行员。现在，我们知道了一些姓或名或职业的搭配关系，因此，多克是生物学家，但不是克尼森（线索6），则肯定是戴尔。我们知道她（是的，多克·戴尔是第2位女性，虽然没办法找出来）不在躺椅A，D，E上，线索2能排除躺椅B，因此她必定在躺椅C上。现在我们知道3个躺椅占有者的职业。线索

1 告诉我们，宇航员不在躺椅 B 上，那么他只能是 E 上的巴石。通过排除法，躺椅 B 被多明克占了，她是化学家。另外，我们把姓和职业与名搭配，可以推得多明克只能是萨姆。通过排除法，尼克·索乐只能是躺椅 D 上的物理学家，而克尼森是 E 上的巴石。

答案：

躺椅 A，姜根·克可，飞行员。

躺椅 B，萨姆·多明克，化学家。

躺椅 C，多克·戴尔，生物学家。

躺椅 D，尼克·索乐，物理学家

躺椅 E，巴石·克尼森，宇航员。

004 蜂窝

字母 K 在六边形 7（线索 5）中，从线索 1 中知道，A 不在 1，2，4，6，7，9，10，11，13，14 中，因此 A 只可能在 3，5，8，12 中。M 不可能在 14 中，因其里是个元音（线索 7），A 不可能在 12（线索 1）中，也不可能在 5（线索 7）中，线索 2 又排除了 F 在 1 中的可能性，而 A 也不可能在六边形 3 中（线索 1），所以只能在 8 里。F 在 5 中，M 在 11 里（线索 1）。从线索 7 中知道，14 里的元音一定是 E。线索 3 排除了 H 在 3，4，6，9，10，12，13 中的可能性，而且我们早就知道它不可能在 5，7，8，11，14 中，因此只可能在 1 和 2 里。但是线索 2 排除了 1，因此 H 在 2 中，而 D 在 4 中（线索 3），线索 6 可以提示 B 在 9 中。现在我们已经知道了 A，B，D，E 的位置，从线索 2 中知道 1 里的肯定是 C。从线索 4 中知道，N 只可能在 3 中，I 在 13 里。现在从线索 8 中可以推出 G 在 12 中，L 在 10 中，剩下 J 位于六边形 6 中。

答案：

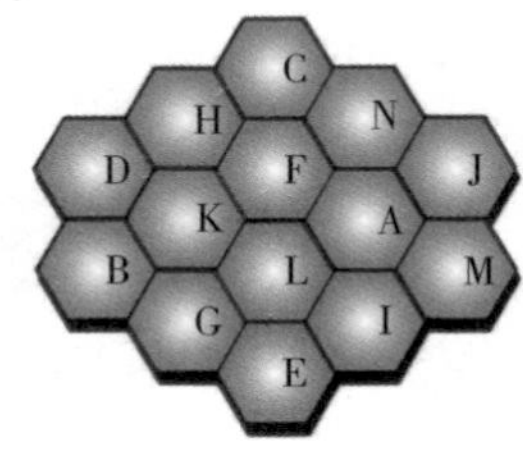

005 足球评论员

杰克爵士跟随北爱尔兰的球队（线索 1），佩里·奎恩将去俄罗斯（线索 5），和英格兰队和挪威有关的评论员不是阿里·贝尔（线索 3），只能是多·恩蒙。前守门员在威尔士队（线索 4），他不去比利时，因为曾经的经营者将去比利时，前守门员也不去俄罗斯（线索 5），因此他只能去匈牙利，通过排除法，他是阿里·贝尔，而佩里·奎恩和苏格兰队有关。现在我们知道了 3 位评议员的目的地，因此去比利时的前经营者必定是杰克爵士，他跟随北爱尔兰队。最后，从线索 4 中知道，前记者不是和苏格兰队一起的佩里·奎恩，他只能是多·恩蒙，和英格兰队和挪威有关，而佩里·奎恩和苏格兰队及俄罗斯有联系，他一定是前足球先锋。

答案：

阿里·贝尔，前守门员，威尔士队，匈牙利。

多·恩蒙，前足球记者，英格兰队，挪威。

杰克爵士，前经营者，北爱尔兰队，比利时。

佩里·奎恩，前足球先锋，苏格兰队，俄罗斯。

006 住在房间里的人

思尔闻·恰尔住在 5 号房间（线索 3），从里昂来的人在 4 号房间（线索 4），2 号房间的诗人是阿兰·巴雷或者卢卡·莫里（线索 2）。从诗人的房间号所知，来自第戎的亨利·家微不可能在 1 号房间，也不在 6 号房间（线索 7），那么只能在 3 号房间。从线索 7 中知道，剧作家在 4 号房间，因此他来自里昂。现在我们知道了 2 号和 4 号房间人的职业，从线索 6 中知道，小说家吉恩·勒布伦只能住在 6 号房间。通过排除法可知来自卡昂的摄影师不在 2，3，4，6 房间（线索 6），也不可能在 5 号房间，因此他或她只能在 1 号房间。画家不在 3 号房间（线索 5），因此只能在 5 号房间，那么 3 号房间的亨利·家微一定是雕刻家。现在我们知道 1 号或者 3 号房间人的家乡。从线索 1 中可以知道，来自波尔多的年轻人一定是 2 号房间的诗人。我们已经知道了4个人的家乡，而5号房间的画家不是来自南希（线索5），只能来自土伦，剩下南希是吉恩·勒布伦的家乡，他是6号房间的小说家。4号房间来自里昂的剧作家不是塞西尔·丹东（线索4），塞西尔·丹东也不是2号房间的诗人（线索2），那么她只能是1号房间的来自卡昂的摄影师。最后，从线索1中得知，住在2号房间的来自波尔多的诗人不是阿兰·巴雷，那么只能是卢卡·莫里，阿兰·巴雷只能是4号房间的来自里昂的剧作家。

答案：

1号房间，塞西尔·丹东，卡昂，摄影师。

2号房间，卢卡·莫里，波尔多，诗人。

3号房间，亨利·家微，第戎，雕刻家。

4号房间，阿兰·巴雷，里昂，剧作家。

5号房间，思尔闻·恰尔，土伦，画家。

6号房间，吉恩·勒布伦，南希，小说家。

007 春天到了

亚瑟在图中位置3（线索4），从线索1中知道，看到翠鸟的不是位置1也不是位置4的人。位置2的那个小伙子在玩鳟鱼（线索5），因此，通过排除法，只能是位置3号的亚瑟看到了翠鸟。另从线索1中知道，汤米在2号位置，且是玩鳟鱼的人。通过线索3知道，比利肯定在1号位置，而埃里克在位置4。我们现在已经知道3个位置上人的姓或者所做的事，那么，听到布谷鸟叫的史密斯（线索2）肯定是1号的比利。剩下埃里克只能是看到山楂开花的人。最后，从线索5中知道，汤米不是波特，那么他必定是诺米，剩下波特是看到翠鸟的亚瑟。

答案：

位置1，比利·史密斯，听到布谷鸟叫。

位置2，汤米·诺米，玩鳟鱼。

位置3，亚瑟·波特，看到翠鸟。

位置4，埃里克·普劳曼，看到山楂开花。

008 思道布的警报

纺织品商店在国王街（线索1），水灾发生在格林街（线索3），判断出发生车祸的书店不可能在牛顿街（线索5），则只能在萨克福路。鞋店不在格林街（线索3），因此只能是牛顿街上的帕夫特（线索5），而格林街被洪水淹没的商店一定是卖五金用品的，这家店不是格雷格（线索4），也不是巴克商店，巴克商店发生的是错误警报（线索2），因此，它只能是林可商店。我们知道萨克福路上的书店的警报不是假的，那么它不可能是巴克（线索2），只能是格雷格，巴克必定是国王街的纺织品商店（线索1）。通过排除法，牛顿街上的帕夫特鞋店发生了火灾。

答案：

巴克，纺织品店，国王街，错误警报。

格雷格，书店，萨克福路，车祸。

林可，五金商店，格林街，水灾。

帕夫特，鞋店，牛顿街，火灾。

009 寄出的信件

埃德娜和鲍克丝夫人应为2号或3号（线索1），而克拉丽斯·弗兰克斯肯定不是4号（线索3），只能是1号。寄出3封信件的女人位于图中3或者4的位置（线索3）。线索2告诉我们邮筒两边寄出的信件数量相同，那么它们必将是5封和2封在邮筒一侧，3封和4封在另一侧，所以寄出4封信件的女人必将位于3或者4的位置。但只有一个人的信件数和位置数相同（线索5），结果只可能是4号女人有3封信而3号女人有4封信。从线索5中知道，2号有2封信件要寄，剩下克拉丽斯·弗兰克斯是5封。我们知道埃德娜和鲍克丝夫人位于图中2或者3的位置，因此现在知道埃德娜是2号，有2封信要寄出，而鲍克丝夫人是3号，有4封信，她不是博比（线索4），那么她就是吉马，剩下在4号位置的博比，不是斯坦布夫人（线索4），那么她只可能是梅勒，而斯坦布夫人是埃德娜。

答案：

位置1，克拉丽斯·弗兰克斯，5封。

位置2，埃德娜·斯坦布，2封。

位置3，吉马·鲍克丝，4封。

位置4，博比·梅勒，3封。

010 柜台交易

朱莉娅是其中一位顾客（线索2）。29便士是2号售货员给4号顾客的找零（线索5），但是2号不是莱斯利（线索3），也不是杰姬，因为后者参与的交易是17便士的找零（线索1），因此2号肯定是蒂娜，4号是朱莉娅（线索2）。而后者不是买了洗发水的奥利弗夫人（线索2），那么奥利弗夫人肯定是3号。朱莉娅一定买了阿司匹林，她是阿尔叟小姐接待的（线索4），而阿尔叟小姐肯定是蒂娜。通过排除法，17便士的找零必定是1号售货员给3号顾客的，因此通过线索1，朱莉娅肯定是沃茨夫人，而剩下的1号售货员肯定是里德夫人，她也不是莱斯利（线索3），所以她只能是杰姬，最后得出莱斯利姓奥利弗。

答案：

1号，杰姬·里德，找零17便士。

2号，蒂娜·阿尔叟，找零29便士。

3号，莱斯利·奥利弗，买洗发水。

4号，朱莉娅·沃茨，买阿司匹林。

011 农民的商店

霍尔商店卖鸵鸟肉（线索5），老橡树商店出售卷心菜（线索6），而卖火鸡和椰菜的商店不是希勒尔也非布鲁克商店（线索2），那么它只能是冷杉商店。在冷杉商店工作的不是康妮（线索3），也不是希勒尔商店的理查德（线索1），也非卖豆角的珍（线索4）和卖牛肉的基思（线索4），所以只能是吉尔。我们知道理查德的商店不卖火鸡和牛肉，也不卖鸵鸟肉。希勒尔商店不卖猪肉（线索1），因此理查德一定在卖羊肉的商店。羊肉和土豆不在同一个地方出售（线索3），那么理查德和希勒尔商店肯定出售甜玉米。康妮不卖土豆（线索3），所以她必定在老橡树商店卖卷心菜。通过排除法，土豆在基思的商店、且和牛肉一起出售，而基思一定在布鲁克商店。另外，在霍尔商店工作的只能是珍，卖豆角和鸵鸟肉，而康妮在老橡树商店工作，卖猪肉和卷心菜。

答案：

康妮，老橡树商店，猪肉和卷心菜。

珍，霍尔商店，鸵鸟肉和豆角。

吉尔，冷杉商店，火鸡和椰菜。

基思，布鲁克商店，牛肉和土豆。

理查德，希勒尔商店，羊肉和甜玉米。

012 马蹄匠的工作

布莱克预计在11:00到达骑术学校（线索6），9:00的预约不在韦伯斯特农场（线索4），也不是给高下马群的赛马安装赛板（线索1），也非在石头桥农场（线索4），那一定是去看瓦特门的波比。10:00是去石头桥农场（线索4）。在中午要为一匹马安装运输蹄（线索3），所以下午2:00为高下马群的赛马安装赛板。通过排除法，12:00的工作只能是在韦伯斯特农场，而11:00在重装王子蹄钉（线索4）。乾坡不是他10:00的工作，也不是中午在韦伯斯特农场的工作（线索4），因此只能是给高下马群的赛马安装赛板。我们知道运输蹄不是给乾坡和本的，而它的名字要比需要被清理蹄钉的那匹马的名字长一些（线索3），所以安装运输蹄的那匹马肯定是佩加索斯。而本必定是石头桥农场的马，预约在10:00。本不是那匹要安装普通蹄的马（线索2），它需要清理蹄钉，剩下波比是需要安装普通蹄的马。

答案：

上午9:00，瓦特门，波比，安装普通蹄。

上午10:00，石头桥农场，本，清理蹄钉。

上午11:00，骑术学校，王子，重装蹄钉。

中午12:00，韦伯斯特农场，佩加索斯，安装运输蹄。

下午2:00，高下马群，乾坡，安装赛板。

013 皮划艇比赛

我们知道改革者号在2号站点处领航（线索3），安迪·布莱克不在3号站点处领航（线索5），而且从线索1可以排除格兰·霍德在3号站点处领航，线索8也可以排除露西·马龙在3号站点处领航。科林·德雷克在5号站点处领航（线索6），6号站点叫青鱼站点（线索1）。线索4

可以排除亚马逊号的盖尔·费什在3号站点处领航，所以3号站点的领航者必然是派特·罗德尼。同时可知，3号站点是波比特点（线索2）。我们知道2号站点是由改革者号领航的，2号不是波比特站点，也不是城堡首领站点或者青鱼站点，它也不可能是斯塔克首领站点，在斯塔克首领站点处领航的是五月花号（线索7）。我们知道科林·德雷克的皮划艇在5号站点处领航，所以圣·犹大书站点不可能是2号站点（线索4），用排除法可以知道，2号是海盗首领站点。因此圣·犹大书站点不可能是5号站点（线索4），用排除法可知圣·犹大书站点只可能是1号站点，剩下5号站点是斯塔克首领站点，此处由五月花号领航。所以，盖尔·费什的亚马逊号必然在4号站点处领航，即城堡首领站点。我们知道露西·马龙不在4号站点处领航，她也不在海盗首领站点领航（线索8），所以，她必然从在青鱼站点处领航，即6号站点（线索8），所以魅力露西号是从3号站点处领航的，即波比特站点。海猪号皮划艇不在青鱼站点处领航（线索1），用排除法可以知道在青鱼站点处领航的必然是去利通号。剩下海猪号在圣·犹大书站点领航，它由安迪·布莱克驾驶（线索5），格兰·霍德驾驶改革者号在2号海盗首领站点处领航。

答案：

1号，圣·犹大书站点，安迪·布莱克，海猪号。

2号，海盗首领站点，格兰·霍德，改革者号。

3号，波比特站点，派特·罗德尼，魅力露西号。

4号，城堡首领站点，盖尔·费什，亚马逊号。

5号，斯塔克首领站点，科林·德雷克，五月花号。

6号，青鱼站点，露西·马龙，去利通号。

014 赛马

麦克的姓是阿彻（线索4），而克里福特不是约翰，他的马是海员赛姆（线索2），他不可能是萨利（线索3），那么他就是埃玛。艾塞克斯女孩是第2名(线索1)，第4名的马不是海员赛姆（线索2），不是西帕龙(线索4)，则一定是蓝色白兰地。他的骑师不是理查德，理查德骑的也不是西帕龙（线索3），我们已经知道了海员赛姆的骑师，那么理查德的马一定是艾塞克斯女孩。麦克·阿彻不可能是第1名的马的骑师（线索4），而西帕龙不是第2，他也不在第3名的马（线索4），所以他肯定是第4名马匹的骑师，他的马是蓝色白兰地。因此，从线索4中知道，西帕龙是第3名，通过排除法，海员赛姆是第1名。从线索3中知道，萨利姓匹高特，则她的马一定是第3名的西帕龙。最后，剩下第2名的马就是艾塞克斯女孩，骑师是约翰·理查德。

答案：

第1名，海员赛姆，埃玛·克里福特。

第2名，艾塞克斯女孩，约翰·理查德。

第3名，西帕龙，萨利·匹高特。

第4名，蓝色白兰地，麦克·阿彻。

015 成名角色

尼尔·李出现在电视短剧中(线索2)，在电视连续剧中扮演记者的人的姓含3或者4个字母(线索4)，那她一定是蒂娜·罗丝，是《摩倩穆》中的主角（线索6）。而道恩·埃尔金饰演的是医学生(线索1)，那么在《格里芬》里扮演年轻演员的（线索1）肯定是简·科拜。艾伦·邦庭饰演的不是一位老师(线索2)，则肯定是法官，而尼尔·李扮演的是教师。艾伦·邦庭不演电影（线索2），也没有出现在电视连续剧中（线索3），因此他一定出现在舞台剧《丽夫日》中（线索5）。《罗米丽》中的演员的姓包含5个字母（线索4），则肯定是道恩·埃尔金。而尼尔·李一定饰演《克可曼》中的角色。最后，因为简·科拜不在电视连续剧中（线索3），那么《格里芬》一定是一部电影，通过排除法可以得出，出演电视戏剧《罗米丽》的肯定是道恩·埃尔金。

答案：

艾伦·邦庭，法官，《丽夫日》，舞台剧。

道恩·埃尔金，医学生，《罗米丽》，电视戏剧。

简·科拜，女演员，《格里芬》，电影。

尼尔·李，教师，《克可曼》，电视短剧。

蒂娜·罗丝，记者，《摩倩穆》，电视连续剧。

016 扮演马恩的4个演员

朱利叶斯是人物A（线索4），而哈姆雷特紧靠在理查德的右边（线索3），不可能是人物A或者B，他将饰演士兵（线索3），他不可能是人物C，因为人物C扮演孩童时代的马恩（线索1），那么他必将是人物D，理查德是扮演儿童时期的C。我们现在知道3个人的名或者姓，因此安东尼·李尔王（线索2）一定是B。通过排除法，哈姆雷特肯定是约翰。安东尼·李尔王不扮演哲学家（线索2），因此他肯定扮演青少年，而朱利叶斯扮演的是哲学家。最后，通过线索1知道，理查德不是曼彻特，他只能是温特斯，剩下曼彻特就是朱利叶斯，即人物A。

答案：

人物A，朱利叶斯·曼彻特，晚年。

人物B，安东尼·李尔王，青少年。

人物C，理查德·温特斯，孩童。

人物D，约翰·哈姆雷特，士兵。

017 蒙特港的游艇

汉斯·卡尔王子的游艇名字包含5个或者6个字母（线索5），由于歌手拥有游艇曼特（线索1），那么汉斯·卡尔王子一定拥有30.5米长的游艇极光号（线索6）。杰夫·额的游艇有22.9米长，它的名字不是最短也不是最长的（线索4）。我们知道它不是极光号，也不是迪安·奎的美人鱼号（线索1），那么它必定是米斯特拉尔号。比安卡女士号不属于雅克·地布鲁克（线索3），因此它一定是雨果的。剩下曼特是属于雅克·地布鲁克的。比安卡女士号不属于电影明星（线索3），也不属于职业车手（线索2），那么它一定是属于工业家的长42.7米的游艇（线索6）。我们知道33.5米长的游艇名字中包含7个字母（线索5），它肯定是美人鱼号。剩下曼特长38.1米，另外，因米斯特拉尔不属于职业车手（线索2），那么它只能是电影明星的，剩下美人鱼号是职业车手迪安·奎的游艇。

答案：

极光号，30.5米，汉斯·卡尔，王子。

比安卡女士号，42.7米，雨果·姬根，工业家。

曼特号，38.1米，雅克·地布鲁克，歌手

美人鱼号，33.5米，迪安·奎，职业车手。

米斯特拉尔号，22.9米，杰夫·额，电影明星。

018 年轻人出行

雷蒙德往东走（线索3），从线索1中知道，骑摩托车去上高尔夫课的人不朝西走。去游泳的人朝南走（线索2），拍卖会不在西面举行（线索2），因此朝西走只可能是去看牙医的人。西尔威斯特坐出租车出行（线索5），不朝北走。同时我们知道雷蒙德不朝北走，安布罗斯也不朝北走（线索1和2），那么朝北走的只可能是欧内斯特。从线索4中知道，坐巴士的人朝东走。我们知道雷蒙德不去游泳，也不去看牙医，而他的出行方式说明他不可能去玩高尔夫，因此他必定是去拍卖会。现在通过排除法知道，骑摩托车去上高尔夫课的人肯定是欧内斯特。从线索1中知道，安布罗斯朝南出行去游泳，剩下西尔威斯特坐出租往西走，去看牙医。最后可以得出安布罗斯开小汽车出行。

答案：

北，欧内斯特，摩托车，上高尔夫课。

东，雷蒙德，巴士，拍卖会。

南，安布罗斯，小汽车，游泳。

西，西尔威斯特，出租车，看牙医。

019 继承人

继承人吉可巴士（吉可）在家系中排行第2（线索6），从线索4中知道，住

在利物浦的贝赛利不排第1，也非第5。在沃克曳工作的继承人排行第4(线索3)，因此贝赛利肯定是第3，职业是出租车司机(线索5)。现在，从线索4中知道，做管道工作的西吉斯穆德斯一定排行第4，在沃克叟工作。而消防员住在施坦布尼(线索1)，那么住在格拉斯哥的继承人不是盖博旅馆的主人(线索1)，则一定是清洁工，而旅店主人必定住在坦布。因旅店主人排行不是第2和第5(线索2)，那么肯定是第1。因此他不可能是帕曲西斯(线索7)，只能是麦特斯，剩下帕曲西斯排行第5。现在从线索1中可以知道，他必定是施坦布尼的首席消防员，而格拉斯哥的清洁工是排行第2的吉可巴士。

答案：

第1，麦特斯，坦布，旅馆主人。

第2，吉可巴士，格拉斯哥，清洁工。

第3，贝赛利，利物浦，出租车司机。

第4，西吉斯穆德斯，沃克叟，管道工。

第5，帕曲西斯，施坦布尼，消防员。

020 新工作

从线索1中知道，爱德华不是刚来才1周的人，另外也告诉我们他也不是保险公司2周前新招聘的员工。第7层的新员工是3周前来的女孩(线索6)，而德克是在4周前就职的(线索3)，因此爱德华肯定是5周前来的新员工。信贷公司在第9层(线索4)，爱德华不可能在3层和11层工作(线索1)，我们知道女孩在7层工作，根据线索1和6可以推出保险公司2周前新聘的员工不在7层，从线索1中知道，爱德华不可能在第9层，也不可能在第5层，那么只能在第3层。线索1告诉我们伯纳黛特在邮政服务公司工作，而线索2排除了爱德华在假日公司的可能性，同时爱德华所在的楼层说明他也不可能在信贷公司和保险公司上班，那么他肯定在私人侦探所工作。淑娜不可能在第3层的保险公司上班(线索5)，德克也不可能，而伯纳黛特和爱德华的公司我们已经知道，因此在保险公司工作的只能是朱莉。伯纳黛特的邮政服务公司不在11层(线索1)，也不在第3层、第5和第9层，那么她肯定是在第7层的女孩，是3周前被招聘的。通过排除法，剩下1周前新来的只能是淑娜，从线索1中知道，她在9层的信贷公司上班。最后，剩下德克是假日公司的新员工，在大楼的11层工作。

答案：

伯纳黛特，邮政服务公司，7层，3周。

德克，假日公司，11层，4周。

爱德华，私人侦探所，5层，5周。

朱莉，保险公司，3层，2周。

淑娜，信贷公司，9层，1周。

021 兜风意外

蓄电池没电是下午5:00发现的(线索6)，不可能是吉恩的汽车出的事(线索1)，同时线索1也告诉我们伊夫林的车胎穿了孔。西里尔的不幸发生在下午3:00(线索4)，而线索3排除了姆文在下午5:00出事的可能，通过排除法，只可能是格兰地的电池没电了。司机把车撞到门柱发生在星期五(线索2)，他不可能是伊夫林和吉恩(线索1)，我们知道他也不是格兰地和姆文，那么他肯定是西里尔。姆文不是因超速被抓住的(线索3)，因此通过排除法，他肯定是压到了栅栏，剩下超速的是吉恩。超速不是发生在下午3:00和下午5:00，伊夫林发生不幸的最迟时间也只可能是下午2:00，而线索1排除了这个可能性，她也不是在早上10:00出事的(线索3)，那么她必定是早上11:00出事的，从线索3中知道，姆文肯定是在早上10:00压倒了栅栏，剩下的只有伊夫林在下午2:00出事。线索5告诉我们格兰地在星期一蓄电池没电，而从线索1中知道，吉恩肯定是星期三出事的，则伊夫林必定是在星期四出的事。

答案：

西里尔，星期五，撞到门柱，下午3:00。

伊夫林，星期四，车胎穿孔，下午2:00。

格兰地，星期一，蓄电池没电，下午5:00。

吉恩，星期三，超速，上午11:00。

姆文，星期二，压倒栅栏，上午10:00。

022 航海

图中3号游艇是维克多的（线索4），从线索1中知道，海鸠不可能是游艇4，有灰蓝色船帆的燕鸥也不是游艇4（线索2）。线索5排除了海雀是4号的可能性，因此4号游艇只能是埃德蒙的三趾鸥（线索6）。游艇1不是海鸠也不是海雀（线索1），那么它一定是燕鸥。我们知道燕鸥的主人不是埃德蒙，也不是拥有白色帆游艇的马尔科姆（线索5），那么只能是大卫，而剩下马尔科姆是游艇2的主人。从线索1中知道，游艇3是海鸠，而剩下游艇2是海雀。三趾鸥的帆不是灰绿色的（线索1），那么肯定是黄色的，剩下海鸠是灰绿色的帆。

答案：

游艇1，燕鸥，大卫，灰蓝色。

游艇2，海雀，马尔科姆，白色。

游艇3，海鸠，维克多，灰绿色。

游艇4，三趾鸥，埃德蒙，黄色。

023 单身男女

爱好园艺的人有着最迷人的眼睛（线索4），古典音乐的爱好者不以声音和真诚引人注目（线索1），也不因身高而吸引詹妮（线索1），那么他肯定是因幽默而吸引某位女士的人。马特是一个真诚的人（线索2），他不喜好园艺和古典音乐，也不爱好烹饪，烹饪是比尔的爱好（线索5），马特也不爱好老电影（线索2），因此他肯定和布伦达一样喜欢跳舞(线索6)。凯茜和休相处得不错（线索6），罗斯发现她并不渴望和克莱夫及彼特聊天（线索3），那么她的倾慕对象肯定是厨师比尔，他受到罗斯青睐的地方不是他的眼睛、幽默感、真诚和他的身高（身高是詹妮青睐的），那么只能是他的声音。通过排除法，詹妮高高的搭档则是老电影的爱好者。彼特不是非常幽默的古典音乐的爱好者，也不是园丁（线索3），他肯定是和詹妮共同爱好老电影的男人。古典音乐的爱好者不是克莱夫（线索1），那么只能是凯茜的新朋友休，最后通过排除法，克莱夫是用他的眼睛和对园艺的爱好吸引了凯丽。

答案：

布伦达和马特，线性舞，真诚。

凯茜和休，古典音乐，幽默感。

詹妮和彼特，老电影，身高。

凯丽和克莱夫，园艺，眼睛。

罗斯和比尔，烹饪，声音。

024 新英格兰贵族

马萨诸塞州的古德里不从事法律方面的工作（线索1），银行家住在新汉普郡（线索5），温土是建筑家的姓（线索3），那么古德里就是大学的助教，他姓杰斐逊（线索6）。现在再看线索4，本尼迪克特一定来自缅因州，建筑家温土一定是埃尔默（线索3）。亚历山大不从事法律方面的工作（线索1），那么他一定是来自新汉普郡的银行家。现在我们已经知道了3个人的职业和名字的搭配，而本尼迪克特不是法官（线索4），则肯定是警官，剩下马文是法官。马文不在康涅狄格州(线索2)，那他一定来自佛蒙特州，而康涅狄格州则是埃尔默·温土的家乡。从线索2中知道，皮格利不是警官，则一定同银行家亚历山大是一个人，最后剩下本尼迪克特，毫无疑问肯定是警官。

答案：

亚历山大·皮格利，新汉普郡，银行家。

本尼迪克特·斯泰丽思，缅因州，警官。

埃尔默·温土，康涅狄格州，建筑师。

杰斐逊·古德里，马萨诸塞州，大学助教。

马文·朴历夫，佛蒙特州，法官。

025 交叉目的

村庄4的名字为克兰菲尔德(线索3)，从线索5中知道，波利顿肯定是村庄2，那么利恩村肯定是村庄1，而剩下村庄3是耐特泊。村庄3的居民是出去遛狗的(线索2)，从线索5中知道，这个居民一定是丹尼斯。而婚礼发生在利恩村（线索5），参加婚礼的人住的村庄一定是村庄4，即克兰菲尔德，因此，现在从线索4中可以知道，西尔维亚一定住在村庄2，即波利顿村。现在我们已经知道了村庄 2 和 3 的居民，以及村民 4 出行的目的，那么线索 1 中提到的去看朋友的波利一定住在利恩村。通过排除法，最后知道玛克辛住在克兰菲尔德，而西尔维亚出行的目的是去看望她的母亲。

答案：

村庄 1，利恩村，波利，见朋友。

村庄 2，波利顿村，西尔维亚，看母亲。

村庄 3，耐特泊村，丹尼斯，遛狗。

村庄 4，克兰菲尔德村，玛克辛，参加婚礼。

026 演艺人员

弹吉他的不是 1 号（线索 1），1 号也不是变戏法者（线索 3），也非马路艺术家（线索 4），因此 1 号肯定是手风琴师，他不是泰萨，也不是莎拉·帕吉（线索 2），而内森是 2 号（线索 5），因此 1 号只能是哈利。因内森不玩吉他（线索 5），线索 1 可以提示吉他手就是 4 号。4 号不是莎拉·帕吉（线索 2），而莎拉·帕吉不是 1 号和 2 号，因此只能是 3 号。因此，她不是变戏法者（线索 3），通过排除法，她肯定是街边艺术家，剩下变戏法者就是 2 号内森。从线索 4 中知道，他的姓一定是西帕罗，而 4 号位置肯定是泰萨。从线索 2 中知道，克罗葳不是泰萨的姓，则一定是哈利的姓，而泰萨的姓只能是罗宾斯。

答案：

1 号，哈利·克罗葳，手风琴师。

2 号，内森·西帕罗，变戏法者。

3 号，莎拉·帕吉，街边艺术家。

4 号，泰萨·罗宾斯，吉他手。

027 可爱的熊

照片 A 是帕丁顿（线索 2），D 不是鲁珀特（线索 4），也不是泰迪（线索 5），因此只能是布鲁马，来自天鹅湖动物园（线索 1）。照片 B 不是格林斯顿的灰熊（线索 3），也不是来自天鹅湖的熊。线索 5 排除了它来自布赖特邦动物园的可能性，因为布赖特邦动物园的熊就在泰迪的右边，因此照片 B 上的熊一定来自诺斯丘斯特。现在，从线索 5 中可以知道，泰迪不可能在照片 C 上，因此，只能是 B 照片上的来自诺斯丘斯特的熊，而 C 则是鲁珀特。来自天鹅湖的布鲁马是一只眼镜熊（线索 4），从线索 5 中知道，鲁珀特肯定是在布赖特邦动物园，剩下帕丁顿则是来自格林斯顿的灰熊。来自布赖特邦动物园的不是东方太阳熊（线索 5），那么肯定是极地熊，最后剩下东方太阳熊肯定是照片 B 中的来自诺斯丘斯特动物园的泰迪。

答案：

照片 A，帕丁顿，灰熊，格林斯顿动物园。

照片 B，泰迪，东方太阳熊，诺斯丘斯特动物园。

照片 C，鲁珀特，极地熊，布赖特邦动物园。

照片 D，布鲁马，眼镜熊，天鹅湖动物园。

028 下一个出场者

B 位置上的是 9 号选手（线索 6）。万能选手 6 号不可能在 A 位置上（线索 1），而 C 位置上的选手是乔希（线索 4），线索 1 提示位置 D 上的不可能是万能选手，那么万能选手一定是 C 位置上的乔希。现在，从线索 1 中可以知道，帕迪一定是位置 B 上的 9 号选手。我们现在已经知道 A 不是乔希，也不是帕迪，线索 5 排除了艾伦，那么他只可能是尼克，他是乡村队的守门员（线索 2），最后剩下艾伦在 D 位置上。现在，从线索 5 中知道，艾伦一定是 7 号，尼克则是 8 号。而艾伦一定不是旋转投手（线索 3），那么他一定是快投，剩下旋转投手是帕迪。

答案：

选手 A，尼克，8 号，守门员。

选手 B，帕迪，9 号，旋转投手。

选手 C，乔希，6 号，万能。

选手 D，艾伦，7 号，快投。

029 囚室

卡萨得公主在一位王子的对面（线索 5），那么吉尼斯公主一定在另外一位王子的对面，后者不是阿姆雷特王子（线索 4），

那么一定是沃而夫王子。从线索4中知道，按顺时针方向，他们房间分别是卡萨得公主、吉尼斯公主、阿姆雷特王子、沃而夫王子。从线索2中知道，吉尼斯公主的父亲是尤里天的统治者，而沃而夫王子的父亲则统治马兰格丽亚（线索4）。卡萨得公主的父亲不统治卡里得罗（线索5），那么他一定统治欧高连，通过排除法，阿姆雷特王子的父亲必定统治卡里得罗。从线索2中知道，卡萨得公主的父亲一定是阿弗兰国王，而吉尼斯公主的父亲统治尤里天，后者必定是国王西福利亚（线索3）。卡里得罗的阿姆雷特王子的父亲不是国王恩巴（线索5），那么必定是国王尤里，剩下国王恩巴是沃而夫王子的父亲。最后，从线索1中知道，阿姆雷特王子的房间是I，那么沃而夫王子则是II，卡萨得公主是III，而吉尼斯公主在房间IV中。

答案：

I，阿姆雷特王子，国王尤里，卡里得罗。

II，沃而夫王子，国王恩巴，马兰格丽亚。

III，卡萨得公主，国王阿弗兰，欧高连。

IV，吉尼斯公主，国王西福利亚，尤里天。

030 剧院座位

坐在A排13号位置的（线索6）不可能是彼特和亨利（线索1），也不是罗伯特（线索4）。朱蒂不可能是13号（线索5），那么这条线索也排除了A排13号是查尔斯和文森特的可能。通过排除法，在A排13号的只能是托尼，安吉拉也在A排（线索1），除此之外，A排另外还有一位女性（线索3），她不是尼娜，因尼娜坐在B排的12号座（线索2），也不是珍妮特和莉迪亚（线索7），线索5排除了朱蒂，通过排除法只能是玛克辛在前排座位。她不可能是10或11号（线索4），我们已经知道她不是13号，那么肯定是12号。因此罗伯特是A排10号（线索4），剩下安吉拉是11号。现在从线索1中知道，彼特是B排11号。B排还有一位男性（线索3）。他不是亨利，亨利在C排（线索1），而线索5排除了文森特在B排10号和13号的可能，10号和13号还未知。我们知道托尼和罗伯特在A排，那么通过排除法，在B排的只能是查尔斯，但他不是13号（线索5），因此他肯定是10号。从线索5中知道，朱蒂一定在C排10号，而她丈夫文森特是11号。从线索1和7中知道，亨利是C排的12号，而莉迪亚是那一排的13号，最后剩下B排13号上的是珍妮特。

答案：

A排：10，罗伯特；11，安吉拉；12，玛克辛；13，托尼。

B排：10，查尔斯；11，彼特；12，尼娜；13，珍妮特。

C排：10，朱蒂；11，文森特；12，亨利；13，莉迪亚。

031 上班迟到了

赛得曼迟到了50分钟（线索2），从线索3中知道，鲁宾不可能迟到了1个小时，而克拉克（线索4）和老师迪罗（线索5）均不可能迟到了1个小时，而思欧刚好迟到了半小时（线索7），那么只能是迈克尔·奇坡迟到了1小时。他不是邮递员（线索1），我们也知道他不是老师，而计算机程序员是兰格（线索6）。线索3排除了迈克尔·奇坡是收费站工作人员的可能性，收费站工作人员不可能迟到了1小时，因此，迈克尔·奇坡一定是砖匠。从线索4中知道，克拉克肯定是赛得曼，他迟到了50分钟。现在我们已经知道老师迪罗不是奇坡、兰格和赛得曼，也不是斯朗博斯（线索5），那么他一定是耐品。我们知道，收费站工作人员不是兰格和奇坡，那么从线索3中知道，他的姓肯定是斯朗博斯。他不是鲁宾（线索3），则他一定是思欧，迟到了30分钟，剩下鲁宾就是兰格，计算机程序员，从线索3中可以知道，他迟到了40分钟。通过排除法，克拉克·赛得曼一定是邮递员，而老师迪罗·耐品，则是迟到了20分钟的人。

答案：

克拉克·赛得曼，邮递员，50分钟。

迪罗·耐品，教师，20分钟。

迈克尔·奇坡，砖匠，1 小时。

鲁宾·兰格，计算机程序员，40 分钟。

思欧·斯朗博斯，收费人员，30 分钟。

032 直至深夜

“伊诺根”是在下午 5:00 到达的，他或她不是因为汽车抛锚而迟到的（线索 3），从线索 1 中知道，她或他不是错过早班车的肯·杨，也不是出演阿匹曼特斯的演员，因后者是称火车被取消而迟到的（线索 1）。由于汽油用尽而迟到的那个演员是在早上 9:00 到的（线索 2），那么“伊诺根”一定是因为交通阻塞迟到的。杰克·韦恩是在 11:00 到达的（线索 4），那么肯·杨肯定是在下午 1:00 或下午 3:00 到达的，而扮演阿匹曼特斯的演员是在下午 3:00 或者下午 5:00 到的。我们知道，“伊诺根”是在下午 5:00 到达的，那么“阿匹曼特斯”肯定是在下午 3:00 到的，而肯·杨则是在下午 1:00 到的。通过排除法，发生汽车抛锚的人肯定是在 11:00 到的，他就是杰克·韦恩。现在我们可以把 4 人的名字或者扮演的角色和他们迟到的理由对上号了，因此，扮演“寂静者”的菲奥纳·托德迟到的理由肯定是汽油用光，他是在早上 9:00 到的。而“匹特西斯”不可能在 11:00 到达（线索 6），那么一定是下午 1:00 到达的，所以，他就是肯·杨。通过排除法，杰克·韦恩肯定出演“李朝丽达”，而从线索 5 中知道，克利奥·史密斯不是“伊诺根”，因“伊诺根”是发生了交通阻塞，因此他肯定是“阿匹曼特斯”，是因为火车取消而迟到的人，最后，剩下“伊诺根”就是艾米·普丽思。

答案：

艾米·普丽思，伊诺根，下午 5:00，交通阻塞。

克利奥·史密斯，阿匹曼特斯，下午 3:00，火车取消。

菲奥纳·托德，寂静者，早上 9:00，汽油用光。

杰克·韦恩，李朝丽达，上午 11:00，汽车抛锚。

肯·杨，匹特西斯，下午 1:00，错过班车。

033 房间之谜

SD 间谍在 6 号房间（线索 2），从线索 5 中知道，OSS 间谍一定在 5 号房间，而 SDECE 间谍在 3 号房间，鲁宾在 1 号房间。2 号房间的间谍不可能来自阿布威（线索 3），也不来自 M16，而间谍加西亚不在 1 号房间（线索 1），那么他肯定是 GRU 的间谍。从线索 4 中知道，毛罗斯先生的房间是 4 号，罗布斯不可能在 3 号（线索 1），也不可能在 2 号房间，因为加西亚不在 4 号房间，所以罗布斯也不可能在 6 号。罗布斯只能在 5 号房间，而加西亚在 3 号，M16 的间谍则在 4 号房间（线索 1）。6 号房间的 SD 间谍不是罗布斯（线索 2），则肯定是戴兹，剩下罗布斯一定是 2 号房间的 GRU 间谍，最后通过排除法，1 号房间的鲁宾是阿布威的间谍。

答案：

1 号房间，鲁宾，阿布威。

2 号房间，罗佩兹，GRU。

3 号房间，加西亚，SDECE。

4 号房间，毛罗斯，M16。

5 号房间，罗布斯，OSS。

6 号房间，戴兹，SD。

034 吹笛手游行

6 岁的格雷琴不可能是 4 号（线索 1），而 3 号今年 7 岁（线索 4），1 号是个男孩（线索 3），因此，通过排除法，格雷琴肯定是 2 号。现在从线索 1 中知道，3 号是 7 岁的牧羊者。玛丽亚的父亲是药剂师（线索 5），不可能是 1 号（线索 3），那么只能是 4 号，从线索 5 中知道，她今年 5 岁，剩下 1 号男孩 8 岁。所以 1 号不是汉斯（线索 2），则一定是约翰纳，剩下汉斯是 7 岁的牧羊者。从线索 3 中知道，格雷琴的父亲不是屠夫，那么只能是伐木工，最后知道约翰纳是屠夫的儿子。

答案：

1 号，约翰纳，8 岁，屠夫。

2 号，格雷琴，6 岁，伐木工。

3 号，汉斯，7 岁，牧羊者。

4 号，玛丽亚，5 岁，药剂师。

035 维多利亚歌剧

“小约西亚”是1873年歌剧中的主要人物（线索6），而以所罗林长官为主要人物的《伦敦塔卫兵》（线索1）和包含人物“格温多林”的作品要比《将军》迟写，在1870年写的《康沃尔的海盗》和马里亚纳无关（线索5），它的主人公肯定是“马库斯”，首次上演是在伦敦（线索3）。《法庭官司》要比首次在利物浦上演的小歌剧晚3年写（线索2），因此不可能是在1873年或1879年写的。布里斯托尔是1879年写的小歌剧公演的城市（线索2），而《法庭官司》不是在1882年写的，那么肯定是1885年写的，而在利物浦首次上演的小歌剧写在1882年。《忍耐》的首次上演在伯明翰（线索4），它不可能在1879或者1882年写，那么一定是1873年写的，主人公是“小约西亚”的歌剧。主人公是“格温多林”的歌剧不是《将军》(线索1），那么一定是1885年写的《法庭官司》，而通过排除法，《将军》中的主人公一定是马里亚纳。从线索1中知道，它就是1879写的首次在布里斯托尔公演的歌剧。通过排除法知道，写在1882年的首次在利物浦上演的歌剧肯定是《伦敦塔卫兵》，主人公是所罗林长官，剩下曼彻斯特是《法庭官司》首演的城市。

答案：

1870年，《康沃尔的海盗》，伦敦，马库斯先生。

1873年，《忍耐》，伯明翰，小约西亚。

1879年，《将军》，布里斯托尔，马里亚纳。

1882年，《伦敦塔卫兵》，利物浦，所罗林长官。

1885年，《法庭官司》，曼彻斯特，格温多林。

036 得分列表

赢6场的球队只平了1场（线索6）。平了5场的球队赢的场数不是1场和2场（线索2），也不是5场（线索4），因此只能是4场，所以它就是格雷队（线索5），它只输了1场（线索2）。输了2场的球队平的场数是3或者4场，赢了5场的球队平的场数是1或者2场（线索4）。赢了6场的球队只平了1场，那么赢了5场的球队肯定平了2场，而输了2场的队必定平了4场，后者赢的场数不是1场（线索3），那么它肯定赢了2场。通过排除法，踢平3场的白球队（线索5）只赢了1场，它输的场数不是3场（线索3），则必定输了6场。布赛姆队赢的不是2场(线索1)，因此打平的不可能是4场，而它们打平的场次要比汉丁汤队多（线索1），所以不会是平了1场，因此肯定是平了2场，赢了5场。而汉丁汤队平了1场（线索1），输了5场（线索1），赢了6场。通过排除法，赢了2场的是思高·菲尔得队，而布赛姆队则平了2场，输了3场。

答案：

布赛姆队，胜5平2负3。

格雷队，胜4平5负1。

汉丁汤队，胜6平1负5。

思高·菲尔德队，胜2平4负2。

白球队，胜1平3负6。

037 戴黑帽子的家伙

图片A指的是雅各布（线索2），图片D指的是丘吉曼（线索4）。赫伯特的图片与“男人”麦克隆水平相邻，前者不可能是图片C上的人，而图片C上的也不是西尔维斯特（线索1），那么图片C上的一定是马修斯。我们知道西尔维斯特不是图片A、C和D上的人，那么肯定就是图片B上的人。通过排除法，赫伯特一定是图片D上的人。从线索1中知道，图片C上的一定是马修斯，他就是“男人”麦克隆。通过排除法知道，雅各布的姓就是沃尔夫。因此，从线索3中可以知道，“小马”就是西尔维斯特·加夹得，他是图片B上的人。D上的赫伯特·丘吉曼不是“强盗”，那么他的绰号一定是“里欧”，而“强盗”就是图片A上雅各布·沃尔夫的绰号。

答案：

图片A，雅各布·沃尔夫，“强盗”。

图片B，西尔维斯特·加夹得，“小马”。

图片C，马修斯·麦克隆，“男人”。

图片D，赫伯特·丘吉曼，“里欧”。

038 戒指女人

戒指1是马特·佩恩给的（线索2），戒指3价值20000英镑，那么紧靠雷伊给的戒指右边的那个价值10000英镑的戒指一定是戒指4。从线索1中知道，从雷伊那得到的钻戒一定是戒指3，价值20000英镑。戒指1价值不是25000英镑（线索1），那么它肯定值15000英镑。通过排除法知道，戒指2肯定价值25000英镑。而戒指1上的不是翡翠（线索3），也不是红宝石（线索2），那么一定是蓝宝石。红宝石戒指价值不是10000英镑（线索2），那么一定是价值25000英镑的戒指2。剩下价值10000英镑的戒指4是翡翠戒指，它不是休·基恩给的（线索3），那么一定是艾伦·杜克给的，剩下休·基恩给了洛蒂价值25000英镑的红宝石戒指。

答案：

戒指1，蓝宝石，15000英镑，马特·佩恩。

戒指2，红宝石，25000英镑，休·基恩。

戒指3，钻石，20000英镑，雷伊·廷代尔。

戒指4，翡翠，10000英镑，艾伦·杜克。

039 品尝威士忌

14年陈的威士忌得了92分，名字中含有“格伦”两个字（线索3），因此布兰克布恩，即伊斯雷岛麦芽酿成的、得分大于90分的（线索4）一定是96分。肯泰地区的威士忌得了83分（线索6），而8年陈的来自苏格兰高地的威士忌得分不是79（线索1），则一定是85分。因沃那奇的威士忌是10年陈的（线索2），因此苏格兰低地的威士忌不是14年陈的（线索5），得分不是92分，那么必定是79分。我们现在已经知道苏格兰低地的酒不是8年也不是10年陈的（线索5），因为8年陈的得分是85分，它也不是12年陈的（线索5），14年陈的威士忌得了92分，那么苏格兰低地的酒一定是16年陈。得分96的伊斯雷岛麦芽酿成的威士忌一定是12年陈的（线索5）。通过排除法，肯泰地区得83分的酒就是10年陈的因沃那奇。同样再次通过排除法，斯培斯的酒肯定得了92分。而它就是名字中有“格伦”的，但它不是格伦冒（线索2），因此它只能是格伦奥特。斯吉夫威士忌不是来自苏格兰高地（线索1）的酒，那么来自苏格兰高地的肯定就是8年陈的格伦冒，剩下斯吉夫威士忌来自苏格兰低地，得分是79分。

答案：

8年，格伦冒，苏格兰高地，85分。

10年，因沃那奇，肯泰，83分。

12年，布兰克布恩，伊斯雷岛，96分。

14年，格伦奥特，斯培斯，92分。

16年，斯吉夫，苏格兰低地，79分。

040 酒吧老板的新闻

来·米德的酒吧是“棒棒糖”（线索2），罗赛·保特的酒吧位于博肯浩尔（线索4），而佛瑞德·格雷斯的酒吧名与动物有关（线索6），位于欧斯道克的“皇后之首”的经营者不是刚更换了新酒吧经营许可证的泰德·塞尔维兹（线索5），因此它的经营者只能是彻丽·白兰地。我们知道“格林·曼”酒吧被允许延长营业时间，它的经营者不是来·米德，也非泰德·塞尔维兹和彻丽·白兰地，也不是佛瑞德·格雷斯（线索1），那么它肯定是罗赛·保特，位于博肯浩尔。我们知道彻丽·白兰地上报纸不是关于延长营业时间或者更换新的营业证，也不是举办一场民间音乐会（线索6），法来乌德的酒吧主人因被抢劫而上报（线索6），因此欧斯道克的彻丽·白兰地一定是因为中了彩票而上报的。法来乌德的新闻排除了3个名字，因图中展示的是他（我们已经知道了那位女性的酒吧）在吧台的照片（线索3），他不可能是来·米德，他的照片是在啤酒花园拍的（线索3），那么他一定是佛瑞德·格雷斯，通过排除法，来·米德一定是因为举办一场民间音乐会而上报的。他的酒吧不位于蓝普乌克（线索2），那么一定在摩歇尔，通过排除法，泰德·塞尔维兹一定经营位于蓝普乌克的

酒吧，但不是“独角兽”（线索2），那么一定是“里程碑”，剩下“独角兽”是佛瑞德·格雷斯经营的位于法来乌德的酒吧。

答案：

彻丽·白兰地，“皇后之首”，欧斯道克，中彩票。

佛瑞德·格雷斯，“独角兽”，法来乌德，遭劫。

来·米德，棒棒糖，“摩歇尔”，举办民间音乐会。

罗赛·保特，“格林·曼”，博肯浩尔，延长营业时间。

泰德·塞尔维兹，“里程碑”，蓝普乌克，更换新证。

041 小猪储蓄罐

12岁的小孩不可能是大卫（线索1）、卡米拉（线索3）、本和卡蒂（线索5），那么一定是杰茜卡，8岁小孩的小猪不是蓝色的（线索1），也不是绿色（线索2）、黄色（线索4）或者白色（线索5）的，那么一定是红色的。小猪E不是蓝色（线索1）、绿色（线索2）、黄色（线索4）或者红色的（线索6），那么一定是白色的。大卫的小猪储蓄罐不是红色的（线索1），也不是蓝色（线索1）、绿色（线索2）或者黄色的（线索4），那么白色的小猪E就是大卫的。红色小猪的主人8岁，不是卡米拉（线索3），或者本（线索5），那肯定是卡蒂，那么本今年9岁，而白色小猪的主人大卫今年10岁（线索5），通过排除法知道，卡米拉今年11岁。杰茜卡的小猪不是蓝色（线索1），或者黄色的（线索4），那么一定是绿色的小猪D（线索2），而C一定是黄色的（线索4），A不是卡蒂的红色小猪（线索3），那么只能是蓝色的，而红色的只能是小猪B。因此A是卡米拉的（线索3），而通过排除法知道，C是本的小猪。

答案：

位置A，蓝色，卡米拉，11。

位置B，红色，卡蒂，8。

位置C，黄色，本，9。

位置D，绿色，杰茜卡，12。

位置E，白色，大卫，10。

042 桥牌花色

保罗·翰德是以斯帖的搭档（线索4），因此玛蒂娜的搭档就是理查德，所以后者的花色就是红桃（线索2）。从线索1中知道，拉夫坐北边的位置，手握钻石花色。我们知道保罗·翰德的花色不是钻石和红桃，而在西边位置的人手握黑桃（线索3），那么保罗的一定是梅花，因此他不坐在南边（线索5）。我们知道他不在北边，也不在西边（线索3），那么只能在东边，而以斯帖则在西边，手握黑桃（线索3和4）。通过排除法，理查德不在北边，那么一定在南边，而拉夫在北边的位置上，那么他就是玛蒂娜。以斯帖不姓田娜思（线索3），那一定姓启克，剩下田娜思的名字就是理查德。

答案：

北，玛蒂娜·拉夫，钻石。

东，保罗·翰德，梅花。

南，理查德·田娜思，红桃。

西，以斯帖·启克，黑桃。

043 巅峰地区

位置3的山是第3高峰（线索5），线索2排除了格美特是位置4的山峰，格美特被称为庄稼之神，而山峰1是森林之神（线索3）。山峰2是飞弗特尔（线索4），通过排除法，格美特是位置3的高峰。通过线索2知道，第4高峰肯定是位置1的山峰。辛格凯特不是位置4的山峰（线索6），通过排除法，它一定是山峰1，剩下山峰4是普立特佩尔。它不是第2高峰（线索4），那么它肯定是最高的。因此它就是被人们当作火神来崇拜的那座（线索1）。最后通过排除法，飞弗特尔是第2高峰，而它是人们心中的河神。

答案：

山峰1，辛格凯特，第4，森林之神。

山峰2，飞弗特尔，第2，河神。

山峰3，格美特，第3，庄稼之神。

山峰4，普立特佩尔，最高，火神。

044 假日阵营

姓巴克赫斯特的人不在欧的海和布赖特布朗工作（线索1），沃尔顿在罗克利弗工作（线索3），那么姓巴克赫斯特的人一定在海湾工作，但他的名字不是菲奥纳（线索1），菲奥纳也不在欧的海和布赖特布朗工作（线索1），那么她一定在罗克利弗工作，她姓沃尔顿。护士凯不在海湾工作（线索2），在欧的海阵营工作的是个演艺人员（线索1），那么凯一定在布赖特布朗，凯的姓不是郝乐微（线索2），我们知道她不是在海湾工作的巴克赫斯特，那么她只能是阿米丽。厨师不是保罗和菲奥纳·沃尔顿（线索3），那么只能是本。在欧的海阵营工作的演艺人员不是菲奥纳·沃尔顿，那么一定是保罗，而菲奥纳·沃尔顿则是阵营管理者。通过排除法，厨师本姓巴克赫斯特，保罗姓郝乐微。

答案：

本·巴克赫斯特，厨师，海湾。

菲奥纳·沃尔顿，管理者，罗克利弗。

凯·阿米丽，护士，布赖特布朗。

保罗·郝乐微，演艺人员，欧的海。

045 回到家乡

詹金斯小姐现居新西兰（线索2），现居美国的小姐是FBI成员（线索4），那么由于电视台播音员麦哈尼小姐不在冰岛（线索5），则其一定住在沙特阿拉伯。坎贝尔不是美国FBI成员（线索4），那么FBI成员一定是罗宾孙小姐，剩下坎贝尔的名字就是佐伊。而罗宾孙小姐的名字不是乔（线索3），她现在是FBI成员，她不是飞行员安娜（线索1），那么她的名字一定是路易斯。而麦哈尼是电视台播音员，她的名字也不是安娜，那么她就是乔，飞行员安娜就是现居新西兰的詹金斯小姐（线索2）。最后通过排除法，佐伊·坎贝尔就是现居冰岛的助产士。

答案：

安娜·詹金斯，新西兰，飞行员。

乔·麦哈尼，沙特阿拉伯，电视台播音员。

路易斯·罗宾孙，美国，FBI成员。

佐伊·坎贝尔，冰岛，助产士。

046 牛奶送错了

瓦利在5号只留了一瓶牛奶（线索4），从线索2中知道，1号收到的是2或者3瓶，而劳来斯本来应该收到的是3或者4瓶（线索2）。那天布雷特一家期望得到4瓶（线索1），劳莱斯本来应该收到3瓶，而1号当天收到了2瓶（线索2）。那么收到了3瓶的克孜太太（线索3）应该住在3号或7号，汀斯戴尔一家也应该住在3号或7号（线索3）。克孜订的不止1瓶（线索3），我们知道她的也不是3或者4瓶，那么肯定是2瓶，因此她住在7号（线索5），汀斯戴尔一家住在3号，从线索3中知道，他们订了1瓶牛奶，通过排除法，那天他们收到的是4瓶牛奶。从线索2中知道，瓦利在劳莱斯家放的不是2瓶，因此他们不住在1号，那么肯定住在5号，那天收到了1瓶。剩下布雷特一家住在1号，本来订了4瓶实际上只收到了2瓶。

答案：

1号，布雷特，定购4瓶，收到2瓶。

3号，汀斯戴尔，定购1瓶，收到4瓶。

5号，劳莱斯，定购3瓶，收到1瓶。

7号，克孜，定购2瓶，收到3瓶。

047 巴士停靠站

从线索1知道，雷停靠的巴士牌号要比324号大。7号的车牌不是324（线索2），雷停靠的也不是5号位置的车牌号为340的巴士（线索5）。特里的车号是361，那么雷的就是397。它不在6或者7号位置（线索1）。赖斯把车停靠在4号位置（线索7），5号的车牌是340，这就排除了雷的车是3号的可能性（线索1）。因3号车的车牌号要比邻近的车牌号都大（线索4），雷的车也不可能是2号（线索1），那么雷的车一定在1号位置。从线索1中知道，324一定在3号位置。从线索4中知道，2和4号位置的车牌都是2开头的。因此可以从线索2中知道，7号的车牌是361，是特里停靠的（线索3）。2号位置的车牌不是286（线索2），6号的也不是286（线索5），通过排除法，286一定是4号的车牌，是赖斯停靠的。线索6告诉我们车牌号为253的不在2号位置，那么它一定在6号。因此肯停靠的车在5号位置（线索6）。

罗宾的车不在2或者3号（线索8），那么一定是6号。通过排除法，2号位置的车号一定是279。3号位置车的司机不是戴夫（线索4），则一定是埃迪，剩下戴夫是把车号为279的车停在2号位置的司机。

答案：

1号，雷，397。

2号，戴夫，279。

3号，埃迪，324。

4号，赖斯，286。

5号，肯，340。

6号，罗宾，253。

7号，特里，361。

048 外微人家

12号的家庭焚烧垃圾（线索2），格林先生拜访和调查了18号（线索4），而16号不是毛里阿提家开修理铺的房子（线索1），也不是音乐放的太响的那家（线索3），那么一定是养凶猛的狗的那家。而哈什先生拜访的卡波斯一家一定是12号（线索5）。从线索3中知道，多尔先生调查的不是14号，那么他一定去了16号处理狗的问题，把音乐放太大声的肯定是14号。通过排除法，毛里阿提家的修车房一定是在18号，是格林先生去处理的。而斯特恩先生肯定去处理14号家庭音量太大的问题。14号不是席克斯家庭（线索3），那么一定是霍克一家，剩下席克斯是16号家庭，因养了凶猛的狗而引起公愤。

答案：

12号，卡波斯，焚烧垃圾，哈什。

14号，霍克，音量大，斯特恩。

16号，席克斯，恶狗，多尔。

18号，毛里阿提，修车，格林。

049 前方修路

从线索7中知道，F车不可能载有44，45，47，49和52个旅客，那么它一定载46个人，而从同一条线索中知道，A车载有45个旅客，E车有49个。A不是阿帕克斯开的（线索1），也不是贝尔（线索2）、墨丘利（线索4）和RVT（线索5）开的，因为没有载42个人的车，因此也不可能是肖开的（线索6），那么一定是克朗。A不是黄色的（线索1），因为没有载43人的车（线索2和7），因此也非绿色，也不是红色（线索3）或者乳白色的（线索5），那么A一定是橘黄色的。从线索7中知道，B车载有52个旅客，它不是绿色的，而D不是载47人，那么一定是44人。剩下汽车C载有47人。因此D是红色的，而澳大利亚游客在车E中（线索3）。我们知道B不是绿色的，也不是黄色的（线索1），或者乳白色的（线索5），那么一定是蓝色的，而C是属于贝尔的（线索2）。车F载有46个游客，不是肖的（线索6），也不是RVT（线索5）和阿帕克斯的（线索1），那么一定是墨丘利的。从线索4中知道，红色车内的游客来自日本，现在从线索5中知道，乳白色的车不是E和F，那么肯定是C，蓝色的车是属于RVT的，橘黄色的车载了来自意大利的游客。阿帕克斯的汽车一定是D（线索1），那么乳白色的C车上游客肯定来自芬兰，而黄的那辆就是E。通过排除法，绿色那辆就是F。RVT的蓝色B车载的游客不是来自俄罗斯（线索2），那么一定来自美国，俄罗斯游客在墨丘利的F车中。另外，黄色的E车则是属于肖的。

答案：

A车，克朗，橘黄色，意大利，45人。

B车，RVT，蓝色，美国，52人。

C车，贝尔，乳白色，芬兰，47人。

D车，阿帕克斯，红色，日本，44人。

E车，肖，黄色，澳大利亚，49人。

F车，墨丘利，绿色，俄罗斯，46人。

050 女运动员

人物3的运动项目是射击（线索3），人物5的项目不是滑冰（线索1）、羽毛球（线索3）和台球（线索4），则一定是高尔夫，那么人物4就是斯特拉·提兹（线索2），她的项目不是滑冰（线索1）和台球（线索4），那么一定是羽毛球。人物5刚从卡萨布兰卡回来（线索3），人物1不从罗马回来（线索5），也不是来自洛杉矶（线索1）和东京（线索4），那么一定从布里斯班来。人物2不是来自洛杉矶（线索1），也非东京（线索5），那么一定来自罗马。人物3和4来自洛杉矶或者东京。如果4来自洛杉矶，则从线索1中知道凯特·肯德尔就是人物3，来自东京。但线索1告诉我们，凯特·肯德尔不是来自东京，因此3一定来自洛杉矶，而4来自东京。因此凯特·肯德尔就是人物2。人物1的项目就是滑冰(线索1)，人物5不是黛安娜·埃尔金(线索5)，也不是格丽尼斯·福特(线索4)，则一定是莫娜·洛甫特斯。黛安娜·埃尔金也不是人物1（线索5），那么她肯定是人物3，人物1就是格丽尼斯·福特。人物2凯特·肯德尔的项目是台球。

答案：

1号，格丽尼斯·福特，布里斯班，滑冰。

2号，凯特·肯德尔，罗马，台球。

3号，黛安娜·埃尔金，洛杉矶，射击。

4号，斯特拉·提兹，东京，羽毛球。

5号，莫娜·洛甫特斯，卡萨布兰卡，高尔夫。

051 职业迁徙

欧洲奎斯特公司在伯明翰(线索4)，普雷斯顿的济慈路是他曾经的住址（线索6），他曾经为戴特公司工作时，他住在香农街，而当时不在格拉斯哥和福尔柯克(线索5)，则一定在加的夫。他1991年去了福尔柯克(线索2)，那么从线索3中知道，马太克不是1985年他住在金斯利大道时工作的公司（线索1），也不是查普曼·戴尔公司（线索1），那么一定是阿斯拜克特公司。通过排除法，它一定在格拉斯哥。当他为欧洲奎斯特公司工作时，他不住麦诺路(线索4)，那么一定在地恩·克罗兹，剩下麦诺路是他1991年去福尔柯克住的地方。从线索3中知道，地恩·克罗兹不是1987年和1997年的地址，那么一定是1994年的住址。同样从线索3中知道，他1991年去的是马太克，在1997年时去了加的夫的香农街（线索3）。通过排除法，他在为查普曼·戴尔公司工作时住在普雷斯顿的济慈路，他是在1988年过去的。

答案：

1985年，阿斯拜克特，格拉斯哥，金斯利大道。

1988年，查普曼·戴尔，普雷斯顿，济慈路。

1991年，马太克，福尔柯克，麦诺路。

1994年，欧洲奎斯特，伯明翰，地恩·克罗兹。

1997年，戴特，加的夫，香农街。

052 小屋的盒子

蓝色的盒子里有58个东西（线索2），绿色盒子有螺丝钉（线索3），43个钉子不在灰色的盒子里（线索1），那么一定在红色的盒子。我们知道绿盒的东西不是43或58个，而线索3也排除了65个，那么在绿盒里一定是39个螺丝钉。通过排除法，灰色盒子的东西肯定是65个，它们不是洗涤器（线索3），那么一定是地毯缝针，灰色盒子就是C盒（线索4），剩下蓝色的盒子有58个洗涤器。绿盒不是D盒（线索3），因它有2个相邻的盒子，那么知道它就是B盒，而有洗涤器的盒子就是A盒(线索3），剩下红色的盒子就是D盒。

答案：

A盒，蓝色，58个洗涤器。

B盒，绿色，39个螺丝钉。

C盒，灰色，65个地毯缝针。

D盒，红色，43个钉子。

053 别尔的行程

到别尔·斯决住所的距离是20英里(线索4)。距离有25英里的丹得宫不是别尔·里格林的（线索3），在考克斯可布住的是别尔·笑特（线索2），那么丹得宫一定是别尔· 温蒂后的房子。我们知道别尔·斯决的住所不是丹得宫或者考克斯可布，也不是斯沃克屋（线索4）。那么只能是福卜利会馆。剩下别尔·里格林是斯沃克屋的主人。但它不是房子4（线索4），而福卜利会馆也不是房子4（线索1），丹得宫也不是（线索3），那么考克斯可布一定是房子4。从线索1和3中知道，丹得宫是房子2，福卜利会馆是房子1，剩下别尔·里格林的沃克屋是房子3。从相同线索中知道，别尔·来格斯从福卜利会

馆到丹得宫骑了25英里，接着又骑了22英里去了斯沃克屋。我们知道，最短的行程是20英里到别尔·斯决的房子，那么最长的距离就是到考克斯可布的28英里。

答案：

房子1，20英里到福卜利会馆，别尔·斯决。

房子2，25英里到丹得宫，别尔·温蒂后。

房子3，22英里到斯沃克屋，别尔·里格林。

房子4,28英里到考克斯可布,别尔·笑特。

054 换装

B机器是穿红白相间的浴袍的女士用的(线索5),线索4排除了D是尤菲米娅·坡斯拜尔用的，因为兰顿斯罗朴小姐用了机器C（线索2），尤菲米娅的机器可能是A或者B。而拉福尼亚的是B或者C（线索4），因此她也不用机器D。我们知道兰顿斯罗朴用了机器C，那么贝莎不可能是机器D（线索1）。因此，通过排除法，维多利亚肯定用了机器D。所以她的姓不可能是马歇班克斯（线索1），我们知道她的姓也不是坡斯拜尔或者兰顿斯罗朴，那么一定是卡斯太尔，而她的浴袍肯定是绿白相间的（线索3）。因此尤菲米娅不可能用了机器B（线索4），那么一定是在A上，剩下机器B是马歇班克斯用的。因此，从线索1中可以知道，贝莎就是兰顿斯罗朴小姐，她用了机器C，装束是黄白相间的，通过排除法，尤菲米娅·兰斯拜尔是穿了蓝白相间浴袍的人。

答案：

机器A，尤菲米娅·坡斯拜尔，蓝白相间。

机器B，拉福尼亚·马歇班克斯，红白相间。

机器C,贝莎·兰顿斯罗朴,黄白相间。

机器D，维多利亚·卡斯太尔，绿白相间。

055 瓦尼斯城堡

铁门在城堡的南方（线索4），A门为第二护卫队守卫（线索2），而剑门是在第四护卫队守卫的门的逆时针方向的下一扇门（线索1），它不是D门，而D门也不是钻石门（线索3），那么一定是鹰门，它不是由哈尔茨和第一护卫队负责的（线索5），也不是由第二护卫队负责的，线索3排除了第四护卫队，那么D门一定是由第三护卫队看守的。因此，从线索3中知道，第四护卫队看守钻石门。我们知道钻石门不是C和D，而护卫队号也排除了A门，因此它就是B门。从线索1中知道，A门就是剑门。通过排除法，哈尔茨长官和第一护卫队负责的一定是铁门。克恩不掌管第一护卫队，因此苏尔不掌管第二护卫队（线索6），也不是由弗尔掌管的（线索1），那么一定是克恩掌管了第二护卫队。苏尔是第三护卫队的长官，负责鹰门，即D门（线索6），剩下弗尔掌管第四护卫队，负责B门，即钻石门。

答案：

A门，剑门，克恩，第二护卫队。

B门，钻石门，弗尔，第四护卫队。

C门，铁门，哈尔茨，第一护卫队。

D门，鹰门，苏尔，第三护卫队。

056 牛群

数目是500头的牛群要去往贝克市(线索6），去斯伯林博格要花3星期，而数目为200头的牛群到达目的地要花5星期（线索4），后者不去圣奥兰多（线索1）及查维丽(线索4)，则一定是去科里福斯，因此，他的老板就是瑞德·布莱德（线索3）。里格·布尔有300头的牛群(线索2)，因此，斯坦·彼定的牛群则有400头，行程4星期。而去往圣奥兰多的牛群数要大于400头，但不是500头（线索6），则一定是600头。我们知道，后者的行程不是3、4或者5星期,也不是2星期(线索2)，则一定是6星期。里格·布尔的300头牛群队伍行程不是6或者2星期（线索2），那么一定是3星期，目的地是斯伯林博格。通过排除法，数目为400头的牛群一定是去往查维丽的。朗·霍恩带队的牛群行程不是2星期（线索2），那么他的牛群数目肯定为600头，行程6星期。最后，波·维恩的牛群不是400头（线索3），那么一定是去往贝克市数目为500头的牛群。通过排除法，行程是2星期。剩下斯坦·彼定的牛群数目为400头，目的地是查维丽。

答案：

瑞德·布莱德，科里福斯，200头，5星期。

里格·布尔，斯伯林博格，300头，3星期。

朗·霍恩，圣奥兰多，600头，6星期。

斯坦·彼定，查维丽，400头，4星期。

波·维恩，贝克市，500头，2星期。

057 收藏古书

13号拍卖物是1804年出版的书（线索5），而5号不是1860年的《大卫·科波菲尔》（线索1），也非1832年的版本，也不是1780年出版的，因后者的拍卖号要比《伦敦历史》大（线索3），那么5号一定是1910年出版的有作者签名的书（线索2）。它不是带有注释的《多顿公园》（线索6），也不是21号《哲学演说》（线索1），那么《多顿公园》的奇数拍卖号一定是13号，因此它是1804年出版的。《哲学演说》不是1910年和1780年出版的（线索2），则一定是1832年出版的。1780年出版的不是《伦敦历史》（线索2），那么一定是《马敦随笔》，剩下《伦敦历史》是1910年出版的。《马敦随笔》不是16号（线索3），那么一定是8号，剩下1860年的《大卫·科波菲尔》是16号。因此，1780年的书肯定是第一版（线索4）。最后，曾经是著名珍藏之书的不是《大卫·科波菲尔》(线索1)，那么《大卫·科波菲尔》一定是稀有之物，剩下来自珍藏的是1832年的《哲学演说》。

答案：

5号，《伦敦历史》，1910年，作者签名。

8号，《马敦随笔》，1780年，第一版。

13号，《多顿公园》，1804年，完整注释。

16号，《大卫·科波菲尔》，1860年，稀有之物。

21号，《哲学演说》，1832年，珍藏部分。

058 莫斯科“摩尔”

伊丽娜·雷茨克沃不是克斯汀·麦克莫斯（线索1），也不是D位置的帕姬·罗宾逊（线索1和3），圣布里奇特·凯丽就是路得米勒·恩格罗拉（线索4），因此，伊丽娜·雷茨克沃就是曼范伊·碧温。位置D中的帕姬·罗宾逊不是叶丽娜·幼娜娃(线索4)，那么一定是马里那·克兹拉娃。剩下叶丽娜·幼娜娃就是克斯汀·麦克莫斯。路得米勒·恩格罗拉不是人物D，叶丽娜·幼娜娃不是人物C（线索4），后者也非人物A（线索1），那么一定是人物B。因此，从线索1中知道，伊丽娜·雷茨克沃就是人物A，剩下路得米勒·恩格罗拉是人物C。帕姬·罗宾逊不是Z12（线索3），而曼范伊·碧温和克斯汀·麦克莫斯也不是Z12(线索1)，那么Z12就是圣布里奇特·凯丽。Z4不是A或D（线索2），则一定是人物B，即克斯汀·麦克莫斯。曼范伊·碧温即伊丽娜·雷茨克沃，她不是Z7（线索5），则一定是Z9，剩下Z7是帕姬·罗宾逊，即人物D马里那·克兹拉娃。

答案：

位置A，伊丽娜·雷茨克沃，曼范伊·碧温，Z9。

位置B，叶丽娜·幼娜娃，克斯汀·麦克莫斯，Z4。

位置C，路得米勒·恩格罗拉，圣布里奇特·凯丽，Z12。

位置D，马里那·克兹拉娃，帕姬··罗宾逊，Z7。

059 品牌代言人

流行歌手将为一软饮料产品做广告（线索4），而电视主持人不代言化妆品和摩托滑行车（线索3），她不是范·格雷兹，范·格雷兹是为一针织品类代言的（线索2），那么电视主持人则是为某肥皂代言。罗蕾莱是化妆品（线索3），我们知道它不是由流行歌手和电视主持人代言的，它也没有和电影演员（线索3）及网球选手签约，后者将为阿尔泰公司的产品做广告（线索5），那么罗蕾莱的代言

人一定是电视演员简·耐特（线索1）。卡罗尔·布和阿丽娜系列签约了（线索1），而玛丽·纳什没和丽晶和普拉丝签约，那么她一定是和阿尔泰签约的，她就是网球选手。通过排除法，阿尔泰公司即是制造摩托滑行车的厂家，而范·格雷兹就是电影演员。丽晶的签约者不是流行歌手和电视主持人（线索4），那么一定是电影演员范·格雷兹，丽晶是针织品制造商。电视主持人代言的肥皂不是普拉丝公司的产品（线索3），那么一定是阿丽娜的产品，那么这个主持人就是卡罗尔·布，通过排除法，普拉丝必定是和休·雷得曼签约，她就是流行歌手，为某软饮料代言。

答案：

卡罗尔·布，电视主持人，阿丽娜，肥皂。

范·格雷兹，电影演员，丽晶，针织品。

简·耐特，电视演员，罗蕾莱，化妆品。

玛丽·纳什，网球选手，阿尔泰，摩托滑行车。

休·雷得曼，流行歌手，普拉丝，软饮料。

060 说谎的女孩

杰茜的宠物是一条小狗（线索5）。朱莉娅的宠物不是虎皮鹦鹉（线索4），也不是乌龟（线索3），那么一定是只猫。因此她不是4号位置的女孩，后者的宠物是虎皮鹦鹉（线索5）。此事实也排除了杰茜是4号，线索1排除了詹妮，那么4号位置的一定是杰迈玛。通过排除法，乌龟是詹妮的宠物。因为杰迈玛在4号，那么朱莉娅不可能在3号（线索3），她也不可能在2号（线索4），所以她一定在1号位置。因朱莉娅的宠物是猫，那么杰茜不可能在2号（线索2）。因此她肯定在3号位置，2号则是詹妮。线索5告诉我们杰茜10岁，而朱莉娅不可能是8岁（线索4）和9岁（线索3），那么一定是11岁。詹妮不是9岁（线索1），那么一定是8岁，剩下杰迈玛今年9岁。

答案：

位置1，朱莉娅，11，猫。

位置2，詹妮，8，乌龟。

位置3，杰茜，10，小狗。

位置4，杰迈玛，9，虎皮鹦鹉。

061 周游的骑士

斯拜尼斯离开了5个星期（线索7）。少利弗雷德周游的时间不可能是6或7星期（线索2），而长达6星期的周游开始于3月（线索6），线索2排除了少利弗雷德的出行时间为4星期，那么他出行的时间一定是3星期，从线索2中知道，斯拜尼斯5星期的出游一定是9月份开始的。我们知道，保丘离开的时间不是3星期和5星期，线索5又排除了4星期，而另外一位骑士在海边呆了7星期（线索1），因此通过排除法，保丘在沼泽荒野逗留的时间一定是6星期，他是3月出发的。因此，蒂米德不是在海滩呆了7星期的人（线索3），通过排除法，他出行时间一定是4星期。从线索3中知道，少利弗雷德在森林中转悠了3星期，通过排除法，在海滩呆了7星期的一定是考沃德，他是7月出行的（线索8）。斯拜尼斯出行不是去了村边（线索4），那么他一定是在河边转悠，剩下蒂米德去了村边。后者不是1月份出行的（线索3），那么一定是5月出行的，剩下去森林的少利弗雷德是1月份出行的。

答案：

考沃德·卡斯特，7月，海滩，7星期。

保丘·歌斯特，3月，沼泽荒野，6星期。

少利·弗雷德，1月，森林，3星期。

斯拜尼斯·弗特，9月，河边，5星期。

蒂米德·少可，5月，村边，4星期。

062 去往墨西哥的7个枪手

胡安·毛利被招募的地点不是位置3（线索1）、1（线索2）或者6（线索3）。他是在凯克特斯市的北边一站被招募的（线索3），后者不是图中3号位置（线索1），那么他被招募地一定不是2，只能是4号或者5号位置，因此凯克特斯市是图中5或者6号位置。马特·詹姆士是在某个市被招募的（线索5），从同一条线索中知道，格林·希腊镇不是6号，6号是最后一站，那么马特·詹姆士不可能在5或6号加入，必定是在马蹄市镇。位置1不是里欧·布兰可镇和格林·希腊镇（线索5），赖安不是在3加入的（线索1），因此位置1也不是保斯镇和梅瑟镇（线索4），那么一定是马蹄镇，从线索中知道，格林·希腊镇就是2号。现在知道位置3不是里欧·布兰可镇（线索5）或者梅瑟镇（线索4），则一定是保斯镇，而从线索4中知道，梅瑟镇一定在4号位置，而赖安是在5号位置加入的。因此胡安·毛利是在4号位置加入的，而凯克特斯市则是位置5（线索3）。通过排除法，6号位置就是里欧·布兰可镇。现在知道，3号保斯镇招募的不是赛姆·贝利（线索1）或者亚利桑那（线索4），那么一定是蒂尼。因他是在赛姆·贝利加入后的更往南位置加入的（线索3），后者不是在6号位置加入的，那么一定是在2号，最后，里欧·布兰可镇一定在图中6号位置，即亚利桑加入的地点。

答案：

位置1，马蹄市，马特·詹姆士。

位置2，格林·希腊镇，赛姆·贝利。

位置3，保斯镇，蒂尼

位置4，梅瑟镇，胡安·毛利。

位置5，凯克特斯市，赖安。

位置6，里欧·布兰可镇，亚利桑那。

063 信箱

绿色信箱不属于228号或234号（线索1），并且232号信箱是蓝色的（线索4），因此绿色信箱一定在230号。阿琳不住在228号（线索2），而且她的黄色的信箱（线索2）一定不是230号和232号，所以一定在234号。现在通过排除法，巴伦夫人的红色信箱（线索3）一定在228号。从线索1中得出，杰布夫人住在232号，而加玛就是住在228号的巴伦夫人。阿琳不是菲什贝恩夫人（线索2），而是弗林特夫人，剩下菲什贝恩夫人住在230号。根据线索4，路易丝不是杰布夫人，而是菲什贝恩夫人，剩下杰布夫人是凯特。

答案：

228号，加玛·巴伦，红色。

230号，路易丝·菲什贝恩，绿色。

232号，凯特·杰布，蓝色。

234号，阿琳·弗林特，黄色。

064 邮票的面值

数字5都不是棕色的（线索1），那么棕色邮票的面值一定是10分，但不是第4张（线索2），因此在面值中有个1的第4张邮票（线索3）面值一定是15分。这样根据线索4，第2张邮票是蓝色的。由线索2告诉我们，描写大教堂的那张邮票的面值中有个0，但不是第4张，而是第2张，从这个线索中，我们也可以知道第1张就是棕色的10分面值的邮票。根据同一个线索，第2张蓝色邮票的面值是50分。通过排除法，第3张邮票一定是25分面值的。山峰不是第1张10分邮票上的图案（线索5），也不是25分面值邮票上的图案（线索5），因为50分面值的邮票边框是蓝色的。而我们知道它也不是50分面值邮票上的图案，那只能是第4张15分邮票上的图案。这样根据线索5，25分邮票的边框是红色的，剩下15分邮票边框是绿色的。线索3告诉我们第3张邮票描写的不是海湾，那一定是瀑布，剩下海湾是棕色的、10分面值的、第1张邮票上的图案。

答案：

第1张，海湾，10分，棕色。

第2张，大教堂，50分，蓝色。

第3张，瀑布，25分，红色。

第4张，山峰，15分，绿色。

065 与朋友相遇

因为穿红毛衣的不是丹尼或吃巧克力派的刘易丝（线索4），而凯文的毛衣是蓝色的（线索1），所以穿红毛衣的一定是西蒙。碰到的第1位朋友穿的毛衣不是红色的（线索4），也不是蓝色的（线索1），而第3位穿着米色毛衣（线索2），由此得出第1位一定穿着绿毛衣。这样根据线索3，第2位朋友在吃香蕉，而且我们知道他的毛衣不是米色或绿色的，他也不是穿红毛衣的西蒙（线索3），那他一定是穿蓝毛衣的凯文。接着根据线索1，穿绿毛衣的第1位朋友在吃棒棒糖，排除了凯文、刘易丝和西蒙，那他只能是丹尼。通过排除法，西蒙在吃苹果，刘易丝是汤米碰到的第3

位穿米色毛衣的朋友，最后碰到的是西蒙。

答案：

第1位，丹尼，绿色，棒棒糖。

第2位，凯文，蓝色，香蕉。

第3位，刘易丝，米色，巧克力派。

第4位，西蒙，红色，苹果。

066 巫婆和猫

颇里安娜的主人已经86岁，并且住在4号别墅（线索1），又知道3号别墅的主人75岁（线索4），凯特的主人住在2号别墅（线索3），那么颇里安娜一定是1号别墅主人的猫。住在1号别墅的不是马乔里（线索1），也不是80岁的罗赞娜（线索2）和拥有尼克的塔比瑟（线索5），那么一定是格里泽尔达。这样可以知道2号别墅的主人71岁（线索6），她的猫是凯特，剩下罗赞娜是80岁，并住在4号别墅里。3号别墅的猫不是托比（线索4），那么一定是尼克，并且75岁的塔比瑟住在3号别墅。通过排除法，凯特的主人是71岁的马乔里，而罗赞娜的猫是托比。

答案：

1号别墅，格里泽尔达，86岁，颇里安娜。

2号别墅，马乔里，71岁，凯特。

3号别墅，塔比瑟，75岁，尼克。

4号别墅，罗赞娜，80岁，托比。

067 替换顺序

因为塞尔诺穿14号球衣（线索5），18号队员在第24分钟离开球场（线索1），并且在第56分钟被换下场的凯尼恩球衣号码不是3号或8号（线索2），那他一定穿着27号球衣。豪丝替换3号队员上场（线索3），因此被替换的那个队员不是塞尔诺、凯尼恩和帕里（线索3），也不是被瑞文替换的弗里斯（线索6），而是蒙特罗。我们知道凯尼恩不是被豪丝、瑞文或迈克耐特替换下场（线索2），并且第78分钟上场的是塔罗克（线索4），所以凯尼恩一定被勒梅特替换下场。通过排除法，豪丝在第85分钟上场。那么在第78分钟离开球场的队员不是8号（线索4）而是14号，他是被塔罗克替换的塞尔诺。因为第63分钟上场的队员不是替换帕里（线索3），由此知道弗里斯被瑞文替换下场。最后通过排除法可以知道，弗里斯穿着8号球衣，帕里在第24分钟后被迈克耐特替换下场。

答案：

24分钟，帕里，18号，被迈克耐特替换。

56分钟，凯尼恩，27号，被勒梅特替换。

63分钟，弗里斯，8号，被瑞文替换。

78分钟，塞尔诺，14号，被塔罗克替换。

85分钟，蒙特罗，3号，被豪丝替换。

068 便宜货

吉恩卖给玛丽的是杯子（线索6），玩具的价格是30美分（线索3），弗兰克卖25美分的商品（线索7），这件商品不是花瓶（线索1），也不是玛丽买的第5样货品——头巾（线索4和7），那么一定是书。玛丽买的第一件物品不是来自威里（线索1）、莫利（线索2）或莎拉的（线索7）货摊，也不是那本从弗兰克的货摊买来的只有25美分的书（线索1），那么一定是吉恩所卖的杯子。我们知道玛丽买的第3件物品不是杯子也不是头巾，而且它价值75美分（线索5），也不是书或玩具，那一定是花瓶。玩具不是第2件物品（线索3），而是第4件，所以剩下第2件货物是书。这样根据线索2，花瓶一定是从莫利那里买的。威里的货物的价格不是60美分（线索1），也不是莎拉货物的价格（线索7），那么60美分的一定是吉恩卖的杯子，所以剩下的头巾的价格是50美分。玩具不是从威里那里买的（线索3），而是从莎拉的货摊上买的，那么威里卖给玛丽的就是头巾。

答案：

第1件，杯子，60美分，吉恩。

第2件，书，25美分，弗兰克。

第3件，花瓶，75美分，莫利。

第4件，玩具，30美分，莎拉。

第5件，头巾，50美分，威里。

069 等公车

格伦是4号（线索2），根据线索1，证券公司的雇员不是2号、6号或7号。线索2排除了5号，因为6号是男的（线索3），线索1同样排除了4号。已知3号在保险公司工作（线索6），这样根据线索1，1号在证券公司上班，而在保险经纪人公司工作的3号就是塞布丽娜。1号不是纳尔逊（线索4）、雷切尔（线索5），或在投资公司工作的托奎（线索8），也不是格伦或塞布丽娜，线索8排除了马德琳，因此只能是吉莉安。线索7告诉我们2号在一家律师所工作，这样根据线索2，5号在法律顾问公司上班。已知托奎不是7号（线索8），而他所在的公司排除了2号和5号，那他就是6号，根据线索8，马德琳是7号。雷切尔不是2号（线索5），得出他是5号，格伦在银行工作（线索5）。最后通过排除法，纳尔逊是在律师事务所工作的2号，马德琳是建筑公司的职员。

答案：

1号，吉莉安，证券公司。

2号，纳尔逊，律师事务所。

3号，塞布丽娜，保险公司。

4号，格伦，银行。

5号，雷切尔，法律顾问公司。

6号，托奎，投资公司。

7号，马德琳，建筑公司。

070 生日礼物

已知马丁叔叔送给拉姆的礼物是Benedam优惠券（线索3）。卡罗尔阿姨的面值为20的优惠券不是W. S. Henry发行的（线索4），线索1又排除了Ten-X，最后得出它属于HBS公司。从线索2可以知道，B信封内的理查德叔叔所送的礼物面值为15。由于丹尼斯叔叔给娜塔莎的礼物不是面值为5的优惠券（线索5），那么可以知道它的面值是10，面值为5的是马丁叔叔送的由Benedam发行的优惠券。又因为后者不在C信封内（线索1），也不在D信封内（线索3），而是在A信封内。我们现在已经知道A和B信封内的代币价值。根据线索1，面值为10的优惠券不在C信封内，因此C信封内的是卡罗尔阿姨所送的由HBS发行的面值为20的代币。根据线索1也可以知道，Ten-X的优惠券的面值一定为10，并且在D信封内。最后通过排除法，B信封里是理查德叔叔所送的面值为15的W. S. Henry的优惠券。

答案：

A信封，马丁叔叔，Benedam，5。

B信封，理查德叔叔，W.S. Henry，15。

C信封，卡罗尔阿姨，HBS，20。

D信封，丹尼斯叔叔，Ten-X，10。

071 时尚改装

已知起居室将被改装成墨西哥风格（线索4）。因为餐厅不是海边或维多利亚风格（线索2），也不是休和弗兰克想要的未来派风格（线索5），那么一定是哥特式。已知艾玛·迪尔夫将设计具有维多利亚风格的房间（线索3），但不是厨房，因为厨房是雷切尔·雷达·安妮森来装修（线索4），也不是卧室（线索3），因此一定是浴室，她会得到海伦和乔治的帮助（线索6）。因为林恩和罗布将帮助设计师贝琳达·哈克（线索6），并且利萨和约翰所帮助的不是梅·克文或刘易斯·劳伦斯·贝林（线索1），由此得出他们是和雷切尔·雷达·安妮森一起改装厨房。通过排除法，他们选择了海边风格。同样用排除法可以得出，休和弗兰克将帮忙改装卧室。因为梅·克文不改装餐厅，并且不使用哥特式主题，也不改装起居室（线索1），那她一定是与休和弗兰克一起改装卧室。已知改装餐厅不是刘易斯·劳伦斯·贝林的计划（线索2），而是林恩和罗布以及贝琳达·哈克的，排除法得出，刘易斯·劳伦斯·贝林和琼、基思一起工作，并且他们计划把起居室改装成墨西哥风格。

答案：

海伦和乔治，艾玛·迪尔夫，浴室，维多利亚风格。

琼和基思，刘易斯·劳伦斯·贝林，起居室，墨西哥风格。

利萨和约翰，雷切尔·雷达·安妮森，厨房，海边风格。

林恩和罗布，贝琳达·哈克，餐厅，哥特式风格。

休和弗兰克，梅·克文，卧室，未来派风格。